三晋百部
长篇小说
文　库
·
北 岳 风
中国原创
长篇小说

石瑛——著

龙岩岭

山西出版传媒集团　北岳文艺出版社
BEIYUE LITERATURE & ART PUBLISHING HOUSE
·太原·

图书在版编目（CIP）数据

龙岩岭 / 石瑛著 . 一太原：北岳文艺出版社，2023.7
ISBN 978-7-5378-6632-3

Ⅰ . ①龙… Ⅱ . ①石… Ⅲ . ①长篇小说—中国—当代
Ⅳ . ① I247.5

中国版本图书馆 CIP 数据核字（2022）第 178685 号

龙岩岭

石瑛 / 著

//

出品人
郭文礼

选题策划
陈学清

责任编辑
李向丽

书籍设计
张永文

印装监制
郭　勇

出版发行：山西出版传媒集团·北岳文艺出版社
地址：山西省太原市并州南路 57 号　邮编：030012
电话：0351-5628696（发行部）　0351-5628688（总编室）
传真：0351-5628680
经销商：新华书店
印刷装订：山西人民印刷有限责任公司

开本：787mm×1092mm　1/16
字数：390 千字
印张：23
版次：2023 年 7 月第 1 版
印次：2023 年 7 月 山西第 1 次印刷
书号：ISBN 978-7-5378-6632-3
定价：78.00 元

题材的选择与艺术的精神（代序）

——关于《北岳风·中国原创长篇小说》系列丛书

杨占平

由山西省委宣传部指导，山西省作家协会和山西出版传媒集团主持，北岳文艺出版社编辑出版的《三晋百部长篇小说文库》，是一项意义深远、里程碑式的文化德政工程，也是当代山西文学史上规模较大的一项文学基础建设工程，更是展示山西文化实力、文学魅力的自信工程。

山西长篇小说创作，在当代中国长篇小说格局中占有重要位置，是山西作为文化、文学大省的重要标志之一。以赵树理、马烽等为骨干的"山药蛋派"作家，在长篇小说创作上成绩显著，新时期以成一、李锐、柯云路等为主将的"晋军"作家，代表作也都是长篇小说。从张平的长篇小说《抉择》获"茅盾文学奖"为标志的山西第三次创作高潮，到以刘慈欣、葛水平、李骏虎等为代表的一批中青年作家频频摘得国内外文学大奖，都进一步巩固了山西长篇小说创作作为中国文学重镇的地位。近年来，一批充满朝气、富有理想、敢于探索的生机勃勃的80、90后作家，也都有长篇小说新作问世，表明山西长篇小说创作后继有人。

《三晋百部长篇小说文库》出版工程，坚持正确的方向，务实创新，去伪存真，从2014年启动，三年来具体实施，已经出版了赵树理、马烽、成一等作家的近三十部经典力作，唐晋、浦歌等中青年作家的原创作品近十部。可以说，这些作品比较全面、客观、真实地反映了近百年山西长篇小说创作轨迹，集中展示了山西长篇小说创作实力，在文学界和广大读者中产生了良好的影响。

在实际运作中，有一个环节是公开征集原创长篇小说，作家们出乎意料地踊跃，三年时间竟有一百多部作品应征，作者都是山西省内的老中青作家，显示出大家创作长篇小说的积极性。这么多作品经过专家组的认真审读，只能有十几部入选原创作品之中出版，还有不少作品质量已经达到正常出版水平，却离《三晋百部长篇小说文库》的原创要求有一些距离。为了尊重广大作家的创作热情和付出的努力，专家组经过充分讨论，提出可以将这些达到正常出版水平的作品，以《北岳风·中国原创长篇小说》系列丛书方式出版。省作协党组同意这个建议，于是，第一批共十部长篇小说入选，经过规范化审读和编辑程序，现在，这套书将出版发行。

一

　　创作最能体现作家对某一个社会进程生活经历深刻思考和昭示作家艺术追求的长篇小说，是每一位踏上文学写作道路者的良好愿望；而文学史家、批评家和阅读界对某一位作家的成就和价值的评估，长篇小说无疑是重要的一个尺度和参照依据；后代人们评价某个历史时期的文学成就高低，也是要看那个时期是否有一批高质量的长篇小说。因此，近些年来，山西大多数在中、短篇创作上有过一定业绩的作家，都转入了长篇小说的构筑。据有关资料介绍，仅就进入新世纪以来的十多年，每年全国出版或发表的长篇小说大约有近千部，山西省也有几十部。从数量上看，是改革开放以来最为活跃和创纪录的时期；从作者队伍看，中年作家是主力，老作家中也有不少新贡献，青年作家则初露锋芒。

　　我认为，长篇小说创作出现这种繁荣现象，应该说是文学创作内部发展规律的必然走向。当然，读者对文学的热情逐渐减退和各种文娱形式的兴盛，也促使作家们不必再追赶阅读写短平快作品而沉下来做长篇大活。从创作内部发展规律分析，经过"文革"十多年的严重摧残，使得整个文艺创作园地一派凋零；进入新时期以后，随着社会政策的拨乱反正，作家们爆发出前所未有的热情，显示了十分旺盛的活力，大家多年积蓄的生活感受汹涌喷发，短篇小说自然首先得宠，成为作家们表现形式的最好选择。几年过去后，作家们似乎感觉到短篇小说难以将他们对人性的深层思考和对探索艺术的愿望全部承载，于是，中篇小说以从未有过的显赫登上文坛，为作家们纷飞的思绪和艺术创新的热情提供了最佳工具，也为读者逐步增长的阅读要求提供了机会。随着文学作品在文艺形式中一枝独秀的局面开始衰微，同时，作家们经过十来年的左冲右突，把过去的体验大都宣泄于尽，探索新的艺术表现方法的热情也告一段落，意识到认真地思考一些社会问题和确立自己艺术风格的时候到了，而这种"思考"和"确定"的结果，非长篇小说表现不行，所以，长篇小说创作开始走俏。从20世纪90年代至今，假如你碰到任何一位有过一段创作经历的小说作家，询问他的创作计划，无疑，都会以正在写长篇作答。

从外部条件分析，读者经过十几年的时间，对阅读文学作品的热情逐渐减弱，只当作一种业余生活的消遣方式。随着科技的发展和社会的进步，尤其是互联网横空出世后，娱乐形式越来越丰富多彩，人们的注意力被分散，阅读文学作品一家独大的局面不复存在。再加上现代生活节奏加快，市场经济冲击着一切领域，人们都在为了生计奔波，休闲或余暇时间只想轻松愉快一些，而阅读小说是很难做到这一点的，尤其是新潮小说中所追求的深沉、探索、寓含、意识流、时空交叉等等，让许多读者感觉不是在消遣娱乐而是增加疲惫。另一方面，随着人们观念的改变和与国际交流的加强，大多数人的主动参与意识不断增强，被动地接受作家的思想已经让他们不喜欢，他们也要参与创作，比如风靡一时的卡拉OK、网络小说，就是因为给人们提供了参与自娱的条件，所以倍受欢迎。这些外部条件虽然不是专门为对付文学作品而出现的，但是，它们对作家的自尊、清高、以我为中心等多年形成的意识，却是一个不小的打击，作家的崇高地位开始动摇，职业的优越性转向了危机感。如此，促使作家们开始冷静地思考文学的热情减退之后，创作应当采取什么对策，进而认识到应该从艺术的角度多表现些人生、历史的实在内容，让读者在为了消遣娱乐而阅读文学作品的同时，也不无某种生活的启示。长篇小说的基本属性契合了作家的意愿和社会发展的要求，因此，也就从中、短篇转到了长篇创作。

二

1. 题材丰富多彩

选择何种题材进行创作，是每一位长篇小说家进入写作前必须有的程序。近年来，一些作家和理论家对于题材理论有些异议，认为创作不必拘泥于题材的限制，可以完全凭着感觉和意识去驰骋，宣泄思想是不管题材的。我认为，这种看法对于某些情感型作家突发灵感后进行创作，有时是正确的；而且，也只有写短篇小说或个别中篇小说适合这种理论。相对而言，长篇小说的创作，如果不强调题材的作用，或者有意回避题材界限，那么，作者是很难驾驭整部作品和整个创作过程的，就我迄今阅读到的古今中外长篇小说而言，很少有难以确定题材归属的作品。我之所以特别强调题材这个问题，是因为宏观上研究某一段时期某个地域或者某个文学刊物或者某家出版社长篇小说的走向，首先应当从题材角度去审视，这样，才可能得出合理的结论。

纵观这次出版的《北岳风·中国原创长篇小说》系列丛书，从题材上看，可以说是丰富多彩，多点开花。传统的农村题材、城市题材自然还是占有重要位置，而历史题材、知识分子题材、风俗小说、爱情小说等等，都各具特点，自成体系，构成社会生活的各个方面，都有作品予以反映。无疑，题材的丰富和广泛是值得肯定的，这也是整个国内长篇小说创作在这三十年的一个特点。出现这种现象，最基本的原因是社会生活呈现出前所未有的活跃和多姿，置身于任何一个行业的人们，都有丰富的生活感受，有复杂的人生思考，有变化着的人际关系需要处理，有不断袭来的观念需要更新，这些都为长篇小说创作提供了非常厚实的内容，生活在任何一个职业中间的作家，都会获得他所希望得到的创作素材。

2. 农村题材为主导

在丰富多姿的题材中，农村题材一直占据着山西长篇小说的主导位置。这是因为，中国是一个农业大国，农民，包括工作在城市的农民工，占总人口的一多半，农村社会的变迁和农民思想的动荡，影响着整个国家的发展，标志着民族的文明程度，体现着进步与落后的水平。中国历史上的每一次重大变革，绝大多数是从农村发生、发展，然后才走向城市的。因此，作为社会生活和人类情感全面反映的长篇小说创作，绝对不能不以农村题材为主要选择对象。另外，我们都应当承认的一个事实，当今中国的众多小说作家，特别是山西作家，基本上是以农村为基础成长起来的。他们中的一部分是生在农村、长在农村，以后由于种种原因进了城，写起了小说，但无法抹杀农民的习惯、农民的心理，甚至农民的生活方式；也有一部分作家虽然生长在城市，可他们的父辈却是农民出身，他们跟农村有着千丝万缕的联系，骨子里流动的依然是农民的血液；还有一部分较为年轻的作家，从来没有离开过城市，可是我们都应当承认，中国的几百座城市中，属于真正意义上的城市只是有数的个别几座，大多数城市人的生活传统、思维习性，尤其是文化心理，仍然是农民式的。这几类作家由于上述特点，决定了他们写农村题材小说会感觉轻车熟路，非常顺手，而他们无疑是中国作家群体的主要组成部分。这套《北岳风·中国原创长篇小说》系列丛书中，像《肥田粉》《玉香》《柳暗花明》等，都是典型的农村题材。

3. 城市题材的典型性

与农村题材长篇小说占主导地位相比，这套书中城市题材长篇小说是偏少的，只有《天上有太阳》一部。面对三十年中国城市快速发展现状和内涵丰富的现代工业社会的形成过程，长篇小说创作的步履显得比较乏力。从全国范围看，也很难列举出一系列在读者中引发轰动效应，或者在文学圈子内引人注目的长篇小说的篇目。实际人口已经超过总人口一半的城市人，阅读不到多少真正反映他们丰富生活、复杂感情、追求希冀的长篇佳作。应当说，大多数市民是具有阅读能力和阅读要求的，他们的文化基础已经和他们的前辈不同，不必围在一起听别人读，阅读的选择性越来越明显。

我以为，城市题材长篇小说创作之所以不尽如人意，关键是众多作家对快速发展的城市生活有一种隔膜感，他们还停留在传统的、单调的老式城市生活认知层面，这样，自然难以激发出创作时具备的热烈情绪、流动意识、审美感受等等，人们在现代文明与传统观念发生撞击时爆发出的火花，负载到城市题材中，似乎还进入不了熟悉的境界。另一方面，我们也不排除一个事实：由于熟悉写作对象，作家们更乐于去农村或者历史生活中寻求较为捷径的创作素材，去相对于稳定的农民和古人心态中挖掘民族文化特色，而动荡不定的现代城市生活，让作家们在短时间内就思考出较为深刻的内容来，显然是勉为其难的。这种现象也反映到《北岳风·中国原创长篇小说系列》丛书作品中。

4. 历史题材的启示性

历史题材长篇小说的创作，一直是小说家投入较多的一个方面。这是因为，相对于现实生活的变幻莫测，历史题材更容易被作家们所把握，已经成为历史的人物或者事件，可以承载小说家的诸多艺术手段的尝试，承载小说家关于民族、关于社会、关于人生的多方思考。另一方面，读者对历史题材有着陌生感，求新、求奇的心理，驱使他们对历史题材小说不能不产生兴趣，这种阅读心理自然是作家熟悉的，也就要多在这个题材领域下点功夫。这一点也体现在了《北岳风·中国原创长篇小说》系列丛书作品中，从《中国丈夫》《中国劳工》等几部作品可以看出，作家们都是用新的历史观表现历史人物或历史事件，能够产生较强的启示现代的作用。

三

三十多年来，整个国内长篇小说创作，比较趋向一致的艺术主张，可以概括为：追求平实的叙事风格，直面社会，冷静表达，强调故事的感染力，注意可读性，让读者阅读之后能够获得某种对人生、对社会、对历史，甚至对未来的启示或联想。事实上，这也是山西长篇小说创作的基本艺术特色。

我理解，这种艺术现象表明了这一代长篇小说作家已经开始走向成熟；他们似乎要寻找一条既能充分显示自己关于人生、关于生活、关于艺术的探索，又能唤起读者的阅读兴趣的写作途径。这样的途径按说是不难寻找的，然而，几十年来的长篇小说创作总是把握得不够准确。由于20世纪50年代、60年代是被动地适应读者的阅读能力而忽视作家自己的理解，导致80年代、90年代则偏向重视作家个人主体意识的宣泄而忽视读者阅读要求的一端，造成创作与阅读的隔膜。长篇小说创作属于艺术生产的一种方式，存在着生产与消费的过程，如果处理不好生产与消费的关系，会影响到作品的传播力。可喜的是，经过一段时期的探索，长篇小说创作的艺术走向，越来越适应阅读的需求，找到了一条合理的道路。

从《北岳风·中国原创长篇小说》系列丛书作品中可以看出，这些年来作家们切入的角度，往往是凡人俗事较多，更接近普通老百姓的日常生活。我们在20世纪50年代、60年代长篇小说中常常读到的悲壮、英雄、理想主题和宏阔的大场面大冲突等等，已经很少出现在当今的作品中，让读者阅读到的主要是逼真的生活过程，逼真的细枝末节，逼真的人物心态，逼真的文化氛围。

由《北岳风·中国原创长篇小说》系列丛书艺术特点，我产生了一点关于长篇小说创作艺术精神的思考。近三十年来山西的长篇小说创作，数量是创纪录的，一些代表性作家在创作方法上的有益探索也是值得赞赏的。但是，如果我们站在文学史的位置上观照，就会明显地感觉到，真正可以称得上具有突破性意义的扛鼎之作还是少数，大多数作品属于探索之作。

为什么会出现这种乐观的数量与有待提高的质量共存的现象呢？我以为，简单地概括其直接原因，不外乎作家生活经历简单，人生体验不够深刻，感情投入不彻底，艺术积累不厚实等几个方面。实际上，这些直接原因的基本症结在于，作家缺乏一种博大精深的艺术精神。这种艺术精神决定着作家在理解人生、透视历史、叙述故事等过程中，能否具有不同于别人的独特风范。

不难确认，在大多数小说家的思维里，虽然不能说没有急功近利的意念，但是，他们总还是希望自己的作品能跳出平庸的圈子，用艺术的魅力感染读者。那种就事论事的思维方式，那种肤浅单一的生活判断，那种直奔主题的建构形态，都不可能是作家在创作长篇小说时愿意出现的景况。我不否认，由于整个国家的社会环境的冲击，例如随着经济体制改革的不断推进而强化了人们的务实精神，商品经济大潮的席卷使许多人转向了"向钱看"的实惠主义，国外各种思潮的渗透致使部分人的价值观出现了某些失落，等等，这些都会对作家产生一定的影响。但是，长篇小说创作毕竟是一种艺术精神的活动，不能让外界的干扰过多。所以，能否写出优秀作品，关键还是艺术精神本身的体现。

从明、清时期的《红楼梦》《三国演义》《水浒传》等经典大作，到"五四"以来茅盾、巴金、郁达夫、老舍、钱锺书等文学泰斗的长篇代表巨著，之所以能够成为传世之作，成为中国文学发展史上的一个个辉煌纪录，成为长篇小说创作永远的楷模，最根本的一点，就是这些作品有着一种悠远而充满了生命力的博大艺术精神的缘故。当代长篇小说作者，必须要在生活阅历、艺术修养、思想基础、情感投入等方面向经典作家学习，才能逐渐树立自己的艺术精神和品味，创作出优秀作品来。

2017 年 5 月

（杨占平，山西省作家协会副主席、《三晋百部长篇小说文库》专家组组长）

爱是美好、光明和温暖的，而爱的选择却需要信念和勇气，因为它意味着承担、付出和牺牲。

——题记

目录

三晋百部长篇小说
文库·长篇小说
北岳·中国原创
长篇小说

卷一　烽火多情仇

一

　　1945 年末伏的最后一天，太阳仍旧毒烈，烤得村里的石板街和岭上的岩壁像烧过火的土炕般发烫。怀揣剪子、手握镰刀的方玉玲，两眼放射着复仇的怒光，穿梭在岭上的林荆丛中寻狼。她的衣衫被树枝和荆棘长一道短一道划破多处，左裤筒的外夹缝扯至大腿，细腻白皙的肌肤随着脚步的移动若隐若现。

　　又钻进一条松稠荆密的深沟，她看着透过繁茂的枝叶缝隙洒落下来的火红色晚霞，估摸太阳快要落山了，狼也该回窝了。她抹一把脸上的汗水，理一下散乱的头发，双手紧握镰柄半蹲身子机警四顾，屏息静听，只有沟底山泉的流淌声。她生长在龙岩岭，却没到过眼前这条沟，也无须认识它，只想找到嘴巴沾满她娃鲜血的那只恶狼，一镰刀把它杀死，出了心头这口恶气。

　　她狠盯一眼渐渐暗下来的沟岔，咬紧牙关挥舞镰刀发疯似的唰唰狠劈脸前的松枝，咔嚓一声镰刀刺进松枝里。她使劲一拉，镰柄粗的枝柯被削掉一半。由于用力过猛，身子后倾腿脚后腾时被藓苔一滑，仰面朝天摔倒，屁股蹾得生疼。她母虎啸山般吼了声"小——玲——"哇地大哭起来。

山口前小河南岸的那个打谷场位于村子背后，人们习惯称其后场。坐落在场北的两间看场房子，是方玉玲当下的家。

她原本有家，而且还是个挺像样子的农家四合院。两个月前的一个浓雾弥漫的凌晨，日本鬼子又一次进村"扫荡"烧了她最后仅剩的那幢房子——当她和婆婆听到街上的枪声、哭喊声以及起火带炮的报警声时，几个鬼子已经撞开了栅栏大门。婆婆把娃儿递给她，一把将她推出后门，喊了声"快跑"便关门上闩赶至正门，背靠门板拼命堵住。正要踹门入室的鬼子感觉门里有人，后退一步，刺刀顺着门缝刺去，一股殷红的血水顺缝流出——她老人家用微弱的声音喊出此生最后一句："儿啊——狠狠打鬼子！"倒入血泊中。

怀抱女儿逃到岭上的方玉玲，遥望自家被大火吞没，不见婆婆赶来，泪似泉涌，心如刀绞。

打那天起，无家可归的方玉玲抱着孩子便住进了后场的场房。

这个有里外两间的看场房子，虽说少门没窗，但里间有一盘土炕，外间用来放置木锨、木叉、扇车、扫帚等打场用具，还垒砌着一个做饭灶台。灶火洞子有两条烟道，其中一条与里间土炕相连，秋冬之际打开烟道，可在做饭的同时取暖御寒。方玉玲选择暂住这里，一为遮风挡雨，二图紧靠山口，鬼子"扫荡"便于躲逃。

方玉玲收拾这个房子着实下了一番功夫。她用牛筋棍编成小方格糊上毛头纸做窗，用干草麻绳编扎修剪成帘子做门。唯恐草帘不牢靠，又绑了一扇荆棘片子，为白天出门晚上回屋扛门户。她跟出生五个月的女儿唠叨："咱娘儿俩且在这里将就哇。等你爹打走鬼子回来给咱盖新房。"

在这兵荒马乱的年月，不单方玉玲，龙岩村几乎家家都过的是"糠菜半年粮"的光景。方玉玲上岭挖菜总把女儿背在脊背。倘若出门时女儿睡了，怕岭上风猛吹下疾患，只好撂她在炕头，挡好荆棘片子，快去快回。"三翻六坐九爬撒"是娃儿周岁前体能发育的一般规律。方玉玲知道自己的娃还不会爬撒，醒来至多哭几声。没想到中午挖菜回来，草帘的右下角开了口，荆棘片子上挂着一撮儿狼毛。她慌忙掀开片子进屋，炕头仅剩染着血迹的小铜锁和兜肚了。她只觉脑袋嗡的一声，顿时一阵眩晕，两眼墨黑，双腿瘫软，一身冷汗浸透衣衫，五脏六腑像被什么东西压住似的停止了运行，呆了好一阵子才缓过气来，最终意识到可怕的后果已经无法逆转，双手拼命拍炕，绝望地号啕起来。

她哭着哭着耳边仿佛听到了女儿的哭声、恶狼的吼叫。她一手提镰一手握剪拔腿冲出场房，在打谷场上疯跑了几圈，什么都没找见。她被丧子之痛搅得疯魔狂怒到了非报此仇不可的地步，不顾得知此讯前来安慰她的人们的苦劝，眼神闪耀着极端的固执，飞步跨过小河朝山里奔去。

方玉玲手提镰刀拖着酸软的双腿回到场房，天已黑定。

屋子里仍很闷热。她用火镰打燃葛絮，狠吹几口引着麻秸，点燃墙壁上插着的松明，轻微的松香气息很快灌了满屋。她双手捧起炕上的小铜锁和肚兜，撕心裂肺地喊了声"小玲——妈的心肝儿——"又大哭起来。

不知哭了多久，口干舌燥的她走出外间，拿起老葫芦锯成两半做就的瓢儿，从水瓮舀了水咕噜噜喝下去，盯一眼没能挡住恶狼入室的草帘，一把拉下来扔出门外。她看着敞通通的门口，突然想起"狼走三遭不离旧道"的老话，心里狠狠骂道：恶狼，你来哇，再来哇！你死还是俺死，咱今儿个黑夜弄个长短！她愤愤走回里间，把镰刀和剪子放在炕上，抓起一把松明点燃，一根根插入脱落了泥皮的石墙缝隙。引狼入室的光亮塞满了场房的里外两间，刺鼻的松烟顺着门口外溢。

往日的这时是奶娃的时候，她不知没娃的日子咋过。她眼噙泪水看着手心里的小铜锁摸啊摸，摸个不止；两个膨胀的奶子痉挛般收缩了一下，浓浓的乳汁从乳头流出，洇浸在薄衫外头。她抬手轻揉心下骂道：你好傻！娃儿都没啦还出来做啥。正在这时，忽然听到"吱——砰"的一声起火带炮的声响，紧接着又是几声。自打鬼子毁掉佛钟场的大佛钟，起火带炮便成了"鬼子进村啦，乡亲们快快逃离"的报警信号。

方玉玲本该火速逃上岭去。可她陡然悟出：害了女儿的罪魁祸首就是日本鬼子！她不但没走，而且一个惊人的念头在脑海里闪现——扫一眼炕头的镰刀剪子，庄重地走到窗台上摆放的三角破镜前，撩起围腰擦干眼泪，理了理蓬乱的头发，整了整刮破的衣衫，打定了杀鬼子为女儿报仇的主意。

"玉玲——快——"方玉玲能听得出，来自远处这半声呼唤是好友侯拉弟的声音。她这时格外冷静，没有丝毫恐慌，看着镜子里的自己寻思：鬼子的皮肉应该比狼的皮肉好下刀，杀一个鬼子要比杀一只恶狼或者两只恶狼都解恨。藏到房子外头的后墙根对，还是躲在里间等鬼子一露头举镰猛砍容易得手？她正思谋，突然两个鬼子悄无声息进了外间。她慌忙去抓镰剪,却被冲进来的鬼子扭住了胳膊。她拼命挣扎无法得脱,正要呼叫又被毛巾塞了嘴。这时,门外又进来一个赤着脚板没有挎刀枪却打着手电筒的鬼子。她这才看清,先进屋的这两个鬼子也没穿鞋挎枪。

方玉玲被摁坐在炕沿,两个鬼子各腾出一只手便去解她斜襟上的布疙瘩扣。她的鼻孔愤怒地喷发着发狠的粗气,用尽全力扭动膀臂,虽没挣脱,两个鬼子也没如愿。鬼子并没有因为她的反抗而作罢。打手电筒的那个鬼子双手抓住她的领口用力一撕,吱啦一声布衫被扯开,雪白的胸脯、圆滚高翘的奶子袒露无余。鬼子瞪大眼睛淫邪地盯视。她心一横无声地怒吼:鬼子,你们来哇,来哇!只要俺拿到镰剪,总给你们的肚皮剜个窟窿!

奇怪的是鬼子没脱她的裤子。打手电筒的那个家伙借着亮亮的电光伸手便抚摸挤压她的奶子,乳汁一滴滴掉落了下来;他们立时爆发出异样的惊喜:"哟西!"那家伙又把电光挪到她的脸上,见她二十岁上下,一双丹凤眼尽管放射着憎恨的目光,却不失漂亮女人特有的魅力。那家伙面含得意,跟那两个鬼子叽里呱啦说了几句什么,转头疾步离去。而擒她的鬼子仍然钳子般卡着她的膀臂不丢。方玉玲能看得出,这几个鬼子要把自己交给他们的头儿了——临死能杀个鬼子的头儿更划算!

须臾,一个留短胡的鬼子用军毯抱着个婴儿走了进来。这个鬼子脚蹬长筒皮鞋,军服的颜色也与那几个不同。挟持方玉玲的两个鬼子向这个鬼子垂了下头,脸上呈现出狂喜之色。打手电筒的那个鬼子跟随进屋,电光直射方玉玲的胸脯叽呱了几句。短胡鬼子凝视着方玉玲胸前佩戴的那尊冰清冰清的玉石观音坠,用极不流利的汉语说:"你的,对不起!"随即朝着擒她的鬼子喝斥了一句什么。两个鬼子松了手。一个为她拉起撕破的上衣,拽掉嘴里的毛巾;另一个把炕头上的镰刀剪子扔出外间,又复站左右。

短胡鬼子抱着婴儿上前一步,向方玉玲恭恭敬敬地弯腰鞠了一躬说:"你的,我们的对不起。我们的有罪。孩子的没罪。我的,孩子的送你。"在方玉玲眼里,鬼子都是些无恶不作的禽兽。这个鬼子为啥这样子温和谦恭,还要送人娃儿呢?她被弄糊涂了,本能地收了收撕破的上衣,微微抬头看去,见鬼子躬身送到面前的这个熟睡在军毯里的婴儿,比自己的小玲瘦小许多。她把脸转向一边,心里骂道:

俺的娃被你们这些挨千刀的坑害啦，叫俺给你带娃，没门儿！

短胡鬼子投来恳切的目光又说："我们的对不起，对不起。孩子的刚出生一个月，吃到奶水的才能活命。孩子的妈妈路上的死去。她临死的心愿——今生的最后的心愿：为孩子的找个有奶水的中国的女人的收养。孩子的没罪。孩子的送你。拜托你的救救孩子，救救这个没了妈妈的没了奶水的孩子。"说着流下泪来，咯噔一声跪在了方玉玲面前。赤着脚板的那三个鬼子，以及外间站立的几个也都跪倒在地，门外也传来哗啦啦的下跪声。熟睡的婴儿被声响惊醒哇地哭了。婴儿揪心的哭声，令方玉玲那对硕大丰实的奶子禁不住收缩了一下。她以天下母性对落难婴儿特有的怜悯伸手接过娃儿，娴熟地抱在怀里，身子往墙角处一扭，把奶子塞进其嘴里。娃儿收住哭声，像饿极了似的吱叭吱叭吮吸起来。

短胡鬼子眼淌泪水脸上流露出欣慰的笑容。他起身后退几步，学着中国的礼节双膝跪地，面朝方玉玲磕了三个头："我的有罪，孩子妈妈的没罪，孩子的没罪。孩子的送你，我的放心。"言罢退出门外，仔细地看视了一番这个破旧的房子，深鞠一躬，匆匆而去。

二

方玉玲把吃饱奶的小鬼子放在炕头端详，是个男娃——薄嘴唇，单眼皮，左脸蛋还有个酒窝儿，小手小脚不住地舞动。尽管娃儿都这么可爱，憋得难受的奶子经他吮吸也舒坦了许多，但他是小鬼子。方玉玲做梦都没想到鬼子会把报仇的机会送上门来。她揣测鬼子已经远去，便走出外间操起镰刀，噔噔噔迈着硬森森的脚步复返里间，双手紧握镰柄，却颤抖异常不忍下劈。小鬼子婴孩并不知镰刀在脸前晃动是要拿他的性命，还是舞手动足，毫无惧色。方玉玲放下镰刀陷入两难：万恶的鬼子瘟虫横行般侵入山泱县，毁灭了自己的美好童年，杀害了自己的几位亲人；丈夫舍生忘死没日没夜在外头扛枪打鬼子，自己怎能叫鬼子的崽儿躺卧在自家炕头呢？该找拉弟快快讨个主意。方玉玲狠盯一眼炕上的小鬼子，抓起两把麻秸，一把点燃照路，一把续用。

她留下敞通通的房门从后场走进村里，除了远处传来几声狗叫，整个村庄沉入深深的黑暗之中，就像今夜鬼子没有进村的样子。难道这群鬼子没有祸害人？

方玉玲这样想着，快步走进拉弟那个被鬼子早已烧掉了大门的院子。她见窗户没有灯光，以为拉弟睡下了，轻喊了几声无人应答，便知拉弟又带着她娃到柱国家去了。方玉玲转身出院，途经十字街来到柱国这个近年来几经修复的大门前，见两扇门板紧闭——外面锁着铁锁，里头闩着门闩。这令方玉玲弄不清里面到底有人还是没人。她借着门缝望去，见有一孔窑洞亮着灯。她正要敲门喊叫，忽然想起村人背地里嘈嘈拉弟跟柱国的那些小话，便打消了见拉弟的念头。

麻秸灯引路返回后场的方玉玲，惊奇地发现草帘挂在了门口，荆棘片子挡在了门外。谁来过？鬼子又返回来啦？她举起麻秸灯扫视，竟然发现刚才还一片漆黑的夜空已经变了样子——半圆月像是用足力气拉去阴暗的黑幕，露出了清亮温柔的笑脸，给场面、屋顶、松梢，给山山岭岭、村村庄庄、角角落落都镀上了一层绵软锃亮的白银。方玉玲趁着月光四下里张望，没有看到人。她进屋盯着炕头上睡去的小鬼子想了一阵心事，还是不知拿他该咋办。

方玉玲和衣躺上炕头，看着眼前的小鬼子，记忆深处的一件件往事从脑海中涌出，历历在目——

方玉玲和侯拉弟既是同龄人，又都生长在龙岩村的一个庄子里。她俩打小一块采花、捉蝶、挑花绳……形影不离。虽说玉玲家殷实富足，拉弟家贫苦寒微，玉玲却没有大家闺秀的做派，常常帮着拉弟姐妹上岭拾柴火、下河洗衣裳。方玉玲最开心的一天，就是和拉弟背着书包到坐落在佛钟场西南角的祠堂上学；最得意的一件事，就是十三岁那年正月十八，和拉弟姐妹去县城大街表演腰鼓夺得彩头。

龙岩村腰鼓队的这次夺彩，是龙岩岭上安庄有史以来，人们进城表演节目获得的最高荣誉。这件事令全村三个庄子的老少爷们儿欢乐了好些日子。也就在这一年，日寇的铁蹄踏进了太行山，踏进了龙岩岭。

方圆八里的龙岩岭位于太行山中段的白岩山东侧，其状就像坐北朝南摆放的一把太师椅。岭上土肥水美，林荆稠密；四周则峭壁耸峙，险峻难攀。南面较矮的八华里长的岩壁，也有三十余丈高。远处看去，斑斑点点，弯弯曲曲，犹如一条横卧的巨龙，人们便称其龙岩壁。壁下是一条狭窄幽深的河谷，东谷口叫龙门口，西谷口叫龙尾湾。白岩山的山泉从龙尾湾入谷，顺流八华里至龙门口出谷东去，为整条峡谷平添了无穷活力，因此得名龙泉谷。

几乎与世隔绝的龙岩岭，最初是罗、冯、耿、柴四个磕头兄弟安的庄。太行山的村庄多以姓氏命名，而他们兄弟依了山名命名为龙岩村。他们首先开凿出西岩盘那条盘岩路，后又伐树扒荆开垦出四片好地，再后来便娶妻生子成家立业。随着岁月的流逝、后代的繁衍、与外界结亲的增多，有的外亲为养家糊口便祈求上岭开荒。人是生财之源。四个家族的长者不但没有拒绝，反而动员族人伸手相助。为区别先后主次，外姓人安居界定在原有庄子的东西二里之外，按方位取名东庄、西庄，同时把原庄子叫作大庄。这样一来，龙岩岭上的三个庄子便有了庄与庄之间的称呼，对外合称龙岩村。人口的繁增导致起初四兄弟开凿的西岩盘无法适应所需——牲口驮货错让不开，挤落悬崖之事频发；娶妻嫁女的八台花轿再美也白搭……于是，龙岩人一起动手，历时数年，又在距西岩盘二里的东边开凿出一条能行走双套马车的盘岩路，取名东岩盘。

庄稼人有句俗话：粮食归了场，赛过自在王。每年秋末冬初，龙岩村三个庄子的头面人物总会精心筹划和操持正月十五佛钟场会班比赛的事。

那年玉玲、拉弟刚满十二岁，东庄庄头侯仁为使会班比赛高人一筹，挖空心思出奇招。他见玉玲这茬儿姑娘都没裹脚，便组建了一支女子腰鼓队。因怕耽误娃们上学，把排练时间安排在晚饭之后。为保守秘密出奇制胜，侯仁嘱咐学员和庄上人"一定要嘴牢"。他的儿子大瓦见他三番五次地对自己重复着同一句话，便有些絮烦，嬉笑一声，外露两个小虎牙说："好俺的老爹哩，您老人家费了九牛二虎之力想出个夺彩戏来，儿子的嘴再没把门的，也要松楔钉死，稀牛屎糊严——弄牢靠。"大伙听了大笑起来，拉弟笑得前俯后仰气喘泪出咳声连连。玉玲却转动着水灵灵的大眼睛，看着脸挂窘色的大瓦爹一声不吭。

没有不透风的墙。侯仁打造女子腰鼓班的事很快传了出去。

这天后晌放学时分，身穿酱色长袍的柴先生沉着脸摸着灰白胡须说："《孟子·告子上》曰：'不专心致志，则不得也。'听说你们近来都在忙乎节目，可不能耽搁学业。学过的功课要牢记在心，仔细提问答不来挨板子！"同学们见柴先生背抄双手迈着四平步走出教室，便收拾书本回家。玉玲却跟拉弟耳语了几句，二人又趴在课桌上做开了作业。跟玉玲同桌的柴祉是柴先生的孙儿。他整好书包擦净黑板扫了地，便拿起铁锁想锁门回家。可拉弟指手画脚地要他点燃松明为她俩照明。柴祉怕拉弟撒泼，又寻思她们不会太久，只好充当灯台。一顿饭工夫，二人才住笔。玉玲收好书本，感激地朝柴祉笑了笑，侧身向拉弟努了努嘴。拉弟会意，假笑一声虚奉柴祉："你是咱同学里头念书最强的一个，俺们背地里常常夸你呢。"这话听得柴祉脸面发热嘴里吭不出声来。拉弟又说："听说铁锤他们关着大门练腰鼓，到底练的啥绝活儿呢？要不咱仨去村长家的窑顶上瞧瞧哇。"柴祉摇着头慢腾腾说："不敢。回家迟了俺爷爷不行，要被村长瞅见……"拉弟唰地变了脸，喊着同学们送柴祉的绰号骂道："呆子，今儿个你去也得去，不去也得去！"说着跑到门口关上房门背靠门板要挟，"你个杂种要不去，就甭想走出这道门！"柴祉慌了神，连连点头答应。

玉玲、拉弟随着柴祉猫腰轻步来到村长冯弘家的窑洞背后，见掩入后街一截的后墙比大男人还高。柴祉毫不迟疑地放下书包蹲下身子，让她俩踩着自己的肩膀爬上了洞顶。爷爷虽然不允许柴祉来这里练节目，但他很想瞧一瞧村长今年新编排的腰鼓动作是什么样子。于是跃身一蹿，双手扒住洞顶沿石爬了上去。他们悄悄摸至前墙边伏身俯视，见院墙半腰插着的几根粗大的松明把天井院照了个通亮，村长冯弘直挺挺站在高于院面两个台阶的月台上严厉地教练队员。玉玲、拉弟屏气凝神细瞅，见排于前列的二人正是在学堂一块念书的耿铁锤和罗春牛。他俩带着队伍，随着冯弘的手势，踏着鼓点节拍，一招一式练习。看那动作，将文腰鼓的典雅优美，武腰鼓的粗犷豪放，与浑厚雄壮威猛刚烈的武术招式有机糅合，飘逸兼有激越，潇洒不失细腻。听那鼓声，轻微时犹如蜻蜓点水，重放处好似洪涛汹涌。尤其那伴随着高昂的嗨嗨声和腰鼓的咚咚声马步倒翻、回旋急转、腾空跳跃、踢脚单点等一连串高难度动作，令人眼花缭乱，目不暇接。玉玲当下生发出动员仁伯模仿这套动作的想法。

三人看了一遍又一遍，直到练完腰鼓又排练跑炮，他们才悄悄退回后墙。

上墙容易下墙难。柴祉见洞顶下面黑咕隆咚深不见底，心里不免有些害怕，但又无路可走，只能硬着头皮来。他慢慢摸到墙边，双手扒住顶石放下腿去，咬牙松手咚的一声掉落了下去。

拉弟学着柴祉的样子试了试，"妈呀"轻叫一声缩回了身子。柴祉怕人撞见，小声催促："快下哇！"玉玲灵机一动说："柴祉，你抬手招架一把俺就下去啦。"柴祉知道"招架"之意无非是举手托住她们的屁股下墙——打死都不敢触碰女生的屁股。柴祉犹豫片刻急中生智，摸起一个墙根处撂着的书包，双手举过头顶说：

"下哇。"玉玲转身便下，还没放展胳膊就感觉屁股坐到了书包上。她一松手，竟然把柴祉坐倒在地，她也仰面倒在柴祉身上，蹾得柴祉流出两眼生泪。

拉弟下墙时，有玉玲和柴祉招架，倒也顺利。

生怕爷爷打板子的柴祉，回到家才发现自己背了玉玲的书包。

龙岩岭上生活的人们，在承受苦难谋求幸福的过程中，也创造了独特的地域文化。

大庄庄前占地十亩的佛钟场，是龙岩村祭天祀神、商交集贸、会班演戏的场所。横垒于广场北端的那堵宽五丈高九尺的石墙，犹如整个场子的靠山和屏障。石墙的正前方砌着一个两丈六尺见方、四面环绕八步台阶的方形石台。台子中央的东西两边立有两根丈余高的粉红色岗岩方柱，柱顶开卯横搭着一根八尺八寸长的条石；条石中间镶嵌的那条粗壮的铁链子系着个碗口大的铁环，环上垂吊的那尊大铁钟的钟面铸有大大小小无数个各种字体的佛字。佛钟台前广场的左右两侧，各栽有九根间距十五步的一搂粗丈余高的岗岩圆柱。柱面精凿细磨滚圆光溜，柱顶雕有罗汉头像，寓意"十八罗汉护佛钟"。

佛钟场的罗汉柱、佛钟架，以及大佛钟所呈现的恢宏气势，在太行山数以万计的村庄广场修饰中是极为罕见的。

佛钟场的建设年代已无法考证。本来龙岩村合村所建的祠堂珍藏着安庄以来的村史资料，北宋末年金兵进犯中原一把火烧了个精光，各个阶段所发生的事件也就成了一把灰，流传下来的只是些传说，最为神奇的要数佛钟的来历。据说，大佛钟是一位虔诚敬佛的五台山僧人用平生化缘所得而铸。他从铸造名地——太行山南端的泽州，雇用抬杠壮汉运往五台时，途经山浹县龙泉谷恰遇一场暴雨。爱钟如命的老僧人见谷底狭窄，生怕上游涌来洪水冲了去，便要壮汉们顺着东岩盘把佛钟抬上了壁顶。次日雨过天晴，壮汉们正要招杆儿启程，老僧人却双手合十念了声"阿弥陀佛"，从褡裢掏出银子递给壮汉，要他们原路返回，同时跟前来送行的龙岩人说："你们这龙岩岭是仙境之地啊！昨夜文殊菩萨点化老衲将佛钟安置于此。"村人先是一愣，随即跪地连连拜谢。此后，龙岩人在老僧人的指点下竖起罗汉柱，砌起佛钟台，吊起佛钟，建成了佛钟场。老僧人临别再三叮咛："龙岩岭万佛已归一钟，无需再盖庙宇。切记：钟在人兴旺，钟毁人遭殃。"

时至今日，人们都不知罗汉柱和佛钟架是采用什么方法吊装的。但龙岩人铭记老僧人的话，对佛钟神佛般敬奉，珍宝般爱护。

龙岩人正月十五齐聚佛钟场会班闹红火始于明末清初。授艺师傅是李自成手下的一个名叫宋秉元的小头目。李自成兵败撤出北京，逃往陕西途经太行山，宋秉元为阻击追杀闯王的清军，在太行山关隘的一场血战中身负重伤，被龙岩村的几个驮脚后生救回村活了下来。他刚能下地走路，就撂下一张感谢救命之恩的纸条不辞而别。几个月之后，他又回到了龙岩村。他说本想一头撞死，又觉得今生还欠着龙岩人一份人情，想把平生所学武功及打腰鼓、跑炮等技艺传授给龙岩人。他在精心给孩童们传授技艺之余，常常讲述跟随闯王潼关南源大战、商洛山练兵、东渡黄河等事。有时也自语："李信兄弟可是真心实意随闯王打天下的呀！闯王为啥用那样的手段害他们呢？"为使所授技艺越传越精，他苦思冥想设下一法——比赛。他见龙岩村的三个庄子人口数量不相上下，学艺人数也差不多，便在每年正月十五以庄为单位竞赛夺彩。彩金由村里人自愿捐献。宋秉元去世后，所传技艺确实得到了发扬光大，竟成为本县独具特色的乡间社火。

民国二十六年元宵之夜，绑插在佛钟架和罗汉柱上的几百盏松明照得佛钟场亮如白昼。龙岩村百姓和邻村前来观看红火的人们把佛钟场拥了个水泄不通。谁知一阵狂风刮来，几盏松明随之被吹灭。

村长冯弘与往年一样，迈着稳健的步子走上佛钟台，噹——噹——地撞起钟来，悠扬悦耳的钟声划破夜幕越山跨河传向远方。可场上之人谁都不会料到统御如此盛会的佛钟，今夜竟然是绝响。

佛钟响过十八声，表演正式开始。为取"炮声迎春，旗开得胜"之意，第一场演的是"跑炮"。扮演大、二大王的耿铁锤、罗春牛举帅旗提火铳各带十四人有序入场。他们都是冯弘的武术弟子，这场排兵布阵御城守关拼打格斗的武戏艺精技绝，咚咚咚山响的铳声扣人心弦。东、西两庄的跑炮队甘拜下风——还没上场就失去了争头夺彩的勇气。

腰鼓是龙岩村会班的重头戏。大庄三十个小后生一色新奇的腰鼓动作，令人耳目一新。而大伙急切期盼的则是东庄的女子腰鼓队登场。

玉玲、拉弟带着姑娘们一出场，几乎惊呆了所有观众——谁都没有想到这三十个姑娘能打出如此精湛的腰鼓来。冯弘看出了端倪，推一把身旁的侯仁，小声叫着村人送他的雅号问："老善人伙计，谁偷的戏？"面赧心虚的侯仁一时大张着嘴巴吱不出声来。冯弘又说："我知道你老善人不干这号事。我实在佩服偷戏人的能耐，几乎丝毫不差。今年腰鼓的彩头归东庄啦。我只想弄清偷戏人是谁。"侯仁摸一把发烫的脸说："是领队的那俩丫头片子。弘哥，拿这套腰鼓夺彩不是兄弟的本意。我见你新编的动作实在精彩，才依了娃们的意思。"冯弘夸道："呀哈，这俩娃了不得！明儿个你把她们全都带来，男女班合在一起操练两天，咱大后天进城汇演闹它个长短！"

三支腰鼓队演罢，大庄、东庄不分高下，一时难住了评判席上坐着的十多个老汉。冯弘站起身子说："甭说东庄的女娃们打得那么好啦，就看在咱龙岩村开天辟地头一支女子腰鼓队的分上，彩头也该归东庄。"老汉们也都点头赞同。居中掌舵的老者起身宣布："腰鼓队的彩头归东庄女娃！"这一声出口，乐得玉玲她们手舞足蹈，欢呼雀跃。

接下来便是耿铁锤等小后生舞刀弄枪耍武术。他们的表演引发了大人们的兴致：青壮年纷纷上场抖搂包袱底，展示绝活绝技。

外行看热闹，内行看门道。上座的老汉们细心观察，手脚敏捷功夫过硬的要数老铁匠耿义全的大儿子——县府保安团当差的铁砧。他是冯弘的关门弟子，今夜村里闹红火便带了保安团几个弟兄凑热闹。他长枪短刀舞动了一阵，令保安团的团丁和邻村的后生越看越过瘾，有的竟然提议要他与人对打，一比高下。他明知村里会班唯恐失手伤人，禁止擂台之争，但还是躬身抱拳相邀："谁肯赏脸和我过几招儿玩玩？"等了一会儿没人进场应战，他便从腰间镖囊抽出三支镖刀，连打三个筋斗嗖嗖嗖出手，打灭三盏佛钟架横梁上绑插的松明。开了眼界的团丁和邻村观众大呼小叫，赞不绝口。然而，耿铁砧打松明露本领之举吓坏了村人。开春闹红火就图个敬奉天地，祭祀神灵，祓除祸灾，祈降吉福。在他们看来，佛钟场的每一盏松明，都系载着每一个龙岩人的命运——咋敢打灭？！本为今夜狂风吹灭不少松明而不悦的冯弘，一个箭步上前，朝着耿铁砧啪啪扇了两记耳光。团丁一拥而上正要动手，铁砧却抹一把脸喊了声"咱们走！"带人去了。

正月十八是山泱县一年一度的社火大荟萃：跑龙、舞狮、踩高跷……好不热闹。冯弘带着六十名腰鼓队员，打着柴秀才大书的"龙岩岭腰鼓队"牌子，在县城大街整齐划一桴鼓相应的演出轰动了全城。尤其在县府搭起的临时观览台前的表演，万头攒动的广场掌声雷动，无不称绝。身穿藏蓝色中山服的严思宝县长端坐台上不停拍手，连连叫好。

汇演结束颁奖开始，龙岩村腰鼓队毫无悬念地夺得彩头。冯弘安排领队的两男两女上台领奖。严县长离开太师椅，从秘书托着的木盘里拿起两条红绸带，披挂在方玉玲、侯拉弟肩上，又把红纸裹卷的两摞大洋递到耿铁锤、罗春牛手里。台下赞许声喝彩声呼哨声响成一片……从这天起，方玉玲、侯拉弟被山凹人称作龙岩岭上的两朵花。

正当龙岩人沉浸在腰鼓队夺彩的欣喜之中，柴先生与世长辞了。他是龙岩村最后一个秀才，恰逢死在正月，自是一桩大不吉利的事。有人嘀咕与耿铁砧飞镖打灭松明有关。而狂风吹灭那么多松明又当如何解释呢？无论怎么说，娃们的学业不能耽搁。于是，村长冯弘又从外头聘来个名叫居子宽的先生。他微笑着走进教室上第一堂课，就要学生称他"老师"。娃们觉得这位含笑讲课的居老师虽不拿戒尺打人，但骨子里隐藏着一种令人敬服的东西。

三

方玉玲、侯拉弟亲姐妹般相处，不单是打小一块玩耍一搭读书一起长大的缘故，还与她们父辈的交情有关。

拉弟的父亲侯琛是本村有名的种地把式，犁耧耙耱无所不精。他比玉玲的父亲方太文大两岁，为方家当领尚（长工头）多年。而不知情的人很难分辨谁是掌柜，谁是伙计。春秋两季不说，平时他俩也都一同下地一同收工，连侯琛家的四亩二分地的耕种、锄刨、收割也都一起干。每年年末，方太文除按领尚的薪俸行情给足侯琛应得的钱粮外，还会多给两石小米、两匹好布。因此，拉弟小时穿的过年衣裳几乎与玉玲不相上下。

拉弟刚出生，侯琛见是个丫头片子，便不住嘴唠叨事情坏在大妮"拉翠"这个名字上啦。满月那天，侯琛抱起娃儿亲了几口说："俺娃的名儿就叫拉弟哇，拉来个弟弟好为咱侯家撑门立户，传宗接代。"

天公不作美，此后十余年拉弟妈的肚子一直没动静。侯琛每当与妻做完那事，便揽在怀里问："觉见怎地？"妻推他一把笑骂："又不是绣花缝衣——下点儿功夫就成！"有时侯琛摸着妻子扁平的肚子禁不住唉声叹气，妻却心气十足地说："不要急，俺还有红儿，一定能生！你看咱家拉弟的性格多像男孩。只要送子娘娘给咱个娃儿，一准是个儿子。"

就在拉弟进城打腰鼓夺得彩头的那年春天，拉弟妈有了身孕。侯琛高兴得整日合不拢嘴，地里干活有使不完的劲。方太文笑道："人得喜气精神爽。嫂子要生个长鸡巴的，你定能年轻十岁。"

拉弟妈摸着一天天鼓起来的肚子，心里溢着甜滋滋的味儿，只盼着是个男孩，平安降临。然而，这年秋天日本鬼子进了山浃县。县长严思宝和他手下为剿共招募的保安团，没等鬼子开到城根就匆匆溜走了。

"不要怕，鬼子不碍咱生娃的事。"侯琛看着妻子凸起来的肚子宽慰。妻子却心神不安："听说鬼子到处抓人应差——又是驮脚，又是修路，还盖什么哨房（据点），动不动就杀人放火。俺怕……"侯琛摆出心里有底的样子说："他们抓差抓男人，不抓女人。狗日们来咱村两回都扑了空，不也乖乖地去了吗！听说鬼子不轻易杀害百姓，有的还给娃们麻糖吃呢。"侯琛尽拣好听的说，"外头还传传着好些有趣的事哩。说是从鬼子的裤带上就能看出他当没当爹。他家有几个娃儿，裤带上就携着几个各色洋布缝制的小布娃。有的鬼子还摸着咱村乡娃们的脸蛋流泪呢。"说着又叮嘱，"娃们停了课，你得管住咱家大、二不要出门。听到钟声，就带她们往岭上跑。村长说的是：岭上就是咱龙岩人躲灾避难藏身活命的去处。"侯琛的话使妻子悬着的心稍稍放了下来。

初冬的太行山被冷风吹成了灰色，龙岩岭的松林也由翠绿变成了墨绿。这天后半晌，拉弟妈腆着肚子正做针线，突然传来迫切的撞钟声——这是鬼子将要进村，村长冯弘向村人发出的躲逃令。她扔下针线喊了声"大、二，快跑"，便拉起女儿往庄后的岭上奔去。母女仨来到一处僻静的洼地，拉弟妈只觉肚子剧痛，下身水湿淋漓，便知奔逃动了胎气。她后悔方才不该猛跑，更为孩子早产能否成活而担心。她虽疼痛得抓地号天汗流满面，可在这荒山野岭遇上这事，只能依靠自己。她背靠老松扯下一条裤筒，嘴里不停祷告："老天爷，观音菩萨，快帮帮俺母子哇！七成八不成，俺娃都七个月啦，一定能成人……"拉翠、拉弟也知道妈要生娃了，可两个小倭瓜瞪着惶恐的眼睛不知该做什么。

一阵呻吟之后，拉弟妈忽然嗷地大叫了一声，只觉下身出恭般哗啦一下子一团血肉疙瘩涌了出来。她低头狠劲咬断脐带，掏去娃儿嘴里的污液，"哇——"一声婴儿尖锐的啼哭，令她听到了孩子降临人间的第一声呼喊，同时也听出了孩子体格的健壮。她忙又细看，见是丈夫朝思暮想的男娃，脸上流露出难以掩饰的喜悦。

　　岭上的寒风侵肌裂骨，松涛声不绝于耳。全身没有一丝力气的她，不知拿什么包裹小宝贝。她本想要来大、二的衣裳，又见呆立的娃们被山风吹得直哆嗦，只好解开自己的衣扣把宝贝藏进怀里，却又无法扣上扣子。她一手揽着娃儿，一手拉起染满血水的裤子，一身大汗已被冷风扫尽，周身透凉，颤抖不止。这时她仍然不敢带着娃们回家，只能怀兜宝贝身靠老松等待。

　　太阳完全落了下去，刺骨的山风仍没停歇。她听到随风飘来"鬼子走啦"的喊叫声，便说："大、二，咱们回家。"拉弟回头看着树下那团肉疙瘩问："妈，那个呢？"她苦笑一声说："那是胎盘，不要啦。"

　　回到家，她见小宝贝的嘴唇冻成了紫色，赶紧放在炕头盖上被子，要拉翠抱柴烧炕，拉弟添锅烧水。她的话音刚落，眼前一黑栽倒在了炕头。姐妹俩上前哭喊了几声，见妈没应，吓愣了。拉翠结结巴巴说："二，你，你快去寻爹，我去喊叫仁大娘。"

　　侯琛和侯仁既是邻居，又是没出五服的本家兄弟。大瓦妈慌忙跑来推叫了拉弟妈几声，没有回音；伸手试了试鼻孔，感觉不到气息："哈呀呀老大爷，不好啦。这是血伤风，血伤风呀。大妮，快给我拿针来！"拉翠忙从妈的针线笸箩里拿来针，大瓦妈一口气把拉弟妈的十个指头肚子全扎破，挤出的血已成黑色稠汁。大瓦妈几乎在哭喊："大妮，你妈这症候不好，快叫罗矮子去。"拉翠刚跑出大门，撞上了去玉玲家寻爹的妹妹；见爹没回来，倒是玉玲妈赶来了。拉翠忙问："爹呢？"拉弟正要开口，玉玲妈说："你俩快到祠堂那里寻你爹去哇。祠堂被鬼子放了火，男人们都去救火啦。"

　　往大庄奔跑的拉弟姐妹半路就望见祠堂火光冲天，浓烟滚滚。她俩跑至近前，找见正在挑水灭火的父亲，气喘吁吁说了家里的事。侯琛扔下水桶，忙从纷乱的人群里喊住了罗小三。小三是龙岩村唯一的太医，因个头矮小，人们便呼他"矮子"。他跑回家，背起那个荆条编织的别样药匣子赶到东庄，给病人把过脉，看了瞳仁，显出无奈的样子说："不中用啦。"侯琛求道："快扎针，快给扎针呀！"罗小三本知无用，还是从药匣里取出银针，往人中等穴位扎了针，见无丝毫回天之兆，便摇了摇头说："已经殁啦，放下她哇。"大瓦妈和玉玲妈放下死人，抹下她那不肯合上的眼皮，哭骂："鬼呀，你咋舍得扔下娃儿们走呢！你……"拉翠、拉弟见妈活不回来了，张开嘴巴便哭。

罗小三一时想起刚出世的娃儿，便问大瓦妈："孩子呢？"大瓦妈抹了把泪水往炕角头一指咒道："那个讨债鬼来到人世，讨了他娘一条命去了——早冰凉啦。"拉翠、拉弟见刚出世的弟弟也死了，爬上炕头抱那个死娃来到脸色苍白两眼发直的父亲面前哭喊："爹呀爹，俺妈生了个弟弟——真的是个弟弟呀爹……"

拉翠、拉弟尽管不知没妈的日子该咋过，但还是无奈地挑起家务、当了内当家。于是，衣裤鞋袜全赖玉玲妈张罗，不会做的饭菜由大瓦妈指点。玉玲妈和大瓦妈成了她俩的妈。就连后来她们姐妹出嫁的衣物，也是玉玲妈操持缝制的。

拉弟妈生娃出事后的一天深夜，怒吼的夜风吹得窗纸呼呼作响。睡在大北房与东房相连的角屋的玉玲，眼前不住地浮现拉弟妈做饭做针线的样子。那么一个活生生的人咋就死了埋了呢？她正想时，只听自家院子里那条板凳狗汪汪了两声就不叫了，接着便响起咚咚的敲门声。正跟九岁的弟弟玉锁讲说驮脚窍门的父亲打开了大北房的门。

"叔，打搅您啦。"玉玲能听得出这是耿铁锤的声音，但想不通他既然有事咋不早来？也不明白大门早已关了，他是从哪里进来的。只听铁锤说："俺师傅守着佛钟不敢离开半步。他让我来借两匹骡马，明儿个进城驮一趟盐。"

"驮盐做啥？"

"俺师傅说，鬼子那些搞好维持就能实现东亚共荣的话，全是骗人的鬼话。来咱村两次扑了空，第三次就放火烧祠堂。这群禽兽是不会就此罢休的。所以说咱得备些盐回来，封住东、西岩盘，让村人过几天安生日子。"

"怎封？"

铁锤小声言语了几句。

"这个法好，这个法好！谁的主意？"玉玲听到爹称赞了几声又问。铁锤笑着喃喃自谦："叔，这是鬼子逼出来的呀。"

"年轻人有头脑！"玉玲只听爹在夸奖铁锤，却不知要用什么办法堵口。她正猜度，爹又说："这些日子村长和你们这些后生辛苦啦。要不是你们没明没夜操劳，咱村恐怕……今夜我喂好牲口，明儿个一早，你们把常驮驮的那六匹骡马全都赶去，我再准备几个钱，多驮些盐回来。"

次日黄昏，进城驮盐的十三匹骡马只回来两匹，其余的全被鬼子组建的"治安团"的团丁夺走了。理由是"皇军正在征用牲口"。本来是要全都夺去的，所幸随去驮盐的铁锤的哥哥铁砧，认识一个原先在保安团当团丁的人，留了一份情面。

耿铁砧是在严县长逃离山浃那天脱掉"虎皮"离开县城的。村长冯弘要他帮着铁锤他们进城驮盐，是考虑他城里眼熟好办事，不料……耿铁砧闷闷不乐回到村没卸驮子，也没去见师傅冯弘，回家连饭都没吃就蒙头睡下了。第二天一早他便拿定了投奔治安团的主意。临走时他跟父亲说："人要失势没活头，猛虎离山狗也欺。我得进城要回那些骡马来，不然的话，就没脸见师傅和村人啦。"

时隔一日，治安团的三个团丁赶着十一匹满装满袋驮着食盐的骡马走进佛钟场找人卸驮接牲口，说是铁砧大哥派遣的。方玉玲对耿铁砧有如此能耐没有在意，心下老在盘思铁锤要拿啥堵岩盘。

"小雪"封地，"大雪"封河。节气刚过大雪，太行山滴水成冰。这天凌晨天刚蒙蒙亮，方太文、侯仁等男人挑起水桶朝佛钟场走去。玉玲、玉锁姐弟吃过早饭，一人提了一篮子刚出鏊的豆面煎饼给大人们送去。他俩快到东庄路口与佛钟场、东岩盘相交的三岔路口，见人们正从佛钟场大石墙东侧的那眼大口井往这边挑水。玉锁从人流中瞅见了父亲，奇怪地询问："姐，爹他们咋担水往岩盘口上倒呢？"玉玲犹如醍醐灌顶茅塞顿开："大人们在担水堵口。这下鬼子就进不了咱村啦！"正说之间，父亲挑着水、脚步踏着上下颤悠的扁担节拍走来。姐弟俩随着父亲来到岩口边向下看去，盘岩路上已经结起一层厚厚的冰凌。

方太文倒了水，接过儿子手里的篮子便招呼大伙趁热吃。玉玲也随手给人们散煎饼。她见铁锤挑着空桶走来，便递去几个煎饼说："趁热吃哇。"铁锤像害羞的女孩般红了脸："俺妈一会儿就送来窝窝头啦。"玉玲说："先吃煎饼，一会儿再吃窝窝头。"铁锤腼腆一笑接过煎饼，边吃边朝井台走去。

玉玲挑起爹的水桶试了试，无奈地摇了摇头，只好唤来弟弟跟自己一块抬。和大伙围着篮子吃干粮的方太文朝他们喊道："井台滑，你俩甭往井边走！"玉玲长长地应了一声。

大庄这个直径足有七尺的大口井没安辘轳，担杖钩挂住水桶提梁就能提上水来。玉玲姐弟抬着大人们给倒进桶里的水刚离井台，见拉弟姐妹也来了。他们相跟着抬了没几趟，好多大姑娘小媳妇，还有拧着小脚的中年女人，也都加入了挑水抬水的行列。侯大瓦笑着跟大家伙取乐："烧炷高香请来龙王，把水喷到岩口上得啦！"

从当天晚上开始，人们按照村长冯弘的指派倒班挑水，昼夜不停，仅用了七天七夜，东、西岩口就被坚冰封堵了个严实。那冰不但填满了锤钎开凿的痕迹，而且还凸出岩壁二三尺。远处看去，龙岩壁宛若挂起两汪冰清透亮晶莹如玉的冰瀑布，给龙岩岭增添了独特的风景，让龙岩人过上了与世隔绝的宁静日子。

此后，冯弘的徒儿们仍然在壁顶放哨。鬼子伪军走进龙泉谷，干瞪两眼张望却攀不上龙岩壁。有一次，鬼子往冰上扔了几个手雷，只炸下几个小冰坑。

如石的坚冰堵死了岩口，龙岩岭也就与外界断绝了来往。几位老人病故出殡，因出不了村无法向人主（娘家人）和亲友报丧，其子女甚觉失礼。西庄的一个媳妇生了个娃儿没满月死了，破口大骂罗小三医术平庸，大骂冯弘封绝出村路请不来好太医耽搁了她娃……

自打县城打腰鼓夺彩归来，方玉玲到了学堂不知为啥总想窥瞅铁锤几眼。有时跟铁锤的眼神相撞，似乎感觉他也在掩饰内心的慌乱。而与铁锤同桌、同学们常呼"小白梨"的白丽，竟然莫名其妙地对玉玲有了成见，有时和玉玲单独碰面，还要往地上啐唾一口。

近来，方玉玲对耿铁锤由钦佩到了一种微妙的倾慕。每当夜晚独自躺进被窝，她便寻思铁锤与女生说话就脸红的样子，铁锤打腰鼓的潇洒劲，铁锤耍拳扔飞镖的敏捷动作……铁锤的影子挥之不去，老在眼前晃动。她意欲问妈，又羞于开口，似乎觉得这是个耐人寻味的秘密。她怀揣这个奇妙的秘密舒心地过了个大年，直到冬逝春来，岩口上的冰瀑布开始融化，禁不住生发出一股子强烈的冲动——想见铁锤。

她放下妈吩咐的针线活，到镜子前梳理了一番，穿了件心爱的衣裳走出家门，又感觉独去不妥，想邀拉弟一同去。为躲避大瓦，近来她很少找拉弟。还好，侯家巷那条街上只有大瓦妈在清扫。大瓦妈见玉玲走来，便慈爱地说了几句贴心话。尽管那些"又长高了，越俊啦，看那辫子多长"的话，别人也常说，而经大瓦妈说出口却格外亲切。

方玉玲从空无一人的拉弟家返出门外正在犹豫，见拉弟一阵风似的跑了来："俺姐出去啦，俺闷得慌，本想叫你一块转转，又怕误了你做针线。"拉弟望了眼天空，"这几天日头毒，岩口的冰凌融化得快，人们看着冰化水流只恨老天爷不该暖和。"轻拧玉玲一把，又放低声音说，"走，回家帮俺画个花。"

二人进屋，拉弟从小包袱里取出两个做下半茬儿的荷包，尚未开口脸蛋就飞出两朵彩云："怕俺姐见了摁着葫芦抠籽儿，没敢露包。你画的花好看，趁俺姐不在快给咱画一画，俺好绣丝线。"

"两个——给谁的？"玉玲笑问。拉弟轻捶一下玉玲的肩头说："反正咱俩是一堂身，就算你知道了也不会给人咧咧的。那天我去岩口上看冰，正巧春牛、铁锤也在那里转悠。我见春牛的荷包破啦，想给他缝一个；又知铁锤也抽烟，就缝了两个。"玉玲接口便问："他们想出冰化后堵口的法子没有？"拉弟说："好像正在生法。"玉玲接过荷包逗引："你这是爱上哪个啦，要送信物？"拉弟以笑遮羞挥舞双手扑闹玉玲，玉玲一边招架，一边又逗了几句。二人平静下来，拉弟看着往荷包上画花的玉玲说："你知不知道俺大瓦哥爱见你？"见玉玲没抬头应声，又说，"你听没听过咱村人说的那些话——要是春牛、铁锤跟咱俩……呀呀呀，实在说不出口，反正就是那意思。"脸颊绯红的玉玲放下描花笔，骂了声"这死妮好心野"伸手便去抓挠，痒得拉弟大笑，一口气没出顺鼻涕、泪水咳了出来。她掏出手绢擦了擦，似乎突然想起了什么，从墙楔上挂的书包里掏出巴掌大一块白麻纸，一撕两半，拿起描花笔分别在纸上写画了几下，拧成纸蛋递到玉玲面前说："你抓一个。抓了谁，谁就是老天爷为你安排的那个人。"

玉玲知道拉弟要的把戏，羞红着脸笑骂："这死妮——俺不抓！要抓你抓哇。"她嘴上虽然这么说，心下暗想：如果拉弟抓去春牛，那就说明老天爷真的会给人安排姻缘；她要抓住铁锤……玉玲的心一下子提到了嗓子眼，双手隔衣轻拂胸前的玉观音默念"菩萨保佑……"拉弟见玉玲不肯伸手，便笑道："反正咱俩是玩的。俺也不知谁在哪个纸蛋里。"她说着把手包成球状，闭上眼睛狠摇几下，松开手捏了一个："就它啦！"说着便捻开纸蛋看视，不禁"呀"地惊叫一声，激动得双手微抖眼闪泪花，又把纸捻成蛋儿，含进嘴里，咽下了肚里……

为让村人过上安生日子，耿铁锤提议冰瀑布融化后用坚石下三层中三层上三层封死东西岩盘，拦住鬼子的蹄爪。冯弘对此甚是赞同，并计划用石灰浆砌墙体，壁顶多备滚木礌石，阻击胆敢攀登的鬼子。

可村人不理解他们师徒的良苦用心——冰化路通之后，鬼子还没进村骚扰，自家人就开始了窝里斗。耿五全的母亲腊月去世，因没到米家寨请人主遭下了"横事"，其舅四兄弟吆喝了本族二十多条壮汉，手提棍棒杀气腾腾而来，把五全兄弟打了个头破血流，家翻宅乱不说，还逼着他们挖出母亲抬回家重新出殡。村长冯弘正为这档子事挠头，罗小三的叔父外出做生意因年关回不了家，便绕行郭家汇意欲从龙岩岭的后山攀岩登壁回村，结果掉下悬崖摔死，身上所带钱物被人搜刮一空。所幸有好心人认识，却无法与他的家人联系，只好就地挖坑掩埋。等到冰消雪化岩盘能行人，才告知罗家。罗小三的婶子为这事，带着三个娃儿躺卧在冯弘家的炕头几天哭闹，没了了断……

通达开明、深孚众望的冯弘当村长多年，从未遇过如此棘手之事。鉴于封堵盘岩路出现的弊端，冯弘不得不重新考虑设防护村的办法。为外设眼线，内凝众意，冯弘在尽心竭力聚民心搞自卫的同时，对耿铁锤、罗春牛两个得意门生明确了分工：要谨慎机智的铁锤"跑外"，要沉稳持重、众徒儿称大师兄的春牛"守家"。

四

经常"跑外"的耿铁锤，前些日子按照师傅冯弘的指派，跟随居子宽老师奔波十余天，搞到了鬼子一个辎重队要途经山㳇去往太原的情报。八路军太行纵队得知此讯，在鬼子的必经之路龙泉谷的入谷处——龙门口布下伏兵，打了个漂亮的伏击战，消灭押运辎重的日军和山㳇县城、磨盖垴哨房前来增援的援军两百余人，缴获枪支弹药四十余车。"龙门大捷"之后，耿铁锤在欣喜之余真正悟出了"情报"的重要。他跟冯弘说："师傅，咱能多探些鬼子有分量的讯儿，要比设法杀几个鬼子还来劲。"

岭上泉水沟东侧的那棵枝粗叶茂倔强挺拔的老松，可谓耿铁锤和方玉玲由相恋到相爱的见证人。

这天，耿铁锤得空又与方玉玲对坐在老松的枝杈上说开了悄悄话。"你咋每回翻墙进院，俺家的板凳狗只叫一两声就不叫啦？"铁锤见玉玲又问这个，便笑一声说出了缘由："都怪它嘴馋——含了我扔给它的缠着野兔肠子的松羔羔啦。"玉玲恍然大悟，娇声嗔骂："你好坏，竟敢这样子欺骗俺家的板凳狗！今儿个罚你唱歌。你要不唱，俺就再也不理你啦。"铁锤讪笑一声说："我真的不会唱。"玉玲说："人家春牛、大瓦都会唱，你咋就不会——我来教你几句《开花调》。"铁锤说："其实《开花调》的词曲我心里都有，就是唱不出口。"玉玲张大嘴巴学着唱歌的样子为他鼓劲："你只要唱出第一声来，就敢唱啦。"铁锤摸一把通红的脸说："你就不要逼着葫芦开口、毛驴上树啦。"玉玲抿嘴一笑说："就逼，就逼。"她见铁锤发了大愁，只好让步，"你小声唱，俺和你小声对唱。这样子行哇？"铁锤再也找不出不唱的理由了，轻咳几声清了清嗓子唱道：

> 松枝枝开花呀顶顶儿红，
> 哥哥我想妹妹上错了门。

玉玲接口唱道：

> 酸溜溜开花呀串串儿红，
> 妹妹我想哥哥想丢了魂。

接下来一人一句唱起来：

> 墙头上睡觉呀翻不转身，
> 镜子里照妹妹怕枉费心。
> 白日里心痒痒俺不敢吭，
> 黑夜里想哥哥想到五更……

二人唱了一阵子，玉玲收住歌声笑问："你还敢不敢欺骗俺家的板凳狗啦？"铁锤笑道："不骗它进不了院，办不了事，也见不上你。"

"大瓦说你早就想吃又甜又脆的小白梨啦，咋还想见俺呢？"铁锤见玉玲又拿白丽取笑自己，便红着脸说："小白梨再甜再脆也不喜爱，我就想采龙岩岭上的这朵花哩。"玉玲眼闪秋波摆一下头说："你瞧岭上长的满眼松树，开花结出的蛋儿全是抓在手里扎手、含进嘴里刺嘴的松羔羔——嚼不得，咽不下，怕你比俺家的板凳狗吃兔肠子还难受呢。"

"我不嫌扎手，也不嫌刺嘴。"铁锤纵身跃到玉玲坐的枝上，顿时嗅到一缕沁人心脾的芳香气息，一种紧张而兴奋的热望促使他伸手抱住玉玲，嘴唇凑了过去。不知所措的玉玲半推半就，心跳不已。正在这时，只听"吱——砰"的一声，一个起火带炮飞到老松顶上爆开，纷乱的纸屑飞飞扬扬飘落下来。二人放眼四顾，见大瓦在不远处的山路上飞奔而去。

侯大瓦生怕玉玲被铁锤追到手才当了这条尾巴。

他对"老爹"的努力结果既不认可也不接受——侯琛受族兄侯仁之托，在干活之余便向东家为大瓦提亲，可方太文转口回问："琛哥，你觉见这俩娃般配不般配？"侯琛是个直肠子，心里有啥嘴说啥："太文，人说胳膊肘不往外拐，今儿个我要往外头拐了。俺仁哥的品行没的说，可大瓦总给人一种靠不住的感觉。我倒是觉见老铁匠的二小子铁锤，是个实在、义气，肚子里有货货的好后生。"

做梦都想娶到玉玲的大瓦不信自己想办的事办不到。他只恨耿铁锤的锣槌敲得紧敲晕了玉玲的头。为了解也为设法破败他俩的柔情蜜意，大瓦经常暗中窥探……方才，他见铁锤和玉玲在松枝上那么亲热，当下气恨难平，飞去个起火带炮就跑下山，连家也没回便拿定了进城投奔治安团的主意——想借鬼子的势力除掉耿铁锤，娶到方玉玲。

大瓦来到县城才弄清，干这万人唾骂的营生还得给介绍人送大洋。他登时想起在治安团做事的铁砧，便打算沾一沾"衙门有个人权当使块银"的光。经门兵搜过身，他畏畏缩缩走进了治安团的营房……

侯大瓦在村里虽然只干些站岗放哨守口报信的事，但要比没了妈妈、成天看管年幼的弟弟的柴祉强得多，同时对村里搞自卫的内情也知道得多。为锢严大瓦这张溜嘴，也为快快把大瓦弄回村，耿铁锤遵照师傅之命进城数日寻找大瓦，却没见个影儿。

这天午后，仍然穿着原身衣裳的大瓦独自一人出了治安团的营房。铁锤暗随其来到南街，扫一眼四周没鬼子，也无可疑之人，便紧赶几步横住其去路说："师傅叫你回村哩！"大瓦一见铁锤就来气，头一歪嚷道："不回！"铁锤一把抓住大瓦的前襟唬吓："难道你忘了咱师兄弟在师傅面前喝下的血酒、盟过的毒誓啦？你小子要敢背信投敌，就是死路一条！"耿铁锤敢作敢当的侠士秉性，以及那天在师傅面前发下的誓言，令大瓦有些害怕。但他还是不能容忍心爱的女人投进别人的怀抱。他歪着脖子嘟囔："要我回去，除非……"铁锤明白大瓦没出口的半句话，但也没接他的茬儿，而是低声严厉地说："我再给你小子说一遍，你要敢逆盟违誓入黑道，我就拧掉你的猴头！"大瓦虽为铁锤说得出就能做得到而发怵，嘴巴却不肯服软："有本事你把你哥弄回去！"一句话噎得铁锤张着嘴说不上话来。

铁锤回村将大瓦的蛮横劲儿如实禀于师傅。村长冯弘想了想说："大瓦这张嘴实在叫人放心不下。我让老善人进一趟城哇。"

冯弘所没料到的是，老善人侯仁进城不但没有带回儿子，反因没脸见人跳了龙岩壁——去阴曹地府向祖宗谢罪去了。铁锤为这件事甚为难过，后悔自己言语粗暴，办法失当，要是耐心说服，或许大瓦能回心转意。

憋气进城当了团丁的侯大瓦其实并不顺心：武器是一根棒子，差事是到各村为皇军催收粮食或抓差运送武器弹药。他一想到父亲的死就难过得要命，恨不得快快逃回村，但又想仰仗鬼子的势力，弄死耿铁锤娶到方玉玲。他每每闪出这个念头，就为铁锤是铁砧的弟弟，铁砧又深得团长王计小的器重，生怕打鼠不成砸破罐子洒了油。

进入冬季，老天降了几场大雪，给太行山穿上了厚厚的银袍。

这天，大瓦随着结巴班长张捧富来米家寨找维持会长翟青和催粮，见那高大气派、左右各蹲着一个龇牙咧嘴大石狮的门楼前雪地上，跪着个腰身娇美的女子，极像令他魂牵梦萦的方玉玲。大瓦心下奇怪：她咋跪在了这里？他紧走几步上前细看不是玉玲，虽说面熟，可一时又想不来是谁。大瓦心里装着玉玲，看到和玉玲脸型相似、身段相仿、穿戴相近的女人，总想多看几眼。他见这女子的腰身确实像玉玲，只是那张惨白的脸上有几粒微小的麻子。门楼里走出的翟青和无奈地叫了声"杏儿"说："你不要这样子烦人了好不好……你瞧，皇军和治安团的弟兄又来催粮啦——愣和应差外出的事你不要听信别人。他走的路途远，一时半会儿回不来。愣和是我一族同姓的堂弟，我能不操这份子心吗？"

坐落在龙门口西侧的米家寨距离县城十里。该村地势较为平坦，米、翟两大姓占全村人口的七成，跟相距五里的龙岩村是邻村。大瓦听了翟青和这话才思想起来，这个叫米杏儿的女子是翟愣和的老婆。

米杏儿身子微抖，话音也有些哆嗦："跟俺家愣和一起去应差的人回来说，愣和没到岭底（太行山脚下的河北境地）就赶着俺家的大灰驴驮着箱子往回返了。那些去岭底的人都回来啦，愣和咋还没个面儿呢？人是你叫走的，你不给俺个说法，俺就跪在这里不起！"说着便扯开嗓子大哭。

大瓦随之想起一个团丁的话，说是前些日子有个后生为拉拽眼看就要滚下山崖的毛驴，结果路陡雪滑连人带驴掉了下去。团丁和应差民夫本想绕道而下看个究竟，可押着军火急于赶路的日兵朝天开了几枪……掉下去的那人是不是愣和？大瓦正想之间，见翟青和笑眯眯地迎着张捧富一行要进楼门，米杏儿唰地扑上前双手抱住翟青和的腿哭喊着要人。个高体肥的翟青和垂下头说："杏儿，论族亲，我是你的大伯子，你怎能这样子拉扯我呢？"

不知大瓦是动了恻隐之心，还是爱屋及乌——爱见杏儿的身段。他上前劝道："愣和嫂子，我是龙岩村的大瓦。你不要纠缠翟会长啦。排长要我后天随骡马队去岭底驮脚。我帮你打探愣和哥的下落哇。"米杏儿松手抬头看了看大瓦，点了点头。翟青和向大瓦投来感激的目光。

时隔八日，大瓦领着两个民夫，赶着一头大青骡，驮着一具冻僵的尸体进了米家寨。

大瓦卸下僵尸，从翟青和手里要了十块大洋，撂在哭得死去活来的米杏儿身边匆匆去了。

一心想收拾大瓦回村的耿铁锤，最不能听的一句话就是"你哥也是汉奸"。尽管这话令铁锤钢针刺骨般难挨，但他得无奈地忍受，一次次地跟大瓦见面、交心。

铁锤也曾几番劝导哥哥回头，却与说服大瓦一样难以遂愿。不过在铁锤看来，自己的哥哥不同于大瓦，最起码不会干损害村人的瞎事。而一瓶子不满半瓶子晃荡的大瓦，可是个不知会干出什么勾当的家伙。铁锤在设法牵制并拉扯大瓦的同时，也为哥哥铁下心来给鬼子做事而悲伤万般。他常常暗暗地叫苦：哥呀哥，你咋为几匹骡马、几驮子咸盐赌气当汉奸呢？

其实，耿铁砧那年加入严思宝县长扩编的保安团，也是为争一口气。

铁砧从拉动风箱起便跟着父亲打铁。父子俩小锤叫力，大锤生风，赤红的铁块锻打成一件件工具，背着挑着赶集或走村串户叫卖，维持家人生计。铁匠炉闭火时铁砧也到学堂念书，而他最感兴趣的则是跟随师傅冯弘学武术。他手脚灵敏，练功卖力，经常得到冯弘的夸赞。

那天正值县城开集，铁砧和父亲担着铁器来到集上亮着嗓子吆喝，却很少有人光顾。好不容易来了一位上穿月白短袖衫、下穿黑色折叠裙的年轻女子要买剪刀，却被个头戴大檐帽、身穿黄军装的保安团团丁给搅黄了——这人见女子脸蛋水灵风姿照人，拍着人家的屁股说："这，这屁股蛋真……真他娘惹人起牛！"那女子转脸骂道："臭流氓，滚开！"

"这，这样撩人的货色，牛，牛挨不上，手总能摸摸哇。"结巴团丁说着便去摸揣人家的脸蛋。女子退步躲开，又骂了一句。结巴团丁拉下长脸，抬手便是一记耳光，女子那细嫩白净的脸立刻泛出一片红印。铁砧见摊位前出了这事，便上前劝解。团丁却怒斥小铁匠多管闲事，抢拳便打；铁砧没敢还手，一味避让。气急败坏的团丁得寸进尺，越打越凶。铁砧一把抓住其手腕说："讨便宜不能没够。你咋仗着身上这张虎皮，没完没了要霸气？"团丁企图抽手再打，手腕却被卡了个死紧，围观的人们顿起一阵畅快的哄笑。老铁匠生怕惹事，喝令儿子松手。丢了脸面的结巴团丁临走时恶狠狠甩下一句："有，有种，你小子等着！"老铁匠怕遭不测，要儿子快快收摊走人，口里不住地埋怨："砸了饭碗啦，砸了饭碗啦。往后进不得城赶不得集啦！"

结巴团丁带着六七个同伙赶来，见人去摊空才作罢。

铁砧回家几日睡不踏实。他常听父亲说："好铁不撵钉，好儿不充军。"没跟父亲商量就偷偷跑进县城当了团丁，为父亲和弟弟进城赶集又铺通了自己毁掉的路。

这也算铁砧进城做事的一个机遇。此前，县政府的"剿共"队伍叫保安队。

随着剿共的需要，严思宝县长将保安队扩编为保安团，并增招了好多团丁。

严思宝是山西五台人。他到任以来最爱干剿共、闹红火两件事。据说他当县长沾的是阎锡山的光。这也应验了山西风行的顺口溜：

> 会说五台话，都把洋刀挎；
> 你要问我哪村人，俺跟老阎门对门……

耿铁砧进了保安团，很快认识了摸女子屁股的结巴团丁张捧富。张为那天在大街市上大失颜面而耿耿于怀，只想寻个茬儿报一己之仇，可小铁匠凭借拳脚过硬颇得副团长兼警察局长的王计小赏识，没敢乱动。后来张捧富见耿铁砧晋升了副排长，心下便有些不安。为巴结，也为说开那点隔阂，张叫了几个弟兄作陪，花钱摆了一桌子酒菜。耿铁砧给了面子到了场，却高坐上席只是冷笑，吓得张捧富双膝跪地叫了三声"亲爷爷"，双手端杯敬了酒才算了事。

铁砧随队到县立女中抓捕共产党分子时，又碰上了张捧富调戏的那个女子。这时铁砧才知道她是太原人，叫苗靖，是女中的教师，人送雅号"鲜葡萄"。这回在女中抓了两男一女三个共产党。其中两男中姓郑的那人是校长。脸色恐慌的苗靖猛然见到曾救过自己的小铁匠，好似卷入洪流的人抓到一根河面漂浮的树木般惊喜。两个月后的一天深夜，三个共产党被悄悄拉出城外枪毙了。铁砧参与了这次行动，但他不是刽子手。在枪声响过，两男一女应声倒下的一刹那，铁砧的脑子里火星般迸发出一个从未想过的问题：人的生与死原来这么简单。此后不多日，他暗中杀了一个人。

耿铁砧初次杀人，也是为了鲜葡萄苗靖。

女中的郑校长被枪毙之后，县府任命苗靖做了校长。对苗靖有了好感的铁砧，常到女中与其聊天。但苗靖对他或冷或热，有时竟然看着怀表叫他快走，说是学校有当紧事要办。

这夜铁砧又来找苗靖，见校园只有她的住处亮着灯。铁砧行至门外，听到苗靖正在哭泣，一个男人用央求的口气说："你不要性急，严县长说啦，过几天就给你想办法解决。"铁砧能听得出，这人是常随严县长到保安团了解剿共情况的高秘书。苗靖哭着说："学校没米下锅停了灶，学生被家长接了去，教师回家的回家，外出的外出，只剩我一个啦，你叫我等到啥时？"

"现大洋不是天上往下掉，也不是脱了裤子往出屙。再说，你也可以动员大户人家捐些嘛。人家以前的郑校长……"苗靖一听这话越发痛哭不止："咱俩可是有言在先的。你口口声声应承我，只要说出郑校长他们的事来就要我当校长，学校的费用全由县府承担。如今郑校长他们被你们……县府为庆贺，左一台大戏又一台大戏唱个没完——学校的费用倒叫我去大户人家筹集。你这人面兽心的东西给我滚出去！滚出去！！明儿个我就找严县长，他要不答应，我就召集学生家长和社会名流上街游行，揭发你们这些骗子的丑恶嘴脸！"苗靖说着放声大哭起来。高秘书奸笑一声骂道："你在共产党那边是叛徒，在我们这边是共匪。没把你枪毙就够便宜了，还敢再闹腾！今夜被你搅没了兴致。明天来你要再这样，那就……"骂罢，抽开门闩去了。

阴暗处躲藏的耿铁砧没让高秘书活到明天。在他回县府途中，一匕首送他上了西天。

严县长得知高秘书被杀，破口大骂，要保安团、警察局全力侦破，缉拿正凶，而且许诺破案有功者赏大洋一千块。可保安团和警察局的人忙活了一段日子，也没能抓到凶犯。恼羞成怒的严县长拍案下了一令，三天之内抓不到正凶，拿警察局长王计小是问。这一招儿果然灵，时隔一日王计小就抓来两个"共产党"交了差。没过几天，又把这二人押出城外枪毙了。

就在严思宝向上司报告了此案并得到奖赏之时，保安团长宫林晓走进县长办公室说："经详细了解得知，枪毙的那二人不是共产党，而是来咱县做生意的外地人。"严思宝听了这话气得脑袋微抖，大骂王计小无能，随即命令宫林晓团长亲自侦破此案。

直到日军开进山泱，严思宝带着几个亲信悄悄逃离，都没抓到杀高秘书的凶手。

宫林晓本打算坚守山泱城，跟鬼子拼个鱼死网破。不料，归王计小直管的警察局的人，在日军距离县城尚有十余里，就兔子逃命般离了去。团丁们闻知严县长带着府库的钱财溜之大吉了，哪里还有心情打仗！宫林晓无奈之下，打开武器库取出枪支弹药，带了情愿跟随自己的八十多个团丁出西城门，途经龙泉谷，上白岩山占山为王去了。

耿铁砧本想把城里待不下去的苗靖娶回家，可老铁匠听说这女人是害了女中校长、老师三条性命的人，甭说娶她做儿媳了，连村子都不许踏进半步。既孝敬父母又爱苗靖的铁砧，只好把苗靖安顿在城外的一个朋友家，左右奔走，两头兼顾。

鬼子在山泱县成立了伪政府之后，为"以夷治夷搞治安强化"，便四处收罗原保安团的官兵。王计小得讯，纠集了一把子旧部下跑进县城认寇作父当了走狗。为得到重用，王计小千方百计拉拢得力帮手，曾几次派人请自认为有些能耐的耿铁砧入伙，却没遂意。然而，进城驮盐受了窝囊气的铁砧，竟然自个儿上门投奔了王计小。

王计小手下的两百余人，原保安团团丁就占了一半。这些人入伙大都穿了原先的丁服，剩下的一色庄稼汉衣裳。为跟随皇军发洋财，花钱买了白洋布染成黄色，缝制成皇军式样的也有，但实在难看至极。

日军军营占用了原保安团的营房。中队长藤田又山为使王计小效忠于皇军，任命其做了"治安团长兼警察局长"，营房设在女中校园。王计小当了响当当的团长，手下人却只有二十多杆快枪，且还是保安团散伙时团丁偷偷带回家又拿来的。王不愁招募团丁扩大队伍，就愁得不到皇军的武装，只好命令手下随身带上棍棒当武器——反正对付的全是些土牛木马的老农民。于是，人们便称这群甘为鬼子当狗的汉奸"棒棒队"。

贼无引线，寸步难行。鬼子初来乍到，探讯领路、抓差收粮、驮运弹药、各村办维持等诸事都需要治安团来办，因此，王计小也就成了鬼子面前的红人。他终日奴颜婢膝地给主子效力，常为手下人乞丐拉着打狗棍般提棒办差颜面无光，几次恳求藤田发刀枪配军装，却有应无果。这主要是因为藤田既担心有人领到武器投奔了白岩山的宫林晓，又怕治安团被八路军收编，之后调转枪口成了劲敌。

王计小为表现忠诚，不但征粮、抓差、办维持甚是卖力，而且装备手下也极为用心。他原想借皇军之势攻下白岩山，夺得宫林晓手里的武器，却没被藤田采纳。此后他又思谋多日，向藤田提出了花钱打制钢刀武装团丁的请求。这一条藤田点了头，只是羊毛出在羊身上——要他依据核发的"良民证"按人头起钱。经过一段日子的运作，王计小嚼钢牙施铁腕，在办起维持会的村子收回来很大一笔钱。他知耿铁砧的父亲是有名的铁匠，同时也为笼络铁砧，便要铁砧请他父亲招集众徒弟生炉打刀。

　　铁砧回家编造假话把父亲领到了王计小面前。王抬手摸着油光发亮的大背头笑呵呵离开椅子，亲手为老铁匠沏了一杯茶送到面前，扯着官腔再三表白："别人一块大洋能办的事，我给您三块。保您干了这桩活计挣一笔大钱，以备后半生用度。"老铁匠耿义全一听要自己为棒棒队打刀，接到手的茶杯一口没喝放在桌上，起身拔腿便走。深知铁器行情的铁砧晓得这桩活计能让爹发一笔横财，此后不用生炉打铁也可衣食无忧，便追上前央求："爹，这活儿您只要张罗张罗就成……"怒气冲冲的老铁匠没等儿子说完，照脸就给了一巴掌："我耿家没有你这号子弟！"

　　王计小见老铁匠愤愤而去，心下骂道：怨不得龙岩村不支持皇军，原来……他一时想起张捧富认识老铁匠，又跟耿铁砧明和暗不合，便拿定了暗中除掉老铁匠，进而达到要耿铁砧死心塌地跟着自己干的目的。他信步走出门外，拍了拍目送父亲茫然呆立的铁砧说："令尊有他自己的想法，不要为难他老人家。不过这桩生意还是兄弟你的。你这就吆喝人手尽快开干，以免皇军骂我们无能。"

　　只想抓到这笔大钱的耿铁砧，张罗铁匠打刀并没有他想象的那么顺利。铁匠们听说打制的钢刀是为武装治安团——用来杀人，大都摇着头拒绝："甭说杀人刀啦，就算杀猪宰羊的刀，我们都不会轻易染手的。"因此，这桩活计干干停停、停停干干，折腾了半年有余也没干下个长短，令王计小很不高兴。正当铁砧四处请人，用心办理这桩差事时，他的父亲耿义全外出送铁器在龙泉谷的河滩被人杀死了，领口掩着的纸条上写道："共产党为民除掉汉奸的父亲。"耿铁砧目视纸条眼放凶光，发誓要与共产党誓不两立。

　　王计小见铁砧安葬了父亲归了队，不失时机地邀他喝酒，商讨抓捕"龙岩村窝藏的共匪"。铁砧酒后吐真言："大哥，俺村没共匪。我师傅冯弘弄冰堵口，是怕皇军进村折腾。"王计小说："那就好，那就好——兄弟你该明白，如今这天下不姓蒋也不姓共，是皇军的。藤田长官常说，他们是为咱建立一个东亚共荣的国家。兄弟好好干哇，你这能耐会有出息的！"铁砧听了这话很受鼓舞。王又说："一般来说，村长都是我们收编维持的核心人物。你回村把冯弘请来……"铁砧无奈一笑说："我师傅的脾气比我爹还犟哩。"

一个烟雾蒙蒙的夏日拂晓，团丁在前鬼子在后，四十余人分两路行进，仗着龙泉谷五步不见人影的浓雾隐身，提着鞋赤着脚板顺着东西岩盘悄悄摸上了壁顶。东岩口放哨的人猝不及防被捂了个没嘴葫芦。王计小心头一阵欢喜，催队直奔佛钟场。而摸上西岩口的日伪军被放哨人发现，一边往村里跑，一边放响了起火带炮。冯弘闻讯，急忙跑上佛钟台撞钟。他撞了一阵，自知村人都已听见，正欲逃离，却被闯进佛钟场的鬼子开枪打伤小腿，绑回了县城。

王计小突袭龙岩村没让耿铁砧参与，而是把铁砧派到南乡办差去了。

村长冯弘被抓，村人的心情自不必说；随他搞自卫的弟子们发疯似的嚷嚷，豁出性命劫狱也得把师傅救出来。罗春牛以大师兄的身份和威严含泪苦劝，耿铁锤讲述了留置场（鬼子设的监狱）设防的森严、硬拼营救的后果，大家激愤的情绪才算平复下来。

铁锤猜测这件事可能跟大瓦有关。他和春牛商议后决定：求哥哥铁砧设法营救师傅的同时，探查大瓦害师傅的真凭实据。一旦属实，就干掉大瓦。

五

今天，耿铁锤终于在县城北街见到了独自行走的哥哥。

铁砧一听师傅被抓先是诧异，后又觉得自己和王团长关系不一般，便把搭救师傅的事满口答应下来。他当即回到营房，走进团长室求其网开一面放师傅回家。王计小摸一把背头蓦地从椅子上站起来，拍着铁砧的肩膀笑道："我正想跟你说这事呢。其实放你师傅回家算不得大事。请他来主要是让他搞维持。你去劝一劝，只要他答应当会长就成。"说着又补充，"藤田长官见你师傅的腿挂了彩，当天就叫人给上了药，包扎了伤口。"

耿铁砧买了几包糕点来到留置场，跟日本宪兵和团丁说了来意走进号房，一股子屎尿的恶臭扑面而来，见师傅满脸污垢，血迹斑斑，不由一阵心酸。他上前放下糕点，如鲠在喉说不出话来。冯弘早已饿急了，也不言语，撕开包装便吃。铁砧镇了镇情绪，忍受着恶臭，跟师傅一字一句地说了王计小常说的那番断时论世之言。冯弘淡笑一声说："你愿当狗就当去。甭说我是你师傅，就算你老子在世也枉然。我冯弘站起来一根柱，躺下七尺檩，生就一根筋，身上长不出尾巴来，当不了东洋鬼子的狗。"铁砧垂下头，心里很不是滋味。他嘘叹一声说："老百姓，老百姓，谁来统治都是'老败兴'。你说国民党好？国民党的官儿只知收粮纳税玩女人看大戏；共产党好？那共产党为啥滥杀无辜——我给日本人做事不假，可我爹究竟犯了啥罪，共产党为啥要杀他？"

"你爹不是共产党杀的。"冯弘连头也没抬。铁砧辩道："你又不是共产党，咋知我爹不是共产党下的黑手？"冯弘淡然一笑："亏你成天走乡串县地在外头混哩！难道你没听说共产党为抗日，连原先带兵专杀共产党的宫林晓团长都联合啦？咋会为你这个小毛贼费那番心思呢！"铁砧又沉思一阵，仍然觉得维持皇军统治是当下的唯一出路，便拿"人在屋檐下怎能不低头"的话劝师傅为自己为家人也为村人着想……门外墙垛后偷听的王计小悄悄挪步离去。

铁砧临出留置场递给带钥匙的那个团丁三块大洋，托其关照师傅。他来到街上扫一眼四周便跟弟弟说："师傅叫我传话给他家柱国：要想发家快，庄稼搅买卖。有守家的，有跑外的，就能过上好光景。还说，今年的地好好经管就能有个好收成；明年春浅，九九加一九，耕牛遍地走。早些操持地里的活计，不要进城看他。他过些日子就回去啦。"

铁锤听见师傅说出"守家""跑外"和春牛的化名"耕牛"这些话来，觉得不祥，求哥快快救师傅。铁砧却说："留置场有好多宪兵驻守，实在不好下手。只能等待时机用巧妙的法营救。"铁锤正要打问大瓦害师傅的勾当，只见几个巡逻日兵朝这边走来。铁砧装出闲逛的样子，给弟弟递了个眼色走了。

冯弘被关进留置场之后，王计小又带着日兵团丁进过龙岩村两次，仍然是那尊佛钟在坏事——钟声一响，村人一窝蜂似的逃上岭去，除了那些不能搬走的房子、碾磨之类的东西，人粮钱财几乎全无。

夏秋之交的清晨只要没风，龙泉谷总是朝雾溟濛。

这天早饭时分，正在龙门口放哨的耿铁锤忽然发现日伪军趁着大雾悄无声息而来，便一口气跑上壁顶告知了春牛。春牛当下撞响了佛钟。

罗春牛晓得师傅压在自己身上这副担子的分量，因此，他对设防护村之事一刻也不敢懈怠。所幸经常"跑外"的铁锤只要在村，总能把搞自卫的事协助办理得十分周详。近些日子，龙泉谷的浓雾挡住了壁顶放哨人的视线，铁锤便把哨位远设在龙门口和龙尾湾。

日伪军队列末尾押着冯弘的藤田、王计小走进龙岩村，又扑了空。

个子矮小、体态臃肿的藤田握着刀柄绕着佛钟台盯着佛钟转了一圈，回头朝士兵吼叫了几声。几个日兵把三个手雷绑在一起，用绳子拦腰扎于钟体之上，拉了引信。佛钟随着手雷的爆炸声"嗡——"地响了一声，完好无损。

被绳索绑着双臂的冯弘见此，仰头哈哈大笑。

藤田眼盯王计小，手指朝手心微屈了一下。王计小心领神会，哈腰点头而来，只恨没一条会摇摆的尾巴。他聆听一阵吩咐后快步走到冯弘面前说："太君说啦，你把铁钟弄破，放你一条生路。"冯弘冷笑一声说："佛钟是菩萨赐给龙岩人降妖除魔保平安的法宝，谁敢动它，天打雷劈，不得好死。"藤田转脸看视翻译，想知道冯弘说些什么。戴一副近视镜的佟翻译把话译成日语说了出来。藤田恶狠狠地从鼻孔哼出一声粗气，拧着眉心向王计小讨主意。王伸手摘下随严思宝县长剿共时的那顶大檐帽，摸着背头斜眉吊眼看着佛钟思谋了一阵，一时想起不识水火的铁匠淬火钢刃时激裂的成形铁器，便狂笑一声，兴奋地说出了自己的办法。藤田听后立时发下几道命令。一半日兵分头紧跑几步，脸面朝外直挺挺站于佛钟场四周，另一半守在藤田左右。团丁分作三路：一路从街巷台檐的柴垛往佛钟台扛干柴，一路找来十几担水桶挑井水，另一路跑到村庄北面的小河边朝岭上喊话："老少爷们快回村哇——再不回来你们的村长和佛钟就一块完蛋啦……"

时至午后，没见有人回村。藤田抬头看一眼钻入黑云的太阳，走上佛钟台，朝着大堆干柴围于中间的冯弘说："你的，只要维持，就能活命。"面南而立泰然如山的冯弘鄙夷地瞟一眼藤田，昂首远眺一声没吭。气急败坏的藤田将刀一抽，命令点火。几个日兵点燃火把引燃了干柴。赤烈的大火熊熊而起，发出噼噼啪啪的声响，红色的火舌活泼而凶残地卷舔着冯弘，他的身子艰难地扭曲几下倒进了火海。

干柴燃尽，冯弘化作青烟升上了天空。那尊不知垂吊了多少年的佛钟被烧得里外通红。藤田刀一挥又下了命令，王计小随之催促团丁提水泼钟。然而，那尚未完全熄灭的柴火和通红的铁钟烤得人不敢靠近，水也就无法泼上钟体。王计小窥一眼藤田，捡起一根棍棒冲着手下的屁股打去。团丁们害了怕，手提水桶硬着头皮登上佛钟台，朝着钟身哗哗浇泼，赤红的铁钟被冰冷的井水激出啪啪的爆裂声。不一阵工夫，佛钟就变成了铁青色，钟面裂开好多横七竖八的缝隙，但仍然在链子上垂吊。王计小用手中的棍棒一指，一个膀宽腰圆的团丁抱了块石头登上佛钟台用力砸去，只听哗啦啦一声，佛钟的铁片散落下来；那个愣头青躲闪不及，两条腿被砸断，哭爹喊娘叫个不停。

人们从岭上回村，见钟片也被日伪军卷了去，佛钟架上仅剩那条系着吊钟环的铁链子了。

此后几天，村人满含悲愤地为村长冯弘举行了隆重的葬礼。前来悼祭的居子宽老师亲笔写下一副挽联：

龙泉河水淙淙诛鬼子千秋铭血泪，
岩岭松涛阵阵忆英雄万代颂忠魂。

不知情的耿铁砧买了好多好吃的到留置场看望师傅时，才听说被押回村烧死了。他走出留置场心里好难受，仔细推算了一下，才想起师傅被害的前一天，自己被派往东乡催收粮食去了。

耿铁砧没找王计小问话。他知道王计小做不了这个主——是日本人害了师傅。

铁砧这几天饮恨吞声昼夜难眠，只想给师傅报仇雪恨。为寻找机会下手，他每天晚上打着查岗查哨的幌子在街上转悠……终于碰到两个醉酒的日兵东倒西歪从酒馆子那边走来，他上前说了几句日语，然后"扶他们回营"。两个日兵见是治安团的耿排长，臂搭其肩随他而去。铁砧将二人带进一条背巷，朝他们的脖颈各捅了一刀。

"决不能让师傅白死！"冯弘的牺牲坚定了众弟子向鬼子讨还血债的决心。罗春牛按照师傅捎话之意，挑起了保护村人安危的重担，并要铁锤为自己做副手。他们用心分析当下的处境后认为：单靠昼夜守口探信，见到鬼子就吆喝村人躲逃不是长法。野兽怕猎人是因为猎人手里握着猎枪。只有主动出击，让鬼子知道龙岩人的厉害——龙岩壁的东、西岩盘上不得，才是长远之计。

龙岩村自古就有制作黑火药演跑炮、放烟花的传统。尤其岭上醋柳（沙棘）之类的灌木满山遍野，配制黑药的木炭原料取之不尽，大伙便商定自制黑药造武器打鬼子。他们说干就干：罗小三的两个哥哥带着一把子劳力上山砍醋柳烧木炭；耿铁锤偷偷到有煤矿的郭家汇，从善用煤矸石提炼硫磺的人手中购买硫磺；常用朴硝、芒硝和黄米面熟皮的羊倌罗锅，带人从硝土中漂取火硝。不几天，第一批黑药制作了出来。

龙岩村善演跑炮的后生手提单眼、双眼或三眼火铳装入黑药，钉上掺和着铁砂的土胎，便成了打鬼子的得力武器。可又考虑到近距离放铳杀伤力虽大，但与鬼子的"三八"大盖的射程相比没有优势可言。为造些打鬼子得心应手的家伙，经常开山获礅凿石垒墙的石匠们，把岗石打成砂锅状，中间凿一个海碗大的小口圆洞，装入黑药，留出引捻，钉瓷土胎，便成了石雷。他们在沟里试放了一个，竟然炸出小柴锅大一个土坑。曾跟随老铁匠打过铁的几个人生起炉火，烧红铁块，锤落铁开，火花四溅，叮叮咣咣打制成大小不等的铁筒子，内装黑药，取名铁雷。为能盛下更多的火药，他们用铁锅、瓦罐、小瓮等器具装药造雷。因怕引线见水熄灭，他们用苇筒子护引捻，松脂漆外壳。大佛钟没了，他们人人身上带着黑药制作的起火带炮，做报警信号。

龙岩人在不停地制作土制武器的同时，负责"跑外"的耿铁锤时刻打探鬼子的动静，意欲利用龙泉谷的险要地势给鬼子以致命一击。

前些日子，宫林晓带队在龙尾湾设伏，打死五十多个鬼子，截获枪支弹药七车。因为此事，驻守山泱的藤田又山受到上司严厉的斥责，并令其率队"清剿"，扫平山泱去往太原沿途的障碍。

近日，根据藤田命令，王计小派人探清了实底：宫林晓这伙盘踞山头的土匪确实归顺了八路，还扩充了人马，成了一支活跃在白岩山一带的游击队。藤田认为，单凭手下两百多名士兵去啃这根硬骨头，实属难办。能让白岩山四周五十多个村子全都办起维持，铲除游击队滋生的土壤，倒是一个使其不攻自破的妙招。

这天，藤田安顿好县城的防务，自乘一辆汽车，前面五辆侧三轮摩托开道，后面随了兵丁八十余人，浩浩荡荡向白岩山进发。队伍开进龙门口，藤田透过驾驶室玻璃瞅了瞅两侧的山势，禁不住皱起了眉头，但没有多想。因为此前一小时，王计小就派了一个班前去探路，并无异常。

王计小是小队长大野雄一推荐的人。任用以来，这人确实称得上忠心……藤田正想之间，只听前面响起轰隆隆的爆炸声。他刚跳下汽车踏板，后面也爆炸声连片，兵丁乱作一团。藤田见遇上了袭击，正要下令撤退，可右侧壁顶咕噜银铛滚下来好多石头和铁筒子之类的东西。中国人这是用古代守城的滚木礌石打仗呢。藤田心里不免有些好笑。而这些东西滚到谷底也都轰隆隆爆炸了。藤田发了蒙，骑着洋车（自行车）紧随其后的王计小报告："壁上是龙岩村的人，不是八路。指挥官下令攻哇！"藤田抽刀刚刚发出攻打命令，滚到汽车前的一个石雷轰隆一声开了花，藤田应声倒地；王计小只觉左眼一阵生疼，当即昏厥；汽车也随之燃烧起来。大野雄一见势不妙，赶紧收回攻打命令，带兵救起藤田；耿铁砧背了王计小，谷底留下三十多具尸体仓皇而去。他们逃出龙门口，恰遇闻声而来的磨盖垴哨房的兵丁，两股子人马会于一起，扶伤抬残回了县城。

春牛、铁锤率领年轻人打伏击大获全胜，缴获三轮摩托两辆，洋车三辆，步枪二十一支，手雷、子弹若干。只是经验不足，有几个石雷点燃引线往壁下推滚时架于岩壁半腰爆炸，飞石伤三个自己人。

藤田回到县城的当夜就一命呜呼了。蹬腿咽气之前，他不住口喊叫"龙岩岭"三个字。王计小的命算是保住了，只是敲碎的左眼球没了光泽，成了独眼龙。他对忍受着胳膊伤痛拼命救护自己的耿铁砧甚是感激，但也为铁砧不肯出力攻打自村人心存不满。他当夜挨着剧痛思忖：团丁在异乡办差才肯出手。

这回日伪军遭袭，侯大瓦早有察觉。因为他经常回村，主要是想见玉玲，由此便嗅到了村人为村长报仇的味儿——只要听说大队人马开往西乡，他就死狗般躺卧床上装病不出。

后生们为师傅出了这口恶气心情畅快了许多，居子宽老师却跟经常联络的耿铁锤说："鬼子这段日子没动静，说明报复性'扫荡'将要发生。你们应该做好迎敌的充分准备。"铁锤依照此意回村跟春牛商量了一番，便带队在东、西岩口设置了矮墙、荆棘之类的障碍物，又备了好多石雷、铁雷和适宜滚砸的块石，以防鬼子来袭。

时至次年初夏，雨水登场，鬼子仍未踏上龙岩壁半步。春牛、铁锤怕给鬼子准备的家伙被雨水淋坏，不得不搬回岭上的岩洞。同时，他们也有了夏季对付鬼子的办法——防线设在适合跟鬼子周旋的山口之内。

六

藤田又山死后，大野雄一当了驻守山泱的日军中队长——大尉指挥官。藤田咽气那夜，大野守在身边，报复之心自不必说。藤田对大野有栽培之恩，但大野不赞同藤田那套教条的收买民心策略。在大野看来，征服中国人，开化和诱导都是徒劳；战刀加子弹，才能使其屈从。尤其在王计小身上看到了"甘为有钱有势者当奴才"的可用之处——很好地武装并利用治安团，是奴化山泱人、平复山泱县的首选之法。

此后一段日子，大野在请求上司增补缺额士兵的同时，调来枪支配备给治安团，并派教官对其进行严格的军事训练。为使团丁精心效力，不但筹款制作了军服，而且要县维持会下设的差务局加大收钱力度，如期给团丁发饷。鉴于南乡河南等几个村的维持会长被乡民所杀，大野又给各村的维持会长配发了枪支，同时增设了持枪协助会长办差的乡丁。大野办妥这些，主攻目标仍然是上司催办的"清剿白岩山游击队"。

龙泉谷是县城去往白岩山的必经之路。大野每每途经此处，必先打发几个团丁在前面开路——顺着东、西岩盘攀上壁顶，确认没有埋伏，一处连开三枪为号，才敢通过。

龙岩人的日子虽然紧张，但要比鬼子动不动进村骚扰舒心得多。

在小草破土、春木发枝、莺歌燕舞的日子，侯拉弟嫁给了罗春牛。是年夏天，白岩山游击队改编成了白岩山抗日独立团。

这天深夜，方太文目送为独立团筹粮的耿铁锤出门，心下就又想起了大瓦的话："米家寨的翟青和亲口对王计小说，龙岩岭的土地是城西一带的金盆盆，也是这几年没给皇军拿过一粒粮食的地方。方太文家储藏的粮食全都拿出来，皇军和治安团两拨子人一年都吃不完。"方太文能听得出大瓦这话无诈无欺，于是在这个燥热异常的夏夜，便拿定了出嫁闺女的主意。

早晨，方太文微笑着问女儿："铁锤对俺娃到底实心不？"突如其来的问话羞得玉玲满面通红。妻子笑一声嗔怪："越老越糊涂啦，这话你叫咱娃咋开口！"

方太文摸一把疲倦的面容说："爹也觉见铁锤是个好后生——俺娃出嫁，爹要陪送一份大礼。"说着便吩咐妻子，"咱家茅厕墙角埋着的那些东西尽数挖出来，还有山洞里的粮食，外加那几匹骡马，全都给咱玉玲做了陪嫁哇。"妻子正要反驳，太文笑道："这些东西又不是给咱玉玲享受，是送给铁锤打鬼子用的。鬼子一天不除，纵有万贯家产也枉然。再说，咱家那一百二十多亩地是鬼子抢不走烧不掉的东西，只要玉锁肯舍身出力，善于经管，还愁过不上好光景！"话说之间，玉锁、侯琛一前一后走进了屋里。方太文指派玉锁说："你再去大庄把铁锤叫来，就说你姐今儿个要往他家过门啦。"玉玲脱口喊了声"爹"问："咋今天就……"

"傻丫头，这年月哪里能依规矩。玉锁要不是年岁太小，连他的婚事也就办啦。"方太文看着女儿慈爱地笑了笑接着说，"爹瞧了皇历，今儿个是个黄道吉日。你这就和你妈收拾衣物去哇。铁锤一会儿来了，咱家玉锁和你琛伯送你过门。"玉玲含泪随着母亲往东屋去了。

铁锤来到方家，方太文表明了自己的想法，又语重心长地说了几句为长辈的心愿。铁锤红着脸正要寻话感谢，见玉玲提着包袱走了进来，越发不知说啥好了。作为证婚人的侯琛，笑着要太文两口子坐在正面椅子上，叫铁锤和玉玲跪下行礼。玉锁看罢姐姐给父母磕头作揖的礼数，酸着心接过妈递来的红布条捆扎的一把大葱，随着眼含泪水的姐姐出了大门。他们行至岔往东岩口和佛钟场的三岔路口，玉锁望见大瓦手里提着个精美的匣子从岩口那边走来，本想等一等看看是个什么玩意儿，又觉得陪伴姐姐出嫁是件当紧事，便疾步朝姐姐追去。

铁锤妈见天上掉下了大喜事，从瓷罐里打扫出珍藏的一点点白面，便忙着剁菜和馅包饺子。铁锤把琛伯、玉锁两个送亲人送出大门，回头给玉玲说了几句岳父面前没能倾吐的衷肠，随即便找到春牛，报告了岳父为八路军捐钱捐粮捐骡马的义举。春牛低头想了想说："为确保万无一失，一要与居老师尽快取得联系，让于团长、宫副团长他们接应；二得派人进城探听观察鬼子的动静，以防……"他看着铁锤笑了笑接着说，"今儿个是你的大喜日子，你就不要去啦，让运德去哇。"铁锤却说："这些活计，我这个跑外的懂门道，还是我去哇。"春牛为有铁锤这样机智果断的副手感到欣慰。他点头说："要运出这么多粮食至少得三个晚上。县城那边如有情况，一定要及时告知。"铁锤说："鬼子很少夜间出动。

为防万一，咱在龙门口的入口处给鬼子准备些'干粮'。他们若敢摸黑入谷，那就给狗日点儿颜色看看。"

"这个办法好！"春牛赞了一声，二人分头行动。

时至初更——这是运粮的最后一夜，西门外探讯的耿铁锤突然发现鬼子一辆汽车驶出西城门，一百多个兵丁随在车后跑步前行。铁锤猛跑一阵，来到距离城门三里之外的那处被鬼子的恶火吞嚼得仅剩些焦黑骨架的车马店背后，麻利地推出洋车，骑着直返龙门口……

嫁进耿家的方玉玲当新娘这三天，没见新郎官一面。婆婆端来的团圆饺子，她只吃了几个就放下了筷子。

自打鬼子占了山泱县，玉玲只知道铁锤每天跟着村长站岗放哨，保护村人。鬼子用惨毒的手段迫害了村长，铁锤便和春牛一道带领村人打鬼子，为村长报仇。玉玲明白这些都是当下该干的事，也晓得干这事的可怕，却从没过门之后这么惶恐不安。也就从做了新娘子起，玉玲几乎每时每刻将铁锤的安危挂在了心头。

次日铁锤回村见到春牛说："没想到鬼子的汽车停在龙门口外好大一阵子，竟然调头走啦。"春牛说："看来大野是个狡猾的家伙。只是搞不清他是咋知咱往外头运粮的。大瓦那小子这几天回村没有？……"

大野雄一带兵"扫荡"西乡虽然遭到白岩山独立团的沉重打击，但他对公路沿线几个村实行野蛮的"三光政策"得到了上司的嘉奖。他没拿手中有限的兵力与独立团硬拼，倒是把扫平龙岩岭为藤田报仇这件事常常挂在心上。就在夺粮未成调头返往县城途中，大野便拿定了袭击龙岩岭的主意。

这天上午，又有几个团丁背着长枪顺着东、西岩盘上了壁顶。他们与往常一样，朝天鸣了三枪后大喊："喂——你们不要怕，太君不上龙岩壁……"春牛、铁锤不敢有丝毫松懈，他们赶紧放响起火带炮，要村人快快上岭躲藏，同时带着队员做好了阻击鬼子搜山的准备。

由于这等情形反复多次，有些村民便不以为然。尤其上了年岁的人，一来腿脚不灵便，二来以为鬼子只要路经龙泉谷总来这一手，也就不当回事了。

正在地里锄地的方太文听到信号，慌忙吩咐儿子："快回家带你妈往岭上去。"玉锁扔下锄头一溜烟去了。太文、侯琛挥着牛鞭赶着地边吃草的四头耕牛将至山口，一头牛突然挨了蜇牛蜂一叮，哞地大叫一声，发疯似的翘起尾巴掉过头原路奔去。其余的三头牛也都听到了蜇牛蜂的嗡嗡声，不顾主人的吆喝随之而去。方太文给八路军捐了骡马，耕田种地全靠这四头黄牛。他怕它们拼命奔跑闪下龙岩壁，便与侯琛前去追赶。

二人追至三岔路口，只见东岩口拥上来好多鬼子和伪军。与王计小一块而来的翟青和望见了方侯二人，抬手一指说："那个戴草帽穿土布衫的就是方太文。"王计小当即命令团丁："抓来赶牛的那俩人——要活的！"十来个团丁和几个日兵跑步而去。方太文见此，扔掉牛鞭叫了声"琛哥快跑"，转头便逃。团丁朝天鸣了几枪喊了几声；二人只顾逃命，哪敢止步。日兵端枪朝他俩的腿脚砰砰砰射击，侯琛"哈呀"叫了一声，一个趔趄摔倒在地。方太文回头扶起侯琛，可侯琛拖着伤腿已不能奔跑。情急之下，二人只好钻进路旁的玉茭地里躲藏。日伪军追上来，将这块地团团围住，生擒了他俩。

团丁绑着方太文、侯琛正要原路返回，望见不远处的沟底有一群羊正往山口那边去，便分出几人前去抢羊。

岭上有草，小河有水，为方太文放羊的罗锅平时很少赶着羊群来村边逗留。他今日来这片光秃秃的石板壁顶本是要给羊喋盐的，可背来的盐面还没撒开，就望见鬼子一窝蜂似的拥上了岩口。他怕走路既慢又叫的羊儿被鬼子发现，便绕行低洼沟渠往山口赶去。将至山前小河，罗锅见日伪军追了上来，扔下羊群带着小放羊便跑。他俩蹚过小河刚跑到山口，只听砰砰砰几声枪响，子弹嗖嗖嗖飞来，小放羊打了个马趴中弹倒地。罗锅哈腰背起小放羊，快步逃进了树林。而那条忠实的牧羊狗守护着羊群寸步不离。

日伪军见有狗赶不走羊，便想捅死它吃狗肉。一个鬼子双手握枪，雪亮的枪刺冲着狗头刺去，却被跃身而起的"狮眼"狠咬一口，膀上立时衣破皮开……藏进树林的罗锅见子弹穿透了小放羊的胸脯，鲜血流了自己满背，散发着强烈的血腥气，他含泪咬牙回望羊群，见"狮眼"仍在拼命跟"豺狼"搏斗。他屈指含进嘴里吹了声口哨，牧羊狗得令，飞也似的奔来。鬼子伪军慌忙朝狗开枪，却没打准。

方太文、侯琛被日伪军押着返至三岔路口，见吃了枪弹的四头耕牛滚进了血坑。其中一头牛仍然圆睁两眼，四蹄乱蹬，哞哞吼叫。

身瘦个高腮寡颧凸的大野雄一走进佛钟场，见陆续而来的搜村兵丁只抓到几个老的便有些恼火。穿一身崭新伪军官服，蹬一双日式高筒皮鞋的王计小见主子不悦，捏着镜腿微抬了一下太阳镜，走上前对方太文说了几句"太君要你拿粮"的话。方太文望见三个庄子四处起火冒烟，心下已经明白今日落在鬼子手里的结果了，便无所顾忌地说："听说你们吃的是人肉，喝的是人血，还要粮食做啥！"顶一头白多黑少头发的翟青和上前说："太文兄弟，你又不是共产党，说那些刺头话做啥。咱老百姓过日子就图个舒心平安。你把粮食给了王团长……"方太文轻笑一声说："青和老哥，你如今是腰间挎'曲把'身后随保镖的会长，难道你觉见自己的日子舒心？"瞟一眼王计小接着说，"你续的那个小夫人可是咱县顶漂亮的女人，人送外号小貂蝉。你们结婚那天，兄弟去米家寨上贺礼、喝喜酒时亲耳听你说，她是你今生今世独一无二的活宝贝。听说如今你的那个宝贝动不动就得躺进别人的怀里，难道你不觉得寒心？"脖子憋得通红的翟青和瞥一眼王计小，后退几步原地转了几圈，又狠盯方太文一眼，悄悄叫了几个鬼子和团丁朝东庄去了。

　　方太文这话同时也惹恼了王计小。他气哼哼走到大野面前嘀咕了一阵。大野拉开长腿几步走来，恶狠狠地问了几句。方太文把脸一转，没有搭理。大野又向腿上浸血的侯琛大声吼问，侯琛见今日这情势难逃活命，便硬着舌根说："粮食送给打狼人吃啦！"大野听不懂这话，便转头盯瞅身旁的佟翻译。佟翻译脸上挂着难为情，但还是用日语说出了原意。大野气得唰地抽出刀，双手握柄怪叫一声，朝其脖颈横扫过去；侯琛顷刻身首两分。方太文心疼得大喊了一声"琛哥"，扑上前便跟大野拼命，却被几个鬼子擒按于地。大野刀一挥，冲着王计小吼叫了几声。王亲自上手，与几个团丁将方太文押上佛钟台，麻绳勒住手腕，绳头穿过吊钟环喊了声"起"，直挺挺悬于半空。王仰头大喊："你是要粮还是要命？"方太文觉得侯琛方才说的话过瘾，便重复道："粮食送给打狼人吃啦！"

　　王计小扫一眼台下那几个放射着恐惧目光的老者，要挟方太文："你要再不拿粮，就把他们全都杀掉。"方太文说："你们这些哈巴狗跟着恶狼吃惯了人，可猎人吃饱肚子才有力气打狼……"大野掏出手枪砰一声打死一个老汉，其余的瘫在原地朝佛钟架吊着的方太文呼救……与东庄那边滚来的又一团浓重的黑烟一道而至的翟青和，走到王计小跟前，眼瞅佛钟架小声嘀咕了几句。王瞟了一眼方太文，把翟青和的原话说给了大野。大野气得脸色发青，吼来一个轻机枪射手，要其双手托起枪腿，自握枪把，扣动扳机，冲着方太文嗒嗒嗒嗒一阵射击。鲜血顺着他的脚尖往下流……大野今日本想弄到粮食的同时血洗龙岩村为藤田报仇，不料村里既没粮也没人，便知这两样都在山上，当即下令搜山。

大野驱兵跨过小河，兵分两路顺着两个山口进发。他随其中一路进入山口，见沟窄林密静谧无声，便挥刀催队快速前进。

又走了一程，队伍开进一道两崖夹峙的小沟，大野怕有埋伏，正停下脚步仰视左右拿主意，只听前面一个团丁喊了声"有蛇"，兵丁忙看脚下，果然见一条毒蛇昂头吐芯弯曲飞窜，吓得手握刀枪的兵丁惊恐失色，不知往哪里躲闪。恰在这时，悬崖上响起了枪声和铳声，脚下埋着的瓮雷石雷也轰隆隆巨响。活着的日兵以沟底的大树为掩体，端枪朝悬崖上射击；团丁却哭爹喊娘乱作一团，弃刀扔枪调头奔逃。随在队末督战的大野见状，吼叫了几声没起作用，连开两枪打死两个逃兵，才压住阵脚。

大野正要指挥兵丁寻找路径攀上崖去拼杀，树上忽然飞出好多土蜂，嗡嗡嗡响成一片，见人便攻击。兵丁的脸上、脖子上、手上多处被蜇。大野的腮帮子也被毒刺蜇得火辣辣生疼。与此同时，崖顶又滚下来十几个石雷、铁雷。大野见地势不利，怕吃大亏，做了个撤退的手势转头便逃。

另一支搜山的日伪军，也在山口里遭到同样的阻击。

七

耿铁锤目视佛钟场的情形含着悲酸的泪水想：送上白岩山的那些粮食如果给了鬼子，或许能保住老丈人他们的性命，但他瞬间又觉得这个想法不及老丈人明智。

正在佛钟场万般痛心忙乎岳父等几位被害老人后事的耿铁锤，只见值守东岩口的白运德飞步跑来，像是有情况的样子，他便和春牛一道凑了上去。运德小声说："刚才大瓦磨磨蹭蹭走到半山腰，又匆匆忙忙返了去。不知这货又在捣什么鬼！"

春牛、铁锤对视一眼，都微微点了下头。铁锤随即转身拔腿朝东岩盘奔去。他俩如此的老成和默契，是这几年跟鬼了周旋历练出来的。

铁锤快步追至龙门口，远远望见大瓦拦住了挎着药匣子走来的罗小三。两人说了几句悄悄话，就又相跟着朝县城方向去了。铁锤尾随其入城，见他俩一同进了鬼子的军营。

罗小三的医术是跟着一个野太医学来的。他十五岁那年，野太医行医来到龙岩村，见岭上灌木丛生，老松参天，猜想有珍贵药材，便住下来一边行医治病一边上山采药。打小因母亲闹病伤透了心的小三，九岁那年眼睁睁看着母亲撒手人寰，总以为不是得下绝症，而是摆着臭架子的那个太医不给精心疗治。由此觉得，掌管人间生死簿的不是阎王，而是有秘籍神方灵丹妙药的太医。他出于敬仰之心，便帮着野太医上岭采药。

野太医发现龙岩岭不但有柴胡、黄芪等常用药材，而且还有蛇衔草、党参、松萝等名贵药材，同时还捡到不少蛇蜕，割到不少土蜂蜜。他只身一人穿梭于沟岭，心下确实害怕遇上野猪、狼群或豹子，对罗小三相伴甚为感激。临走时他拿出两块大洋给小三做酬劳，可小三说啥都不收，只想学医。野太医说："你想学医得跟我走。不过学成后回来，仅岭上的药材你挖不尽用不完。若能把医理传承下去，不但祖祖辈辈不愁吃不愁穿，而且足以自尊人尊。"聪明的小三当即跪地，叩头拜师。从此，他跟随野太医当走方郎中一走就是十年，汤头歌诀烂熟于心，偏方验方也积累了好多。他回村后便为病人望闻问切，辨症施治——当了罗太医，也有人喊他"山太医"。村人见他离去十年个子没长高多少，走路却踮起脚跟，脚脯子触地。他背的那个药匣子也很特别——用分半的荆条编织，松脂和麻纸里外涂贴裱糊数层而成。起初松脂味扑鼻，日子久了，不但味消匣瓷，而且里外光亮，雨天行路点水不入。曾有人掏出十块大洋想买，他都没舍得卖掉。

罗小三给人治病，完全按师傅教导的医德行事：无论贫富贵贱、三教九流，有求必应。而大瓦给他出了一道难题——

外出行医数日未归的罗小三，并不知今天村里发生了什么。从县城回村请小三的大瓦行至东岩盘，回想起因为自己当汉奸损阴丧德没脸见人跳壁身亡的父亲，便开始恨自己，恨治安团，恨鬼子，没走到壁顶就又转头返了去。他虽说奉了王计小之命回村请"山太医"为日兵疗毒，但他有的是罗矮子不在村的理由。当他走出龙门口，恰逢罗小三挎着药匣子走来。于是，本想编造假话哄骗王计小的他，又编造了一堆假话把罗小三骗进了大野的军营。

两人走进医务所的医疗室，小三扫视一眼，见室内全是受伤的鬼子，兀自对大瓦产生了埋怨。大瓦却脸挂如意之色，冲着正在看望受伤士兵的大野报告了几句请到太医的话。大野盯着罗小三指了下自己红肿了一大半的脸说："你的龙岩岭的大夫的高明，快快的治疗！"小三瞟一眼大野，闷着嘴朝窄床（手术台）上躺着的那个小腿被毒蛇咬伤的鬼子走去。丢了太阳镜、亮着丑陋独眼的王计小，手捂红肿的脖子央求："山太医，快快给指挥官疗蜂毒哇。"小三瞪了王计小一眼嚷道："蛇毒疗迟就没命啦！"大野听懂了小三的意思，喊了声"哟西"，指一下台上喘着粗气的士兵要他快快处置。

罗小三看一眼大瓦，从药匣里取出一把锋利的小刀，在蛇伤处切了个十字，擦燃火柴放入火罐，罐口踏压着伤处反复拔了几次，吸出来几股子酱黑色血水。随后敷上药裹了纱布，放开大腿根捆扎的绳索，又拿出几颗药丸子要其服下。当小三手拿小毛刷不慌不忙刷洗净火罐里的污垢，那个日兵的呼吸已趋平缓。小三的药匣里本来备有解蜂毒的药，但他没有拿出，而是来到桌子前，铺纸提笔开了个处方，递给大瓦说："去药铺子抓来煎了，晾冷后敷在伤处就好啦。"

大瓦兔子般跑去抓来药，到伙房煎熬了一阵子，倒凉了一番，双手端来。日军军医用雪白的棉纱蘸着中药水往大野脸上轻轻敷了几下子，火辣辣疼痛的感觉减轻了许多。这时，台上那士兵面带笑容给大野说了几句话。大野走到罗小三面前，举起大拇指赞道："你的，医的，良心的大大的好！"

急于想离开这里的罗小三方才听大瓦用逞能的口气说，岭上受的伤，还得要岭上的太医来治，便知鬼子又进村折腾了，心里只想快快回村。他从鬼子脸上脖子上手上那红肿的样子，就能看出他们吃了春牛铁锤在山口里摆的"土蜂阵"的亏了——为支持春牛他们摆阵，小三把自家养的三窝土蜂全都搬了去。他这时得意地想：大野脸上挨的那一下，或许是自家的蜂干的。他临走又给鬼子的军医留了点蛇伤患者外敷内服的药。大野为之很受感动，挥着手向王计小吆喝了一声。王深领其意，从兜里掏出一把大洋以表酬谢。小三接过大洋撂到桌子上说："看病钱就不要啦。不过我不敢在王团长面前隐藏实话，龙岩岭上到处是毒蜂毒蛇，连我们村的人都不敢轻易上去。"言罢，背起药匣子去了。

耿铁锤截住走出城门的罗小三，弄清了大瓦叫他进鬼子军营所干之事，不禁心头一亮，立刻就有了往后利用罗小三了解情况、递送情报的想法。

居子宽老师对此给予了肯定，但又考虑到罗小三不是内部人，要铁锤只能用他"跑腿"，决不能让他知晓特殊人身上承担的特殊任务和相关内情。

罗小三给鬼子疗毒在山浃县出了大名，日兵团丁几乎都知道他得到过大野指挥官的夸奖。小三挎着药匣子甭说进出城门，治安团的营房都畅通无阻。于是，铁锤所干的"跑外"之事加了小三这条"腿"方便许多——借治病或送药之便，小三在城门紧闭的深夜多次进出城门，戒备森严的留置场也常常探视病号，还到鬼子的军营给佟翻译瞧过病……大瓦也因请到罗小三办了大事得到了王计小的重用，不几天就提升了副排长。为回村招摇显摆，大瓦特地到剃头铺理了个时髦的"偏分"发型，还带了两个团丁，从药铺子挑了两担常用的中草药送给罗小三。然后，他挎着盒子枪斜肩歪胯大摇大摆在街面上转了一遭。他见除老同学白丽说了几句似奉承又像讽刺的话之外，村人大都板着一副反感的面孔冷眼盯视。于是他便取消了去见玉玲的想法，只回家看了眼母亲和妹妹，就往米家寨的米杏儿家去了。

大瓦成为杏儿家的常客，初起于玉玲和铁锤结婚的那一天——大瓦从城里提了个有钱人家流行玩的留声机，顺着东岩盘爬上壁顶，正要回东庄让玉玲看稀罕。可他远远望见提着两个大红包袱的侯琛在前，玉玲、铁锤相随，和手捧大葱跟在后头的玉锁朝大庄而去，当下就傻了眼，身子像铁铸泥塑般钉在原地动弹不得。

其实玉玲和铁锤结婚是大瓦预料之中的事。可他无论费多大劲儿都难以解开深爱玉玲的这个疙瘩，更不能接受玉玲被别人娶走的现实。大瓦两眼痴呆呆地盯着玉玲远去的背影，直到其完全消失仍未挪动半步。妹妹小兰在身后喊他"哥"，他才回过神来，怀揣狼撕豹扯般难受的心，把留声机递给妹妹，说了句"把这个洋戏匣子提回家哇"，便顺着东岩盘摇摇晃晃向谷底走去。

大瓦早就想过，只要玉玲愿意嫁给自己，她要眼要心都肯挖出来送她。大瓦也曾想过带几个弟兄绑架了玉玲，跟她生米做成熟饭，叫她变成煮进锅里的鸭子——没得跑。可他有贼心，没贼胆。大瓦还曾想过，假如玉玲真要跟铁锤结婚，那就豁出性命与他俩同归于尽，或者杀死铁锤抢来玉玲……大瓦转回身来又顺着岩盘往上返。当他走到壁顶又停下了脚步，心知肚明跟铁锤单打独斗吃亏的是自己。于是大瓦朝东庄走去，只想回家扑在炕头大哭一场。可他走至大门前又改变了主意，转身离了去。大瓦一边走一边歪着头咒骂苍天："老天爷，你好杂种！咋偏偏让老铁匠生出个铁锤来？要没他，今儿个跟玉玲结婚的就是我大瓦！"

侯大瓦害着沉重的心病行至谷底，见一只松鼠翘着毛茸茸的尾巴顺着岩壁上的小石檐跑来，猛然见到人，又嗖地钻进岩缝横生的荆棘里去了，扑棱棱惊飞一对山鸟。大瓦望着远去的鸟儿，心里又想出一条能得到玉玲的路径——只要铁锤死去，玉玲就成自己的怀中人啦。可铁锤怎样就能死去呢？对，能死去。他成天和春牛他们混在一起，跟皇军作对，皇军的枪子儿不认他是铁锤还是铜锤，碰在脑门上总能给他穿个窟窿。再说自己手里也有枪，又有好多贴心弟兄……大瓦在谷底磨蹭了大半天，只觉肚子饿得咕咕叫，才想起该去米家寨翟会长家吃点东西。他一边走，一边又把心思跑到翟青和的小老婆小貂蝉身上了。那女人虽没玉玲好看，可也臀圆腰细，眉清目秀，嗓甜音脆，叫人由不得多看几眼。当大瓦来到翟家气派的楼门前，脑子里突然又闪出跪在地上向翟青和要男人的米杏儿，便情不自禁地朝杏儿家走去。

不巧，杏儿的栅栏大门上着锁。大瓦顺路上了距此三里的磨盖垴哨房，跟值守的团丁喝了个酩酊大醉。太阳落山时分，大瓦深一脚浅一脚返至米家寨，且意乱情迷不知不觉走进了米杏儿的家。杏儿见大瓦喝成这样，先沏了一碗绿豆糁水要他醒酒，又忙去厨房为他做饭。杏儿四岁的女娃见爱说爱笑的大瓦叔叔今儿个两眼发呆，一声不吭，便知趣地钻进被窝睡了。

米杏儿做好饭端来，大瓦没吃。大瓦的脑子里仍在不停地想着玉玲：她今夜……大瓦醉意迷蒙，眼前的杏儿成了心头的玉玲，但又觉得这是杏儿。他咧嘴露出两个小虎牙嘻嘻一笑，对杏儿说："你跪下，朝那边跪下，让我好好看看。"米杏儿不知何意，也没拒绝，脸朝门口跪在了地上。大瓦呆瞅一阵她那娇美的腰身，猛地扑上去，双手抱了个生紧："你是我的，我的。你不能走，我不让你走！"杏儿一时慌了手脚："大瓦兄弟，你……"

几年来，米杏儿这个没了丈夫的家，成了一处没了梁柱的房屋。所幸大瓦时不时送些钱物接济，虽然抵不得扛前喝后的男人，日子倒也能过得去。于是，杏儿对大瓦心怀感激的同时，又生发出一种莫名其妙的依赖。她坚信大瓦是个好心人，有时独自盘思大瓦的模样儿，禁不住脸红心跳。杏儿是过来人，想得更多的是大瓦为啥要这么关心自己。有一次大瓦又送来几块大洋，她便故意试探："这钱，你该留着娶老婆用。要是看上俺米家寨的闺女，嫂子给你做媒。"大瓦咧嘴笑道："我看上的人不认钱，要么分文不花就能到手，要么堆成金山银山也白搭。"杏儿听了这话心下暗自欢喜。于是，男人死后过了周年，娘家人几番几次为她说人家，她都一口回绝了。

这时，大瓦见杏儿转回了头，她那柔媚动人的春色驱净了脸上的麻点，一股子女人身上特有的醉魂酥骨的气息沁入鼻孔，使大瓦无法承受浑身潮起的燥热。他一下子把她抱上炕头，脑子里却是一片空白。熟知男女间隐秘的杏儿见大瓦是个生倭瓜，便宽衣解带贴身探唇调教了一番……

从这夜起，杏儿便成了大瓦的人。

好事不出门，丑事一溜风。这码事不几天就传遍了米家寨，也传遍了治安团。大瓦的嘴本就没有把门的，团丁们也都常常拿这件事开心。每当大瓦独自走出西城门，值岗的团丁便笑骂："瓦哥是不是又要去米家寨找杏儿泻火啦？"也有的团丁私下里嘀咕："王团长搂貂蝉，大瓦扣杏儿，这说明米家寨的女人够味。"有人却反驳："兄弟说错啦。西乡最够味的女人要数龙岩岭那两朵花了。等皇军带咱们拿下龙岩村，咱就在那两朵花身上开开荤、泻泻火，那才不白活一回呢！"张捧富听了这话笑着插嘴："你，你甭说，可能会，会有那么一天。咱王团长眯着馋溜溜的眼问过铁砧：你村那俩，俩朵花咋个美法？你听这，这意思……"

王计小确实这样子问过铁砧。铁砧恐其心生歹意没敢实说："那是当年腰鼓打得好的两个女孩，只不过打鼓时描眉画眼化妆起来人们看不真切。其实长得并不怎么样。"王计小对铁砧这话半信半疑。

后来大瓦有求于王计小，王便趁机又问，大瓦这个见人说人话见鬼说鬼话的鬼精灵，岂肯兜底露馅儿。于是，王又把话题岔到苗靖身上："听说铁砧的女人特水灵，与我米家寨的相好比，哪个更迷人？你小子要敢说假话，老子就剥下你的皮来鞔鼓！"大瓦对苗靖没有好感。尤其他上门找铁砧，苗靖总拿高傲而嫌弃的眼神看他。大瓦见王计小又来了评花议柳的兴致，便往其欲火上浇油："大哥，小弟在您面前从来不敢胡扯。那小貂蝉是长得俊，可她没念过书，骨子里生不出文气来。鲜葡萄苗靖不但浑身上下散发着一股子娇滴滴的文雅劲，而且那脸蛋、眉眼给人一种水灵灵的像手指一掐就能掐出水来的感觉。那女人……"王计小抬手止住大瓦的话，朝门外望了一眼笑骂："你小子小点儿声！万一被铁砧撞上就不好啦。"大瓦小虎牙一露笑一声接着说："那女人的美，兄弟实在比画不来。只是觉见看一眼就撩得人心动肉麻，连魂都不知丢到了哪里。"王兴冲冲摸着大背头嘱咐大瓦今日这话不能跟任何人讲,继而又说:"你想去磨盖垴的事铁砧跟我说过,那里是距离县城最近的哨房,皇军有一个分队,咱们的弟兄也有二十几个。张捧富当着咱这边的排长,你去也只能给他做副手。"大瓦笑着故意把话点透:"小弟那点儿丑事大哥该是知道的,上磨盖垴当差也就图个去杏儿家近便些。"大瓦见王斜着独眼笑,便又赔着笑脸说:"小弟前几天在当铺瞅见一对小巧精致色泽上好的镯子,女人见了敢保没一个不喜爱。小弟叫掌柜的放到了一边,改日凑够钱就给大哥弄来啦。"

王计小起身拍了拍大瓦的肩膀问:"瓦小,你村到底谁是共产党?皇军不怕乡民不服管教,闹点儿'自卫'什么的也不在乎,全怕被共产党调教赤化挺起脖子跟皇军干。"又许诺,"只要你能抓个共产党回来,大哥保你当营长。"大瓦听了这话脑子里火花般进出来一个人——耿铁锤!但又迫于方方面面的压力没敢说出口。他明白自己在治安团混到这地步,全赖铁砧做靠山。铁砧要知道自己坑害他的弟弟铁锤,拧自己的猴头比拍蚂蚱捻蚂蚁还容易。为讨好王计小,大瓦连连点头应承:"小弟也想当个营长威风威风哩。可小弟实在没听说谁是共产党。我到了磨盖垴也就离村近便啦,只要弄清,一定……"

八

磨盖垴这座小山因形如石磨而得名。山顶之上建有两进院落的尼姑庵。里院的正殿、配殿供奉着佛像,前院是寮房、斋堂。里院的院子中央有个直径一丈六尺的圆形龙潭,石砌潭帮高出地面尺余。潭中之水春夏秋冬无旺败之分,也无结冰之日。潭帮的东南角有个碗口粗的出水孔,池水顺孔溢流至崖边直泄而下,远处望去,犹如悬挂在崖上的一条银色丝带。最为神奇的是龙岩村撞响佛钟,龙潭水面会浮现出阵阵涟漪。传说潭水能治百病,于是,上山拜佛求水之人络绎不绝。

上磨盖垴只有一条山路,叫一线栈。为求日暮而安,庵中主持便在半山腰和山顶分别建了两道山门,适时关闭。因此,善男信女大都集中在上午朝山。

乱世多怪事。日军开进太行山的头年冬天,磨盖垴的龙潭竟然结了冰,冰面上还凸显着奇形怪状的图案。这一现象被山泱人称奇道异传扬了好些日子,直到日军占了山泱,选中此地做哨房,人们才悟出龙潭结冰的缘由,进而给这处圣地又添加了如何灵验如何神奇的色彩。庵中尼姑的下落众说纷纭。有的说藤田带兵纪律严明，为占用这处居高临下的有利地势，只把尼姑撵走。也有的说鬼子见色起意，将老尼扔下悬崖，留下小尼发泄兽欲多日，直至折磨而死才作罢。

侯大瓦上磨盖垴哨房当差，其实不是他的本意。

近来，八路军一二九师进驻山浃等县，对日军开展反"扫荡"反蚕食斗争，屡挫敌寇，战果辉煌。龙岩村的后生们听到这一振奋人心的喜讯，也想给鬼子一记耳光——将攻打目标选在磨盖垴。

居子宽老师听了他们的想法，一字一句地叮咛："磨盖垴地势险要，易守难攻，只能巧取，不可硬拼。你们一定要想出个'巧取'的法来才能行动。"耿铁锤按照这一方略用心思谋数日，又与春牛商讨了一番，最后拿出了"里应外合"的攻打办法。

为设内线，铁锤进城试探过哥哥铁砧，却没如愿。于是又叫罗小三佯装行医，将正要到杏儿家过夜的大瓦叫回了村。大瓦一听让自己做内应端哨房，当下双腿打软脊梁骨发冷尿了一裤裆。他左一声妹夫、右一声锤哥，央求春牛铁锤"不要去捅马蜂窝"，只想推掉这桩掉脑袋的活计。春牛给大瓦讲了八路军抗战的形势及鬼子近来遭受的沉重打击："……你是拉弟的堂哥——我的大舅哥。你该为自己留条后路才是。"铁锤说："大瓦，你不要忘了咱师兄弟喝过的血酒盟过的誓言。这几年我一直在盯着你，也知道你身随狼群心地善良，从不祸害百姓。我早就跟牛哥说过，假如你爹晓得你当汉奸不干坏事，他老人家就不会跳壁自尽啦。再说，鬼子欺压残害百姓的手段，你比我们还见得多……"大瓦立刻想起那回随队去南乡，亲眼见鬼子将一个长辫子姑娘逼进厨房，剥光衣裤，摁在案板上强暴了之后，又拿起擀面杖……此后，那个活活被折磨死的姑娘的影子常常在大瓦的脑子里晃动。大瓦想到这件事，头一歪牙一咬说："干！"

张捧富见跟王团长关系不一般的侯大瓦来给自己做副手，自是笑脸相迎，不敢怠慢。大瓦为巴结王计小，处处照顾刚到哨房当团丁的姬夏至、姬立冬兄弟俩。姬氏兄弟与王计小连挂着远亲，二人初来乍到得到大瓦关照，自是万般感激。

一日，罗小三背着药匣子上磨盖垴给大瓦送了一包药。大瓦知其来意，当下编造了一堆自己的痔疮如何疼，以前用这药如何管用的话。张捧富结巴着笑骂：

"痔疮算，算球啥病！少，少喝口猫尿，多，多去扣，扣几下杏儿泻泻火就没，没，没事啦。"这话听得在场的日兵团丁大笑起来。

罗小三走后，大瓦来到茅厕，打开包药纸见是双层。他把粉末包装入内衣兜，细看纸上那娃童练仿般写着的几个字：

三月三，牛不闲；
　子夜吃草晨耕田。
　　耕牛

大瓦心想：今儿个是二月二十七。春牛铁锤要自己三月初三晚上下药，子夜攻打哨房。大瓦本想撕烂这张纸扔进茅坑，一时想起春牛说的留后路的话，便折叠整齐揣起来，用心思谋这几天当做的事。

三月初三晚饭后，非饮即赌的团丁们听大瓦说了句"三月三庙门开，神神鬼鬼都出来"的俗话，便吼叫着要喝酒壮胆气。大瓦叫厨房备了几个好菜，自个儿跑进库房揭开坛盖馋猫般喝了半碗酒，然后喊来团丁把仅有的两个坛子全都搬了去。他抬手擦着嘴角和下巴残留的酒液，跟张捧富说了进城给王团长送手镯的事，便带着姬氏兄弟下了山。

他仨行至米家寨村口，暮色苍茫的林子里走出了身挎药匣子刚解过手的罗小三。大瓦迎上前说："三哥，兄弟吃了你的药挺管用的。这会儿我要进城办点儿事，改日打斤好酒谢你。"小三知其话意，说了声"管用就好，谢个啥"，便走进龙门口见铁锤去了。

大瓦一行来到县城西门，恰好碰上如今当了营长的铁砧夜间查岗。大瓦近前打了声招呼，悄悄说了给王团长送玉镯的话，便朝治安团营房走去。铁砧看着大瓦的背影想：送镯子何必要黑灯熄火地专跑一趟呢？前些日子弟弟铁锤进城就打问过磨盖垴哨房有无靠得住的贴心人，还说鬼子的末日到了，应当利用在敌营之便多做些抗日的事。那天自己还骂弟弟，不要听信共产党的宣传蛊惑。铁砧思前想后寻思了一阵，觉得大瓦想去磨盖垴哨房当差绝非为了杏儿，今夜进城送镯子恐怕也是个幌子，很可能另有意图。铁砧想到这里便往营房走去，意欲跟王团长陈说自己的推测和判断。可他在跨进团长室门槛的一刹那，竟然改变了主意。因为他也恨日本人。他每每想起师傅的惨死，想起方太文、侯琛及死在佛钟场的那几位老人，恨不得再宰几个鬼子为他们报仇。而活跃在太行山的共产党他也切齿痛恨——杀父之仇不共戴天。为此，他在南乡几个王计小说是有共产党活动的村子随队洗劫，毫不手软。

铁砧见到王计小，汇报了几句各城门的值夜情况便走出营房，疾步追赶已经出城的大瓦——证实自己的推断。他出西城门之前顺路买了几包糕点，跟守门团丁说回家给老母亲送点儿吃的。团丁们都知耿营长是个大孝子，还殷勤地提议骑上城门内侧停放的摩托车回家。他却说："趁便练一练腿脚，松散松散筋骨。"

夜里走久的人，眼就有了光亮。将近子时，大瓦返至米家寨，笑着跟身后的姬氏兄弟说："今晚咋说也得到杏儿家过个夜。你俩还是住到翟会长家哇，明儿个一早咱们返回磨盖垴吃饭。"

大瓦安顿姬氏兄弟住下，朝杏儿家走了一程，见村人都已封门闭户进入梦乡，便穿街越巷出了村。他总感觉身后有人，回头细看又毫无踪影。他想，这也许是心里慌张生发的幻觉。大瓦鬼鬼祟祟行至山根，与悄无声息藏于阴暗处的春牛等人会合。他小声说："都弄好啦，只是不知道鬼子喝没喝。"春牛说："你只要叫开山门就成。"

他们顺着一线栈摸到第一道山门，大瓦拍着门板叫道："开门，我回来啦。"里面的值班门兵说："瓦哥稍等，太君今夜加了岗，兄弟给太君说一声。"春牛铁锤等抽出匕首藏于门口左右做好了准备；大瓦生怕事情败露丢了小命，心里不住地胡寻思乱盘算。只听门里喊问："侯副排长的外头一人？"大瓦回道："太君，大瓦的三人，城里返回又去了趟杏儿家。"日兵也知"瓦扣杏"的事："你的又去玩花姑娘的干活！"随着笑骂声门开了。春牛等快步入门，三个鬼子三个团丁的脖子猝不及防被刀子贯了个透凉，吓得大瓦浑身微抖，腿脚也不听使唤了。春牛拉大瓦一把，示意其前面带路。大瓦这时好后悔，但又无可奈何，只得硬挺死挨。当他软着腿走到第二道山门敲门呼叫，却无人应答。他有些奇怪，侧耳静听，好像有人在门里呼呼睡大觉。大瓦一时高兴，悄悄说："都那个了。门也开不啦，咋办？"铁锤上前用匕首撬拨了几下门闩，轻声推开门，见地上躺着几个贪睡的鬼子和团丁。

他们悄悄摸进庙里，只见前院寝室亮着灯，团丁一个个鼾声如雷，昏睡不醒；摸进里院，见鬼子也都在床铺上东倒西歪躺着，全成了大炮都夯不醒的醉鬼了。春牛铁锤甚是高兴，带人捅醉猪似的挨个抹脖子。为防万一，他们点燃带来的火把一个个复验了一遍，并收缴了枪支弹药。当他们返至前院，惊奇地发现铁砧提着一把血淋淋的短刀从寝室走出。大瓦以为前院房里也有鬼子，举着火把进屋细看，团丁的脖子也都开了花。大瓦打了个趔趄跌跌撞撞蹿出院来，颤声询问："砧，砧哥，你是啥时来的？咋把他们也……"铁砧冷笑一声说："留下他们你瓦小还有活路吗？"大瓦听了这话倒抽了一口冷气。

春牛、铁锤见事已至此，便下令放火撤退。铁砧说："火我来放。"他提起室内那半坛酒，沿着床铺、房根一直流洒到里院的各个佛堂，然后在供台上摸起几炷香，掏出怀表看了看，把香折去一截，借着油灯点燃，插入火柴盒里，放于泼洒了烧酒的床铺上，快步离去。

当春牛、铁锤带着满心欢喜得胜而归的后生们走上龙岩壁，望见磨盖垴火光冲天，听到县城那边汽车呼啸而来……

磨盖垴出事，王计小对侯大瓦有所怀疑，但又不肯在皇军面前说破——那夜大瓦毕竟进城送来一对小巧精致的玉镯；两个远方表弟也再三说明，大瓦除了去杏儿家睡了一觉，几乎与他俩形影不离，没有做内应的可能。这件事难就难在哨房五十多个兵丁没留下一张活口。

大野雄一认真计算过：从西城门的哨兵发现磨盖垴起火，至汽车赶到米家寨，只用了十五分钟，却没在米家寨通往磨盖垴的路上见到一个人影。他想不出杀了兵丁又放起火来的人是怎样逃离现场的。他揣测这件事与龙岩村的人有关。王计小怕大野攻打易守难攻的龙岩岭再度吃亏，便故意往一边扯："像是八路干的。"

此后一段日子，王计小走进大野的办公室，常见其盯着那张用红笔圈了"龙岩岭"三个字的地图深思。王暗自思量：要打龙岩岭，一定得想个万全之策才行。

这天，王计小又叫铁砧来相好家开的"兰馨楼"饭庄喝酒。二人在烛光灯下刚坐定，那女人就扭动着肥美的圆臀走进雅间执壶伺候。铁砧陪着王计小享用着丰盛的菜肴喝了一阵子，王计小抓一把女人的大腿，笑着要其敬铁砧三杯。铁砧刚喝下女人敬的酒，酒楼掌柜也来捧场——又敬了三杯。铁砧不肯失礼，端杯连连回敬。他虽有些酒量，一炷香工夫就被这仨人"款待"得酒酣微醺，不由贪开了杯。王计小借此大夸铁砧才智过人，身手不凡。女人给王飞了个骚情的眼眼，含笑问铁砧："耿营长，你们龙岩村那两朵花到底有多俊，俺早就想亲眼见识见识呢。"王摇着头说："难，难，难啊！龙岩村可不是谁想去就能去的地方。壁上那两个岩口成天有人把守，不许一个外人进村。"女人大笑一声说："茅舍儿还通罗马呢！那两条路不让走，耿营长就带咱走第三条路。"铁砧端起杯子晃了晃头自豪地说："其实后山，就是靠郭家汇那边，俺村有人上去过。上去的人不过都是些刨药材、挖五灵脂，舍得拿命换钱的人。"王计小闻听此言，兴致地吸溜一声干了杯中酒，然后心爱地拍着女人胖乎乎的胳膊说："再满上，俺俩喝了这杯，铁砧兄弟还要去查岗。我呢，今夜就不走啦。"女人执壶续了酒，毫不羞怯地冲着王计小风骚娇艳了几句后回绝："今夜不成。俺的那个来啦。"王甚觉扫兴，跟铁砧碰过杯，一仰脖子干了，一块下楼而去。他今夜好想会一会苗靖，尝一尝"鲜葡萄"的味儿，又怕铁砧碰上失了和气，只好作罢。

时隔几日，王计小打发铁砧乡下办差，便找苗靖下功夫。那个昔日的苗老师、后来的苗校长还真的跟王上了床，条件是帮她恢复女中。王明知这件事办不到，为得到这个肌肤白皙情致优雅的美人，便稀里糊涂答应下来。苗靖跟王上床前又流了两眼泪。她今生今世再无他求，只想看到一群群妩媚纯情的半大女孩在校园奔走，听到娇嫩甜润的琅琅读书声从教室传出。

王计小一回回支派铁砧城外办差，一次次胡编冒吹筹办女中的进度——哄骗苗靖上床。苗靖虽无勾魂摄魄的淫态浪言，却如期如愿迎合着他那疯狂的冲撞和极度的爆发，直到其力乏精疲。好在药铺子的朱太医送的那些个药丸子顶用，使他来一回总能心满意足离去。

九

1943年初冬的一天，自古顺应东风雨的太行山经几阵东风吹过，便下起了毛毛细雨；山寒水瘦草木凋零的龙岩岭一带，则飘落着随下随化的雪花。天一放晴，人们便感觉该穿过冬衣裤了。

一个薄霜铺地烟雾空蒙的清晨，"吱——砰"的一声起火带炮的声响打破了宁静——给龙岩人下达了逃离的命令。壁上的放哨人飞报春牛："鬼子的一辆篷车开进了龙门口。"春牛即刻将人分成两队，铁锤带一队守西岩口，自己带一队守东岩口，并按预先商定的步骤行事：鬼子不上岩盘就让他们过去，如果顺盘而上，那就石雷铁雷一起放，洋枪火铳滚木礌石一起打。实在抵挡不住，迅速撤回山口守山。

经过几次战斗，龙岩村的后生们从鬼子手里缴获来不少武器弹药，入伙的人也越来越多，春牛、铁锤以为，扯起"龙岩岭游击队"大旗跟鬼子明干的时候到了，居子宽老师却说："龙岩村距离县城太近，只能不声不响瞅准机会袭击，不可张扬。"因此他们的主要任务仍然是设防护村。

一袋烟工夫，鬼子的汽车仍没行至东岩盘下。春牛有些纳闷，便派人沿着壁顶前去窥探。带队守西岩口的铁锤见堆放顶上的石雷铁雷过多，吸取以往的教训，带着队员巧妙地把雷散布到盘岩的隐蔽处，将引线引上壁顶，用石板压住线头。

突然咚咚咚响了几声迫击炮，炮弹越过龙岩壁，在佛钟场前面的空地轰隆隆爆炸了。春牛见此，便命人通知铁锤："不管鬼子上不上龙岩壁，见狗日露面就往死里打。"传令人刚向西岩口跑去，又有一排炮弹落在距他们不远处的壁顶爆炸了。队员们一个个手忙脚乱，不知如何是好。春牛看了看光秃秃的壁顶，一时茫然无主，只叫队员散开，以免炮弹打准人群。

果不其然，又一排炮弹在岩口附近响了，当场炸伤炸死几个队员。白运德喊问："牛哥，咋办？"春牛说："快叫三哥救护伤员——鬼子是在打闷炮，狗日们没有准确目标。"话音刚落，又一排炮弹打在了壁下，同时听到鬼子的几辆汽车开进了龙门口。春牛大喊："大家准备好，这回打鬼子个人仰马翻！"话说之间又有一排炮弹打来，又在岩口和壁顶上爆炸了，而且引爆几个自制雷，当场伤亡了几个队员。春牛感觉左膝盖一阵生疼，低头一看，裤破皮开，膝盖骨外露，血水浸流。罗小三见春牛伤成这样，边为他上药包扎边劝道："快叫人扶你上岭哇。"春牛走了几步觉得能动，脸上露着坚毅的神色说："眼看鬼子就要进村啦，我怎能离开！"

随着佛钟场前面空地上最后一排炮弹的爆炸，满载兵丁的汽车在东岩盘下露了头。春牛扔出一颗缴获的手雷喊了声"打"，队员们便点燃石雷铁雷滚将下去，谷底响起轰隆隆的爆炸声。日伪军跳下车，一窝蜂似的往岩盘上冲；几挺仰支的轻机枪朝着壁顶不停地扫射。由于队员们实战经验少，开仗后藏身不利，伤亡接二连三。但他们凭借有利地势用自制雷阻击，又用圆木和石块滚砸，日伪军一次次被打退下去。

与此处相距二里的西岩口没有遭到迫击炮的袭击。耿铁锤见日伪军顺着岩盘快步攀登，却要队员只躲藏不动手。等敌人踏进布好的雷区，他亲手点燃引线。随着轰隆隆的爆炸声，无处躲逃的日伪军被炸得血肉横飞，随在后面的调头返了回去。不一阵工夫，铁锤见敌人又攀了上来，便与队员们把几根粗壮的圆木推滚下去，日伪军被砸了个碌碡碾蛆虫——一滚而光。正当铁锤他们又往边上备圆木时，只听岭上传来密集的枪声和手雷的爆炸声。铁锤见鬼子抄了后路，当即派人向春牛报信。不一会儿，白运德跑来说："牛哥要你率二十个人快去岭上阻击鬼子。这里我带人把守！"铁锤带领冯柱国等人朝山口奔去。

岭上其实就冲下来三十几个鬼子。但他们占据地理优势——从高处往下打。铁锤所带队员虽然熟悉地形，但还是没有完成阻击任务——经过一场混战，多数中弹牺牲。铁锤也身负重伤滚下山沟，不省人事……

双方激战持续到上午九点，东、西岩口终因腹背受敌，相继失守。日伪军冲上壁顶，活捉了膝盖、胳膊等几处挂彩的罗春牛。

发现后山爬上来鬼子的村人，凭着山大林密，大都躲藏了起来。逃躲不当、腿脚不灵便的老弱病残七十余人，被押回了佛钟场。

早就想报夺眼之仇的王计小，从一个团丁口中得知抓住的那个人是罗春牛，便兴冲冲走到大野面前报告了几句。大野狞笑一声，手握刀柄走向罗春牛说："你的，八路的游击队长……"大野恐吓了一阵，见罗春牛不低头，愤然抽刀直指佛钟架吼叫了几声。王计小按其意，吆喝团丁将罗春牛倒吊在佛钟架的铁链子上，又搬石垒支起锅口直冲罗春牛的大柴锅，往锅里添了水，点燃柴火便烧。

极富灵性的王计小瞅一眼大野，冲着罗春牛喊道："你仗着你们龙岩岭壁高路窄险要难攀，一次次跟皇军作对，没想到会有这一天哇——你蹦呀！跳呀！你们那岭上不是有好多岩洞藏身吗？叫你村的人躲呀！藏呀！"他见罗春牛的嘴像两扇画上画着的门，又朝抓来的百姓说："你们给老子听着，今儿个皇军想弄清是罗春牛的心硬，还是锅里的水烫！等一会儿水烧开，就叫他亲眼看着往锅里煮你们——煮熟一个往外捞一个，直到把你们全都煮完！"百姓们两眼盯着佛钟台不敢出气，只恨那个送来佛钟的和尚不做好事。王计小继续说："不过你们也有活命的可能。只要乖乖地说出谁是共产党，谁是游击队员，谁是他们的家人，就能免得一死。"

大铁锅翻滚着水花，水蒸气直往上冒，罗春牛伤口流淌的鲜血和汗水合在一起，顺着手指、头发一滴滴掉进锅里。王计小瞟一眼柴锅升腾的热气，摆手喝令团丁："来，给咱先煮一个！"震悚万分的百姓哗啦啦跪地求饶，可冲上来的伪军毫不手软，拉起一个裤口打着绑腿、头上戴着毡帽的老汉便往佛钟台拖。罗春牛喊道："你们不要动他们！谷底打伏击是我干的，山口自卫是我干的，攻打磨盖垴哨房也是我干的。他们当中没一个是游击队员，也没一个是游击队员的家人。你们只要放掉他们，我就回答你们的问话。"王计小大骂这话是哄骗三岁小孩，催促手下赶紧往锅里扔人。正在这时，曾跟随老铁匠打过铁的梁盛堂一跃而出，从团丁腰间抽出短刀左右开弓砍倒两个，口里高喊："跟鬼子拼啦——"他举刀正要去劈迎面的一个鬼子，身后和左右两侧冲上来的三个鬼子，从三个不同的方向同时刺来。刺刀刺穿了他的胸膛，血红的刀尖露出体外。这时的村民由哀求饶命转瞬变为奋起反击。他们呼喊着冲上前，抱腿的，咬胳膊的，夺刀枪的……鬼子伪军都在场上，开不得枪，舞不得刀，闹哄哄乱作一团。大野抽刀唰唰砍倒两个扑上来厮打的老太太，喝令兵丁退出场外。佛钟架上吊着的罗春牛大喊："抱紧腿，不要让鬼子腾出去！夺过刀来狠狠砍……"大野见罗春牛仍在喊叫着指挥，跑步上台，举刀将立柱上缠绕捆扎的绳索砍断，扑通一声，罗春牛栽进了锅里……只听谷底响起密集的枪声和轰隆隆的爆炸声，随之又是一阵嘹亮的军号声——西岩盘冲上来一支八路军的队伍。

大野雄一见八路的主力来了，慌忙下令撤退。日伪军惊慌失措拼命奔逃，东岩口拥挤不堪，掉下悬崖十多个。这时，谷底的八路军又向东岩盘开了火，日伪军大都缩身藏于盘道内侧不敢露头。左臂受伤的大野见后有追兵，谷底有阻击，举刀吼叫了几声。日兵依令，一部分趴在岩壁边向谷底射击；一部分调头卧地向佛钟场方向射击。在几挺轻机枪的掩护下，日伪军顺着岩盘匆匆逃离。大野跑下谷底，见五辆汽车全被焚烧，守车士兵无一存活。他顾不得细想八路为啥来得这么巧，率着残部匆匆向县城逃去。

这支拯救龙岩人的八路军不是碰巧遇上，而是居子宽带来的。

这一消息来自太行抗日二区设在山浃县城的情报机构——昨天太阳落山时分，信鸽传到白岩山的信中说：大野派出三十多个精壮日兵悄悄开往郭家汇，意图不明。熟知地形的居子宽得知这一消息，推测鬼子有可能抄后路偷袭龙岩岭。他快步前往区委所在地向区委书记做了汇报。经会议讨论，决定调兵救援。

时过子夜，于团长接到命令，派宫林晓副团长带一个连的兵力星夜行动。

两个前往龙岩村报信的骑兵骑马将至龙尾湾，听到鬼子向龙岩岭打开了炮。当他俩靠近西岩盘，望见龙岩岭游击队的同志们正凭借有利地势阻击敌人。两个骑兵调头返回，向带队行进中的宫副团长做了汇报。宫林晓立刻下令跑步前进，火速增援。部队到达西岩盘下，分出一个排焚烧敌车，阻其退路；主力冲上壁顶，直扑佛钟场……

耿铁锤、冯柱国等几个阻击后山来敌。受伤的队员是被岭上躲藏的村民抬回村的。大伙来到佛钟场，见鬼子抓押来的人被枪杀刀砍了二十多个。罗小三的大哥见自家的柴锅害了春牛，抱起一块石头咚的一声砸成了几半。

这次大野带队围攻龙岩岭伤亡一百二十多人。而龙岩岭游击队的八十多个队员，仅活下来十六人，且都身负重伤。

居子宽觉得龙岩岭游击队再也无法坚持下去了，宫副团长带来的一个连又不能在此久留；若不使缓兵之计，龙岩村的百姓很可能被鬼子的"三光政策"灭绝。只有保存和积蓄抗日力量，才能消灭敌人。居子宽要宫林晓带队暂且防守，自个儿快马加鞭折返二区。经区委会议研究决定：龙岩岭游击队队员及其家属和烈士家属，转移到白岩山。龙岩村设立"维持会"。

居子宽带着上级党组织的决定，骑马返往龙岩村途中，心下一直为谁来当维持会长犯愁。

担架上躺着正要往白岩山转移的耿铁锤说："居老师，大瓦当会长是个合适的人选。"

十

善良之人往往会低估狡诈阴险之人的恶毒和残暴。大野雄一没有因为龙岩村办起维持会而作罢。他特意要王计小吩咐回村当会长的侯大瓦："此后龙岩村再不能有人站岗放哨。"

侯大瓦愿意当会长其实另有所图。他估摸这下子方玉玲成了笼中之鸟，只要下功夫磨缠，就能缠她个没跑——蚕丝微细，股子多了便能纺成捆绑猛虎的绳索。何况她是个人。

满心欢喜的侯大瓦回村才发现，方玉玲等好些人不知去了哪里。大瓦被闪了个狗吃屎，很想甩手不干，但又不敢推辞：一怕"八哥"拧了猴头，二怕王计小剥皮鞭鼓。他带回村当乡丁的姬夏至、姬立冬倒也贴心，既能到王计小面前通融美言减免些实在难办的征粮饷派劳役的事，又不打骂欺压百姓。

大瓦总为自家妹子小兰担心。邻村的会长大都是大户人家的掌门人，就连供兵丁吃喝玩乐的地方也是加以修建的独门独院。而自家只有一处宅院，正当十七八的小兰长得如花似玉，断不敢叫那群驴日的赖鬼瞅见。

人说长兄为父，大瓦在妹妹面前却常拜下风。回村当会长的第一天，大瓦正吆喝人手收拾佛钟场东侧的那个闲置多年的榨油作坊做维持会场所，恼怒不堪的妹妹气喷喷走来，不容分说地把他叫回了家。母亲抹着泪水说："瓦儿，你爹跳壁的那件事你该忘不掉哇……"妹妹扳着手指给他定出了一二三。大瓦只想转移话题——逗妹妹该寻婆家啦。母亲接口又唠叨起他们兄妹的婚事来。大瓦说自己不愁，愿跟的女人多的是，说着便大骂妹妹看上的柴祉："呆子笨嘴笨舌的有啥好哩！哥给你寻个好后生……"情人眼里出潘安。小兰实在爱见柴祉，爱他为人忠厚，爱他做事稳重，爱他谈吐有致，爱他通今博古……总之，柴祉身上都是优点。她曾设法试探，柴祉没当面回绝，只给她写了个纸条："对不起，我有了意中人。"小兰暗中打听，并无女孩与他来往。她不甘心就此罢休，但又不知如何表白才能得到柴祉的爱。这件事本就令小兰忧心如焚，见哥哥专戳自己的伤口，甩下一句"这事不用你管"，掩面啼哭而去。

今夜苗靖拒绝了王计小，含泪怒骂他是个骗情骗色的大骗子。可王计小走出营房前就喝下朱太医送的那个药丸子了，只想趁铁砧外出办差，再与水灵灵诱人的鲜葡萄共枕同衾颠鸾倒凤个痛快。他又编造了一堆不能当下恢复女中的理由，反复承诺"一定办到"。而苗靖毫不客气地要他走人，并说："只要女中办起来，我就跟铁砧分手——今生今世遂了你。"

王计小不缺女人，但他没有像苗靖这样冰雕般白净卧绵般柔嫩的知性女人。这时，他喝下去的春药推波助澜势不可当，一刻也无法忍耐。他见这女人拿定了不上床的主意，便瞪起独眼恐吓："你装什么正经！你的底细老子清清楚楚明明白白。当初你跟高秘书鬼混出卖了你们的人……像你这号共产党分子国军抓住砍头，皇军逮了照样枪毙。你要乖乖遂了老子，什么都好商量。否则，今夜就把你送给皇军！"这话不但没有唬住苗靖，反倒使其更加伤感："我本来就是个该死之人，我活着比死去还难受。我苟且偷安活到今日，只为恢复女中，以谢斧剁油煎之罪。你想抓我送鬼子那就快快下手，逼我再和你上床——没门！"

　　不断寻找新欢的王计小不曾遇过想要而得不到的女人。他这时也想离去，可是失控的欲求一阵强过一阵，害得他欲罢不能。他饿虎扑食般扑上去擒住苗靖便撕衣抹裤。苗靖阻挡不住他的身手就大喊大叫："铁砧——你在哪里——快来呀——杀死这个大流氓……"这几声呐喊竟使王计小害了怕：她把这事真要告给铁砧……王的双手一下子卡住了苗靖的脖子——她发不出声，呼不得气，手脚乱抓乱蹬却又无济于事。不一阵工夫，苗靖的身子就瘫软下来，一动不动了。王计小顺势而上办了想办之事，伸手在脉停气绝的苗靖鼻孔上试了试，来到桌子前撕下一张书纸，提笔蘸墨写了"处决党内叛徒苗靖"几个字，压在她那赤裸裸的身上，匆忙离去。

　　回营途中，王计小想好了利用苗靖的死办一件大野一直催办的事。他为给耿铁砧挖了个越不过的陷阱而得意，不由哼起了下流小调。

　　"我要杀几个共产党为苗靖报仇雪恨！"耿铁砧在团长室双拳紧攥发疯似的怒吼。王计小装出很是难过的样子长叹一声，拉开抽屉取出两摞红纸裹卷的大洋说："哥知道你的心情……拿去这些钱先厚葬苗靖。下来哥帮你报仇！"

　　埋了苗靖，铁砧便着手"报仇雪恨"。

　　王计小为耿铁砧提供的线索是：共产党早就和龙岩村的人有来往。这使铁砧义愤填膺，切齿痛恨。

　　那年父亲死在龙泉谷，铁砧就想杀共产党为父报仇。可弟弟铁锤说，这件事是别有用心的人在嫁祸于人。铁砧怀疑弟弟跟共产党有瓜葛，又听师傅冯弘说，共产党不干那些下三烂的事，心头便打了颠倒。此后铁砧眼睁睁看着弟弟铁锤和罗春牛受共产党迷惑,领着后生们跟皇军作对,给村人带来莫大灾难。而今苗靖也被……这使铁砧毫不犹豫地拿定了杀共产党的决心。因为他清楚苗靖的身份和经历,女中那三个共产党被抓确系苗靖所为。这些年苗靖一直内疚不已,曾几次说组织可能要对她下手。她终没逃过这一劫。"共产党原来更坏!竟然剥光苗靖的衣裤……"

耿铁砧做事一向独来独往。他隐藏于龙岩壁对面半山腰的林子里多日,用望远镜远距离观察东、西岩盘的动静,除了发现居子宽老师进过村两次外,几乎没有可疑之人。为摸清底细,他没明没夜地暗随居子宽,见其经常在西乡一带的村子里转悠,且难看出到底在干什么。铁砧想:越是居子宽这样的有文化人,越有可能是共产党分子。为放长线钓大鱼,进而挖出更多的共产党一网打尽,铁砧只跟踪窥探,不行动。

这天下午,铁砧尾随居子宽走进县城,见其进了一家杂货店。没一袋烟工夫,店铺顶楼的小窗竟然飞出一只鸽子——朝西而去。铁砧忙用望远镜看视,见鸽腿上裹扎着布条似的东西。夜幕降临时,居子宽又匆忙出店往南门而去。铁砧随至南门,见刚刚关闭的城门又为他打开了。铁砧由此断定不但居子宽是共产党,而且治安团里也有共产党。铁砧没去惊动值守南门的周班长,而是快步跑到西门出城,绕行至南门外追赶,却找不到了居子宽的踪影。

当晚,耿铁砧如实向王计小做了汇报。王非常满意,摸着大背头想了想说:"兄弟,咱吃皇军这碗饭也得多长个心眼儿……决不能让大野知道治安团里有共产党。"随即如此这般吩咐了几句,又递给铁砧两摞大洋,要他物色个漂亮女人。

耿铁砧走后,王计小穿了件便服来到南城门,背抄双手走进城楼,微笑着说了一番"弟兄们辛苦"之类的话,逐个儿嘘寒问暖了一回,临走撂下五块大洋,要他们班后到馆子里喝酒。

一个夕阳惨淡的傍晚,耿铁砧在龙门口抓捕了居子宽。王计小得讯,当即令人抄了杂货店,一个掌柜三个伙计全被抓捕。次日上午,王又令那夜在南城门值班的周班长等十二人,去一处无人烟的山沟"办差",被机枪点了名。他们走上黄泉路变成了孤魂野鬼,竟然不知因何而死。在一具尸体上还压了一张纸条,上书"共产党杀汉奸为民除害"。

秋去冬来，一个朔风凛冽的清晨，侯大瓦接到王计小"来城有事"的通知，便带着姬氏兄弟下了东岩盘，向县城走去。

一路上大瓦想：自打自己回村当会长，应差的、交粮的、纳饷的，全都办得妥妥当当；日兵团丁三个五个地进村游走，也没伤害百姓，村人的日子将就能过得去。王计小今儿个叫自己进城要干什么呢？听说居子宽老师被抓进了留置场，村人都在嚷嚷这件事，生怕这个平易近人的好教师被鬼子杀害。王计小是不是要问询这件事呢？要么就是又要打探"两朵花"了，或者是……侯大瓦想破脑袋都不会料到居子宽被捕，龙岩人的麻痹，他的懈怠，给这个古老而神奇的山村将要带来一场塌天横祸。

王计小见到大瓦只询问了几句村里的近况，然后一个劲儿夸赞："人常说要想安，先敬官。瓦小会来事，回村干得不赖……"天近午时，王计小特意令人送大瓦和姬氏兄弟去"兰馨楼"喝酒。大瓦为自己在皇军、共产党、村人面前"三吃开"甚为得意。他像一头掉了嘴罩的贪吃驴，享用着这桌子丰盛的酒菜，胡吃海喝了个嘴油肚圆才起身。

夕阳西沉，大瓦与姬氏兄弟返至米家寨村口，恰逢翟青和在路上转悠。二人攀谈了几句，翟便邀请大瓦到自家吃晚饭。大瓦有几日没见杏儿了，正想过个夜，趁便随了去。这顿"双八菜"晚宴，外加小貂蝉清唱晋剧青衣经典唱段助兴，促使大瓦频频举杯，轮流把盏，喝个不止。

次日午后大瓦醒来仍觉头眩脑沉。他咧嘴笑问杏儿："夜来黑夜咱俩弄来没有？"杏儿嗔骂："你咋喝成那样子？躺在炕上就像十年没合过眼似的。"大瓦又要笑了几句，便穿衣扎带戴帽挎枪收拾停当，到翟青和家带了姬氏兄弟离去。

他们走进龙门口，只见空中由北向南滚动着团团浓烟。大瓦奇怪：岭上失火啦？当他顺着东岩盘跑上壁顶，望见村子里到处在冒烟。他的心头咯噔一下骤然醒悟——出事啦。他急匆匆跑进佛钟场，眼前的情形令他目瞪口呆——十八根罗汉柱每根绑着一个开了膛的男人，佛钟架的横梁上吊着三个一丝不挂的女人，几个垂髻孩娃惨死在佛钟台上……整个佛钟场尸横遍地，血染焦土；人们俯伏在残肢断体的亲人身上呼天抢地，那哭声摇魂动魄淹没了龙岩岭……大瓦清楚鬼子伪军干了什么。这"挂活画""摆晕戏""解馋""泻火"的手段，他们在南乡的几个村子都曾干过。那回大瓦亲眼见一个疯狂的鬼子，枪刺扎着趴在母亲尸体上哭泣的婴儿挑起老高,甩出老远……万没想到这些惨无人道的手段又在有了维持会的龙岩村重演。大瓦浑身痛苦地痉挛,一腔怒火不知如何发泄。他唰地掏出手枪,紧扣扳机朝天砰砰砰鸣枪。他突然觉出背后有阴谋,枪口直冲姬氏兄弟喝问:"说,这到底是咋回事?"正在呆看的姬氏兄弟,见大瓦发疯似的把蓝光熠熠的枪管子逼在胸前,慌忙解释:"瓦哥,不要冲动,不要冲动!我们兄弟……"

"你俩杂种不说实话?"大瓦骂着扣动了扳机,枪却没响。他随手换上弹夹,拉动枪栓;姬立冬一个箭步上前摁住大瓦的手说:"瓦哥,我们兄弟也很心疼——快回家看看老人家和妹子哇。"一句话提醒了大瓦。他正要回东庄,几个号啕的女人扑来,拽住大瓦边唾边打,恨不得把他咬烂嚼碎吞进肚里。大瓦正不知如何脱身,一个老汉哭喊着扯起大瓦走上大石墙东侧的大口井井台。大瓦见尸体添满了水井,井水混和着血水漫过涵口石外溢。大瓦眼盯水井,牙关紧咬,全身颤抖。这时,从十字街跑来的耿五全操起一根木棒便打,大瓦躲闪不及,棒子打在肩上一折两截。姬氏兄弟见村人这样子憎恨大瓦,连拉带扯拖着他往东庄走去。

大瓦一进家门,血腥味萦鼻,母亲弯蜷在血泊中,炕上赤裸裸仰躺的妹妹已成僵尸。"狗日的——我跟你们拼啦!"大瓦大吼一声,抽枪拔腿便往大门外跑。姬氏兄弟死拉硬拽没让他出门。

柴祉得知小兰被害,亏负之心无法自恕。他本想见小兰最后一面,却被大瓦拦在门外打了个鼻青脸肿。柴祉伏在地上喊叫着"小兰"放声大哭……

惨绝人寰的日伪军血腥屠杀手无寸铁的龙岩人一百二十七口,其中十四家灭门绝户,十九家只留单口,全村人整整忙活了三天才埋葬完毕。

侯大瓦埋了母亲和妹妹陷入极度的不安和沉思之中。虽说村人都想剥他的皮抽他的筋,但他也是一肚子冤屈无处倾诉。记得刚干会长那会儿,居老师在路上遇见他言辞恳切地说:"你回村当会长要像原先的村长一样干,多为穷苦百姓排忧解难,决不能恃强凌弱。"回荡在耳旁的这番话,使大瓦明白了当下该做什么……

一个月色朦胧的深夜,紧闭的西城门被吱呀呀打开,门洞里随即驶出两辆鬼子的汽车。车上二十多个日伪军押着被酷刑折磨得遍体鳞伤的居子宽等五人。

汽车行至那处仅剩焦黑骨架的车马店前面,几根被大火燎成黑色的木料和一辆架子车挡住了去路——像行窃之人被惊跑的样子。依令前往西河滩秘密处决共产党的日军小队长打开车门跳下踏板,吆喝车上的兵丁下车推滚。正当兵丁骗腿下车,车上的几个团丁刀枪并用向鬼子下了手;埋伏在车马店背后的耿铁锤等十余人也都冲了出来……那几个不知何故的团丁见势不妙,拔腿便逃。没有任何准备的十几个鬼子,几乎在愣怔之间全被消灭。

　　最先动手的那几个团丁,把居子宽等五人搀下汽车,由铁锤他们接应着扶上车马店背后赶来的那辆单套马车上,车把式扬鞭策马,急速西去。所有参战人员也都随车撤离。断后的耿铁锤看一眼西城门飞驰而来的几辆摩托车,点燃一把干草扔在汽车的油箱上快步而去。只可惜那把干草没有引燃油箱。

　　大野雄一跳下摩托扫视了一眼,下令搬开车前的尸体和障碍物,要士兵快速上车,自己钻进驾驶室亲自驾车飞速追赶。汽车尚未行出三里,车头忽然扎猛子般栽进了陷阱。大野的胸脯被方向盘支切得生疼难忍,额头撞碎挡风玻璃割了个满面红。后车的去路也被堵死。又气又恨的大野费了好大劲儿才从驾驶室爬出。他望一眼前面的路,已知无望追上,悔恨自己今日在留置场询问审讯情况时,发狠作出今夜处决的决定泄了密,使共产党有了半路劫夺要犯的准备。大野正在回忆安排这件事时有谁在场,那几个参与这次行动、却在战乱中逃走的团丁又追了上来,向大野如实报告了出事的经过。这时,满头大汗气喘吁吁的王计小也带着三十多个团丁跑步而来。他立于大野面前请示:"指挥官有啥吩咐?"瞥一眼栽进坑里堵了去路的汽车又说,"往回返一里多路有条岔道,能绕开这里。"恼怒不堪的大野摸了把淌血的脑门,朝着王计小啪啪啪就是几记耳光,恶狠狠地骂道:"你的,治安团里有共产党!"王计小虽被打得鼻孔涌血,眼冒金星,仍在垂头应承:"在下一定全力彻查治安团里的共产党,铲净除绝,不留余孽!"

　　那几个在大野面前说了实话想升官发财的团丁,没几天就被王计小列为"还想在治安团潜伏的共产党"枪毙了。

　　这天,大瓦从米家寨、康家洼等邻村的大户人家弄来些粮食,和姬氏兄弟一道给断灶的家户分送了去,回到自家已是吃罢晚饭时分。他们刚进屋,嗖嗖嗖窜出三个黑影下了他仨的枪,并擦燃火柴点着了油灯。大瓦借着灯光才看清,这三个人正是耿铁锤、戴明和白运德。

戴明是六岁那年随着父亲逃上白岩山的。原因是他的那个吃大烟赌钱的叔叔在米家寨翟青和手里借了高利贷。钱虽不多，利滚利滚了几年就成了个大数。因还不上钱，放账图利的翟青和便请了乡绅，写了字据，吃了"割饭"，把戴家的田地家产尽数收了去。戴明的爷爷见青堂瓦舍养骡喂马的光景弄到无立锥之地，一气之下一头撞在自家门楼的马头石上去了。戴明的父亲在村人的帮助下埋了老太爷，带着一家老小五口逃到白岩山住山庄的姐姐家，仗凭一把镢头刨山地养家糊口活了下来。戴明长大后，常回龙岩岭给爷爷烧钱挂纸。所以，龙岩人拿他当自村人看待。

大瓦见正面椅子上稳坐的那人，是成天挑着担子摇着拨浪鼓串村入巷叫卖"头绳小带花红线"的货郎，心下便有些纳闷。因为这个人是外地的，来山涨干这行当有些年头了，人们嫌他沙省木那个名字拗口，都喊他沙货郎。大瓦想不通铁锤他们咋跟沙货郎搅到了一起。

"你们……"大瓦发了慌，想探知来由。沙货郎一改买卖人迎合顾客招揽生意的做派，脸色严肃得怕人："侯大瓦，鬼子进村'扫荡'那天，你到哪里去啦？"大瓦无法编出像样的谎言，如实说了进城见王计小等话。沙货郎又问："龙岩村出事之后，你去没去找大野雄一讨说法——为什么办了维持还要屠杀无辜百姓？"大瓦立时冒出一身冷汗，双膝一软咯噔一声跪倒在地："我……我不敢去——怕他们怀疑我是共，共，共产党。"

"你是共产党吗？"

"不是。可我跟铁锤他们喝过血酒盟过誓。我回村当会长……"大瓦瞥一眼运德下气地说，"是他们让干的。说是为了保护村人。"

"你保住村人了吗？"

"没有。"大瓦唇焦舌燥说不出话来。垂头想了想，脸颊的肌肉抽搐了几下唏唏嘘嘘哭起来："那伙驴日的瞎熊，把我妈我妹子……"

其实沙货郎的原名叫水少相。为隐名埋姓，将原名裁为"氵、少、木、目"，组合为"沙省木"。他主要负责山涨东西南北四个区地下党组织的联络工作。居子宽得救后，上级鉴于其不适合返回山涨县工作的实际，便要水少相在搞好各区联络的同时兼管西区。

为迅速开展工作，打击汉奸的嚣张气焰，达到敲山震虎的目的，水少相昨天接受了任务，今夜就赶到龙岩村了解情况，部署工作：要大瓦设岗布哨，守护村人；抓捕汉奸翟青和；向大野雄一、王计小讨说法。

为完成沙货郎交办的事，侯大瓦组织村里的男人偷偷设起了岗哨。耿昧全为没有落实好居子宽老师曾多次安排的"不间断放哨，时刻提防"的要求，给村人带来弥天大祸而追悔莫及。他佯装帮大瓦忙，实质挑起了设防护村的重任。

大瓦不敢走进大野的军营，也知王计小怕"八哥"拧了猴头，非鬼子大行动不敢出城。大瓦进城求铁砧相伴走进团长室，跟王计小说了村里百姓要自己前来讨说法的话，说到母亲和妹妹被害声泪俱下。王装出难过的样子说："瓦小，我的好兄弟，说句心里话，我也不愿意……可你哥我做不了大野长官的主呀！只是老太太和妹子受了连累实在叫人心疼。"说着拿出一摞大洋递给大瓦，要他挑个好姑娘娶回家做老婆。大瓦接过大洋，第一个想到的仍然是方玉玲。尽管玉玲被铁锤娶走了，但她的影子一直在大瓦的心里，脑子里时常幻想着跟她在一起的美妙和幸福。大瓦偷眼窥视铁砧，见其也为村人遭此横祸心酸。大瓦随之想到了铁砧当下的光景——苗靖被"共产党"弄死不多日，就又从南乡引回个天仙般漂亮的美人。大瓦在羡慕铁砧有桃花运的同时，心下不禁闪出一丝自信：得到玉玲之日，也是咱大瓦的桃花运到来之时。

此后大瓦又来了几趟县城，送了些自以为王计小喜欢的东西。大瓦这样做，一为巴结王计小，少给龙岩人生事；二为路经米家寨，寻找机会擒拿翟青和。

这天刚吃罢晚饭，米杏儿又来到翟青和的下院厨房，见翟家的厨师——堂哥米应录正在洗碗，便问："应录哥，会长在不在家？"米应录扫一眼堂妹那极富诱惑的胸脯，笑了笑小声说："小貂蝉跟大太太刚才又闹了别扭，抱着娃儿带了会长的两个乡丁往娘家去啦。东家为这事正生闷气，独自一人在上房喝茶哩。"杏儿听了这话万分欢喜，转身朝上房走去。米应录看着堂妹那细腰圆臀冷笑一声，悄悄骂了句难听的粗话。

米杏儿疾步走进上房，惊心惊耳说："哥呀——她大爷，不好啦！"翟青和见杏儿这般口气，忙问："又咋啦？"杏儿回道："大瓦进城又喝多了猫尿，返到咱村村口大口大口吐血，叫你快去看看哩。"翟青和找了几粒止血的药丸子，大步流星走出大门，嫌随在身后的杏儿碍眼，手一摆说："你就不要去啦。"

翟青和走到村口，见大瓦果然在夜幕笼罩的树林旁垂头捂嘴屏息静坐，姬氏兄弟两边站立。"瓦小，你觉见哪里不舒服？"正当翟青和哈腰问询，姬氏兄弟一左一右麻利地扭住了他的胳膊，大瓦将一块布团塞进其嘴里。翟青和见钻了笼套——想挣挣不脱，想喊喊不出，只恨没有多长个心眼儿。姬氏兄弟将翟青和拉进树林，五花大绑捆了个结实，装进布袋扎了口，绑在王计小送给大瓦不几天的那辆洋车上，推车进了龙门口。

他们正走之间，身后追来一辆鬼子的侧三轮摩托，雪亮的车灯扫去暮色直射过来。大瓦停下脚步向姬氏兄弟讨主意，二人说："瓦哥，就来了一辆摩托，人也不会太多。狗日们要是冲咱来的，那就先下手为强！"

摩托车追上来，刹车声一响停住了。大瓦和姬氏兄弟吭的一声扔开洋车正要动手，见车上是穿了鬼子军装的铁锤和戴明。二人摆了摆手说："快把他抬上来。"大瓦二话没说，与姬氏兄弟抬起翟青和扔进了挎斗。铁锤扫一眼四周，驾车飞驰而去。大瓦看着远去的摩托，只恨不能问铁锤玉玲哪儿去啦。姬夏至笑了笑说："专请不如一遇。这下省了咱一桩差事。"大瓦却说："咱的一举一动都在'八哥'的眼皮底下哩。"

侯大瓦擒了翟青和，生怕大野、王计小猜疑，再三叮咛米杏儿："这事要露风，咱俩就得手拉着手去见阎王！"杏儿却不以为然地说："瞧你这屌样，还男子汉呢！那夜俺去叫会长只有应录哥知道。一来他不肯抖搂本家妹子；二来他早就看上了小貂蝉，光嫌东家死得慢。"

又过了些日子，大瓦见县城那边没动静，才放下心来。

大瓦为在翟青和身上出了一口恶气而由衷的喜悦，活力也随之倍增。时至年关，大瓦又从邻村的财主们手里弄来些钱粮衣物分发给过不了年的家户，他的逞能之言也一堆堆一串串地塞满了龙岩村的大街小巷。

十一

成天单衣薄裳靠体温御寒的穷苦百姓，终于盼来了带有暖意的山风。

晚饭刚罢，大瓦背抄双手嘴打口哨到两个岩口转悠了一遭，嘱咐了放哨人几句，便借着月光往米家寨走去。他行至龙门口被铁锤拦住质问："你要去哪里？

难道咱村人流了那么多鲜血，还没唤醒你的爱村之心！"大瓦歪了铁锤一眼没敢吱声，只好原路返回。

他一进家门，把大拇指和食指一伸，比画成"八"字，跟正在下象棋的姬氏兄弟说："'八哥'管得咱严，连杏儿都扣不成啦。"他双手抱着后脑勺枕在铺盖垛上思谋了一阵，突然又跳下地挎起枪，急匆匆来到了西庄的戴山金家。这时，山金正趁着炕洞火灰编粪筐，白丽在炕沿坐着行针走线做鞋帮。

虽说龙岩村好多人会编筐篓，却不及山金的美观结实。他小时也羡慕同龄娃们上学，可他爹不让："识字有啥用？是艺不亏人哩。学会咱家这门子手艺还愁养不活老婆娃儿！"过年写春联山金爹从不求柴秀才，自个儿碗底蘸墨往红纸上摁一串印就成。有人故意问他你这对子写的啥？他笑着说："这是庆贺来年丰收的月饼呀！"山金打小生活在上岭割条、回家编筐——两点一线的环境，与人碰面几乎一声不吭。人们便骂他"活脱脱一根烂木头"。于是"烂木头"便成了山金的外号。

大瓦嬉皮笑脸跟山金寒暄了几句，眼闪促狭的目光给白丽开玩笑说："瞧咱当年学堂里又白又脆的小白梨，这会儿可真成了又甜又嫩的大白梨啦。"白丽瞟一眼地上编筐的丈夫冲着大瓦笑骂："你个讨吃鬼咋顾上来俺家啦？"大瓦提一下手枪套子坐在木凳上说："我这当会长的也就是咱村的村长，刚刚去了趟西岩口……给大家伙操心是咱的本分。"说着便给白丽飞了个撩拨的眉眼。白丽垂下头没再作声。大瓦从兜里掏出五块大洋放在炕沿上说："山金哥，你到底花大钱请个好太医给俺老同学瞧瞧哪里有疾患——给你生个娃儿。"大瓦知道白丽在学堂念书那会儿就对同桌的铁锤倾心。铁锤和玉玲结婚没几天，白丽就嫁了山金。婚后小产了一个，肚子便没了影儿。白丽曾托大瓦在外头或男或女问寻个娃儿抱来"押押籽"。大瓦也曾四处打听，终没如愿。

山金见大瓦这般时分上门本就不悦，但又怯于大瓦是鬼子派回村的会长——惹不得。他拉出一根火灰里烫热的荆条，砰一声磕去灰，使劲编在筐上，扫一眼银圆说："俺这编筐的咋敢要你的钱。"白丽晓得丈夫的意思，上前拿起银圆笑吟吟说："老同学，钱就不必啦。毕竟你走里涉外的比山金眼宽。你给问寻个看这号疾患拿手的医生哇，瞧好了俺家山金请你喝酒。"话说之间又把银圆送还给大瓦。大瓦见白丽的身子恰好挡住山金的视线，不失时机地挠了一下她的手心。

这一挠不要紧，把个白丽痒得面红耳赤，慌忙退坐回炕沿拿起针线，针尖往头皮上挠痒痒似的轻拂了几下，又做起活来。

借着进城贿赂王计小的空儿，大瓦真的给白丽请来个医生——号过脉，开了方，抓了草药。山金给钱，大瓦没收。

此后一天上午，大瓦腰间挎着盒子枪，嘴里叼着"洋旱烟"，正在街上歪歪趔趔溜达，见山金提镰上岭割条去了，便匆忙来见白丽："念书那会儿，我就成天喊你又白又脆的小白梨，就是没有尝一尝到底有多甜。"说着抱住便亲嘴。白丽推一把骂道："这讨吃鬼大白天发的哪门子色疯！小心俺家山金回来一镰割了你那二掌柜。"大瓦笑着摆了摆腰间的手枪说："他敢！他要不识相，我倒要看一看是他的镰刀快，还是我的枪子硬。"说着又耍骚使歪不住劲地撩逗："咱知道，你活泛花哨，'烂木头'死板。你成天抱着根'烂木头'弄不兴乎。咱给你来个……"娇俏活泼的白丽本就不喜欢山金。权倾一村的大瓦打诨骂俏动手动脚，撩得白丽由不得生情动意……

自打这回，白丽享受了做女人的快乐，几天不见大瓦便思情难熬。山金不敢惹大瓦，又见自家女人打明叫响要跟大瓦好，除了默求神灵惩罚大瓦这个赖鬼外，再也没了别的法子。

大瓦凭着腿勤口甜，且常常给大野、王计小送些喜欢吃的东西，所派差役粮饷又想着法子完成，此后好长一段日子鬼子没来龙岩村折腾。

初夏的夜晚山风徐徐。更深人静，耿铁锤带着龙岩岭游击队的几个队员及所有避难家属回到了龙岩村。次日，他便按照上级的指示着手去做第二件事——

十六岁的梁同科个头不高，脸蛋幼嫩，说话细声细气，像个大娃儿。他挑了一担戴山金编的篓筐走进县城，在铁砧新娶的老婆所住的西门内丁字街北口附近叫卖了三天，没有遇上铁砧。

这日晚饭时分，东升的皓月冲出云块的包围露出皎洁的玉面，无私地把清辉洒了满地。梁同科忽然望见铁砧在前，一个身挎双枪的随从团丁在后从东街走来，便喊道："砧哥，送我出城。"铁砧走至近前问："你咋这么晚了还在这里？"同科垂头嘟囔："本想卖掉这几个筐子再走，没想到筐没卖完城门就关啦。"说着要哭的样子。"这筐是山金哥编的。俺妈生病啦，不知小三哥是怕俺这孤儿寡母地欠下药钱，还是真的没有这号药。俺本想卖了筐赚几个钱……"说着禁不住捂脸抽噎，却又忍着不愿哭出声来。

同科的父亲梁盛堂是老铁匠的徒弟，因此两家来往多，走得近。铁砧见没了父亲的同科这么恓惶，一时想起当年随爹进城卖铁器的往事，顿生怜悯之心："你把筐子撂下，我给你钱；住上一宵，明儿个抓了药再回哇。"同科抽抽搭搭说："俺妈就俺这一根独苗儿，又在炕上病得厉害。今夜见俺没回去怕要急死哩。"铁砧抬头看了看天色说："你一个娃儿家，即便放你出城，啥时才能回去？"同科抹泪央求："砧哥，俺在城里就你这一个亲人，心里想着只要找见你，就啥也不愁啦。今夜你说啥也得送俺一程。"铁砧看着同科可怜的样子，不由动了恻隐之心。他望一眼天上的月亮，点了点头。同科转悲为喜说："砧哥，俺回去跟俺妈商量商量，进城跟你混饭吃哇——俺见你那回骑着摩托回村挺威风的。俺也想坐坐摩托高兴高兴哩——哪怕送到龙门口也成。"

铁砧叫开药铺子帮同科抓了药，来到西门骑了一辆三轮摩托，亮着车灯出城而去。

将至龙门口，同科叫道："砧哥，快停，快停——俺实实憋不住啦，紧想拉哩。"吱呀一声铁砧刹住车，同科咚地跳出车斗，抱肚猫腰跑进了路旁的树林。铁砧看着同科那滑稽样子笑了笑。后座上坐着的随从团丁骗腿下车提醒："砧哥，这里……"铁砧也有些担心，抬腿下车唰地抽出手枪，望着阴森森的树林喊叫："同科，快点儿！"同科在树林里回道："就快完啦。"铁砧手枪入套笑骂："拉泡屎跑那么远干啥！"话音未了，一个黑影从林丛里窜出，嗖地飞来一镖，随从惨叫一声栽倒在地。铁砧掏枪正要射击，只听侧面有人喊了声"哥"，随之又抛来一镖；铁砧手腕中镖，手枪叮当一声掉落在地。

原来，先干倒双枪团丁的是白运德；刺准铁砧手腕的正是故意喊叫一声要他分神的他的弟弟铁锤。

铁砧见上了当，忍着伤痛拼命与抓他的铁锤、运德搏斗。同科跑出树林正要上手帮忙，只见中镖的团丁身子动了动，手又摸到了枪。同科一脚踢飞他的手枪，抱起脸盆大一块石头砸去，只听噗的一声，脑袋砸了个稀烂。

伤了手腕的铁砧见二人步步紧逼，寸步不让，虚晃一个抛镖动作便逃；铁锤手起镖出又刺中其小腿。两处受伤的铁砧既跑不掉，又打不过，无奈被铁锤扭住双臂生擒。铁砧大叫："铁锤，你好傻呀！为啥这样子害哥？"

铁锤没有答话，和运德一起绑了他的手脚，塞住他的嘴巴，装入袋里，抬上车斗；跟运德说了声"剩下的你收拾"，骗腿上车，带了同科开动摩托朝白岩山驶去。

铁锤含泪走进哥哥铁砧的囚室，放下手里抱着的衣裤鞋帽说："哥，你换上这些衣裳哇。"

"你为啥要害哥？"铁砧眼放怒光心含敌意喝问。铁锤擦一把泪水说："哥，你不光害了自己，而且害了爹，害了苗靖，害了咱村那么多人；还险些把居老师他们也……你现在又在害我们的水少相同志，也就是你们所叫的沙货郎。"铁砧不服这话，愤然质问："这几年我跟着日本人在东乡南乡是做了不少坏事，这些我向你们的人都交代啦。可爹和苗靖都是共产党所杀，我不出狠手咽不下这口恶气。你咋说是我害了他们，证据何在？"铁锤眼里旋转着两团泪水说："王计小让爹打刀，爹不干，本就怀恨在心；又怕爹把你拉回，便派人杀了爹，把罪过推到共产党身上。这是你当汉奸招来的第一桩祸。第二，你酒后吐真言，说出后山能爬上龙岩岭，使游击队腹背受敌，给村人带来那么大的灾难。第三，王计小早就跟苗靖勾搭上了，条件是要王帮她恢复女中。后来苗靖见王计小是个骗色之徒便想抽身，王怕她向你说出实情，便杀人灭口，又把罪过安在共产党身上。你不但不辨是非，反倒被他利用，对居老师他们下手。近来，你又执行王计小的命令，抓捕我们的水少相同志。你想想，你这些年都干了些什么？"

"这些是不是你们凭空想象无端捏造出来的？"铁砧仍然不肯相信。铁锤说："在城里、在留置场、在治安团都有我们的眼线。这些情况是他们费尽周折搞到的。"铁砧一时想起秘密处决居子宽等人却被里应外合救走的事；想起自己一直怀疑的佟翻译那几次奇怪的行迹；又想起苗靖死前那段日子的反常……镣铐禁身的他突然暴跳如雷："王计小，我日你祖宗！日你万辈祖宗……"门外值守的士兵双手端枪快步进屋，见罪犯没对耿铁锤下手，便又退了出去。

铁砧吼叫了一阵，眼淌泪水扑到铁锤面前求道："我的兄弟，我的亲兄弟，你帮哥向你们的头儿求个情——哥不想再活啦，也没脸做人啦！我对不住爹，对不住苗靖，对不住居老师，更对不住咱村的父老。我只想临死前亲手杀了王计小和大野雄一，为爹……"

铁锤看着将要被枪决的哥哥，无法忘怀的往事历历在目。他想起了小时候哥哥一招一式教自己练拳脚、打飞镖的样子；想起了哥俩上岭担柴火、抓野兔的情形；想起了那回哥哥带着自己去磨盖垴玩耍，为保护自己被扑来的野狗咬伤胳膊的可怕……他是多么想跟哥哥再说几句小时候的那些事呀，可喉咙像堵了石子，仅剩成串的泪水了。他见哥哥说出一大堆迟到的醒悟之言，无奈地摇了摇头，沙哑着嗓子说："哥，你换衣裳哇！我不想要你到了那边再穿这身皮。"

处决了耿铁砧的次日，独立团撤离白岩山，与八路军大部队一道执行新的战斗任务去了。耿铁锤、梁同科等龙岩岭游击队的十几名队员也都随队而去。

此后，随着抗日烈火在太行山越烧越旺，日军接连不断地遭到八路军的沉重打击。穷凶极恶的鬼子，在占领区各村不分青红皂白进行报复性"扫荡"……方玉玲的婆婆、铁锤的母亲就是在这段日子被鬼子杀害的。

卷二 人命大如天

十二

场房炕头熟睡的方玉玲在进入梦乡之前，就已经拿定了把小鬼子交给恶狼填肚子的主意。

她迷迷糊糊听到冯柱国在场房门外骂骂咧咧："该死的鬼子……"她慌忙出门，见人们蜂拥的担架上那人，头部、胳膊、腿脚全裹着纱布，鲜红的血水透过纱布外浸。她愣愣怔怔问询："这是谁？"冯柱国回道："这是铁锤呀玉玲！他刚从前线被人抬下来……"方玉玲见丈夫成了这个样子，扑上去大哭起来。猛然惊醒才意识到是个噩梦，感觉心头扑通扑通狂跳，泪水也在默默流淌。她抹一把泪水定了定神向窗户望去，见那缕月光仍然不知疲倦地眷顾着窗纸。她盘算着方才的那个梦，便又担心起前线打仗的铁锤来。这无止境的担心，成了她这些年的一桩无法抛开的心病。她想着想着终因神志扛不住身子的倦乏就又睡着了。直至太阳从东山顶上露头，侯拉弟在场房外"玉玲——玉玲——"地高喊，她才从睡梦中醒来。

方玉玲一骨碌爬起身子扫一眼炕头，不知出于一种什么心思，麻利地揽起小鬼子，单手拽过拉弟送的那床打落了多块补丁的夹单子遮住军毯，又往小鬼子身上搭了蓝的印花围腰，才走出外间撩起草帘，解开倒挂的荆棘片子。她正要给拉弟打招呼，只见拉弟脸上焕发着喜滋滋的光彩嚷嚷："好俺的姑奶奶哩，俺当你又上岭去……你还不晓得哇？鬼子跑啦！鬼子逃跑啦！！"

方玉玲像在做梦："你说啥呀？"拉弟双手拍腿爽朗地大笑了一声说："鬼子跑啦！咱八路军的队伍开进县城啦。"方玉玲又问："你听谁说的？"拉弟抬手往村那边一指说："俺大瓦哥这时正在十字街、佛钟场海世界咧咧，不定一会儿还要来跟你说呢！"说着若有所思，"夜来黑夜俺就觉见那伙鬼子跟往常不一样。进村没杀人也没放火，抓住女人就揣奶头。俺那会儿本想叫你一块逃，却被巷子里钻出的两个鬼子抓住，撕开衣裳就揣摩。俺怕你没得信儿便喊叫，又被鬼子塞了嘴。你说这鬼子赖不赖，临逃跑了还要再揣揣女人的奶头。"侯拉弟说话干脆，听得玉玲红了脸。拉弟接着说："鬼子真是一群魔鬼，说来，杀人放火凶残歹毒得没个收拾；说走，趁着夜半三更就没影啦。要是春牛能看到这一天该多好呀！"说着说着泪珠就滚了下来。拉弟哭了一阵，看着愁眉不展的玉玲又安慰："你可再不能上岭寻狼啦。鬼子一跑，天下太平铁锤就回来了。你要有劲就十个八个地生，七狼八虎围着你转，怕你应声都应不过来。"瞅了眼里间的炕头奇怪地问，"你……你家娃儿找见啦？"

尽管方玉玲决意要拿小鬼子报仇雪恨，但昨夜发生的那一幕她实在不愿吐露。拉弟这一问使得玉玲像喉咙咳不出的黏痰般奇痒难耐。她慌忙寻话搪塞："捡下哩。"

"捡下哩？"侯拉弟走进里间，掀起围腰细看，"呀——还是个小子！哪里捡来的？"

"岭上。"方玉玲答着，似乎底气不足。侯拉弟转头看着玉玲置疑："往岭上扔娃也就咱村的人。这些天没听说谁家媳妇生娃呀——还是个小子，谁肯扔掉？"方玉玲见拉弟追问得紧迫，脸一红回斥："你这拉弟，不是捡的难道是天上掉下来的不成！"

侯拉弟笑一声改了口："捡个娃儿收养起来也好，省得你疯子般上岭寻狼。"看一眼炕上的孩子又说，"娃儿是鬼灵精，吃谁奶长大看谁亲。只是铁锤回来见炕头躺个野娃，心里怕有疙瘩。"

方玉玲接口说："铁锤他们该是不打仗啦。"

"春牛要在世该有多好呀！"拉弟的眼圈又红了。

方玉玲本想要拉弟托靠柱国或大瓦进城打探铁锤的信儿，见拉弟这样子难过，话到嘴边又咽了回去。

正在这时，冯柱国背着拉弟的儿子胜荣一瘸一拐走了进来，摸一把络腮胡子冲着拉弟笑道："咋又哭呢？该死的鬼子逃跑啦，咱们胜利啦，春牛哥不就为这一天牺牲的吗！咱该高兴才是。"拉弟抹泪骂道："你个挨刀尽放臭屁。心里要是好受谁肯哭！"柱国憨笑一声说："纸和炮都备好啦，咱带着胜荣给春牛哥上坟报喜哇。"拉弟尚未应声，炕上的小鬼子哇哇哭了起来。冯柱国放下胜荣走进里间高兴地问："娃儿寻回来啦？"没等玉玲开口，拉弟劈头盖脸大骂："娃被恶狼连骨头带肉吞进肚里变成屎尿啦，去哪儿寻？！"

"那这，这……"柱国想弄个明白。拉弟却埋怨："俺早就要你给玉玲割个窗户钉个门，你个挨刀今儿推明儿、明儿推后儿的，成天胡跑乱串瞎忙乎！"柱国看着拭泪的玉玲难为情地解释："前些日子我确实忙……该死的鬼子打跑啦，这下我就有空儿啦。"拉弟说："俺觉见该吆喝人手，快快给抗属们把烧毁的房子修盖起来。"

"应该，应该！"柱国附和着，又抱起胜荣问拉弟："咱走哇？给春牛哥上了坟，我还要到俺家坟上把喜讯告给俺爹哩。"

侯拉弟走出外间，看一眼案板上搁着的野菜跟玉玲说："今儿个后响磨下面再给你送来些——鬼子跑啦，俺也就用不着守那挨刀家里那条通往后街的暗道啦。要不，你回村给俺一搭儿住哇。"玉玲瞥一眼炕头上的小鬼子，觉着场房挨山口近，狼来得便当，便说："俺在这里住惯啦，还是柱国哥抽空给俺钉一钉门窗哇。"拉弟又骂了柱国几句，一块往岭上去了。

鬼子跑了，自己也该给父亲、公婆上坟，好让他们在那边高兴高兴。方玉玲这样想着，看一眼吃着自己奶水的小鬼子就又来气：狼走三遭不离旧道的老话应该不假，这个活泼溜丢的东西让狼来收拾哇！她狠拉一下从小鬼子嘴里拽回奶头，扣上衣襟；娃儿似乎没有吃饱，哇地哭了。她没动心，一下子摺他炕头便开始筹办上坟的东西。

如今的这个家已经称不上家了，可总不能空着手上坟祭拜亲人呀。她在地上转了几圈，最后把目光落到了糊有毛头纸的窗户上。她回头扫一眼舞动着手脚仍在哭闹的小鬼子，撕下窗纸，兜了火镰，出门时又狠狠地把草帘拽扯下来扔在地上，心里骂道："恶狼，你快把这个小鬼子叼走哇。俺上坟回来你要真把他吞了，算你长眼！"

方玉玲上岭给父亲和公婆烧过纸、磕过头，哭诉完心头的悲伤，天已过午。她返至山口前的小河，却没回场房——自己的家，而是径直到东庄看望母亲去了。

方玉玲的妈妈是大庄罗姓家族的闺女——家里的独苗。她嫁到本村东庄较为殷实的方家，便把祖辈积攒的家业连同五十多亩好地一并姓了方，使方太文一夜之间成了龙岩村最富裕的户。然而，鬼子踏进太行山，方家的光景一落千丈。老太太如今和儿子玉锁借住着邻居一间曾做过牛圈的破房。这个房子夏热冬冷不说，牛膻臭熏得人不敢换气。

玉玲一进门，老太太便知女儿上岭寻狼报仇的那股子蛮劲儿下去了，长叹一声问吃过饭没有。玉玲说："刚给俺爹上了坟回来。"老太太苦笑着道："咱总算蹚过了火焰山——熬到头啦！"言罢便烧火动灶给女儿做饭。玉玲的肚子虽说匪劫了似的空荡，但她知道妈和弟弟也是度日如年，便说："妈，不用做啦，说几句话俺就走。"

"家里……"老太太正要说"没撂着娃儿"，话到嘴边又改了口："家里又没啥事儿，急着回去做啥。"

知女莫过于母。老太太为女儿上岭杀狼没少操心。她知玉玲外表温柔性情却刚强，拿定的主意九头牛拉不回。她爹在世时曾为两个孩子的特性自豪地说："男娃脸上留一缕柔媚，女娃心头藏一丝刚毅，是刚柔相济的贵相。"昨天午后，正择野菜的老太太听火急火燎进门的玉锁说："妈，不好啦！俺姐的娃被狼害啦。听说俺姐……"老太太急得张嘴大哭了几声，登时意识到女儿上岭寻狼的可怕，想叫人拉扯回来，又怕女儿离骨挖心般难挨的失子之疼窝在肚里窝下毛病，便要玉锁快快上岭告知堂弟罗锅，要他跟随玉玲暗中保护。

罗锅的驼背是胎带的。只因打小村人喊他"锅儿"，他的父母也就默认了这个名。罗锅从懂事起就为父母不给自己取名而心怀怨言。他常想：背驼是没法改变的事，总不至于卑微到连个名字都不配取的地步吧！每当听到有人叫"罗锅"，直至后来干开放羊又喊上"羊罗锅"，他都拒绝应答，只顺声看一眼，以示自己不聋。而方家人拿他当人看。方太文总以亲道相称，出口便呼他"小舅子"或"兄弟"，使他的心头如拂暖风般温馨,最初几次竟然被感动得痛哭流涕。于是他横下一条心:今生今世一心一意为太文姐夫当牛做马。他挣下钱粮送回家,一言不发扭脚转身就走,让父母在享用丑儿挣来的钱粮的同时,去感悟对丑儿鄙视的过失。他的这些回敬着实令母亲落过几回泪。自打鬼子夺走他为方家放的羊群,他便带着名唤"狮眼"的牧羊狗住进了岭上的岩洞。玉玲住到场房以来,他常常打些野兔野鸡剥去皮毛挖了内脏相送。玉玲亲切地喊着"舅舅"感谢时,他总瓮声瓮气说:"一张嘴吃俩屁眼屙哩,得好好补着。"

老太太知晓长年累月在岭上放羊的堂弟罗锅无处不熟,尤其他练就一手好鞭法,身边又有牧羊狗,即便玉玲真的遇上狼有他保护万无一失。虽然罗锅痛快地答应了本家姐姐的差遣,但生怕玉玲只顾疯跑寻狼,慌不择路踏踩了毒蛇或闪下悬崖。直至抓着山头的夕阳松手,龙岩岭步入黑夜,玉玲回到场房,他才松了口气,跑到堂姐家报了平安。

玉玲不忍争吃妈和弟弟手头那点粮食。老太太看出了女儿的心事,便笑道:"鬼子跑啦,日子也就好过啦。咱咋说也是有百十亩地的人家,今年的秋粮再不中用也能打闹个吃喝。麦子虽说收粮轻,玉锁也得快快收拾出几亩来赶一茬救急。你爹在时常说:白露早,寒露迟,秋分种麦正应时。咱只要打熬到来年麦收就不愁啦。"玉玲见妈想得周到,没再为一顿饭推辞,蹲下身子烧灶火的同时,给妈说了昨夜发生的事。

"老天爷呀——咋抖来大雹砸到俺娃头上啦!"正在和面的老太太盯着女儿住了手。她听玉玲说要在小鬼子身上报仇雪恨,便喃喃规劝:"可怜见儿的。咋说他也是一条命哩!老话常说,人命大如天。葬身害命地害了他是要造孽的。何况又不是娃儿作恶——他刚刚来到人世就死了娘跑了爹,连话都不会说,有啥错?"几句话说得玉玲张口结舌。

老太太一边擀面,一边又说:"这个娃儿这么巧来到你手也算缘分,你就收下他哇。娃儿吃谁奶长大看谁亲。铁锤回要是有怨言,俺跟他说。"玉玲垂头想了半晌说:"妈,鬼子害得咱家破人亡,咱怎能给仇人喂养娃儿呢?"老太太苦笑一声问:"狗咬咱一口,咱能张嘴咬狗吗?"看了看女儿又劝道,"毕竟他是个娃儿。古时候咱村有个没周岁的男娃被母狼叼走,人们都当他没命啦,可母狼没舍得吃,还要他和小狼崽子一块吃自己的奶,让他活了下来。后来被岭上的放羊瞅见，带了好多人，才把六岁的这个娃接回家。虽说他口拙舌笨，也不认识爹娘，可力气很大，人们便叫他狼娃。长大后他竟然当了巡抚大人的保镖。那狼娃不忘母狼的恩情，每年都会买些羊肉送上岭去孝敬他的狼妈妈。你想，若不是饿急眼连狼都不忍心吃娃，你咋……”

话是开心钥匙。玉玲一边吃饭一边听妈唠叨，一时又想起铁锤曾说过的话：来折腾咱的这些鬼子兵多数是日本国的矿工、渔民、造船工。他们家里有兄弟姐妹，也有妻儿老小，本不愿来打仗，也都想过太平日子，是一个叫天皇的坏头儿逼着他们来的。玉玲越琢磨越感觉自己原先的想法不对头，心下竟然害怕那只恶狼“走旧道”了。她抬手轻拂一下胸前佩戴的玉观音，默念了一声佛；她匆匆吃过饭，也没帮妈刷锅洗碗，拔腿便朝后场奔去。

生怕看到原先想要的那一幕的方玉玲，走至场边听不到娃儿的哭声，心头不禁一颤。她几步跑到场房前，只见有人又把荆棘片子严严实实地挡在了门口。她掀开片子走进里间，娃儿仍在炕头睡着，小嘴含着大拇指微微蠕动，白净的脸蛋印有几道泪痕。

方玉玲松了口气想：苦命的娃儿呀，你咋偏偏到了俺手呢，难道这是天意的安排、注定的缘分？她抱起了娃儿……

十三

“俺看这小东西的眉眉眼眼跟咱的娃儿没啥两样——谁能认出他是鬼子的崽儿呢？”老太太双手托着炕沿端详。玉玲陪妈看着小东西，不免又担心起拉弟的那些话来，便小声说：“妈，拉弟一直追问小东西的来路。俺说是捡下哩，她不信。她硬要刨根问底该咋办呢？”老太太指头点着娃儿的腮，猫蛋狗蛋地逗了几声说：“这么个活溜活泼的东西，咋舍得……要想保住他的小命，只能说捡下哩。”言罢，伸手抱起来揽在怀里，“来来来，姥姥抱抱——可怜见。你瞧娃儿瘦气的，身子骨还算硬实。奶是粮食精，娃儿吃上生骨头长肉扛寒风。你可得好好奶娃儿哩！”玉玲想起当初的那个念头，不觉脸红。老太太又说：“看样儿也就个把月，得缝住他的袖口装几天手，以防长大眼热别人的东西。”正说之间，娃儿的鸡巴唰唰唰撒开了尿，把老太太的前襟尿湿一大片。

"看这小东西！"玉玲骂一声接过娃儿放回炕头，忙拿围腰给妈擦。老太太哈哈哈笑道："瞧俺外孙，当下就给了姥姥见面礼！"说着走出外间，探头瞧了瞧门外，返回里间从衣襟里掏出七块银圆递给玉玲："你得把房子盖起来一处，粮也得买些回来，打起精神过日子——这点儿体己你爹在时也知道，只是鬼子汉奸遍地窜的年月不敢露面。"玉玲接过银圆眼含泪水叫了声"妈"，不知说什么好。老太太自信地说："俺藏这东西时就想好了后路，即便死在鬼子手里，咱家玉锁也能找见。"

嫁出的闺女泼出的水。玉玲不愿问妈这东西还有多少，更不能打听藏在哪里。她要妈也快盖一处房子，搬离牛圈。老太太很有主见地说："俺跟咱家玉锁说啦，先盖起上院的西房且住；缓上一两年再把东房盖起来，好给他娶老婆做新房。至于啥时重修大北房，那就看咱家玉锁的能耐啦。"

来场房安门钉窗的冯柱国，先给玉玲说了进城开会时顺便打问铁锤的话："铁锤他们那支部队不在咱这里。不过不要担心，该死的鬼子已经投降啦，铁锤他们应该很快就能回来。"接着便兴致地讲开了开会的情况："县上成立了民主政府，咱这个区的办公地点安到了米家寨，区名依了咱龙岩岭游击队的名号——叫龙岩区。区长是咱村的戴明。"柱国的脸上浮现着自豪和得意，"真没想到咱们的居老师，竟然把味叔这个党员掩藏得这么隐秘，连我都不知道。"说着又有些担心，"大瓦被逮走还没回来，今儿个一早又把个罗小三抓啦。不知他俩……"透过窗口看一眼奶娃的玉玲提醒，"对了，你住在这没邻没舍的后场，可得当点儿心哩。给鬼子当孙子的那群杂种，尤其那些有血债的汉奸怕逮住枪毙，到处藏身逃命。听说郭家汇一个闺女前天被两个汉奸给糟蹋啦。要不，你还是按拉弟的意思跟她一搭儿住哇。等给你盖好房子再搬回你家。"玉玲也想回村住，可场房毕竟离拉弟远些。为了手头这个小东西，只能在这里将就。玉玲接口说了几句不想再挪腾的话，就又回想起那夜的那个噩梦来。她朝着窗外忙碌的柱国询问："柱国哥，鬼子临逃跑时，是不是又给咱八路军打了一仗？"柱国回道："即使打，也是咱追着狗日们打，不会吃亏的。"

"真的又打了一仗吗？"玉玲瞪大了眼睛。柱国见玉玲这样子惊惧，便笑了笑说："这个我还真不晓得。在县上开会，领导们没讲打仗的事，只是要求区、村干部动员民众抓捕汉奸，恢复生产；还说要搞一个抗战胜利庆祝活动。戴明区长让咱村组织起当年的腰鼓队来练一练，进城表演。这件事我跟拉弟说啦，女队员她来吃喝。"

冯柱国的木匠手艺是跟着他父亲冯弘学的。他虽被鬼子打瘸了腿，干活还算麻利。他边干边说："真不知俺爹是咱村的第一个党员。戴明说，县上正在统计为抗战牺牲的烈士。俺爹应该能算进去。"柱国摸一把络腮胡子笑了笑，"原来咱们的居老师在咱村教书是个幌子。他在咱这一带发展了好多党员……"玉玲听着柱国的讲述，心下又为父亲不寻常的死而难过。她本想问柱国父亲算不算烈士，话到嘴边又咽了回去，想等铁锤回来再说——父亲为抗日做的事，铁锤最清楚。

柱国上好门窗，试了几下独扇门的内闩和外闩，擦一把汗水笑道："且这样将就哇——你也知道春牛哥不在后，我是咋帮拉弟拉扯胜荣的。咱村人传的那些小话，都是些屁话。"柱国憨笑一声接着说，"咱这会儿敢说啦，其实我为牺牲的春牛哥照管妻小，是居老师的安排。无论咱村人咋嚼舌头，我都得执行居老师的命令。不过后来不知咋的，心里就……一天不见他们娘俩，就像少了什么似的。你跟拉弟是好姐妹，改日你给咱撮合撮合。如果拉弟没啥，俺俩就到区公所领帖去。"

玉玲微笑着说："柱国哥，你想娶拉弟做老婆先得答应俺一件事。"柱国笑道："你说哇，百把十件都成！"玉玲说："草怕霜，心怕伤。拉弟是伤过心的人，你得今生今世真心实意对她好。"

"这个你放心。我就看在春牛哥的面子上也得……"玉玲打断柱国的话说："现如今是你要给拉弟做男人，不是招呼她母子躲灾避难，用不着看春牛哥的面子。"柱国被回斥得涨红了脖子，抬起瘸腿一拍说："我老拐敢不善待拉弟母子，天打雷劈，不得好死！"

玉玲见他赌身发誓，忙道："诚心就好，诚心就好。何苦这样子咒自己！俺跟拉弟说就是啦。"

排练腰鼓，参加县里举行的抗战胜利大庆祝活动，成了龙岩人当下的大事。方玉玲走进佛钟场，佛钟架垂吊的那条不愿看到又不能不看的铁链子令她激灵打了个冷战，浑身暴起一层鸡皮疙瘩。

佛钟场聚集了好多人，其中一部分是排练腰鼓的，大部分则是忆往事凑热闹的。然而，眼下能打出冯弘编排的那套夺彩腰鼓的人不多了。就四个领队而言，玉玲、拉弟总算沙里澄金活了下来，可春牛、铁锤，一个已经牺牲，一个生死未卜。于是，动员有打鼓基本功的人上场凑数成了唯一的选择。

人们似乎对练鼓不怎么上心，倒是对鬼子这八年间所造罪孽说个不止。当然也有人背过玉玲交头接耳窃窃私语她炕头上躺卧的那个娃儿；大瓦、小三被抓将如何处置，也是人们议论的话题。

方玉玲身挎腰鼓领队练习，鼓槌却怎么也打不在点子上。她时而追忆鬼子进村祸害百姓的情形，时而忧虑铁锤为啥还不回来，时而又盘思场房炕头的小东西……她的脑子麻团般纷乱，每觉动作有误便泪眼回盼自失一笑——发现队员们几乎人人盈泪，难进状态。

临近中午，侯大瓦和罗小三随着耿味全走进了佛钟场。众人看去，大瓦仍是那般嬉皮笑脸，小三却脸挂愁云不愿抬头。柱国瘸着腿迎上前跟味全打了声招呼，转口问大瓦、小三："回来啦——没啥事哇？"小三没吭声，心头像压着磬石；大瓦咧嘴笑道："咱当初是打进敌人内部的龙岩岭游击队队员，能有啥事！"毫无羞色地竖起大拇指摇晃了几下，炫耀了几句接着说，"老拐，腰鼓队可不能不算我。"人们听了这话不免小声嘀咕："大瓦当汉奸连他爹都气得……咋又成游击队的队员啦？"

这时，有个后生搬上佛钟台一坛白酒，摆了十几个青瓷碗呼喊："喝酒啦——"拉弟没等收场就扔掉鼓槌，跑步上前端起酒咕嘟咕嘟猛灌。玉玲正要劝阻，见拉弟一口气喝下一碗酒，嚓的一声把碗摔在佛钟架的立柱上，拼命喊了声"爹——妈——春牛——"一屁股坐在佛钟台上手拍台面大哭起来。人们受其感染哭成了一片……

东方刚显微白，方玉玲就吃过早饭奶开了娃儿。

她看着小东西贪婪吃奶的样子，禁不住想起人们在佛钟场说的那些话，心下便有些害怕：假如村人知道了实情会怎样呢？夺去摔死，还是掰成两半？或者……这时她又想到了妈的叮咛，自己也觉见小东西给这个家带来了生机和活力。大概这就是人们常说的鸡叫狗咬娃哭才叫家的原因吧。记得铁锤从白岩山送大伙回村那夜，心爱地摸着凸起来的肚子说："娃儿的名字就按咱先前说定的叫哇

——闺女就叫小玲，儿子就叫小锤。"看铁锤那股子猴急样子，恨不得从肚子里挖出来亲吻几口。小玲却被恶狼……玉玲想着被恶狼叼走的心头肉，泪珠不住地滚落，一滴滴掉在小东西的脸上："怕是俺上辈子赊你亏你该你欠你，要俺这辈子还你了——你就趁了小锤这个名哇。只要小玲她爹回来接受你，你就做俺俩的儿子。

玉玲倒过怀，把另一个奶子递去。小东西这时完全醒了，嘴里吮吸着奶汁，小手紧紧抓着她的衣衫，似乎怕她离去的样子。玉玲垂下头送了他第一个吻。娃儿似乎懂得她的心意，小脸蛋嫣然笑了。

方玉玲抱着娃儿向东庄走去，一路走一路寻思：鬼子投降啦，抗战胜利啦，铁锤咋还不回来呢？就算部队事多，也该捎封信呀……她把娃儿撂给妈，急匆匆赶到佛钟场，背了腰鼓和大伙一道往县城而去。

今天是县里组织庆祝抗战胜利的日子。政府的几位领导，在北街搭起的席棚子台上慷慨激昂地讲完话，群众性的游行表演正式开始。不论演职人员还是街道两旁的观众，脸上都洋溢着无比的喜悦。其中一个村的表演队演的是八路军痛打鬼子。那个扮演鬼子的演员身披日式黄呢子军大衣，腿穿黄呢子裤，脚蹬高筒牛皮鞋，演得极像。有个观众竟然一时冲动，捡起地上一块砖头哭喊着砸去，把个演员打得头上冒花，停了演出。

龙岩村的腰鼓本该是今日的一大看点。可曾经观看过那场夺彩腰鼓的人们不免有些失望。这倒不足为奇——当年的那茬儿演员因抗战牺牲、鬼子杀害、部队服役未归等原因，少了十之六七。玉玲、拉弟等旧队员虽然基本功扎实，但他们在这万众欢庆的日子里想得更多的则是失去的亲人——几乎都在含泪表演。因此，龙岩岭腰鼓队八年前的风采已成历史。

庆祝活动刚结束，方玉玲没与大伙去逛街吃饭转店铺，而是独自一人沿街询问值勤的八路军战士"认不认识耿铁锤"。他们的回答很亲切："老乡，好像我们团没有叫耿铁锤的。"玉玲仍没死心，又到县政府大院找见八路军首长打问了一番，还是没得到铁锤的信儿，只好去办昨夜想好的另一件事。她割了三尺黄布，买了五个白面馒头包在布里，虔诚地走进坐落在城北的北寺。

佛度有缘人。方玉玲跟北寺的缘分当从初临人间说起。她的母亲在她之前生过两个男娃，都没闯过周岁。她来到人世第三天，父亲就为北寺布施了十石小米，求菩萨保佑成人。老方丈见这位施主如此诚心，便将一尊玉石雕琢的观音菩萨坠子供奉于大殿，上香开光敲磬诵经祈拜一番后说："回家给娃儿戴上，菩萨可保佑娃儿一生平安。"方太文双手捧着玉观音满心欢喜"请"回家，并以"玉菩萨显灵"之意给她取名"玉玲"。

方玉玲怀着虔敬之心随着人流步入饱含肃穆气氛的大殿，将五个馒头奉于供案，又把三尺黄布呈于莲花台。她常听父母说，敬佛不在供品多少，全在一片诚心。她款款地敬入炉里三炷香，双膝跪在蒲团之上磕了三个头，双手合十默默祈祷，求菩萨保佑铁锤平安回家，保佑小锤消灾免难。祷告毕，又跪拜一番才拿了黄布往村返。

老太太见玉玲进门，便笑呵呵说："十口饭不如一口奶。这小东西没奶水吃还真的成不了人。俺见他饿得嗷嗷地哭，就熬了些白面稀糊糊一点点一点点地喂。这不，全都漾上来啦。"玉玲一边奶娃一边说："妈，往后就叫娃儿小锤哇。"老太太不满地反驳："给娃儿取的啥名！你叫玉玲，生下闺女叫了个小玲。铁锤咋说也是小东西的干爹，怎能叫小锤呢？"玉玲没说其由。

方玉玲用那块沾了菩萨灵气的黄布缝了个围脖（小拇指粗的圆形布圈儿），戴在小锤项上看了看，见娃小圈大，怕连腿带臂套进去勒住脖子要了命，便压在枕下，叫他大些再戴。然而，这个用来"避险驱邪，救苦救难"的围脖，终没扛住降临他头上的横祸。

灶筒不灵，必定天阴。方玉玲今早做饭因灶火倒灌冒了满屋子烟，呛得炕上的小锤直打喷嚏。

刚吃过饭，拉弟一手提着篮子一手拉着胜荣走来，进门便问："你的军鞋做好没有？"自打龙岩岭游击队阻击鬼子失利，拉弟、玉玲等被迫转移到白岩山，她们便自发地组织起来为八路军做军鞋。近来在拉弟的动员下，几乎全村妇女都加入了做军鞋的行列。炕头坐着奶娃的玉玲回道："这回分来的都做好啦，俺正要送去，顺便再领些布料回来。"拉弟把篮子里的山药倒在地上说："俺趁篮子把鞋捎走哇——那挨刀这几天光忙着盖房哩，地里的山药能吃了也顾不得刨。今儿个一早俺刨了那挨刀一筐。"玉玲听说这是柱国地里的山药，便笑道："米面都和到一块啦，咋还不去区公所领帖呢？"拉弟笑着说："那挨刀不光搬你，还搬起味叔给俺说这事。只是一想起春牛来心就……”拉弟泪随言出哭啼起来，玉玲劝慰了一阵才止住抽泣。

拉弟拭泪上前，看着玉玲怀里的小锤说："这几天人们都在嚷嚷你这个娃儿。小白梨嚼蛆：这娃是你跟鬼子好下的野种。俺听了照脸唾了那破货一口。不过她这话叫俺想起一件事来：鬼子那夜手里提鞋摸上西岩盘捂了咱的放哨人，只绑在树上塞了嘴；抓到盘头小媳妇撕开衣裳就揣奶头，却没行赖事。这回鬼子好像只到西庄、大庄，没去东庄。县上庆祝胜利那天，听康家洼以西几个村的人说，鬼子逃跑那夜，也进他们村干了揣女人奶头的事。"快人快语的侯拉弟连珠炮似的放了一阵，钻心刺骨的目光直逼玉玲，"俺一直在盘算，鬼子这回进村到底想做啥呢？这几天听了村人的嚷嚷、小白梨的嚼蛆，俺才想到这群鬼子是从西边过来路经咱县的。这么一琢磨，俺就觉见你的这个娃儿像是鬼子逃跑时带不走，又不舍得扔，才找了个奶妈寄养的，对不对？"

玉玲和拉弟打小就情深谊厚无话不谈；小东西又是个包袱包不住柜里锁不得的活物，瞒过初一瞒不过十五。玉玲被拉弟逼到了绝境，长叹一声无奈地说出了实情。

侯拉弟见这个娃儿真的是鬼子的崽儿，肚子里憋窝的仇怨像火山一样瞬间爆发，不顾一切地跃身上前拼命扑打。玉玲抱着小锤慌忙逃回炕角头；小锤被惊得哇一声大哭起来，地上的胜荣吓得哭叫不止。拉弟像一头发怒的母狮蹿上炕头，一边抢夺一边大吼："给我，你把他给我！我非活掰了这个小鬼子！"玉玲拼尽全力呵护："娃儿没罪。他是无辜的，他是无辜的呀拉弟！"

"他是小鬼子，小鬼子！他长大也是个杀人放火无恶不作的赖熊！俺今儿个弄不死他决不走出场房……"二人在炕上追赶着拉扯着吼叫着，其阵势像贪财之辈豁出性命在抢金夺银。玉玲见炕上躲逃不过，便往地下跳。拉弟索性狠推一把，要她摔下去的同时，把小鬼子垫在身下压死。挨了推搡身子失去平衡的玉玲，既怕踩踏了坐地大哭的胜荣，又怕压伤怀里的小锤，她用力往墙根侧身，却身不由己——从炕上栽摔下去，额头碰在挨墙摆放的半截瓮上，血流如注，昏厥过去。拉弟害了怕，跳下地拿起围腰便去捂伤止血。那血流得实在厉害，透过围腰印了满手。拉弟把围腰折叠起来，紧紧捆扎在闭眼昏迷的玉玲头上，慌里慌张跑出屋外喊人。可打谷场四周没一个人影。她顾不得理睬追出门来哭喊的儿子，拔腿朝小三家奔去。

罗小三身背药匣快步赶来，只见头扎围腰的玉玲身子偎依着半截瓮，怀里抱着娃儿，胳膊揽着找不到了妈妈咧嘴啼哭的胜荣静坐。侯拉弟拉转儿子便去接她怀里的娃，可玉玲仍不松手，有气无力地说："不能，不能呀拉弟。"拉弟狠跺一脚吼道："玉玲——你好傻！放他炕上叫矮子哥快给你上药哇！"

罗小三解开满是鲜血的围腰，见玉玲刘海处的伤口仍在渗血，便麻利地剪去周围的头发，上了止血药，用布条扎牢，然后扶她坐到矮凳上不解地问："咋撞成了这样？"玉玲垂头回道："俺，俺不小心坐闪了凳子。"拉弟听了这话心头一阵难过，泪水唰地滚了下来。罗小三说："你奶着娃儿，伤又这么重，回头我给你拿来些滋补药快快煎了服用——这要上了火可不得了。"

"矮子哥，你给抓来些最好的补药，药钱俺出。"说话一向直来直去从不拐弯抹角的拉弟，却怕人得悉玉玲手头这个娃儿的来路，"她受了这么重的伤，流了那么多血，怎能再奶娃儿呢！你在补药里掺些断奶药给她把奶断掉哇——看那血又渗出来啦。"玉玲摸一把伤处，血水染红了手指，苍白的脸面秋水般平静："三哥，俺可不能没奶。"

罗小三见她俩一个叫断奶，一个又不让，心下直犯嘀咕。近日小三也听人风传玉玲的这个娃来路蹊跷。有的说是她跟鬼子好下的，有的说是鬼子那夜进村撂下的。小三是行医之人，断定前话是说谎造谣……小三离开后场一炷香工夫，冒着刚刚登场的秋雨送来五服中药。拉弟接过药取了一包，便在外间点火煎熬。

方玉玲生怕方才的打闹惊吓着小锤。她坐在炕沿抱着娃儿不住手轻拂其头发和耳朵，嘴里小声唠叨："捋捋毛毛——不怕，拽拽耳朵——不怕……"她这样子为娃驱恐祛惊还是生下小玲时婆婆教的。婆婆生了铁砧后本还有个闺女，再下来才是铁锤。闺女在四个月头上，一只野猫爬上窗台忽然大叫了几声，把娃吓成惊风丢了。婆婆说，娃儿受了惊吓睡梦中会乍哭。小锤这时真的睡了，玉玲实在怕他冷不防哭起来。

拉弟煎好汤药倒进碗里倒凉了几下端来，玉玲摇着头说不想喝。拉弟知其缘由，笑一声劝道："好俺的姑奶奶哩，矮子哥不会往里头搀断奶药的。你快喝哇！"玉玲不敢轻信。她虽对鬼子恨之入骨，可近来觉见小东西是那样的可怜，那样的可爱，那样的讨人喜欢。既然选择了收养他，就得一条路走到头，哪怕顶风冒雨双膝跪行，也要把他拉扯成人。

用药断掉玉玲的奶是拉弟的真心。她知道像小鬼子这么大的娃儿，只要没奶吃也就等于送了他的狗命。拉弟央求："玉玲，看你的脸色白苍苍的成啥样啦。快喝些药……"玉玲摇晃着身子反复念叨着那句话，连头也不抬，固执得像个得道高僧在诵经念佛。拉弟又说："不是俺说。你拍拍脑门儿想一想你爹是咋死的？你婆婆是咋死的？要不是鬼子烧了你家的房子，小玲咋会被狼吃掉？难道这笔血泪账不该算在鬼子头上吗？你是想小玲想傻啦还是想疯啦——抱着个小鬼子添空怀！"见玉玲仍不应声便加重了口气，"再说，铁锤在战场上拼死拼活好不容易打走了鬼子，你怎能在家里一把屎一把尿地抚养小鬼子呢？人家铁锤在白岩山那会儿就是排长啦，他回来见你做下这号烂事，不一脚踢了你才怪哩！"

"你甭说啦，甭说啦！"方玉玲泪水涟涟，心绪纷杂，手却不住地给怀里的小锤捋头拽耳。

拉弟含泪苦劝："你这伤真要成矮子哥说的那样，俺就成罪人啦……硬来也得给你灌下去！"拉弟端着药碗逼到玉玲嘴边。玉玲狠推一把，啪的一声碗碎药洒，惊得小锤哇地哭了……

十四

小锤总在睡梦中惊哭。方玉玲怕娃儿吓成惊风，本想请来五婶（耿五全的妻子）诵念咒语祛惊定魂，又怕她问询头上的伤口、刨寻娃儿的来路，只好戴上草帽盖住绷带，请来罗小三。

小三宁神细诊后说："数月的娃儿最怕忽呼乍叫……"说着从药匣里取出几小包安神定魂的粉状药，要玉玲溶进温开水灌下。玉玲送走小三回屋，手捧药包犯开了疑：小三哥的继母和大哥也是被鬼子杀害的。这药……玉玲撂下药包又戴了草帽走出场房，翻手关上独扇门插了外闩——每当她闩门心就难受：当初要有这么一扇门，女儿就不会……她走进罗家赧然询问："三哥，你给的那药俺喝了，娃儿吃上俺的奶管用不？"罗小三被问了个愣怔。玉玲轻声解释："娃儿小，实在灌不下去。你能不能开点儿俺喝了、娃儿吃上奶也管用的那种药。"小三明白了玉玲的来意，无奈地笑了一声说："我给你送去的那些补药……真可惜。"玉玲红了脸，抬手拉了拉草帽歉意地说："俺的伤不咋。可娃儿……"小三挎起药匣子边走边说："我是医生。俺师傅常说……"

果然不出罗小三所料。他走进场房，见瓮石板上的药包子原封未动。他刚放下药匣子，只听炕头熟睡的娃儿突然间惊哭起来。玉玲上炕抱起小锤含泪说："三哥你瞧，娃儿总这样哭。"罗小三没再言语，从药匣里取出银针，在娃儿的手上、头部下了冷针。待了一阵子起了针说："明后天再针两回应该就不咋啦。"

真的应验了罗小三的话，小锤乍哭的毛病减轻了许多，方玉玲悬着的心总算放了下来。然而，既忙乎小锤，又帮着柱国他们为自己盖房子打下手的她，只觉身晃目眩、四肢酸软，晕头晕脑躺在了炕上。来送米面的玉锁见姐病了，请来罗小三开了方子，抓了药；又回东庄叫来了母亲。玉玲怕病情加重断了奶，没再多想，煎了草药一次次服用。五服药下去，身子清爽了许多。老太太见女儿烧退病减，又惦记玉锁下地受的骡马苦，怕吃不好累垮身子，便回了东庄。

这天吃过午饭，方玉玲感觉伤口处有些痒痒，便知伤快好了。她走到窗台前把脸装进破镜里照了一番，生怕拿掉绷带留在脸上一片黑疤，反倒不肯取绷带了。她理了理散落在绷带上的那撮自然弯曲的刘海，回头跟炕上摇晃舞动着手脚看她的小锤说："娃儿呀，你爹回来不要咱了该咋办呢？"话刚出口，潸然泪下。

原先的维持会长侯大瓦仍很得意——经区里、县里审查，鉴于他当汉奸不干坏事，且为龙岩岭游击队攻打磨盖垴做过内应，便放了回来。于是，他把自己当作刚刚"卸任"的村干部，整天跟随"继任"干部耿味全、冯柱国为军烈属修房盖屋，操心出力。

刚吃过晚饭，大瓦迎着清爽的秋风，听着秋虫的啾鸣，从东庄转悠到了西庄。他走进戴山金的大门见白丽正在洗碗，便钻进厨房拧了把白丽的屁股问："咋才洗碗？"白丽回头嗔骂："这讨吃鬼的手生疔疮啦！"大瓦笑道："手倒没生疮，老二又生那个啦，憋得慌。"白丽低声又骂："你个讨吃鬼把饭都卡在喉头上啦！俺那'烂木头'为这事刚给俺拌过嘴。"大瓦摸一把白丽的屁股，大摇大摆走出厨房，吹着口哨进了正屋，见戴山金果然鼻子不是鼻子眼不是眼地生闷气。大瓦嬉笑一声说："今儿个西风嗖嗖，晴空一片，本该是好天气，戴编匠的脸咋起云啦？"山金涨红着脖子逼出一句硬邦邦的话来："听说八路军带着民兵到处抓汉奸，咋没逮了你枪崩呢！"大瓦见话不投机，又不想在他面前表白自己打鬼子的功劳，歪一眼山金转身出门，冲着厨房抬手啪地打了个响指，脚底板抹油——溜了去。

大瓦觉得天还早，便顺着西岩盘下了龙泉谷，朝米家寨走去。

他见米杏儿的栅栏门上了锁，屋子里倒是亮着灯。他像一只道熟蹄轻的偷吃猫爬树翻墙跳进院里，敲门拍窗轻声呼叫。本该百依百顺的杏儿却不理不睬。他抬高嗓门说："我是大瓦，快开门。"屋子里的杏儿答道："小白梨又甜又脆，你该吃梨去！"大瓦咽一口唾沫正要解释，只听杏儿又说："翟青和被枪毙啦，鬼子也打跑啦，这会儿是共产党的天下，俺再也不怕你们这些汉奸啦。"大瓦没有料到杏儿会说出这话来。他定了定神说："我侯大瓦不是大话吓大的。咱俩的关系是男欢女爱你情我愿。你要硬说我当汉奸欺压你，那我还要控告你勾引游击队员给你爬肚子过瘾哩！我侯大瓦本来就是打进敌人内部的人。我干的攻打磨盖垴、抓捕翟青和的事，你是知道的。"大瓦几句话说得米杏儿不吭声了。但他来不是为了吓唬杏儿，便又换作甜言蜜语央求其开门。可杏儿吞声饮泣说："俺男人给鬼子应差死在外头，是你给送回来的，这份恩情俺至死都不忘。俺原以为你是个靠得住的人，便依从了你，要你做俺往后的依靠。没想到你和小白梨好上就忘了俺。光俺个女人家拉着娃儿过不了日月，没了法子才找了个撑门架屋的人，刚到区公所领了帖儿，过门的日子都定下啦。从今往后俺再也不能和你好啦。你快走哇！要被抓捕汉奸的民兵碰上……"大瓦没再吭声，垂头退离窗下，原路翻墙而去。

顺着东岩盘走上壁顶的侯大瓦，仍然不想回家叫脑袋翻来覆去滚枕头。于是，他又想到了玉玲：虽然玉玲有了男人生了娃儿，那身段脸蛋眉眼越发娇媚动人了。前些日子跟她在一起打腰鼓庆胜利，她那优雅的舞姿，娴熟的动作，烙印般印在心里，害得人几夜睡不安稳。听白丽说，女人每月都会有特别想要男人的几天。玉玲也是女人，而且还是个特别招人喜欢的女人，也许这几天恰好就是她的那几天。大瓦这样胡盘乱算着不肯回家，抬头望了望中天那轮明月，途经佛钟场疾步往后场走去。

初秋的深夜有了些许凉意，远处的狗叫声沉闷微弱。侯大瓦来到后场，望见场边西南角那棵孤零零站于天地之间的老松跟前蹲着个人桩子——头戴草帽，身披毛单，手握棍棒，一动不动，就像地边装扮起来吓鸟的"草老翁"。大瓦心下奇怪：什么人闲得慌来这里装扮了个这玩意儿！他正要往场房去，"草老翁"竟然上前拦住了去路，吓得他后退几步冒出一身冷汗。瞪眼细看是柴祉，才放下心来。大瓦有些纳闷：天都这个时辰了，呆子咋还在这里？正想之间，眼睛近视的柴祉提棒逼至近前低声喝问："你来做啥？"

为妹子小兰那件事本就憎恨柴祉的大瓦恶声反问："你在这里干啥哩？"话语迟钝木讷的柴祉慢腾腾回道："看场。"大瓦酸笑一声歪头大骂："这场上有啥看的！"柴祉指一下场边堆放的几捆小豆秸子说："你睁大眼睛看看那是啥。"大瓦瞟一眼又骂："你沙堆里放屁——不害口碜！那点儿东西你家的火台都能搁下。再说你家紧挨前场，今年打场咋来这里了？"

"自古人说官场官房如官道。我在哪里打场轮不着你管！"柴祉说罢，提棒又坐回老松跟前的木墩子上了。大瓦突然想起念书那会儿柴祉和玉玲是同桌，还带着玉玲、拉弟偷过戏——这个驴日的杂种怪不得不爱小兰，原来是喜欢玉玲！他来后场下功夫，不定是打听到铁锤死在了外头，想占先机。大瓦想到这里，快步走到碍自己手脚的柴祉面前，皮笑肉不笑地喝斥："呆子，你鸡巴头儿探井——好长的屌！"柴祉站起身子"你"了一声说："走开！你这号货色不值得人费唾沫。"

"呀哈！你要这么说，老子今儿个还真想给你晦气——不走啦。"大瓦立在柴祉面前双手叉腰说，"你不要以为别人都是傻子……吊着的钟难道只许你敲不许我摸？"柴祉闻听此言，提棒质问："你这是什么意思？"

"你呆子挑土，老子就知道你要捏哪尊佛。"大瓦阴阳怪气地说，"你不就为谋算场房里的那个同桌吗？"柴祉只觉脸面发热，一时无话出口："你，你，你……人家是有夫之妇，是抗属。你冒些啥凉气！"大瓦假笑一声说："你呆子少来这一套。她的那个'夫'如今是鬼魂还是神魂谁能说得清。要是在世，早就回来啦。"柴祉为这话愤懑不已，用棒头狠戳一下大瓦的肩膀说："你这汉奸安的什么心！"

"呀哈，你呆子这三脚猫功夫敢跟老子动手！"大瓦狠骂一句，一个扫堂腿上去就把柴祉撂倒了。柴祉一时火起，也没捡拾掉落的棍棒，扑上前便与大瓦扭打在一起。二人正打得昏天黑地，罗锅带着牧羊狗赶来，脆哑哑甩了一声空鞭；"狮眼"也前蹄微曲发声示威，竟然把二人吓怔了。

鬼子投降后，罗锅为帮玉锁种地，也为东家西家的收罗散养的羊儿干老本行，便返至山口处的土窑洞住了下来。他近些日子还真的在本村和邻村凑下二十几只羊。

夜静声洪。方才罗锅隐约听到后场有人说话，望了望星月已过子时，正要细听说些什么，又传来打闹声，便提鞭带狗疾步赶来。他瓮声瓮气地说："你俩安的什么心，深更半夜的在这里发啥野！"大瓦上前说："罗锅，你是个公道人。你瞧呆子看场看的些啥东西……"罗锅本就痛恨大瓦，又知他这当儿来后场没安好心，便狠声断喝："你给我滚！再不走开我叫狮眼咬断你的狗腿。"

大瓦歪一眼"狮眼"没敢吱声，乖乖地去了。

场上发生的这些，场房里的方玉玲听了个一清二楚。她泪水簌簌心头呼问：铁锤，你咋还不回来？

侯大瓦垂头丧气离开后场走到十字街，瞅一眼悬于夜空的月亮，觉得再也没了去处。他将至佛钟场，只听东南角道口那边有脚步声，便躲进巷子的阴暗处窥视，见一个人猫腰碎步而来，顺着东侧的罗汉柱往北走去。

这是谁？大瓦悄悄随去想看个究竟。

那人脚轻步急，途经大口井的井道进入主街，回头扫一眼身后便拐进了一个巷子里。大瓦见是通往柴祉家的巷子，心下骂道：呆子方才还在后场坏我的好事，半夜三更谁来找他？他要跟坏人来往，那就把狗日送进区公所吃几天苦头。大瓦拿定主意，紧赶几步追了上去。

那人在巷子里停留片刻就又返了出来，和无处藏身的大瓦相遇。大瓦不看则已，一看吓得激灵惊出一身慌汗——原来是身穿便服仍在外逃、政府到处通缉抓捕的王计小。大瓦一时慌手慌脚，不知说啥是好。没戴太阳镜的王计小悄悄叫了声"老弟"，抬手轻轻一嘘做了个"莫惊叫"的手势，然后小声说："我当是谁呢。真是山不转水转，咱弟兄又见面啦。哥知道你村的岭上崖险林密，又有藏身的岩洞。你帮哥躲藏几日避避风头，等风声松动些，你也随哥去太原找严县长投奔老阎哇——如今这天下还是国军的……"

大瓦的脑子急速转动，当下想了好多。他知王计小这话不假。日军投降后，山西的大片地盘仍然掌握在阎锡山手里。自己这当儿若把王计小藏起来，过了风头一同去太原投奔严思宝县长，未必不是件好事。转念又想，要这样子溜逃，无论软来还是硬上，都带不走玉玲。于是大瓦又考虑另一面：如今的山浃县毕竟在八路手里。近来村村张贴着抓捕王计小的通告，关隘要道也都撒下网布了哨。假如遂了他逃不成被擒，自己这个为抗日出过力立过功的人可就彻底完蛋啦。要是趁便捉住他交上去，一来为母亲和妹妹报了大仇，二来也就没人再说三道四啦；另在玉玲面前也是一桩得意的谈资。大瓦想到这里，立时兴奋起来，可马上又为"咋抓"犯愁。他知王计小有些武功，指不定身上还带着枪。要为抓这个驴日的赖熊搭上性命可就亏大啦，得设法找个帮手才成。大瓦想到了方才在后场的柴祉和罗锅，可又不知那俩货这会儿走了没有。大瓦怕王计小看出破绽便小声应承："大哥这个忙，小弟一定帮，一定帮！咱如今是一人吃饱全家不饥的光杆司令，正想跟着大哥发大财呢。"王计小听了这话心下暗自高兴，但还是有些怀疑地问："你咋这么晚了还在街上转悠？"大瓦嬉笑一声投其所好："不瞒大哥说，小弟这会儿刚到相好家泻了火——'八哥'不让咱干这个，小弟怕逮住蹲班房，完事后正要回家。"王计小相信这话。尤其听到"泻火"二字，东躲西藏煎熬了多日的他禁不住有些发馋，但又喟叹一声说："兄弟，你还是带哥上岭躲藏哇。一听你泻火，哥就想起了……"

纵欲无度贪色成瘾的王计小，在大瓦回村当会长之初，就以五百大洋为筹码想采龙岩岭的两朵花。大瓦没为这笔横财动心：一个是成日放在心尖尖上的大美人方玉玲，一个是没出五服的本家妹子侯拉弟，岂肯……于是，他便编造了一堆"一个逃到了外地，一个残了腿嫁了人"的谎话瞒哄了过去。因怕铁砧露了实底，他又悄悄把话说透，要铁砧和自己攻守同盟。如今王计小到了过街老鼠四处逃命的地步，仍在惦记着"两朵花"，这令大瓦越发坚定了擒他的决心。大瓦故顺其意说："大哥，俺村逃到外头的那朵花回了村——她也是小弟的相好。"王计小一听这话，一把抓住大瓦的手说："兄弟，哥这几年可待你不薄。就算当下，哥藏的白花花当啷啷的银洋堆起来，能埋了你小子。你只要让哥在那朵花身上解解馋泻泻火，再帮哥躲过这一劫，哥手里的白货黄货一半归你瓦小。"大瓦故作惊喜："大哥这话可不能反悔！"

"你哥说话啥时放过屁！"王计小拍着胸脯立誓，"我要失言，不得好死！"大瓦捂嘴讪笑一声说："小弟的这个相好确实花哨活色。只是小弟刚刚弄罢，沾了大哥的鲜啦。"说着又轻声嬉笑。王计小越听越实，越想越馋，悄悄叮咛了几句"进屋只'办事'不点灯""不能让女人知道是谁"等语，便叫大瓦带路。

侯大瓦带着王计小来到十字街西侧的一家大门外，轻轻拍了拍门板。其实这是冯柱国的院子。大瓦怕自己跟王单打独斗吃亏，便想要武功强过自己几倍的柱国帮忙。即便这个驴日的溜掉，柱国也能为自己证明清白。

从父亲带领徒儿们搞自卫那时起，历经多年抗战，柱国已经养成了警惕的习惯。他听到有人敲门，没有应声，而是穿好衣裤，提了顶门杠，轻手轻脚摸至大门。他借着月光顺着门缝看去，见大瓦身旁站立的那个双手捂脸的人正是大汉奸王计小，心头的怒火瞬间爆燃。他虽不知二人的来意，但清楚大瓦的能耐。只要出门一闷棒干倒王计小，就能生擒他俩。

当大瓦再次敲门，柱国便麻利地抽开门闩，一个箭步上前，抡棒朝王计小打去。王见开门的不是漂亮女人，而是个举棒打来的男人，顿觉上了当，他闪身躲开，拔腿便逃。大瓦扯开嗓子大喊："快抓王计小！"柱国一棒落空，翻手将棒抛出，正中其小腿，王打了个趔趄重重摔倒在地。大瓦飞步上前抡拳便打，但他实在不是王计小的对手——王左躲右闪了几下无法脱身，便拉开功架摆势聚力跟大瓦过招。柱国一边大喊"抓汉奸啦——"一边上前和大瓦双双对阵王计小。王怕惊动四邻人多势众难以脱身，用足全力推开大瓦、踢翻柱国便逃，却被打了个马趴跌倒在地的大瓦死死抱住了小腿。这时，村里仅有的几条狗都在拼命地狂叫，犹如给擒贼人壮胆助威。王计小见下有人抱腿，上有人厮打——躲不开，逃不走，便用尽吃奶之力，左掌劈开柱国的"侧身飞脚"，右拳将柱国打出一丈开外，随即从腰间掏出了手枪。大瓦登时闪出一念：完啦，自己和柱国都得死在他手。就在王的手枪瞄准柱国就要击发的一刹那，只听啪的一声鞭响，子弹随着鞭声砰地飞出枪膛，中弹的石板街迸发出一股子一闪即逝的火星，手枪当啷掉落在地。柱国听到枪声才意识到方才的可怕。他见罗锅带着牧羊狗赶来，后面还跟着柴祉，便大喊："快抓汉奸！"

王计小这时越发拼开了命，抡拳朝脚下的大瓦打去。大瓦躲闪不及，只觉左肩一阵生疼，双臂一软松开了手。王正要拔腿逃离，又被扑上来的柱国、柴祉截住，却无法抓获。罗锅大喊："你俩闪开！狮眼上——"二人应声收手，躲离左右；王趁机便逃，还没跑出两步，就被一闪而至的牧羊狗咬住了左臂。王想撕撕不脱，想拖拖不动，正要举拳打狗，啪的一声脆响，罗锅的皮鞭到了；王只觉挨了鞭抽的右手腕像刀子削了一圈皮肉般生疼，还没回过神来，脸上、脖子上又挨了几鞭。王被抽得"噢噢"怪叫，而那条鞭子起落飞快，来去自如，抽个不停。一旁站着的柱国、大瓦、柴祉，似乎在欣赏一场鞭打落水狗的绝妙好戏。

一阵子工夫，王计小就被羊鞭抽了个脖颈瘫软，奄奄一息。罗锅见其已成囊中之物，便喊道："狮眼，放开——叫狗日跑！"狗真的松了口。末路求生的王计小见有了一线生机，拔腿又逃。罗锅啪地一鞭打去，皮条缠在脖子上顺势一拉，王被拉倒在地，柱国、大瓦、柴祉一拥而上将其擒获。

村人见大汉奸王独眼被抓，男的回家提来菜刀斧头，女的拿了剪子锥子，要剜眼挖心、千刀万剐。耿昧全劝道："王计小是该千刀万剐。可县上要求……"村人的情绪无法控制，有的呼喊，有的哭叫，都想亲手砍一刀、刺一锥，以解压在心头的深仇大恨。侯拉弟见民兵维持着秩序难以靠近，哭喊着抛出手中的剪子，可剪子只落在王计小的脚前。

为防不虞，耿昧全带着柱国、罗锅、大瓦、柴祉以及十多个民兵，押着王计小连夜送进了县城。

十五

新盖的房子，总得等到墙皮干透才能入住。好在近来白日里秋老虎施威，夜间秋风习习，犹如为方玉玲快快迁回自家帮忙出力。不过秋风也给翠绿的龙岩岭涂抹了一小片一小片的淡红，松林的颜色也在渐渐加重。而隐藏于灌木丛中的小草野花，仍然在悄悄地沐浴缝隙漏泄的阳光，努力生枝繁叶，开花结果。

方玉玲耕种的那几亩地是她公爹留下的产业。婆婆被鬼子杀害后，玉玲忙于带娃，又时刻准备着躲逃鬼子的"扫荡"，几乎无暇顾及地里的活计——蒿草比庄稼还长得旺气，今年不会有好的收成。要想明年打粮，就得遵循"一年庄稼两年闹"的种地经。人误地一时，地误人一年。玉玲不肯在这太平日子荒了地，抽出空来便去锄刨打理。因场房炕头的小锤缠身，她只能前晌后晌各干一会儿。

自打那日，玉玲踏着西天那片火烧云洒落的余晖回到后场，听到西南角那边传来咩咩的羊叫声和牧羊狗的汪汪声，看见老松跟前围起的圆形羊栏和搭起的草庵子，她的孤单和寂寞感也就随之远去了，心下甚是感激罗舅。这天上午，方玉玲又到地里干了一阵活计，便惦记着回家奶娃。她回到后场，见独扇门的外闩开了，门虚掩着。她慌忙跑进里间，炕上没了小锤，连折叠起来既当褥子又当被子的那块布单罩面的军毯也不见了。她心头狂跳，颤唇自问："小锤哪儿去啦？"她原地转圈扫视了一番，不像恶狼叼走。她皱眉盘思：那天拉弟打闹了之后又来过几回，还送来些米面，虽然没再提晓这事，可她总用仇视的目光扫视小锤——也只有她真真确确晓得小锤的来路。是她，一定是她抱走了小锤！玉玲拔腿朝拉弟家跑去，心下一个劲说：拉弟呀拉弟，娃儿是无辜的！鬼子有千条万条罪状，没一条是娃儿的。你不能……她喘着粗气跑到拉弟家门口，见新修的大门锁着铁锁。她狠拍门板声嘶力竭喊叫了几声，没人应答，也没娃儿的哭声。她扭脚转身又往柱国家跑去，像是耽搁一秒钟就会丢掉小锤的性命似的。

她顺着两扇敞开的大门跑进院里大喊"拉弟"，又喊"柱国"，一口气看遍三孔窑洞和厨房、茅厕，没个人影，也不见小锤。她的身子好似抽去了筋骨般酸软，喃喃自语："小锤，妈的好娃儿，谁抱走你啦？你是无辜的呀……"她瞬间又往好处寻思：是不是妈来瞧小锤，见娃一人在家抱去啦？她打起精神出了柱国家，途经佛钟场朝东庄奔去。将至三岔路口，又站住了脚：妈是不会不声不响抱走娃儿的。是不是有人把小锤扔下了龙岩壁？她沿着东岩盘疾步而下，脑子里浮现出小锤被摔死的样子……她顺着河谷仔细跟寻，又经西岩盘返上壁顶，没有找见小锤的尸体。已经身疲力乏的方玉玲坐在石头上又想：谁抱走小锤啦？除了害娃那条小命，抱他做啥？……她一时意识到害娃的人多半会把他扔到岭上去，便又艰难地站起来，途经佛钟场、十字街，跨过小河疯子般钻进山口，一边奔跑，一边呼喊："小锤——你在哪里？苦命的娃儿——"喊声震得山谷回声阵阵……

小锤确实是侯拉弟抱走的。她今日本想跟玉玲说一说自己和柱国的婚事，见场房的独扇门插着外闩，猜想玉玲上了地，当即便闪出了趁机弄死小鬼子的念头。她拉开外闩轻步走进里间，双膝跪上炕头，一股奶香扑面而来。她见小鬼子睡梦中嚅动的小嘴，跟自己的儿子熟睡时一模一样，伸去卡他脖子的手禁不住缩了回来。她不想用手指触碰他那绵软细嫩的娃娃肉，便到外间找来一条绳索，意欲套住他的脖颈勒死。可又想到勒他时那瞪眼吐舌的难看样子会印在心底一辈子的。她不禁又埋怨起固执糊涂的玉玲来：你呀你！就算狼吃了娃儿，也不该……她一时想起狼吃小玲的事，便把希望寄托在了狼的身上：干脆把小鬼子送上岭去喂狼哇！

因怕他醒来哭闹，拉弟又轻手轻脚复跪炕头，用那块夹被款款裹起来揽在怀里，走出场房扫一眼四周无人，绕开玉玲回家可能途经的路，朝岭上快步走去。

她担心山口附近狼少，便狼走了一程，把小鬼子放在一条深沟的小溪旁边。为使狼便于下口，她掀开夹被，用石头压住四角。

她给狼安排好这顿美餐，匆匆离去。

方玉玲眼噙泪水呼叫着"小锤"，不住地在山路上奔跑。

那天上岭寻狼，她是胸燃怒火为女儿报仇；今天则为再见小锤一面——被人害了的话，只求再见最后一面。

太阳已经西斜，她仍然在狂跑着，呼唤着，寻索着。似乎找不到她的小锤，就跟这座山岭没完的样子。

俗话说，娃他娘，耳朵长。一股子山风拂过，方玉玲仿佛听到了小锤的哭声，停住脚步细听，却又没了动静。焦急如焚的她原地转圈四处张望，不知该往哪里去。她竭力回忆并判断方才的风向：晴天一般刮西北风，龙岩岭的主山脉是东西走向——背北风，哭声应该是西风带来的。对！往西边去。方玉玲辨清方向，不顾一切地穿树林钻荆丛朝西奔去。她翻过一道梁进了一条沟侧耳静听，只有岩缝浸出的微细清泉叮叮咚咚滴入泽坑的声响。她抹一把大汗弯腰捧水喝了几口，又往西面的坡梁爬去。

听到了，听到了，真的听到了，是小锤的哭声！那哭声对她来说，是那样的熟悉、亲切和揪心——应该就在这道山梁下面。她沿着没有路径的陡坡向下奔去，尚未到达沟底就望见了小锤——小溪旁边的夹被上躺着，哭声夹杂着啪啪的鞭声——背朝这边的罗锅正举着羊鞭抽打。

怎么也不会想到，小锤竟然是被自己甚为尊敬的罗舅偷偷抱来用鞭子往死抽的。他那羊鞭把大汉奸王计小都抽了个半死，小锤怎能顶得住呢？真是知人知面不知心。方玉玲恨透了这个心肠歹毒的家伙。她一边往跟前跑，一边喊叫着她的罗舅最不愿听到的那个难听的名字大骂："罗锅——你不得好死！羊罗锅……"她的喊骂声震荡着山谷，就像伤痛难忍拼命吼叫的母虎。而小锤仍在号哭，羊鞭仍在脆响。方玉玲的心犹如鞭子在抽击，骂声也愈加愤恨："羊罗锅，你黑心烂肚肠！

不得好死……"她疯喊疯骂疯跑至近前，正要扑上去抢夺罗锅手中的鞭子，眼前的一幕令她树桩子似的站立原地动弹不得——已经窜上夹被的那条毒蛇虽被鞭子抽得盘成了一团，但没死，仍在动。罗锅没和玉玲搭话，两眼盯着毒蛇挥舞着羊鞭不住手抽打，直到把蛇头打烂才调过鞭子的另一端——铲子，将仍在微动的蛇身拨拉到一边铲成几截扔掉，又从腰间抽出匕首，把沾染了蛇血的那块夹被割掉，然后裹住哇哇直哭的小锤抱起来，憨憨一笑递给玉玲，瓮声瓮气说："好悬呀！"

方玉玲接过小锤，从头顶到脚底全是错怪罗舅无法自恕的感觉。她怀抱娃儿扑通一声双膝跪地，喊了声"舅舅"大哭起来。罗锅又憨笑一声说："我在那边梁上放羊，听见这里有娃儿的哭声，跑来想看个明白——要迟一步，娃就……"剩下的话没出口。

山里人说话看似粗野直率随意，没有多少弯弯肠子绕腾，该忌口的话说得非常巧妙。尤其人们上岭经常跟毒蛇相遇，生怕实口喊叫不吉利。即便真的被毒蛇咬伤，家人跑去请太医也只说"上岭被长虫挂啦"。

罗锅见玉玲抱着孩子跪在地上哭个不止，歪过脖颈瞅一眼沟外说："阳婆快落啦，抱娃回家哇。"言罢，提着鞭子朝梁上"狮眼"护着的羊群走去。

方玉玲再不敢独撂小锤出门了。她缝了个脊背上背娃的布兜，又给小锤做了两件鞋裤和兜肚相连的开裆兜兜裤，一出门便穿戴起来，走到哪里背到哪里。上地干活时把他放在地上，采几朵野花插在面前，还不时地喊叫呼逗。

玉玲怀疑是拉弟抱了小锤送上岭去的，或者是拉弟指使柱国干的。玉玲想弄个清楚，又不便上门直问。这些日子，她一直在等待拉弟的到来，却没如愿。

这天吃过午饭，玉玲手捧地边采来的那束修剪捆扎得整整齐齐的山菊花，背了小锤来到拉弟家，见柱国正在院子里用木匠开卯锯下的小木块给胜荣垒城墙，拉弟在厨房做饭，便走进厨房开玩笑说："听说你俩今儿个到区公所领了帖，回来吃的啥好饭？咋不请俺这媒人喝喜酒呢？"说着把手里的花递了上去，"拉弟，在你们的大喜日子，俺实在没有拿得出手的东西赠送。这束花略表俺的一点点心意——祝你俩白头到老，幸福一生！"接下鲜花的侯拉弟本想笑着搭讪几句，见玉玲脊背上背着小鬼子，沉下脸来没作声。

玉玲又说："拉弟，你听说没有，俺家小锤被人扔上岭去，险些被长虫挂了。"

玉玲说话之间顺便瞥了柱国一眼，见柱国脸上流露出惊奇的神色，拉弟却满脸通红，目光不自然地挪到了一旁。玉玲看出了端倪，正想说几句"娃儿是无辜"的话，只见拉弟把手里的花狠狠扔在地上，疾言厉色地吼道："好汉做事好汉当！俺这就清清楚楚明明白白告诉你：小鬼子是俺扔上岭的！这回没被恶狼叼走毒蛇咬死算他命大！俺和你打开窗户说亮话哇，鬼子欠俺的血泪账，总有一天会让小鬼子偿还的！"

方玉玲好后悔：实不该在拉弟领证结婚的日子背上萝卜寻磉床，叫萝卜磉床都难受。当下，她的嘴里吐不出半个字来，在拉弟咄咄逼人的目光下垂了头。她的心虽说刀割火燎般难挨，可为了脊背上这个小东西，忍气吞声成了唯一的选择。她眼含泪水默然而去，心下敏感地意识到，此去恐怕今生今世再难跟拉弟友好如初了。

柱国本想解劝几句，看了看拉弟的脸色，又看了看走向大门的玉玲，瘸着腿原地走动了几步，终没开口。

方玉玲将至后场，见大瓦从场房那边嬉皮笑脸走来，两个小虎牙显眼地外露："我见你不在场房，正要回村寻你呢。"玉玲擦一把泪水问："有事吗？"大瓦本想掩饰心头的狂喜，而那张天生无忧的脸盘偏偏做不到："玉玲，我刚从城里回来，打听到了铁锤他们的信儿。"见玉玲站住了脚又接着说，"他们被拉到长治、长子一带去了——你说咋啦？哈呀呀，实实出了天大的事啦，国军和共军——不，不，不。国军和八，八……"大瓦叫惯了"八哥"，又觉得在玉玲面前应该雅致些，急忙改口："国军——就是第二战区司令官阎锡山，调集了十三个师的兵力——足有三四万正规军，和咱八路军在上党开战啦。"玉玲立时慌了神："鬼子都打跑啦，为啥，为啥自家人跟自家人还要打仗呢？"大瓦嬉笑一声说："国军跟八路本来就不是一路货。王计小那夜和我说，咱山西大片的地盘还都在国军手里。老阎调了那么多兵来太行山打共产党，一准是在争夺地盘哩。怕就怕……"大瓦收住话口没点透，等待玉玲追问。

方玉玲知道大瓦咽回去的话是什么意思，提一把背小锤的背带，绕开大瓦向场房走去。大瓦紧赶几步堵在玉玲面前说："你咋不问问这两家打仗的后果？"玉玲被迫停下脚步说："俺不想听！"言罢又绕开大瓦往前走。大瓦追上来说："怕就怕二战区那么多装备精良的正规军把八路给吃光。要是那样的话，咱村随八路走了的铁锤……"他虽然没说出口,言外之意是"铁锤回不来啦"。

方玉玲很想一把撕烂大瓦那张信口开河的嘴。她把恼怒挂在脸上,脚步越走越快。大瓦紧随其后继续说:"还有呢,上党离咱这里很近——人走也就三天路程。八路真要丢了上党,咱这里就又成老阎的天下啦。听说治安团的几个跟我相好的弟兄,偷偷跑到太原找严县长去啦。严县长要再回山泱,咱侯大瓦就又是保安团的一员——仍然吃香喝辣,骑洋马、挎手枪。"大瓦甩一下油光发亮的分头,做了个神气的动作,"怎么样?咱咋说也能称得上'三吃开'的人哇!"

方玉玲将至场房,紧走几步闪身进屋,砰一声使劲一关独扇门,噌地插上内闩,把个大瓦硬撅撅拒在了门外。

十六

方玉玲从耿味全那张黝黑的麻脸流露的神色看出了答案:"味叔,是真的?"耿味全迟疑片刻说:"运德如今在县武委会工作。我从他那里得到的信儿跟大瓦说的差不多——二战区那伙狗娘养的打鬼子不怎的,占地盘倒是挺贪心的。"他见玉玲被吓得脸色纸白,便又安慰:"不过我们八路军也不是吃素的。为保卫抗战果实,刘师长正在调集主力部队迎敌。地方政府动员组织了五万民兵支前参战。我相信,我们一定能打赢这一仗的!"他抹一把麻脸接着说,"咱这里是解放区,县上和区里要咱继续搞好做军鞋送军粮等支前工作的同时,还要求村干部带着民众搞好优抚军属的事。对了,你家的房子……"几句话说得玉玲心里暖烘烘的。

冯柱国带人为玉玲盖的房子终于干了泥皮,能搬家入住了。龙岩人盖房圆木不打账,上岭砍来便是;铺屋顶更简单——岭上揭来寸把厚的页岩石板整成方形盖上则可。只有特别有钱的人家修盖上档次的房子才用青砖蓝瓦。下手盖房时,方玉玲就送给柱国五块银圆,以备零用。柱国不但买了干木料使房子装修一步到位,而且精打细算添置了锅碗瓢盆等灶具,还进城背回两大块庄户人家的窗上少见的玻璃,装在正屋的两个窗户上,这使玉玲甚为合心。

为增添喜庆气氛,迁居的头一天,玉玲在玻璃窗上用红纸剪贴了"山娃抱鱼""喜鹊登梅"等象征富贵吉祥的剪纸画。柴祉往大门和房门上编写张贴了鲜红的乔迁对联。

村人之间向来有着特殊的帮衬方式和祝贺习惯。修房盖屋当属庄稼人一生的几件大事之一，男劳力会主动上门义务干些砍木料、垒房墙之类的活计，名曰助工；迁居暖房时，家家户户会赠送些粮食、蔬菜、布料和日常用品，一来表示祝贺，二来弥补其亏空——不至于花了大钱出了大力，贫困潦倒到几年翻不转身的地步。

　　过到一起的柱国、拉弟为玉玲暖房，自是要送些拿得出手的贺礼的，而为送什么二人争得面红耳赤。柱国认为玉玲当下最缺粮食，自家紧巴点也该送些米面救急。拉弟却说："要为玉玲，挖出心来送她吃了也心甘。可小鬼子全靠吃她的奶水活命，送她粮吃等于喂养了仇人的崽儿！"说着又叫柱国趁玉玲暖房人多手杂，掐死小鬼子扔上岭去喂狼。柱国摸一把络腮胡反驳："那件事你本就做得有点儿过分，再叫我……实实做不得。"

　　"你个挨刀咋跟方玉玲穿一条裤子呢！"拉弟气狠狠咒骂，"你老子咋死的？你的腿咋瘸的？俺爹、俺妈、俺那个刚出世的弟弟，还有春牛……"拉弟呜呜咽咽哭起来。

　　柱国装了袋烟用火镰点燃，猛吸一口吐出一团烟雾说："前几天我和味叔到县上找过武委会的水少相副主任——就是以前人们叫的沙货郎，打问玉玲收养的那个娃儿咋处置。他跟区公所干部的答复一样。他说，鬼子并非罪大恶极的，我们还要宽大处理，何况一个婴儿？绝不能以任何理由任何借口，把一个无辜的小生命处死。那样做不但破坏了人道主义，同样也是犯法行为。你听听这话。叫我说，不看僧面看佛面，咱就看在玉玲的面上也不能……"拉弟没等柱国说完，大声吼叫："俺正是为她方玉玲解脱骂名才这样子做哩！好事没人提，瞎事咒煞人。你没听那伙烂舌头咋嚼蛆哩：男人在外头扛枪卖命打鬼子，她在家里跟鬼子风流快活不说，还给鬼子下蛋养娃育劣种。就连米家寨、郭家汇几个村的人都这么咧咧。你说这话能听不能听？铁锤回来轻饶了她才怪哩！"柱国知道自己拗不过拉弟，便拣当紧的说："该死的鬼子是可恨，可咱真要弄死那个娃儿就犯法啦。"

　　"放你娘的臭屁！姑奶奶就豁着犯法，也得弄死小鬼子，出了心头这口恶气！"

　　方玉玲在旧房基础上新建的四间北房，左三间做了正屋，右一间做了厨房。正屋一门两窗，盘有通间土炕，后墙没再安后门。厨房一门一窗，隔墙留有通连正屋的过间小门，做饭吃饭都方便。同时还在原先的大门处修了个小门楼，安了两扇木大门。大门东西两侧围起了高高的院墙，可谓一处独门独院的农家小宅。

暖房这天，方玉玲忙碌得不可开交。老太太坐在炕头照看小锤。小东西似乎格外高兴，两个黑漆漆的眼珠子滑溜溜张望，小腿腿和小胳膊不住地蹬打舞动，一声不哭。

恰在这天的早饭后，柱国赶着三头毛驴从区公所为抗日烈士和现役军人家属驮回来三驮"光荣"牌子。他拿来铁锤家的那块，端端正正地钉挂在大门的门楣上。玉玲细看，只见小面板大的椭圆形黄底木牌上，红漆喷印着两行字：上行是"光荣"，下行是"革命军人家属"。玉玲看着这块牌子，心情异常激动，泪水禁不住滚落下来，心里又一次呼问：铁锤，你在哪里？咱有家啦，你咋还不回来？

按照以往的暖房惯例，入住新居的主人在这天中午是要给前来祝贺的人们办酒席备饭菜的。人来得越多，场面闹得越大，主人越发欢喜如意。可这年月，不光玉玲，龙岩村没一家能办得起酒席。于是，玉玲再三跟味叔、柱国说："大家伙照照新家是好事，千万不能破费钱粮送贺礼。"然而，村人大都不愿空手而来。他们且不说当下玉玲的生活如何艰难，就为抛家舍口在上党打仗的铁锤，也得来捧场助兴。他们有的瓷盆里端来了小米，有的木升子端来了小豆，有的布口袋提来了玉荽面……男男女女进进出出好不热闹。

村人走进新屋目光盯着小锤，口里却没有平素说给体面的大人听的那些"这娃真乖，肉肉好亲"之类的赞美之言，只说房子盖得结实，窗花剪得好看——小东西实质成了村人不便谈论，但又特别关注、令人憎恨的人。

今日白丽也来了，还提来一篮山药。她不肯把嘴边的话咽下肚里，扫视着炕头的小东西嚷嚷："哟——你们瞧这娃儿长得像谁？"她见没人应声，便伸手摸了摸大瓦送的那床时髦的方格炕单，狠狠地给了大瓦个眉眼，屁股一扭去了。

方玉玲把事先买来的瓜子、香烟和糖果放在正屋八仙桌上的木盘里，不住口招呼大家吃。邻居五婶手拉鼻孔存留着两筒鼻涕的儿子铁旦进屋，啧啧称羡了一阵窗户上装的玻璃，趁人不备抓了一把糖果塞进儿子的衣兜，又抓起一大把瓜子嗑着出了门。

味全、柱国在院子里帮助玉玲迎来送往，热情接待前来暖房的人们。他俩见到军烈属，总会紧紧握住他们的手关切地问询一番。

午饭之后，区公所的戴明区长带着几个干部给玉玲家送来五斤白面，感动得玉玲热泪盈眶。

　　有着制作烟花传统的龙岩人在鬼子投降后，用于报警的起火带炮还原了本来的用途。为方玉玲暖房送来烟花最多的是柴祉。不但有起火带炮，而且还有"遍地红""满天星"等，像精心准备过的样子。晚饭时分，柴祉和弟弟柴煦等人正要在院子里燃放烟花，大瓦带着几个手提火铳的后生也进了院。柴祉怕惊吓着娃儿，一边吆喝提铳人到大门外去放，一边要玉玲捂住小锤的耳朵。

　　色彩斑斓的烟花映红了夜空，震耳欲聋的铳声撼动着山岳。这些带着对乔迁主人声声祝福的烟花和铳声把整个山村渲染得热闹非凡。

　　方玉玲迁居暖房无疑是近来龙岩村新房入住户最为红火的一家，只是她的好友侯拉弟没有露面。

　　看罢烟花，玉锁和母亲回了东庄。玉玲这几天尽管很累，躺在炕上奶过小锤却没丁点睡意。她跟铁锤结婚那时，这个院子尚完好无缺，婆婆住九檩八椽冬暖夏凉的出檐大东房，还说这是铁砧和他媳妇日后的家。可鬼子几番"扫荡"，不但把房子一处处一间间化为灰烬，婆婆也被……玉玲从迈进这个院子的那天起，就为铁锤牵肠挂肚至今。虽说这些揪心难熬的牵挂是徒劳，但她没法改变。玉玲两眼看着墙壁上斜插的松明，和铁锤在此屋相见的那夜如同发生在昨天——铁锤运走她父亲送她的"陪嫁"回来，借着松明不住地含笑凝视，却不知如何开口。她两颊绯红，流露着妩媚动人的春色说："俺跟你跟得实在是冤枉，连花轿都没坐，嫁衣也没穿。"铁锤腼腆一笑问询："你的嫁衣带来没有？穿上看看。"她的脸蛋更红了，羞答答说："怎能不带来——这会儿穿？"铁锤欣喜地说："就这会儿穿。"

　　玉玲解开包袱，取出红缎绣花嫁衣穿在身上，那俏丽的笑脸、苗条的身段益发仙子般迷人，令铁锤呆看不已。玉玲含笑嗔责："只知道傻看！"铁锤说："你比传说中的天仙女还要美丽呢——你不是还有盖头红吗？顶上让人瞧瞧。"玉玲取出那块方形红绫顶在头上，婷婷站于原地，抬手掀起一角，笑盈盈瞅了铁锤一眼，立时又放了下来。她那撩绫微笑的一刹那，牢牢地印进了铁锤心里。铁锤嘻嘻一笑试探："趁你穿上嫁衣，咱拜个天地哇？"玉玲没言语，微微点了点头——好在怯羞羞的脸蛋严实地藏匿于盖头红之下，要不然，不知该往哪里搁呢。铁锤牵着玉玲的手走到屋子中央说："咱按唱戏拜天地那样——我呼叫，你随我来。"随即轻声呼道：

"一拜天地——"二人朝门口叩拜了三拜。

"二拜高堂——"二人又朝老太太住的东房磕头。

"夫妻对拜——"由于挨得近，二人还没跪下，头就撞到了一起。玉玲虽觉生疼，但没吭声。

"入洞房——"铁锤小声喊罢，拉起玉玲走至炕沿，掀去她的盖头红说："你穿上这身衣裳实在是好看！"玉玲笑道："那俺今夜就让你看个够。"

"一夜看不够。"

"那就天天夜里穿着让你看。"

"没空——还得打鬼子。打完鬼子回来就能天天看啦。不——这辈子看，再辈子看，再再辈子看。"

玉玲抿嘴一笑说："你就傻看哇。那可真成俺家那条嘴里含着个松羔羔的板凳狗啦。"铁锤红了脸："不能光看，你得给我生出个和你一样漂亮的女娃来——名儿就叫个小玉玲哇。我白天看小玉玲，黑夜看大玉玲，多美！"玉玲抬手轻戳一下铁锤的脑门："你真笨。什么小玉玲大玉玲！顶多能叫个小玲——万一生个男娃呢？"铁锤笑一声说："那就叫小锤哇。"

"这个名儿新鲜。"玉玲说着似乎忽然想起了什么，"你曾说过，娶俺时要告诉俺板凳狗怎样就能吃到松羔羔里掩着的兔肠子——你还没说呢！"铁锤笑道："你的记性真好，竟然还记得这话。其实松羔羔的鳞片里夹着的兔肠子，只为哄你家的狗不要汪汪，并没啥奥妙。"玉玲故意扭转身子放下脸来说："这么说，你不但骗了俺家的狗，连俺也……"铁锤被她如此正色吓坏了，赔着笑脸连连讨好："对对对，男子汉行事就得出口算数。用居老师的话说，就是要做个言而有信的人。我耿铁锤咋敢骗方大小姐呢！这个法其实再简单不过呢：板凳狗错就错在一口想吃个胖子，反倒把兔肠子嚼进松羔鳞片的缝隙里啦。它要下口就咬住肠头，一抖搂就能吃上。"

玉玲看着铁锤认真说话的样子莞尔一笑，轻捶一下铁锤的肩头说："你真坏，真坏！竟敢用歪点子骗哄俺家的板凳狗！"铁锤见玉玲泛回脸来有了笑门，便放开胆子说："不使歪点子骗不了板凳狗，不下狠功夫打不垮鬼子兵，不用实心肠娶不来方玉玲，不脱嫁衣裳生不出娃儿来……"说着，伸手便去解玉玲斜襟上的扣子。玉玲推开他的手笑道："俺和你结婚都四天啦，今夜才见到你的面。得罚你唱歌。"

"你又要葫芦开口驴上树了。"

"谁叫你晾俺这里好几天不搭不理呢！"

"反正你总有罚我的理由。咱小声对唱——你说唱啥哇？"

"当然是《娶新娘》啦。"

铁锤后退几步，干咳两声清了清嗓子，轻声唱道：

> 喜鹊登枝呀闹喳喳，
> 毛驴驴头顶扎红花。
> 人穷衣破呀两手空，
> 又想把心肝儿娶回家。

玉玲接口唱道：

> 手搭凉棚呀照南坬，
> 哥哥你心里莫害怕。
> 没马没轿俺骑毛驴，
> 背爹瞒娘也要偷偷嫁……

十七

辛苦了一天的太阳懒洋洋枕卧在西山顶上，似乎在告诉冬日里本就活计少的村人，该收工回家了。

耿铁锤和梁同科一前一后顺着东岩盘走上壁顶，铁锤剑眉下那双闪射着坚毅和机智光芒的眼睛，深情地望了望村子，回头拍着同科的肩膀笑道："快回家哇！给你妈个惊喜。"

这是鬼子投降后，铁锤随着大部队取得了上党战役的胜利，奉命回山浃筹办军需物资顺路回的家。他如今是腰扎宽皮带，身挎公文包、盒子枪的连长——褪色的灰军装整洁合体，脚腕至膝盖裹着的绑腿带紧身利落，周身上下给人一种干练麻利英姿焕发的感觉。

　　铁锤走进自家院子，见北房焕然一新，心下纳闷：东房、西房是被鬼子烧啦，难道北房后来也……思忖之间，只见玉玲端着土簸箕走出厨房，一双水汪汪的丹凤眼闪着惊喜的目光盯着铁锤，却呆立不动。铁锤笑道："愣啥哩愣，不认识啦？"玉玲如梦初醒，当啷一声扔掉土簸箕，疾步上前扑进铁锤怀里："俺不是又在做梦哇？"泪水如注，呜咽不止。铁锤见玉玲这般样子，顺手抱在怀里，轻轻抚摸着她的鬓发说："咋还这么娃儿气呢！我这不是好好地回来了吗？"玉玲哭啼了一阵，挣脱出来擦一把泪水，脸上流露着喜悦的神色，一手撩起铁锤一根胳膊，上一眼下一眼左一眼又一眼看起来。铁锤笑问："咋这么看我？"玉玲却说开了心头的悲伤："自打你从白岩山送俺回来……"她哭诉了婆婆的不幸，女儿的遭遇，又说了炕头上那个小东西的来历。

　　爱是博大的，可以博大到能包容一切；有时爱也是渺小的，竟会渺小到一切都不能容忍。耿铁锤是在血与火、生与死的战场上摸爬滚打过的人，他对上苍赋予人的唯一一次生命的认识和珍惜，远远超越那些未曾亲历残酷战争的人。他认为，玉玲既然把这条小生命接到了手里，就应该爱他呵护他，要他很好地活下去。

　　铁锤如此豁达地接纳小锤，掀去了多日压在方玉玲心头的那块重石。她一边做饭，一边又给丈夫倾诉了村里发生的许许多多事。

　　味全、柱国听说铁锤回了村，便一同前来看望。熟知铁锤爱喝口小酒的柱国，还提来二斤"老白干"。玉玲炒了山药丝要他们下酒。三人围坐在八仙桌周围，聊起抗日那段艰难历程，哭一阵、笑一阵、喝一阵，情绪无法平静。正喝之间，小三、大瓦、柴祉等前脚后脚进了门。铁锤招呼他们入座，玉玲拿来筷子，夹了同样的菜。又过了一阵，玉锁和罗锅也来了。大伙跟铁锤谈论的话题，主要是老百姓能否过上太平日子。铁锤给大家讲了上党战役生俘国民党十九军军长史泽波等高级将领的辉煌战果，讲了国共两党重庆谈判签订的《双十协定》，又讲了老蒋灭共统华的野心。大家听了忧闷沉思，无不担心再度打仗导致流离失所，家破人亡。

　　铁锤见大家心绪不安，便又一字一句地讲了党中央对争取和平解放以及积极准备应对蒋介石挑起内战、最终夺取全国政权的决心，讲了解放区搞好生产支援前线的重要意义。

大伙跟铁锤聊至深夜才散去。

在厨房做饭的方玉玲断断续续听到些关于内战的事，躺上炕头又细问："俺以为打跑鬼子你就能回来啦，好日子也就来啦。咋又……"铁锤说："本该是这样的。可老蒋凭着兵多装备好，要和我们翻脸——上党战役便是开场白。不过我们也不怕……"玉玲不理解铁锤这话，坐起身子想问个明白："都是自家人，刀来枪去地打呀杀呀多残忍，能下得了手？"铁锤也坐了起来，拿起窗台上搁着的烟袋，装了一锅子旱烟点燃，吧嗒吧嗒抽了几口说："不打最好。可老蒋不肯和我们一口锅里吃饭——本身他们跟我们就不是一条船上的人，怎能吃一锅饭、睡一个炕头呢？"

玉玲皱眉沉思良久，从项上取下玉石观音说："你在外头成天打仗，实在让人担心。爹从北寺给俺请来的这尊菩萨，俺常常梦见冰清透亮金光四射，真的保佑俺从鬼子的刀枪底下逃生了出来。可就是没保住咱家小玲……"说着，脸上长一道短一道流下泪来。铁锤把玉玲揽在怀里，轻轻地为她擦去泪水，心爱地捋着她那乌黑的鬈发，突然发现刘海的发根处多了一道半寸多长的疤痕，便惊异地问："这疤是咋来的？"玉玲不愿说出实情："俺在场房住那会儿，闪倒撞在半截瓮上碰了一下。"铁锤抚摸着伤疤心疼地说："流了不少血哇？以后做营生不要性急，没人会抢去替你做的。"说着又转入方才的话题，"你不要为我操心。即便老蒋真的挑起内战……"

玉玲双手恭恭敬敬地捧着玉观音说："观音菩萨有求必应。来，给你戴上。俺为白岩山回来那天没请菩萨随你去好后悔——恳求菩萨保佑你打完仗平平安安回来。"铁锤淡然一笑说："我早就说过，我是铁锤。"握着拳头比画了一下，"铁锤就是硬邦邦一个打铁锤子——没坏的意思。你是玉石'铃铃'，经不得磕磕碰碰，菩萨还是随在你身边保佑你哇！"玉玲认准的事很难改变："俺在家里有吃有喝有房住，没事。你在外头又行军又打仗的……"铁锤笑道："我们只相信真理，不信这个。"玉玲见铁锤又把玉观音挂在了自己项上，便依偎在铁锤怀里悄悄说："俺早就窝着一句话想问哩——你是共产党吗？"铁锤神情严肃地说："我是党员。"

102

玉玲又问：“你是啥时入的？咋不告俺一声？”铁锤说：“我和春牛哥是在俺师傅牺牲那年，经居老师和沙货郎介绍入的。那时我们不能公开身份——这是纪律。”玉玲天真地说：“俺是你老婆，对俺也不能公开？”铁锤说：“党有纪律。组织内部要求保守的秘密，不论爹娘还是妻儿都不能说出。”玉玲长叹一声，指头点一下铁锤的下巴说：“你入了党，心就变成秤砣疙瘩啦。俺天天想你，盼你回来，你却……”

“变不成秤砣。”铁锤摸着玉玲的脸蛋说，“我每回打完仗心就飞回来啦，连做梦都梦见你穿着那身嫁衣裳，猛然醒来心就酸溜溜的，只恨学不来孙悟空的那个筋斗。”玉玲难过地说：“俺的嫁衣裳被鬼子给烧啦。”铁锤安慰：“再美的嫁衣也不会穿一辈子。只要那个招人喜欢的新娘子，深深印在新郎官的心底就成——那夜的你，已经钻进我的心里拉不走挖不掉啦，即便死去也会随着灵魂……”玉玲伸手捂住铁锤的嘴，脸色甚是严峻：“俺不许你说这些不吉利的话！”

小锤醒了，哇哇直哭。玉玲说了声“娃饿啦”，挣脱铁锤便抱起来喂奶。小锤吃饱肚子丢开奶头却没了睡意，两眼盯着松明嗷嗷地呼叫。玉玲摇着身子要小锤快睡，可小东西就是不睡。

铁锤蹲在一旁手捧烟袋吧嗒吧嗒抽烟，看着玉玲抱娃奶娃摇娃逗娃哄娃睡的样子，心头不禁生发出一股子怪怪的滋味。

只听小锤嘟一声放了个响屁，带出来一泡稀屎。玉玲轻轻骂了声“这娃”，提起他的两条小腿一边料理，一边喊铁锤帮忙：“快给咱去厨房火台拿来那块尿布。”铁锤嗅到娃儿的屎臭味，皱起眉头犹豫了片刻，光着身子跳下地，趿拉着鞋到厨房拿来了尿布。

“再把这块撂到门外去。”玉玲手提脏尿布要铁锤来接。铁锤迟疑一下，还是无奈地接到手，开门外扔时，一阵冷风顺门而入，吹得打了个冷战。

小锤终于在玉玲的怀里进入了梦乡。玉玲把那块夹被挪到当炕头，卧下满身乳香的娃儿，说：“吹灯睡哇。”铁锤看一眼隔开他们夫妻的小东西说：“还是，还是把他抱到那边去哇。”铁锤从踏进家门至此，没有叫过“小锤”，也不喊“娃儿”，只称“他”。

玉玲知道丈夫要自己挪开小锤想干啥，会心一笑说：“俺的那个刚走几天，实在挨不得。要是有了就没奶啦——咱家小锤才这么一丝丝，没了奶吃咋活命？”

铁锤没言语，也没下地，手托炕沿伏身朝着松明吹了口气，灯头大幅度摇摆了几下，不情愿地灭了。

次日早饭之后，铁锤先去了一趟岭上，然后回村便走访军烈属。

玉玲知道铁锤明天一早要上路归队，便一件件拿出早已做好的衣裤鞋袜包进包袱，又摘下项上的玉观音抚摸了一阵，回想起惨死在佛钟架上的父亲，又流了两眼泪，心下寻思：等铁锤午时回来，一定要问一问父亲算不算烈士。她手捧玉观音闭目屏息，双手合十，嘴唇微动，默默祷念了一番，然后装入一个刺花袖珍红布兜，放入铁锤挂在墙楔的公文包里，才到厨房择菜剁馅，取出暖房那天戴明区长送的白面为铁锤包饺子。

时近中午，柱国瘸着腿走来告诉玉玲："拉弟碾下了黄米，今午要给铁锤吃油糕。"玉玲说："要他擦黑回家吃饺子。"柱国应了一声去了。玉玲怕包好的饺子干了皮，泡湿蒸笼布拧尽水，轻轻盖在摆着饺子的面板上，便为自己做酸菜稀饭。

侯拉弟端来热腾腾的油糕，执壶为铁锤斟满酒，又拿过柱国的杯子为自己满上，说："来，铁锤，咱为打跑鬼子干一杯。"话刚出口，泪水就涌了出来。铁锤知其心情，没敢作声。拉弟又满了一杯说："你春牛哥要在，该有多好！"铁锤吃过早饭就独自一人到岭上祭拜了父母和烈士。他在诸位烈士坟前还郑重其事地说了几句心里话。这时他本想安慰拉弟几句，可喉咙犹如卡着杏核；旁坐的柱国只有呆看的份。

"鬼子欠咱的血债……"拉弟淌泪说了一阵，又把话题转到了玉玲身上："真是的，自家男人在外头流血流汗打鬼子，自己却在家里为鬼子抚养崽儿。俺跟她打小赤屁股长大，她不嫌丢人，俺还嫌败兴哩！"柱国见拉弟当着铁锤的面又提这事，便插嘴说了水少相说的那番话。拉弟却骂道："放你娘的臭屁！你个挨刀……"

铁锤没吃几个油糕就放下了筷子。他抱起街上玩耍回家的胜荣，用一种难以言表的溺爱亲吻了几口，问询了几句"俺娃念书没？长大想干什么？"当他得知村里还没办起小学，便问缘由。柱国说了重修祠堂（教室）用料多工程量大，一时半会儿修不起来的话，铁锤没再言语，从兜里抽出钢笔送给胜荣说："村里有了学校，俺娃要好好念书。长大后……"尽管有些话胜荣听不懂，但他见钢笔是个好玩的东西，握在手里高兴得直叫。

十八

耿铁锤看过西庄的军烈属，便来到同科家详细询问了一番同科妈的生活，并告诉老人家："有困难就找味全、柱国，他们会想办法解决的。"老人家紧紧抓住铁锤的手，淌着老泪千叮咛万嘱咐，要铁锤好好照顾同科。

铁锤跟同科说定明天一早动身的时间，便出门回大庄。他路经戴山金门前，恰逢白丽嗑着瓜子在门口站立，正要微笑着上前打招呼，白丽先就"呀"了一声，露出一脸惊奇说："老同桌来西庄好稀罕，俺家坐会儿再走哇。"站姿规整的铁锤望一眼西沉的太阳说："该回家吃饭啦。"白丽笑一声回敬："你这老同桌好脸高！难道当了八路军的大官，就看不起我们这些小百姓啦？俺为支前可是做过不少军鞋哩——咱八路军最讲军民一家亲。你要怕俺家坐一会儿降了身份沾了晦气，那就走哇！"含讽带刺几句话说得铁锤没了主意："你这老同学还上纲上线呢。我坐会儿就是。"

"这就对啦。这才是咱八路军的光荣传统哩！"白丽说着，和铁锤一同走进自家正屋。"山金哥不在家？"铁锤问了一声。白丽笑道："俺家那烂木头生来就会他祖宗传教的割条、编筐两手活儿——上岭割条还没回来。"说着便为铁锤搬椅安座。

铁锤扫一眼屋内，见收拾得干净整齐，还飘着一股子雪花膏味。他本想聊几句家常就走，可白丽又是冲糖水，又是递瓜子，还笑呵呵拿话激他："老同桌不必担心，喝了水吃了瓜子，俺也不指望在你身上沾啥光捞啥好处。咱这叫军民鱼水情。你要不吃不喝，反倒显得咱军与民生分啦。"

上学那会儿跟铁锤同桌的白丽，不但不像拉弟那样与同桌男生争抢挤夺桌面，反倒曼声柔语的"锤哥"不离口，想求铁锤教不会做的算术题，益发殷勤万般。她那白净的鹅蛋脸犹如熟透的雪花梨，加之姓名的谐音，被大瓦、拉弟他们常喊"小白梨"。铁锤却从不叫她的绰号。这使白丽产生了一种超越同学的想法——借同桌之便悄悄往铁锤书包里塞纸条，内容自然是些不便出口但又想说给铁锤听的话。

使白丽没有料到的是，铁锤不但不回应，而且一碰面就像老鼠见猫似的躲闪回避，就算在同桌坐着上课，也要把身子侧于外头。鬼子入侵导致学堂停办学生辍学，白丽索性撕去那层羞怯的面纱，不顾铁锤回绝的尴尬，穷追不舍至铁锤和玉玲结婚才作罢。当下虽说都已成家立户，铁锤心下总觉得欠着白丽点什么。这笔情债虽然不能称作故意对白丽的伤害，但他又做不到坦然面对。

白丽能猜得出铁锤、同科一块回村，铁锤定然要来西庄看望同科他妈。白丽也知道铁锤为了那些不便言说的往事，不会轻易跨进自家门槛。为要铁锤遂了自己心愿，白丽做了充分的准备——即便"激将"不成，死拉硬扯也得把他拽进家门。

"你们家搬家暖房那天俺也去了——玉玲真有福气！"白丽把空盘子递到铁锤面前搁瓜子皮。铁锤浅浅一笑，随手抓了几个瓜子便拉家常。白丽却没按他的路数走："模样长得俊的女人就是有福，人见人爱。"白丽嗑着瓜子一个劲夸赞玉玲，故意留给铁锤说话的空隙，却没被填充。她眼扫流波看一眼铁锤，话头一转说："说是闲话也不叫闲话。像你们这光荣革命军人家属，实在不该收养那个小鬼子。"

"他毕竟是一条生命，是个无辜的娃儿。"铁锤为玉玲辩解。白丽哼了一声："无辜？人们都说那个小鬼子是有来头的，俺也相信这话。要不然，咋不拉前、不错后，恰好躺在你家炕头呢！"铁锤不解其意，接口反问："来头？"白丽故意卖关子："老同桌，你是真的不知内情，还是揣着明白装糊涂呢。"铁锤有些莫名其妙："什么内情？"

"哦吚吚，俺算想错啦。"白丽调着铁锤的胃口，"咱念书那阵子，呆子跟玉玲就书来信往打得火热。后来你看上了玉玲，玉玲便把呆子撒开，把呆子闪了个狗吃屎。那时俺就骂呆子呆！没想到你比呆子还呆。"白丽见铁锤的脸色沉了下来，便又加一句，"老同桌，村里没人跟你说那些个事？俺打小就嘴贱，爱和你说几句掏心窝话。今儿个俺说了，你可不能回家跟玉玲闹腾。"铁锤皱着眉头没吭声。白丽说："你想想，鬼子逃跑时被咱八路军前阻后追打得屁滚尿流，就算怀里抱着个出生不几天的娃儿想寄养，也不会一下子来到后场的场房，找到刚被狼吃了娃儿、奶水鼓撑得正没处打发的方玉玲呀？难道你不觉得奇怪？"铁锤一听这话便有些恼火，把手中的瓜子放回盘里问："这么说，想寄养他娃的那个鬼子，事前就知道玉玲丢了娃儿？"

"何止知道——俺要不是晓得你做事稳当，回家不会和玉玲翻脸，就算挨一百棒子也不敢对你说实情。"白丽又往铁锤跟前推了推瓜子盘，"其实，其实那个鬼子以前就隔三岔五的好往你家跑。"

"你说什么呀？！"铁锤唰地站起身子，剑眉倒竖，两眼盯着白丽质问，"你安得什么心！"白丽轻笑一声也站了起来："俺就猜见你不会相信。不过俺知道你是个明白人，俺说了你去仔细琢磨琢磨，就能掂量出真假来。"白丽一本正经，"其实拉弟只是身材苗条，脸蛋白净，打鼓的动作好看。要说真能称得上花儿的人也只有方玉玲。鬼子跟玉玲的关系，你只要想一想那个小鬼子怎会一下子跳进她的怀里，啥都无须再说啦。"

"你……你这是什么意思！"铁锤鼻孔喘气，眼放怒光。

"反正人们在背地里都那样传传哩。"白丽接着说，"王计小那只红冠冠老公鸡你该知道，咱县顶好看的女人没一个能跳出他的手掌心的。方玉玲这朵花他不会不晓得。你和春牛守村那阵子，王独眼几回想来都没得逞。后来大瓦那个讨吃鬼当了会长，即便方玉玲看不上王独眼也由不得她。直到八路军到处抓捕、王独眼豁出脖颈上那三斤八两搬家，还要一门心思往后场跑。"

"你简直在胡编乱造！"铁锤愤怒到了难以自抑的地步。白丽轻声一笑问："难道你不知王计小是在咱村大庄的十字街逮住的？你说他明知咱村是抗日先进村，为啥偏偏来飞蛾扑火呢？"白丽瞟一眼铁锤，"王独眼的事咱且搁着，咱先拣近的说：呆子爱玉玲爱得发疯，你或许被蒙在鼓里，可呆子引着玉玲偷戏的事不假哇？小兰爱呆子，而被呆子晾在一边儿不搭不理也不假哇？换句话说，呆子长的那个东西不是拴驴，也不是打鸟的，为啥他至今不找个女人成家呢？再说大瓦那个讨吃鬼，起初还跟着咱村的游击队做事，见你追上了玉玲，屁股一扭跑进城当了汉奸。尤其他回村当会长那段日子，能放过玉玲吗？"白丽越说越起劲，"人常说独槽难拴俩叫驴。我想，除了俺这张不值钱的嘴，没人给你唠叨发生在玉玲身上的那个'四驴争槽'的黑夜。"

铁锤啪地拍一下桌子喝道："你给我闭嘴！"这一声虽把白丽吓了一跳，但她很快又平静下来，嘴一撇继续说："真的假不了，假的真不了。今儿个俺当回赖人让你得个实底——抓王计小的那天黑夜，呆子去了后场的场房，正巧撞上了大瓦那个讨吃鬼，羊罗锅也提着羊鞭登了门，仨人碰到一搭急红了眼，混打了一架。大瓦抽身正要回家，又遇上了来后场的王计小，你说热闹不热闹！大瓦、呆子、罗锅跟王计小又打在一起才惊动了柱国——俺要说半句假话，天打五雷轰。"

"罗锅是玉玲的舅舅，你怎能信口扯谎胡编乱造？！"

白丽不在乎铁锤的怒斥，嘴一撇说："好俺的同桌哩，你真是榆木疙瘩，死不开窍。俗话说，家有光棍招棍光，家有娇妻银满箱。方玉玲打小过惯了金尊玉贵的大小姐光景，你家那破庙哪里能装得下她这尊神。甭说别的，她插金挂玉搽脂抹粉的钱从哪里来？按辈分她是该叫羊罗锅舅舅，可那也是几杆子打不着的亲戚。再说，羊罗锅那个熊样去哪里攀相好？他要跟玉玲没染，那羊圈本在山口安着，咋玉玲到后场住下，他就把羊栏挪到了后场？不就图个方便吗！"

"你……"铁锤眼睛瞪得圆大，脖子胀得通红，像是恨白丽，又像是恨玉玲。白丽见此越发得意："墙头的风，女人的心，你们男人一辈子也吃不准摸不透。你们男人见个腰杆细的、肌肤白的、脸蛋俊的、奶头大的就想心事，我们女人可不是。女人每月都会有难熬的几天。你成天随着部队打仗，多少日子不回家见个面，方玉玲就算铁打的女人，也经不住每月那几天的折腾。……"

铁锤再也听不下去了，转身便走。白丽疾步上前，拉拽铁锤胳膊的同时，手指轻挠了一下铁锤的手心，用骚情的声调说："老同桌，忙啥哩。"铁锤用力抽手悻悻而去。白丽脸色大变，扯开嗓子骂道："你在外头跟敌人拼命，自家女人在家里搂抱着野汉子兴乎，好心好意告诉你，你还嫌俺絮烦！不信，你回家看一看毡毯被褥，没有男人抽烟烧下的印儿才怪哩！"

耿铁锤急匆匆回到大庄径直来找拉弟，想证实白丽言语的真伪。当他的腿脚跨进大门，忽然觉得上错了门——她俩如同亲姐妹，即便方玉玲做下天大丑事，侯拉弟只会包庇掩盖，绝不抖搂。铁锤正在犹豫，柱国从屋子里迎了出来："进家坐哇——你的脸色咋这么难看？是不是伤风感冒啦。"铁锤抹一把脸说："没什么。只是有点头疼。"说着跟柱国一同进了屋里。

拉弟端来一海碗酸菜汤荞面条递给铁锤说："趁热吃哇，出身汗就好啦。"铁锤没有一丝食欲，转手递给了柱国："今儿个我的胃口难受，你吃哇。"柱国知道荞面不好消化，便接过碗吃起来。

铁锤摸着胜荣的头亲昵地说："娃儿，快吃饭呀。"

"吃过啦。"胜荣拉着稚嫩的童声回答。铁锤又给胜荣说了几句叮嘱的话，说着说着嗓子眼就酸涩难受。柱国知道铁锤和春牛的交情不一般，一时说不出安慰的话来，便喊叫拉弟："铁锤明儿个要走啦，拌个菜来，俺俩再喝几杯。"拉弟应了一声，不一会儿端来一盘凉拌酸菜山药丝。二人喝了几杯闷酒之后柱国开了口："你放心走哇，干好部队的事。玉玲这会儿有了住处，那几亩地大家伙帮着代耕，上头有了救济什么的再给她补助些，不会叫她……"尚没说完，拉弟带着火药味插了嘴："代耕也好，救济也罢，实在不想拿着钱粮养活那个小鬼子哩！"铁锤、柱国看了拉弟一眼都没作声。拉弟又对铁锤说："还没顾上和你说哩。俺在场房跟玉玲抢夺那个小鬼子，玉玲从炕上摔下来，额头碰了个大血口，险些把俺吓死。"

"那道疤痕是……"铁锤放下筷子问了半句。拉弟说："玉玲没和你说这事？为了那个小鬼子，俺俩地下闹到炕上，炕上又闹到地下……玉玲碰得头都冒了花，还紧紧抱着小鬼子不丢。"铁锤看一眼酒壶若有所思，拉弟又说："明人不做暗事。俺那天好不容易把小鬼子抱出场房送上岭去，想叫恶狼叼走——除了这个祸害。可又被那个不做好事的羊罗锅……玉玲还上门寻俺的麻烦。"

铁锤装出闲聊的样子问柱国："抓捕王计小那夜，听说柴祉、罗锅也上了手？"柱国赞道："恰好他俩从后场出来……要不是罗锅一鞭打掉王独眼的手枪，我这条命恐怕就交代啦。"

铁锤没再吭声，喝尽杯中酒寒暄了几句去了。

方玉玲听见丈夫走进大门，赶紧到厨房烧火煮饺子。

耿铁锤顺正门进屋，冷眼盯着炕上的小锤看了一阵，见小东西嘴里含着手指，眼睛瞅着垂吊在脸前的鸟儿、花儿、鱼儿、鸡儿之类的小巧工艺品嗷嗷呼叫，似乎在给这些小玩意对话。

铁锤跪上炕头掀开被褥细看，没有发现可疑之处；腾回身子揣了揣小东西铺着一半盖着一半的夹被，觉得里面絮的不是棉花，顺着罩布夹缝撕开个口子，见内中像是鬼子的军毯，心头之火顿时燃起，猛拉一把夹被，把上面躺着的小锤一骨碌滚了几个滚，嘴朝下背朝上趴在炕头哇地大哭起来。铁锤没去理睬，吱啦一声撕开罩布，见里面包的果然是鬼子军官的军毯，边角上还有帽子大一块像剪子剪下的缺口——看来白丽的话不是空穴来风！铁锤气呼呼转头，正要喊来方玉玲问话，听到小锤乍哭的玉玲端着刚出锅的饺子跑来，撂下饺子上炕抱起娃儿边哄边说："进门就和他动气，你这是咋啦？"

"你干的光彩事，咋还有脸来问我！"

方玉玲见丈夫有些失常，猜想一定是村人你一言我一语拉长道短说了好多不该收养小锤的话——这是自作自受。不管怎么说，铁锤明天就要归队啦——玉玲无论心里还是嘴上都忌讳一个"走"字。说不定很快就要上战场，就算自己受天大委屈，也不能让丈夫带着怒气去打仗。玉玲想到这里，扯襟袒胸把奶子送给小锤，堵住他那哇哇号哭惹铁锤烦心的嘴，然后心平气和地说："俺是不该收养他。可都跟了俺这么多日子啦，再往哪里去送呢？咋说娃儿也是一条命哩——你快趁热吃饭哇。"铁锤冷笑一声："你不要装糊涂，你的假话够多啦！你额头上那道疤到底是咋来的？"玉玲抬手摸一下疤痕，知道拉弟给铁锤兜了实底，垂下头没再吭声。铁锤又问："拉弟把他扔上岭去，是谁帮你捡回来的？"玉玲听到这话，泪水不禁流了下来。她不知如何作答才能使丈夫消气。

"万万没有想到，你竟然是个这样的人！"铁锤的口气很沉，每一个字都像一座大山，压得方玉玲透不过气来。她完全明白铁锤为什么这样子生气了——没一个村人不怨恨自己收养这个小东西，不定给铁锤说了多少风凉话呢。方玉玲好后悔，只恨自己那一刻的无知和糊涂。她也奇怪，明知小东西是有杀父之仇的鬼子的崽儿，为啥接到手奶了几天就难舍难弃呢？她无法向铁锤表白自己的苦衷。因为这是一条不能回头的路。为了这个可怜的小生命，纵有天大的委屈也得默默承受，万般苦水也只能闭眼憋气往肚里灌。

昨天她和铁锤说了这件事得到其谅解的那一刻，还自信地认为铁锤跟自己心心相印。而现在却……她坚信自己的亲历得出的结论：娃儿——尤其小东西这样的娃儿，情分只能靠时间来慢慢培养。铁锤不能当下接受他也在情理之中。当初自己也曾有过弄死他为父亲和婆婆报仇的想法。往后娃儿和铁锤处久了，自然会渐渐好起来的。现在铁锤发脾气也好，有怨言也罢，只得忍着，忍着，忍着。玉玲想到这里，默然垂头，任凭铁锤恼怒生气都沉静如山，闭口不言。

小锤吃过奶睡下了。方玉玲见天色已晚，饺子也凉了。桌旁坐着的丈夫仍然黑着脸皱着眉头在抽烟。她跳下炕歉意地说："铁锤，对不起，实在对不起。俺实实不该收养他。可一时没主意收下啦，活生生一个娃儿，总不能……"说着，含泪端起饺子走进厨房烧火去热。一袋烟工夫，她又把热腾腾的饺子端到丈夫面前说：“快吃哇。妈常说，团圆饺子翻身饼。今夜咱吃饺子，明儿个一早咱吃葱花烙饼。”

铁锤见一向争强好胜执拗任性的方玉玲突然间变得这样殷勤温顺，益发感觉她心中有鬼，禁不住怒火勃然而发：“你少装正经！”随着骂声，握烟袋的手狠狠一扫，嚓啦一声，盘子飞离桌面打了个粉碎，饺子滚了满地，刚刚入睡的小锤被惊得哇一声哭了。

“耿铁锤，你到底怎么啦？要俺死要俺活你说个明白！”方玉玲眼淌泪水爬上炕头，抱起娃儿便轻轻捋发拽耳。受了惊吓的小锤刚含着奶子合上眼皮，身子激灵抽动一下又乍哭起来；哭累了便又睡去，没隔一阵子又是乍哭。

在方玉玲的记忆里，结婚以来从未见过铁锤这样子对人。她从丈夫反常的恼怒和过头的厌恶中感觉出绝非仅为收养小锤。她摇着身子为小锤捋发拽耳的同时，搜肠刮肚了好一阵，还是没找到根由。她非软弱之人，可今天万万不能跟将要上战场的丈夫逞强。她见铁锤一个劲儿抽闷烟，只好用不言不睬来化解不明的分歧。她胳膊揽着小锤，眼里含着泪水，和衣侧卧炕上，默默地思想解开丈夫心结的法，想着想着不觉进入了梦乡。

鸡叫头遍，方玉玲一骨碌爬起来，慌忙下地点灯给丈夫做饭，却不见了铁锤。她扫视桌子，包着衣裤的包袱纹丝未动，而墙楔上挂着的手枪、腰带、公文包不见了。

她知铁锤已经启程，只恨自己睡得死没有察觉。她抽闩开门跑出院外，薄云笼月，不甚分明，地面没得到多少光亮；打开大门，见空旷无碍凹凸不平的石板街仍然是那样子冷清凄凉。她这时才意识到，铁锤是经厨房出门，越墙而去的。她快步追出佛钟场，追至东岩口，没个人影。她立于壁顶扯开嗓子大喊“铁锤”，只听到壁下河谷的声声回音。她很想张嘴号哭，又怕不吉利。她抹泪自语：“铁锤，你咋不吃饭，也不吭一声就悄悄动身呢……”

小锤睡梦中乍哭后总是牙关紧咬，眼球上翻，手脚阵发性抽搐。罗小三说这是惊厥症候，且带着怪怨的口气问：“咋又把娃儿吓成了这样？”玉玲含泪摇头，不愿启齿。

一连几日施针用药，小锤都不见好转，心神不安的方玉玲焦急地问询：“三哥，娃儿这回咋不见好呢？"罗小三说："不要急，得慢慢来。俗话说，病来如山倒，病去如抽丝。我不是神仙，一把抓不了。"

玉玲正为小锤的病愁肠，玉锁蔫头耷脑进门，悲叹一声说："姐，爹为了抗战，又是捐钱，又是捐粮，在佛钟架上落了个万弹穿身。春牛和那些牺牲的游击队员咱比不得，可人家柱国他爹就是烈士，爹咋就算不上呢？你跟味叔说一说，往上头反映反映，不争馒头还争口气哩——这些日子妈为这事成天唏唏嘘嘘哭鼻抹泪呢。"玉玲也觉见弟弟这话在理。可小锤不是贪睡便是乍哭，令她忧心忡忡不知所措。罗小三要她守着娃儿抚摩，让娃儿有"妈妈一直在身边呵护"的感觉。玉玲不但这样子做，就连去厨房做饭也会按婆婆的传教——拿来扫炕笤帚给娃儿做伴，可就是不见好转。

玉锁回东庄跟妈说了小锤的病，老太太匆匆忙忙赶来，瞅了半晌说："娃儿怕是吓丢了魂。不能光叫小三扎针用药，得请你五婶给祛惊叫魂哩。"心急乱求医的玉玲点头而去。

手提木升子和玉玲一道而来的五婶，先要玉玲不堆不凹往升子里添上小米——完事后的酬劳，款款摆在娃儿身边。然后叫玉玲从头上揪下来三根长发，与一条红头绳搓到一起，捆扎在一双筷子上插进木升里。又用一张黄表纸糊住升口，便闭目念咒：

母发能抵千条龙，小米胜过万两金。

龙系火绳入金山，为俺孩娃寻魄魂。

南斗六郎，北斗七星；

太上老君，节节入令……

五婶念罢咒语，身子激灵打了个冷战，一手牵头绳，一手捏筷子，轻轻从升子里拉出，移至小锤头上，口里虚声呼唤："太上老君来也——魂魄归窍啦——"这一声使得熟睡的小锤哇地哭了。

不知是罗小三施针用药起了作用，还是五婶的咒语叫回了魂魄，此后，小锤睡眠中乍哭的次数越来越少了，手脚背凉眼睛翻白的可怕样子也不见了，玉玲提着的心总算放了下来。

这年寒冬，太行山的大雪一场接着一场。好在盖房时留下不少柴火，玉玲又把婆婆的那盘小磨安在厨房，柴米油盐倒没缺下。她在这个冬天几乎只做抚养小锤、赶做军鞋、思念铁锤三件事。她总在盘算：铁锤那夜为啥要生那么大的气呢？她心里塞满解不开的谜团，只想找到答案。她去交军鞋时，把铁锤没带走的衣裤鞋袜也一并交了，还在衣袋内侧和鞋帮内侧绣了一朵松羔羔模样的小花。她坚信夫妻之间是有灵犀的——自己做下的针线活也许恰好能分发到铁锤手里。虽说这种可能只有万分之一，十万分之一，甚至是百万分之一，但毕竟有一线希望。如果铁锤真能看到这朵花，就一定能想到龙岩岭的苍松，也能认出自己妻子的针线来。想到这里，她又抹了一把泪，抬手轻拂一下胸前——原先佩戴玉观音的位置，双手合十默默祈祷：大慈大悲的观音菩萨，保佑铁锤放下烦恼打完仗平安归来。

十九

二月初五旭日临窗之时，人们听到敲铧声和吆喝开会的呼喊声，便朝佛钟场走去。

这个旧铁铧是鬼子投降后不几天，柱国为便于召集村民开会，用铁丝拧挂在佛钟架的铁链子上的。每当响起敲铧声，人们不免会思念那尊大佛钟。无奈，佛钟那悠扬悦耳的声响已经流入历史的长河。尽管敲铧声无法跟撞钟声相比——几乎渺小到住在大庄边角处的家户都难以听见，但它那号令和召唤村人聚会的权力，是独特而至高无上无与伦比的。

当下，耿味全任村里的党支部政治主任兼工会主席，冯柱国任副主任兼农会主席，侯拉弟任妇救会主席。武委会主任侯林为军烈属盖房子砍木材摔伤了腿，村里有关民兵武装方面的事暂且由柱国代办。大瓦为求这个职务几次找味全、柱国，又到区公所向戴明表白自己的抗日功劳，最终还是没有干成。

村人齐聚佛钟场，味全、柱国、拉弟站在佛钟台上传达了县、区两级的会议精神：一是抓生产、支前线，把这些年荒弃的土地耕刨出来，上足肥料，适时播种；二是搞好拥军优属，积极为军烈属做好代耕帮扶等事；三是动员适龄青年入伍参军，解放全中国。

会议结束后，耿味全等村干部下庄入户动员……罗小三的弟弟罗小四等七名适龄青年，胸前佩戴大红花应征入伍。村干部召集村民在佛钟场为他们举行了隆重的欢送仪式。方玉玲给每人赠送了一双连夜赶做的布袜子，又托他们给铁锤捎了一双布鞋。

为入伍青年送行的次日早上，耿味全来到玉玲家讲了为她代耕的事。玉玲趁便说了父亲为八路军捐钱捐粮招致的祸殃，看能否算作抗日烈士，说到伤心处，鼻子一酸，泪水模糊了视线。

耿味全出生在驮脚世家。他的父亲曾在保甲制时期担任过龙岩村的保长。耿保长为人和善忠厚，处理事情灵活而不两面光溜，只要不出人命关天的案子，经他居中调解都能做到小事不出庄，大事不下岭，当事各方心服口服。他老人家在抗日期间，常常和儿子味全赶着自家的牲口为八路军驮运粮食弹药。味全父子不声不响为抗日做事，深得居子宽赞誉。为长远考虑，居子宽把其貌不扬、不引人注目的耿味全发展为党员，且隐藏其身份以防不测。然而，不知儿子是党员的耿保长没有看到鬼子投降。

耿味全听了玉玲为父亲追认烈士的请求，抹一把麻脸笑道："为抗日，你爹出的力咱龙岩村孩妈老小都晓得。能不能算为烈士，那得看符合不符合上头的条条框框。我认为，咱村被鬼子杀害的好些人都能称得上烈士。比如你爹，比如同科他爹梁盛堂……俺爹也是为八路军送粮被鬼子打死在半路上的。他老人家在天之灵也想向政府讨个烈士的名分。这事不用着急，咱民主政府将来会给咱们个说法的。"说着又笑了笑，"你猜大瓦那小子找我要啥哩？他想要一块抗属牌子。他说他是跟敌人暗斗的游击队员，为攻打哨房、抓捕汉奸出过大力。"装了袋烟点燃吸了一口接着说，"大瓦干的这些不假，可他过也不少。我问他：既然你是假维持真革命，鬼子血洗咱村那天，我是接到上头的通知秘密去白岩山开会啦，你咋不在村呢？大瓦大张着嘴没话说。不过这小子近来的表现还算不赖，又写入党申请书，又忙乎村里的事，还说军烈属的代耕活计他家家都干。这会儿他、柱国、柴祉等六七个人赶着牲口，到你家地里耕地整墒去啦。"

此前，方玉玲只当味叔是个动作迟缓的人，今日才明白居老师当初为啥要收他当党员了。

耿味全临出门又说："告诉你妈尽管放心，咱龙岩人抗日的功劳，民主政府都一笔一笔记着哩。"说着似乎忽然想起了什么，"还有件事呢，这阵子区公所

114

正摸底——上级要在咱这里搞土改试点啦。算起来咱村首数你妈的地多,应该是土改对象。"停顿片刻,"我跟前来了解情况的干部说,你爹在抗战时期不但慷慨解囊,还动员康家洼的大财主康鑫为咱八路军捐献钱粮。你妈是抗战支前出过大力的贤达绅士的遗孀,与那些勾结鬼子汉奸欺压百姓的财主不一样。"

"味叔,土改是……"方玉玲第一次听到这个生硬的名词。耿味全解释:"用咱的话说,就是把大户人家的土地、房屋、财产、牲口什么的全都分给穷人,让大家伙都,都……"摸着麻脸想了想,"对啦,想起来了,意思是要'耕者有其田'。"言罢,又安慰惊恐失色的玉玲:"这话且不要跟你妈说哩,现今只是摸底阶段。县上怕各村掌握的程度不同,可能要以区为单位,联村统一行动。"

耿味全走后,方玉玲的心就像被一只大手攥住似的难受。她朦朦胧胧意识到了什么叫"打土豪、分田地"。看来山泱很快就要搞土改了,是不是跟传说中的"农民风暴"一样呢?方玉玲怎么也想不通:为啥姥姥那边和爷爷这边几代人省吃俭用勤劳持家积攒的光景要分给别人?分了也罢,怕就怕像农民风暴那样伤害妈和弟弟的性命。看味叔的意思,是要拿爹为八路军捐钱捐粮的功绩来保护妈和弟弟。而他又说可能区公所要组织联村行动。看样子有些事他也做不了主。

这件将要来临的可怕之事,使方玉玲愁肠百结。

1946年6月23日上午,郭家汇的戏台下云集了好多人。端坐台上的龙岩区区长、土改工作组组长戴明首先做了土改动员报告,他要求全区干部民众把土改工作搞得轰轰烈烈,为全县当好表率做出样板。动员完毕,便开始清理大户人家的财产。

房舍、耕地等明摆着的东西好说,钱有多少一时难成共识。曾当过维持会长,也曾从鬼子手里救出几个村人的郭金泉是郭家汇最大的财主。他把两个装有银圆的铁皮包角小木箱交了出来,再三表白"就这么多"。郭家汇的村干部带着民兵把箱子摆于台上,向与会民众展示斗争的战果。而前来参会的邻村干部和积极分子认为,郭财主土地上千亩,又开办煤矿多年,不会就这点大洋。于是,要垂立台上的郭金泉老实交代。

郭金泉老是重复着一句话:"就这么多。"戴明动员大家计算他的收入,揭发他剥削人民的罪恶。在几个积极分子的带动下,郭家汇的村民踊跃发言。有的说,给他家扛长工成天吃掺着谷糠的窝窝头；有的说，给他家打短工他教唆他家的领尚（领班）起早贪黑拧着人干；还有的说，他家独霸煤矿发大财，造成多起人命事故——"十年前'老虎水'灌井的那一回就死进去十多个。俺爹和俺叔叔的尸首，至今还在那个没封口的井里泡着……"郭金泉开口辩道："自古人说天塌了银补。那回死进去的人虽没捞上来，可我花了血本，掏了大钱做了了断，为啥又翻腾这事呢？你们咋就不提我为救咱村那几个被鬼子抓走的人，光王计小手里糟蹋了多少大洋？"这话使得因他的破费和周旋活下来的人及其家人，为他说了几句公道话。而遇难矿工的家属一提起亲人的尸骨现如今仍在地层深处浸泡挤压，心就难受得要命，便翻着他八辈子祖宗咒骂，并要他把剥削百姓的血汗钱全都吐出来。郭金泉再也听不得了，面带怒容发疯似的吼叫："老子劳神费心担惊受怕挣的钱是给子孙后代的，不是给你们这些穷鬼的。你们盖着大被梦去哇——休想得到！"这话激起民众的义愤，有的想冲上台痛打郭金泉，可区公所的干部只允许控诉罪恶，不许打人。

人们愤激的情绪被稍稍压下后，便开始议论郭金泉藏匿金条、银圆的地方。一个积极分子问他的邻居："这些日子你见没见狗日往外头倒腾东西？"这个穿一双裹跟包脑打掌鞋，戴一顶塌顶露发破草帽的老汉说："没见他倒腾过什么东西，倒是无意间想起一件事来：那回鬼子从后山爬上龙岩岭的头天后响，我亲眼见王计小进过他家。第二天一早天刚亮，又见他的管家郭有桃背着一捆麻绳去了后山那边。龙岩村的人遭难后，我就一直盘算这码事，总觉见跟他有连挂。"戴明闻听此言非常吃惊，当下令人将身瘦腿长的郭有桃揪上台来审问。郭有桃被吓得急屎急尿——顺着裤筒子往外流，上牙打着下牙说不出半句话来。戴明断喝郭金泉老实交代……前些日子被区公所招录为文书、此时正在做记录的柴祉小声提醒："郭金泉这等罪行，是不是交给县里查办妥当些，以防民众愤然而起无法收场。"戴明瞟一眼柴祉快然不悦。他认为，土改试点区就应该有所作为，搞出方方面面的经验来。他站起身子手拍桌案大声唬喝，要郭金泉开口回话；民众振臂声讨，呼声如雷。这时，在场的积极分子有的建议把顽抗抵赖的郭金泉吊上台梁，有的喊叫该让他尝尝"二郎担山"的滋味——几个后生肩扛长凳手提绳索走上台，给郭金泉坐上了"老虎凳"……郭金泉终于说出了事情的经过：那天王计小来到郭家汇，枪管子顶着他的脑门要他准备绳索为皇军带路。无奈之下，他便要攀藤登葛上后山挖过药材的郭有桃，背了带挠钩的绳子去为鬼子领路。

侯拉弟一听这话，哭喊了一声"好你个挨千刀的！"纵身冲上戏台扑向郭金泉，大瓦也飞身上台抡拳便打。随之，腿伤痊愈的侯林以及冯柱国等好多人拥上戏台，将郭金泉、郭有桃围在核心……戴明等区公所的干部奋力维持秩序却无法控制乱局。不一阵工夫，二人被打死在台上。

虽说郭金泉帮着鬼子袭击龙岩村实属罪大恶极，但未经审判致死人命不符合民主政府的政策。然而，土改试点区的民众情绪高昂，踊跃批斗地主老财，揭发汉奸罪恶，也是一条难得的经验。

戴明当夜回到区公所，就土改起步情况及郭金泉主仆被打死一事，向县里写了书面报告。

夜已经很深了，方玉玲仍在不停地翻转土改的事。突然远处传来几声狗叫，随之，邻居五婶家刚喂养不几天的那条小花狗也扯开幼嫩的声调汪汪起来。玉玲见小锤被惊醒，口里轻轻哼唱着"唷唷——俺娃睡，盖破被……"的哄童谣，有节奏地拍打他的膀臂。正在这时，又听到嘭嘭嘭的敲大门声。玉玲能猜得出，这一定是那个死皮赖脸的大瓦又来了，便没去理睬。时隔一阵，敲门声又加重了，玉玲仍然没去开门。她知大瓦是个性情放荡厚颜无耻不安分守理的东西。今年春上的一天傍晚，没等玉玲上大门大瓦就溜了进来，全然不顾玉玲的不屑和冷漠，嬉皮笑脸，溜嘴滑舌，东说浪言西说海不住口咧咧。玉玲忙于做军鞋把他撇在一边。可大瓦不在乎这些，说着说着就靠近玉玲——撩逗炕头将要睡去的小锤。见玉玲起身躲到了凳子上，又转身回头说："老同学，你甭发傻。日出东岭落西山，爽也一天，愁也一天。人有几天活哩！好端端年华整日整夜守了空房——多可惜。"玉玲没好气地说："你再不走，俺就喊人啦！"大瓦嘴一咧，露出两个小虎牙说："你喊哇，快些喊哇！我侯大瓦的这张脸早就挂在龙岩壁上啦。越是有人知道我来你家过夜，那才越碰心哩。"说着又笑了笑，"老同学，人活在世，吃欲二字。你难道不知人想人想煞人吗？我可是真心哩，很想剜出心来让你看。王计小当大拿那阵子几回想谋算你，是我生着法哄骗过去的。你和铁锤结婚后我不是没人跟，可就是放不下你。有些事我不说你也知道。"眯眼一笑，"比如杏儿，再比如小白梨，跟你把话扯透哇，就算搂着她俩，心里想的也是你。"大瓦故意闪开玉玲那张冰冷恼怒的脸，看着炕上铺的那块方格炕单说，"我花大价钱买这块单子时，就料到你会喜欢。果然……"没等大瓦说完，玉玲放下手里的鞋帮，挪开炕头的小锤，双手团起单子朝大瓦扔去："你快拿走哇！俺不喜见。"大瓦躲一下身子，单子落在地上："你何苦跟自己过不去呢。其实这男人女人穿上衣裳看，都人眉人眼蛮正经的；要是抹光脱净都一样……"玉玲见大瓦愈说愈不上道，盯一眼针线笸箩里的剪子喝斥："你走不走！"大瓦见玉玲要动真来硬了，不免有些惊慌。他正要挪步离去，见玉玲把身子探上炕头拍打开了醒来的小锤，便顺势从背后扑去，双臂卡住其腰间，伸手便摸揣。玉玲因怕吓着小锤不敢喊叫，想脱身又被卡了个死紧。她一时发急，抬腿狠踩其脚面，大瓦疼得倒坐地上双手搓脚直哈呀。玉玲得空，抓起剪子怒吼："你再不走，俺就给你拼命！"大瓦见平日里妩媚柔弱的方玉玲，这时竟然这么桀骜不驯，真的害了怕，说了声"我走"起身踮脚而去。玉玲抱起地上那块方格炕单疾步追出大门，朝着大瓦狠狠抛去。

此后玉玲外出回家总随手关门上闩。即便有人找她，必经敲门喊叫。大瓦后来又来过几次，都因进不了大门而作罢。

今夜，方玉玲听到如此反复的敲门声心下甚是恼火。她点燃松明，穿好衣裤，手握剪子怒冲冲走来，顺着门缝低声喝斥："你要再……"话刚出口，只听玉锁在门外轻声叫道："姐，是我。"

玉玲收起剪子，开门便问："你咋这时候来啦？"玉锁进门插上门闩说："姐，咱进屋说哇。"

借着松明的光亮，玉玲见弟弟脸色苍白，神态失常，说话时嘴唇也有些哆嗦，不禁心跳起来。

玉锁先讲了米家寨土改的事，接着又说了父亲早年为自己定下康家洼的那门子娃娃亲——那姑娘——康巧凤今夜跑来啦。玉玲听了，竟不知如何是好。

郭家汇村的清果实、分田产、评成分等事宜进行完毕，土改工作组便率队浩浩荡荡进驻了米家寨。既是财主又当汉奸的翟青和虽被处决，但他家的土地财产丝毫未动。

土改会上，翟青和的大夫人交代了所有家产及钱粮。大伙却认为她的银圆打了埋藏，几个积极分子将她勒肩绑臂带到戏台上要她老实交代。戏台一侧站立的翟青和的小老婆小貂蝉虽然面色恐慌，内心还是有底气的。她近日为自己和娃儿铺了一条后路——与自家厨师、现任武委会主任的米应录好上了。

其实当初小貂蝉爱的是戏班子里一块唱戏的一个师哥。她刚出师扮演的角色是《吕布戏貂蝉》里的貂蝉。她凭了姿美嗓甜，艺精技绝，一举成名，人们便送她雅号小貂蝉。人怕出名猪怕壮。她被四十多岁的翟青和看上后，便倚势仗财，多管齐下。她迫于父母及家中众弟妹的生计，也迫于师傅没完没了的苦劝，无奈之下被一乘花轿抬进了翟家的深宅大院。她做小妾受大房的气那是自然。但没想到当了伪政府治安团长的王计小对她垂涎三尺。虽然她一见王计小就恶心，但嫁鸡随鸡，嫁狗随狗——自家丈夫屈膝其下，只得逢场作戏。翟青和被抓之后，王计小也就不敢擅来米家寨了，但她还是无法安生——对她早有邪思妄动之念的自家厨师米应录想乘虚而入，她却没遂其意。她再也不想听到大房骂的那句"浪塌天的贱物，三天没男人就痒得要命"的不中听话了。已到这般地步的她再无他求，只想守护抚养三岁的女儿翟敏长大成人。而人生和命运有时由不得自己安排，得任命来摆布。

鬼子投降后，八路军组建了民主政府，村里也有了村干部，米应录竟然当上了武委会主任。一直没死心的他，以为这下子小貂蝉可就成了擒在屠案上的绵羊——没得跑了。没想到这女人不但不顺从，而且硬邦邦拒绝，不留半点余地。小貂蝉这样子心坚意决是因为她相信八路军是一支好队伍，八路军的官都是些好官，区公所又安在米家寨，纵然米应录痴心不死，迫于上头那么多好官严紧拘管，他不敢把自己怎么样。

小貂蝉平静如常的生活是被土改打破的。虽说她没去参加斗争郭金泉的大会，但从别人口里听到了那个斗争。近来人们又风传白岩山那边搞土改的一些事，益发令她寝食不安，但一心想得到她的米应录又适时而至——摆利害，谈条件。她听罢惶恐万般，左右为难。米应录趁热打铁："土改主要是分割地主老财的土地、家产和金银财宝。你其实也是个受苦受难的穷家女子，是没了办法才被翟财主买来做小妾的苦命人。翟青和被枪崩啦，翟家的这份子家产马上就会分割一空，你们这些财主家的太太小姐最好的下场是净身出户。你在这里还有啥守头哩？"接着又承诺，"咱村土改罢，咱俩就到区公所领帖。往后你和娃儿就成我家的人啦，看他谁敢欺负！"为了尚未成人的女儿活下去，小貂蝉违心地让米应录上了自己的床。尽管大房那句"浪塌天"的话又触动了她那根敏感的神经，但她为了自己的心头肉，再肮脏的水也得往下咽。哪怕是一碗砒霜，也会毫不眨眼喝进肚里。二人在床上做完那事，米应录揽着她又说："既然咱俩不几天就成一家人啦，你的那些私房钱和首饰什么的好东西，还是我带走藏起来好，以免土改时民兵来抄家搜了去。"小貂蝉以为，过几天一领帖他就是自己后半辈子的依靠和归宿，更是自家娃儿的保护伞，便把手头所有的金银首饰一并包进包袱交给了他。

戏台按其名称而言，当为演戏的地方。而土改这段日子只要有戏台的村子，便成了斗争地主老财的固定场所。当下，翟青和的大夫人已经被押上台交代，现在轮到小貂蝉了。她跟大汉奸王计小有染是众所周知的事，那王独眼为讨其欢心送些钱物首饰也在情理之中。于是，台下有人提出要小貂蝉如数交出私房钱和珠宝细软来。小貂蝉没有言语，瞥一眼台侧静立的米应录，意思是说"用你的时候到了"。

那几个刚吊起大夫人的积极分子，见小貂蝉拿闭口不言抵赖，上前狠抽两记耳光，喝令开口回话。小貂蝉被打得腮帮子肿胀，她双手捂脸凝视米应录，见其眼瞅台下默然站立，一副与己无关的样子，便着了大急，不知如何是好了。

怒视米应录开口大骂："好你个没良心的，哄俺给你睡了，又把俺的东西……"一句整话尚未说完，米应录从身旁维持秩序的民兵手里夺过棍棒，朝着小貂蝉的脑门狠狠劈去……

区公所的干部当即命令民兵抓了米应录，五花大绑押送进了县里。

按照区公所排定的顺序，米家寨土改完毕便是康家洼。

康家洼土地最多光景最好的便是方太文早年为儿子玉锁说定的那门子娃娃亲——那女娃的父亲康鑫。

康鑫跟太文年岁相仿，志趣相投，品行相合，年方弱冠就结拜了把兄弟。每年时令交冬地里和场上没啥活计可做时，他俩便结伙搭帮赶着吃力气饭的骡马背鞍驮驮走下太行山——河北与省城太原之间往返不空，驮脚挣钱。那时康鑫常跟交情甚笃的太文讲说自己的身世：他刚出生，爷爷便请了本县据说能洞察天地穿越阴阳的"吕半仙"为他考八字算命。吕先生问过生辰，仰头闭目，左手的大拇指灵巧地掐着另外四个指头，嘴唇微动默念了一阵，然后睁开眼睛淡笑一声说："娃儿的五行'水'多'金'少。"爷爷请吕先生细言其详，吕先生只说了一句"漫天冲下一道壕"去了。虽然算命先生居多用一些问卜者挖空心思都捉摸不透的隐晦朦胧之言打发人，但这句话实在令人费解——娃儿的命相"水"再多也不至于把天空冲开一道壕呀？爷爷感觉这卦不祥，但又弄不清不祥在哪里，如何补救。于是，只好在缺"金"上做文章，为他取名金上垛金的"鑫"字。康鑫打小听爷爷挂在嘴边的一句话便是："传承好祖业才算好儿男。"父亲临终时千叮咛万嘱咐："俺娃要守牢咱家这份子家产，千万不能成了败家子。"康鑫暗下决心：自当精心持家，多行善事；土腥味不离脚，粗布衣不下身。一定要把家业传给后代，决不能毁在自己手里！

康鑫娶了两房太太。大太太生了个闺女，生产时大出血去了。时隔两年又续一房，为他生了两个女娃。他的小女儿巧凤是在太文妻生下玉锁那年出生的。二人为攀儿女亲家，便请人掐了俩娃的八字，倒挺合适，便定了娃娃亲，说是等娃儿们长大成人再嫁娶成亲。此后太文经常带着儿子到康家洼串亲戚，送年礼；康鑫妻也买些上好的布料给玉锁缝几件合身的衣裳相送。由于玉锁、巧凤孩提时就知对方将来是自己的对象，见了面总有些怯怯羞羞。尤其巧凤，一见玉锁就面红耳热，不敢抬头。

巧凤八九岁时，康鑫见妻子的肚子没一星半点儿响动，便有心再续一房，生个传香火撑门户的儿子，把淳厚的祖德和殷实的家业承传下去。然而，事情往往难遂人愿。就在康鑫拿定主意，正要托付专事说媒联姻的媒婆帮着挑选中意之人时，日本鬼子进了太行山——保命成了第一要务，便把这事搁到了一边。虽然康鑫决意不当维持会长，但会长之言他不敢不听——时不时地给鬼子拿钱拿粮。同时他也按太文之意——经耿铁锤联络，暗暗给八路军送钱送粮。实在没米下锅的家户找上门来，他也会解囊相助。鬼子杀害了方太文，烧光了房屋家产，康鑫便不时地带些粮食衣物送给玉锁母子；大瓦为村人活命也曾向他伸过手……晓得吕半仙给他算过那一卦的村人背地里议论："看，康鑫踢打开家产啦。"他却不以为然：钱粮是身外之物，在这非常年月，东一把西一把撒散出去能保下家人性命，才是乱世存身之道。只要那三百多亩耕地握在手里，便是不负祖恩重振家业的指望。

鬼子落败逃跑的信儿一传开，康鑫长长松了口气——这场劫难总算画上了句号。然而，人的命，天注定。土改一开始，康鑫完全悟透吕半仙的那句含糊之辞的实意了：自己原来是靠山山崩、依水水流的"破败"之命。同时他也想起了"千年田地八百主，田是主人人是客"的那句老话。他对土地和家产分给村人倒能看得开，最令人发愁的是未出嫁的小女儿巧凤被本村的土改积极分子乔豹眼看上了，三番五次上门逼着巧凤去区公所和他领证结婚，且瞪着那双豹眼珠子大喊："定娃娃亲是封建流毒，不符合民主政府的政策。这件事如果弄不成，土改时咱在戏台上见高低！"

康鑫早已打听到郭家汇、米家寨斗财主分果实的情形了。他思前想后考虑再三，最后作出一个把巧凤快快送到方家给玉锁成亲的决断。他趁着夜幕罩村悄悄来到本家堂叔、康姓族长，也是当下的工会主席家，进门便双膝跪地说："叔，侄儿求您救咱家巧凤一命。"族长问明来由，捋着长长的白须看着跪地苦苦哀求的康鑫拿了好一阵主意，最后怀着畏怯不安的心为巧凤开写了结婚证明。继而康鑫又找见自家的长工乔四孩询问："老四，我今生求你帮一个大忙——你敢不敢送俺家巧凤出嫁？"乔四孩给康家当长工多年，康鑫救人之难、济人之急的仁慈厚德历历在目。近日他也听说本家堂弟豹眼借土改之际逼着巧凤嫁他，心下就觉得理不顺。今夜见康鑫这般意思，拍一把胸脯说："鑫叔，土改定成分咱一准是贫下中农。送闺女出嫁又不是杀人放火，怕啥哩！"

乔四孩来到康家，背起巧凤妈为女儿备好的包袱，悄无声息带着泪流满面的巧凤离开康家洼，来到了龙岩村玉锁家。

康巧凤的到来不但没使玉锁母子高兴，反倒发了大愁。

懵然无知的玉锁深夜跑来大庄，正是找姐姐拿主意的："要不，要不咱再把巧凤送回去哇。乔豹眼是土改积极分子，邻村土改他都掺和个没完。巧凤这么着来了咱家，他是不会轻饶鑫伯的。再说，过几天轮到咱村土改，咱家也是个'算账'户，留下巧凤，岂不是叫她无路可走吗？"

方玉玲沉思好一阵说："玉锁呀，人到难处得挣命，不能认命。鑫伯冒风蹚险托人把巧凤送到咱家，自有他的道理，咱怎能再把巧凤送回去呢？"玉玲笑一声又说，"你俩已经到了结婚的年龄，明儿个一早，你们找味叔开个证明，赶紧到区公所领结婚证去。帖子一到手，巧凤就成咱家名正言顺的媳妇啦，谁都说不出三、道不得四。"玉玲停顿片刻接着说，"领到帖后，你把巧凤送回咱家，带上帖去康家洼报喜——扬出风去。顺便打探打探动静，看那个乔豹眼是不是真要寻碴儿报复。"

玉锁不知，乔豹眼真要报复该咋办。

玉玲又嘱咐了几句领证时如有磕绊，就找戴明区长做主等话。玉锁心里有了底，轻轻点了点头去了。

次日一早，玉锁带着巧凤走进耿味全家说了来意。味全看过康家洼开来的结婚证明，摸一把麻脸笑了笑，铺纸提笔写好证明盖了章。

二人来到米家寨，心里颤颤悠悠走进区公所的院子，没想到顺利地领到了结婚证。他俩摁下各自手印的那一刻，不知是一种什么滋味，双双淌下了眼泪。

玉锁按姐姐的话把巧凤送回家，连母亲包好的团圆饺子都没顾得吃，带着结婚证快步前往康家洼"报喜"。他一进村口听人们嚷嚷，康鑫昨夜悬梁自尽了。

二十

龙岩村没戏台，佛钟场自古以来就是村民闹红火集会的场所。召开土改大会自然也在这里。

刚吃过早饭，人们就听到了敲铧声和吆喝开会的呼唤声，男女老少三人一伙五人一群朝佛钟场走去。不一阵工夫，场上已是人山人海，摩肩接踵。内中不仅有龙岩村的人，也有不少邻村人。到得最早、距离佛钟台最近的那拨子手提棍棒的人，是康家洼的土改积极分子乔豹眼带来的。

上午九时许，六个区公所的干部走进了佛钟场，戴着近视镜的柴祉手提公文包也在其中。刚刚安顿好桌椅板凳的耿味全、冯柱国匆匆走下佛钟台赔笑恭接，招呼干部们上台入座。戴明等刚坐定，侯拉弟提着铸铁茶壶往桌子上的青花瓷碗倒了水。

龙岩村的大户是方太文。方太文已死，其子方玉锁及玉锁妈自然就成今日斗争的主要对象了。

方玉玲是出阁闺女，又是军属，没收方家田产与她无关。但她比谁都紧张焦虑，早饭端在手里扒拉来扒拉去无法入口下咽。她怀抱小锤疾步来到佛钟场，见母亲、弟弟玉锁、刚过门十余天的弟媳巧凤，已经垂立在佛钟台上。

佛钟台是方玉玲目不忍睹的地方，尤其佛钟架垂吊的那条铁链子，一入眼帘就会令她胆战心惊，惶恐失色。她抱着小锤弯曲着腰身隐藏在罗汉柱背后，忐忑不安地窥视眼前的一切。

这时，区公所的干部正向玉锁询问核实家产。

方家原有的上院下院的房子全被鬼子烧了，眼下居住的上院那处西房，是去年鬼子投降后村人以助工的形式帮助玉锁盖起来的。耕地总共一百二十二亩四分，银圆二十七块，铜圆一小斗；去年的秋粮和今年的夏粮收获存放着三千五百六十三斤。这些已经村干部核实后封存了起来。惊惧万般的方玉锁哆嗦着嘴唇交代完毕，台下的邻村干部和积极分子却举拳质疑："方太文也算咱这一带有名的大户，咋才这么几个大洋？到底藏在了哪里，快快交出来！"方玉锁被这一声声呼问吓得话语都说不完整了："没……没有啦，真的没有啦，全都交啦。"

白丽上前揭发："俺是龙岩村人。俺不信方太文家就这二十七块大洋。你拿这话哄鬼去哇——趁早全都交出来！"对某种事物的敏感是女人的天性。方玉玲知道白丽这话的来由。因为白丽对铁锤的仰慕和倾心由来已久。玉玲跟铁锤结婚后，白丽便和玉玲结下了难解之怨，路上相遇总绕道而去或垂头而过，形同路人。玉玲实在不知白丽今日趁此场合还会说出什么话来。

"对，交出来！交出来……"台下的人随着白丽喊叫起来。

玉锁妈微动一下身子，抬头看了看一旁站立的耿味全、冯柱国，侧身面向台上的区公所干部及台下的众人，唇颤舌抖地说："俺家的钱和粮食原不止这些。玉锁他爹在世时为支援抗战，在俺家玉玲结婚那天，一下子捐给咱八路军十六锭银子、三百二十块大洋、九匹骡马、两万多斤粮食。这些东西都是春牛、铁锤带着龙岩岭游击队的人运走的。"说到这里，肩膀耸动抽搐，泪水成串滚落，"为这事，汉奸向鬼子告了密。鬼子尽数烧了俺家的房子不说，玉锁他爹被吊在这佛钟架上……"下面的话哽咽着再也说不下去了。台上台下的人们似乎被带入了那个惨无人道的岁月，整个佛钟场鸦雀无声。她哭啼了一阵子接着说："所剩的这些交给村干部的钱，还是俺埋在墙角里留下来零用的。前几天村干部上门动员，俺就尽数挖出来交了。真的再没啦。"

"你说没啦，谁相信！"康家洼等村的人仍在喝斥。

玉锁妈又表白："确实没有啦。你们不信就到俺家院子挖地三尺寻去，连一个铜子都没啦。"白丽说："你想捣鬼还不容易！有可能早就挪窝啦。"说着扫一眼四周，"为躲避搜寻，说不定闻到土改的风，你就倒腾到你闺女家去啦。"

"对，快说实话！"台下的人呼喊起来。

今日本不想出面的方玉玲，抱着小锤走上了佛钟台："俺爹为抗日捐钱捐粮的事，也许邻村的乡亲们不晓得，可龙岩村的父老没一个不知道。"她把目光转向柱国，"你是咱龙岩岭游击队的队员，你该给大家来讲个明白。"冯柱国本是这件事的见证人，但这是土改，是要地主富农交出钱财的革命；心下又确实不知方家到底还藏没藏着银圆，所以一直没开口。他见玉玲赶着鸭子上架，只好踮着瘸腿上前两步说："方太文当年给咱八路军捐钱捐粮捐牲口，是我和春牛、铁锤等人亲自接收过来送上白岩山的，这件事千真万确。如今春牛牺牲啦，铁锤还在部队，这个证我来做。"他停顿片刻又说，"那时居老师多次赞扬方太文支援抗战的义举。方太文被鬼子杀害后，居老师亲自上门看望过玉玲她妈。还说，方太文同志是为抗日出过大力的人，党和人民永远不会忘记他。同时对我和在场的春牛说，一定要照顾好方老太太今后的生活。这些都是事实，如有半句假话，任凭组织和民众处置。"

康家洼的乔豹眼举起拳头大喊："证人有两个以上才成。你一个人说了不算。也许你们是串通好骗哄人的。你问大家谁信？"

"不信！不信！！"康家洼的人举着拳头和棍棒起哄，白丽也掺杂其中。

方太文为抗日捐献钱粮的事，戴明也知晓，但他没有吱声。他这时看着眼前被批斗的玉玲妈，心下想着另外一码事：叔叔当年向翟青和借的高利贷并不多，爷爷和父亲为啥不向为人和善急公好义的方太文借钱补缺，却一拖再拖，最后弄到家破人亡的地步呢？这个疑团在他幼小的心灵就一直翻腾。直到长大后有一年清明独自上坟给爷爷烧纸，恰巧遇上一位也在坟前烧纸的堂叔才弄明白。原因是当年父亲看上了玉玲妈，几次请媒婆搬亲友撮合却没如愿。而她后来竟然嫁给了本村的方太文。于是，戴家与方家便有了一层不便来往的隔阂，借钱之事自是宁吃天边糠，不求眼前米。戴明心下想着父辈的这档子事，不住地审视眼前的这个当年迷得父亲丢魂失魄的女人。

方玉玲又说："俺爹当年捐钱捐粮的事，不仅柱国他们知晓，俺也在场。"

乔豹眼说："你们是一家子，你作证不算——来，咱还是把这个老太婆捆起来哇！"话音刚落，台下几个手提麻绳的人一拥而上，吓得老太太双膝一软咯噔跪倒在地，不敢抬头。玉锁、巧凤也随之跪地求饶。侯拉弟跃身上台，横在提绳人面前厉声喝道："你们讲不讲道理？！"邻村人都知她是抗日英雄罗春牛的遗孀，没敢轻动。拉弟说话干巴麻利脆："方太文为打鬼子捐钱捐粮惹恼那伙赖熊惨遭杀害，是人人知晓的事，谁敢说是空嘴吐白话编造的？春牛牺牲啦，居老师和铁锤他们正在前线打仗，可这件事还有好多见证人。你要不信，就到县武委会找水少相去问。做人不能埋了良心。"

乔豹眼面对如此强势的侯拉弟不敢硬来，便转移话题："方家为八路军捐钱捐粮的事咱认啦。下来咱要康巧凤说一说为啥放着土改积极分子不跟，非要地主富农联姻结亲往一搭缠？"戴明听见这话，不耐烦地瞟了乔豹眼一眼。耿味全见康家洼的人醉翁之意不在酒，便站出来沉下麻脸说："这位兄弟，我党倡导恋爱自愿婚姻自由，谁愿意跟谁结婚自己说了算。康巧凤和方玉锁结婚，是他俩心同意愿的事。这一点在他们找我开具证明时，我就反复问过，不存在家长包办。你在大家伙面前这样子寒碜人是什么意思？"乔豹眼仍然不服："康巧凤原先是想给我做老婆的，是方玉锁说他爹留下的钱财这辈子再辈子都花不光用不完，才财迷心窍变了心。既然他们领了帖咱就不说这事啦，只说方家到底还有多少银圆，藏在哪里？今儿个要说不清这件事，我们联村的干部群众决不答应！"

"不答应！不答应！！"乔豹眼身后的人乱哄哄呼叫，棍棒举过头顶示威。侯拉弟见其故意寻找事端，双手往腰间一叉大吼："方太文是为抗日做过贡献的人。县上的干部、八路军的首长都口口声声说要保护好方家人。你们今儿个想要奸使坏挑是非打架吗？龙岩人连鬼子都不怕，难道还怕你们这几个兔崽子不成！"

乔豹眼被侯拉弟吓住了，活溜溜转动着那双豹子眼扫视台上的动静，生怕被当成破坏土改的坏分子抓了。

白丽嘴一撇冷笑一声，朝佛钟台前走了几步说："方太文为抗日捐钱捐粮是好事，就算方家现如今拿不出钱来我们也认啦，可方玉玲怀里抱着的那个小鬼子咋解释？难道日本鬼子留下的这个赖种，也是县政府干部、八路军首长要民众保护的人吗？"话语直戳侯拉弟的软肋，"你是村干部，又是烈属，你爹和你男人都是在这佛钟场被鬼子杀害的。难道你为了自己的好朋友就没了阶级仇民族恨了吗？你给大家伙说一说，方玉玲自家的男人在前线流血流汗打鬼子，她为啥要给残害百姓的鬼子养娃？"白丽把个"养"字说得悠扬深沉，其意令人一听便知。

戴明为之懵然，转头便问作笔录的柴祉，见其又不在了座位上，心下骂道：这小子今儿个一准是闹肚子哩。

豁出性命要保护方家老小的侯拉弟，对方玉玲怀里的小鬼子自是仇愤如初。她以为，白丽当着这么多人的面说出好友这桩龌龊事来，等于往自己的脸上抹灰泼粪。她唰地转回头，在解释"养"字的同时斥责方玉玲："小白梨这话倒不算放屁。俺知道你怀里的小东西是鬼子逃跑时撂下的累赘。你这就当着区公所干部和大家伙的面说一说，为啥要收养鬼子的崽儿！"方玉玲自己也说不清为啥一时糊涂做下这件荒唐无稽的事。她怀抱小锤面朝众人双膝跪地，忧伤无奈的泪水顺脸淌流，却说不出半句话来。

"你快说呀！为什么？为什么？"侯拉弟拍胯跺脚，怒冲冲问。台下手摇棍棒的那群人高呼："斩尽杀绝日本鬼子……"这惊天动地的喊声惊哭了小锤。他的哭声不但没有引发人们的怜悯和同情，反倒令人无比的厌恶和憎恨。

白丽见侯拉弟就这件事站到了自己这边，犹如攀上了壮腿粗腰的铁哥盟友，几步跨上佛钟台，手指戳着方玉玲的脑门问："你倒是说呀！为啥要给鬼子收养崽儿？到底鬼子给了你多少金条银圆？快快交出来！"

"对，老实交代！"众人也随之呼喊。

"没有。"方玉玲哭泣着说，"什么都没有，真的什么都没有。"她的头愈垂愈低，双膝慢慢后挪，两手紧紧抱着哭闹的小锤，生怕被人夺了去。

"既然鬼子没给你好处，你为啥要收养他？为啥？为啥？！"拉弟眼噙泪水，厉声责问。白丽趁机呼喊："冤有头，债有主。想为死在鬼子手里的亲人报仇的，快来弄死这个小鬼子！"

"对，弄死小鬼子！弄死小鬼子……"佛钟场上一呼百应，似乎又到了斗争郭金泉那一触即发的地步。

戴明本就因为前几个村搞土改出了不少乱子，挨了县领导批评。他见康家洼这伙人在借机捣乱，正要起身制止，只见柴祉离开座位，向他点了下头走到台前说："乡亲们，我们共产党是人民的党，是为劳苦大众服务的党。我党建立的民主政府是最讲公德的政府。日本鬼子确实可恨，但我们的政府在处理扛着枪握着刀杀害过同胞的鬼子时，都要视其罪行公正审判——非罪大恶极的都要宽大处理。何况方玉玲怀里抱的是一个正在吃奶的婴儿？"柴祉这番话使台下蠢蠢欲动的人没了主意。方玉玲没有想到平时说话慢慢腾腾的柴祉，真要到了要命三关讲开道理，句句抓理，字字金石。她为柴祉在这危急关头挺身而出万般感激。

白丽见柴祉把这堆引燃的大火给扑灭了，便指着柴祉又煽惑："大家不要听信呆子的话。他为小鬼子说情是有原因的。他是收养小鬼子的这个骚女人的相好。想报仇雪恨的给我上！"刹那间前排的几个后生一拥而上向方玉玲扑去。柴祉挡住去路说："民众正在按政府的号召搞土改，你们岂敢……"康家洼的人愿听白丽的话，朝着拦路的柴祉挥棒抡拳大打出手，头上冒了花的柴祉被打倒在地。他们正要越过柴祉抢夺方玉玲怀里的娃儿，却被侯林带着二十几个维持秩序的龙岩村民兵横住了去路。罗锅冲上台，手里的羊鞭随着手腕的转动在空中啪啪脆响了几声，瓮声瓮气唬吓："谁敢再动，俺就结果了狗日的性命！"

乔豹眼见龙岩村的人这样子呵护方家老小，眼看着收拾方家的计划就要泡汤，他豹眼珠子一瞪，挥舞手中的棍棒大喊："愿打鬼子的跟我上！"这声吼叫不但康家洼的三十多个后生响应，其他村的一些民兵和积极分子也呼喊着往佛钟台上冲。冲到前面的与侯林、罗锅等人噼里啪啦打在了一起。一时间，台上台下混推混打成一片，乱作一锅粥。戴明着了急，站起身子大喊了几声没人肯听，拍了几下桌案也无人理睬。他正不知如何是好，只听东岩口那边传来急促的马蹄声，随即有人高喊："武委会的水主任来啦——都住手！"喊声虽大，打红了眼的后生们仍然在拼命互殴，不肯相让。只听砰砰砰三声枪响，把佛钟场震得立时静了下来——扭打在一起的松了臂，高举着棍棒的软了手。大伙顺着枪声看去，只见穿一身灰军装的水少相跃身下马走进了佛钟场。朝天鸣枪的那个警卫手枪入套，跳下马来紧跟其后。随在两人之后的是满头大汗骑着洋车的侯大瓦。

水少相副主任的及时赶到其实是柴祉所为。今早柴祉跟随戴明区长走进佛钟场，发现乔豹眼带着本村的后生手提棍棒虎视眈眈。会议一开始，见白丽直指为母亲和弟弟辩解的玉玲说事，乔豹眼冲着康巧凤发难，柴祉便料到方家人今日凶多吉少。尤其到区公所工作以来，他感觉戴明区长是个急功近利、贪大求全的人，处置复杂局面的能力有限。为防万一，他悄悄离开佛钟台，一面要维持秩序的侯林组织好人手谨防不测，一面要大瓦骑洋车进县城求水副主任救急。

瘦高个子"国"字形脸的水少相，顺着人们闪开的人巷子走上佛钟台，抬手止住迎上来正要解释的戴明，扫了眼为柴祉包扎伤口的罗小三和跪躲在佛钟架立柱背后的方家老小，然后转头向台下看去，见鞋帽棍棒扔了满地，灰头土脸鼻青眼肿的人虽说不少，所幸都站着——没人伤到爬不起来的地步，便松了口气转怒为喜说："乡亲们应该认识我哇？我就是那个摇着拨浪鼓走村串户卖'头绳小带花红线'的沙货郎呀。"说着抬手耸肩做了个摇摆拨浪鼓的滑稽动作，逗得本就认识他的人们哗然大笑，剑拔弩张的紧张气氛立时得以缓解。

戴明上前一步大声说："欢迎水主任给我们讲话！"台下顿时响起热烈的掌声。水少相抬起双手做了个要大家静下来原地就座的动作，然后说："民主政府领导人民搞土改，是为了消灭剥削、土地还家，实现耕者有其田。县里把龙岩区定为土改试点，是因为这里的人民，尤其龙岩人在抗战的艰难岁月有钱的出钱，有力的出力，为全县民众团结一心抗击侵略者做过表率。"场下静默无声，他继续说，"抗战之初，组织就派我来山洑县搞地下工作啦。我对龙岩岭、白岩山这一带的情况非常熟悉。像龙岩村的冯弘、罗春牛两位烈士，再如有钱给抗日队伍花、有粮给抗日队伍吃的方太文同志，他们是敌人的眼中钉肉中刺，都是在这佛钟台上被鬼子杀害的。"抬手指了指佛钟架，"凡是支持抗战的人们都是爱国志士，凡是参加抗战的人们都是民族英雄。冯弘、罗春牛、方太文等人不仅是龙岩人的骄傲，也是龙岩区、山洑县，以及我们太行人民的骄傲！他们的妻儿老小理当得到民众的尊重、爱戴和保护。"讲到这里，他回头看了看听到这番话感动得痛哭流涕的方家母子，又扫了一眼身旁站立的戴明继续说："我们共产党人讲实事求是。按照党的'耕者有其田'的土改政策，方家的土地及财产应该划分给龙岩村的贫苦村民。但一定要确保方家人的人身安全，绝不能以任何理由任何借口伤害他们的性命。"他指着手里握着棍棒的乔豹眼等人质问："联村搞土改是为了监督其公正。你们手提棍棒想干什么？民主政府决不允许打人事件再度发生！"

水少相掷地有声的一席话，听得大伙频频点头赞叹不已。侯拉弟却上前问道："水主任，玉玲怀里抱的那个娃儿是鬼子逃跑时留下的小鬼子。俺龙岩村是抗日先进村，怎能叫一疙瘩臭肉坏了满锅汤呢！"白丽顺声跟语："决不能让小鬼子留在我们龙岩村！"

水少相不但认识侯拉弟，同时对其有一种特殊的怜爱和同情之心。他微笑着说："拉弟，我们八路军对日军俘虏都会从宽处理，何况一个连父母都不知是谁的婴儿呢？"水少相觉得如此解答大伙难以接受，便又说："大家对有些事物的认识有误区，这怪我们的宣传工作做得不够，大家对党的政策领会不深。今儿个我就给大伙啰嗦句：日军侵华，其实是少数日本军阀和资本家为了个人私利发动的一场侵略战争。这场战争给我们中国人民，同样也给日本人民带来了巨大灾难。也就是说，这场战争我们中国人民和日本人民的共同敌人是日本军阀和资本家。我给大家举个例子，便能说明这个道理。抗日期间，我党在延安专门设立了一个日本工农学校，校长就是日共领袖野坂参三。"他说到这里，台下的人们惊奇地私语："敢情日本也有共产党哩！"

水少相接着说："大家不要错误地认为，是个日本人就是我们的敌人。其实有些日本人也是我们的朋友。就在延安的日本工农学校，先后有五百多名日军战俘，培养教育成了我们的抗日战士。他们为了早日结束这场罪恶的战争，有的用日语对敌发起政治攻势，瓦解日军士气；有的唱起家乡歌谣，让据点里的日军思念遥远的故乡，削弱其战斗力；还有的身穿我们八路军的军装，枪口对准日本法西斯冲杀，成为反战勇士。一个名叫小林清的日军上等兵机枪手，经过教育加入了反战同盟，光荣地成为一名日本共产党员。他为了大多数日兵早日回国和家人团圆，与我军并肩战斗。在战场上，他手握机枪熟练准确地射击，多次负伤，屡立战功，被胶东一带的乡亲们亲切地称为'日本八路'。还有一个叫伊田助男的，是一名日本关东军的士兵。他愤恨无辜屠杀中国百姓的野蛮行为，在吉林省安图县嘎斯河下游的马家屯村，将自己押送的十万发子弹和一批军火交给周保中的抗联部队。被日军包围后，他留下一份感人肺腑的书信拔刀自刎。话又说回来，方玉玲收养的这个日兵弃婴，大家因何要当敌人对待呢？"他见台下的民众发出一片自责声，话锋一转又说："父老乡亲们，我们解放区当前的任务很重啊！我们的解放军正在为消灭国民党反动派、解放全中国浴血奋战。我们必须在搞好土改的同时狠抓生产，支援前线。就土改而言，我们一定要坚持原则，力戒偏激，稳步推进。如果有人胆敢借机欺三压四，公报私仇，牟取私利，捣乱破坏，我们将严肃惩处，决不留情！"

定为富农成分也好，"扫地出门"也罢，这块石头总算落了地。土改以来，饭不香觉不稳的方玉锁怀揣这个心事带着母亲和妻子来到姐姐家，苦笑一声难为情说："姐，妈有了年岁，经不住钻小庙、睡草铺啦，得跟你且住。我和巧凤还是去你住过的那个场房哇。至于吃喝，只能走一步说一步啦。"玉玲看一眼满脸忧虑的母亲，回头跟玉锁说："天不生无禄之人，地不长无根之草。人到难处，越得打起精神来寻找活路。你俩且拿些我这里的锅灶米面，下来的日子咱一起想法。"说着心爱地拉起弟媳的手宽慰，"只是叫俺巧凤受苦啦。不过不要担心，鬼子横行的日子咱都熬过来啦，眼下的坎儿咱一定能迈过去——不知伯母在康家洼咋过日子哩？"巧凤含泪回道："本想接来的，可俺妈说死也要死在康家洼。俺正为这事发愁，送俺出嫁的四孩哥回村被乔豹眼捆了一绳也没服软，硬是把俺妈收留了起来，说是认俺妈做干娘。四嫂子也是个热心肠人，待俺妈挺好的。"

玉锁见姐姐给装米备面，心下为母亲住在并没多少粮食的姐姐家"过坎儿"甚感欣慰。他满眼亲切地看着姐姐想，若没姐姐帮衬，这道难关咋往过跨迈。他这时也暗下决心，自当快快捞摸根救命稻草自食其力往下活，断不能和巧凤——四个肩膀扛着两张嘴拖累姐姐。

提了米面拿了铺盖和灶具的玉锁，临出门又吞吞吐吐说："姐，柴祉哥被区公所撵啦。他头上挨的那一棒不轻。"玉锁见姐姐心事沉重，又说："听说戴明区长进城开会挨了训，做了检查，还受了处分。县上派白运德回咱们区协助土改啦，还穿着军装挎着枪呢。"

方玉玲长叹一声，没有言语。

为寻找活命的出路，玉锁今儿个东家、明儿个西家的帮村人碾米磨面，巧凤手不停扇糠筛面。临到天黑收工，有的人家给一升面糁或两升谷糠，也有的给半升秕谷碾下的碎米或一碗玉茭面。小两口从来不说挣多挣少，生怕人家不用。他们到拉弟家干活得粮最多。午饭晚饭吃在拉弟家不说，临走总会给拿出三升面或两升米，使小两口脸红脖子粗地不好意思去接。

这天晚饭后，玉玲撩起围腰包了几个煎饼来到后场，看着身子骨奇瘦的弟弟心疼地说："不要毛驴般围着磨道碾米磨面啦，用心找个别的活计哇。"玉锁讪笑一声说："姐，咱要手艺没手艺，要本事没本事，除了干这粗笨活计……"玉玲一时想到一桩适合玉锁干的营干，便说："俺见舅舅的羊多了好多，你去给他当小放羊，也比成天推碾搬磨强。就算舅舅做些难，也会收留你的。"这话确实有道理。罗锅的针线活一直由老太太料理。近年来老太太捏针纫线手拙眼花，玉玲便接管了起来。去年初冬，玉玲为他做了一件羔皮夹子，他穿上见实在合身，逢人便夸："这要挂到皮货店，准能卖个好价钱。"亲属、邻里和朋友之间的来与往，不仅仅是金钱和物质的交换，同样也是一种必要的情感交流方式。庄稼一枝花，全靠粪当家——羊群走到哪里哪里就是肥田，卧到哪里哪里就是沃土。罗锅为使玉玲家的地年年有个好收成，春耕前或秋收后总会赶着羊群去"卧地"。哪怕夏天，只要得空，也会在长着庄稼的塔根或边角围起栅栏踩"土羊粪"。前几天罗锅赶着羊群给玉玲家踩粪，玉玲给他送饭时，见羊群比先前大了许多，却没雇用小放羊。

玉锁按姐姐的意思去求活计，罗锅二话没说就点了头。这样一来，玉锁一日三餐吃在外头，一个月还能往家里拿两斗粗粮，加上巧凤挖些野菜摘些山果搭配着吃，日子倒也能过得去。

二十一

自打搬回自家，方玉玲出入大门总会抬头看一眼门楣上的"光荣"牌子，心头也会溢出一股子自豪和甜蜜。

那天在佛钟场听了水少相的讲话，方玉玲便知铁锤又上前线跟国军打开了仗，而且还带着她说不清道不明的懊恼和愤怒。玉玲懂得"妻贤夫安"的道理。她静下心来想过多次，除了一时糊涂收下这个小东西，没做丁点儿对不住铁锤的事，但能感觉出铁锤那夜生气绝非光为小锤。玉玲常常暗自祈求那尊随铁锤而去的观音菩萨显灵传信，要铁锤原谅自己收养小锤的过错，放下包袱轻装上阵，打完仗快快回家。

这天玉玲背了一筐做好的军鞋往拉弟家去送，恰逢柴祉手提斧头走来，像要上岭砍柴的样子。玉玲见柴祉头上的绷带仍然扎着，近视镜的左镜片少了一半，不免有些难为情，轻声询问："还疼吗？"柴祉一时想起白丽在佛钟场喊叫的那些胡话，慌张不安地摸一把绷带慢腾腾说："本该早就好啦，伤口一直化脓。"玉玲歉然垂头喃喃赔话："实在对不起，没想到会……"柴祉清楚这话不光指头伤，当下口里却没有合适的话语，只好以笑以答。

方玉玲知道柴祉被区公所开了之后，和村里的后生们经常赶着牲口往县城或外头运送军粮军鞋，对打仗的事有所了解，趁便问道："解放军跟国军打得厉害吗？"

柴祉说："仗确实打得激烈——起初国军仗着优势的兵力向解放区展开全面进攻。我军为保存实力，边打边撤向山区……"玉玲听到这话手捂胸口，心跳难支。柴祉又说："近来我军集中兵力收复了不少地方，沉重打击了国军的嚣张气焰。"柴祉笑了笑，有理有据地宽慰惶恐失色的玉玲，"铁锤跟鬼子拼杀了多年，既有打仗经验，又有一身好功夫，不用担心。"

"可他归队至今没个书信，实在叫人放心不下。"

柴祉说："咱这一带虽说是解放区，可周边的情况很复杂——国军占据着好多城市和交通要道呢。就算铁锤想捎递个书信给家人报平安也很难。"

而方玉玲期盼收到一封铁锤的回信，不光为柴祉所说的"报平安"，还想了解铁锤心头绾着的疙瘩是否解开。

时近初秋，县里给支前工作搞得好、做军鞋组织得井然有序的龙岩村调来五台缝纫机，还随来个传授裁缝技术的叶姓女师傅。

侯拉弟和冯柱国结婚后拉弟没动，柱国随了来。于是，为解放军做军装的作坊便安在了柱国家。

为使妇女们尽快掌握裁缝技术，被区公所指定为厂长的侯拉弟，扳着指头反复算计心灵手巧的妇女，最后选定方玉玲、白丽、康巧凤等十多个人为培训对象。

步入中年的叶师傅讲一口悦耳的外地话。她言语清脆，传教认真，从军衣军裤的编码大小，到尺寸比例；从划线剪裁，到缝纫压烫；从印号包装，到分批发运，都一字一板讲，手把手教。两个月时间，便让学员学了个精通，满意而去。

妇女们大都见过玉玲在军鞋的鞋帮内侧刺绣的那个松果图案，却不知是什么用意。叶师傅走后，玉玲想在军衣上也绣这样的图案，以此鼓励铁锤和龙岩村那些正在前线打仗的后生满怀信心杀敌立功。她说出这一想法，得到了拉弟的赞同。但拉弟不敢擅自做主，趁着味全、柱国前来看望女工便提了出来。二人以为，在军装的衣兜内侧绣一朵小花，体现龙岩村妇女支前的精神，不失为一件好事；又考虑到图案设计得有些意思才好，便叫来善于舞文弄墨的柴祉征求意见。

柴祉不知军装上刺绣图案是玉玲的主张。他沉思一阵后慢腾腾说："龙岩壁和岭上那稠密挺拔的苍松，就是咱龙岩岭的特征。我觉着岩壁、松枝和松果组成的图案有象征意义。"言罢看一眼众女工，笑一声担心，"怕就怕图案复杂，不好刺绣。"

从不显山露水的方玉玲非常认同柴祉的设想，但没言语。侯拉弟称道："呆子不愧是柴老夫子的孙儿！说得有根有梢、有条有理。至于好不好刺绣，你甭管，画出个样儿来就成。"柴祉随手拿起一支案上的记号笔，展开登记册空页，哈腰托案勾画了一阵，一幅挂在岩壁上的松枝啄松果图案活灵活现跃于纸上，既简洁明了，又富寓意。白丽正要发声赞许，想起自己在佛钟场编排柴祉、玉玲的那些个话，咽了口唾沫没吭声。味全、柱国觉得满意，只是怕加大工作量影响裁缝速度。再也憋不住话头的白丽笑一声说："绣个这花才用几针！俺紧泡尿也能绣它几个。"

耿味全想在大门前挂一块厂牌，便跟柱国商量。柱国说了声"好"，瘸着腿找来一块干木板，用墨斗打出边线，挥动锯子推刨干了一阵，出了一身大汗，整抛出一块光溜溜的长条形木板。柴祉取来笔墨书写了"龙岩岭拥军支前缝纫厂"十个字。妇女们看着门垛上挂起的厂牌，脸上流露出难以言表的喜悦。

侯大瓦经常来缝纫厂溜达，尤其爱在玉玲的缝纫机前说几句奉承话。白丽每每见此，总会白大瓦几眼，有时还要扔尺子甩剪的给大瓦点颜色。

已经有了身孕的侯拉弟为增加人手，分班作业，提高产量，本想让玉玲给自己当副手带班，可她实在见不得老太太半前、半后晌抱来要玉玲喂奶的那个小鬼子，便要干活麻利敢管敢说的白丽当了副厂长。

在白丽眼里，方玉玲就是自己的克星——不但意中人耿铁锤被她夺了去，而且大瓦那个讨吃鬼的心也被她揪着捏着缠着不丢。白丽有时也奇怪，自己论长相、论针线活计都不比方玉玲差，咋就不及方玉玲在男人面前吃香呢？

白丽为便于在"克星"身上找碴儿出气，倒班作业时故意把方玉玲分到自己班。常在一个班组干活，带班的横挑鼻子竖挑眼挑摘班员是最简单不过的事。白丽寻衅生事，玉玲逆来顺受；白丽拍案撒野，玉玲静听不言。而"出气"无止境的白丽乱作威福，得陇望蜀；玉玲到了忍无可忍的地步便开了口："你凭啥成天和俺生气？咱来这里是为做军装支前的，谁干的活计多贡献就大。你要不服，咱就在缝纫机上比高下！"白丽嘴一撇说："比就比，难道俺怕你不成！"

方玉玲把一腔怨气化作干活的劲头，每天扑下身子手脚并用操纵着轧轧轧脆响的缝纫机，与白丽叫着板比赛，把个白丽牵赶得手忙脚乱，几乎没了生事的空。

次年初春，耿味全带着柴祉等人赶着牲口送军装又捎回来五台缝纫机，同时还接收了一项上级安排的任务——从缝纫厂抽出六个女工，到米家寨、郭家汇、康家洼三个村子当师傅带徒。侯拉弟听了这话眼前一亮，当即拍板定人：把玉玲和白丽派到距龙岩村最远的郭家汇。并提出认真传授，相互监督，不得擅自离岗，不许携家带口，不能给龙岩人丢脸抹黑等要求。

方玉玲明白拉弟的用意，回家奶着小锤淌泪唠叨："妈的宝贝，今儿个吃得饱饱的，明天妈妈要去郭家汇了，一走两个月不回家，再见妈时就没奶吃啦。"老太太扳着指头算计了一阵笑道："你也太惜孩儿啦。人常说，娃儿是三翻六坐九爬撒，一年头上饭当家。小锤到你手都一年零五个月了，该断奶啦——你去哇，娃儿随俺打熬个十天半月就好啦。"

人到事处迷，就怕没人提。方玉玲见小锤能扶着墙壁迈步了，嘴巴也在牙牙学语，便指头点着他的小鼻子逗道："唉，俺娃是大孩啦，该断奶啦，总不能吃到娶老婆那一天哇——你说是不是？"小锤虽然不懂其意，但被逗得咯咯咯地笑。

时间的流逝有时确实能解决好多问题。小锤断奶吃饭两个月，就能独自行走一阵子了，嘴巴也会叫妈了。从郭家汇回来的方玉玲听到娃儿"妈妈"的喊叫声，盈泪含笑抱起小锤亲了几口，心头溢出一股子甜丝丝的味儿。又隔了几个月，小锤脖颈戴着黄围脖，腿腕扎着小铜铃，满街满院地奔跑，把个成天追赶看管他的老太太累得腰酸腿乏。

临近年关，玉锁两口子从场房搬回了东庄上院的西房——这是村干部按照上级"纠正土改偏向"要求，对"扫地出门"户落实的"填平补齐"政策。"纠偏"不但给了他们房子，还按老太太、玉锁、巧凤三口人补偿了四亩半耕地。

玉锁可谓双喜临门：正为有了家住有了地种高兴不已，巧凤也害开了喜。他跑到姐姐家红着脸含着喜色说了巧凤怀孕的事，想求妈回东庄照应。做梦都想守在自家过活的老太太，没等玉玲插话就收拾起衣物，精精神神随着儿子回了东庄。

恰在这时，县政府为缝纫厂的女工拨来了工资——这是自抗战做军鞋以来从未有过的。领到钱的女工有的手抖，有的淌泪，有的手指蘸着唾沫一遍遍数点。轮到方玉玲签字领钱时，她一时想起前线打仗的铁锤和后生们吃的苦、受的累、冒的险，想起铁锤曾说过的后勤供给对打仗的重要，觉得自己所做的这点儿针线活计不值得一提。只有尽心竭力支前，让铁锤和后生们多打胜仗，取得最后胜利，早日回归家乡，才是自己和大家伙最大的心愿。玉玲想到这里，指着案上堆放的小布条小布块说："你们看这些下脚料做帮做底多好！这钱俺不领啦，交给村干部买点儿鞋面回来，配上这些下脚料做军鞋哇。"

方玉玲这话使侯拉弟很受鼓舞。她腆着肚子想了想说："这个主意不赖！我的也不领啦，都拿去买了鞋面哇。"票儿入兜的白丽转动了几下眼珠子，掏出钱来又放回了案上。那些已经把钱领到手的女工，手心里紧紧攥着票儿揣起不妥，放下又不舍，犹豫了好一阵，最后还是无奈地选择了捐献。

女工们这件感动人心的事经耿味全、冯柱国商量，最后决定把钱一分为二：一半购买布料，让没有进到缝纫厂的妇女做军鞋；另一半给缝纫厂的女工发补助。女工们领到钱，心里如同香油拌蜜又香又甜，年也过得实在开心。

侯拉弟在正月坐了月子，生下个白胖女娃。按当地的叫法，这娃跟胜荣是"夹山兄妹"，柱国随"胜荣"的名儿给娃取名"燕荣"。

妇女们本就羡慕缝纫厂女工的活计，又见她们挣开了补助，心头愈加痒痒。有的沙盆里端了鸡蛋，打着探望拉弟坐月子的幌子套近乎；有的篮子里提了瓜枣果梨求白丽行方便，真可谓八仙过海各显神通。而白丽满心欢喜接受众人恭维和"厚爱"的同时，想得更多的则是如何趁拉弟坐月子挑掉方玉玲这根刺。

自打老太太回东庄照管巧凤的起居，方玉玲便把小锤领到了缝纫厂。项上戴着黄布围脖的小锤，哼哼呀呀唱着只有他自己才懂的歌谣独自玩耍，很少打搅妈妈干活。他不知来自四面八方的白眼是什么意思，手脚总没个闲——地上捡块布条，案边拽一把剪子，只想学着大人们的样子裁剪几下。玉玲一来怕他剪破布料或成衣，二来怕剪子剪了手，总把他伸手可触之处收拾干净，摆放整齐。但还是无法避免招致事端。这天白丽想用尺子，案上案下都不见，正要扯开嗓子喊问，见地上圪蹴的小锤手握尺子搅和玩耍自己的尿泥。白丽顿时火冒三丈，骂了声"好缺德"，扑上前一把夺过尺子，在小锤身上擦去尿泥之后，尺头一戳便把他推坐在地。穿开裆裤的小锤光屁股坐进尿坑里本就不好受，又见这人的脸色怕人，两眼瞅着妈妈哇地哭了。玉玲放下手头的活计跑来，本想问白丽"你咋跟要尿泥的娃儿一般见识"，又知这话出口会招惹白丽嚷闹半天，只好抱起小锤擦净屁股了事。

为限制小锤自由走动，方玉玲从自家提来个二斗瓮，把小锤抱进瓮里。被拘管的小锤两手只能扒着瓮边玩耍，身子实在困乏得支撑不住，两腿就蜷曲在瓮底歇一歇或者睡一觉。虽说方玉玲管娃的法子使女工们心里叫绝，却无人开口称赞——瓮子里的小鬼子只配锥子般锐利的目光。

这天小锤把屎尿拉进了瓮里，白丽终于等到了久等不遇的借口，冲着方玉玲大骂："他把个屋子作蹋得臭烘烘的，叫人咋干活儿？你快带着他滚哇。这里有你不多，没你不少！"方玉玲无奈，只好把小锤送到东庄让妈看管。

女儿的降生，使方玉锁突然感觉自己的人生有了新的意义。他笑嘻嘻背着小锤又送给了姐姐，说是妈伺候月子顾不得管他，一来怕他爬上炕头抓挠娃儿，二来怕他出门玩耍攀墙扒墙闯下乱子。这令每天在缝纫厂干活的玉玲不得不兼顾小锤。她见二斗瓮已经失去了管束小锤的能力，便腾出个三斗瓮搬到炕沿根，温开水和窝窝头备在炕沿上，要小锤饿了吃，渴了喝。只是玉玲一出门，瓮子里的小锤便大喊大哭。

活计再紧，人不能跟茅厕绝交。半前和半后晌，玉玲总会借机跑回家照看小锤一眼。

近日，使方玉玲惊惧不安的是外头传来一桩不好的消息。这一消息把龙岩村笼罩在悲怆凄凉的气氛之中，就连爱玩爱跳爱说爱笑的孩子们都失去了往日的欢乐——

抗战胜利后，随八路军改编为解放军的龙岩村现役军人十二人；解放战争打响，两批十七人又光荣入伍。家人和村人无不期盼他们打完仗，胸前佩戴军功章凯旋。然而，事情往往没有人们想象的那么顺利。

一天上午，县民政科的两名干部走进龙岩村，找到耿味全、冯柱国谈了罗小四等十一名同志壮烈牺牲的情况……追悼会是在佛钟场召开的：佛钟台正前方的两个台角处各栽起一根松杆立柱，立柱与立柱、立柱与佛钟架的石柱之间又绑杆拉绳篷苇席，搭起一个简易灵棚。柴祉用白麻纸往灵棚立柱上书写张贴了一副挽联：

驱倭寇龙岩岭烈士名垂青史，
灭蒋匪新中国英雄气壮山河。

灵堂内摆放着罗小四等烈士的灵位。会上，县、区领导分别致辞追悼。村人由此得知小四他们是参加淮海战役牺牲的。佛钟场上失声痛哭的、呜咽哀啼的、抹泪啜泣的……直到追悼会结束，人们仍然沉浸在极度悲痛之中。方玉玲擦去眼泪背着小锤走上前，正要向抚慰烈士家属的县区领导询问铁锤的情况，但又觉得不妥。她想，牺牲的小四他们或许知晓，可他们都……玉玲的心就像圪针条在不住地抽击。她知道战争远没有结束。她放下小锤，双手习惯地轻拂一下曾佩戴玉观音的胸前默默祷告：阿弥陀佛，大慈大悲的观音菩萨，保佑铁锤……

晚饭后，炕头玩耍的小锤嚷嚷着要"拉锯"。心情沉郁的方玉玲摸一把小锤的头说："妈累了，今儿个咱不拉啦。"小锤不依："要拉，要拉。宝贝听妈话，进到瓮里不哭不闹……"小锤嘴巧，会哄人。见妈上了炕便用小手为妈搓背捶肩。玉玲可怜经常在瓮子里拘管的小锤，便对坐炕上，大手牵小手，前后摇晃着身子押着拍念开了童谣："拉锯扯锯，你来我去。一锯下去，木头流泪。两锯下去……"这一出"拉"完，小锤仍然不依："妈，新教的那个更好，宝贝没记下。再教宝贝一遍，就一遍。"玉玲无奈，只好和小锤拉着手又念叨："狼打锤，狗烧火；猫虎和面捏窝窝……"刚念到这里，玉玲忽然觉得这个童谣不吉利，便停了下来。尤其第一句——铁锤每天跟敌人打仗，"锤打狼"也不能"狼打锤"。不知缘由的小锤嚷着要妈继续念，可玉玲沉下脸说："咱以后再不念这个啦！"小锤看着妈妈发怒的面孔，眼眶噙满了泪水，嘴角委屈地撇了几下，松开手睡去了。

二十二

这是一个夏秋之交烟雾蒙蒙的清早，方玉玲听街场吃饭的人们说，昨天下午民政科的人把失去一条腿的梁同科送回来啦。玉玲想快快吃过早饭先去西庄见同科，问过铁锤的情形后再到缝纫厂干活。她尚未吃罢饭就听到了急促的敲铧声。这是村干部召集村民开会的号令，缝纫厂的女工也不例外。

开会带娃没人管。方玉玲身背小锤朝佛钟场走去，心下盘思：又出啥事啦？是不是前线……

集中于场上的男女老少都在小声猜测今日开会的议题。佛钟台站立的耿味全、冯柱国灰着脸皱着眉头扫了眼台下，对视片刻垂了头，似乎有难言之隐。村人见此预感到了不祥，屏息静待他俩开口，气氛沉重到令人窒息的地步。方玉玲僵僵地站着，心脏狂跳到快要从胸膛蹦出来的地步了。

冯柱国瘸着腿挪动了几步，抬手摸一把络腮胡子讪讪地说："味叔，还是，还是你来说哇。"耿味全轻叹一声，麻脸痉挛般抽动了几下说："我实在没脸说这号事。想不到俺耿家竟然出了，出了……哎！还是你说哇。"

"究竟出了啥事？你俩倒是说呀……"佛钟台前的人们焦躁不安地问询。冯柱国有气无力地维持秩序："静一静，静一静。今儿个召集大家伙来是要说一件事，一件咱龙岩村最不光彩最丢人败兴的事。"这话把人们惊呆了，一双双疑惧的眼睛盯着柱国——既想听到，又怕听到。

"反正纸里包不住火。咱龙岩人好就是好，丑咱也不遮不掩。这是我和味叔昨夜知道了这件瞎事，站在咱村有着特殊声望的高度，反复商量后拿定的主意。"柱国把决定开这个会的过程说了个具细，"俺俩要把这件事藏了掩了盖了，也就对不住党多年的培养和教育啦。过几天上头来人一宣布，那还咋见领导、咋见村人。所以说今儿个召集大家伙来，就是想把这件丑事砂锅捣蒜——一锤子放透也就歇心啦，我和味叔心里也就亮堂啦，大家也就犯不着私下里嘀嘀咕咕说小话啦。"尽管他口口声声说要给大家公布这件事，可总羞于出口："大家知道，咱龙岩人在抗日那阵子打过伏击，端过哨房，守过村寨，也擒拿过汉奸。解放战争一打响，咱村参军打仗的后生就有二十大几个；妇女们搞的支前缝纫厂，还是咱山洑县第一家。她们拿县上给的工资购布料做军鞋，得到了县领导的多次表扬。可没想到，真的没想到……"又把本该直说的话拐了弯，"昨天民政科的干部雇佣了一辆单套马车，把同科送回来啦。他的一条小腿被敌人的炮弹炸断啦，咱野战医院有的是好太医，可没法接，只好锯掉，成了个条半腿的人。"柱国挪动几步又说，"同科伤了腿，是当地的支前担架队抬下来的。他在野战医院作了截肢手术，又转回后方医院养好伤才复员。他现在是光荣革命残废军人，也是咱全村人的骄傲！"说到这里停顿下来喘了几口气，似乎今日开会之事得用好大力气才能说出，"夜来黑夜，我和味叔去西庄看望了同科。他虽成了个条半腿的人，别的地方没甚毛病，身子骨挺硬朗的。大家伙留心给咱同科物色个好对象，也算咱为革命残废军人做的一件实事……"柱国的圈儿越绕越大，怎么也切不进开会的正题。耿味全小声说："丑媳妇总得见婆婆。你就跟大家伙说了哇。"

柱国干咳几声，极不情愿地抬起头说："我和味叔看望同科时，听同科说，咱龙岩村的耿铁锤因投敌叛变被部队枪毙啦。"这一声把人们惊得目瞪口呆，都以为耳朵安到了别人身上。整个佛钟场的空气凝固了几秒钟之后，有人喊问："你说啥呀？！"柱国又沉下脸来认真地说："咱村原先的游击队副队长耿铁锤，在淮海战役期间叛变投敌，被所在部队抓住枪毙啦——该死的铁锤！"这话在方玉玲耳畔成了撼天动地的一声炸雷，她像受了雷击，只觉一阵天旋地转，眼前一黑，昏厥过去。

当她醒来，眼前只剩哭喊的小锤、为她施针的罗小三和一旁呆立的大瓦、柴祉了。弟弟玉锁坐在地上抱扶着她含泪说："姐，你总算醒啦。"方玉玲觉得头脑沉晕晃悠，全身力尽神疲，弟弟的话声听来很是遥远。她抬头望一眼空荡荡的佛钟台，耳边又响起了冯柱国方才的那句话，禁不住张嘴大哭起来。她的哭声是那样的凄婉、悲惨和无奈。

玉锁见姐姐哭得嗓子都哑了，小锤也哭累了——哈欠连连，便下气地说："姐，咱回家哇。"说着便搀扶起来，朝十字街北头的那个院子走去。小锤不知妈妈为啥要哭，但知道妈妈这样子伤心就顾不得理睬自己了，便也认啦——含着眼泪随在身后往家走。柴祉上前抱起小锤，与大瓦一道随了去。

方玉玲走到自家门前，习惯地抬头去看那块"光荣"牌子，见门楣上只剩摘掉牌子留下的那个颜色深浅分明的椭圆形印子了。她四下里顾盼，见牌子在大门左侧的墙角处被海碗大的石头砸成了几片。她猛地扑去捡拾拼凑，无法恢复原样，抱在怀里吼叫了一声"铁锤"又声嘶力竭地大哭。玉锁好不容易把怀抱"光荣"片的姐姐搀回家，可她一进门又趴在炕上哭个不止，嘴里不住地呼问："铁锤，你咋成叛徒啦？这到底为什么？为什么……"

方玉玲躺在炕头哭了三天三夜。守在身旁一刻不离的玉锁说："姐，人是铁饭是钢。你起来吃点东西哇——俺觉见姐夫不是那号人。你该找同科问个明白。"

带着战场上的硝烟味回村的梁同科，已经失去正常人拥有的体能了。他见眼睛红肿、头发蓬松、神情憔悴的方玉玲摇摇晃晃走进屋来，心下就又难过，一时竟不知如何开口。方玉玲晃动了几下身子，手托桌面挪步坐到椅上，目视着同科那条没了腿的空裤筒，干裂的嘴唇嚅动了几下，一肚子话语尚未倾吐泪水就小溪般流淌了下来。

梁同科深知这个打击搁在谁身上都招架不住。他双臂配上那条独腿——三点吃力支撑着身子从炕头挪至炕沿，抖开空裤筒，脸上浮现出极不自然的表情说："嫂子，我也没有想到他会……他会干出那号事来。我知道这件事对你的伤害有多大，可我做不到欺瞒人。"

方玉玲叫了声"同科"抹泪开了口："他到底为什么，为什么要……"随着两肩不随意地收缩——抽抽搭搭哭啼着说不下去了。同科摇了摇头没有回话。玉玲又问："你是咋知道的？"同科双臂托着炕沿欠着屁股挪向窗台，探身望了望窗外，回过头来难为情地说："嫂子，抗日那阵子是俺铁锤哥领着我参军的。后来我俩一直在一块。不论打鬼子还是打蒋匪，每每在战场上遇到危险，他总会拉转我自己上。说句掏心窝的话，我不但拿他当亲哥哥看待，也实在佩服他那机灵果敢的劲儿。比如那回随他去郭家汇买硫黄，望见鬼子在路上查验过路人，我就害了怕，他却返回村买了一担旧水桶，把硫黄装进桶里，掏满大粪，过卡时故意慢慢悠悠走，臭得鬼子汉奸捂着鼻子大骂快滚。还有那回抓他哥铁砧……"

方玉玲唉声叹气说："那些都是以前的事啦。他到底为啥要那样——你是从哪里听来的？"同科说："淮海战役一打响，他不但立了不少战功，还提升了副营长。可后来不知咋的，有好长一段日子没见到他。他也没跟我说要到哪里去。我向别人打听，都说不清楚，反正有了新的副营长。我正为这事纳闷，竟然又见到了他。"瞟一眼窗外接着说，"记得那夜的月是圆的，很明很明。我正在团部大门前站岗，见守备连的十多个人，押着上身穿一件衬衫的铁锤哥和另外三个我们团抓获的敌军特务，推推搡搡出了大门。绳索翻绑着他们的双手，脚上没戴镣铐。我本想喊叫铁锤哥一声，问个究竟。可守备连的人推搡得紧急，样子也很凶，没敢开口。铁锤哥看了我一眼，嘴唇动了动想和我说话的样子，却没作声。"同科干咽一口唾沫，看着专注聆听的方玉玲又说，"不一会儿，听到大门左侧的山沟响起几声清脆的枪声，紧接着又是一阵密集的枪响。我在战场上打仗从没拿枪炮声当回事，可那夜的枪声令人格外揪心，至今想起来都有点儿害怕。那会儿我含着泪水拿定主意：天一亮就往那边沟里去一趟，好在日后……结果天还没亮，我们的部队就开拔啦。"同科眼淌泪水，青鼻涕扯丝拉线般流出，擦一把甩在地上说："后来真的再没见过铁锤哥。我想弄个明白，便私下里向那夜押着他们出营的一个守备连的人打探。那人悄悄跟我说，耿副营长因投敌叛变被抓，与那几个国民党特务一并枪毙啦。"

"同科，你知不知道他为啥要投敌？"方玉玲眼闪泪花不解地问。梁同科擦一把泪水说："嫂子，你问的也是我一直以来想知道的。打那以后，我就暗中打听，还悄悄托了几个相识的'太行兵'帮着打问。有的说他收了敌人的钱财；有的说他去侦察敌人的兵力布防被俘，经不住酷刑折磨；还有的说是他被敌人的女特工拉下了水。"

"女特工？"方玉玲瞪大眼睛敏感地质问。同科红着脸支吾了几声后解释："嫂子，国军确实养着一把子长得好看的女兵。有一次我们部队端掉一个他们的师部，一下子俘虏了四十多个女兵——那身段、眉眼、肤色没的说。听说这些女兵有一部分就是专干勾引我军军官……"方玉玲再也听不下去了。她艰难地站起身子，也没跟同科道别，脖颈顶着无比沉重的头向门口走去。同科脱口喊了声"嫂子"，似乎还有话要说。玉玲手托门框止住脚步，慢慢地转回头问道："你们领到过鞋帮内侧绣着一朵松羔羔花的军鞋没有？"这话问了同科个愣怔。玉玲又说："就是咱村妇女们给解放军做的军鞋——还有，你们领没领到过衣兜内侧绣着岩壁松枝图案的军装？"

梁同科想了想，摇了摇头。

方玉玲喟叹一声正要出门，梁同科独腿弹跳着去拿拐杖的同时又喊叫："嫂子，你且等等，我还有话要说哩。"方玉玲迈出门槛的脚步又收了回来。同科手挂双拐咚咚咚近前几步说："其实，其实铁锤哥心里还是念念不忘你的。"玉玲冷笑一声，转头又往外走。"真的，你且听我说！"同科很是着急的样子。玉玲站于门外，脸朝大门，像是不为铁锤——在给同科面子。同科说："有一天我们部队打了一个大胜仗进驻宿营地，铁锤哥高兴地把我叫到他的住处，一瓶酒分进两个水壶，一边要我喝一边问：想家不？我说：也不怎么想——反正见到你就跟见到家里人一样啦。他神秘一笑，解开军纪扣掏出一尊红线系着的玉石观音坠子，放在手心抚摸着说：你瞧，是你嫂子悄悄装进我包里的。她请观世音菩萨保佑我打完仗平安回家。我说，嫂子真好！他却说，临走那天夜里……他说了半句就摇了摇头自嘲一笑改了口：等打完仗回了家，一定给你嫂子好好赔礼道歉。"玉玲想知道铁锤那夜生气的缘由，便故意问："他给俺道的哪门子歉？"

"他没说。我也不好意思问。"同科挠了挠托拐的胳肢窝刚强地说，"嫂子，咱不提他啦。我都在为你恨他！"

耿铁锤出事，侯大瓦虽没幸灾乐祸，但他的内心还是涌动着一股子酸甜苦涩的怪味。近来他很少去白丽家了，一门心思放在了方玉玲身上。为表诚心，他不顾照管玉玲母子的老太太怎么想，冲着炕头躺卧的玉玲展开猛烈而无可阻挡的攻势："我侯大瓦参加游击队、进城当汉奸、回村做会长、擒拿王计小、请水主任救急，全是为了你……"他见玉玲不耐烦地把脸扭回了炕角头，又双膝跪地发誓……

蒙松雨下了几天，总没放晴的意思。仍然戴着那副破近视镜的柴祉冒雨来了方玉玲家。他前额那道棒打的疤痕经雨水淋湿显得格外光亮扎眼，使头晕目眩扎挣着半坐半躺的方玉玲如芒刺背般不安。作为女人，方玉玲敏感地意识到柴祉到来的意图跟大瓦没什么两样——此前那种对柴祉有别于大瓦的印象轰然崩塌。于是她由不得瞟视窗台搁着的剪子，转脸目视窗外，沉默如铁。

柴祉进屋垂立良久一言不发，犹如上错门发愣的陌生人。老太太为苦命的女儿飞来横祸、为光耀门庭的女婿走了人不走的邪路又抹了一把老泪，拉起小锤顺着隔墙过道去了厨房。方玉玲好恨这些看似相貌堂堂心底却丑陋卑劣的男人。她至此都认为耿铁锤不是他们这类人。在她看来，铁锤被国军的女兵拉下水是自己身上起的由头：铁锤回家仅仅住了两夜，自己不该为了小锤那么绝情地拒绝男人对妻子的所求；也不该在铁锤归队的头天夜里赌气不睬不理。男人看似英勇强悍，也有脆弱的一面，有时更需要女人的温润和体贴。他最后的这次回家，自己要是如意地给予女人应给丈夫的情感，或许他不会走那条邪路。玉玲这几天一直在懊悔自己的无知，只恨时间不能倒回到那一夜，重新为铁锤做一回温柔可心的妻子。

柴祉抬手推一下镜框慢腾腾说："玉玲，一般来说，咱解放军的烈士是在一场战争结束后，部队通知其家乡的政府发给家属烈士证，然后纳入烈属给予优抚的。小四他们牺牲后的手续，就是这样子办哩。"方玉玲不明白柴祉这番没头没尾的话是什么意思，虽没回头，但在用心听。柴祉接着说："同样，投敌叛变的军人被抓捕枪毙也好，判刑坐牢也罢，战争结束后也会通知其原籍的政府、村庄和家属的。我的意思是说，你现在还不能相信，也不能承认同科带回来的话是真的。"

方玉玲转回昏沉的头，眼含憎恨的泪光，手压喘着粗气起伏异常的胸脯说："我问过同科，那天夜里同科正在门口站岗，亲眼见有人把他推搡出大门，押进沟里枪毙啦。不会错的。"

柴祉垂头想了想，还是坚持自己的推断："军队和政府做事，是有头有绪、有始有终的。在民政科没有下达通知之前，谁的话都不足为凭。"说着又投来关切的目光，"你该打起精神带着娃儿好好过日子，等待实信儿。上头若没正式文书，就不能轻信这件事。这是我反反复复琢磨出的结论。要不然，我的日记……"柴祉把后半句话咽回了肚子里。

方玉玲听到"日记"二字，觉得有些莫名其妙。

二十三

大病一场的方玉玲经过老太太一个多月的劝解开导，服药调理，终于从炕头下了地。老人家松了口气，回东庄接替巧凤妈——照管巧凤母女去了。

身子愈闲心愈烦。方玉玲又想去缝纫厂上班了，毕竟那里能用得着自己。为避免女工们憎恶厌恨，她仍然把小锤放在三斗瓮里。

方玉玲迈着沉重的脚步垂头走进缝纫厂，立刻招来一道道别样的目光。白丽摆出高高在上的架势抬手一指喝道："滚出去！这是解放军穿的衣服，你这叛徒的老婆没有做军装的资格！"方玉玲本知此来上班不会轻易坐到缝纫机前。她像做了错事的孩童般僵在那里，任凭白丽数黄瓜点倭瓜地数落："人常说，女人不为贵，危身祸族害三辈。这话一点儿都不假。好端端一个男人，被你这地主富农的千金小姐、为鬼子抱养崽儿的坏女人调教成了叛徒，还有脸在世上活哩！要是俺，早就拿二两棉花垫在石头上碰死啦。"骂声引发众女工的啧啧声："就是嘛。好多军烈属都进不了缝纫厂，叛徒的老婆凭啥……"方玉玲含泪目视拉弟，渴望其说句公道话。拉弟也可怜玉玲，但又处于两难。在拉弟看来，耿铁锤的叛变虽说不是玉玲的过错，可小玲被狼吃掉，玉玲收养小鬼子，都会给铁锤心头造成伤害。她本想收下灾祸劈头苦难缠身的玉玲——毕竟缝纫厂干活能挣几个补助，却被众女工随着白丽群起而攻之的情势所动摇。她想：玉玲要不收养小鬼子，自己或许会……她转头避开玉玲那满含万般委屈和殷殷期盼的目光，吩咐白丽快快干活，不要耽误时间。白丽白了方玉玲一眼，带着尖酸刻薄的声调喝令："大伙快干哇。她猪嫌狗不爱的，不值得咱搭理！"一时间，缝纫机的轧轧声和剪子裁布声又响动起来。方玉玲犹如晒在沙滩上的鱼——走不得在不得，比千刀万剐还难受。她两眼汪泪大一步小一步深一脚浅一脚离开缝纫厂，临进自家大门又看了一眼门楣上那个挂牌子的地方，心如锥刺，愤然吼问："铁锤，你为啥要叛变？！"这时，她的耳边似乎听到了梁同科所说的那几声清脆的枪声，眼前又看到了村人为铁锤叛变的惊叹、惋惜和唾骂。方才白丽的挖苦、拉弟的冷漠、众女工毫无顾忌的嘈喷一幕幕涌上心头。她成了苦风凄雨中直立的一个箭垛，任人发射。人活到这地步还有什么意思呢！万重艰难一死了——唯有死去才是当下该走的路，去阴曹地府找见铁锤问他个明白！

　　方玉玲拿定主意走进大门，随手关门上闩，从门垛墙楔上提了一条绳索进屋，见小锤身蹲瓮底脸朝瓮口睡了，手里还握着半块窝窝头。她两眼滚动着酸涩的泪水看着小锤心下说：妈的好娃儿，妈妈实实不能在这个世上活人啦。妈死后俺娃也会死在瓮里的。这个世上连妈都容不下了，何况你呢！你就随妈走哇。一家子到了那边如果真能见面，即便你爹和你姐不喜欢你，妈也会要你的。方玉玲凝视着小锤，似乎想把其形貌永远铭刻心底，视线却被涌流的泪水模糊了。她很想再摸一把那个顶着瓦片发型的小脑袋，亲一口那张小脸蛋，又怕惊醒他。方玉玲擦一把泪水，上牙咬着下唇挪开目光，拿起镶着木柄的烧火铁叉挑着绳头搭过房梁，摆好木凳踩踏上去。她听人说，悬梁的死法很难挨，有的人蹬掉凳子便开始后悔——双手抓绳挣扎着想改变初衷。为做到一步迈出再无反悔，方玉玲把绳索绾成套中套，受力之后越拉越紧，永无更改。她往绳套里伸头时，眼前突然出现了自己的玉观音，出现了和拉弟偷戏的那一夜，出现了进城打腰鼓夺彩的那一天，出现了父亲送自己的那份抗日陪嫁，出现了穿上嫁衣时铁锤的喜悦……最后还是把无法走进缝纫厂的那一幕定格在了眼前。她脚踏木凳，手抓绳索，只想再看小锤一眼——最后一眼。她头一扭，手里的绳索晃悠了一下，身子失去平衡，咣当一声凳倒人落摔将下来。小锤被惊醒，两手扒着瓮边站起来喊了声"妈——"兴奋地双脚起跳欢声高叫："妈妈，宝贝饿啦，宝贝饿啦……"

　　小锤的喊声令方玉玲心碎。她爬起身子含泪走到瓮前，摸着小锤的瓦片头想：妈临死前，咋说也得给俺娃吃一顿饱饭。她揩泪抱出小锤，拉着他走进厨房，打扫出罐子里仅剩的一点点白面，给小锤做了柳叶条。小锤见妈一边喂自己饭，一边流泪，便说："妈妈不哭，不哭。谁哭谁是赖孩子。"方玉玲苦笑一声抹泪问：

"宝贝，这饭好吃不？"

"好吃，好吃。"小锤手拉项上的黄围脖连连称好，"妈妈天天给宝贝吃这饭。"

"宝贝——妈的好娃儿，吃了这顿……"方玉玲再也说不下去了，抱住小锤抽噎起来。小锤见妈哭得伤心，以为妈也饿了，伸手抓起小勺舀了饭说："妈吃，妈吃。宝贝喂妈吃。宝贝长大挣下钱，给妈妈买好多好多白面吃。"两眼含泪迫切要妈吃饭的小锤，令方玉玲刹那间改变了主意——不能死去，得为小锤活着！自己死去不要紧，让这个无辜的小生命随了去，到了阴府阎王爷也不会饶恕的。

被命运无情地推到夹缝中间——活不舒坦死不心甘的方玉玲，静下心来想了良久，觉得今生今世再也没了精精彩彩活人的奢望，但也得埋头拼命尽死力拉扯大小锤，争一口顺气——回不了缝纫厂，做军鞋照样是支前。尽管自己无论为支前做多少事都无法弥补丈夫犯下的罪过，可至少能说明自己不是个一文不值的窝囊废。

命似黄连的人常常会遭遇雪上加霜。方玉玲的三亩二分地，村干部再也不会派人代耕了，但她相信自己这双手——没牛没犁耙，就用镢头刨；没人帮衬下种，就刨一镢种一粒种子……太阳给予大地的温暖是公平的，不会因为地里的种子是苦命人所种而不发芽、不长叶、不伸茎、不秀穗。

树活一张皮，人活一口气。方玉玲在上地之余只干一件事——做军鞋。有时她也为自己的当下捕捉到些许安慰：虽说回不了缝纫厂，倒是从三斗瓮里解放出了俺家小锤。这些日子她几乎奔波于地头和家里两点一线之间，尽管身子疲倦困乏，晚上躺下总失眠，曾与铁锤对唱的那几首民歌在脑海里不住地缭绕。于是，她索性起身点燃松明，含泪轻哼着民歌做军鞋。她在鞋帮内侧仍然绣着象征龙岩岭的图案。她明知铁锤再也不会见到这个图案了，但还是不肯把它拉下。夜很静，很静，摇曳的松明越到深夜越发给屋内增添无尽的孤寂和凄凉。她往鞋帮内侧绣图案时，一遍遍自问：你绣它想给谁看呢？后来她找到了看图案的人——仍然在前线打仗的龙岩村的后生们。他们只要领到这鞋，无须动脑筋就会知道它的出处，也会想起抗战时期的龙岩岭游击队，进而会想到那个有智有勇有胆有谋的耿铁锤……她的思绪每当至此，泪水便不住地滚落，同时也感觉出民政科来村宣布那个可耻的"实信儿"的时候快要到了。

今日方玉玲又把小锤放进三斗瓮，背了近来做好的一大筐军鞋走进缝纫厂找拉弟交付。视她为眼中钉肉中刺的白丽，一碰面便开口大骂："死不要脸的东西又来做啥！"见她背来一筐军鞋，益发气不打一处来，"解放军不要你这叛徒的老婆做的鞋。实在没处打发，就从壁顶倒下龙泉谷——敢保野猪野狗都不闻！"

"这是俺的一份心意。"方玉玲瞥一眼拉弟开了口。白丽恶声狠骂："你这狼心狗肺，解放军不喜见！"方玉玲质问："你又不是解放军，你咋知道解放军不喜见？"白丽嘴一撇冷笑一声说："呀——你这叛徒的老婆、地主富农家的妮子，要造反了不是？你撒泡臊尿照照你那熊样，还是以前的一朵儿花吗？"方玉玲被噎得满面紫胀嘴唇微颤"你"了一声住了口。仍然不肯罢休的白丽得意地一仰脸益发要开了威风："我咋！难道不比你强？不要看那时耿铁锤被你这狐狸精迷得神魂颠倒，叫我说呀，他是个瞎得一胳膊深的瞎货！像你这天生克夫的扫把星，谁娶谁遭殃，谁挨谁倒运……"

方玉玲不是善茬儿，但她知道白丽是个斗嘴狂，跟邻居翻了脸能不住气咒骂三天。她没再搭理白丽，又瞥了拉弟一眼，把鞋放进那个经常堆放军鞋的大筐篓转身便走。

白丽箭步上前，本想抱起筐来随着方玉玲倒出门去，可装了鞋的筐篓太沉没抱动。她撑开大围腰捡拾了一包，紧赶几步追至大门，一松手扬了满街："你显摆啥哩！黄鼠狼给鸡拜年——没安好心。"斗气正盛的白丽见方玉玲没听到似的头也没回，哈腰捡鞋狠狠抛去，恰好砸在方玉玲的腿上，且扯开嗓子拣难听的吼叫："你这没皮没脸的骚货！见个汉子就勾引，见个长屌的就爱见。好端端男人被你调教成叛徒……"军鞋一般会按大中小号配对缝连在一起。白丽这么一折腾，不但相连的线绳被折断，鞋也滚了个土灰。腿上挨了鞋打的方玉玲，被这不堪入耳的谩骂急疯气怒了，猛地转身回头喝问："俺勾引谁啦？调教谁啦？你还叫不叫人活啦……"一下子扑到白丽面前与其扭打在一起。白丽嘴里骂着脏话，双手狠抓方玉玲的头发，恨不得一把薅光揪尽。方玉玲忍痛狠挠白丽的腋下，既痒又难受的白丽立时松了手。方玉玲趁势抱住其小腿一拉，白丽仰面朝天摔倒在地，被方玉玲骑在身上无力还击。白丽自觉吃了大亏，一边拼命挣扎，一边大声喊叫："了不得啦——叛徒的老婆要糟害人命啦——快来人呀……"缝纫厂的女工和街道上的人们闻声赶来，见二人两虎争霸般厮打，竟不知如何是好。

与方玉玲旧情难却的侯拉弟，其实只恨玉玲收养小鬼子。她跑出大门见军鞋滚了满街，二人打得难解难分，便上前喝道："住手！你俩这是咋啦！"打架盼人拉。二人真的停下了打斗。白丽土猴似的爬起来，紧走几步靠近拉弟，正要再度大骂，却被拉弟狠声质问："谁给你拒绝方玉玲拥军支前的权力啦？"白丽辩道："她是叛徒的老婆，小鬼子的奶娘，财主家的妮子，解放军不穿她做的鞋！"拉弟怒斥："她曾给八路军做过好多鞋，没见退回来几双。她有一双巧手，有一颗支前的好心肠，你为啥要这样子对她？！"白丽被训得不敢吱声了。拉弟狠跺一脚，指着滚落街上的军鞋说："小白梨，你给我捡起来打扫干净，收拾回筐里去！"

白丽不敢违逆，白一眼方玉玲，一边捡鞋一边小声骂道："小寡妇，憋得慌就寻野汉子发泄去，不要把浪劲出在姑奶奶身上！"

墙倒众人推，鼓破乱人擂。自打铁锤出事，方玉玲感觉村人跟自己有了难以消除的隔阂。

她带着小锤砍柴、挑水，或上地干活途经街场，人们那仇视的目光压得她不敢抬头。她每每看到女人们聚在一起挤眉弄眼飞短流长，就像兔子见了老鹰，只想快快找个藏身处钻去。她习惯于诸事从自身找缘由：也许是自己心虚哩。直到有一天上地回来，见大门锁着的条笼形铁锁被木签塞了锁眼，她才明白村人对自己的憎恨程度有多深。她抱石砸开那把老锁之后，出门索性不再锁钥，只用木楔贯上门扇链扣，拦住猪狗的蹄腿。没隔几日，她家厨房的锅碗瓢盆不翼而飞，连筷子都没留下一双。她以为"贼王爷"趁家里没人下了手，不料在茅坑发现了所有丢失的东西——有人故意糟蹋作践。她含泪背起小锤，去东庄妈妈家吃过饭，带回来几件灶具，又托人从县城买来一把大门锁。

这天午时，方玉玲在自家大门前手拿钥匙却开不了门，细看，锁眼刺满了松针。她悲伤的泪水顷刻间涌出：招谁惹谁啦，为啥这样子欺负人？小锤见妈流泪，也随之哭起来。玉玲抱起石头又要砸锁，恰好罗小三挎着药匣子经过："丢了钥匙啦？"他听了玉玲的哭诉，打开药匣取出镊子，拔掉了锁眼里的松针。

方玉玲以为，这勾当非有世仇陈怨所不能为。她想不出谁对自己有这么大怨恨，也不知如何做人才能避免这些烦心事发生，更不知这些苦处向谁人倾诉。她坚信这一切不会太久，默然交给时间总能得到解决。然而，临头的灾难有时是躲不过闪不转的。

这天下午，太阳无情地收起最后一道金线，天色渐渐暗了下来。方玉玲身背小锤手提锄头收工回家，见自家大门的门板上甩满了稀牛粪，链扣处和铁锁上堆积起老高。房舍宅院是人类最重要的生存天地。方玉玲眼睁睁看着自己的这块天地像有人围堵了没留门洞的城墙，心头的痛苦是外人所不能理解的。她眼噙泪水瞅了一眼曾悬挂"光荣"牌子的门楣，含着此生此世再也无法步入自家院子的忧伤和留恋，背着小锤拖着好似绑了沙袋的腿脚向东庄走去。

方玉锁这处被人分了去又返还的房子，是当年上院最小的一处家。玉锁单盖这两间只为救急。他在盖房时还豪壮地跟妈说，等渡过难关积蓄几年攒些钱粮，再把上院下院气气派派盖起来，重振家业，光宗耀祖。现在看来，这话已成妄想。为居住方便，玉锁顺着房梁打了隔墙，一间做了他们小两口的卧室，一间做了老太太的住处，又在屋檐前搭个简易棚子做厨房。

玉玲背着小锤走进妈的屋里，凭借松明见弟弟在凳子上吃饭，弟媳在炕沿奶娃。老太太听了玉玲的哭诉说："树挪死，人挪活。这里有妈、有玉锁，东庄没人拦挡咱回娘家。"巧凤听了这话愁眉双锁，心里好不是滋味。

侯拉弟离开缝纫厂坐月子的那段日子，跟巧凤远日无仇近日无怨的白丽不但成天指桑骂槐寻碴儿找事，而且趁巧凤害喜呕吐毫不留情地撵她"回家养娃"。深居简出，性情温和，从不与人口角争执的巧凤只好含泪而去。她坐罢月子，便要婆婆照看娃，自己想再上班——补助虽少，为家里添不了斤能添两。已经回厂管事的拉弟念方侯两家昔日的情分，又留下了巧凤。但白丽仍然以"替奶着娃的拉弟操心"为由，不肯放手厂里的事，加之女工们为了当初的工资"分配"怀恨方玉玲——石墩打了铧在蒿疙瘩上报怨，常常随着白丽孤立欺压巧凤，使巧凤有屈无处申，有苦无处诉。

拉着坹针，草动弹。耿铁锤出事后，婆婆到大庄照顾玉玲母子，巧凤怕间断了工作，便从康家洼接来母亲照料娃。她在缝纫厂虽说少言寡语，安分随事，活计干得干练利落无可挑剔，可还是没有逃脱大姑子的株连——白丽故意找碴儿又把她开了。她没胆量跟白丽辩理，也没勇气找拉弟说情。被开的那天，她跑回家趴在炕头整整哭了大半天，急得她妈拧着小脚直转圈，最后还是"急断娃的奶水咋办"的话起了作用。

不善言辞的康巧凤见丈夫被枪毙、身边带着个小鬼子的大姑子要长期住下了，这不但会使这个本就贫穷的家庭承载少吃没住的压力，还得经受村人那种令人难以忍受但又不得不忍受的嘲讽和唾骂。她瞥一眼玉锁，抱着女儿回隔壁屋里搬"泪大王"去了。

玉锁左右为难：一头是没了丈夫，被大庄人欺负得活不下去的姐姐，一头是父亲舍出一命，要她嫁给自己的妻子。玉锁安慰了姐姐几句，便随回屋来轻声说："姐一个人带着娃儿过日子不容易。咱总不能把婆家遭难回了娘家的姐姐推出门哇。"巧凤拭泪说："俺不是那个意思。眼下俺本就不敢出门见人，生怕人戳着脊梁骨骂难听话。这又加了个……没米没面没住处，这日月咋过！"玉锁大张着嘴巴说不出话来，一个男人的尊严就这样无奈地坍塌了。

站立窗外的老太太听了玉锁两口子的话，回屋长叹一声说："玉玲呀，巧凤跟上咱玉锁也不容易。一过门就赶上土改，面没一升，米没一把，要没后场那个场房，还得在街头圪蹴呢。"老太太老泪横流，拉了拉小锤的黄布围脖，"人常说，老天爷还有个三灾六难哩，车到山前咱得寻出路呀！玉玲，妈晓得俺娃是个懂事理的人，明知铁锤没啦，这样子熬下去啥时是个头儿呢？叫妈说，还是找个合适户改嫁哇。"

玉玲泪水洗面，垂头不语。

老太太又说："俺见大瓦对你实心。老善人在世时，就暗地里找人掐过你俩的八字，说是挺合的。可你硬是跟了铁锤。听说大瓦至今没找对象，也是为了你……土改那天，多亏大瓦叫来水主任。人家的这份恩情，咱啥时都不能忘呀。大瓦独住着一个院子，那可是要啥有啥的光景。"玉玲抹一把泪说："你说些什么呀妈！柴祉也是兄弟俩住着一个大院子，也是要啥有啥不差啥的光景。"老太太知道拗不过女儿，轻叹一声埋怨："铁锤也真是的，为除汉奸连亲哥哥都……老话常说，菜不菜得扎住篮——咋就做下了那号傻事呢！"

玉玲的主意既坚定又单纯。她沉思片刻问道："妈，下院还算不算咱家的地盘？"

"下院除了东房那两间歪檩斜椽支撑着没倒塌下来，下剩的全是些破砖烂瓦啦，咋住？"老太太望一眼颓垣断壁的下院，"虽说玉锁好在东房放些犁耧耙耱，可墙也歪啦，顶也陷啦，里外没一把泥皮。有天俺见一条长虫从门口窜了出来……"玉玲一听这话，登时想起小锤被拉弟扔上岭的情形，身子不由打了个冷战。她手摸小锤的瓦片头，凝神静思一阵说："妈，俺觉着上院这两间房子你跟咱家玉锁住也不算宽绰。要不咱在下院再盖两间哇？咱们住到一起，也不碍你帮衬巧凤照看娃儿的事。"老太太倒抽一口气说："好俺的闺女哩，自古人说，一年修盖三年安排。盖房子可不是娃们过家家——说着玩的。妈手头的那点私房钱土改时全都交啦，这会儿连一个铜子都没啦，拿啥修盖？"

玉玲摸一把愁容笑笑说："下院的那些旧石头烂砖头，咋说也能拼凑两间房的起墙材料。岭上不缺木头，也不缺盖顶的石板。我去找味叔问一声，俺姐弟俩上岭砍些木头，揭些石板回来，就能把房子盖起来。只要有个窝巢，俺和小锤跟咱家玉锁，就是各家门另家户啦。至于吃喝，玉锁帮俺种好那三亩二分地，还愁养不活小锤！"

赞同姐姐盖房子的方玉锁不敢擅自占用下院那块宅基地。他找到东庄时下的头面人侯林询问，侯林也不敢做这个主。

侯林与侯大瓦是亲门近族的叔侄关系。侯大瓦听说玉玲想在下院盖房子，心下甚是欢喜，忙给侯林出点子："林叔，咱俩一块找'味大拿'去。那块地方本就闲着，让玉玲盖个房子又不碍别人什么事！"

叔侄二人从大庄回到东庄便直奔玉锁家，说是下院"能盖"。次日，玉玲姐弟便动手拆除破房整垛砖石。大瓦、侯林在东庄凑了二十多个劳力前来助工，柴祉也带着弟弟柴煦入伙帮忙。冯柱国向拉弟吞吞吐吐探口风："去给玉玲助工合不合适？"正在奶娃的拉弟骂道："放你娘的臭屁！你看玉玲还能在大庄圪蹴吗？不盖处房子去哪里钻！"柱国憨笑一声，带着锯斧镟凿，叫了罗小三等人去了东庄。

众人拾柴火焰高。没几天工夫，玉玲就在下院正房的房基上盖起来两间石板房。入住那天，高兴得小锤又是喊叫又是跳跃。

而大庄那处方玉玲住不下去的家，被耿铁锤的三服堂叔耿五全撬锁入门，住了进去。

卷三　瘦翼裹寒雏

二十四

1949 年金秋，龙岩岭五谷飘香秋景迷人之际，传来了"中华人民共和国成立"的喜讯。县里为庆贺这一激动人心的大喜事，组织民众走上街头搞了三天大集会大游行大联欢。龙岩村的腰鼓队参加了这个活动，队列里却没有方玉玲。

这三天，方玉玲几乎什么都没做。她提镰带斧爬上岭去，静静地坐在当年和铁锤一块坐的那棵老松枝杈上，默默回忆往事，悄悄流泪。她透过枝叶缝隙仰望蔚蓝的天空，心下不住地呼问：铁锤，抗战那会儿那么艰苦那么可怕你都没二心，到了全国快要解放的时候，你咋走了邪路呢？你真的是被国军的美女……每当玉玲两手空空回家，老太太总拿疑惑不解的目光看她，但没询问。

庆罢"建国"，方玉玲无奈地一天天地等待着那个无法面对的"实信儿"的到来。她相信柴祉的话，打完仗，部队对有功之人或有过之人会有分晓的。当了叛徒的铁锤是被部队枪毙的人，部队会把文书下到县里，然后由民政科和区公所的干部一同来村当众宣布的，就好比那块一直以来引以为荣的"光荣"牌子，不是随意就能悬挂在门楣上的——荣与辱全都系在铁锤身上。方玉玲这样想着，试图又盘思如何逃避：上头的干部前来宣布这件可耻的事时，能不能躲藏起来不听呢？这恐怕是妄想。

近来，方玉玲终日生活在心慌意乱的等待之中。地里干活由不得转头眺望村那边的小道，耳边好像听到有人在呐喊她回村；做饭做家务也会时不时张望窗外，老是听到街上有人在呼叫她的名字。她明知柱国把佛钟架吊着的那口铁铧敲破声音也传不到东庄，可动不动就听到了敲铧声……她又想到了死——死亡对于灾难深重的人不是森然的恐惧，而是一种解脱和归宿。眼下只有一死，才能真正躲过那无比耻辱的时刻。但她看着刚满四岁的小锤，看着一年老似一年的母亲，又扪心自问：虽说自己的性命就像一株长在地边的蒿草，那也不能自私地离他们而去呀！

老太太见女儿坐卧不安便开了口："俺见今年的庄稼颗粒饱、穗头大，长得挺好哩，过几天就能开镰啦，来年的日子会好起来的，你咋……"玉玲心头的苦楚不肯让妈知道，只好搪塞几句忙去做事。

方玉玲再也耐不住劲了，怀揣忧伤来到大庄，走进祠堂——如今的小学校园，想求当了教师的柴祉解释心头的谜团。

鬼子投降后，县教育科的干部和区公所的教育助理员，曾几次来龙岩村催促办学之事。可烧毁的祠堂一时盖不起来，教室问题无法解决。一天，柴祉听说为这事又来做工作的县区干部不悦而去，便找到耿味全说："办学是件大事。娃们的学业就跟刚出土的庄稼一样，肥水跟不上误过节令，就无法补救啦。我家的大北房能将就着做教室……"耿味全听了很受感动，沉思片刻说："一个是重修祠堂办学校，一个是加宽东岩盘进出骡马大车，这是我一直想干的两件大事。"习惯地抹了把麻脸，"反正村里办学也是民办，你又是咱村最有文化的人，大家伙帮你种地，你就在你家给娃们上课哇。"就这样，柴祉便着手凑课桌招学生，给孩子们上开了课，成了山泱解放后龙岩小学的第一任教师。祠堂重建工程竣工，学校就又搬进了祠堂。

与以前一样，宽敞的祠堂正屋仍做教室，东厢房做教师办公室，西厢房则堆放着过红白事所需的轿子、棺罩之类的东西。方玉玲步入大门，见院阔房新，整洁有致；孩子们天真稚气的读书声飞出教室，不由勾起童年的往事，眼前又浮现出读书时的铁锤……学生下课那活蹦乱跳欢呼雀跃的声响，打断了方玉玲的回忆。

走出教室的柴祉朝她笑问："咋在这里流泪呢？"玉玲擦一把泪水抬头看去，只见柴祉换了一副文雅得体的黑框近视镜，方正的脸上含着充实的微笑，宽阔的额头上那道伤疤，好似钻入皮层永不掉落的蜻蜓翅膀，使她一入眼帘就心酸不已。

方玉玲被柴祉让进教师办公室。她见桌子上摆放的书本纸笔整齐有序，柴老先生当年用过的那个古色古香的雕花青檀茶盒也在桌上。柴祉见玉玲盯视木盒，便笑道："爷爷在世时常说，只有为人师表，才能为人先生。现在想来这话确实有道理。比如上课前用茶水漱口，不但能祛除口中气味，而且讲起课来口舌清爽。"玉玲抿嘴一笑说："这可真叫孙承祖业啦——柴先生在你身上没白费苦心。"柴祉难为情地笑了。玉玲接着便说了来意。柴祉沉思一阵回道："你说得对，按说是该了结这些事啦。只是不知铁锤所在的部队……这会儿仍有好多地方没有解放——还在打仗。"

"还在打仗？"玉玲惊讶地问了一声。柴祉推一下镜框说："虽然十月一日中华人民共和国成立了，可眼下国民党还占据着重庆、成都等地。解放军的大部队正向那里挺进。我想，这时部队有好多事来不及具细处理。不过至迟全国解放后一年半载，就应该有个说法啦。"

玉玲又问："你说铁锤真的当叛徒被枪毙了吗？这件事俺怎么也想不通。"说着鼻腔发酸又流下泪来。柴祉说："我也一直在思考这件事，至今没个合情合理的答案。心里总觉见……"说到这里目视玉玲手推镜框笑了笑，又认真地说："玉玲，说一千道一万，接不到政府的通知，谁的话都不能相信。"瞟一眼桌子上的马蹄表接着说，"也就是说，铁锤在部队出事与否，除了政府谁都无权下结论。单凭同科几句话——夜不观色，万一他看错了人，或者还有别的什么原因呢？"

玉玲点头而去。

一方水土养一方人。小锤跟太行山农村的大多数孩娃一样，端着草钵钵吃着粗茶淡饭一天天往大里长。这草钵钵是薄软柔嫩的玉茭苞叶拧成细绳缝制而成的碗，娃端这碗吃饭既不滑又不烫，即便摔倒也不会打破割伤手脸。

侯大瓦用高粱秆皮编成的风葫芦玩具是小锤的最爱。这天，小锤端着草钵钵吃饭时突然抬头奇怪地问："妈，明明我叫小锤，咋有人喊我小鬼子呢？还夺走我的风葫芦踩坏。"玉玲摸一把娃的头说："俺娃的名字叫小锤。有人要是喊小

154

鬼子，你就不要理他。"小锤又问："小鬼子是谁？"玉玲答道："小鬼子是坏人。"小锤追问不休："小鬼子干啥坏事啦？"玉玲说："杀人，放火，什么坏事都干——咱不说这些啦，快吃饭哇。"小锤却想了想又说："妈，我没杀人，也没放火，为啥他们叫我小鬼子，有时还要拉着我的围脖当驴牵？"玉玲嗟叹一声，转了个弯说："那是俺娃听错啦，或者是他们叫错啦。俺娃以后不要给那些喊错你名字，或拿你当驴牵的娃们玩啦。"小锤兴奋地说："妈，秋生前天打我那一拳时喊错过一回，被他爹骂了几句后再没错过。我以后就跟秋生玩哇。"玉玲心下甚是敬佩教子有方的侯林，便笑一声问道："秋生打俺娃，俺娃是不是也打他啦？"小锤摇了摇头。玉玲故意说："俺娃为啥不还手呢？"小锤笑了一声回道："俺俩成天在一起玩，要是他打我一拳，我也打他一拳；他再打我一拳，我再打他一拳，这样子一拳一拳地打下去，打到天黑咋办？"

一天，方玉玲上地回家，见小锤正在抓弄玩耍脸盆里游动的几条蝌蚪，便笑着说："呀——好煞啦！咱家的脸盆生出小蝌蚪来啦。"小锤笑道："妈，它们是我从小河里抓来的。"玉玲陪着小锤边看边说："瞧它们多可爱——不知它们来到咱家想不想自己的妈妈。"小锤看着蝌蚪沉思一阵，又看了妈一眼，脸上流露出难过的样子说："妈，我这就把它们送回家哇。"言罢，端起脸盆朝小河走去。

这年夏天村小学招生，方玉玲从小锤脖颈上摘下围脖，放进藏着小玲那个小铜锁的瓦罐里，送已经八岁的小锤去学校上学。小锤见学校里的小朋友好多好多，甚是高兴。

龙岩小学是复式班。由于孩子们入学迟早不一，吸收知识的快慢不同，加之好多家长农忙时叫了去，农闲又送来，不用说不同年级之间了，就同年级的学生，年龄都相差好几岁。课余，小锤好想跟同学们玩耍呀！而比他大的同学，尤其男生，时不时地喊叫他小鬼子。他讨厌那些常常叫错自己名字的人，便按妈的话纠正："我叫小锤。杀人放火才是小鬼子呢。"这话不但没起作用，反倒招来好多张嘴巴连声呼喊。

同学当中，小锤最害怕罗胜荣。一来他年龄大个头高，又是班干部；二来他的身后经常跟随着一帮人，一出校门便抱团结伙，耀武扬威。小锤受了胜荣的窝囊气不敢回家说，怕妈埋怨不团结同学，不用心念书，只知惹是生非。

然而，怀揣童心的小锤无法抗拒和小伙伴玩耍的诱惑。他见比自己小的同学不喊"小鬼子",且乐意跟自己玩,便和他们凑到了一起。胜荣的妹妹燕荣便是其中的一个。

有时候同学们会奇怪地问小锤:"你咋没爹呢?你爹哪儿去啦?"小锤见他们问的是妈妈不让提的问题,便拿同学们常说的那句话搪塞:"你问我,我问谁?我问石头不张嘴。"

区公所更名为乡(镇)人民政府的同时,县里的民政、教育等科室也就更名为"局"了。随着上级对基层教育的重视和投入,县教育局在各乡镇设立了联合学区,并委派一名联合校长负责教育管理工作。随之,龙岩小学的教师由一名增加到了三名。

"六一"儿童节前夕,学校组织腰鼓队、秧歌队排练节目,能选入队里是每个孩子的心愿。中午小锤吃饭,手里端着碗眼睛却呆呆地望着门外想心事。玉玲摸了摸娃的额头不像感冒,便问:"俺娃咋不吃饭呢?"小锤哇一声哭了。玉玲越发纳闷,老太太忙从厨房赶来问因由。小锤边哭边说:"我的考试成绩不比别人差,老师说啥听啥,可学校的腰鼓队、秧歌队就是不要我。"玉玲笑道:"打腰鼓要的是手脚灵敏,秧歌队要的是会唱会跳。俺娃觉见哪样行?"

"我都行。"小锤袖子擦了把泪水说,"燕荣说我唱的歌比谁都好听。他们那些跳舞动作我也能做来。"说着放下碗筷哼着歌儿手舞足蹈跳起来。玉玲微笑着夸奖:"原来俺娃又会唱又会跳的,老师最喜欢这样的孩子。俺娃快吃,吃饱饭到了学校好好念书等信儿——妈和老师说去。"小锤高兴地大口大口吃起来。

方玉玲来到学校跟柴祉说了小锤的想头。柴祉慢腾腾说:"腰鼓队请了拉弟做教练,恐怕难成;秧歌是贺老师教的,或许行。"

次日下午放学,小锤蹦蹦跳跳跑回家高喊:"妈,我进秧歌队啦!贺老师夸我嗓子好,要我和燕荣合唱《报党恩》哩。"说着,收起笑容不解地问:"妈,咋腰鼓队不要我呢?我在燕荣她妈面前……"方玉玲沉下脸来喝斥:"叫姨哩!"小锤缩脖吐舌慌忙改口:"叫姨,叫姨。我在俺姨面前做了几个打鼓动作,想叫俺姨收下我,可……"方玉玲知道拉弟不会收小锤,笑一声问道:"俺娃想学打腰鼓吗?"

"想学,想学!可俺姨总用那种……"小锤仿做了一个仇视的眼神说,"我每回看见俺姨那眼睛就害怕。"

方玉玲给小锤说了几句"俺娃要谅解你姨的难处"等话，然后应承："只要俺娃肯吃苦，改日妈教你。"

"妈，你会打腰鼓吗？"小锤瞪大眼睛问。方玉玲站在地上拉起架势，口里轻轻喊着口令，一招一式比画起来。小锤见妈的动作跟同学们学的套路一模一样，拍着双手呼唤："妈，你快教我哇。我只要学会，俺姨肯定会要我的。"

此后一段日子，小锤放学回家做完作业，便求妈教打鼓。由于没鼓可打，方玉玲一时又想不出借鼓的去处，只好明日复明日地后拖。她见实在拖不下去了，便找来两个半截腰鼓大的空瓷盆，把废书报泡搅的纸浆拍打在盆上，晒干脱出坯来，用纳底绳口对口缝合在一起，红纸裱了腔，墨汁画出鼓钉，乍看，跟腰鼓没啥区别，只是敲不出鼓声来。

小锤见自制的"鼓"成了，便按妈的要求回家先完成好作业，然后跟着妈学打鼓。经过一段日子的苦练，小锤的马步倒翻、踢脚单点等高难度动作，比学校腰鼓队的同学还学得到位。

下午两节课刚罢，腰鼓队的同学便做开了练鼓准备。小锤想打几下真鼓过过瘾，便凑上前说："你们练的套路俺也会。"同学们知他不是腰鼓队的人，便骂他吹牛。"不信，俺打几下子叫你们看看。"小锤这话被刚走来的胜荣接了口："小鬼子，你要打不来，乖乖学乌龟爬？"小锤见胜荣、小六等逼了过来，后退几步不敢吭声了。知道小锤在家里练过打鼓的燕荣给小锤壮胆："哥，如果小锤能打来，你们谁钻裤裆——学乌龟爬？"

"死妮子，你咋帮小鬼子说话！"胜荣骂了一句，见妹妹含笑摇晃了一下身子，得意地讨回话，便拉一把罗小六说："如果小鬼子会打咱们学的那套路，小六钻他的裤裆。"

罗小三的弟弟罗小六看似个矮身瘦，比胜荣还大两岁。他知这个赌必胜无疑，便拍一把胸脯扯开沙哑的嗓子承诺："对！小鬼子如能打来，我学乌龟爬。他要打不来，咱十来个人排队叉腿，叫狗日钻长洞。"他的创意得到胜荣他们的赞同："好！就这样，就这样！"小锤毫不犹豫地拎起腰鼓，手握鼓槌自喊："预备——开始！"随着鼓点节奏舞动起来。他将妈教的整套动作熟练地打了一遍，围观的同学不约而同地拍手叫好。

小锤过了打真鼓瘾，心下甚是得意，解下鼓来对胜荣说："俺打完啦。"胜荣见输了赌，转头问小六："咋办？"小锤本不敢叫人钻自己的裤裆，慌忙摇手说："那个赌不算啦，不算啦。"燕荣却上前抱不平："咱说定谁输谁钻裤裆的，怎能不算！"说着拉一把小锤，"来，叉开腿叫罗小六学乌龟爬。"

胜荣不肯要"手下"干这不光彩的事，于是冲着小锤唬吓："你还真要小六钻你的裤裆吗？"这句话没带"小鬼子"三个字，算作要他莫讨赌账的赏赐。小锤闭回两腿正要默认，燕荣却不依："哥，你们是男子汉，咋说话不算数呢？"正当胜荣左右为难，罗小六爽笑一声说："咱输了赌，理当钻小鬼子的裤裆——来，叉开，我钻！"心里发慌的小锤见燕荣鼓掌，也就鼓足勇气叉腰开腿等起了架势。小六走到小锤对面滑稽一笑，趴下便钻。虽然小锤个头不高，腿缝也不大，可瘦小的小六一缩身子就钻了进去。围观的同学哗然大笑。小六没有快快通过，而在肩膀进入裆下时，身子猛地用力一起，把个毫无防备的小锤甩了出去。幸亏小锤双手本能托地减缓了冲力，不然会撞个满面红的。围观的同学又是一阵大笑。老师们听到这反常的笑声忙从办公室跑来，腰鼓队的教练侯拉弟也在这时走进了大门。他们见土眉灰脸的小锤从地上爬起来，额头凸起一个鼓鼓的包，两眼淌泪却没哭声。柴祉询问原因，小锤抹泪如实相告。拉弟黑下脸来先就开了口："会打也不收你这号人！"小锤怯生生低下了头。燕荣上前为小锤求情："妈，小锤打得那么好，为啥不收他呀？"拉弟瞪燕荣一眼，没有搭理。一旁的胜荣插嘴说："他是小鬼子！我们腰鼓队不要小鬼子。"小锤含泪辩道："小鬼子是杀人放火的大坏蛋。我没杀人，也没放火，凭啥叫我小鬼子？"胜荣逼近小锤举起拳头，看一眼老师没敢打下去："你就是小鬼子，就是小鬼子！"小锤见老师在场，大着胆子反驳："我不是小鬼子，就不是！"拉弟怒视着小锤喝道："你就是小鬼子！"

小锤再也承受不住了，拔腿一口气跑回家，进门喊了声"妈——"扑进怀里大哭起来。方玉玲听了小锤的哭诉，轻轻揉着他额头上的鼓包含泪安慰："俺娃不是小鬼子，俺娃是妈的娃……"

周六课罢大扫除，小锤低着头正往秋生端的薄松板土簸箕里扫垃圾，胜荣手举扫帚比画在小锤头上唱道："大刀向鬼子们的头上砍去……"小锤见胜荣拉开

"砍头"的架势便红着脸问："你害咋哩这样欺负人？"胜荣说："我不欺负别人，就欺负你这小鬼子。"小锤辩道："我不是小鬼子。我是俺妈的娃！"胜荣大骂："你就是！就是！！"小锤气呼呼大喊："你才是小鬼子哩！"这时罗小六、耿铁旦也都围拢过来："咱拿起武器一起向小鬼子开炮哇！"小锤也不示弱："你们敢？谁打伤我，我就住在谁家吃白面养伤！"

"还想吃白面哩？糠面也不叫你狗日见！"胜荣骂着举起扫帚劈头盖脸打将下来。小锤着了疼，一把抓住扫帚便抢夺。由于二人用力过猛，竟然把扫帚把折成了两截。胜荣一时着急，夺过秋生的土簸箕牙一咬啪一声拍在小锤头上，垃圾洒了满身，头被打破，鲜血直流。周围的同学惊叫："流血啦——流血啦——"穿列宁服上衣制服裤千层底鞋的贺老师跑来询问："谁打的？"同学们如实说了原委。贺老师脸上挂着惯有的严厉表情，狠推胜荣一把大声训斥。柴祉掏出手帕捂住伤口，带着小锤急匆匆去找罗小三敷药包扎。

小锤头裹绷带回家，跟妈说了伤口的来历。方玉玲看在眼里，疼上心头，她盯着仍在渗血的伤口盘思一阵，还是觉得有必要跟拉弟把话说透，以免这事再度发生。她带着小锤来到大庄，走进拉弟家大门，便跟正在院子里数落儿子弄坏扫帚的拉弟说："儿女傲，父之过。春牛牺牲啦，柱国又不敢管教胜荣；你这当妈的难道愿意要儿子成天在外头打三骂四惹是生非吗？你这样宠娃是开水浇花——害娃呀拉弟！"侯拉弟听了这话确实有所触动，暗下决心今后自当好好管教胜荣，决不能娇惯成纨绔子弟。但她脸挂怒容一言不发，不肯开口认错。方玉玲又说："理怕反想，事怕反做。你看看俺家小锤的头……假如有人打了胜荣，你这当妈的会咋想咋做？"

"他跟我不一样！"一旁站着的胜荣喊叫起来，"俺妈说，他是鬼子逃跑时……"侯拉弟见儿子当着玉玲的面说出这话，抬手狠捶了一拳；胜荣着了疼，哇地哭了。燕荣上前看着小锤绷带上浸染的血印说："呀呀呀，看那血，好可怜——疼吗？"这话犹如火上浇油，拉弟出手扇了一巴掌，燕荣也张嘴抹泪哭了起来。方玉玲见拉弟在孩子们身上撒泼——给人难看，眼噙泪水拉着小锤去了。

尔后，胜荣虽然不敢出狠手打小锤了，但还是常常给小锤寻事。

这天，小锤刚到学校门前，胜荣带着几个同学逼至跟前要小锤脱掉裤子看鸡巴。小锤死活不脱，胜荣便和小六他们一起动手把他摁倒在地，脱下裤子，一边往鸡巴上扬土，一边向女生大喊："都来看，都来看，小鬼子的鸡巴吃土面！"小锤拼命拉起裤子，哭着跑回家说："妈，我被胜荣他们成天欺负。我不去念书啦！"方玉玲说："妈小时本想念完小学、完小（完全小学），再进城里上女中的……"擦了把小锤脸上的泪水哄道，"俺娃是妈往后的指靠，受些委屈也得把书念下去。胜荣他们再要欺负，你就告诉贺老师、柴老师，他们会给你做主的。还有，你得学会躲避，不要过早到校，放了学快快回家。"

小锤在裤子外揉搓了几下难受的鸡巴，磨蹭了一阵子还是不想去："妈，我不会变猫，也不会变狗，再躲也躲不开胜荣他们的欺负。"方玉玲笑了笑说："俺娃不用变猫，也不用变狗，说话做事要规规矩矩，少与胜荣他们来往，他们也就不会欺负你啦。"摸了摸小锤的头又夸奖，"你念书肯用功，同学们大都喜欢你，老师也常常表扬你。你退了学，不但学不到文化，老师和同学也会为你惋惜的。比如燕荣，见你不上学了，定然会难过的。"

小锤听了这番话，真的又想念书了："妈，今儿个迟到啦，我不敢进教室。"方玉玲拉起小锤说："走，妈去送你。"

顽皮的胜荣总想拿小锤开心。这天下课，胜荣刚撒了尿从男厕所走出，恰遇小锤进来。小锤老鼠见猫般正要躲逃，被胜荣一把抓住骂道："狗日的小鬼子想往哪里去！"用力一推，把小锤推到了对面女厕所的门外，吓得女厕所里的女生大喊大叫起来。小锤急红了眼，猛跑几步朝着哈哈大笑的胜荣一头撞去；胜荣倒腾几步打了个趔趄摔倒在地，胳膊肘搓起一片肉皮，鲜血流了出来。胜荣又疼又怕，哭着鼻子一溜烟跑回了家。侯拉弟见此又恨又气，领着儿子找罗小三上了药，然后来到学校闯进教师办公室，要负责学校工作的贺老师惩治并开除小锤。贺老师本知方才是胜荣先动的手。再则，孩子们之间吵闹推打搓皮伤肉的事经常发生，怎能把失手的学生开除呢？贺老师赔笑解释了一番，不但没有得到谅解，反倒被拉弟那张不饶人的辣子嘴嚷嚷得说不上话来。柴祉慢腾腾说："娃们推推打打是常事，不能因为个这事开除了学籍。何况这回又是胜荣先推小锤的。要想公道，打个颠倒。上次胜荣打破小锤的头，要比胜荣这回受的伤严重得多，胜荣不也照常念书吗？"

"这不一样！"拉弟开口火气十足，"俺家胜荣是抗日英雄的后代，是烈士的儿子；而小锤是鬼子的崽儿。他的养父耿铁锤是被部队枪毙的叛徒，他的养母方玉玲是富农家闺女。这样的家庭教育出来的人能好到哪里去？今儿个我就是要学校把小鬼子撵走！不然的话，这事咱没个完！"柴祉笑了笑说："一个生命的出生以及成长环境，由不得自己。小锤也不愿要日本人做父母。再说，铁锤的叛变至今政府没有下达通知，单凭同科几句话是不能算数的；玉玲的娘家虽说是富户，可方太文是为抗日出过大力做过贡献的人。国家要多有方太文这样的富户，不定用不了八年就能把鬼子赶出去。这一切的一切，对也好错也罢，对于小锤来说都无可奈何。你怎能把这些都推到一个不懂事的小娃娃身上呢？"柴祉一番话说得侯拉弟无言可对。打胜不打败的侯拉弟仍不发软。她有些蛮横地怒吼："好你个呆子，你在替谁说话？"柴祉推一下镜框说："拉弟，我是教师，我得为我的学生主持公道。"侯拉弟冷笑一声说："你是教师？那好，你现在就把小鬼子给我赶出校门。"柴祉认真地说："耿小锤是学龄儿童，他和别的孩子一样，有权坐在教室接受教育；不能因为跟同学打了一架，且未造成严重后果就被开除。"

"呆子，你护着小鬼子的原因我明白——不就爱见方玉玲吗！如今她成了寡妇，你快快娶了算啦，省得你成天在她面前献殷勤！"柴祉淡笑一声说："我们在谈娃的事，你咋扯到了这上头？我娶不娶方玉玲，方玉玲嫁不嫁我柴祉，这是我俩的事，与你侯拉弟应该没啥关系哇。"

侯拉弟没想到，笨嘴拙舌的柴祉真要开口说话竟然这样可恶。她见今日占不了上风，甩下一句"咱们走着瞧"愤愤而去。

方玉玲得知小锤推倒胜荣撞伤了胳膊，便拉着小锤上门赔礼道歉；可不但没有得到原谅，反而被拉弟好一顿臭骂。这件事之后，胜荣在"小鬼子"的名儿后头又加了个"小叛徒"。

时隔两周，联校校长带着一名刚满二十的女教师来到龙岩村，召集村里的主要干部和全体教师开了个短会，宣布这位女教师来村任教；柴祉因没小学毕业，文化程度过低而被辞退。

二十五

山村人家燃灶火冒炊烟的日常生活看似平淡，做起来却不易。这些年方玉玲除与弟弟玉锁一块干地里的农活外，家里的柴米油盐用度，缝补穿戴缠耗，人戚礼往支项，以及小锤的纸墨笔砚花销，主要靠上山挖药材换钱来维持。

1955 年，村里成立了初级农业生产合作社，村人便没了自由支配时间的权利。社员上地干活，全由合作社的干部指派。于是，方玉玲上山挖药材的生财之路也就断了，家里的光景一天紧似一天。次年，村里又成立了高级农业生产合作社，玉玲整日到地里干活挣工分，忙碌得连上山打柴的空儿都没了，碾米磨面也得晚饭后来干。

这天中午小锤放学回家，吃见碗里的粗面和子饭寡汤淡水，似乎少了什么。他又仔细品嚼了一番才觉出饭里没咸盐，便笑着给外婆提意见："姥姥，今儿个做饭咋忘了放盐啦？"老太太没应声，目光无奈地转向女儿。玉玲长叹一声说："家里没盐啦，将就着吃哇。"小锤放下碗说："我这就到供销社买盐去。"玉玲苦笑道："供销社的盐不白给咱。"小锤弄清了缘由，便端碗拿筷又吃，可饭到嘴里只嚼不咽。他跑进厨房，见盛盐的滚肚小瓷罐能叫起音来；伸手摸一把内腔，舌尖舔了舔指头，觉得咸滋滋的，便高兴地喊问："姥姥，我用水涮涮盐罐哇？"外婆说："那个罐子原先盛过黑酱，也许黏着些盐。"小锤提起茶壶往盐罐里倒了水，双手抱着摇晃了几下，给外婆和妈妈碗里分别倒了一点，剩下的全都倒进了自己碗里，用筷子搅和了几下狼吞虎咽吃起来。

因怕碰上胜荣，小锤总估摸着快上课时才敢到校。他拿起书正在预学下午的功课，只觉肠胃咕噜噜叫着翻滚，一阵阵恶心。他抱着肚子喊了声"妈"便哇哇呕吐，饭食顺着口鼻外流，喉咙火辣辣难受。厨房洗碗的方玉玲跑来为小锤轻轻拍了几下后背，益发翻肠倒肚的没个收拾，一大碗饭不几口就吐了个精光，带上来的胃酸呛出两眼生泪。老太太端来半碗温水说："生盐、黑酱搅和着吃，不翻胃才怪哩——漱漱口歇一歇，吃点儿干粮哇。"小锤漱过口说了声"要迟到啦"，拿了一半窝窝头，背起书包一溜烟跑了。

"玉玲呀——"老太太目送小锤远去的背影下气地说，"咱把光景过成日月啦……要不，要不你去上院看咱玉锁能不能抽借几个。"玉玲喟叹道："妈，玉锁如今是三个娃儿的家口，日子比咱还紧巴呢。巧凤生了三三以来，身子一直不大好。前几天玉锁带巧凤进城看病，把我手头仅剩的十来块钱也凑了去。"停顿片刻又说，"妈，供销社收鸡蛋。咱买几只小鸡养起来哇。"

"好俺的闺女哩，买小鸡也得要钱呀？"老太太脸上挂着悲愁的神情说，"玉玲，妈私下里算过，铁锤死了都八九年啦。老话常说，家有猫虎能逼鼠，家有男人能做主。你总不能这样子傻乎乎往下等哇？俺见大瓦……"这话又触碰了玉玲心头那根最经不得拨动的弦索，泪水夺眶而出，脸上浮现着执着不移近乎倔犟的神色："妈，你不要再说啦。铁锤是死是活，是叛是离，政府会有个说法的！"

　　深夜，老太太和小锤都已睡下，屋子里仍然亮着油灯。方玉玲端坐镜前，解开盘于头顶的大辫子，用木梳轻轻地梳理，直至黑缎般光亮的头发瀑布似的垂挂下来，仍无辫股盘绾的意思。她双手心爱地抚摩着鬈发，那些潜藏心底的记忆重新复活，铁锤熟悉的声音又回荡在耳边："你的辫子咋长这么粗这么长呢？实在叫人眼馋手痒，只想摸一摸。"玉玲侧身回手抓起拖至腰际的两条辫子含笑说："想摸咋不摸？"铁锤一时欢喜，大着胆子双手捧起扎着粉红色蝴蝶结的辫梢摸了摸，送给鼻子闻了闻，又移到脸上来回拂拭："玉玲，剪下来一条送给我哇，那样，啥时想摸都成。"玉玲唰地抽回辫子嗔怒："想得美！"

　　这时，她要剪掉辫子换钱了，鼻孔奇酸，泪水扑簌簌往下流，心里呼唤：铁锤，你在哪里？你到底在哪里？俺要剪辫子啦，你同意吗？县剧团的人为买俺的辫子上过两回门，俺都没舍得卖。你说过，俺这辫子你今生今世摸不够，来生来世还要摸。可俺实在留不住啦，真的留不住啦。假如同科看错人——你回来不见了俺的辫子会生气吗？俺想不会的；白丽的辫子也很长——俺不愿相信同科的话，宁肯豁出一辈子等你，哪怕等到白了头、掉了牙、快要咽气的那一刻。方玉玲不知这话是跟尚在人间的铁锤讲，还是给去了阴界的鬼魂说。她抓着头发淌着泪水终于下了剪……她请假进城卖掉辫子，秤了二斤食盐，买了十只小鸡，还给小锤买回来一个他做梦都想得到的皮球。前些日子小锤为玩同学的皮球，险些遭来横祸。

　　那天，罗小六把他三哥给买的皮球打飞下龙岩壁，便立于边上张望着跟同学们说："半腰上那根开着榆钱的老榆树，就是蹦下去球的大概方向。咱下河滩寻哇。"实在想玩皮球的小锤随着大伙顺着东岩盘跑下谷底，按壁顶记下的位置在河滩寻找了大半天没找见。同学们议论，皮球怕是搁架在悬崖缝隙长出的荆棘上啦。罗小六沙哑着嗓子承诺："谁帮我找回来，皮球归谁玩半天。"大伙你看看我，我看看你，都没言语。小锤仰头瞅了一阵，见借着石檐和荆棘能攀到老榆树跟前，便自告奋勇上去寻找。罗小六望了望悬崖骂道："小鬼子你不要吹牛啦——跌下来摔死，可没俺的事。"实在扛不住皮球诱惑的小锤又选择了一番攀登的路径，便打定主意：爬到老榆树那里要找不见球，那就在树上吃饱榆钱往下返。他跟小六牵手"拉勾"定好约言，便一步步向上攀登，同时细心地在荆棘里和石檐上瞅寻皮球。谷底的同学眼巴巴望着，似乎都在为他用力。燕荣喊道："小锤哥，加油！"随之同学们也都喊叫起来。小锤听到加油助力的呼喊声信心更足了——脚蹬石檐，手抓荆棘，沿着选定的路线稳步攀援。

还算幸运，小锤尚未攀到老榆树跟前，就发现了荆棘枝杈里卡着的皮球。他伸手拿来，不知心里有多么高兴："我找见啦——"他转头向下呼叫时，望见谷底的同学矮小了许多，立时意识到这个高度的可怕。他本想把球装进衣兜，可兜小球大装不下。小六喊他扔下去，他虽不肯，但又觉得一手拿皮球一手抓荆棘下不了悬崖。反正说定玩半天的。他这样想着，球贴脸蛋亲了亲，便抛了下去。谷底顿时响起热烈的掌声和欢呼声。

小锤开始一步步往下返了。他感觉下返要比上攀难得多。他告诫自己：这要跌下去可就没命啦。他返几步停一停，看清路途才敢动手挪脚。他花了好一阵工夫，却没下去一半。他向谷底瞟了一眼，见同学们都已离去，心里不免有些紧张，也为罗小六食言而生气。他下返的速度加快了许多，途经一处窄石檐时只觉滑了一下，两脚双双踏空，好在双手抓着荆棘没有掉下去。燕荣在谷底喊道："小锤哥，慢点！俺等着你哩。"听到喊声，小锤的情绪稳定了许多。

距离谷底仅剩丈把高了，汗流浃背的小锤终于松了口气。下面的燕荣嘴不停喊着"快了"。小锤正在顺利下返，脚下踩踏的风化石窄檐忽然脱落，双手抓着的荆棘被连根拔出，小锤只觉手足无靠一下子滚落下去，摔在了河滩上，吓得燕荣哇地大哭起来。

小锤睁开眼睛见燕荣守着自己哭，便问："你哭啥哩，难道我死啦？"燕荣见小锤睁开了眼说开了话，只是膀上搓破一片皮，拭泪笑道："你又活啦——看你那肩膀！"小锤坐起身子摸了把伤口，鲜血糊了满手，不由惊恐失色。他不嫌疼，只怕回家妈不依："这可咋办？"燕荣知道他怕什么，转动着大眼睛帮他出主意："就说走东岩盘跌倒滚了坡。"小锤摇着头说："不行。俺妈不让说假话。"说着，抓起一把沙土摁在了伤口上……

今天，小锤见妈给自己买回了皮球，高兴得又蹦又跳拍个不止。玩了一阵，他忽然疑惑起来：夜来家里还没钱称盐，今儿个咋又买小鸡，又买皮球，饭里也有了盐呢？他正要问妈，见妈头顶盘绾的两条又粗又长的辫子不见了，取而代之的是有些弯曲的剪发头："妈，你的辫子……"懂事的小锤双手抱着皮球，眼里溢出了泪水。方玉玲慈爱地摸一把小锤的头说："妈的辫子没甚用。只要俺娃用心念书，不要扒墙攀崖地闯乱子，别人家娃有的，妈也会慢慢给俺娃买来的。"

小锤含泪盘思：妈一个人挣工分养活自己和姥姥，太辛苦啦。以后不光好好念书，也得想法帮妈挣钱。小锤一时想起常常卖松鼠皮、兔皮赚钱的罗老舅，便有了抓野兔捉松鼠卖钱的想法。他知道罗小六好上岭摆"绳套阵"抓兔，便想随去学一学。可无论怎么套近乎，人家都不让跟着去，只好另想法子。

酷热的盛夏，山坡上会时不时传来清脆悦耳的蝈蝈叫唤声。大瓦在上地之余常常用荆条编成精美的小笼子，把蝈蝈捉进去送给小锤玩。小锤把笼子挂在院子中央妈栽的那棵小枣树上，每天都会采些瓜花或嫩叶喂蝈蝈。今日他走到枣树跟前，看着蝈蝈笼子灵机一动，心下便有了抓松鼠的办法。

借用星期天的空儿，小锤上岭割来荆条，找罗老舅教自己编了几个鸟笼大的笼子，还在笼侧装了个小门——一有东西进入就会带倒撑门棍呱嗒一下子自动关闭。他往笼子里放了松仁、麻籽之类的东西，提到岭上绑扎在松鼠经常出没的树根处或岩壁边，便期盼松鼠入笼。

夏日的中午，学校要求学生午休至三点到校。小锤吃过午饭，见妈躺在炕头一会儿就睡着了，又见姥姥到上院帮妗子照看娃儿去了，便从炕上悄悄摸下地，提鞋出门，飞也似的跑上岭，一处处查看散布的笼子有无收获。这天，他发现笼子里终于关进去一只松鼠，高兴得大喊大叫了几声，提着笼子便向山口处的羊圈跑去。不料，羊栏敞着口，里面没羊。他这时才想起，罗老舅赶着羊群出了坡。

晚饭后，小锤又偷偷提了笼子跑进山口。因为他常来这里送妈妈给老舅缝补好的衣裤，也就跟牧羊狗有了交情——不但不扑叫，还摇着尾巴迎接他。罗锅接过笼子瓮声瓮气夸奖："好家伙，你真的抓到一只大松鼠。可是……"他没有把话说完，提笼走出门外打开笼口把松鼠放跑了。小锤不解地问："老舅，你咋……"罗锅笑笑说："鼠皮不是啥时都能用。到了数九寒天，一张囫囵鼠皮比一

165

张兔皮还值钱——这会儿的鼠皮没人要。"心灰意冷的小锤提起空笼子便走，罗锅从土炕的毛毡下摸出五毛钱递给小锤说："松鼠是老舅放跑的，也算老舅买你啦。到了冬天你抓来多少老舅要多少。"

这是小锤长这么大为妈挣来的第一笔钱。他高兴地跑回家递给妈妈，眉飞色舞地说了来路。方玉玲却说："咱抓的松鼠不能用，这就等于白拿了老舅的钱。这钱咱不能收。"小锤听见妈的话在理，虽然心里有点儿不舍，但又不得不把钱送回去。返家途中，他有了新的想法：岭上的黄芪、桔梗、柴胡之类的药材自己都认识。春夏秋三个季节的星期天上岭挖药材，顺便割些荆条多编几个笼子；到了冬天大雪封山就抓松鼠。这样一来，一年四季都能给妈添补些零花钱。小锤有了这一想法的第一个星期天，便独自一人上岭挖回来多半筐药材。方玉玲问："跟谁一块上岭的？"小锤怕妈担心，便绕开问话说："妈，我星期天没事，上岭挖些药材也能卖几个钱。"说着，捡起筐里的药材要妈看，"我没认错哇——这是黄芪，这是柴胡……"方玉玲放下脸来说："岭上有山物，长药材的地方长虫又多。你一个娃儿家咋敢……"小锤不以为然："妈，我跟着你上岭挖药、担柴学会了打草开道，也知道怎样对付山物……"方玉玲见小锤固执，抬手便打。小锤耸肩闭眼，却没躲离，落在屁股上的巴掌虽然不疼，口气却甚是严厉："那长虫……连大人上岭都得格外小心。你瞅见药材光忙着去挖，哪里还顾得看它！"说着又摸了把小锤的头柔声开导，"俺娃还小，岭上虽说遍地是宝，怕人的东西也不少。听妈的话，咱再也不去挖药材啦——听到没有！"小锤想了想问："妈，冬天能上岭哇？"方玉玲说："冬天虽没长虫，可山物经常出没。你只能在山口附近帮妈打些柴火。"

小锤虽然不敢上岭挖药材了，但他背着妈仍在干自己的事。他割回几捆荆条，编了好多笼子，等待冬天的到来。

方玉玲买回的十只小鸡在老太太的精心喂养下，羽毛渐渐丰满起来，公鸡打开了鸣，母鸡红了冠——要下蛋的样子。

老太太养鸡总会给每只鸡取个好听的名儿。这天，她见小锤又扛回一捆梢头带籽的灰灰菜喂鸡，满含笑容问："咱家这鸡俺娃喜欢哪只？"小锤见三只大公鸡虽有一身好看的羽毛，却不会下蛋，换不来钱，便说："姥姥，你说过鸡红了冠就快下蛋啦。那只红了冠的大黄母鸡我最喜欢。"老太太夸赞："俺娃有眼力。大黄黄真的快要下蛋啦，把它给你哇。"

"给我！"小锤惊喜地叫了一声。老太太笑道："大黄黄下蛋卖下的钱供你念书。"厨房做饭的玉玲听到这话，便想起了小时候妈要自己和弟弟玉锁挑选鸡的事。那时并非要鸡养家糊口，而是家里有了贵客炒菜用的。玉玲选下的那只羽光滑毛鲜丽的鸡，恰是玉锁看中的，急得玉锁大哭了一场。

自打小锤有了属于自己的鸡，每天放学总会在路边或地头采一抱草回家，有时还要偷偷抓一把瓮里的玉茭或谷子给大黄黄吃。可一旦撒出去，鸡们一哄而上，争相抢啄。小锤本想赶跑它们，又觉着大黄黄是为自己念书下蛋的，别的鸡不是管着称盐，就是管着打油，离开哪一只家里的光景都过不下去，只好让它们都吃。然而，在这个每只母鸡都有支撑家业重任的家庭，却又遇上一个倒灶之夜——只听鸡窝里的鸡嘎嘎嘎嘎大叫，先被惊醒的老太太说："不好啦，狐吃鸡哩！"玉玲一骨碌爬起来，没穿外衣就跳下地，提起顶门杠大喊了一声"狐"，出门便朝鸡窝奔去。麻麻月下，只见狐狸嘴里叼鸡从窝口退出，玉玲狠狠抛出顶门杠却打在了鸡窝上。老太太点着麻秸灯赶来，颤声询问："叼走啦？"玉玲说："迟了一步，见叼走一只。"她接过麻秸灯把身子探进窝里清点了一番，说："咬死两只，咬伤一只。"老太太着急得不住嘴唠叨："恶狼扑哩是累羊。好不容易……"小锤生怕大黄黄被狐狸咬死或叼走，哈腰挤到侧面，想看个究竟。玉玲把麻秸灯递给小锤，抱出了受伤的那只鸡。小锤见是自己的大黄黄——羽尾被撕去一撮，毛孔正在渗血，爪子微微颤抖，令他甚是心疼。玉玲抱着大黄黄走进厨房，往伤处敷了些盐水，大黄黄的爪抖动得越发厉害了。小锤不放心地询问："妈，大黄黄能好吗？"没等玉玲回话，老太太肯定地说："能。一准能好的。"言罢，摸一把大黄黄的羽毛吩咐，"咱这院子少街门没院墙的，没个扛架。吃惯嘴跑惯腿——狐找到了鸡窝还会来的。还是把鸡捉回家里放心。"

此后，鸡们夜晚住进了屋子里。它们没负主人的一片苦心，当年秋天便下开了蛋。小锤手捧粉乎乎的鸡蛋又拂左脸又擦右腮，爱不释手。

二十六

初冬，龙岩岭不畏寒霜的松林经山风劲吹，发出阵阵涛声。

小锤其实不怕山物，也不怕长虫，只怕妈担心着急。征得妈同意，星期天他便上岭砍伐越冬的柴火，同时借机谋划捕捉松鼠的事。他认为，笼子安在松鼠经常出没且不易被人发现的地方最妥。于是他东坡上来，西坡下去，寻找寒冬来临时布笼的合适地点。

这日下午，小锤迎着凛冽的山风在岭上转悠了好一阵才返回山口附近砍柴。沟底那清凌凌的泉水虽在欢快地流淌，但河身两侧的挂水处已经结下晶莹透明的薄冰。小锤扎好柴担子见太阳还没落山，便到溪边撩起河水在石头上霍霍磨斧刃。自打跟妈学会磨刀，家里的斧头、镰刀、菜刀，他都磨得铮明锋利，多次得到妈的夸奖。他屹蹴着磨了一阵，伸出大拇指轻轻横刮了几下刃子，满意地把斧插进柴担子里，只是手指被冻得赤红生疼。他不肯在衣襟上擦手，抱了一小堆干柴点燃便烤。正烤之间，一股旋风刮来，小火周边的枯枝败叶转瞬被引燃，随着一阵山风的呼啸，呼啦啦着了一大片。小锤害了怕，举棍便去拍打，却没起多大作用。

靠山吃山，靠水吃水。龙岩人自古守着这座山岭过活，自是晓得山火的危害，老早就流传着严格的规矩：上岭打猎砍山挖药材都无妨，但不得点火；见到岭上起火，村人扔开一切必先扑救。失火之人不但遭万人唾骂，而且依据火灾大小处以出钱、出粮、出地亩等应有的惩罚，直至没收全部家产，撵出龙岩村。

村人望见叫泉水沟的地方起了火，撂下手头的活计从四面八方赶来。最先到此的是羊罗锅。他见点火人是小锤，越发心急如焚，拼命拍打……也算走运，这时正值太阳落山，山风渐息，加之东庄的劳力多数在附近地里干活，见到火起一拥而至，扑救及时，没有造成大的损失。

山火扑灭后，衣裤大洞小洞烧下好多的方玉玲，在小锤的屁股上狠抽了几巴掌。小锤的衣服也烧得多处见肉，他实在不知妈将如何收拾自己闯下的这场弥天大祸。他两眼含泪不住口说："我再也不敢啦，再也不敢啦……"烧掉半截裤筒、脸上烫起几个水泡的大瓦，咧嘴跟本家叔子侯林和救火的人们说："娃儿不懂事，不知点火烤手会引燃山林。也亏我的过——他那火柴是我给的。"

尽管大瓦把小锤失火的根由揽在自己身上，但岭上点火是龙岩人的大忌，没有不处罚的道理。而东庄只是龙岩村的一个生产队，无权定夺这等大事。队长侯林、副队长大瓦跑到大庄，向支书耿味全、社长冯柱国汇报了失火的事，又经村干部共同研究决定，扣掉方玉玲一个月工分，扣掉侯大瓦半个月工分，才算了事。

事后，小锤心下一个劲儿翻腾：大瓦叔为啥非说火柴是他给的呢？小锤虽然不敢开口问妈，但能感觉出这话是在替自己担错。于是，小锤对这个平时妈妈不搭不理的大瓦叔有了几分好感，背过妈与秋生他们一块跟着大瓦学开了拳脚功夫。

失火乱子刚刚平息，小锤对抓松鼠的事又上了心。他感觉今年这个冬天来得太慢，似乎老天把冰封河雪压山的时间故意往后头拖延。

刚飘过一场小雪，小锤便迫不及待地跑到羊圈问老舅："这会儿的松鼠皮该是能用了哇？"罗锅说："你一个娃儿家上岭，大人不放心。你还是不要弄啦。"小锤说："我上岭再也不带火柴啦。"眼里盈着晶亮的泪珠，"老舅，俺家本来就穷。我点火着了山，队里扣了俺妈一个月工分。我……"罗锅见小锤如此心思，便叮嘱："你上岭捉鼠时吭一声。如果我不在羊圈，你就照着羊群走。千万不要一个人乱跑。"

小锤借着星期天上山砍柴的借口，按事先选定的地点把笼子一个个散布了出去。好不容易熬到下一个星期天，他沿着布笼的路径挨个查看——三只松鼠被关进了笼子里。他高兴极了，提笼来到羊圈往老舅面前一摆，得意地说："你瞅！"罗锅见笼里的松鼠活蹦乱跳，点头笑了笑，从墙楔上挂着的褡裢里掏出一元五角递给了小锤。妈给队里干五天活计都挣不来这么多钱呢。小锤这样想着，接钱的手禁不住有些颤抖，脑子里竟然不敢相信眼前的一切是真的。他抹一把泪水微笑着说："老舅，我会抓好多好多松鼠的，你能全要吗？"罗锅点头应道："要的，要的。大雪封了山，松鼠不但好抓，鼠皮也就成了皮贩子们抢着要的香饽饽啦。"说着又叮咛了几句上岭不要走得太远等话。小锤手心里攥着那一块五毛钱回到家，没有当下给妈。他一来怕妈知道了捉鼠不让上岭；二来想把钱攒得多些，快到年关一下子拿出来给妈个惊喜。

此后一段日子，小锤不但又抓到十几只松鼠，还摆"绳套阵"套住六只野兔，全都送给了老舅。

临近腊月下了一场大雪，整个龙岩岭成了白皑皑的雪世界。

大雪刚停，天尚未放展，小锤趁着星期日匆匆忙忙上了岭。他盘算这样的天气，笼子里一定会关进去好多松鼠的，却没想到笼子几乎全被大雪覆盖了，好在布笼的地方记得真切。

绝不能在这大雪封山——鼠皮值钱、松鼠也好抓的时候误了挣钱。小锤这样想着，顺着自己的路径踏着半尺多厚的积雪，把一个个笼子挖出来重新绑扎。他的鞋子和半截裤筒沾满了雪水，两手冻得红肿发麻，眼前却闪现着下次收笼的喜悦。他行至名叫香炉台的地方，望见几棵老松那边的雪地上，有一串类似狗走过的蹄印，猜疑这里有狼，同时也想起了老舅的话。他收住脚步环顾四周，没发现狼的影子。他挥舞了几下镰刀壮了壮胆气，便去重新绑扎仅剩的两个笼子。他清楚地记得，那回抓到的三只松鼠，有两只是这里的笼子立的功。

他来到香炉台西侧的悬崖边，不见了笼子，伸出镰刀钩探了几下才觉见压在了雪下。他想用镰刀往回拉，又怕拉坏笼子丢掉大雪天捉鼠的好机会。于是，他便小心翼翼地往边上挪身子，不料身不由己——刺溜滑下了悬崖……

社员一个工日所得分红，须到年终队里核算出卖粮收入，剔除了种子、化肥、农药等支出，扣去统筹、提留等用项——净收入除以总工数才能知晓。尽管干活的时候能得多少钱是未知数，但挣工分无疑是社员养活家口的主要来源。方玉玲瞄着这不值钱的工分拼命劳作，冬天里清雪扫路的活计也不肯误过。

午饭后，方玉玲本想替妈洗过碗再随劳力去东岩盘清雪，可左等右等不见小锤回家吃饭，心下便有些奇怪。因为小锤跟同学玩耍从来不过饭时，更不会在同学家吃饭。玉玲到秋生等几个孩子家寻找，都说没见小锤的面。她以为小锤到学校清雪去了，便快步来到大庄，见祠堂院内空无一人。大门两侧蹲着的那对石狮，如同两个威风凛凛的武士守护着校园的积雪。玉玲知道小锤爱和燕荣玩，没去在乎拉弟的眉眼高低径直上门寻找，仍没找见。万分着急的玉玲正要匆匆赶回东庄看小锤回家没有，被刚到佛钟场清雪的柴祉看出了神色，询问了一番缘由。

方玉玲回到东庄听弟弟玉锁说，有人见小锤早饭后独自一人提着镰刀往岭上去了——不祥之兆唰地掠过脑门："不好了玉锁，咱快上岭寻哇。"

姐弟俩踏着积雪出了村，果然见一串脚印横过冰封的小河进了山口。玉玲不住地埋怨："小锤，这天气你上岭做啥？……"姐弟俩发现这串脚印不在人们常走的山路上，因此跟踪行进十分艰难。他们每走一段总会看到一个荆条编织的笼子。这使玉玲突然想起小锤卖松鼠拿回家五毛钱的那件事，猜测小锤是去散布笼子了，心头虽说踏实了些许，却又害怕起山物来。

在玉玲姐弟身后随来了东庄的侯林、大瓦和大庄的柴祉、罗小三、罗小五。当了村里的赤脚医生以来，罗小三的那个别样药匣子益发不离身了。他们深一脚浅一脚追上来说："这都快到香炉台啦，咋不见人呢？"玉玲眼含泪水，只恨对小锤管教不严。

走在最前面的罗小五惊叫："镰！那里有一把镰。前头没脚印啦。是不是……"这话吓得玉玲两腿发软，险些瘫坐雪地。

"小——锤——"玉玲带着哭声大喊，却没应声。大瓦、柴祉等也都喊叫起来，仍无回音。玉玲着急得抬腿便往悬崖边走，大瓦一把拉住说："这崖少说也有十来丈高。这个岩石边是斜坡……"罗小五冷不防又乍叫："瞧那串狼蹄印！"大伙细瞅雪地，见小锤的脚印与狼蹄印相距好几丈远，都知狼没翅膀，断定小锤掉下悬崖了。

方玉玲泪眼望着崖下的深沟，身子不禁一颤，一屁股坐在雪地上有气无力地说："小锤，好俺的娃呀，你……"按说人们这样子喊叫，沟底里的人是能听到的，却没小锤的应声。玉玲好害怕，似乎觉得小锤怕是没命了。她一时想起女儿的那个小铜锁，想起小锤的那条黄布围脖，又想起罗舅羊鞭打死的那条毒蛇。这时虽说没蛇，可山物在这样的天气最凶猛……她不敢往下想了，只剩有气无力的呼喊和哭啼了。

天色渐晚，且又阴沉下来。侯林盯着崖边的痕迹说："小锤怕是从这里滑下去啦。甭说雪天雪地，好天气咱们从这里也下不去。要是翻下山绕行到沟底，少说也得半天。"他看看雪地上坐着的玉玲，没把"狼窝沟经常出没山物"的话说出口。

"林叔，你说咋哇？"大瓦向侯林讨主意。柴祉说："回村扛些绳索，接在一起卸下人去寻找用时最短，找人的准确度也高。"侯林同意这个办法。于是，大瓦、柴祉、罗小五返回村扛来二十多条绳索。虽然时近晚饭时分，但雪光很亮，带来的两个手电筒无须打开也能看得见接绳。侯林接好绳索，大瓦拉过绳头便往腰间捆扎："来，我下哇。"

顺崖卸人是一件非常危险的事。绳索一旦被岩石割断，或者一不留神带下去石头，后果不堪设想。柴祉回村扛绳时，反复思考过小锤在沟底的情形。为能救回小锤，他也愿意下去，但又觉得最合适的人选是罗小三。不但小三个小身轻，而且又是医生，假若小锤受了伤，就能尽早得到医护。鉴于这一考虑，柴祉对大瓦说："你下去不妥。"大瓦只恨柴祉在玉玲面前逞能，歪着头惯常地喊着"呆子"骂道："我不妥难道你妥！岩头上的荆梢一下子挂走你那'二饼'，你呆子就成睁眼瞎啦，咋寻小锤！"柴祉瞥一眼罗小三回头又说："我是说你的身子有点儿重。"大瓦益发大叫起来："你的身子比我能轻多少？"小三听出了柴祉的话意，打开药匣子取了绷带和止血消炎药装进衣兜，上前拽过绳头说："还是我下哇。万一小锤受了伤……"柴祉从大瓦手里要过手电筒递给小三说："三哥，你放心，我们几个会依着松树一把一把放绳的。到了沟底，你给我们个信儿。"这时，罗小三眼前浮现出攀崖摔死的叔父及几个村人，同时也想起了人们常说的那句话：煤黑子出事是埋了没死，攀崖人出事是死了没埋。他虽被柴祉"点"了踏这条险路的"将"，心头不免有些忧虑，但脑子很快又考虑开了如何避免绳索触碰岩崚等问题。

　　"三哥——"方玉玲叫了一声。她那既担心下卸的危险，又渴望快快找到小锤的心情，罗小三甚是明白。他点一下头说："不要怕，我身子轻——下去一定能找见小锤的。"

　　绳子在缓缓下降，罗小三手里握着一根五尺多长的棍子做顶杆，不住地躲悬崖上的岩石，使绳索与岩壁保持一定距离。卸绳的侯林他们虽然脚踏积雪，身子却依附松树主干纹丝不动。卸着卸着，感觉手里的绳索松了下来，都恐慌不安地往坏处想。大瓦探头望着崖下询问："呆子，绳咋没劲啦？是不是……"正说之间，只听沟底传来吆吆两声喊叫。玉玲听到喊声迫不及待地呼问："三哥——俺家小锤呢？"下面没有回话。大瓦等扯开嗓子又喊问了几声，还是没有应答。

　　侯林要大家静一静，侧耳细听，没听到山物扑弄罗小三的动静。大瓦说："林叔，干脆拉回绳来我也下哇。"柴祉却不同意："既然回了声，他一定是安全到了沟底。找见小锤，他就会给我们信儿的。"大瓦歪头狠骂："就你呆子有耐心！你不看下头是狼窝沟吗？这鬼天气罗矮子万一遇上狼群……"方玉玲央求侯林："林叔，拉回绳来把俺卸下去哇。俺……"玉锁拉住姐姐说："姐，还是我下去看看哇。"玉玲抹泪说："玉锁，三哥没回音，这分明是小锤……"玉玲哽咽着说不下去了。

稀少到能数出片数的雪花又飘舞起来。罗小五担心三哥碰上狼群，便扯开嗓子向沟里大喊。正喊之间，只听下面吆吆了两声，同时抽动了一下绳子。大瓦说："矮子哥找见小锤啦，叫咱往上拉绳哩。"说着便用力去拉。可拉了几把感觉像没有吊着东西，便停下来说："咋是条空绳呢？"侯林把双手圈成喇叭状向下呼问："要上绳吗？"小三又吆了一声。柴祉拉了几下仍然是空绳，猜不出啥意思。罗小五说："也许是俺哥找见小锤啦，他俩相跟着走沟底回村呢。"大瓦说："那样也该给个话呀！"玉玲说："不管啥原因，还是拉回绳来把俺卸下去哇。"

空绳拉了上来，绳头扎着一拃长一根木棍，棍上圈着一张纸条。柴祉展开纸条借着手电光细看，上面写道：

    小锤不碍大事。我虽没见到他，从雪印能看得出，他顺着沟底朝村
里去了。你们翻下岭去来狼窝沟接应吧。

其实罗小三在纸条上并没说出全部实情。

狼窝沟的沟底不但松树长得粗大稠密，而且荆棘也覆盖得密密麻麻，甭说打柴人了，就连挖药材的人也极少到此。

罗小三下到沟底，跟着雪地上的印子找到了小锤的足迹——看样子，小锤掉下悬崖先落到蒙覆着厚厚积雪的松顶上，然后滚跌到荆棘上才落的地，着地处的雪地上有一片明显的血迹。从他爬行蹚出的那条雪壕看，是朝着回村的方向去了。罗小三由此判断小锤受了伤，而且伤势不轻，不能行走。为要香炉台上面的人尽快绕行接应，小三才写了那个纸条。

罗小三顺着壕沟约莫走了三里才追上小锤。他见小锤双手捯着雪，慢慢地不停地往前爬——不禁感受到了人逢绝境求生信念所生发出的力量的可贵和巨大。他心疼地喊了声"小锤"问："你的腿受伤啦？"小锤见罗三舅好似从天而降，两臂艰难地支撑着身子坐起来，沙哑着嗓子问了声"三舅你是咋来的？"呜呜呜地哭起来。罗小三蹲下身子诊视一番，见小锤的右腿骨折了，额头上的一个伤口仍在渗血。他掏出止血药敷在伤处，用绷带麻利地进行了包扎，然后背起小锤，冒着越下越大的雪花，踏着埋没了路径的积雪，按着心目中的方向一步步走去。感恩的热流在小锤心头翻滚、涌动……

小锤住进县医院接好断腿，打了石膏，稳定了几日，便出了院。

住院期间，小锤整天垂头不语，不敢正眼看妈。方玉玲越是微笑着宽慰，小锤就越发自责不已。玉锁赶着毛驴小平车把小锤拉回家，老太太看着瘦了一圈的小锤，摸着腿上那硬邦邦的石膏难过地问："这疼得俺娃受不得哇？"小锤装出坚强的样子说："不疼。只是有点儿憋。"

"可怜见的，俺娃跌成这样啦，还又爬了那么远……"老太太两眼满含慈爱的泪水唠叨个不止。

小锤用那懊悔万般和乞求原谅的眼神看着妈不自在地说："妈，都是我不好。我本想……"话刚出口，满眼的泪水流淌下来。方玉玲坐在炕沿，抚摩着小锤的伤腿劝道："俺娃不要怕，过几天取了石膏就好啦。"接着又叮嘱，"这几天虽说不能到校啦，在家也得好好看书、做作业，不能落下功课。"小锤双手和单腿拖着伤腿挪动了几下，方玉玲见他想拿书包，便上前取来。小锤从书包内侧的小兜里掏出个线绳缠扎得紧紧巴巴的纸包，打开拿出十二元五角钱，含泪递到妈面前说："妈，我本想攒够二十块再给你，要你和姥姥一人买一件新衣裳，穿上高高兴兴过大年，没想到……住医院又花了那么多。"

方玉玲听了这话，眼泪又涌罩了眼球。

二十七

老天给个风调雨顺的年成，是庄稼人从种到收的心心念念。

1958年春天，正当山风饱含着泥土和青草芽的新鲜味弥漫了龙岩岭，龙岩人起早贪黑掌犁赶牛翻金浪忙碌春播之时，县里下达了一道调集劳力到龙泉谷上游修水库的命令，冯柱国带了村里几乎七成精壮劳力，开赴水库工地去了。

春去夏来，太行山五风十雨，庄稼长势喜人。龙岩村的劳力虽然少得可怜，妇女们穿梭在田间地头打开了头阵，撑起了半边天。

这天吃过晚饭，侯林走进方玉玲家，坐在凳子上寒暄了几句便话归正题："今儿个后晌，村干部整整开了大半天会，主要是落实县上和乡里组织人马到白岩山挖铁矿的会议精神。"侯林装了袋旱烟丝丝地抽，锅子里的烟随着抽吸和停顿变换着赤红和暗灰两色，"县上在龙尾湾修水库本就调走咱那么多劳力，这回又要求各村必须凑足人数。今后晌开会大家伙还议论，劳力就这么几个——尖担头、扁担头，不着这头着那头。照这样子抽人，恐怕今年秋天连秋粮也收不回来啦。"他瞥一眼趴在瓮石板写作业的小锤难为情地说，"玉玲呀，咱东庄算来算去，实在凑不够应出的人数啦。可上头的精神是户户参战，人人上阵。连我这个当队长的，也要作为咱村的带队去白岩山挖矿了。我琢磨你家是个三口之家，小锤的个头虽不高，干活挺泼辣的。要不他就，他就跟我去白岩山挖矿挣工分哇？"

小锤停下笔看了妈一眼，没有吭声。本就因为摔断腿留了级的他，心下还是愿意念书，尤其胜荣他们升了初中——去了米家寨上学，还真的不肯离开学校了。小锤佯装看书，想听听妈的意思。方玉玲沉思片刻说："林叔，俺家小锤才十二，还没小学毕业。前年腊月滑下香炉台骨折，至今还没好利落，怎能让俺娃……"方玉玲为这个因没男人扛门户而空虚脆弱的家万分伤痛，不由流下泪来。侯林干咳几声说："我的本意也不愿让娃去挖矿。可这回咱队应出的人数凑来凑去，连小锤算进去还差七个。我这个当队长的实在是没了别的法呀。"方玉玲知道修水库抽走不少劳力，听拉平车滚了坡回家养伤的弟弟玉锁说，工地上干活专门设有吹号、擂鼓的人，说是叫作"杀冲锋"。玉锁就是"杀冲锋"时受的伤。挖铁矿跟下煤窑没啥区别，不定比修水库还可怕。她想到这里，眼含泪珠笑了笑说："林叔，搞钢铁是上头的要求，咱不敢违背。可俺家小锤人小骨嫩，实实去不得——俺去顶数行不行？"

侯林心下有些为难，尚未开口，小锤就喊上了："妈，我去！我的腿不疼啦。我去挖铁矿也好为咱家挣……"不等小锤说完，方玉玲沉下脸来骂道："快做作业！大人说话你搅和啥。"训斥罢回过头来又说："林叔，你也不必为难。上头既然要求户户参战，俺家就该有人去。俺是俺家唯一的劳力，理当俺去。"侯林说："挖铁矿好比下煤窑，上头又不让派妇女充数。事实上你一个女人家……那可是成天掘井打坑道的活计，你能顶得住吗？再说，民工全是一色男的。要我说，还是叫小锤去哇——我会尽量照顾娃的。"就体能而言，女人比男人确实脆弱。而作为娃的妈妈——为孩子去顶风冒险所表现出的坚忍和刚强，往往是勇敢的超常的，有时甚至是可怕的。方玉玲理一把鬓发固执地说："林叔，俺家小锤这个年龄经不得重苦，要是落下毛病后悔也来不及啦。你是咱村的带队，只要你不嫌弃俺是女的，俺不在乎民工里有没有女民工——就让俺去顶这个数哇！"侯林皱着眉头咝咝地抽了几口烟，临出门留下一句活话："咱看情况再定哇。"

当夜，侯林又召集东庄生产队的几个骨干拼凑了一阵人数，最终还是把方玉玲纳了进去。

次日清晨，侯林老婆手提尿盆正要出门，大瓦嬉皮笑脸走来，喊了声"林叔"便径直入门。刚拉起裤子的侯林问出啥事了，大瓦笑一声说开了意想不到的话："林叔，我这没老子的人，你就是俺老。你咋不给侄儿操持婚事呢？"侯林笑骂："不是老子心冷，是你小子不正经。成天起来不是癞蛤蟆想吃天鹅肉，就是囤底老鼠——贼眉鬼眼东跑西串尽走些人不走的道。"装了袋烟点燃边抽边说，"你的对象紧该考虑啦。要我说呀，你得切记一条：举起胳膊，手能摸见的果子最易到手。"大瓦嬉笑一声说："林叔，我瞅见一个粉红鲜嫩熟得快要掉落的苹果，就是你说的那种伸手能摘到的。只是你得帮侄儿走到树底。"侯林不解地问："我咋帮你？"大瓦咧嘴露出两个小虎牙说："你犁耧耙耱、做务庄稼是行家里手——留下来种地哇。我想去白岩山挖矿。"侯林悟出了大瓦的来意："起初味全就要你去带队，可你小子胡搅蛮缠死活不去。这咋又……叫我说，你就甭在玉玲身上白费心思啦。"大瓦滑稽一笑说："这件事咱昨夜开碰头会时我就想好啦，只是有些话不能当着外人说。我和玉玲虽然常在一起干活，可大家伙几十双眼睛盯着瞅着；收工回家，她妈和小锤又碍事，想拉呱几句悄悄话都没空儿。你瞧你侄儿都三十几岁的人啦，你就发发善心行行好，和'味大拿'说一声，要侄儿去带这个队哇。"侯林想了想说："我看你小子还是收起妄想哇。玉玲要有意思，早就和你成啦。听说柴祉也有心……"

"唉——俺的好老子，你算放屁吹在屎尖上啦。"大瓦眨眼一笑说，"不过你只知其一不知其二。你想，铁锤的脑门吃了花生米都这么多年啦，方玉玲为啥不寻个主儿呢？其实她的心一直在我和呆子之间摇摆。只要筛得锣紧，没有不上杆的猴。听说呆子要去白岩山当炮手了，如果你不让我当这个带队，很可能呆子趁机就钻空啦。难道你忍心叫侄儿在他俩结婚那天跳了龙岩壁？"

白岩山确实有铁矿石，就像远古时期神仙下凡一窝一窝埋进山里似的，挖完这一窝，另一窝还不知在哪里。全县十八个乡镇，就有十个乡镇的劳力来这里挖矿，整座山红旗飘扬，民工遍野。

龙岩乡的采矿队挖了一段日子，在表层也挖到较小的几窝矿石，但和别的队一样，产量不尽如人意。

为增强战斗力，指挥部按部队建制整编队伍：村为连，乡镇为营，县为团。要求一个营开凿一个井口，十个营挖掘十条坑道；挺进大山深处，采出矿石用于社会主义建设。这样子整编，侯大瓦之类的村带队便成了当然的连长，归乡政府的带队（营长）主管，取名"龙岩营"。营与营之间为搞竞赛，矿区指挥部的祁总指挥——当下的祁团长，每天下午五点准时派员到各营坑道丈量深度。

头戴团里配发的柳条安全帽，身穿自家带来的粗布衣，融入民工队伍挖矿的方玉玲，衣裤虽然每天清洗替换，却被汗水、坑道顶部的滴水和粉红色尘土洇染得不到天黑就变成了"粉红女人"。晚上躺在床铺，她全身的筋骨就像折断裂开，犹如仅剩难以撑架起杆子的皮肉。而这些痛苦她除了咬烂嚼碎咽下肚里再无别的选择。不过她一刻都不会忘记自己是民工堆里唯一的女民工——剪子和针锥成了她从不离身的法宝，休息之余或开会之时，便从兜里掏出修指甲、剪老茧，摆给人看。

前来挖矿的民工不但年岁悬殊大，家庭情况也千差万别。有的是有老婆有娃的主，有的打了多年光棍，还有未经人事的半大后生。俗话说，勒住驴嘴马嘴，勒不住人嘴。爱调侃打诨制造笑料的人不分场合不分忙闲，总爱不干不净来几句。晚上回到工棚，躺在一翻身就有可能无法平躺着睡觉的通铺，越发把谈论女人当作最好的消遣方式。

夜晚熄灯之前，龙岩营的五号工棚有几个人经常扯一些趁着夜半三更黑灯瞎火钻别人家媳妇被窝的屌三浪四淫荡粗鄙不堪入耳的话。他们所说有的有些来头，有的纯属随口而来胡编乱造，却把如痴如醉的听话人撩得心旌摇荡，魂不守舍。

这天吃过晚饭，多数人还在洗脸洗脚，有人就又嚷嚷着想听"荤书"取乐了："秃哥，再给咱来一段脚后跟朝上的事哇。"

叫五秃的民工是个四十出头、满脑子脏话挤没了一头好发的塌嗓子光棍，发声说话难听得就像敲打水里浸泡多日的破鼓。而他要说开打伙计嫖媳妇的事来直白赤裸特口溜，几天几夜说不败，外加一些过于夸张的不像话动作，害得人心乱魂飞。

他洗罢脸，把毛巾搭在棚里横拉的细麻绳上说："百听不如一见。商八怪在床铺上先给弟兄们比画几下哇。"

"八怪哥来一下！来一下！！"民工们喊叫起来。

床铺上捧着烟袋抽烟的商八怪，长着一副能吃苦受累的好身板。他长年累月在外头苦巴苦业干活，却无法改变家中老婆和娃娃们赤皮露肉吃糠咽菜的命运。但他是个一根肠子捅到底的畅快人，爱说几句乌七八糟的调皮话穷开心："光咱这群干棍没啥意思。谁能把医疗室的那两个叫来一个摆在铺上，哥就给你们来段真的。"

"好——好——八怪哥说得过瘾！"众人呼赞。

塌嗓子五秃说："你们就知道大张着嘴瞎起哄，没一个敢去医疗室叫女人。还是八怪给咱来个脚后跟朝上的架势开开心算啦！"

"好——来一个，来一个……"

今天刚住进五号工棚的一个叫秋良的郭家汇后生，穿着大裤衩去棚外茅厕撒了泡尿回来，听到大伙喊得火爆，便粗声粗气问："你们要来啥？"

秋良十七八岁，五大三粗，干活从不偷懒耍滑，只是脑子不够用——是个十足的弱智。大伙见他呆头憨脑问话，便故意挑逗："秋良，你干过脚后跟朝上的事没有？"秋良抬起一只脚，翻起脚后跟摸了摸，憨笑一声说："脚后跟朝了上头啥也干不成。"这话引来一片狂热的笑声和掌声。五秃扯开塌嗓子说："秋良兄弟，脚后跟朝上是不能干活计，但有一桩事非得那样子干才成。"说着笑了笑，"你只要每天给哥提夜壶，哥就告诉你能干啥。"秋良憨笑着讨价还价："你先告诉俺，俺就给你提。"

"那脚后跟朝上嘛，只能干一件事……"五秃看着地上憨立的秋良连笑带说，听的秋良昏了头涨了脑，深以为然。

接着，商八怪借着煤油灯的灯头引燃锅里的烟，抽一口笑道："秋良兄弟，你进过咱乡的医疗室没有？"

"进过。"秋良认真地回答。商八怪眯眼笑问："你觉见医疗室住的那俩女人哪个好看？"秋良憨笑几声脸上浮现出羞色："都好看。"商八怪说："比较一下，哪个更好看——只许挑一个。"秋良发了愁，挠着头想了想说："那个医生爱笑，可她常常给人打针，一下子就把那么长的针头扎进人的屁股里啦，怪怕人的。跟咱一搭担碴子的那个女人很少笑，可她一笑就好看得不得了——是那种俺说不来的好看。"

178

"这么说你是看上跟咱一搭担碴子的那个女人啦？"商八怪笑骂，"你小子还真有眼力——那方玉玲可是咱县有名的一朵花呀！"秋良红了脸，憨讪讪询问："一朵花是啥？"众人又哄然大笑。商八怪一时想起五秃方才说的那句秋良没听懂的话，便又撺弄："秋良兄弟，你应该是咱营的一名战士哇？"秋良憨笑着点了点头。八怪说："是战士就应该好好战斗。"秋良不认这话："俺没比你少担碴！"八怪笑着说："还有一种战斗大伙都干过，就你小子没有。"秋良心下奇怪，嘴上便问："啥？你倒是说呀。俺给你也提夜壶——一只手一个。再多就提不住啦。"

商八怪压低声音说："你只要瞅准机会，上前抱住那个担碴子的女人，狠狠亲吻她的脸蛋，也叫战斗。"众人为这话起哄叫好。秋良支棱起耳朵听了个真切，伸了伸舌头说："俺，俺不敢。"八怪磕掉烟灰说："头一回都不敢。你只要战斗上一回就敢啦，她也就愿意让你和她战斗啦。俺这些比你先来的人，都和她战斗过。"五秃插嘴说："那可是一朵特撩人肉麻，又挨不得捋不得的刺玫瑰呀。你小子要能和她战斗战斗，那可就成了咱营的大英雄啦。"秋良听了这些似懂非懂的话只憨笑摇头。八怪又说："瞧你这没出息样！她也是跟咱一块战斗的女战士。你不和她战斗就称不得好战士——评不上模范，领不到奖状不说，还得少挣工分。"

秋良躺上通铺翻来覆去睡不着，心里一个劲琢磨大伙的话，方玉玲的影子不知不觉跳到了眼前，似乎她的身上隐藏着一种神秘的令人渴望得到的东西，但又说不来是什么。秋良想着想着，那东西竟然变成了毛毛虫，悄悄钻进了心里，痒得要命，却又抓不到挠不着，继而浑身莫名其妙潮起一股燥热，大伙说的"战斗"不时在耳边回荡。

龙岩营夺过几次流动红旗，但最为光彩的要数坑井挖出铁矿石了。这件轰动全矿区的大好事一阵风刮来了好些领导。地委书记、县委书记等一干人在祁团长的陪同下视察坑井时，给予了高度评价，当场命名该井为"红旗一号"，同时将龙岩营更名为"红旗营"。

出矿石和出碴一样，民工们仍用最为原始的运输方式——装进荆条筐篮里肩挑。"红旗营"将坑口左侧五亩大一块玉茭地铲平夯实，堆放矿石。为防止有人惜力少担要滑头，营里设了过磅员。

过磅员同时也是记工员。这个岗位本来适合方玉玲这样的弱劳力干，可乡里的带队吴营长偏偏用了个青皮后生。

吴营长可能在他娘肚子里就有人惹恼了，成天横眉竖目怒容满面，好像人人都该他欠他钱赖账不还，又好像他笑上一面，人们就会骑在他的脖子上拉屎撒尿，加之肤色天生黝黑，民工们便在背地里叫他"老黑"，外营的民工有的竟然直呼他"黑营长"。

为让方玉玲干过磅之类的活计，柴祉以因人而用的口吻私下里跟吴营长提过，也曾暗托吴营长眼里有分量的人融通，却白费了心计。其原因是姓吴的这个极端避嫌求升型干部，见方玉玲气质优雅，容貌迷人，矿区千百双眼睛射灯般盯着瞅着，生怕照顾了她这样的人，招来亲近女人的流言蜚语毁了前程。为显示刚正无私，他故意叫方玉玲吃大苦随大流，有时还要当众给她小鞋穿做给人看。惦记小锤的方玉玲本想请假回家照看一眼，可吴营长毫不留情地顶了回去。

民工回村参加队里分红的依据是矿区工地挣到的工分。月底，营部办公室门外的墙壁张贴公布了本月各村民工所挣工分数目。方玉玲看过工分榜，便走进营部办公室询问吴营长："为啥他们一天挣十分，只给俺五分？"吴营长黑丧着脸说："他们是全劳，理当挣十分；你是半劳，自然是五分。"方玉玲说："按你这么说，他们担一百斤矿石，俺担五十斤就够啦。你翻开明细表看一看俺担了多少？"吴营长当即唤来过磅员，翻表细看，男劳力大多数担一百至一百零五斤，而方玉玲担了七十五至八十斤。无话可说的吴营长黑着脸梗着脖子斥责过磅员办事不周，并把方玉玲的工分改为七分半。

在这女性寥若晨星的矿区，女人的出现犹如光芒四射的火球般扎眼。几个酸眉醋眼的民工见方玉玲进了趟吴营长的办公室，工分由五分马上改成了七分半，一下子把话题集中到了这上头。这个说："女人要长得水灵迷人，真能呼来风唤来雨。瞧那女人进办公室待了一会儿，就把咱面黑心铁的吴营长撩得乖乖给加了分。"那个说："天仙般漂亮的女人谁不爱见！你不见她村那个带队的常去医疗室……人家肯给咱睡一觉，落个倾家荡产也心甘。"这话被挑着空担走来的大瓦听见，歪头瞋目大骂："放你妈的歪屁！"

"呀哈，方玉玲的伙计出来护短啦！"说小话的人冲着大瓦大骂起来，"你不就是当年给鬼子当狗的维持会长吗？有啥了不起！你村那朵花只许你的屌过瘾，不许我哥们的嘴乐快？"这话可把大瓦气炸了，一巴掌扇去打得那人口鼻出血。那人扔下担子双手捂脸大喊："汉奸打人啦，弟兄们上！"与其同行的三人围住大瓦便打。柴祉上前解劝了几句不起作用，只好吆喝戴山金、罗小五等十几个担矿石的龙岩人营救大瓦。对方见此，又喊来一大群本村的后生参战。人愈集愈多，架越打越凶。方玉玲扔下担子朝营部跑去……

这场群架的参与者多达五十多人，头破血流的也有十几个。直至团部的干部带着派出所的民警赶到，才平息下来。

女人本是民工百谈不厌的话题。此后一段日子，矿区的焦点越发落到了方玉玲身上。

龙岩乡的采矿队除方玉玲之外，就剩医疗室的那个二十出头的宋医生是女人了。当初安排住宿，吴带队考虑到生活起居，便把她俩安顿在了一起。

然而，方玉玲这个"红旗一号"坑道唯一的女民工，成天跟一大群男性在一起干活，诸事的不便难以想象。男人小便甚是容易，只要往墙角处一扭屁股，掏出那玩意儿唰唰唰就办事；有时来了兴头，相互间便在坑道墙壁比试谁的尿珠高——残留的尿印子宛若远古溶洞的壁画。而方玉玲小便一次得跑到没人烟的小山沟里去。为避免这一难处，曾挨过吴营长严厉批评的她，即便干渴到喉咙冒烟的地步，都不敢喝水。要是来了例假，她得去更远的地方解决，换下来的纸巾还需挖坑掩埋，生怕那些只想拿女人开心的赖皮，重演宋医生那回没处理好被挂到营部墙壁的闹剧。

其实工棚西侧的场子边设有石棉瓦围起来且分隔男女的简易厕所。可没用几天，那块做界墙的石棉瓦竟然裂开拳头大一个口子。一次宋医生小解时猛一回头，见那个口子里镶嵌了一只圆溜溜的眼睛。她慌忙拉起裤子，跑到营部找吴营长哭弄了一场。为解决这个问题，吴营长派人拉来砖块石灰，将石棉瓦全部换成结实的砖墙。可没过三日，隔墙又开了一个洞。吴营长彻查此事着实下了一番功夫，却有始无终。为杜绝此类事件再度发生，吴营长召集全营民工开了个专门会议，神情严肃措辞愤慨地批评了这个"不道德"的人，并声称一旦抓获从严惩处。随即，又派人结结实实堵了那个洞。可没过一周又开了新洞。这件事搞得自以为正直强硬的吴营长哭笑不得，只好默许方玉玲在干活期间远途方便。

"红旗一号"坑道越掘越深。为通风供氧，坑口安了风箱，坑道墙脚铺了胶管，掌子里干活的人全靠风箱呱嗒呱嗒的抽拉声活命。

夏阳酷暑犹如烈焰烤人，坑道里反倒凉快。别出心裁的吴营长要厨师把午饭送进坑道里吃。饭后休息时间便成了民工们最为活跃的时段——几个捣蛋鬼总爱戏弄秋良，一来逗趣开心，二来给方玉玲的脸上增添点色彩。

秋良本是个苦命的孩子，一双父母被鬼子杀害，祖母含辛茹苦把他拉扯成人。他虽人憨身笨，但干活有气力，行事知羞耻。天再热，都不肯脱掉大裤衩。有人故意捉弄："秋良，往墙上尿一泡，比一比谁的鸡巴尿得高。"这事秋良不肯认输，掏出那东西尽着力气往高尿。而只要方玉玲在场他就不干。他弄不清女人尿尿的那个东西是个什么玩意儿，可他能猜得出跟男人的不一样，也就不肯让方玉玲看到自己的这个尿尿的东西了。

泡在民工堆里的这个女人，自是无法逃避男人当开心果要笑的命运。今天吃罢午饭又有人喊叫："秋良，尿一泡比比……"秋良看一眼不远处站立的方玉玲，憨笑一声说："不，就不。"

"狗日的竟敢不听话。来，弟兄们上！"一声吆喝，四五个后生一起动手，把秋良摁倒在地，吱哩吱啦脱去衣裤，拉胳膊拽腿抬离地面尺余，喊着号子左右摇摆起来。秋良被民工戏弄惯了，只好无奈地接受这过头的玩笑。每当这时，方玉玲便踏着如雷的哄笑声躲往坑外。这时她刚走出坑口，恰与上过厕所正要进坑道的五秃相遇。五秃看了方玉玲一眼，便知掌子里正在干什么。他信步走到为坑道照明提供电源的小型发电机旁，从润滑油壶里倒进手心一小股机油，一边搓着手往掌子里走，一边扯开塌嗓子唱起了下流小曲：

> 六月六呀月西沉，
>
> 野鸡不叫棍子捅；
>
> 刘三搂着牡丹睡，
>
> 崔五就在门外听……

五秃进到掌子，趁着被剥了个精光的秋良无法自由，便去揉搓他裆下那物件。

就要干活时，扯胳膊拉腿的人刚把秋良放下，商八怪喊了声"秋良"，指一下走进掌子的方玉玲说："战斗！"全身赤裸的秋良不知从哪里来的胆气，一下

182

子扑上去抱住方玉玲疯狂地亲吻起来。猝不及防的方玉玲左推右搡无法脱身便狠命斯打。可秋良不但没松手，越发死死抱住，狂吻个不止。方玉玲一时发急，顺势一口咬在秋良的下巴上。秋良觉了疼，即刻松了手。方玉玲双手朝其胸脯猛推一把，秋良噔噔噔疾步倒腾，被脚下的石头绊得仰面摔倒，后脑勺碰了个血口，立时昏厥。带班长慌忙喊叫人手，抬起秋良送往医疗室抢救……

晚饭后，方玉玲回到医疗室，宋医生说："那个叫秋良的傻小子碰得不轻，昏迷了半个多钟头才醒来。"玉玲沉思一阵，洗过脸，换了衣服，便向五号工棚走去。她将至门外，不经之谈从棚里飞出："秋良兄弟是咱营最勇敢的战士。龙岩岭的那朵花连当年的大野、王计小都没沾上边。今儿个咱秋良……"方玉玲听到这些放纵之言本不想进去，但又觉得这群赖皮越是这样子挑唆弱智的秋良，自己越得理直气壮站出来说话。于是理一把刘海儿，大踏步走进了汗臭烟臭脚臭混杂的工棚。

正油嘴滑舌乱说一气的五秃、商八怪猛然见方玉玲站到面前，立时发了蒙，大张着嘴巴吱不出声来。煤油灯下，那一张张入迷忘情听"荤书"的面孔，也都不约而同地转向她，似乎想从她的脸上读出来意。通铺上的几个脱掉衣裤枕着两条胳膊仰躺的人，慌忙拉起被子毯子掩丑遮羞。

方玉玲借着暗淡的灯光扫视了一眼，径直走到秋良的铺位前，竟然把头上和下巴处扎着绷带静躺养伤的秋良吓得一骨碌爬起来，慌忙拽起被子裹住赤裸裸的身子，欠着屁股往脚底挪腾，同时拨浪鼓似的摇着头说："不啦，不啦，再也不敢战斗啦。"众民工听到这话不由笑出声来。方玉玲凝视着秋良的绷带说："什么战斗不战斗的。那些都是他们哄骗你的瞎话。"

"骗俺的？"秋良重复了一句。方玉玲点了点头说："你本来是咱营最可怜、最该关心爱护的人，可有些人不讲道德不怀好意，常常拿你开心。你往后再也不要听信那些瞎话啦，养好了伤多出勤多干活，挣下钱好给家里的奶奶花。"秋良听见这话跟离家那天奶奶叮咛的一样，便粗声粗气说："俺奶奶也是这样说哩。"玉玲问："你的褂子呢？"秋良拉了拉裹身的被子憨笑一声说："褂子被他们撕破不能穿啦。"玉玲说："我来就是要拿去给你缝补哩。"

"你要给俺……"秋良不敢相信自己的耳朵。玉玲说："按年龄，你该叫我姐。你把褂子给我，我这就拿去给你缝补。"

"你，你要当俺姐，给俺缝补褂了？"秋良脸上堆起一团笑容。方玉玲点头微笑着说:"对,我给你当姐。往后你就叫我姐好啦。衣裳破了,姐给你缝补;脏了,姐给你清洗。"

"姐——"秋良爽朗地喊了一声,把脚底扔着的那件破褂子双手递给了方玉玲。

二十八

从龙岩营的坑井挖出矿石那天起,自上而下沉浸在兴奋、欢乐和喜庆之中。这桩白岩山矿区的头等大事,给龙岩营的乡村两级带队平添了无上荣光。乡政府的吴带队由营长晋升为副团长,侯大瓦等村带队也由连长提拔为副营长,但仍然在一线带班挖矿。

自打方玉玲那夜看望了受伤的秋良,五号工棚的民工再没调唆秋良"战斗"。掌子里吃过午饭,也没人再捉弄秋良了。民工们暗地里窃议方玉玲的能耐:"就凭几句话,竟把个傻小子哄住啦。"

其实傻子也晓得谁对自己好,谁对自己不好。方玉玲以大姐的心怀,可怜、同情和照顾这位弱智的民工兄弟,使得秋良有一种方玉玲不同于别人的亲切感。他只要见到玉玲,便左一声"姐"右一声"姐"地呼叫。他送"姐"洗补的衣服不等洗刷干净缝补妥当,就迫不及待到医疗室去取,从不为白跑冤枉路空手而归后悔。在秋良眼里,除奶奶之外,方玉玲成了最亲的人。跟民工们谈及方玉玲,他总是"俺姐""俺姐"的称呼。倘若有人给玉玲出难题,或者背地里说玉玲的坏话,秋良会毫不客气地和他翻脸,有时还会举拳动脚耍真玩硬。

矿区山顶仅剩的那缕残阳余辉无声地告诉累得精疲力竭的民工,今儿个好熬了。

方玉玲挑着一担沉甸甸的矿石,迈着稳健的步子,匀称地踏着鸟翅般上下翘动的扁担节拍从井口走出,冷不防听到小锤一声耳熟的喊"妈"声,心下便有些奇怪。她顺声望去,只见小锤果然从那边跑了过来,脸上的汗珠长一道短一道流淌,两眼满含的喜悦神色,犹如山洞里藏匿几十年的人见到了阳光般激动和灿烂。"妈——"小锤拖着长长的尾声又喊了一声,一头扑进怀里。方玉玲放下担子问:"俺娃咋来了这里？"小锤抬头看着头戴柳条帽、身穿粗布衣、周身上下一色粉红的妈妈，擦一把欣喜的泪水说："妈，我想你。"说着又把脸藏入怀中。方玉玲的心头不由涌动起一股子热浪，抚摸着小锤蓬乱的头发淌下泪来。

挑着空担的民工停下脚步瞪大眼睛看开了这家母子。内中一个米家寨的人认识小锤，悄悄跟身旁的人叨咕了几句。大伙一听这个男孩是方玉玲为日本鬼子收养的那个娃，强烈的好奇心激起了看稀奇饱眼福的欲望，好多人放下担子挨肩并足围拢过来竞相窥瞅，就像观看珍稀之物般把这家母子包围在了核心。他们见这个男孩穿一身补丁缀补丁的蓝色斜纹布衣服，那胳肘、膝盖、屁股和肩膀横平竖直打落的同色补丁，足能看出他的妈妈有着既顺眼又结实的天才缝补技术，只是找不出他的长相与中国人区别在哪里。

这是工地，尚未收工的方玉玲不敢把时间耽搁在小锤身上。她拉起小锤，带着民工无数双眼睛，一边往医疗室走，一边问："俺娃咋寻见这里的？"小锤自信地说："我问过咱村好几个人，打听清地方就上岭刨了些药材卖掉，弄够车费。然后拿了些干粮，坐上班车到了白岩山乡政府门前，就问寻着来啦。"方玉玲知道下了班车距离这里还有近二十里山路，便轻声埋怨："你这娃呀……"

"妈，我就是想你。有时想得整夜整夜睡不着。"小锤说着流下了泪水。方玉玲擦一把小锤的眼泪问："你姥姥知不知道你来了这里？"小锤低下头没作声。方玉玲停下脚步骂道："你走时不吭一声，那会把你姥姥急死的！"小锤见妈生了气，嘟哝着解释："我要和姥姥说了，就来不成啦。"说着畏畏怯怯抬起头，"妈，我不走啦，想在这里跟你一块住——哪怕进洞洞担矿石也成。"

"傻孩子，你好糊气……"方玉玲收住骂声拉着小锤走进医疗室，微笑着给宋医生介绍："这是俺儿子小锤——快叫宋姨。"进屋嗅到一股子清幽的药香味的小锤，按妈的意思羞羞答答叫了声"宋姨"。跟方玉玲从未有过龃龉的宋医生看一眼小锤没有应声，也没开口说话。她早就听说方玉玲收养了一个日本鬼子的娃——应该就是这个。鬼子践踏太行山那时，宋医生虽小，但她对鬼子杀人放火奸淫妇女等暴行铭记在心，永难忘怀。天都这般时分了，方玉玲收养的这个小鬼子今夜要住哪里呢？宋医生用仇视的目光扫一眼小锤，一改往日跟方玉玲的融洽友善，恶声质问："他黑夜睡哪里？"

"他还是个娃，和我将就一夜，明儿个一早就送他回去啦。"方玉玲说着，拿起毛巾便给小锤擦脸上的汗道。可小锤说："妈，我不走啦，真的不回去啦。我想跟你，就想跟你在这里。"

"俺娃不要糊气啦！"方玉玲骂了一句，把小锤拉到自己的床边，"你且歇着，妈还得担一阵子矿石才下工。"小锤旅途劳累，身子实在疲倦困乏，正想躺在床铺上歇一歇。他脱掉鞋子坐到床上还没躺下，凳子上的宋医生唰地站起来大吼："不行。光他不能在这里！"

方玉玲听出了宋医生的话意，一时竟不知把小锤打发哪里去。小锤想不起啥时惹恼过这位宋姨，但能看得出宋姨讨厌自己，只好打肿脸充胖子："妈，我不累，一点儿都不累。我想去洞洞里头看一看。"方玉玲不想要小锤去那边，忍住饱含的泪水说："带班长不许外头人走进工作面。俺娃且在门前的场子上游转游转哇。"说着，拉起小锤出了医疗室。

方玉玲收养的小鬼子来到白岩山的消息，一顿饭工夫就一阵风似的传遍了各个角落。不光龙岩营，其他营的民工也用晚饭后这段毫无事做的时间，拉群结伙说说笑笑朝龙岩营的医疗室看怪物般拥来，把个本就不到二十平方米的屋子挤了个水泄不通。进不去的民工在门外大骂："狗日们的腿脚都灌了生铁水啦！"这话不假。屋子里的人，有的站立原地不抬腿不挪脚，坐在床上、凳子上的人更是不舍离去。他们借着桌子上那盏并不明亮的滚肚玻璃罩煤油灯看视小锤的同时，自是不肯错过跟方玉玲这么漂亮的女人攀谈的绝妙机会。

门外场子上游走了好一阵的宋医生实在没了等下去的耐心，便亮着嗓子吼叫着连推带搡返回汗臭烟臭呛得人不敢换气的医疗室。她见自己整洁干净的床铺，和那个无论何等有权有势的伤患病人都不能占用的木凳子，被脏兮兮的民工坐了上去，气不打一处来："这是给你们安排的座子吗？滚开！出去！"民工们知趣地从床铺和凳子上站起来，但门口堵得死，一时无法离去。一个调皮捣蛋的后生想跟宋医生来几句，便接过话茬儿开起了出圈的玩笑："平时有了伤病进到医疗室，解衣脱裤露屁股乖乖地让你揣摩。今儿个这里成了官房，放了官场，我们不但来凑红火看稀罕，还想摸一摸你呢，咋肯出去！"这话引起哄堂大笑。又有一个说："工变工，不敢吭。你经常揣摩我们，我们也该揣摩揣摩你才公道哩！"又是一阵狂笑。

门外的民工听到屋子里又说又笑又起哄，粗话怪话一茬一茬往外冒，便拼命往里挤，像在购买奇缺而又非用不可的紧俏商品。紧挨宋医生的人借机把身子靠上去，口里还埋怨："后面的人不要挤！"而挨不上宋医生又距她不远的人，为讨个肢体触碰的便宜，便伸出手去浑水摸鱼——乱揣乱摸。民工这个特殊群体，无论好事还是坏事，只要有人挑头，就会一哄而起，一拥而上。于是，伸向宋医生的手越来越多，揣摩的范围也越来越大。宋医生只觉脸上、头上、脖子上、膀臂上全是长满老茧的手，还有的竟然摸到了奶子上。她愤恨地猛搡几下，回头狠骂几句，那一双双耍骚使坏的手尽管缩了去，可随着她的转脸扭头又伸了来。宋医生面对这群言语粗陋手不安分趁着这个场合开过火玩笑的民工毫无办法，一腔怒气不知往何处发泄。她狠推几把走到桌子前，啪地往桌面上拍了一巴掌——玻璃罩油灯微跳了一下，灯头眨了一眨。她冲着床边抱团而坐的方玉玲母子吼道："这里不是赶庙会唱大戏的地方，你们还让不让人在啦？！"

面对眼前这情形，方玉玲不知如何是好。她对给宋医生带来的这些麻烦甚感不安——她怯声怯气地道歉："宋医生对不起，实在对不起。"她又向民工们央求，"好俺的哥哥兄弟们哩，你们快回工棚哇，都该睡觉啦……"门外的民工接口高喊："我们不碍你们睡觉的事，你们睡哇。我们想看看你们咋睡哩！"这话使民工又爆发出一阵狂热的呼哨。

嘈杂的人声、粗俗难听不堪入耳的怪话一窝蜂似的嗡嗡，就像遭了横事。宋医生亮着嗓子骂道："这地方不能在啦，在不得啦！"她手口并用破开人墙，出门便去找吴营长哭闹。可吴营长因坑道挖出矿石被县里树为模范干部，到别处巡回演讲推广经验去了。于是她又朝团部奔去……

看书、读报、写日记似乎成了柴祉生命中不可或缺的东西。他正在油灯下看书，听到走回工棚准备睡觉的人闲聊："今儿个亲眼看了看日本鬼子的娃，原来跟咱这里的娃一模一样。"又有人说："咱们营的人，外营的人，今夜可把个医疗室挤塌啦。紧挨宋医生的那几个小子又捏又抓又揣摩，实实讨了大便宜啦！要不是祁团长到场，恐怕……"柴祉也知小锤来了矿区，却没料到会是这样。他放下书快步朝医疗室走去。一进门，见屋子里倒也没了民工，祁团长正板着脸训斥抹泪啼哭的玉玲："……民工都像你这样跟家人拖泥带水拉拉扯扯，那还咋挖矿？再说，他一个男的怎能住在这里？"柴祉上前恭敬地赔着笑脸说："祁团长，这个问题好解决。我把小锤引到我们棚里住上一夜就是啦。"说着拉起小锤去了。

次日一早，方玉玲准备送小锤回家时，又为吴营长不在工地请不了假犯愁。她清楚营里对旷工民工的处罚有多重，但又不敢打发心头仍旧缩着疙瘩的小锤独自回家。于是，她便向大瓦请假。可大瓦咧嘴笑道："老黑没给咱这个权。我要准了你的假，他回来怕是要拧掉我的猴头哩。"方玉玲说："你是副营长，营长不在理当找你请假呀！"大瓦说："咱这个副营长是打肿身子背了个马鞍的瘦驴——驴性没改。"说着斜一眼玉玲，正想来几句调她胃口的话，再带她去团部找祁团长请假。可方玉玲头一转，拉起小锤去了。

　　在这段近二十里的山路上，母子俩说了好多话。方玉玲比长比短和小锤讲了如何听老师话，如何好好念书，如何团结同学，如何帮姥姥做家务等话。这些话小锤都能接受，但他仍然询问："妈，我要再想你咋办？"

　　将到班车途经的公路边，眼尖嘴快的小锤望见了侯林："妈，你瞧俺林姥爷来啦。"走至近前，侯林看着小锤说："你这娃，可把你姥姥急坏啦——我就猜见你来这里寻你妈啦。"方玉玲感激地说："林叔，俺家小锤不懂事，又叫您……"

　　"妈，我要实在想你就又来啦。"小锤眼含泪水扔下一句话，跟着侯林去了。

　　前去推广先进经验的吴营长回到白岩山，听说方玉玲收养的那个小鬼子招惹得民工险些把矿区吵翻，给"红旗营"造成了极坏的影响，害得祁团长亲自出马解决问题，便有些恼火。尤其他听了宋医生的牢骚、祁团长的批评，气得面色又加了一层黑。方玉玲逼着增加工分的尴尬，以及民工们的闲言碎语不觉又涌上心头。当晚便被当作反面典型，在村级带队会上批斗了方玉玲两个小时。

　　似乎觉得力度不够——应当让全矿区乃至全县都知道"红旗营"的纪律是如何的铁，作风是如何的硬，带队是如何的强。不打无准备之仗的吴营长精心筹划了一番，便开始展现自己的"工作力度"。

　　晚饭后的这段时间最适合开会。吴营长利用堆放矿石的场子作为开会场地，在高于场子一米多的那个平台上摆了一张桌子、一把椅子作为堂案，起动为坑道照明的小型发电机为平台照明，要各村带队把各自的民工带到会场，让方玉玲站在他稳坐的桌案前面朝大家交代问题："你这富农家的闺女，叛徒的妻子，收养小鬼子的女人，来矿区搞钢铁用心何在？为什么不履行请假手续擅自离去？是不是有意破坏'红旗营'的生产秩序……"

方玉玲答不来问话，只垂头而立，委屈地抽噎。她此时也在暗想：都这么多年啦，铁锤的那个实信儿咋还不来呢？想着想着就又担心小锤：好俺的娃，你可再不能犯糊气往这里跑啦……

为给方玉玲了事圆场，侯大瓦在那天晚上开罢各村带队参加的批斗会，就私下里跟吴营长说了玉玲的实际情况，却没起半点儿作用。

宋医生也为那夜到营部团部哭闹，后又在吴营长面前诉苦叫屈，给玉玲带来的这场罪过心亏不已。

连日来，方玉玲含泪站在电灯照耀下的台子上，无声地承受辱骂和批斗，也给工棚里闷热不堪，正想在棚外凉快的民工多角度审视女人创造了难得的机会。饭好耐饥，人美耐看。方玉玲那俏丽的容貌，出众的情态，宛如一株耐品的玫瑰，使场上的参会人越聚越多——其他营的民工不请自到。有的紧靠平台的塝堰前站立，有的坐在平台的左右两侧，像欣赏一件精美绝伦的艺术品似的扁头歪脑看个不休。尽管吴营长像演说家似的挥舞着手臂慷慨陈词朗声批斗，可那些尖刻言辞不用说外营人了，就连本营的民工都懒得去听，以至于令人生出强烈的愤慨和反感情绪：为一个不懂事的孩子跑来工地寻妈妈这点儿小事，咋揪住人家不放呢？同情弱者保护女人通常是男人的天性。于是，有人便偷偷地做开了往台上弹石子、抛土块的小动作，有的石子被抛弹在方玉玲身旁，但居多"偏爱"吴营长。吴营长恼火地站起身子大声呵斥："是何用意？"可他的话在外营民工眼里狗屁不顶，做小动作的人竟然敢作敢当："黑营长，我们本想打那个女人，结果子弹跑偏打在了您身上，对不起啦！"

次日晚饭后，批斗会继续进行，参会的人越发多了。吴营长见此心下甚是得意。他正按白天备好的批斗稿扯开嗓子拉着长声尽情地发挥，爱"跑偏"的小石子、小土块又不停地往他的身上落。正当他暗自思谋明天晚上如何要矿区的民警穿上便衣混进会场抓几个搞破坏的典型之时，突然拳头大一块土块飞来，嘣的一声正中额头。他只觉一阵生疼，未及抬手去摸，撞碎的土面钻了两眼，害得他有眼难睁，有气难出……

"跑偏"的土块解救了方玉玲。而矿区派出所的民警随即展开了侦破抓捕行动。他们没明没夜忙乎了多日，还是没有抓到破坏开会的捣乱分子。

二十九

　　"红旗一号"坑井猛挖了近一个月矿石，将坑道挖下个既宽又高的大黑窟，负责打柱棚顶的民工竟不知如何来顶补。而最要命的是这个典型正在全县发热放光起着无穷带头作用时，坑井没了矿石。矿区指挥部的领导不信"红旗一号"会出现这样的问题。他们认为铁矿跟煤矿一样，容易出现断层，穿过白壁便是一座挖不完采不尽的矿山。为充分发挥"榜样的力量"，他们一面严封密裹消息，不让外界知晓实情。同时向县里申请小平车武装龙岩营，促使其加快挖掘进度，用最短的时间找到矿石。

　　坑道是从入口处慢下掘进，出碴则为一路慢上。矿区指挥部把县里调来的第一批平车优先分配给了龙岩营。用平车运输碴土，需要一人拉一人推才能走得动。到团部领平车时，侯大瓦给吴营长提了个合理化建议："两人一组，自找对象自由搭配好干活。"这样一来，力气大的人抢着要；反之，没人喜欢。方玉玲一个女人家，体瘦力小，身子羸弱，谁肯要她？只有求我大瓦。这是大瓦给吴营长出主意的初衷。然而，在方玉玲身上煞费苦心的侯大瓦打错了算盘——块头大力气也大的秋良听说自由组合，便粗声粗气地喊叫玉玲："姐，咱俩搭伴哇！"

　　男女搭配，干活不累。秋良跟姐搭伴拉车浑身有一股子使不完的劲。方玉玲也尽着力气装碴、推车，生怕自己组落伍。每天晚上营里公布的车数，他俩与别的组相当。秋良乐呵呵地四处宣扬："俺跟俺姐搭伴，俺姐不比你们少干活。这个月俺姐就成十分劳力啦。"

　　大瓦见玉玲和傻秋良搭了伴，心里酸溜溜难受。他挑起铺盖卷来白岩山挖矿，就为利用带队之便照顾玉玲博得芳心，美梦成真。比如伙房帮厨的活计就适合玉玲干，但他没去为她争取，意在等她苦累到难以支撑的地步开口来求。而方玉玲是个冻死迎风站，饿死不弯腰的人，担了多日碴土和矿石没叫一声苦累。这令大瓦甚是不解：是玉玲的骨头硬，还是自己设的门槛高？为给玉玲创造开口的机会，工余，大瓦常常到医疗室闲坐，话题多为营部有什么想法、团部有什么指示。而玉玲对他仍是不冷不热，不搭不理。于是，大瓦只好跟宋医生东一榔头西一棒槌聊些寡淡话。

这天晚饭后，团部又请来了县里的电影队——靠小型发电机供电"耍电影"。大瓦深知玉玲不到这场合，便又溜达到了医疗室。他见玉玲静坐床边，借着桌子上那盏油灯做针线，便露出讨好的笑脸问："宋医生取药没回来？"玉玲爱搭不理地回道："该是快回来啦。"大瓦能猜出这话的意思，露出两个小虎牙笑了笑，退至门口撩帘探头往外望了一眼，又折返玉玲面前说："告你一句悄悄话，那天夜里老黑挨的那一下是咱干的。"玉玲看了大瓦一眼，继续缝补秋良的那件破衣服。大瓦接着说："老黑一回来我就和他说，那天你去送娃向我请了假。可那个驴日的黑熊不但不听，还骂了一顿。"瞅一眼门口接着说，"斗你时，我见外营的人掺和进来动手动脚地耍笑他，我就藏到阴暗处，本想一石头给那杂种弄个满面红的，又怕闯下大乱，才换成松软的土坷垃——头一下没打准，第二下就把他干了个两眼吃土。"大瓦有鼻子有眼地说了一番，倒腾几步一屁股坐在凳子上，含笑等待玉玲的话。可方玉玲只顾做针线，连眼皮都没抬。

大瓦知她心里有话嘴上不说，同时也习惯了她的不屑和冷漠，并不为之难堪。他掏出随身携带的日历纸和烟布袋，卷了一根"喇叭筒"点燃，叼在嘴上丝溜丝溜过瘾的同时，眯眼盯着玉玲纳闷：小白梨说女人想开男人，比男人想要女人还想得厉害。她没男人都这么多年啦，咋就不想要男人呢？大瓦禁不住把目光挪在方玉玲的脸上：她咋长得这么好看呢？大瓦看着看着由不得又移目盯瞅方玉玲那丰满隆凸的胸脯，只见她穿针引线的同时，把那对圆圆的隐藏在白蓝相间的府绸碎花小布衫之下的奶子摇晃得微动。随之，大瓦的眼珠子便闪射出淫欲狂放的贼光。人常说：门槛，门槛，跨过去就叫门，堵在外头就是槛。今夜可是个跨这道门槛的绝妙机会！大瓦拿定主意，随手拽过桌子上那卷粘着纱布的医用胶布撕扯起来。

大瓦擅动宋医生的东西使方玉玲不得不开口："你拿胶布有用，也得等宋医生回来跟人家说一声。"大瓦笑道："我早就跟她说过——你放心，她不会冤枉你的。"玉玲见其恣意难阻，只好继续手头的针线。大瓦撕下来长短不一大小不等几块胶布，粘挂在自己的褂子上，然后看着专注补衣的玉玲轻声央求："你要跟了我，我侯大瓦就算剥掉皮肉卖骨殖，也不肯让你受这人不见的鬼罪。"大瓦的这些话，方玉玲听得太多太多了，回绝之言懒得出口，冷眼一扫，以沉默作答。大瓦又说："你来这荒沟野坡，整日跟着民工起早贪黑挖矿，不觉得苦？"方玉玲坦然说："力气是奴才，使了又来。这苦别人受得，俺也能受得——你快走哇，俺要睡啦。"

大瓦见玉玲下了逐客令，站起身子笑道："还早呢。电影还没散场，你忙啥哩。"

"我累啦。"方玉玲咬断线，别好针，拿起笤帚便打扫床铺。大瓦见她那浑圆的臀部随着扫床的动作微颤，一股子强烈而迫切的兽欲霎时爆发，唰地扑上前用那块手掌大的胶布粘了她的嘴，又用窄而长的胶布扎紧双手绑在床框上。方玉玲有手动不得，有口喊不出，两腿拼命蹬打，仇视的目光和愤恨的鼻音成了喝令其住手的唯一能力。欲火中烧的侯大瓦岂肯罢休。他手忙脚乱脱起玉玲的衣衫，那两个诱人的东西还没抓到手，就被玉玲双脚狠狠蹬踹下了床铺。大瓦像一只饿急且嗅到血腥味的恶狼，异常凶猛地反扑过来，正用胶布绑扎那两条碍事的腿之时，前来找姐取衣服的秋良，见有人给不愿跟人"战斗"的姐"战斗"，立时火冒三丈，顺手操起顶门杠朝其后背狠狠打去。大瓦大叫一声，手拿胶布滚倒在床铺内侧的墙根，干虾般蜷曲着身子直哈呀。秋良见是大瓦，举棒又打，却被方玉玲抬腿拦住，摇了摇头。秋良见胶布粘了姐的嘴、绑了姐的手，扔下棒子帮姐解开了双手。玉玲拉严上衣，掀去嘴上的胶布直喘气。

秋良粗声粗气说："姐，这小子敢和你战斗，俺一棒子打死他算啦！"方玉玲那又咸又涩的泪水流淌下来浸入了嘴角。她本想去团部告发大瓦，见大瓦紧咬牙关挪下床铺想出门，却侧卧地上动弹不得；额头上的汗珠豆子般滚落，表情龇牙咧嘴如受酷刑。玉玲知道这一棒打得不轻，便抹一把泪水跟秋良说："打死他咱得偿命。咱还是拉他到团部见团长哇。"

"姐，团长不管战士战斗的事。还是打死狗日的得啦！"秋良脸上挂着愤恨，却按姐的话没再动手。大瓦不敢抬头，忍受着剧痛说："玉玲，我错啦，我猪狗不如，我该死。你叫秋良打死我哇，我没脸见人啦……"

秋良那一棒叫侯大瓦断了三根肋骨，当夜便送进了县医院。

方玉玲没到团部控告大瓦。吴营长询问情况时，她说："因为一点儿小事，俺跟大瓦争吵起来，秋良为帮俺打了大瓦一棍。没想到这一棍……"

秋良被抓到了派出所。他给审讯的民警交代："俺去医疗室找俺姐拿衣裳，见大瓦那狗日在床上摁着俺姐战斗。为救俺姐，俺就打了狗日一棒。要不是俺姐拦着，俺早就结果了狗日的狗命啦。"民警按秋良这番不伦不类的话推测，可能他是撞上正在医疗室偷情的侯大瓦和方玉玲了，才造成这个后果。祁团长听了民警的汇报后想：侯大瓦是红旗营的副营长，给本村的相好偷情抖搂出去有失体面；

秋良又是个痴憨而肯干活的好劳力，法办这样的弱智后生没意思。于是便要派出所按一般性打架斗殴了结了此事。

秋良回到营里，仍然和方玉玲搭伙拉车。

后来人们说，祁团长一句话虽然免了秋良的牢狱之灾，反倒让他经历了更为可怕的一场劫难。

龙岩营的坑井愈挖掘愈深，因缺乏必要的通风设备，单靠人工拉风箱很难解决问题。民工进到掌子里干活，总感觉胸腔憋闷，换不上气来。

掘井寻矿仍在继续。民工拉着空车往掌子里走一溜行下，很是轻松；而装上碴土外拉则是逆坡而上，步步艰难。秋良和方玉玲每天所拉车数虽说与两个全劳旗鼓相当，但方玉玲没为挣七分半去找吴营长理论。她晓得自己组拉得满跑得快，全靠傻兄弟的这把子傻力气，十分是全团民工的最高工分，费多少口舌都无法为秋良争取来十二分。

这天，坑道里的出碴车仍然出出进进连续不断，但大家都不知挖掘多深才能见到矿石。上午十点多，方玉玲两手托着车后棚拖腰躬身用力上推；秋良肩挎拉带，手握辕杆，弯腰蹬腿，劲头十足地拉车。他二人和大伙一样，每拉重车便气喘吁吁，满头大汗。每每途经曾为龙岩营创造过辉煌的那段采空了矿石却无法打柱支顶的坑道，方玉玲总会抬头张望，格外小心。她听常进掌子里放炮的柴祉说，那个没打顶棚的空旷黑窟不安全，途经时一定要多观察，快通过。这时，方玉玲推着重车又抬头看了一眼，并没发现什么异常。她正要加把力气快快通过，只听顶上有唰唰的落土声。这是不是柴祉说的冒顶兆头？她此念刚出，突然轰隆一声塌下来一批土石。"秋良快跑！"方玉玲大叫了一声。她的喊声未了，顶上又轰隆隆落下来一批土石……

拉车出到坑外的民工见此，撂下平车跑进坑道便救人。

团部得知龙岩营的坑道冒了顶，堵进坑里好多民工，便调集就近几个营的劳力前来救援。

柴祉当即意识到了通风不畅的可怕。因为风箱输送的那点点风也被塌陷的土石压扁管道进不去了，冒顶封口没氧可吸，堵在掌子里的所有工友都将面临窒息的危险。柴祉见商八怪、五秃等一干人拼命用镐头、铁锹开挖土石，寻找压在下面的工友，便手握铁锹，一阵风蹿上高处呼喊："弟兄们，快来这里加把劲打通风道，赶紧给里面送风。清挖土石的千万不能硬刨硬挖，以免伤了埋在下头的人。"

赶来冒顶处手握手电筒亲自指挥的祁团长，听见炮手柴祉的喊叫有道理，便指挥民工先挖风道。吴营长挥动镐头领着民工拼命刨挖，不一阵工夫就开通了一条送风道，并将调来的胶皮管铺设进去，猛拉风箱送风；照明的电灯也在同一时间恢复了光亮。塌方地段以里的民工有了空气呼吸，也都拿起铁锹镐头参与营救。

时任山泱县县长的水少相闻讯赶来，跳下车跑进坑道，首先责令专人观察顶部，以防全力挖寻被埋民工时再度冒顶。随即，他拿起铁锹和大家一道干起来。由于坑道空间有限，只能分班轮换作业。经过三个多小时的大营救，终于清完了冒顶处的塌方，被埋的秋良虽身负重伤，但抢救及时保住了性命。

推车的方玉玲在第一批土石塌落时本能地后退了几步，因此大批塌方没有砸在身上，只被滚来的一块碗大的石头压伤两个脚趾。在经历了天崩地陷般冒顶之后的那阵子，方玉玲感觉最明显的不是脚趾的疼痛，而是胸闷气紧。要不是外面的人及时挖通送风道，方玉玲以及里面的民工恐怕都将难逃此劫。

白岩山矿区"红旗一号"坑道冒顶事故，引起了县里的高度重视。

时隔两天，水少相县长带着两名省地矿研究所的技术员来到白岩山矿区，走进各条坑井看视过之后，又对白岩山四周的山岩锤打钎撬了一番，然后分析了岩石性质、地质构造，最终出具了勘探报告，并在水少相主持召开的汇报会上说："水县长，这里确实有铁矿，但不多，而且矿藏也很分散，属于窝窝矿。好比偌大一座山埋进去几十块，再深挖也没潜力可言。"

在场的干部听了，都不免有点泄气。

当晚水少相赶回县城，向县委书记做了汇报。经会议讨论决定，暂且放弃采矿，全体民工撤离白岩山，搬迁到正在施工的白龙水库参战。

三十

龙泉谷的西口龙尾湾确实是个易修水库的地方：谷口以西方圆五里那片群山环抱的瓢形洼地，与龙泉谷恰好形成一把长柄大瓢形状；白岩山分水岭以东的天水和泉水都将从这里入谷东去。

该水库的命名颇费周折。按地名当称"龙尾湾"水库。可这三个字除"龙"字外，"尾""湾"二字与"鼓足干劲，力争上游"的大好形势不合拍。县里的头头脑脑苦思冥想后认为，库水来源于白岩山，当取山和河的第一个字。于是便把白岩山的"白"字和龙尾湾的"龙"字组合起来，命名为"白龙水库"。

白龙水库开工之初就呈现出空前雄劲的气势。民工齐聚工地的当天，县里在拟建的库坝处召开了声势浩大的誓师大会。整个工地红旗招展，口号连天，写着"让高山低头　河水让路"等豪言壮语的横幅条幅满目皆是。副县长、白龙水库工地总指挥戴明在会上讲道："修筑白龙水库既可减少水患，又能使下游几十里河滩打坝造地。这是功在当今利贯千秋的大好事……"大会临近尾声，飞沙卷尘刮了一阵狂风，把会场主席台的帆布棚子掀翻，台上领导被包了饺子，所幸没造成人员伤亡。人们私下里嘀咕，这是"不吉利"兆头。

白龙水库属于土坝结构——运来原土掺和适量卵石夯实，迎水面浆砌块石，背水面则为台梯形草坡。该工程除溢洪道、输水洞和排沙洞等技术性强的活计外，最大的工作量便是取土、运土和夯实。

万事开头难。聚集了全县几乎七成精壮劳力的白龙水库，刚上马主要靠民工肩挑筐篮从相距二里、直冲库坝的南山土场挑土铺垫道路。

方玉锁是第一批来的民工。他知道修水库是力气活，自己虽然算不得头号劳力，论年岁也是正当年，村干部打发来天经地义。可他一到工地，竟然还有姑娘和老婆子。郭家汇的大财主郭金泉的小老婆崔氏、米家寨翟青和的女儿翟敏，这两个人玉锁都认识，但他想不出村干部派她们来的意图：一个是四十多岁的裹脚女人，一个是十六七岁的黄花闺女，她们作帮纳底绣花缝衣也许是把好手，要来挑土修水库，简直是摆设。

确实如此。身穿海蓝色斜襟布衫深灰色斜纹裤、额头上留有火罐印子的郭崔氏，挑着筐篮拧着小脚连步子都不敢大迈，岂能放开腿脚奔跑？所幸郭崔氏后来被派到伙房做了洗碗刷锅的帮厨。

翟敏是翟青和的小老婆小貂蝉所生。当年大夫人跟小貂蝉争宠，那大夫人连见都见不得这家母女，恨不得一眼剜死，一句咒死。土改时大夫人的儿子自尽，小貂蝉被米应录一棒子打死，翟家也就仅剩这一老一小了。大夫人从"扫地出门"

那日起，就身背翟家这根独苗东家出来西家进去地讨吃要饭，天黑下来便钻田庵住小庙。她娘俩乞丐般居无定所熬磨了一年多，待到村里落实"填平补齐"政策才有了土地和住处。此后大夫人拧着小脚拉着小翟敏种田打柴，提水磨面，鸡爪刨食般维持生计，硬是把她拉扯成人。

翟敏生性内向，少言寡语，不擅长跟人搭讪，常被生人当成哑巴。而翟敏长得极像她的母亲，不但肌肤白皙、嗓音甜润，而且峨眉大眼、俊俏清秀，只是终日面挂忧愁，几乎没人见她笑过。

这天翟敏正在土场往筐篮里装土，一个衣着整齐、鼻梁挺直、脸色红润的十八九岁后生走来说："我替你担几回。"翟敏见这人不像民工，也不知替自己挑土为了什么，没去理睬，哈腰挑担便走。这后生一把抓住扁担含笑解释："担子给我。我想计算挑一趟用多长时间。"翟敏见其手里提着马蹄表，猜测是指挥部的人，没敢言语，微微笑了笑把担子递了去。这后生又说："都说你不会笑，这不笑了嘛！"说罢，挑起担子提着马蹄表去了。

这后生叫戴维红，是总指挥戴明的儿子，刚刚中学毕业便来工地当统计员。他的工作是统计和核算各乡镇工程队的施工进度、完成总量等数字。

经过一段日子的人工挑土，从南山土场到库坝基坑，铺垫出一条一丈多宽的运土道路。这时，县里统一为各乡镇施工队配发了小平车。后生们拉着车子从土场往库坝拉土一溜行下，空车返土场则是一路慢上；由肩挑改为车拉，施工进度明显加快。而下午"杀冲锋"的时间没变。在这个时段，无论拉着空车上行，还是重车下坡，都将随着催人奋进的鼓声奔跑。龙岩乡的民工，要数康家洼的带队乔豹眼拉得多跑得快了。这人虽然个矮身粗形似炮膛，民工送号"小钢炮"，拉起车来却气足力大，手脚利索。尤其重车下坡，一出土场驶入坡道，他便两手把紧高翘的辕杆，找到轴杆前后的平衡点，整个身子伏趴辕杆之上——犹如在跷跷板顶端荡悠——凭借惯性飞速而下。这种拉法车速既快又省劲，被总指挥戴明夸为"飞车"。于是，乔豹眼也就顺理成章地成了当之无愧的"一号飞车手"了。

方玉锁曾多次尝试飞车拉土，终不得其法。为学来乔豹眼那手绝活，他常常窥察其拉车下坡的动作，意外地发现乔的眼神对自己饱含着憎恨，由此想起了土改时乔在佛钟场寻衅的那一幕。

玉锁为了学"飞车拉土",尝试再三,终不得其要,后来由于乔豹眼使坏,连人带车滚下了沟里,所幸伤得不重。

方玉锁被工友搀扶到医疗室敷药包扎停当,本村的带队冯柱国才气喘吁吁赶来。他见玉锁筋骨无碍,松了口气半开玩笑说:"别人是下坡练飞车遭的殃,你咋上坡练开了飞车呢?"玉锁见医生上了厕所,便小声说了乔豹眼故意干的勾当。柱国骂了句"该死的小钢炮",摸着络腮胡望了望门外说:"他要安这号赖心,你躲过初一躲不过十五。养好伤上工时,我跟部带队说一下,调你到我的打夯队干哇。"

戴明见拉车民工事故频发,便领着各乡镇的带队现场办公。经研究认为,问题主要出在车多路窄上。于是,又把运土坡道加宽了一倍。

翟敏做梦都没想到戴总指挥的儿子戴维红丈量计算库容量要自己为他拉皮尺。恰在这时正值山桃花盛开,满山遍野成了花的海洋,惹得蜂鸣蝶舞百鸟吟唱。翟敏拉着皮尺顶头的小环前面走,戴维红随在后头一边拉尺丈量,一边往图纸上标录。他们东坡上来西坡下去,尽走人足不经之地——山桃花稠密之处。维红看着桃花丛中的翟敏笑道:"人说桃花最美,我看你站在坡上比桃花还鲜艳哩。"翟敏听了这话像怒放的桃花般红了脸,羞答答垂下了头。维红含笑说:"有一首古诗这样写道:胭脂鲜艳何相类,花之颜色人之媚。若将人面比桃花,面自桃花花自美。我想,写这首诗的人不定是看到了我眼前的情景诗情大发写成的。可惜我不会写诗,这样动人的景致只能印在心里。"翟敏没念过书,不懂得啥叫诗情画意。但她敏锐地觉察到了什么,不由摸一把发烫的脸颊,心扑通扑通狂跳。

尽管翟敏很少和人说话,但也到了愿意跟中意后生交往的年龄。丈量库区这几天,她感觉维红那不多而很有意思的话语,就像一缕缕和风从脸前拂过,又像一脉脉春溪打心里流淌,令她由不得一阵阵面红耳热。夜间回到工棚躺上床铺,她总抚摩着起伏跳荡的胸口难以入睡。有时她也想跟维红搭讪几句,可口里说不出心头的话来;对维红的问话和笑谈,居多以笑作答。即便窘迫到这地步,她都不后悔小时候辍学。因为她走进学校,单就"汉奸闺女"这四个字就压得不敢抬头。她最后那回哭着跑回家,不知情的大妈以为她逃学,破天荒打了她几巴掌。她无奈之下才含泪说出无法念书的原因。大妈听了抱着她大哭了一场,同时也就打消了要她上学的念头。从此她便跟着大妈干开了锄草、砍柴、挖野菜、缝补衣服的活计。因此她的天地甚是狭小，除了给大妈说几句话，几乎不与外人交往。

丈量库区的最后一天，维红微笑着问翟敏："咱俩干一手活计都这么些日子啦，你咋不给我说话呢？"翟敏羞红了脸，越发美丽动人："俺没念过书，说不出你说的那些话来。"维红又问："你小时咋不念书？"不经意的一句话戳破了翟敏心头的伤疤，泪水像夏季早晨花瓣上的露珠似的含在眼里，垂下头哑了口。维红自悔失言，慌忙转移话题："咱不说这个啦，不说这个啦。我见你丈量时口算挺快的，只要愿意念书识字，我来教你。"翟敏破涕为笑："闷算是俺大妈教的。识字——你这话当真？"

"大丈夫一言既出，驷马难追。"维红摆出既文气又爽快的样子说，"来，咱这就拉勾。"翟敏常见孩子们拿这个法子约承诺定协定，而她长这么大与女生都没做过这事，一时慌了神。维红一把拉起她的手，小拇指相勾，大拇指相对，摇晃着说："拉勾，上吊，一百年不变！"维红见翟敏只笑不发声，便催促她一起说。翟敏看着维红那英俊的笑脸，诚恳的央求，充满善意的鼓励，便鼓了鼓勇气，真的跟维红一道喊出了那句话。

从民工使用平车拉土的那日起，翟敏就成了土场的装土工。她记事以来从未有过近来这么开心。尽管在别人眼里她仍然是个不会说笑的"哑巴"，内心深处却潜藏着无尽的甜蜜和醉人的快乐。她的那种刚来工地被民工用贪婪的目光扫视脸蛋和胸脯的恐惧，随着跟维红的相识渐渐消失了。她每每想到维红那动人的笑脸，轻快的话语，浑身便生发出一股子心旷神怡的爽气。尤其"拉勾"之后，维红真的给她买了书本纸笔，吃罢晚饭总来女工棚教她读书识字，使她有一种爬出荒漠步入绿洲的感觉，一天不见维红仿佛缺少了什么。

乔豹眼见方玉锁滚下沟没少胳膊没断腿，心里便想好了下一次收拾他的招儿。然而，方玉锁养好伤开始干活时却被调到了打夯队。为这，乔豹眼恨透了郜利山，恨不得扑上前一拳把他打翻在地。

鼻尖犹如未熟的草莓般长着几粒酒刺的郜利山，是个成天奔波工地用心做事的干部。比如打夯这样的关键环节，尽管水少相县长费劲购置的那台白天带动打夯机、晚上可供工棚照明的大型发电机起着决定作用，但他还是常常亲手测试强度密度，生怕有半点儿闪失。但他喜欢喝酒，没菜也要干抿几口。民工为统一食宿，步调一致，全都住宿工棚，而且以乡镇为单位设有伙房。见人迎面笑的司务长周敬昌，每天中午民工吃饭前，总会悄悄为郜利山炒个小菜备壶小酒，这件事不几天就成了众所周知的秘密。于是，民工们便为舔屁眼溜沟子的周敬昌送了个"马屁精"外号。

常言道手在胳膊头，锅在笊篱头。别的乡镇的伙房，也有带队领导和厨师开小灶吃小餐现象；县指挥部的伙食与民工灶相比，可谓肉蛋鲜菜对土豆，大米白面对糊糊——天壤之别。

这天上午将近十一点，乔豹眼见郜利山离开工地去了伙房，便撂下平车跟了去。郜利山刚坐在凳子上品菜喝酒，乔豹眼怒冲冲闯进伙房，摔了酒、扔了菜不说，又把刚为民工做好的一柴锅和子饭掀翻——饭汤浇进灶火，轰地响了一声，卷起一股子赤热的含带着浓浓火灰的烟雾。乔豹眼干完这些，二话没说便跑到指挥部办公室找戴明谢罪："戴县长，我为民工出气闯下乱子啦。"土改时戴明就认识乔豹眼，来到水库工地见他很是能干，便格外高看。戴明细问缘由，豹眼将郜利山拿民工的伙食大吃二喝之事说了一遍，又添油加醋："大家伙闻到这个风不仅不好好干活，还抱团结伙谋划闹事呢。"戴明当即来到伙房，果然见饭菜满地酒味扑鼻，厨师们正在手忙脚乱打扫；郜利山脸红脖子粗地垂头无语。戴明当场严厉地训斥了一顿，并撵郜利山回乡里向乡党委做深刻检讨。

酒坏英雄，水坏路。郜利山懊丧地领受着失势者的耻辱离开工地，回乡里接受处罚去了。戴明唯恐影响工程进度，指定乔豹眼暂且代管龙岩乡的施工队。豹眼由衷体味到了权力的神圣——戴总指挥抬举谁谁就是红人，捏灭谁谁就是毛虫。豹眼以为，自己既然因揭露伙房问题得到了重用，理当为民工"整顿"伙房。除小脚婆郭崔氏之外，把马屁精周敬昌和掌灶、厨师等一干人全部换掉，趁机安插了几个亲信。与此同时，把翟敏也调进伙房帮厨。而他本人仍然架着平车带着飞车队拉土。因担心这把子新手的厨艺，豹眼在开饭之前走进伙房看了一回，只见以玉莐面、小米为主食的和子饭窝窝头做得有滋有味，心下略觉放心。对乔豹眼感恩戴德的这几个新厨师，见工地尚未吹响收工号，他就回到了伙房，谄媚之心顿生，一起动手忙乎了一阵，做好一海碗干炒削面双手递去，却被豹眼随手倒进大锅，用勺子搅了个均匀，瞪起那双豹眼珠子好一顿臭骂。这件事在工地上一传溜，豹眼的人气攀升，声望也倍增。戴明觉得选拔一线能干的人担任领导，要比乡里派来只会说话不会干活的干部强得多。

翟敏从土场调到伙房，其实是沾了有个总指挥父亲的戴维红的光了。虽然维红没跟"乔代管"说情，但豹眼人粗心细，知道酱瓮里撒把盐没错。翟敏却为之忧虑不安，总在怯惧乔豹眼那双扫视自己的眼睛。她本想跟维红把这话说透，又不知如何开口。

这天刚吃过早饭，翟敏正和郭崔氏刷锅洗碗，县指挥部的通讯员跑进伙房，指名道姓叫翟敏去一下指挥部。在场的人把各种想象和猜测的目光投向翟敏。心跳不止的翟敏随着通讯员走进戴总指挥的办公室，见其背抄双手，昂头踱步。通讯员没有言语，匆匆退了出去。翟敏红着脸拘谨肃立，不知该说什么。犹如故意拿捏，又像没有想好开场白——戴明只踱步不开言，令翟敏走不得，在不是，尴尬至极。

一袋烟工夫，戴明扫一眼翟敏，拉开长声问："你叫翟敏吗？"翟敏点了点头。忽然戴明啪地狠拍一下办公桌，大声怒吼："你就是大汉奸翟青和的闺女——翟敏吗？！"这突如其来的拍桌吼叫，惊得翟敏身子一哆嗦倒退了几步。这是她最脆弱、最经不得触碰的一根神经。她打小就为束缚自己的这副无形枷锁常常质问苍天：为什么偏偏把我降生到汉奸家？为什么？这到底为什么？她也曾发誓：有朝一日或上天堂或下地府，总得问他个明白！

面对统领千军万马的戴总指挥，翟敏吐不出半个字来，唯有泪水洗面。

戴明接着断喝："你爹给鬼子当走狗犯下滔天罪行，被八路军枪毙。你跟你妈一样的货色，凭着几分妖媚，成天缠磨良家子弟……"翟敏听到这话，不知哪来的勇气，当即顶了回去："俺从来没有缠磨过你家维红！"

"你还敢嘴硬！"戴明又拍一下桌子，"你这汉奸的闺女干活不怎么样，纠缠男人倒是一把好手。你要再……"翟敏双手捂脸哭啼而去。

乔豹眼给郜利山晦气，无意间坐上了龙岩乡带队的这把交椅，自是不肯放过逃到打夯队的方玉锁——以加强飞车队为由，又将其调回来拉车。

从来不敢吹大气充好汉的方玉锁，还真的拉不了飞车。也许他天生就没有拉飞车的身手和胆量。他拉着重车下坡莫说双脚离地了，只要车轮子快起来就得赶紧抬辕杆——摩杆摩地刹车减速。玉锁说自己也想飞，就是学不来那一手。乔豹眼当下承诺："我来给你当师傅！"

次日，乔豹眼拿出当师傅的派头喝令："装车！"玉锁装车的速度并不慢——豹眼装满车插上小红旗时，他的车子也装好了。他挎起拉带，跟着豹眼拉着车子刚出土场，只听进入坡道的豹眼大喊："把车欢起来，不要抬辕杆，眼看前——脚离地——"平车随着喊声飞速而下。玉锁感觉车轮快了起来，但他的腿脚还是不敢悬空。当脚步赶不上车轮的速度时，他禁不住抬起辕杆、摩杆摩地减下速来。他拉着车子上到坝顶，还没来得及倒土，恼怒不堪的乔豹眼骂了声"熊包"一拳就把他打倒在地，随即拳脚并用没完没了地狠揍。虽说师傅打"徒弟"不为过，要是太过了也会引起人们的议论和愤慨。本乡和外乡的车手围拢过来，有的问因由，有的上前拦挡阻止。他们都为带队的如此虐待属下表现出满腔怨恨："咋这样子打人？犯啥罪啦……"尚未出透气的乔豹眼，不得不在一片嘈杂声中住手。

灰头土脸鼻孔淌血的方玉锁从地上爬起来还没站稳，乔豹眼就恶狠狠地喊叫："快倒了土给老子走——我要训不飞你小子就不姓乔！"

方玉锁面对乔豹眼这个野骡野马般踢咬的蛮横上司，只能逆来顺受。他擦一把鼻血，倒了车里的土，挎起拉带，快步往土场赶去。

三十一

方玉玲来到水库工地没有见到翟敏——她含着遗憾含着憎恨含着无奈已经踏上黄泉路多日了。这时，更名为人民公社的龙岩乡尚未派来带队，施工队的工作仍然由乔豹眼负责。方玉玲被安排到伙房帮厨——接替了翟敏的活计，所住工棚和床铺也是翟敏的。

方玉玲的到来，可把个郭崔氏乐坏了。翟敏出事后，郭崔氏只想借个病因躲回家，又怕村干部把女儿素萍打发来充数，为此左右为难，纠结不已。此前郭崔氏虽没见过方玉玲，但知道她是龙岩村方太文的闺女，不但长得一表人才，而且打得一手好腰鼓，被人称作龙岩岭的两朵花之一。

郭崔氏两眼凝视着方玉玲啧嘴惊羡道："俺早就听说你是花朵般好看的人，今儿个总算……"她解开床头摞的包袱，捧出一包书本纸笔，"俺是个睁眼瞎，不知上头写些啥。可俺知道这是翟敏那娃心爱的东西，没舍得扔掉，看到又心疼……"说着抹开了眼泪。玉玲接过手草草翻看了一遍，除过两封尚未寄出的信之外，大都是识字的书籍和本子。郭崔氏接着说："翟敏那妮子跟俺家素萍同岁。俺村的干部本来是要俺家素萍来修水库的，俺放心不下才来顶数。像咱这样的人家……玉玲呀，你念过书，有见识，千万用心给俺家素萍瞅个好后生——这是成天挂在俺心尖上的大事呀！"方玉玲凝神想了想，没有言语。

郭崔氏早年也是美人坯，因家境贫穷，被大她二十多岁的郭金泉看上，纳为二房，生育一女。她人缘好心肠热，一不掌家二不管事，土改时逃过一劫。

方玉玲对翟敏睡过的床铺并不在乎，只是想不通一个黄花闺女怎就下了自尽的决心？不说别的，就为拉扯她长大成人的大妈，也不该走那条路呀。爱说爱道的郭崔氏悄悄道出了翟敏死前的蛛丝马迹。

自打戴总指挥训斥了翟敏，翟敏便尽力躲着戴维红不见。而偌大个工地全是打了垛的男人，除了工棚和伙房两处，她又敢到哪里去呢？乔豹眼得知戴明反对儿子跟翟敏谈恋爱，便以带队身份"管教"了翟敏一通，句句不离"汉奸闺女"这句话。翟敏自知配不过维红，但也清楚维红是真心的。她为维红不顾父亲的翻脸拍桌，对自己爱慕如初而感激，也为自己几番冷冰冰回绝，维红却含泪海誓山盟而心动。

一天维红跟翟敏说，县里要派他到省水利工程专科学校读书，同时放下几本识字书和练字本，留了信封邮票，说是到了学校知道了详细地址便相互通信，还说经常写信也是识字、作文的一种很好的练习方法。维红去了一个多月，翟敏日思夜盼却未盼来一封信。她相信维红是个说话算数的人，但又猜不出为啥收不到维红的信。她没有动摇下定的决心，每天仍然挤出时间努力识字——想要维红看到书信时惊讶、夸赞。

翟敏出事那天，郭崔氏记得真真切切。那会儿是下午四点多，郭崔氏脸盆端着几件河里刚洗过的衣裳返至工棚尚未进门，只听里面传出乔豹眼低沉而底气十足的半句话："……谁叫你是大汉奸的闺女来着！你跟人说了也白搭。不信咱就试试！"郭崔氏正在犹豫，乔豹眼开门撩帘肩搭背心走出工棚，见她在门外便支吾了一声说："你……你先来趟伙房。我想，我想检查一下卫生。"郭崔氏没敢违拗，端着脸盆随其而来。乔豹眼走进伙房指手画脚地批评这里不行那里不净，提出好多卫生问题，要她赶紧打扫清理。临走留下话说，过一会儿还要来复查。

时将开饭，郭崔氏才打扫清洗完毕。她见平日里早早就来帮厨的翟敏这会儿了不露面，便跑回工棚看视：翟敏面无血色，两眼呆滞，头发蓬乱不堪，脸上残留着泪痕，侧坐床上一动不动。郭崔氏是过来人，知道发生了什么，一时不知如何安慰这个可怜的孩子，口里仅剩催促了："该开饭啦，快去伙房哇。"可翟敏像丢了魂似的没有反应。郭崔氏不禁长叹一声说："娃呀，谁叫咱出身不好呢！"一句话点穿了翟敏的痛楚，扑到床上被子蒙头失声痛哭起来。束手无策的郭崔氏来到伙房，跟司务长说了声"翟敏病啦"，又找掌灶的打了饭给翟敏送回工棚。她见翟敏仍在被子里哭啼，便长吁短叹宽慰了几句，折返伙房帮厨。

晚饭后，郭崔氏干完伙房的活计回到工棚，见碗里的饭原封未动。翟敏仍在噎喉饮泣，听来甚是凄惨。郭崔氏搜肠刮肚好一阵，没找出疗医翟敏伤痛的话来。她喟叹几声，以自言自语的口吻解劝了几句，拖着疲惫的身子歇下了。

郭崔氏有早起的习惯。次日天刚蒙蒙亮她便起了床，见翟敏不在床上，以为去了茅厕，没有多想，匆匆往伙房赶去。

将至早饭时分，工地上传来翟敏跳池自尽的信儿，郭崔氏如雷轰顶，差点张嘴大哭。

民工们所叫的池子是个为解决浆砌用水，人工在库区开挖的一个方圆十米大的蓄水坑。这个坑子的最深水位也就两米，中午天气炎热常常有人在里面耍水洗澡。就是这汪施工用水，夺走了翟敏这个花季少女宝贵的生命。

翟敏死后，尤其夜半三更万籁俱寂之时，库区便不时地传来女人凄婉悲哀的号哭声或猫头鹰忧伤沉痛的啼叫声。东西越捎越少，话越传越多。一时间，工地上危言流语像乌鸦的叫声四处蔓延。有的说："猫头鹰只有见到鬼魂才那样子叫唤哩。"也有的说："我半夜走肚上茅房，好像库区传来的哭声，就是那个寻了无常的妮子的声音。"夜间看场的民工为使眼红这份差事的人死了钻营的念头，便借风掀浪，造谣惑众——鬼灯如何在池边行走，鬼火如何在库区闪烁，女鬼的哭声又如何的怕人等等，把夜间的库区渲染成阎罗殿般阴森恐怖。

民工对翟敏的死因众说纷纭：她怎能受得了戴总指挥的拍桌训斥；她怕是经不起省城读书的维红的抛弃；也有可能是早就对她有想法的"小钢炮"下了手

……不管怎么说，夜间库区确实有猫头鹰的叫声，这是为消除谣言的戴明子夜时分来到库区亲耳听到的。他以为太行山本来就有这种鸟，夜间出窝捕食也是它的本性。它嘶叫几声不足为奇，却把整个工地搅得人心惶惶。为惊跑可恨的猫头鹰，消除民工心头的阴郁，戴明要乔豹眼安排炮手在子夜时分连放了三炮，却没如愿，次日夜间仍在叫唤。

三十二

白岩山的采矿大军汇入白龙水库工地，使得原本轰轰烈烈的施工场面愈加人山人海。

白岩山的吴带队，早就闻知郜利山喝小酒栽了跟头；踏进水库工地又听人说，戴副县长非常赏识会拉飞车的乔豹眼，脑子里顿然悟出了该上的上不去，该下的下不来的根由——什么气候生什么虫。吴带队前来此地虽然肩负着公社党委要他"接替郜利山"的重任，但他识时达务——强龙不压地头蛇。为避其锋芒以退为进，他以初来乍到不熟悉情况为由，主动向戴总指挥提出"豹眼代管施工队有利于工作"的请求。戴明点头，表示同意。

戴明在召开各公社带队参加的"两军合一，苦战百日，全面完成水库主体工程"动员会上，提了几点意见。其中最关键的一条就是把新来的采矿民工培养成飞车手。开罢这个会，曾因翟敏之死一度畏怯消沉心绪不安的乔豹眼，又看到了曙光，觉出了无人可及的自我价值，增添了驰骋工地再度大显身手的自信。

乔豹眼明白翟敏的死因，但谁都没有证据告发他。为遮人耳目，他悄悄跟民工说了戴总指挥如何训斥翟敏，戴维红在省城有了新恋人等话。但库区夜间闹鬼着实令乔豹眼胆战心惊个不止。……他晓得都是裆下这东西惹的祸。他暗下决心：今后实在憋得慌，那就撒尿般冒进地垱缝里了事，也决不再撩逗女人啦。

而白岩山采矿队的到来，加之吴带队的"让贤"，戴总指挥的抬举，使乔豹眼一度低落的情绪又开始回暖升温。最使他精神振奋的是龙岩岭的一朵花方玉玲也来到了水库工地。土改那年，他曾在佛钟场近距离目睹过方玉玲的芳容。那天他是铁了心要借机打死方玉锁，要新婚不几天的康巧凤尝一尝做寡妇的滋味的，不料被"沙货郎"搅了局。他从那天起，便常常回念方玉玲那令人心醉的花容玉貌。

起先他觉得苗条白净的康巧凤是个少见的美人，而与方玉玲站在一起才看出差距有多大。那时他就想过：一个男人要能给这样的女人同眠共枕一夜，不枉世上活一回。但他知道蹦上几百蹦也摘不到这颗可望而难到手的星，也就没了希望。没想到活水绕山转，方玉玲转来转去竟然转到了自己的手心里。送到嘴边的软桃不吃，那就成世上的头号傻瓜了。于是，他便把方玉玲派往伙房帮厨，为顺手摘桃摆好了梯子搭起了架子。

白龙水库距离龙岩村只有四里。方玉锁经常利用晚饭之后至次日一早上工之前这段时间回家替换衣服。

这天中午玉锁在伙房打饭时跟姐姐说："我黑夜回家见小锤又挨了同学打。他还问我，俺妈搬到水库啦咋不回来？你该抽空回村跟老师说一说……"玉玲忙问伤情，玉锁说："这回拳头打在了眼上，眼睛虽不碍大事，可眼圈又紫又肿——真悬。"

方玉玲来到水库工地本想请假回一趟家，可伙房的厨师一个生病住了医院，一个回家操办儿子的婚事。司务长见人手紧，要玉玲过几天再请假，便把这事拖了下来。

午饭后，方玉玲干完伙房的活计，便跟司务长说了娃挨打的事，想回家照一眼，并应承晚饭前一定赶回来。司务长虽说怏然不悦，但还是点了头。方玉玲回到工棚拿了做好的针线活刚出门，见小锤管篮的一头挑着红底碎花被子，另一头挑着书包、衣裤和皮球，喊了声"妈"满头大汗走来。方玉玲上前细看，只见小锤肿胀紫黑的右眼圈把眼睛挤成了一条细缝，眼白全是血红色，不禁一阵心疼："俺娃的眼睛咋成了这样？谁打的？"小锤放下担子擦一把汗说："俺铁旦叔打的。贺老师批评了他——没事，不疼。"方玉玲含着辛酸的泪水挑起担子，拉着小锤快步返回工棚，给郭崔氏介绍了几句，然后回过头来问："妈正要回去跟贺老师说这事呢。你咋误着功课来了这里？"小锤说："妈，我那回去白岩山，见你戴个柳条帽钻进洞洞里担矿石实在受罪，心就难过。"眼里盈满了泪花，"我回家还是整夜整夜睡不着……听说你们搬到了这里，昨夜又在俺舅舅口里得到了实底，今儿个前晌拿定主意，回家拽了块窝窝头连吃带走就来啦。"

"上次就把你姥姥急得……"方玉玲一句整话尚没说完，小锤似乎早有准备的样子："妈，这回我往老师的教桌上写了条儿，也给姥姥留了条儿——妗子识字，会念给姥姥听的。"方玉玲沉下脸来说："妈给你说过多少遍啦，你正是念书的时候，怎能胡跑乱串耽搁学业！"小锤指了下管篮说："我把书本全都担来啦。这里有柴老师。你的工棚不让住，我就跟着柴老师住，边挣工分边念书，不会拉下课程的。等到修完水库咱一块儿回家，那时我再回学校去。"他看了看妈的脸色又说，"反正我不回啦。"

"三天不打，上房揭瓦。歇一歇，妈就去送你。不听话小心你的屁股！"方玉玲虽然含着悲伤硬着舌根要小锤回去，可小锤没被说服："妈，我真的不回啦。我不肯离开你。"说着垂下头嘟哝，"你要硬逼我回去，我就跳了龙岩壁。"一句话说得方玉玲哑然失惊。她抬手便打，可小锤的嘴噘起老高，眼不眨头不低肩不耸，使方玉玲无奈地收回了手，发不得急，生不出气，不知如何是好。她原地转了几圈，嘴里唠叨："俺娃的糊气劲又来啦，糊虫又傍身啦……"郭崔氏上前心爱地摸着小锤的头劝了几句，没起丁点作用。

方玉玲不敢逼着小锤回去了，可工地不是免费的店房，这可怎么办呢？她一面要小锤待在棚里不能出门，又求郭崔氏保守小锤来到工地的秘密，然后快步去寻柴祉求主意。柴祉想了想慢腾腾说："看来不能硬往回送啦。他随我住一个工棚，课我来补，这些都不成问题。关键得给乔豹眼说通，最好让小锤去砌筑队干些养护什么的轻巧活计。只要搁浅到水库完工，还让他回村上学，当然也得找些理由求贺老师同意。"

方玉玲找到乔豹眼，说了母亲病啦，不能照顾小锤，想要娃暂且来工地干些轻巧活计、不给工分也成的话。乔豹眼转动着眼珠子问："女工棚怎能住男人？"方玉玲笑道："俺村的柴祉原先是俺家小锤的老师。他跟柴祉一搭住，也好给辅导辅导功课。"乔豹眼想：扣个麻雀还得撒把秕谷哩，何况想得到她，这个脸不能伤。于是，真的把小锤安排到了砌筑队，与几个老汉一块洒水养护墙体。

当天下午方玉玲回村给贺老师说了这事，回家又跟妈说了小锤的那个糊气劲，晚饭前准时赶回了工地。

和妈妈一块当民工的小锤，跟随大伙一起出工一起收工，既挣工分又念书，一日三餐还能在伙房见到妈妈，心头就像照耀着五月的阳光般温暖。

小锤的出现，成了民工们热议的话题。他们所说并非这么大的娃该不该来工地上工，而是他的妈妈——龙岩村那个漂亮的寡妇为啥叫她的儿子跟炮手柴祉一块睡觉。有人背过柴祉挤眉弄眼舔唇喷舌逗小锤："你妈跟柴炮手啥关系？给你妈说一说，咱俩在一个被窝里睡哇。"有的更露骨："咱要给你当爹，敢保你和你妈都不用来工地受这号死洋罪……"小锤不忘柴老师的叮嘱，对这些往妈身上抛粗话脏话的家伙不睬不理。民工们见其听而不闻，便笑骂："这个牙没长齐的牛犊羔子，还真能憋得住响屁！"

人的生命力往往是在风浪和煎熬中渐渐强大起来的。小锤上工地总背着书包。他用喷水壶按时养护过自己负责养护的墙体，便坐在一旁看书写字。几个老汉见这娃既干活又念书，不由生发出怜悯之心，池里挑水这样的最易努腰伤腿的重活不肯让他去干。可小锤认为自己是来当民工挣工分的，养护用水理当自己挑；宁愿一趟挑两半桶，也不能平白无故沾别人的光。从库区池子往迎水坡挑水一路慢上，甚是吃力。可小锤桶里的水随着上工日子的一天天增多而逐渐增加。老汉们笑骂小锤是个肯吃苦的倔驴。

排队打饭是民工必须遵守的制度。每当伙房门外的场子上排着弯弯曲曲的长队打饭，民工们总用筷子叮叮当当敲碗。日子久了，大伙便找到了乐律，敲出了名堂——竟能有节奏地敲击出紧迫的、舒缓的、清脆的、沉闷的音调来，使场上汇成一出别样的"大联奏"。这天午饭时分，小锤站队打饭受其感染，情不自禁地挥动着筷子叮叮当当敲起碗来，敲着敲着就迈着小步靠近了伙房门口。他见给民工发窝窝头的妈妈盯了自己一眼，便立时住了手。饭后，小锤见乔队长没在工棚的场子前游走，便偷偷跑到妈的住处，想替换破了洞露了肉的裤子。方玉玲平着脸问："你咋打饭时敲碗呢？"小锤不以为然地说："他们都敲哩。"

"他们能敲，你不能。"方玉玲骂道，"你是学生，学生就得坐有坐样，站有站相。就算进了民工的队里，也得像个学生的样子！"小锤应道："妈，我记下啦。我得快回去做题哩。"接过妈递来的裤子转头跑去了。

三十三

在学校上学只要下了课，乱串教室找同学说话或者借书本，老师都不会批评。

小锤想不通为什么水库工地收了工，或者老天下雨不能上工，去见一见妈妈都不允许，说是被乔队长抓住就要扣工分。

苦水里泡大的娃不知什么叫作苦累。小锤干一天活计晚上回到工棚照样听课，做作业。只是躺在通铺闭上眼睛，总会思念学校里叽叽喳喳你追我赶的同学，尤其想燕荣、秋生，也想姥姥，还想老舅的那条牧羊狗。可小锤猜不出他们想不想自己。要说好处，这里每天能见到妈妈，还挣工分，尽管弄不清一天给几分，反正不是白干；工棚里又有电灯，柴老师在灯下一课一课地教，不懂的地方当下就能问。就是烟臭脚臭混杂的怪味呛得人受不了；睡觉爱打呼噜的柴老师等几个人一旦打开，呼噜噜呼噜噜响个不停，害得人躺下身子却不能入睡。

小锤好恨那些见到自己就酸眉溜眼说赖话的民工，更恨那些打饭时故意在妈妈面前摆出怪怪的样子说脏话做小动作的家伙。虽然妈妈就像没听到没看见，但小锤心下无法忍受，很想生个巧妙的法子治一治他们。

这天后半晌，小锤只觉肚子拧着滚着转着疼痛，虚汗一身接一身地往外冒，随之便想拉。水库大坝周围没茅厕，民工小便大都一扭屁股就办事。起初小锤不敢那样子随地撒尿，毕竟别的公社的砌筑队里有女民工。后来他见库区那个堆放料石的堆子背后有人大便，也就放开胆子敢去那里小便了。要是大便，小锤一定会跑回工棚背后的茅厕。可这回小锤急不得了，感觉跑不回茅厕就得拉进裤里。他疾步跑下迎水坡，藏到料堆子背后蹲下便拉；一阵子之后肚子仍觉疼痛，想拉又拉不出来。库坝的斜坡上有人望见了他，扯开嗓子笑骂："看那个毛头小子也懒断腿啦！"小锤低着头仡蹴了好一阵，还是觉着没有解决问题，但又不敢这样子蹲下去，生怕带班长训斥"懒驴上套屎尿多"。他返回迎水坡还没喷洒了两壶水，又得快快去蹲。就这样跑了四五次，他只觉肚子难受得要命，想回伙房寻妈，又怕乔队长见了扣工分。

民工的令牌是太阳，出工收工都将依它而行。小锤咬紧牙关忍受着剧痛熬磨到太阳落山，沟道阴暗下来——司号员吹响收工号，才双手抱肚一步步挪到伙房。他没有拿碗排队打饭，慢步凑近妈妈说："我肚疼得不行——不吃饭啦。"方玉玲见小锤脸色纸白，虚汗满头，正要喊来郭崔氏替自己分发窝窝头，小锤却一下子栽倒在了地上。方玉玲慌忙上前抱扶起来，狠切鼻山大声喊他的名儿；众民工也都围拢过来，有的问"这娃咋啦"，有的忙去医疗室叫医生。医生赶来时，小锤已经睁开了眼睛。医生询问了几句，看了看眼白和舌苔，又摁了摁肚子，说："痢疾，来拿些药哇。"方玉玲搀起小锤走回自己的工棚，正要去医疗室买药，柴祉拿着纸包的药片走了进来。

小锤服了药，方玉玲又按医生的话到伙房熬了茶叶生姜水要小锤喝下，小锤才感觉好受了许多。他苦笑一声说："妈，我刚才觉见眼一黑就死了。要没你守着，恐怕这下子就再也活不回来见不上你啦。"说着流下了眼泪。方玉玲摸一把小锤的额头，丢给个慈爱嗔怪的眼神骂道："不许胡说——你往后不要吃生冷东西，不要喝凉水……"一股暖流倏然浸入小锤心田："对了妈，怕是这几天干得慌，我喝了河里的水闹肚子哩。"

小锤吃过妈打来的饭，跳下床说："妈，乔队长不让乱串工棚，我得赶紧回去，柴老师今夜还要讲算术呢。"说着一溜烟去了。

此后，方玉玲捡了几个空酒瓶洗净灌上温开水，要小锤打饭时带去。

三十四

乔豹眼收拾方玉锁的心思没先前那么强烈了，倒是隔三岔五往方玉玲的工棚里跑。方玉玲那诱人的模样使他只想上前抱住啃几口，又恨碍手碍脚的小脚婆没眼色，看不出个头高眼低。

这些日子乔豹眼也喜欢上了白酒，觉得时不时抿上几口浑身清爽舒坦，胆气倍增。

被乔豹眼撵到工地拉车的马屁精周敬昌和那几个厨师，见姓乔的终日酒味扑鼻，便有了以牙还牙的想法。他们费尽心机密察暗访，还是没抓到把柄。他们的报复之心不但没因时间的流逝而消弱减退，反倒随着工地活计的苦累成倍递增。平日里，周敬昌虽然在乔豹眼面前百般讨好，极度殷勤，忠实地充当着马屁精的角色。但，溜须拍马只是其外表，设套下绊——要乔豹眼重重栽个跟头才是他的真心。无奈运气不佳，几施手段终没得逞。

乔豹眼对身边潜藏的危险毫无察觉。他近来脑子里几乎只装着两件事：一是尽快从翟敏死后发生的一大堆烦心事中摆脱出来，二是把方玉玲这朵花顺顺利利称称心心摘到手。

他每次来到与大工棚相距百米的小工棚溜达，见不冷不热平静淡定的方玉玲手不停忙碌针线活，便认为这女人在遮掩内心的慌乱，由此预感到容易得手——她原本是有夫之妇，因丈夫叛变被枪毙而单身多年，很可能早就耐不了寂寞、守不得空房、扛不住欲念了。尽管女人喜欢搂抱中意的男人，但饥不择食——何况男人和女人一旦好上只求恩情动意销魂失魄，哪里还管得丑俊。话又说回来，自打她来了水库工地，就被安排到多少人削尖脑袋往里钻的伙房做事，这活计要比她在白岩山挑担拉车安逸得多。她该知道这样的好事石缝里迸不出来。或许她早已听出了音、闻到了味，只是拿捏忸怩装腔作势罢了。

又一场绵绵秋雨为苦不堪言的民工送来了休息时间。为杜绝民工胡跑乱串无事生非，到周边村庄搅扰百姓，乔豹眼按照戴总指挥的要求，晚饭之后总会到各工棚查看情况清点人数。为显示工作力度，乔豹眼硬邦邦附加了一条：凡查点时不在工棚的，扣工三天。

这时，乔豹眼头戴草帽背抄双手，又开始逐棚查看民工的"守棚"情况了。他来到十一号工棚，见柴祉正给小锤讲课；柴煦拍着脑门说头疼，想"请假"去医疗室买药。乔豹眼伸手摸了把他的脑门说："你这是出汗受了点儿小风，买甚药哩！我给你唤来小脚婆拔个火罐就好啦。"

乔豹眼一边往弥漫着女人气息的小工棚走，一边嘴打口哨心涌热流想入非非。同时他也在思索什么样的话语能使罗汉思情、嫦娥想嫁。他走进亮着电灯的棚里，笑嘻嘻瞅了一眼床边坐着纳底的方玉玲，然后摘下草帽跟额头上印着火罐印子的郭崔氏说："十一号工棚的柴煦头疼哩，想拔个火罐。你给他去拔一拔哇。"瞟一眼方玉玲，又拿着官腔承诺，"你拔上罐等一等拿掉再回来——给你记半天工。"

郭崔氏认识衣着整洁文文静静的柴煦。尤其听说翟敏的尸首是他不避邪祟跳进池里捞上来的，心下甚是敬佩其肯为落难人伸手的品行。近来听玉玲说柴煦是个好后生，和素萍甚是般配，要她暗中打探观察，看是否有意要他做女婿。郭崔氏正想接触了解这个后生，又听说拔罐还给工分，便愉快地接受了这桩差事，蒙上毛巾带了火罐朝十一号工棚走去。

乔豹眼见方玉玲仍在不停地纳底，便凑上前笑问："伙房的活计不赖哇？"方玉玲知道当官的都爱听好听话，便回道："谢谢乔队长对我们女民工的关心。"这话说在乔豹眼的心坎上了。他上前摸一把方玉玲的脸蛋说："好巧的嘴！"方玉玲尚在发愣，乔豹眼已经灭灯关门，恶狼擒羊般扑压了过来。两眼墨黑的方玉玲只觉身子被乔豹眼那粗壮的双腿跪卡得动弹不得，便咬牙切齿地怒吼："畜生，滚开……"欲望膨发到快要爆裂的乔豹眼只想占有她，哪里还管她喊叫些什么。他伸手便去撕衣扯裤——就要冲破防线扫清障碍占领阵地时，忽觉屁股一阵剧疼，哦哟大叫了一声一跃而起，一手提裤子，一手捂屁股逃出工棚，像一条被人喊打的偷吃狗似的匆匆溜进了夜幕。

方玉玲本不想拿针锥刺他。纳底针锥是镶在卡针铁柄上的一根粗壮锋利的两寸多长的钢针，不但能刺穿他的皮肉，也有可能刺伤他的筋骨。可色胆包天的乔豹眼死不松手，步步逼近。兔子急了也咬人。无奈之下，方玉玲便朝他的屁股狠刺了一锥。

上午，戴明借着雨天又召集各公社带队开会。他先讲了全国的形势，又讲了全县各行各业争先创优的势头，随之便提出白龙水库的特殊性："我们干的是我县的一号工程……昨夜收音机广播，咱们这一带明天阴转晴。今天这个会的核心议题就是动员大家看清形势，鼓足干劲，一人顶过十人干，坚决在年内全面完成主体工程！"说到这里，他的情绪有些激动，唰地站起了身子，"下午大家要分头召开各自的动员会，把民工们的干劲鼓起来，把白龙水库干成全县、全地区，乃至全省的一流工程！"他越说越激昂，"但我们也要特别注意施工安全问题。自从，自从那个大汉奸翟青和的闺女……"他挥动着手正说之间，身子突然瘫坐在椅子上，双手抱头趴于桌上一动不动了。这一幕把在场的人吓坏了，有的上前呼叫"戴县长"，有的跑去喊医生，多数人则大睁两眼不知所措。昨夜挨了方玉玲的针锥——屁股火烧火燎疼痛难忍的乔豹眼，一时被吓得丢了魂似的呆立原地，不敢往前挪步。

医生挎着药匣子跑来，见戴明嘴歪眼斜，涎水外流，当即打了急救针。大伙轻声询问戴总指挥的病情，医生说："看样子像脑中风，得快快送往医院……"

有人当下打通了县政府办公室的电话。不到一个小时，一辆军绿色吉普车驶入工地，医生、通讯员和龙岩公社的吴带队相随而去……

白龙水库是山沇县的一号工程，不能没有总指挥。县长水少相得知戴明中风住院，先到医院的重症监护室探望了戴明，叮嘱了院长和主治大夫几句，立刻返回县委大院向书记做了简短汇报，并提出自己到工地坐镇指挥的想法，得到了书记的同意。

水少相一到工地，民工和带队闻风而自律，群龙无首的混乱局面得以扭转。可他不了解施工情况，弄不清轻重缓急，说不出一二三四，便在工地各处慢步转悠，细心观察和咨询。他觉得"飞车"运土有些玄乎，倒是大坝的夯实、迎水坡的砌筑颇为认真。他望见那边有个十来岁的男孩弯着腰、挑着不满两桶水从库区艰难地往库坝上行走，便想问询一番。

汗流满面、气喘吁吁的小锤刚放下水桶，水少相就微笑着问："小家伙，你是哪个村的？"小锤不认识这个身穿灰色中山服的人是谁，更不知这个人在土改时救过自己性命。他用袖筒擦一把汗水，童声童气回答："我是龙岩村哩。"

"村干部派你来的吗？"

小锤见这人打破砂锅问到底，便红着脸羞怯地说："我想俺妈就来啦。"言罢垂下了头。水少相追问："你妈是谁？"小锤越发不敢抬头了，小声嘟囔："俺妈叫玉玲。"一个手提喷水壶的老汉笑着插嘴："水县长，他妈就是龙岩村的方玉玲。他爹……"老汉停顿片刻，瞥一眼小锤转了个弯，"他爹就是当年龙岩岭游击队的副队长耿铁锤。"说着又夸奖，"这娃肯吃苦，挺能干的。"

水少相听说他是方玉玲收养的那个日兵弃儿，禁不住又想起了耿铁锤。白运德曾几次谈起铁锤在部队发生的那件事，水少相却认为梁同科的话可能有出入，或者是背后还有别的什么原因。他收住思绪，上前轻拍一下小锤的肩膀微笑着问："小家伙，你正当上学的年龄，咋不念书？"小锤转头指一下那边石头上搁着的书包说："我还在念书——柴老师夜里在工棚里教我。等修罢水库俺妈回家，我就又回村里念书啦。"水少相由衷悟出了母子相依为命的真正含义，同时也拿定了要小锤尽快回村上学的主意，继而微笑着和小锤聊了一阵子读书和做工不能兼顾的话。

吃过午饭，小锤喃喃地跟妈说，想回村念书。方玉玲笑骂了一句"俺娃的糊虫跑啦"，便收拾小锤的行李，请假送他回家。

"白龙水库第一条好汉"的殊荣能否在水少相县长手里延续，是乔豹眼下考虑的首要问题；害怕翟敏的鬼魂作祟也是他的一件烦心事。那会儿，他眼看着戴明刚说出"大汉奸翟青和的闺女"半句话来，就两眼翻白神志不清了。这恐怕就是那妮子在作怪。

戴明被送进医院的当夜，乔豹眼翻来覆去无法入睡。他为翟敏的鬼魂如此可恶而惶恐不安；又为屁股挨的羞于向人道及的一股钻心钻骨的疼痛而懊悔不已——在方玉玲身上跃起逃离的那一刻，他实在不知屁股究竟怎么了。回到工棚侧身躺上床铺仔细回忆了一番，才意识到挨了方玉玲手里的针锥了。他悔恨自己低估了这女人的手段——平时见她水一样绵软，到了紧要关头竟然生铁般坚硬。乔豹眼在忍痛沉思中狠下决心：岂能平白吃了这号暗亏！

而水少相县长的到来使得乔豹眼改变了做事的顺序。他想先拿出真本事硬功夫要姓水的心服口服——坐稳"头条好汉"这把交椅，然后再和方玉玲算账。

午饭后的出工号刚刚吹响，乔豹眼就带着民工上了工地。他感觉身子越出汗，屁股上的那个针眼就越发生疼。但他牙关紧咬死挺硬撑——决不能在走马换将这个节骨眼上成了怂包。

乔豹眼拉飞车得心应手，得益于小时候跟着掌鞭师傅赶马车拉脚——懂得车子的骨节。拉车出岔儿居多出在轴杆、轮子等组成的支撑重量的下脚上。下脚的关键部位必须勤看勤查勤维修。一个小小的螺帽松动，就有可能脱轮子"卖烧饼"；倘若突然爆胎，车子会顷刻间跑偏……俗话说，"长圣人，短艺人"。戴明曾与豹眼促膝谈心，要他毫无保留地把经验传授给大家。可豹眼怀揣小九九，只说些皮毛，不肯把真经公之于众，生怕都成"好汉"丢掉自己特有的名分。

下午三点，司号员准时吹响了冲锋号，随即土场上、坡道上、大坝上咚咚咚咚擂响了战鼓；飞车队的车手们随着激奋人心的鼓声拼命奔跑，一辆辆飞车从土场疾驰而下，宛若特技演员在上演精彩的特技节目。

乔豹眼见水县长站于库坝之上两眼盯着坡道观看，顿觉露手的时候到了。他从兜里掏出小酒瓶抿了几口，摸一把仍在疼痛的屁股，便拉起装满土的车子走出土场，顺着坡道飞速直下。那熟练的拉车技术，飞快的行驶速度，以及上坝倒土的麻利劲儿，几乎无人可比。

一号车手乔豹眼拉着空车走进土场，别的车手得"礼让三先"。这便为他节省了时间，成就了"装得满、拉得多、跑得快"的英雄式人物。

逢人面带三分笑的马屁精周敬昌，为逃离既苦又危险的飞车队，曾以一条"大前门"香烟为代价求乔豹眼调回伙房当厨师。不料，他终日默念的"鬼怕送，人怕敬"的口诀失了灵——乔豹眼转手把烟送到戴总指挥的办公室，把他抓了个"贿赂干部的典型"批斗了几夜。为这，周敬昌恨不得抓把鼠药放进乔豹眼的碗里。但是，善做表面文章的周敬昌对乔豹眼仍然是点头哈腰，百般讨好。乔豹眼每每见此，便飘然自得。

人永远都无法弄清明天和意外哪一个先到。今天"杀冲锋"，乔豹眼在水县长面前拿出了看家本领，拉车次数毫无疑问遥遥领先——别的车手才拉了三趟，他就拉着第五车冲下了大坡。

周敬昌见乔豹眼满头大汗拉着空车又进了土场，便殷勤一笑挪开自己的车子。乔豹眼只给周敬昌礼节性点了下头。他今日只为一点：谁是英雄好汉，谁是稀松软蛋，今晚水县长一看统计员递到面前的拉土报表就能一目了然。乔豹眼装满土插上旗，拉车便走。周敬昌扔下铁锨，不失时机地帮着乔豹眼推车出场——与前几次一样，趁其哈腰低头用力拉车，又把一个医疗室捡到的注射器针头扎进了车胎里。乔豹眼拉车进入坡道，这辆曾给过他骄傲和荣耀的小平车借着惯性飞快地向下冲去——心也随着车轮的飞转、佳绩的再现而激荡。车行至半坡，只听吱——的一声，一个车轮的胎气突泄，乔豹眼的双脚未及着地，连车带人偏离坡道滚下了沟里。

水少相发现水库工地最大的问题是施工安全。当晚他便召集各公社带队开会，明令禁止运土队拉飞车，取消擂鼓"杀冲锋"，同时强调决不允许使用童工。为解决坡道窄土场小问题，水少相要各公社把运土队的车手分成两队，一天倒作两班。这样一来坡道和土场不再拥挤，劳动强度最大的拉车民工体力得到了恢复，翻车伤人事故再没发生，施工进度明显加快。

郭崔氏私下里跟方玉玲说："翟敏那妮子可恶着哩，硬把'小钢炮'的命索了去。"

方玉玲却为乔豹眼的死背上了包袱。她以为乔豹眼拉车失手，有可能跟针锥刺伤他的筋骨有关。晚饭后，方玉玲正在工棚一边纳底，一边回忆那夜的情形，腰伤刚好的侯大瓦嬉皮笑脸走了进来，令她顿生厌恶，心下骂道：你要再敢动手动脚，就让你尝尝针锥刺屁股的苦头！

卷四　温情暖三冬

三十五

石碴窑的洞顶上盖缸瓦房，是山浹县有实力的村流行的时髦建筑。1959年仲夏，龙岩村在佛钟场东侧完工的八孔石碴窑的洞顶上又盖开了缸瓦房，人们称其高房。村集体——大队能有这样气派的办公场所，令社员格外自豪。

"晒檩不晒椽"是盖房的一般规矩。尽管高房的大梁和檩条已经吊装上墙，椽子也基本备齐，盖顶铺瓦的工期也确定了下来，可耿味全、冯柱国在柴煦娶老婆这一天还是离开工地，前去帮办婚庆之事了。

味全、柱国没有料到郭崔氏的女儿郭素萍坐着花轿刚进佛钟场，就被怒气冲天的侯拉弟搅了个一塌糊涂。拉弟不但破口大骂郭金泉当年……而且大骂为柴煦、素萍做媒的方玉玲没安好心。耿味全见此毫不客气地斥责："今儿个是人家的大喜日子，你不该这样子糟践人。汉奸的闺女就该老在家不嫁人吗？！"侯拉弟没敢在耿味全身上撒泼，倒是冲着劝她住口的柱国好一顿臭骂。

次日，冯柱国来到高房工地带着赔话的口气说："味叔，树怕伤根，人怕伤心。拉弟是个心头有伤的人……"耿味全笑了一声没有言语。

日轮当午，脚手架上递砖提泥伺候匠人封山裹檐的耿味全看一眼灼热的太阳，擦一把汗水，冲着架底忙乎木匠活计的柱国说："咱下工哇！"话音刚落，望见一辆军绿色吉普车一路扬尘从东岩口驶来。耿味全见是县干部常坐的那种车，匆匆走下脚手架前去迎接。

吱呀一声刹车声响，车子停在佛钟场中央，里面钻出了民政局长白运德和两个身穿军装的军人。其中背后背背包胸前戴红花的那个人，跳下车便默盯罗汉柱，凝视佛钟架，像在专注地思索什么。耿味全视其侧身甚是面熟，一时又想不起来是谁。白运德见他发呆，便笑问："愣啥哩味叔？连铁锤都不认识啦！"

"你说啥呀？这……"在耿味全的心目中，铁锤因叛变早已被枪毙了，万没想到他又神采奕奕地站在了佛钟场。耿味全似乎不敢相信自己的耳朵，轻声重复了一句："是，是铁锤回来啦？"他揉了揉眼睛，瞅着铁锤细看了一番，不禁颤声大吼："锤娃——"疾步上前，双手抱住铁锤哽咽起来。铁锤见味叔这样子动情，含泪笑道："我那年归队时就说过一定要回来的，就算'光荣'在战场上，也会魂归龙岩岭的。"味全抹一把泪水点头说："回来就好，回来就好。村里人都盼着你们回来呢！只是……"说着扫一眼罗汉柱，黝黑的麻脸又痉挛般抽动起来。

早已更名为武装部的县武委会那个年轻干部认识耿味全，上前含笑说："耿书记，咱们耿团长本该转业到地区或县里工作的。可他在部队就向组织打了报告，坚决要求回村建设家园。组织批准了他的请求。"白运德从兜里掏出介绍信递给耿味全说："铁锤在部队是副团级干部，相当于县里的副县长。他请求回村建设家乡的行为，得到了上级领导的高度评价。他到武装部、民政局办妥手续，又去县政府见了水县长。本来水县长是要留他吃午饭的，可他急着想回来。水县长理解他归心似箭的心情，便说定改日再来村里看他。"说着又欣慰地望了一眼正在新建的高房，"味叔，铁锤回来你可又多了一个得力帮手呀！"

"那是，那是！"耿味全不住地抹泪点头。

这时，冯柱国一瘸一拐赶了过来，抡拳狠砸一下铁锤的肩膀喊道："你总算回来啦！"铁锤也大喊了一声"老拐"说："我堂堂七尺男子汉，说定的话怎能放了空炮呢！"话说之间，二人紧紧抱在一起，眼淌泪水哈哈大笑。那种难以言表的血与火、生与死的战友情，全都融入眼泪和笑声之中。运德笑道："瞧这股子热火劲儿，比那时打了胜仗还激动——咱们送铁锤回家哇。"一句话说愣了耿味全和冯柱国。柱国抹一把泪水讪讪地跟味全对视一眼，小声骂道："该死的同科！"

虽说前些日子方玉玲从刚刚完工的白龙水库工地回了村，但他们的家早在十年前就被耿五全占为己有住了进去。这件羞于出口的瞎事，耿味全无法向这位副团级复员军人交代。他见铁锤微笑着招呼武装部的那位同志要顺着十字街往家走，便摸一把麻脸说："铁锤，咱……咱还是先到东庄哇。玉玲和小锤都在东庄。"

炎热的中午山风奇缺，烟筒也就没了活力，灶火里的柴棒子火小烟大，熏得人两眼流泪。方玉玲收工回家，从食堂打来饭，便烟熏火燎地帮妈煮野菜。小锤放学回家见野菜还没煮好，摸一把咕咕叫的肚子，趴到瓮石板上翻看向同学借来的"小人书"。

耿铁锤和味全他们一路走一路指指点点说说笑笑，尽情地谈论村里的变化。当他询问起烈士家属的近况，得知解放战争期间又牺牲了那么多后生，双眉紧蹙，陷入沉思。路上，他又遇见几个饿得身子浮肿的老人和瘦骨伶仃的小孩，心情一下子跌落到了冰点。

在铁锤的记忆里，玉玲娘家的上院和下院全被鬼子烧成了废墟，因此他不知岳母如今在哪里居住。同行的人中虽说要数耿味全辈分高年纪大，但他一改往日拖沓顺随的性子，扯开两条长腿在前面领路，将至下院时便大声喊叫："玉玲——快看谁回来啦！"

方玉玲以为有了稀客，来不及清洗粘连在手上的菜叶，快步走出厨房，眼前的情形使她树桩子似的愣于原地，一动也动弹不得——只当又在做梦。她呆呆地看着铁锤，看着随在铁锤身后的人们——柴祉脸上挂着无法言表的喜悦，大瓦垂头躲在最后……

在方玉玲的身后跟着小锤，小锤身后又随出了老太太。小锤不认识胸前戴红花的解放军是谁，小声问道："妈，这是……"老太太见铁锤如此光彩地走进院来，颤动着嘴唇说："铁……锤回来啦！"

白运德到民政局工作以来，无论相识的还是不相识的，也不分复员的还是转业的，非县里召开会议等特殊情况，他都会陪同战友们到家。他们那种从战场上下来回到家乡的激动情绪，以及家人见到亲人时的狂喜，令人感慨万分。自从同科回来说了铁锤那事，运德冥思苦想不得其解，他向回乡的战友多方打听终没结果；

面对玉玲的几番询问，只能一次次敷衍。运德知道"铁锤叛变"对玉玲的打击有多大。身为民政局局长，他只认上头的文件，对味全、柱国当众宣布铁锤的事虽说甚为不满，但又无据无证反驳同科的所见所闻。他以为，玉玲今日会抱住铁锤哭个死去活来的。却见玉玲面色苍白，两眼发直，木鸡般呆立。

铁锤微笑着走上前问玉玲："咋的，我变样啦？"方玉玲见铁锤真的风风光光回来了，十多年的辛酸、凄苦和忧伤一下子涌上心头，眼前一黑倒进了铁锤怀里……

当天晚上，铁锤和玉玲就回到了自己的家，小锤随外婆仍住下院。心底里暗藏已久的那种羡慕同龄娃们有爹的小锤，为自己今日也有了爹而喜出望外。但他隐约感觉爹很威严，对自己不怎么亲近。

煤油灯灯芯的长短，与耗油多少光亮明暗有着直接关系。平时，哪怕小锤借着灯光念书，玉玲都怕灯头大多燃了油。而今夜她破天荒捻大灯捻儿，亮呱呱的灯光含着微弱的煤油味直撞四壁，大有穿墙透壁光芒四射之意。这个玉玲用心血和汗水凝结而成的家，虽被稀牛粪夺去再没蹬个脚踪，但她对其有着无法割舍的情怀，常常在梦里回游；每当醒来，便伤感无眠。

为使这处宅院"物归原主"，耿味全中午没顾得上吃饭。他把铁锤送到下院便匆匆忙忙赶回大庄，找到本家同辈的耿五全，脸上挂着少见的严肃骂了句平素少有的狠话："你这不知羞耻的东西！"随即又折返东庄，小声给玉玲商议扫房涂墙清理卫生的事。回家心切的方玉玲似乎一刻都不愿等待。耿味全无奈，又赶紧跑回大庄，如此这般吩咐了柱国几句，自带罗小三、柴煦等五六个劳力，一边帮五全搬东西，一边打扫卫生。

当天下午，铁锤家大门的门楣上又挂起一块崭新的"光荣革命军人家属"牌子。为了这块牌子，柱国、柴祉又是锯边抛面，又是刻版喷涂，尽最大的心力和技能忙活了三个多小时。

煤油灯的灯头不时地闪烁跳跃。铁锤盯着玉玲说："你还是这么好看。"玉玲终于有了问话的时间："我的老天爷呀，你咋一走就是十几年没音没息呢？"

"鸟儿都恋窝，甭说我是个人——我也想写信，更想早些回来。可我是军人，我的上级不准我跟家里联系，就得无条件服从。"铁锤的话语平静淡定，似乎在说肚子饿了就得吃饭，天黑了就该回家般平常。玉玲在炕上双手捧着铁锤较以前有些消瘦的脸认真地看了一阵子又问："同科说亲眼见你被……难道他看错人啦？"铁锤回道："没看错。那夜他在大门前看到的确实是我。"

"俺咋越听越糊涂啦。投敌叛变被枪毙的人，咋又戴着那么多军功章光光彩彩复员了呢？你得给俺说个明白。"

铁锤微笑着说："打仗嘛，自然是敌我双方都想取胜。而双方开战不光在战场上刀来枪去拼杀，还得有人去干别的活计。就好比下象棋，先得弄清对方的车、马、炮在什么位置，想干啥；然后摆布棋局，要自己的车、马、炮既得守住家眷，又得突破防线形成攻势，擒住对方的老将。要达到这个目的，棋手往往会滚个卒儿过河探路。我就是个过河探路的卒儿。"他心爱地摸着玉玲的脸蛋，"这样跟你说哇，这些年我所干的没一件是往龙岩村老少爷们脸上抹黑的瞎事。至于干了些什么，你就不要刨问啦。"

"俺是你老婆，咋不让俺刨根问底呢？"

铁锤笑了笑说："我的老首长常说，干革命的人在为人民的事业工作时，手不能抖，心不能软；同样也得做到放下家口，放下自我。整日恋家顾里地盘思父母妻儿，就会影响工作。即便退离特殊岗位，也得保守机密。"玉玲听了这番话似乎明白了"叛变被枪毙"的缘由，但有些事情仍然觉得是一锅粥："打仗那会儿你当卒儿能说得过去。可全国解放都这么多年啦，你咋……"铁锤收起笑容说："直到现在有些地方还没解放，不但有好多人仍在受剥削受压迫，国民党还想反攻大陆呢。假如我在部队一直干下去的话，我的工作或许这辈子都是个谜。"接着又歉意地说，"玉玲，这可实在对不住你啦。部队那边，包括我在内都以为你一直享受着现役军人家属的待遇。没想到同科回来说了那事，味叔、柱国他们就……我知道你背的这口黑锅有多沉。"

"何止沉？俺险些……"一语未了，泪如泉涌，她唰地坐起身子怒吼："既然是这样，俺得找他梁同科讨个说法！"她气恨难平切齿泣诉，"他无凭无据地回来胡说了那么几句，不但叫俺没了代耕优抚的军属待遇，还把俺一棒子打进十八层地狱，十多年过着猪狗不如的光景……"说着，失声痛哭。铁锤无奈一笑，为玉玲擦着泪水解释："这件事不能全怪同科，味叔、柱国他们也做得不妥。同科说的那些话是他亲眼所见——没有别的用意。"见玉玲哭个不止又开导，"只是碰巧了。恰好那会儿同科在团部大门站岗……你该放下过去的烦恼，珍惜眼前的幸福——你看咱村的烈士有多少？"玉玲终于停下哭声开了口："你知不知道丈夫的'夫'字为啥要戳破天？你不在家这些年，俺算悟透造字祖先的良苦用心啦。女人身边要没顶天立地的丈夫，桩桩件件的难处呀……"玉玲说着说着又呜咽起来。铁锤能想象出玉玲这些年的磨难，紧紧把她揽在怀里，让她尽情倾倒心头的苦水。

　　方玉玲十多年的屈辱、困惑、悲伤、苦难无法一时吐光倒净，铁锤听着听着又插嘴说："你本就柴不来水不去的辛苦孤寒，同科回来又传回了那事……"停顿片刻笑问，"同科说我被枪毙，你咋没改嫁呢？"玉玲拭泪笑道："俺要嫁了人，这会儿就不会和你在一个炕头啦——俺不信你会做下那号出圈儿的事。带着这个想头询问柴祉，他说铁锤叛变与否同科说了不算。俺听见这话在理，就越发拿定了等你的主意，甘愿等到白了头、没了牙、快要咽气的那一刻。"说着，又想起了铁锤走时发生的那件事，"俺不明白你归队的头天夜里……"玉玲话声未了，铁锤面带惭愧说："对了，我得先向你低头认错赔不是呢。归队的头天黑夜我干了一件天大的傻事，直到和同科相跟着懵懵懂懂走下东岩盘，心里才一下子明白错听了谗言。本想返回家来给你解释的，又觉见大丈夫抬腿出门，不能干走三千倒八百的没出息事！那时我就立在谷底面朝龙岩壁默默发誓：打完仗回来……这不，我真的活着回来啦，你要我跪搓板还是撅起屁股挨笤帚疙瘩我都认。"玉玲破涕为笑："那些个陈年老事还提它做甚。你能活着回来，俺就是世界上最幸福的人。"铁锤又把玉玲搂在怀里说："你真好。当我到了部队，从包里发现了玉菩萨坠子，错怪你的那种难以自恕的怒火不知往哪里出，照脸自扇了几巴掌。从那时起，观音菩萨随我走过了十多个年头。"说着，解开军衬衣摘下玉观音，虔诚地托在手心，"菩萨还真的保佑我闯过一劫呢。"玉玲甜蜜地依偎在丈夫的怀里聆听其讲述："那次敌方一个特狡诈的家伙怀疑我的身份，把我打了个半死，剥去衣服寻找疑点，发现我的脖子上戴着菩萨坠子，由此认定我信奉佛教，便相信了我的话。你说这难道不是玉菩萨帮我完成了任务吗！"铁锤把玉观音戴在玉玲项上，"玉菩萨是你爹为你求的护身符，从随了我去你就灾难不断。我这就还给你——祈求菩萨保佑你一生平安。"

　　玉玲抚摸着胸前的玉观音，静听铁锤叙谈："回来之前，我的老首长几次跟我说，要我转业到条件较好的省城或地级市工作。我说，我要回村守老婆养娃建设家园，不能辜负跟我一块战斗而牺牲的那么多龙岩人。我得让他们在岭上看到我耿铁锤是怎样改变家乡面貌，怎样关照他们的父母妻儿的……"玉玲听着丈夫滔滔不绝的话，时而流泪，时而微笑，时而沉思，时而询问。夜已经很深了，他们仍然唠叨个不止。

"你瞧咱家小锤多懂事。俺咋没见你给娃亲亲热热说句话呢？"玉玲把话题转移到了小锤身上。铁锤迟疑片刻说："老实说，我在部队就考虑要顺着你的心愿去喜欢他的。可不知咋的，我今儿个一见到他就……"淡笑一声接着说，"也许是多年打鬼子的缘故，我一眼就能看出他是典型的日本人的后代。那种直觉是一碰面儿就闪出来的。"

方玉玲没再言语，新的愁绪悄然涌上心头。铁锤似乎觉出了什么，赶紧没话找话——询问小锤的上学情况。玉玲沉默良久后说："妈上了年岁，经常嚷嚷着要跟玉锁一起过。咱不能让小锤再拖累妈啦。祠堂念书毕竟大庄比东庄近二里。俺想盖一盖咱家的西房，把小锤接回来。"

"盖哇，盖哇。盖几间房子不是什么大事。"铁锤爽快地应着。玉玲又不失时机地说："小锤是俺一把屎一把尿拉扯大的娃。跟咱的娃没啥两样。小锤也是个既懂事又肯吃苦的孩子，你慢慢就能感觉到的。"

铁锤没接玉玲的话茬儿，而是笑了笑说："我在回来的车上就想好一件事——见了面要跟你对唱民歌，吼出这些年的思念来。"玉玲苦笑一声说："咱又不是三六十七八，哪里还有那份子心劲儿呢。"铁锤却说："我觉见咱还没啥变化，好像你穿嫁衣的那一夜就是昨天夜里。"不住手摸着玉玲的刘海儿，"我在部队得空，常常找个背静地方，独自一人扯开嗓子唱咱们的太行民歌。如今葫芦开了口，毛驴也会上树啦，你怎能不唱呢？这是黑夜，咱就小声对唱《想断肠》哇。"说着便唱道：

> 阳婆上来呀照四方，
> 彩蝶儿对舞燕双双。
> 恨只恨人身没羽翅，
> 想妹妹想得我断了肠。

玉玲接口唱道：

　　　白日思念山头头望，
　　　整夜里灯下纳鞋帮。
　　　两眼含泪呀不见人，
　　　想哥哥想得我断了肠……

方玉玲唱着唱着又唏唏嘘嘘哭起来。

此后几天，死而复活的耿铁锤不住脚走访了村里的军烈属和生活困难户，还拿出些复员安置金分送给他们。

虽说追求更好的生活是人类的本性，可铁锤发现村人当下连最基本的生存都难以保障，首要问题是食堂饭填不饱肚子。农民成天面朝黄土背朝天劳作，肚子却饿得前心贴着后背，还敢奢望什么呢？连日来，心头笼罩着乌云的铁锤只想找到破解此题的办法。

耿铁锤荣归故里令侯拉弟十分不安。她害怕"叛变事件"发生后自己的那些闲言碎语传到铁锤耳边——最有可能传话的人就是方玉玲。为找到遮挡分量话掩盖过头事的托词和借口，侯拉弟趁着铁锤看过胜荣的奖状心情愉快，便抹泪说："说实在的铁锤，你、春牛、运德、柱国这茬儿人打鬼子，不就图个赶走鬼子过上舒心日子吗！可玉玲不听人话，硬是收留下鬼子的那个崽儿，还爱得命疙瘩似的。谁家娃挦动了她心尖尖的这块肉，她就翻脸不认人，不饶不依地和人闹腾。弄得三邻不和，四邻不靠。俺好心好意劝她，反倒拿俺当仇人。"借着擦泪偷瞅铁锤一眼接着说，"咱村是抗日先进村，支前模范村，公社都拿咱'龙岩'做名儿。玉玲却……俺去公社、县上开会，不管相识的还是不相识的，没一个不打问'你村那个小鬼子'的。叫俺不敢在众人面前露脸抬头。"见铁锤皱眉沉思，又拿自责和无奈的口吻说，"说句掏良心话，俺虽嘴不饶人，心里还是割舍不了跟玉玲的情分。只是村里有些事甭说俺啦，就连那挨刀柱国也做不得主。比如五叔占你家的房子，再比如玉玲去搞钢铁、修水库……"

三十六

　　小锤住进了新盖的西房。他感觉自打爹回来自己就像从地狱一步登上了天堂，高兴的事儿接连不断。同学们不但不再咒骂"小鬼子、小叛徒"了，而且自己身上好似有一种特殊磁场，吸引他们围拢过来挨着靠着滚着打转转；就连上初中的胜荣在半路上遇见也改口叫小锤了。小锤也常常炫耀爹带回来的军功章如何多，印有"中国人民解放军"字样的挎包如何好，令同学们羡慕不已，啧啧声一片。与此同时，小锤见老师对自己也有了不同于以往的看法。比如上课提问题，以前尽管能回答来，举手期盼点自己的名，可老师的目光总是一扫而过；近来几乎天天提问，即便答错，也会给个鼓励的微笑。

　　燕荣求小锤想看一看军功章是什么样子。小锤一口答应下来。

　　小锤觉见妈妈也像变了个人似的。爹起早贪黑忙碌龙泉谷造地的事，没空跟妈说话但妈收工回家做家务时，总在哼唱民歌，听来甚是悦耳动听。

　　初冬，学校组织腰鼓队和秧歌队排练节目，准备在元旦期间为军烈属慰问演出。顺利地进了腰鼓队的小锤被老师指定为男领队，同时还选了几首太行民歌要他和燕荣合唱、对唱。

　　小锤入学至今，只在联校组织的一次田径运动会上跑出五百米第一名的成绩，领到过唯一的一张奖状。他视其为珍宝藏起来，隔段日子总会拿出来瞧一阵。他听大瓦叔说过爹的武术功底深厚，拳脚功夫了得，想亲眼见识见识，更想跟着学几招。为讨爹欢心，小锤见爹今日回家早，便手捧奖状走进正屋想给爹看。就在跟爹那威严的目光不期而遇的瞬间，又心慌胆怯地垂头挪步退了出来。他返回西房掏出书本想做作业，心却收不回书里。他听妈说："你爹在外头当兵多年，待人接物跟村人不一样。你要主动给你爹来往才好。"小锤相信妈这话。他又拿起算术书，挑了一道自以为很难但能列出式子的应用题轻步进屋，见妈正在新买的缝纫机前做针线，便增添了胆气，快步走到爹面前说："爹，这道题咋列式子哩？"铁锤脸一沉，推一把小锤说："去去去……"瞥一眼玉玲当即改口，"去问你妈哇。"小锤看妈一眼，汪着一包不想流出但又无法抑制的泪水僵在原地不知如何是好。"来，妈看看是道什么题。"方玉玲放下手头的针线便为小锤耐心地讲解。

而小锤只顾伤心落泪，几乎没听到妈说了些什么。

　　尽管小锤在爹面前得不到想要的温暖，但还是感激爹为妈和自己带来的方方面面的变化。元旦这天，学校的腰鼓队、秧歌队来到小锤家的院子里表演了节目，公社干部送来了县里印制的"慰问信"，刚当了大队会计的柴煦还往大门上贴了鲜红的对联。"俺家终于跟胜荣家一样光荣啦！"这是小锤心头不停地呼唤的一句话。他那喜悦的心情促使他的腰鼓打得特别精彩，与燕荣合唱、对唱的民歌也发挥到了极致，获得观众阵阵喝彩声。

　　元旦次日学校放假一天。燕荣吃过早饭就来找小锤，见小锤拿着斧头绳索要上岭砍柴，便不解地问："你爹回来啦，你咋还要砍柴呢？"小锤答道："俺爹回来就当了村干部，成天忙活垫地的事，顾不得干这些活计。"说着又加一句，"俺爹还夸俺肯干家务活儿呢。"燕荣没提想看军功章的事，而是眨动着大眼睛说："俺哥为砍柴常噘嘴——我跟你一块上岭哇。"小锤高兴地说："听俺妈说，小时候她常常给俺姨一块上岭背柴。"燕荣附和："她俩从小就是最要好的朋友呗。"二人边说边朝岭上走去。

　　时将中午，小锤挑了一担、燕荣扛了一捆柴回了村。为让爹看到自己干下的活计，小锤把柴担子放在大门外的柴垛子旁边，然后进屋从墙楔上取下帆布军挎包，小心翼翼地一枚一枚掏出军功章递给燕荣看。燕荣称羡："这个军挎包真好——呀呀呀，原来这就是军功章！咋一个跟一个不一样呢？"小锤把军功章全部取出，按大小摆放整齐，竟然在炕头上摆了一长串。他挎起军挎包神气地走了几步说："我上初中就挎这个挎包。"燕荣顺声跟语："那一准是全校最好的一个啦！"小锤轻轻地摸了摸挎包上印的字说："我长大也要当中国人民解放军！"

　　"走的那天，佛钟场会有好多人欢送你——胸前也会戴红花的。"燕荣的话使小锤愈加自信："那当然啦！"二人说了一阵当兵的事，小锤挎着挎包，与燕荣双手托腮趴在炕沿，不住地欣赏眼前的军功章。从造地工地回家的耿铁锤推门进屋，恼火地拍一下桌子骂道："你在干什么？！"小锤见爹生这么大的气，激灵转回身子侧足而立，一动也不敢动弹；燕荣低头耸肩一溜烟跑了。

　　食堂打饭回来的方玉玲嗔怪："你这娃在家不做作业折腾些啥！"一边收拾炕上的军功章，一边叮咛，"这是你爹的命根子，记住以后再也不敢乱动啦！"

回村担任了党支部副书记兼大队长的耿铁锤，恰遇县、社两级部署白龙水库下游的打坝造地工程。为使龙泉谷的滩面得到完全利用，要周边各村多造出一些地来，铁锤向公社提出的碹涵洞排洪的建议，得到了党委书记赵启瑞的赞同。

为激发社员的造地积极性，耿铁锤把公社划拨下来的滩面又分解到三个生产队，并明确"滩随队走，谁造谁有"。为在采石碹涵洞、垒地堰的同时再度拓宽东岩盘，让带挂汽车开上壁顶，耿铁锤带着柱国、柴祉忙活几日拿出了拓宽方案。发了大愁的耿味全看着河滩跟铁锤说："分滩时光嫌少，分到了又脑大——这可不是骑驴看账本走着瞧的事呀。怕就怕按时完不成任务交不了差。"铁锤握起拳头说："五指成拳力断金。虽说这是根硬骨头，咱就拿蚂蚁啃骨头的精神一口一口啃。咱村能在两年内造出这两百三十亩地来，你想大家伙往后的光景是什么样子！"耿味全讪笑说："锤娃，要不你来给咱当支书哇！这话我跟赵书记说过……"铁锤剑眉一展笑道："味叔，你咋不理解我的心意呢？我要当官，从部队一回来就能转业到当官的岗位上去——你不要愁。咱岭上不缺木头，叫柱国带人砍来些，一部分做成平车棚，再卖掉一部分买些平车下脚，用平车来拉运土石，工程进度能快好多。而施工安全咱得好好操心。"铁锤望一眼上游的水库大坝，"我听玉玲说，白岩山挖矿石、龙尾湾修水库伤损了不少民工。咱村人打鬼子打蒋匪做出的牺牲就够多啦，造地工程一定得保证安全！"

龙泉谷造地是以村为战，各村无不抢抓夏秋之际的黄金时间施工。

进入冬季，几场大雪之后，太行山的岭梁沟洼全被涂抹成了清寒的白色。在这本该"老婆娃子热炕头"的天气，龙岩人仍然在热火朝天地平滩垫土造地。这日，几阵冷风又送来了铺天盖地的灰色浓雾，把天地连到了一起。只觉肚子饿得咕咕叫的人们，正仰头估摸太阳的位置，雪花好似吹离枝头的花瓣般零零落落飘了下来，没一阵工夫就随着微风一朵朵一簇簇轻盈而杂乱地横飞狂舞，无声地落在身穿棉衣口呼白雾的人们身上。土场装土的侯大瓦望一眼不住劲儿纷扬的大雪，冲着耿味全油腔滑调发牢骚："好俺的'味大拿'哩，邻村人都停了工，难道咱不跟人家在一个地球上过？你们想戴花也不能扯着大伙儿受这份死洋罪呀！"这话被满头大汗拉着空车走进土场的耿铁锤听到了，他笑一声说："大瓦，人在做，天在看。我从部队回村从没盘算过夺什么彩头戴什么花儿，只想实实在在做几件事，要岭上那些跟咱一块喝过血酒盟过誓言的烈士们看到咱村的变化，看到他们的父母妻儿过上幸福光景。你不也常说自己是龙岩岭游击队的一员吗，咋没这个心愿呢？"几句话说得大瓦慌忙赔笑改口："不会烧香得罪神，不会说话得罪人。锤哥，我跟味叔开玩笑呢，你咋当真啦。咱怎么说也是个小队干部，往公社交的军令状上也有咱的签名。咱村的造地工程本就比邻村大，要不往前赶——拖了全公社的后腿，那咱就成一村子孬种啦。"说着，拉起重车出了土场快步而去。

负责采石、取土放炮的柴祉，看着方玉玲在土场干活的劲头，尤其挥舞着铁锨往铁锤车里装土时那温馨的笑脸，眼闪秋波扫视铁锤的神态，宛如送出一缕暖意，使人在雪飘如絮的严冬有一种如沐春风的感觉。收工回家吃过食堂打来的晚饭，柴祉虽觉肚子像清水冲净了肠胃，但仍然习惯地坐在煤油灯下写日记：

> 经得起苦难折磨的感情才是真情，受得了风雨摧残的相守才是真爱。被所爱的男人深爱着的女人，好似托在掌心的一颗圆润绝伦银光闪烁的珍珠，光彩照人，美不胜收……铁锤回村使玉玲走出了阴暗，步入了明媚的春天，终于过上了期盼已久的幸福生活。

> 柴祉搁下笔，凝视着灯头陷入沉思……

龙岩村新建的高房总共八间。紧挨佛钟场的西两间做了大队办公室，东一间是为下乡干部预留的休息室，中间通连的五间则为会议室。村干部开会一般在办公室进行。

刚在县里开罢打坝造地推进会回村的耿铁锤，本想吃过晚饭召集村干部到大队办公室传达会议精神，见刚从食堂打回饭来的玉玲正在厨房煮野菜，便走进厨房笑道："你们妇女真的不容易，除了在队里干活，回家还得缝帘补袂、烧锅燎灶、打扫街院……今儿个上头给咱食堂又调来些粮食。县委书记在大会上说啦，困难是暂时的，只要咱朝着目标拼命干，什么都会有的；食堂也会逐步办成猪肉白面满足供应的'幸福食堂'的。照这样子发展，共产主义很快就能实现！"铁锤的眉宇间显现着无比喜悦的神色。满面春风的方玉玲扑闪着丹凤眼看着丈夫，内心充溢着无限的甜蜜。

正在这时，小锤挎着心爱的书包走进了正屋。他本想先给妈打声招呼再回西房翻看领到的新书，见爹从厨房走来，便礼貌地上前套近乎："爹，我回来啦。今儿个班主任表扬我……"耿铁锤不但没有应声点头，反倒盯着小锤身上的书包问："谁让你挎的？！"小锤被唬得倒挪几步，垂下了头。

今天是小锤到米家寨上初中的第一天。为能背上爹的这个挎包，小锤一早就捧着入学通知书不住口求妈。方玉玲见铁锤天不明就起身赶往县里开会了，便把挎包里的军功章放进空瓦罐，又提了几条好好念书的要求便把挎包给了小锤。小锤背起书包说了句"我一定领回奖状来"，又蹦又跳跑去了。

正在厨房调和野菜的方玉玲听到铁锤的喝问声，便走来说："是俺给的。咱娃喜欢这个书包……"耿铁锤没被说动："不行！这个包儿他不能挎。"方玉玲坚持自己的想法："一个包儿谁挎不一样。"

"不一样。这个包儿……他不能挎就是不能挎！"耿铁锤的口气甚是严肃，没有半点儿余地。

方玉玲明白铁锤为啥不让小锤挎这个书包。她上前拉起含着泪水怯生生站立的小锤来到西房，拿出旧书包说："俺娃还挎自己的书包哇。你爹……你爹说得有道理，只是没解释清楚：这个包儿印着字，没当过解放军的人不能挎——包括妈。俺娃好好念书，长大当了兵自然就发下这样的挎包啦。"

三十七

"饿吗？"晚上熄灯时分，耿铁锤和村干部开罢施工碰头会回家，看着炕沿呆坐的妻子问。方玉玲瞥一眼挂在半墙的煤油灯，从煮过野菜的灶火灰里挖出两个焖熟的山药说："白天拉土垫地，黑夜开会又到这会儿，就算铁打的人也顶不住这样子折腾。"

焖山药散发的香味钻进铁锤鼻孔，招惹得肠胃咕噜噜叫。铁锤接过来一个说："你吃了那个哇，肚子饿得慌睡不着觉。"玉玲悄没声咽了口唾沫说："俺不咋。小锤这会儿睡啦。你的苦数最大，快都吃了哇。"

铁锤一小口一小口地吃着山药说："今夜开会都在嚷嚷，就算山性骨头的骡马，草秣不济光加鞭子也跑不起来。可这粮食……我跟大伙儿说啦，垫完地，大队砸锅卖铁也要给社员们吃三顿好饭。"见玉玲没吭声又说，"吃啥我都许下啦：一顿菜汤油果，一顿葱花烙饼，一顿大把拉面。"说着说着眼睛闪出了光芒，似乎那些好饭真的摆在了面前。玉玲禁不住伸了伸舌尖，理一把刘海儿说："造地受的是骡马大苦，肚里没本儿实扛不住。五叔在土场饿倒过两回，还有……大瓦拉车一阵腿软险些翻下沟里。"铁锤长叹一声说："这些应该是暂时的。"他嚼着山药的余香，轻拍呆坐的玉玲，"不要愁，日子会一天天好起来的。"

从厨房端来热水要铁锤洗脸泡脚的玉玲悲凉沉郁地叹了口气说："铁锤，俺对不起你。"话音未了，泪水夺眶而出。铁锤笑问："好端端的，又咋啦？"玉玲抹泪说："俺……俺恐怕给你生不出娃来啦。"铁锤笑一声宽慰："你又唠叨这个。人常说，四十九还要撅一撅哩。你才三十五六的人，怎能……"

"你回来都一年多啦，可俺……"

"没碰上。碰上就有啦。"铁锤满怀信心的样子。玉玲却说："你不懂。俺的那个断断续续不正常的毛病，在白岩山挖矿那会儿就有啦。你回来后虽说好些，可就是……俺找三哥抓过几服药，还是没顶用——要不咱离了你再找个哇。总不能因为俺……"玉玲难过得眉锁面揪，两眼垂泪。铁锤接过玉玲递来的毛巾擦了脚，穿上布拖鞋站起身子，为玉玲擦一把泪水笑道："你说些啥话！我听说这号事情急不得。你耐下心来等哇，送子娘娘很快就会给咱送来的。"

二人睡下，玉玲躺进铁锤怀里，想起那回铁锤回家，因怕怀上娃断了奶养不活小锤，错过了一次极有可能抱娃的机会，便惋惜而难过地说："要不为小锤吃奶，不定那回能……"铁锤没有接话，抽回胳膊，双手托着炕沿伏身仰头吹灭了油灯。

凭着经常上岭挖野菜熟知的长菜坡面，小锤每个星期天总能给家里背两大筐苦苦菜、沙蓬菜等较为好吃的野菜。这为每天忙于干活的爹妈增添了一些可吃的东西，自己的肚子也比光吃食堂饭好受许多。

星期天，小锤总会替妈去食堂打饭。这天中午，小锤从岭上背回家一大筐野菜，便端了砂锅匆匆忙忙赶往食堂。厨师按小锤家三口人，把稀而滚烫的混锅馉饳舀进砂锅三大勺。小锤看一眼锅里的饭，舌尖舔了舔嘴唇，端起砂锅小心翼翼往家走。将到十字街，他觉得砂锅烫手，本想放下歇一歇，却被一块石头绊了一跤，打了个马趴跌倒在地；端锅的手虽没松开，可锅底戳在石板街上打成了好几瓣。小锤急得"妈呀"叫了一声，没顾得去管撞破的两个胳膊肘儿，正要跑回家叫妈来收拾，只见几只瘦鸡微展双翅兴奋地跑来拼命抢啄。小锤拍着双腿吓走饿鸡，但鸡们仍然不肯远去，只想寻找机会再次冲击那点儿罕见的饭食。不敢离开原地的小锤眼看着饭汤顺着街石缝隙渐渐下浸，便双手托地伏下身子，嘴唇探进积蓄着饭汤的街坑吱叭吱叭吸喝起来。小锤只觉饭汤黏合着街土吸进了嘴里，硋得牙齿嘣嘣作响，仰头啐了几口，又撵散围拢过来的鸡，正想趴下再喝，饭汤却被街缝喝干了；街面仅剩半碗萝卜山药片搅和的饸饹了。小锤拿了一块大一点的砂锅片把那些可吃的收拾起来，双手捧着走回家，眼含泪水钻进厨房，跟正在择野菜的妈说了自己的错。方玉玲轻声埋怨："你这娃咋不操心呢！"

　　她先用凉水滤了几遍黏着街土的饭，又仔细挑拣了一番里面的砂硋，然后倒进开水锅翻滚了一下捞出来，拌了昨天剩下的野菜走进正屋递给铁锤，说了小锤打锅的事。铁锤皱着眉头盯了一眼过间的门帘，又看了看玉玲，沉着脸端碗便吃。可没吃几口只觉咯嘣一声，砂粒硋了嚼牙。铁锤一时火起，啪嚓一声把碗摔在地上大骂："这又不是喂猪！街上收起来的东西咋吃？"

　　一直躲在厨房不敢露面的小锤，听到爹的骂声和打碗声越发心跳加速，不知如何是好。玉玲目视铁锤正色直言："甭说是个娃，大人做事也有失手的时候。饭里有硋怨俺没滤净，害咋哩发这么大的脾气。"

　　"他安的什么心！"铁锤吼叫起来。

　　"娃为了这个家，星期天不是挖菜就是砍柴，有什么心不心的！"玉玲流出了委屈的泪水，"你不要开口就上纲上线。小锤毕竟是个娃，有啥不顺心的你就朝俺来。"玉玲说着走进厨房，点燃柴火便去煮野菜。

　　人们都说肚子饿得难受时，抽袋旱烟或喝口小酒能提神。可耿铁锤还是没再动这两样东西。玉玲也曾提醒，铁锤却说："既然戒了，也就没有烟瘾、酒瘾啦。"

　　耿铁锤唯恐社员们饥饿难忍影响工程进度，干活之余，口里反复描摹那三顿好饭。这一承诺几乎拴住了全村人的胃口。他们不但在土场、滩面和食堂门前不住嘴热议，而且回到家给老婆孩子说的同样是这番话。有的还在暗暗盘思：只要得知吃好饭的日子，那就提前几天少吃或者不吃，等到那天狠命多吃。也有的担心：到那时千万不要感冒生病，倘若不能吃或者没胃口，那可真要急死人哩。

看着整平的滩面越来越少，垫出的土地越来越多，那三顿好饭也就越发成了人们挂在嘴边的核心话题了。

身子消瘦了好多的耿铁锤，是在上午将要收工时晕倒的。他没想到拉着一车土下坡都能撑得住，竟然在土场装土时眼前一黑摔倒了。

方玉玲近来在地里忙乎收秋，见铁锤进屋便问询饿倒的事。铁锤却笑着说："其实不是饿倒，是愁倒的。"玉玲不信这话："看样子造地工程今年秋罢就能完工，赵书记不会打你和味叔板子啦，还愁啥哩？"

"我愁许下社员们的三顿好饭没法兑现。"铁锤脸上挂着难为情，"我红口白牙跟大伙儿说啦，眼下这情形又实在弄不来，这可怎么好呢！"玉玲说："人发愁会难受，不会晕倒。俺见你回来这一年多瘦了一大圈儿……"铁锤笑道："人瘦不怕。瘦驴屙的是硬粪。人的精神头最要紧。只要有精神扛着，什么样的坎儿都能跨过去。"见玉玲半信半疑，又笑一声说，"小时候我听爹讲过个故事：一家三口因遭灾出外逃荒，男的只会拉几下二胡，老婆和八岁的娃既不会唱也不会跳。男的每天讨来的饭一分两份，在妻儿吃饭时他拿起二胡说，我拉几下子乐一乐就饱啦。就这样一家子外出逃荒一年，又活着回了家。你说人这精神头有多厉害！我每天有饭吃，又有'龙岩人过不上好日子不罢休'的誓言，咋会饿倒呢。"玉玲知道丈夫的心意，没再往下说，只笑着提醒："赵书记不是说咱村的造地工程大，公社要大力支持吗？"

"启瑞书记已经帮了咱大忙啦。"铁锤坦然地说，"因为咱村砍山卖木头买平车下脚那件事，他大会小会点名批评了好几回，说是要给我处分，后来还是刀下留了情。咱怎能为三顿饭，厚着脸皮去逼靠父母官呢！"玉玲说："俺知道你办法多——俺和咱家小锤也盼着那三顿好饭哩。"

自从打了锅那天起，小锤回家总躲藏着不敢见爹。这会儿，他正在厨房的角落处吃饭，听了爹和妈这番话，心下便拿定主意，星期天一定多挖些野菜回来给爹吃。但他又为天一冷，坡上的野菜被寒风吹黄而犯愁。

这天中午，小锤和秋生等同学放学走出米家寨，顺着东岩盘爬上壁顶，秋生望见刚刨过山药的地里有一个小山药，拔腿跑去捡起来，衣袖上擦了擦泥土便吃。小锤也想捡一个安慰安慰饿得难受的肚子，瞅寻了一阵一无所获。秋生吃完那个，顺着镢头刨过的印儿用手刨挖，还真的挖出拳头大一个山药。其他几个同学见此一拥而上，或大或小都有收获。小锤动了心，放下书包伸手便挖，没一阵工夫就挖见一个小的。他搓去泥土正要吃，又想起妈不让吃生冷东西，便装进衣兜边往家走，边想：这块地里或许还能挖几个呢。

吃过午饭，小锤从家里带了个贯钉独自走来，跟着镢头印儿认真地挖寻，直至该去学校，竟然挖到半书包山药。他想：这么多山药背回家，可不知妈要高兴成啥样呢。

下午放学，小锤书包里挎着山药，手里抱着书本回到家，为给爹和妈个惊喜，他把山药藏回西房，并在妈刚刚煮过野菜的灶火灰里悄悄埋进去两个，想焖熟送给爹吃。

小锤就着野菜吃过食堂打来的粗糠面稀糊糊，便回了西房。他做完作业虽觉眼皮沉重，还是不肯睡下。他走进正屋，看了看踩着缝纫机踏板轧轧轧响着做针线的妈，说了几句学校的事，便又回西房耐着性子翻书。他只盼着爹快快回来，把火灰里的山药亲手递给爹。

终于，爹回来了——迈着流星大步踏出咚咚的声响，一进大门就扯开吓人的嗓子喊道："他在哪里！"喊罢便推门走进亮着油灯的西房。小锤被爹恼怒不堪的脸色吓得激灵打了个冷战，竟然不知为爹去拿山药好，还是打声招呼对。耿铁锤抬手指着小锤喝问："你偷队里的山药啦？"这话把小锤问了个愣怔："没有。我没偷过队里的山药。"

"竟敢嘴硬！"耿铁锤骂着，顺手操起窗台上那根拨挑窗帘挂环的牛筋棍便打。那颤悠悠的棍子如同皮鞭，打在哪里，哪里就是一道血红印儿。"你嘴硬！你给我嘴硬！！到底偷来没有……"耿铁锤边打边问。小锤缩脖耸肩双手抱头，挨一棍一哆嗦，嘴里仍说"没有偷"。耿铁锤越听越气，越打越狠，牛筋棍落下去的劲儿也越来越大。这一声声抽打质问惊得方玉玲从正屋跑来，见手执牛筋棍的丈夫把小锤逼至墙角，抽打的样子是那样的凶狠无情。她跨步横在铁锤面前，身子护住小锤说："你这是咋啦？想出气你就朝俺来！"铁锤气呼呼骂道："明明有人亲眼见他偷了队里的山药，嘴比钢铁还硬，就是不认——偷来的山药放到哪里啦？"

"我没有偷，真的没有。"小锤难过地哭着鼻子说，"那些山药不是偷的，是在刨过山药的地里翻挖的。"

"听听，你听听！偷就是偷了，还要狡辩！"耿铁锤仍没消气，"山药在哪里？快快拿出来送到大队办公室去！"

小锤仍在解释："那些山药是……"耿铁锤狠跺一脚，举棍叭地抽在桌面上骂道："好一张铁嘴！"

方玉玲终于弄清了缘由，转头摸着小锤脸上脖子上那一道道印儿说："娃呀，是咱的不对。队里那山药地刨过后还要犁的，犁地时还会派人捡拾落下的山药。所以说地里的山药仍然是队里的，咱即便捡到也该交回队里才是。"小锤这才明白挨打的原因，怯生生挪了几步蹲下身子，从瓮与瓮之间的旮旯里掏出山药，又装进书包。"就这些？！"耿铁锤粗声恶气地问。小锤淌泪回道："还有两个。"方玉玲接过书包说："全都拿出来，妈给你一块去大队办公室。"小锤瞥爹一眼，泪如溪流："妈，你常说俺爹带着劳力造地辛苦，夜里又常常开会，得多吃些才能顶得住。那两个，那两个山药在火灰里焖熟啦，本想俺爹回来拿给俺爹吃的。"说完，向厨房走去。

方玉玲含泪盯着铁锤问："你害咋哩下这样的狠手？"……

时隔两日，米家寨中学全体师生列队，校长宣布，耿小锤在上学路上偷生产队的山药败坏了校风，决定开除其学籍。同时要求学生以此为戒，安分守己，做社会主义红色接班人。

小锤两眼噙泪挎着书包走回家，一字一句跟妈说了被开除的事。方玉玲问："妈不是要你写检查主动向老师认错吗？"小锤答道："写啦。也交给班主任啦。可……"从衣兜掏出检查，"今儿个一上课班主任就又还给了我。"方玉玲接过来看了一番说："走，妈和你求校长去。"

方玉玲拉着小锤找到校长恳求再三，校长却说："杜绝偷盗粮食、蔬菜，严肃查处偷盗行为是上头的要求。这个决定已经上报了联校，不能轻易改变。"

联校校长的办公地点在米家寨小学院内。方玉玲找到校长，递上小锤的检查详细说了来由。可那位五十出头的女校长还是没有改变决定。

方玉玲走出校长室，眼里除了辛酸和迷茫，再也没了别的内容。她拉着小锤行至龙门口，忽然停下脚步亲昵地笑了一声问："俺娃还想不想念书啦？"小锤见没了希望，鼻子酸酸地叫了一声"妈"，狠抹一把不争气的眼泪说："不让念就算啦！回村干活还能帮俺爹多挣些工分。"

"不要灰心，跟妈再到公社去。"方玉玲拉着小锤返回米家寨，又走进了公社大院。她本想求党委书记赵启瑞出面为娃说个情，不料人家到外地参加打坝造地经验交流会去了。方玉玲没有止步，带着小锤又来到县城，走进县委县政府新盖的大楼，找到了水少相县长。

曾在白龙水库工地就跟小锤谈过读书问题的水少相，接过小锤的检查书含笑念了一遍，拍着小锤的肩膀和气地说："以后一定要按这上面表的决心去做，行吗？"小锤眼含悔恨的泪水一个劲点头。水少相坐回木椅拉过桌面上的电话机打了个电话，便开始询问龙岩村的造地情况。方玉玲连忙说："涵洞完成啦，东岩盘也展宽啦，通往白岩山那边的大道也修好啦，拉土垫地的活计看样子在上冻以前准能完工。"她见水县长听了甚是高兴，便顺口说了铁锤发愁那三顿好饭没法兑现的事。水少相收起笑容长叹一声说："真不容易——铁锤在用望梅止渴的法子调动社员的积极性啊！你回去告诉铁锤，那三顿饭我来为他想办法解决。"话说间，教育局的程局长走进了办公室。水县长递去小锤的检查书说："给娃个改过的机会。"

世间的事说复杂真复杂，说简单也挺简单。程局长没说二话就把这事答应了下来。

三十八

方玉玲知道全县唯一的一所高中里难容小锤，便耐心地跟初中毕业想读高中的小锤说："回村劳动有初中文化就够用啦。你爹连小学都没毕业，不仅在部队当了副团长，回村两三年就干出了大成绩，成了全县、全地区平滩造地的模范。解散食堂以来，咱村的粮食连年增产，既没了缺粮断顿的家户，又被评为交售'爱国粮'的先进村……"

小锤虽然羡慕上高中的胜荣，但他听见妈的话在理，也就打消了升学的念头。

这段日子，村里的劳力正在玉茭地里拉大锄上堆儿。方玉玲见跟着劳力干活的小锤满手水泡，腰酸腿疼，走路都七歪八趔，便心疼不已。她本想跟丈夫商议给小锤找一份适合干的活计，又知他反感小锤，说了反倒不妥。

时隔几日，有了主意的方玉玲跟副大队长兼大庄生产队长的冯柱国说了自己的想法。正愁没人跟罗锅搭伴儿放羊的柱国，见玉玲愿意让小锤当小放羊，便接口应道："明儿个他就去哇。"

小锤一听要自己去放羊，委屈得快要流泪了："妈，前天我在十字街就听见队长想派俺铁旦叔放羊，可人家嫌成天一身羊臊臭，怕坏了名声找不下老婆。我念不上高中就够窝囊啦，再去放羊还咋见人！"方玉玲坐下来开导："妈要你去放羊是觉见你年纪小身子嫩，怕随着劳力干重活弄伤筋骨。妈在白岩山挖矿就落下一身毛病。"笑了笑接着说，"俺娃难道没听人说，村里最有权的是赶车、放羊、支书、队长吗？你参是大队长，咱家再添个羊倌多光彩！"小锤噘着嘴辩道："支书、队长能说是有权的人；赶车、放羊有啥权哩？"方玉玲抿嘴一笑说："车把式成天举着鞭子吆喝骡马；羊倌领导着一大群羊儿——哪只羊敢不听他的话？再说，放羊虽然夜间得起来吆几回羊，雨天雪天不能歇工，可一年三百六十五天都挣工分。还有个好处：提鞭当放羊，赛过自在王——赶着羊群出了坡，羊儿吃草你就能看书写字，或者放开嗓子唱民歌，谁敢说这活计不好！"

罗锅本就喜欢小锤，见他来打下手，便把多年在岭上悟到的自以为珍贵的东西一一传授——哪里蛇多，哪里狼多，哪里有岩洞，哪些野果能吃，怎样自我保护等等，唯恐落下半句。原以为对岭上很熟悉的小锤，没想到竟有这么多陌生的东西。他与罗锅老舅挥着羊鞭赶着咩咩叫的羊儿上了岭，训狗、学甩鞭、识狼道、保羊群便成了挣工分当干的活计。有时他会坐在坡石上翻看喜欢的书，或者给老舅讲说书里的故事，闷了便站立山头放开嗓门唱几首民歌。

羊群夜间回圈，罗锅总撵小锤回家睡："这里又潮又邋遢，光我能干的活儿，何必俺娃也跟上受罪。"小锤也乐意回家：一来趴在家里的桌子上看书、躺在炕头睡觉，要比山口的土窑洞舒服得多；二来上了初中的燕荣放学回家，好找他解答数学题，或者一同谈论些学校的事。

星期天燕荣背筐上岭采猪草，小锤自是知道猪草既多又好的去处。二人一块采挖满筐子便尽情地说笑，有时还会合唱或对唱民歌。罗锅惊奇地发现每每他俩唱歌，羊儿吃草比平时口欢，牧羊狗也会显出极兴奋的样子。

一身旧军装是耿铁锤回村以来不变的装束。似乎那身衣裤穿在身上他会精神抖擞，力量倍增——没有过不去的沟壑，也没有踏不平的坎坷。

234

这天深夜，铁锤从大队办公室开罢会回家脸色很难看，消瘦的面孔有些灰白，眼圈儿那抹浅黑加重了许多。伏在缝纫机上做针线的玉玲抬头见丈夫心事重重，起身递了一杯水轻声询问："那场洪灾冲毁的几处涵洞不是修好了吗，又有啥烦心事呢？"铁锤喝了几口水心绪不宁地反问："玉玲，你说队里办食堂那会儿，每口人分了十斤山药算不算错事？"玉玲还没回话，铁锤又说，"造地时为买平车下脚，卖几根木头算不算错事？垫完地之后，给老少爷们吃三顿好饭算不算错事？"玉玲有些纳闷："俺想这些不该是错事哇。"铁锤喟叹一声，瞥一眼桌子上摆放的那台半导体收音机说："你没听见近来收音机和小喇叭广播的头等大事吗？上头派来的工作队正在调查村干部的问题。说是给社员分山药叫'多吃多占'，卖木头换平车下脚叫'投机倒把'，给全村人吃那三顿好饭叫'铺张浪费'。我这个当大队长的有其中一条就叫有问题干部，甭说三条啦。"

"铁锤，你可不要吓人呀。"方玉玲被惊出一身虚汗，"他们要为这事整你也就太过分啦。你回村当干部做事又不是什么机密，有啥心里话你就说给俺听。如果他们冤枉了你，俺就算拼上性命也要给他们说个长短。"铁锤浅笑一声说："听说工作队下一步搞访贫问苦时，还要重新审核各家的成分。"玉玲不以为然："虽说俺爹是富农，可他老人家在抗战时期是做过贡献的人。咱怕啥哩！"铁锤无奈一笑说："玉玲呀，你……怎么说你好呢。"然后轻微而缓慢地摇了摇头，"你把个日本鬼子的娃——真正的小鬼子姓了我的姓，成了咱家的一口子，这能说跟咱没干系？"玉玲一听这话便有些不安："小锤虽说是鬼子的娃，可他是无辜的呀。自古人说，救人一命胜造七级浮屠。俺不求什么好报，也不该有什么罪孽哇。"铁锤说："话虽这么说，可这是运动。近来有好些社员说这件事呢。"玉玲理一把鬓发说："铁锤，一人做事一人当。小锤是俺独拿主意收养的，天塌下来横竖跟你无关。"说到这里，她又想起了水少相在佛钟场讲过的那番话，便又说给铁锤听。

铁锤微笑着轻拍一下玉玲的膀臂说："富农家的闺女是我愿意娶来做老婆，我堂堂七尺男子汉怎能稀松软弱成蜗牛——碰硬就往壳子里缩头呢！你不要害怕。我回村当了这几年干部行得正走得端，心里坦荡。至于你家的成分和收养小锤的事，我想上级会实事求是对待的。为这事要我蹲班房，也算不得丢人败兴！"玉玲忧悒万般："俺可再也经不得事了呀！铁锤。"铁锤半开玩笑："我早就说过，铁锤就是打铁的锤子——比钢铁还硬。我经历了那么多年的枪林弹雨，身上都没穿下个窟窿，何况如今是太平盛世，不可能……"

春忙秋忙，秀女下床。大秋成熟的欣喜和快慰，往往令人精神振奋，陶醉于收获。成天在地里忙乎收秋的方玉玲，心下总为丈夫的事提心吊胆。而铁锤一个异常的举动，使她的心情改变了许多。

茶余饭后聆听收音机广播，似乎成了铁锤每日的功课。这天晚上，他刚登进家门，又打开了收音机。

自打丈夫复员那年买来这台缝纫机，玉玲便经常为亲戚、邻里和村人裁缝衣服。由于白天在地里干活，她只能利用收工后的时间赶做。她见铁锤回了家，正要离开缝纫机去给铁锤端饭，听广播的铁锤突然狠拍一下桌子大吼了一声"好！"随即紧握双拳跃身蹦起老高："太好啦！太好啦！！"那股子乐疯似的激情犹如无处宣泄，一个箭步上前，双手把玉玲抱在怀里转开了圈儿，嘴里一个劲儿呼喊："成功啦——我们成功啦——"玉玲被弄了个头晕目眩难撑难支："你快放下，放下！"铁锤像没有听见似的，不住口喊叫，不住脚旋转，直到满头大汗气喘吁吁，才把玉玲放在炕上，自己也滚上炕头伸展四肢哈哈大笑。

蜷伏着身子紧闭双眼的玉玲问："你得了啥喜事啦？值得这样子……"铁锤仍然抑制不住心头的兴奋："成功啦，成功啦！我国的第一颗原子弹爆炸成功啦！那可是我们部队……"说到这里立时改口，"那可是我们的军队新增的一只威力无比的铁拳头，铁拳头啊！"他把双拳举过头顶，摆出战无不胜的架势。小锤不知出了啥事，听到正屋的动静慌忙从西房跑来，将至门口，听到爹为原子弹爆炸成功欣喜若狂，便又返了回去。

玉玲双手托炕撑起仍有些眩晕的身子说："俺说这是咋啦，原来是……这原子弹就是抗战那会儿美国人往日本扔的那种核武器吗？"

"是的，是的！"铁锤的情绪仍未平静，"就是那种威力非常大的核武器。"玉玲也高兴起来："你瞧这才几年工夫，咱就真的赶上了美国。"铁锤坐起身子手一挥说："赶上啦，真的赶上老美啦！"他沉浸在极度的喜悦和无比的自豪之中，"没想到，真没想到我国的原子弹这么快就爆炸成功啦——家里有酒没？我实在想喝几口庆贺庆贺哩。"玉玲眼里闪烁着从心底溢流的脉脉温情笑道："你都戒烟戒酒啦，家里哪来那东西。"说着从一个瓦罐里拿了钱，"俺这就叫小锤到供销社给你打去。"铁锤说："不要多打，二两就够啦。"

这一夜，耿铁锤躺在炕上给玉玲讲了好多军人在部队的生活，还讲了好多自己的老首长的敬业精神，以及对属下的要求、关心和爱戴。然而，事情往往没有人们想象的那么如意。就在铁锤跑上跑下跑前跑后忙碌着把电通上龙岩岭——各家各户安上电灯，街道夜间亮起路灯，碾米磨面再不用驴拉人推，佛钟架垂吊的铁铧被安装在高房屋脊上的大喇叭所代替……社员们沉醉在告别松明和油灯，迎来电气化时代的欢乐之中时，到县里开会的耿铁锤被人带走了。

方玉玲得知这个消息，当即跑到耿味全家迫切地问："味叔，他们把铁锤关到哪里啦？"味全的麻脸流露着无奈的神色，说："不知道。我也是刚听说——不过不要担心。为人不做亏心事，不怕半夜鬼敲门。我想铁锤很快就能回来的。"玉玲泪水盈眶："天都这么冷啦，俺得给铁锤送些衣裳呀！味叔！"心里没底的耿味全见玉玲焦虑不安，只好拿话语宽慰："你不要着急，且等几日，容我打听个实信，咱再说。"说着像要急于出门的样子，"戴明不在啦，想埋回岭上。我得去张罗。"

时隔半月，耿味全仍未打听到铁锤的实信。

终日坐卧不安的方玉玲再也等不下去了。她向队里请了一天假，包袱包了铁锤的棉衣棉裤背在肩上，来到县城找见白运德，求其设法见铁锤一面。

运德带着玉玲来到看守所找熟人打探，说是里头没有关押着叫耿铁锤的人。那个熟人悄悄说："听说为教育改造'四不清干部'，县里在白岩山建了个封闭式牧场，是不是关到那里放牛放马去啦。"运德皱着眉头想了想，跟玉玲说："你先回去。等我弄清楚咱再……"玉玲没听运德的话，背着包袱径直来到长途汽车站，登上了西去的客车。

方玉玲在白岩山公社大院打听到了县里刚办的牧场——距此还有十多里山路。虽然她曾在白岩山挖过矿石，可这个隐秘的山沟还真的不知在哪里。按照当地人指给的路径，方玉玲徒步来到牧场的大门前，可身上背枪的两个士兵任凭她说什么就不许入门，也拒绝回答任何问题。

暮秋天气，山深日短。只请了一天假的方玉玲，含泪瞟一眼西沉的夕阳踏上

237

了返程。她行至白岩山公社门前，已是晚饭之后了。她望了望天上那轮黯淡的冷月，没找家户投宿，迎着飕飕的夜风沿着公路朝龙岩岭而去。一路上，她不住地回忆铁锤回村所做的桩桩件件，想不出错在哪里。那年的那个深夜，她怀着女儿，与婆婆和拉弟她们离开白岩山独立团走的也是这条路。那时的她，每时每刻都在为打鬼子的铁锤担心。而今是太平盛世，她仍在为不知被扣押到哪里的铁锤犯愁。

方玉玲沿着这条弯弯曲曲的公路走了整整一夜。她感觉这段路好长好长，仿佛伴随着千难万险和爱恨情仇走过了一个世纪。次日，太阳从东山顶上露了头，她才走到白龙水库库坝的南端。又累又饿的她，一屁股坐在刻有"白龙水库"字样的大块石碑的方形台基边上，眺望库区那清澈碧绿微波荡漾的水光浮想联翩……

"方姨，你咋坐在了这里？"这声问话打断了方玉玲的思绪。她回过头来，见是左臂戴着黑纱的维红。

省水校读书三年完成了专科学业的戴维红，回到山浃便主动要求到白龙水库管理站工作。他说："我学的是水利工程与管理，理当到一线发挥专长。"话虽这么说，在许多知情人看来，维红选择白龙水库上班跟翟敏的那段情缘有关。这种猜度不无道理。戴维红到水库管理站工作以来，每天总会拂晓起床，绕行库区一大圈。尤其山桃花盛开之际，他便穿梭于桃花丛中，犹如在固执地寻找丢失的珍宝，口里还不住地背诵崔护的那首诗："去年今日此门中，人面桃花相映红。人面不知何处去，桃花依旧笑春风。"

戴维红离开水库工地去省城读书不到半年，他的父亲戴明就偏瘫在了床上，直至前不久去世，维红几乎没和父亲说过几句知心话。

身子偏瘫的戴明知道儿子为啥不和自己交心。他常跟妻子说一些语不成句妻子却能听得懂的话，催促儿子趁自己活着快快找对象成家。可维红听了不是摇头淡笑，便是把话题岔开。倘若见母亲唠叨得过火，他就匆匆离去，到水库管理站一住就是几个月。

戴明闹不清儿子因何在翟敏身上这样子痴情。他临死带着遗憾和妻子说了一句话："把我埋回龙岩岭。"

前年山桃花盛开的时候，维红找到方玉玲，含着悲叹的神情说："方姨，我听郭家汇崔姨说，翟敏留下的……"方玉玲从衣柜底部取出那包东西说："水库完工俺就把这些带了回来——猜见你会来拿的。"

睹物思人。维红看到翟敏一笔一画写的字，忍不住流出泪来。他打开一封信见这样写道：

> 维红：近来学习一定很忙吧？俺天天潘（盼）你的回信，怎么一封也潘（盼）不来呢？俺夜里梦见你的信到了，高兴得不知怎么好。星（醒）来觉出是梦就又伤心。俺恨自己不该星（醒）来，想在梦里看亲（清）地址，好把信寄去。你看俺的字有进步没有？水库工程……

维红看着落款处的年月日，仔细推想了一下，便知自己在这个时间之前已经从学校给翟敏寄出好几封信了，心下也就明白翟敏收不到信的缘故了。但他仍然想不通为啥翟敏不等自己回来就走了那条路。他擦去泪水询问："方姨，你知不知道翟敏的死因？"方玉玲曾跟郭崔氏说定，要为可怜的翟敏遭受的无处申诉的屈辱守口如瓶，便长叹一声摇了摇头。

去年（1963 年）八月上旬，太行山遭受的那场百年不遇的洪灾，验证了戴维红在水库管理站工作所发挥的专长和处理突发问题的能力。

玉玲曾多次听铁锤说："是维红那娃救了我一命——要不是他及时提闸均匀排水，等到山洪灌满水库，老天下多少雨就从溢洪道泄流多少的话，龙泉谷的涵洞恐怕就成龙王爷口里的一碟小菜啦。要是那样，我只有跳下龙岩壁，跟涵洞和滩地同归于尽。"

方玉玲没跟维红说去白岩山牧场寻找铁锤的事。她被维红热情地请到水库伙房吃过早饭，徒步一整夜的劳累顿觉减轻了许多。她背起包袱拖着仍有些沉重的脚步走到西岩盘的盘根，抬头仰望蜿蜒而上的盘岩路犹豫了一阵，又朝米家寨走去。

她走进公社，找到赵启瑞书记说了来意。这位比铁锤年轻的"老转"也是常常穿一身旧军装。他深知方玉玲的心情，却没说出已任县委书记的水少相创建白岩山牧场的意图，而是微笑着说："嫂子，老耿的去处我也不清楚。不过我作为党委书记负责任地告诉你，'四清运动'是党领导下的社会主义教育运动。像老耿这样的好干部虽然有些事做得不大妥当，经过教育改正了错误仍然是个好同志。"说着看了看方玉玲肩上背的包袱，"你把棉衣棉裤撂在我这里哇，我设法找到老耿替你送去。"

方玉玲从赵启瑞书记温馨的话语中觉察到"铁锤没有大事"。于是放下包袱，说了几句感激的话去了。

<h1 style="text-align:center">三十九</h1>

在龙岩岭春木蔚然、春花盛开之季，耿铁锤回到了龙岩村，仍然担任支部副书记兼大队长。

铁锤在白岩山牧场就有了沤制绿肥、农家肥润田养土提高粮食产量的想法。他一回村便向三个队提出"春天比粪堆，秋天比粮堆"的竞赛要求；并利用龙岩岭特有的资源，一手抓刮草沤肥，一手抓畜牧养殖。不到一年，新建的养猪场存栏达五百余头，羊群也由三群发展到了六群。人不亏地，地不亏人。地力的增加促使庄稼长势喜人。村里有见识的老汉们预言："咱村照这样子干，用不了几年就能弄他个长短！"

侯拉弟认为，要使小鬼子在龙岩村消失，必先割断与方玉玲之间的关系。不然的话，不仅自己无法跟玉玲和好如初，龙岩村当下响当当的举旗人耿铁锤也会被牵连。她思来想去，觉得应该先做通铁锤的工作，进而说服玉玲把小鬼子清除出耿家。拉弟把这一想法说给柱国，要柱国来办。

耿铁锤这些日子经常和柱国一起回忆抗战时期的往事。尤其看罢电影，铁锤内心的矛盾不但无法调和，有时还会撞击出复杂的火花。他时不时质问自己：你是顶天立地的男子汉，处理家庭事务咋这样子迷离无主优柔寡断呢？

一个淅淅沥沥的雨夜，铁锤、柱国闲谈之时禁不住喝开了酒。此后铁锤便从戒酒与喝酒之间选择了后者，有时醉得走路东倒西歪，嘴里还唠叨些"春牛哥，兄弟对不住你"之类的话。

这天夜里，耿铁锤虽然跟柱国又聊到很晚才回家，但没有喝酒。他一进门，便郑重其事地跟妻子说："我前几天说的那件事，你想好没有？"方玉玲静坐炕沿，沉默不答。铁锤带着几分央求的口气说："玉玲，我已经写了跟小鬼子断绝关系的材料啦，你也快写一份交到大队办公室哇。"

"你也叫咱娃小鬼子？"玉玲惊奇地问。

"他本来就是个小鬼子！"铁锤说着反问，"他怎么能姓耿？怎么能叫小锤？"玉玲无言应对，只好垂头不语。

铁锤见玉玲又拿不开口对抗，便严肃认真地说："方玉玲，我耿铁锤今儿个在佛钟场向先烈、向死在鬼子刀枪下的龙岩人发了誓言：一定要把小鬼子清除出耿家、清除出龙岩村，以保我们这块红色热土的纯洁！"

"小锤还是个不能自立的孩子，你叫他一个人去哪里呢？"方玉玲两眼汪着泪水，整个身子都在颤抖。铁锤斩钉截铁地说："我不管他去哪里，反正他不能在龙岩村，更不能在我们家！"玉玲仿佛感觉有一把刀子在心头不停地绞动，难受得不禁哭出声来："铁锤，你怎能做这样的事呢？"铁锤狠拍一下桌子不耐烦地吼道："方玉玲，事到如今，我不得不下决断啦。你再放多少'泪炮弹'也撼不动我撵小鬼子走人的决心！"他背抄双手踱了几步，唰地转回头硬着舌根说，"当下摆在你面前只有两条路：你要跟我过，那就写个和小鬼子断绝关系的书面材料；你要舍不下小鬼子，那……那咱就分手！"

"不，不！俺都要！都要！！"方玉玲发疯似的呼喊起来，恨不得撕开胸膛挖出心来亮给铁锤看。

耿铁锤被这声嘶力竭的吼叫惊呆了——决心和决断随着这可怕的吼叫声动摇了。他长叹一声，颓丧而迷乱地坐在椅子上，不知如何是好。

四十

仍然是龙岩村大队长的耿铁锤，见地里的杂草与庄稼"齐头并进"，各队的劳力借着"斗争"的幌子自由散漫不出工上地，便心急如焚。这日黄昏，他扛着锄头途经拉弟家门口，便进门找柱国商议组织劳力锄草灭荒的事；见常常忙乎"工作"的胜荣也在家，就想把这话说给他俩听，却被拉弟一番激动人心的话给闹乱了思路："那挨刀今儿个进城背领袖像镜框，又捎回来几瓶好酒……俺已经炒好菜啦，你们坐下一块儿喝几杯哇。"

耿铁锤肃立地上，面朝领袖像扣全纽扣，拉展衣服，身子笔挺，动作规整地敬了个军礼，然后与柱国、胜荣围坐在领袖像下面的桌子周围，就着拉弟端来的清炒白菜喝起酒来。

　　柱国没跟铁锤谈论组织劳力灭荒的事，倒是对鬼子杀害龙岩人的情形说个不止："……我常常梦见俺爹在火海里摇着手喊叫我的名字，常常梦见春牛哥分派人手搞自卫。虽说鬼子血洗咱村那天我还在白岩山养伤，可佛钟场和大口井那惨状，也常常在梦里出现——该死的鬼子！"胜荣恭敬地给铁锤续上酒说："叔叔，听说当年我爹守村你'跑外'……你们这茬儿人才是红彤彤的毛泽东思想武装起来的革命战士呀！"又跟喝得醉意迷蒙、不住劲儿仰视主席像的铁锤碰杯干了，接着说，"谁是我们的同志，谁是我们的敌人，这个问题是革命的首要问题。叔，你本该是我们学习的榜样。可你仍然和我们的敌人在一个屋檐下生活，一口锅子里吃饭，亲如一家。这是革命战士身上不该有的一点点污点呀叔！"胜荣的惋惜之言招来了他母亲侯拉弟的愤慨之声："那可不是一点点。你叔身上就好比白生生的小布衫，被方玉玲给泼了一股子驴马尿——又脏又臭又恶心！"……耿铁锤流淌着眼泪，摇晃着身子，神情恍惚走进自家大门，他见西房亮着灯，心头的悲伤即刻化作满腔愤怒，牙齿咬得咯吱吱直响，眼睛放射着能烧毁一切的火焰……此时此刻，他置身于一个虚幻世界——看到鬼子把乡亲们抓到了佛钟场，听到机关枪在嗒嗒嗒嗒扫射……师傅冯弘、师兄罗春牛，以及倒在枪口下的人们，都在呼喊着他的名字，要他报仇雪恨。一时间，司号员吹响了冲锋号，战友们"冲啊——杀——"的喊杀声排山倒海，响彻云霄……他像一名战场上跟敌人搏斗的勇猛战士，眼闪怒光，热血沸腾，顺手提起门楼根放的那把斧头，大吼了一声"杀——"疾步冲进了西房。

　　正在伏案看书的小锤被异样的喊叫声和踢门声吓了一跳，见爹手提砍柴斧、瞪着一双血红而充满仇恨的眼睛闯了进来，头重脚轻微晃了几下，举斧便砍。小锤闪身躲过，一跃蹿上炕头，却不知再往哪里躲逃。耿铁锤一斧劈空，举斧扑至炕沿，正欲上炕追杀，只听方玉玲在背后大喊："铁锤——你要干啥？！"这声呐喊使得沉浸于战场上厮杀的耿铁锤缩回了手。他转头看了一眼神色惶恐的妻子，心头的怒火犹如急于爆裂喷溢却又无处发泄的火山熔岩——"啊"地大叫一声，斧刃嚓地砍在自己平铺桌面的左手上，中指、食指和无名指被跺下来半截，斧头咣当一声落地，鲜血直流……

　　十指连心。罗小三被小锤跑步请来，可他不但没给上药处置，反倒跪在地上冲着铁锤一个劲儿磕头，嘴里反复着一句话："我是医生，我是医生……"玉玲见他成了这个样子，慌忙叫来已经睡下的柱国，一同带着铁锤赶往公社医院。经东请西叫凑齐医生，办理完病人家属签字等手续，才为铁锤的三个指头分别做了深切、外皮回包缝合手术。面色苍白的耿铁锤走出手术室，看一眼东山初升的太阳，深呼了一口气，跟紧随身后的玉玲说："咱们离婚哇。"

"没别的路啦？咱回家再……"方玉玲含泪央求。可耿铁锤不能容忍方玉玲往自己的白布衫上泼倒驴马尿。他一边往公社走，一边昂首挺胸硬铮铮说："你不要再说啦！离婚之后，他不能姓耿，名字也不能叫小锤。"方玉玲紧赶几步恳求："你的手还这样。俺想等你的手好了咱们再……"

"不用等啦！"铁锤意坚如铁，"我的右手能签字，也能摁手印。"

方玉玲随着耿铁锤走进公社秘书办公室，铁锤毫无保留地说了离婚的理由。王秘书征求方玉玲的意见，玉玲没有开口，只是含泪点了点头……哆嗦着手指戳了下印台，无奈地在离婚书上摁了手印。

方玉玲拖着沉重的脚步回到已不属于自己的这个家，打开柜子取出自己和小锤的衣服，包进包袱；又把铁锤的衣服一件件整整齐齐放回柜里，然后提起包袱艰难地走出正屋，停下脚步环顾了一阵这个自己燕子衔泥般垒筑起来的宅院，一股奇酸涌上心头，泪水扑簌簌往下流。

正在羊圈清扫羊粪的小锤，从上气不接下气跑来的燕荣口中得知此事，扔下扫帚便往村里跑。尽管爹不喜欢自己，以至于发生了昨夜酒后失控提斧劈砍的事，可他还是不肯让爹和妈离婚。小锤心里想着如何来挽救爹和妈散离的不幸，拼命向家里飞奔，似乎慢一步天就会塌将下来……将至大门，他见妈手提包袱走了出来，便含泪喊叫："妈——你不能和俺爹离婚呀！妈……"方玉玲的脸色很平静，拉起小锤说："走，跟妈回你姥姥家哇。"转头看一眼门楣上那块"光荣"牌子，"这里已经不是咱家啦。"

小锤顺着大门依恋地望了望院子，接过包袱挎在肩上，双手挽起妈的胳膊朝东庄走去。

柴祉的右臂断了，但左手仍在写日记。

罗胜荣带着队伍刚回村那阵子，柴祉对爷爷留下的"四书五经"没多在意，倒是把耗时多年潜心整理的《太行民歌》底本和日积月累写下的十几本日记装进瓦罐，挖坑掩埋了起来。"拔刺"期间，柴祉白天挨斗，晚上被关进高房东侧那间为下乡干部休息预留的房子里，写不了日记，他便打好腹稿，藏在心底；断了臂放回家，才用左手一笔一画补写在日记本上。

男人一旦迷上一个女人，看哪哪顺眼，瞧哪哪舒服，就好比这个女人是他生命不可或缺的太阳，三魂六魄都被俘了去。除了这个女人，世界上所有的女人都暗淡失色。柴祉对方玉玲的爱，真可谓无时不想，无刻不念。但他多年来把单相思深深埋在心里，藏宝般不肯外露，写日记便成了倾吐真爱寄托情思的唯一方式。他在日记里有写当下对玉玲的思恋，也有回忆同桌读书时的童心，还有如何想方设法为玉玲排忧解难、要她过上舒心日子等内容。总之，他的日记只围绕方玉玲一个人转。他曾这样写道："跟玉玲今生无缘，那就来世再逢。自当以此痴情感动上苍，感动安排姻缘的月下老人……"当他在佛钟场听人风传玉玲和铁锤离了婚，便当即跑回家，独手挖出那个瓦罐，用小布袋装了所有的日记本提着朝东庄走去。他一路走，一路默念唐代张籍的《节妇吟》："君知妾有夫，赠妾双明珠。感君缠绵意，系在红罗襦。妾家高楼连苑起，良人执戟明光里。知君用心如日月，事夫誓拟同生死。还君明珠双泪垂，恨不相逢未嫁时！"

柴祉以为，铁锤、玉玲走到这一步，或许是自己的痴情感动了上苍，感动了月下老人。这回自当积极地大胆地向玉玲求爱，把多年压在心头的话一句不剩地说给玉玲听。这时柴祉又有了今夜的日记："玉玲：老天终于赐给我向你求爱的权利和机会了。你知道吗？我为那时没有先一步向你求爱险些悔恨终生。现在我要向你大声喊出——让全村人都听见：玉玲——我爱你！我爱你！！我爱你！！！"

柴祉提着日记本刚进东庄，只听侯家巷那边传来噼里啪啦的鞭炮声。他奇怪：按说只有喜事或丧事才燃放鞭炮，没听说东庄今儿个谁家……他顺声望去，只见侯大瓦两肩搭了好多串鞭炮边走边放，胸前那块麻绳扎挂在脖颈上的擀面板歪歪扭扭写着"我要娶玉玲做老婆"八个毛笔大字。柴祉见此，心头就像失去了方向的风儿似的打开了转转，但求爱之意没被大瓦的荒唐之举所动摇。他转身抬头迈着坚定的脚步，身后随着没完没了的鞭炮声朝下院走去。

侯大瓦沿街不住气燃鞭放炮求婚，惹得庄上人笑看不止。

柴祉、大瓦脚前脚后迈进玉玲妈家的门槛，眼前的一幕令他俩目瞪口呆——

土改的揪斗会，让老太太至今心有余悸。今日她见玉玲蓬头垢面带着小锤走进门来，以为女儿女婿闹别扭，便世故地解劝："咱好不容易等盼回了铁锤——锅碗还有个磕碰哩，两口子过日子怎能没个嘴冷面红呢！你得忍让些……"当玉玲实言相告——老太太闻知女婿休了自家闺女，着急得一边抬手抽打自己的脸，一边哭喊："老天爷呀——俺家造啥孽啦？咋……"一口气没换上来晕了过去。玉玲赶紧扶妈上炕，切住鼻山哭喊了几声，不见苏醒；正要小锤跑去大庄请罗小三，一时想起他已疯癫得不中用了，便只剩"妈——妈——"地哭叫了。恰在这时，外面由远而近传来鞭炮声。这烦人的声响刚刚停息，手提袋子的柴祉和胸前悬挂着面板的大瓦走了进来。他俩见老太太成了这个样子，一个扔开袋子，一个摘下面板，切鼻山、搓胸……手忙脚乱起来。柴祉见针刺人中没反应，便要玉玲把老人平放炕上，托脯挤压了几下，人工呼吸了一阵，仍无回天之兆。柴祉抓腕把了把脉，拨开眼皮瞧了瞧瞳仁，遗憾地看着不住嘴哭叫的玉玲说："怕是已经走啦。"

正当方玉玲扑在老太太身上号啕不止，侯秋生风风火火闯进门来说："小锤，燕荣要我知会你一声，他们要抓你了——快逃哇。"方玉玲听到这话止住哭声，手一摆说："快逃！"小锤两眼淌泪，呆呆地望着炕头上直僵僵躺着的姥姥，迷惘无主，不知去往哪里。"快跑呀！"柴祉和大瓦几乎同时喊出了这一声。小锤没再磨蹭，拔腿而去。他本想顺着东岩盘往外逃，刚出东庄就望见了前来抓他的人。他转头又往岭上跑，还没过小河，就被另一伙人抓获了。

为抓小锤，胜荣一共派了五个小组，而且每组都配有熟悉路径的龙岩人——几乎把东庄所有的出口完全封死了。小锤被绳索反绑了双手，朝佛钟场押去……

以为小锤逃走的方玉玲，正和弟弟玉锁商议老太太的丧事，燕荣慌里慌张跑来说："不好了！玉姨，小锤被抓住啦。这会儿正……"方玉玲垂头沉思了好一阵，抹一把泪水，难过地跟玉锁说："妈的后事全靠你啦。姐得先顾活人。"言罢，找了一块黑布条，从妈的那个纸浆打制的针线笸箩取出针线，缝在自己的衣袖上，双膝跪地朝炕上磕了三个响头，带着成串的泪珠与燕荣走出家门。然后环顾四周无人，跟燕荣耳语了几句。燕荣点了点头，绕行小街背巷而去。她则顺着大路直奔佛钟场。

小锤今日才真正明白自己的身世，同时也清楚了爹一直以来不喜欢不待见自己、进而那样子绝情地撵他妈走人的根由。头上这顶二尺多高的纸糊帽子他能戴得动，可米丝做拉绳挎在脖子上悬于胸前的这块木板，以及上面写的话几乎压垮了他的身子。罗胜荣的问话，他大都答不来，不开口回答又会招来拉拽、推搡和打骂。小锤这时想到了死：人死了也就不用回答问话啦，身子也就感觉不到疼啦。于是，他心一横抿住嘴闭上眼一声不吭，任凭他们推木板、掌嘴巴、扇耳光……小锤深知他们的问话妈能说得来。但他宁肯死去，也不能让妈来承受这非人的折磨。这时，他心下也在埋怨：妈呀妈，为啥你要收养我呢？我要出生不久死去，就不会受这份罪啦——妈，我不活啦，活不下去啦，也不能再拖累你啦。我只有死去，你才能跟爹合婚，你的幸福光景才能重新开始。小锤这样想着，泪水不住地往下流。

脆生生一记有力的巴掌又打在小锤脸上，小锤只觉嘴里溢出一股血水，但不敢外吐，只能下咽……胜荣见他宁死不开口，上前狠推一把木板质问："小鬼子，你到底说不说？！"周围的几个队员随之推搡喊叫着炒开了"黑豆"。

"你们问的这些他说不来。"方玉玲臂戴黑纱走上了佛钟台。罗胜荣没有料到死了娘的玉姨会来，一时竟不知如何是好。台上几个认识方玉玲的学生大叫起来："嘿嘿，收养小鬼子的坏女人来啦！"撂开小锤围拢过来，七嘴八舌询问："你这富农家的闺女快快交代大鬼子给了你啥好处？为什么你要收养小鬼子？"

方玉玲并无惧色。她认真讲述了抗战时期八路军对放下刀枪的鬼子宽大处理的政策；讲述了父亲因为给八路军捐献钱粮招致的祸殃；讲述了婆婆被鬼子烧进房里的惨状……她越讲越激愤，越讲越动情——泪如雨下，抽泣不止。使场上的人们或淌泪，或呜咽，或疾首蹙额。她说："我的女儿小玲，正是因为鬼子烧了房子没了家住，才被恶狼害了的。这笔血泪账也该算在鬼子身上。我恨透了鬼子，恨不得挖出他们的心肝祭奠亲人。可小锤是鬼子逃跑时留下的弃婴。他那时刚出生一个来月，能有啥罪？我作为抗属，执行八路军的抗战政策，收养了这个无辜的娃，错在哪里？"

方玉玲一席话说得台上台下的人面面相觑，无话可说。

小锤这时才真正了解妈收养自己的不易。他想：要不是妈扔下去世的姥姥来为自己解围，恐怕连今后晌都熬不过去。

天将黑下，罗胜荣召集骨干到一旁开了个短会，然后返回台上大声说："阶级矛盾和阶级斗争是复杂、尖锐、激烈的。我们应当耐心搞——今天不行那就明天，一个月不行那就两个月、三个月，或者两年三年，不获全胜决不收兵！"

方玉玲母子被反绑着双手锁进了高房的单间。

这间房里只有一张床、一张桌子和两个木凳。小锤见带钥匙的那人关门上锁去了，面露愁容说："妈，都是我不好。我要早早死去，俺爹就不会和你离婚啦，姥姥也不会……别人躲都躲不过，你咋来自投罗网呀！妈！"小锤说着，喉结滚上滚下呜呜咽咽哭起来。方玉玲没吭声，借着灯光顺着门窗玻璃看了眼外头，又侧耳静听了一阵，确乎没人偷听，便小声说："不要胡思乱想！就算妈守在家里也救不活你姥姥啦。"说着摆了下头，走到东北侧的墙脚。小锤会意，含泪随来。方玉玲悄悄说："俺娃没罪。俺娃是无辜的。只要打起精神熬过这段日子就……"小锤说："妈，他们不会放过我的。"话刚出口，泪水又滚落下来。方玉玲闪着刚强坚毅的目光为小锤鼓劲："听妈的话，俺娃一定能活下去！你要不珍惜生命，妈这些年就白白受苦受累拉扯你啦，你姥姥也就白疼你啦。"小锤无奈地说："就算不寻短见，他们也会把我……"方玉玲走到窗台前看了看，又返至门口听了听，然后附耳问小锤："你敢不敢顺着窗户撸绳下去？"小锤见绑着妈和自己双手的绳索又细又短，便摇着头说："这绳子两条接在一起也没多长。"方玉玲没再言语，顺着门缝大声喊叫："自古人说，有杀罪剐罪，没有饿罪。你们咋不给俺娘儿俩吃饭呢？"

带钥匙的那人从办公室那边跑来骂道："我还没端碗呢，你们急啥哩——不是不给你们吃，燕荣说她要回家给你们提饭。等着哇！"方玉玲见那人去了，便来到墙脚处跟小锤耳语了一阵。小锤听了妈的话，泪如雨下。他正要劝妈和爹合婚，房门开了，燕荣绳络子提着砂锅走了进来。带钥匙的那人为她娘儿俩解开手腕上的绳索；燕荣故意骂了几句上纲上线的话，便从砂锅舀了饭递去。方玉玲端碗大口大口吃起来，小锤把饭送进嘴里却怎么也咽不下去。方玉玲小声说："人是铁，饭是钢。你是男子汉，怎能这样子软弱！"燕荣也投给小锤一个鼓励的眼神。小锤真的学着妈的样子吃起来。燕荣在地上转了一圈，见带钥匙的那人守在门外不肯离去，便喊道："哎，你还是锁上门牢靠，以防这两个坏蛋趁机跑掉。"那人真的锁了门。燕荣又顺着门缝说："你去吃饭哇。不要忘了一会儿开门放我出去！"

那人应了一声去了。

燕荣褪起衣襟，麻利地取下腰间缠绕的绳索扔在床下，然后来到窗户前抽了抽玻璃窗扇上的插屑，回头朝那母子笑了笑。燕荣那俊俏的脸蛋，苗条的身材，银铃般好听的嗓子，加之母体带来的爽朗明快、胆大泼辣的天性，使方玉玲甚是喜欢。吃过饭，方玉玲对燕荣说："自古人说，百善孝为先。俺在俺妈跟前没尽到孝心不说，反倒……帮姨给你妈捎个话儿，就说俺求她在胜荣面前说个情——今黑夜想快快回家操办俺妈的丧事哩。"说着又滚下泪来。

燕荣走后约莫一个小时，带钥匙的那人又和燕荣一同走来，开门说了要方玉玲先回家葬母，事毕之后再来"拔刺"的话。燕荣趁着那人给方玉玲松绑，双手拉拽了几下反绑着小锤手腕的绳索说："这就好！小鬼子的手捆得蛮紧的。"那人听了这话，面朝燕荣流露出得意的微笑，关灯出门，独把小锤锁在屋里。

次日一早，常住大队办公室的罗胜荣起床洗过脸，便来到安有伙房的祠堂吃早饭。他见风机吹得灶火很旺，饭却没做现成，正要训斥掌灶的保管员罗小五和帮厨的戴山金，带着高房单间钥匙的那人手提一条大绳跑来，慌慌张张说："罗主任，不好啦！小鬼子打开窗扇跑啦。就是这条绳……"胜荣接过来一看是自家的绳索，立时意识到妹妹燕荣捣了鬼，心下又气又恨，但又不肯抓起妹妹来揪斗。他生气地把麻绳扔进喷吐着火焰的灶火里，跺脚狠骂："你真是头蠢猪！快分十个组追去。抓不回小鬼子来就拿你……"

罗胜荣看着没吃早饭就四处追寻耿小锤的人接二连三空手返回，心下便猜测这件事不光跟妹妹有关，主谋不定就是昨天下午不请自到、晚上又托妈说情而去的方玉玲。于是，派人又把她抓来。

临近中午，前往郭家汇方向追逮小锤的那三个人返回佛钟场，把一只鞋和巴掌大一块像是高帽上撕下来的纸交给罗胜荣，说："有人在那个废矿井的井口边见到这些告诉我们的。就是这只鞋压着这张纸。"胜荣看过纸上写的字往空中一抛，兴奋地举拳高喊："小鬼子被我们消灭啦！消灭啦……"那张纸飞飞扬扬飘落下来，被台上"认罪"的方玉玲捡起，见是小锤的血书："妈妈，再见了！龙岩大队——小锤。"

方玉玲顿时呼天喊地大哭起来……

四十一

罗胜荣为没在小鬼子身上过透批斗瘾感到遗憾，而飞了雀端窝，摘不到瓜拔蔓也是上级曾讲过的一个不错的办法。尤其近来听说罗小六在外面也拉起一支队伍，扬言要杀回龙岩村占领阵地，不得不尽早设防。

对于那条小锤破窗而逃所用的绳索，罗胜荣没在方玉玲身上纠缠，而对她"因何要收养小鬼子"则穷追猛攻："没有无缘无故的爱，也没有无缘无故的恨。鬼子到底给了你啥好处？"佛钟台上的方玉玲仍然是那几句话："我当时是抗属……"

"好一张利嘴！"骂着便给了一巴掌。可鼻子是嘴巴的邻居，又比嘴巴高出那么一点儿，嘴巴惹了祸，巴掌给嘴巴算账竟然捎带了鼻子。可鼻子这个不受气的东西经不得捋动，被巴掌捋动了一下就哭出两行红色的泪水来。方玉玲索性把这红泪当成胭脂抹在了脸上……佛钟场角落处站立的耿铁锤看在眼里，疼上心头：男人本该是擎天的支柱，国家的脊梁，自己却在这非常时期抛弃了玉玲，把她无情地推下了万丈深渊。

耿铁锤也是血肉之躯——心非秤砣。他为方玉玲遭受如此暴虐万分不安。离婚之后，他闻知老太太一时着急闭气身亡倍感惭愧。回想起岳父拿出那份沉甸甸的"陪嫁"送玉玲出嫁那天说的那番语重心长的话；回想起玉玲嫁给自己所经历的艰难岁月，尤其"叛变"之后外受欺辱内忍煎熬为自己保持不二忠贞十多年……心亏万般，无颜面对天日。铁锤看着眼前受尽折磨的玉玲不禁自问：耿铁锤，你还是人吗？你还算得上男子汉吗？……他攥紧双拳毫不犹豫地朝佛钟台走去。他没考虑走上台会发生什么，但他满含怒气不停地一步一步地走着，走着。将至台前，他见侯拉弟几步跨上台去，护住正被"炒黑豆"的玉玲，做了个缓一缓的手势说："这个富农家的妮子、收养小鬼子的臭女人是该好好批斗。只是她的母亲——那个老臭婆娘死啦。咱且不说死人不张嘴，一天三斗米，最要紧的是这会儿正在炕头腐烂、发霉。埋葬的迟了怕臭味四扬传染疾病。咱们还是让她先回家埋了她妈再来'拔刺'好。"胜荣正要开口，只听台下有人大喊："不行！她不能走。听说是她自个儿找上门来弄丢小鬼子的。这一条说不清，她就甭想回家！大伙说对不对？”

“对！千真万确……”

罗胜荣跟声看去，见罗小六、耿铁旦带着一帮人逼至台前，愤然指责。胜荣不能对他的玉姨心慈手软了，望一眼滚动的乌云和带着雨意的阵阵山风，命人又把方玉玲关进了高房单间。这个屋子与前几天有所不同的是木床和桌凳不见了，墙角处多了一堆干草秸子，门上和窗户上的玻璃格子横竖加钉了许多股钢筋，缝隙也就拳头那么大。

仍然为方玉玲送饭的燕荣，趁人不备扔到草秸里几包止血消炎药说：“玉姨，俺妈给你哩。”

燕荣绳络子提着空锅回家时，又把哥哥胜荣从办公室叫回了家。侯拉弟抹着泪水央求：“荣儿，你玉姨除了收养小鬼子没啥错。既然小鬼子已经……谁不是人生父母养的。家里出了塌天大事，怎能不让回家呢？俺娃快放你玉姨回家料理她妈的后事哇。”

以为自己的举措非常英明的罗胜荣雄心勃勃地说：“妈，铁锤叔叔是抗日英雄，是我爹的战友，是龙岩岭游击队所剩无几的人，就算上刀山下火海，我也要保住他。而方玉玲就不一样啦。不在她身上用新手段新方法批斗就放掉，我们这支革命队伍就会被别的革命队伍拉下马的。”胜荣见妈不住地淌泪唠叨，又低声说，“妈，村里人都知道你和玉姨是打小一块长大的好姐妹。其实我也可怜玉姨。可革命是你死我活的斗争。小六、铁旦联合了那么多外路货回村，大有夺权之势。我们要被他们揪住辫子借机反扑，那可就全完啦。”

……当方玉玲再次醒来，已经躺在高房单间的草堆上了。雪亮的电灯射得她睁不开眼睛，为她送饭的燕荣含泪笑道：“玉姨，你好叫人担心呀！快起来吃些东西哇。吃过了俺好为你疗伤上药。”

方玉玲醒来的第一个念头仍然是不能死，得活下去。她忍受着难以想象的痛苦艰难地往起爬；燕荣忙去搀扶，却触碰了她的伤口，剧烈的疼痛使她大叫了一声，吓得燕荣触电般缩回了手。

方玉玲接过燕荣递来的饭，仍是那样子大口大口地吃。燕荣拭泪提醒：“玉姨，慢点儿吃。”方玉玲苦笑一声说：“娃，不碍事。姨得好好吃东西才能闯过这一关。”

吃过饭，燕荣给方玉玲敷过药膏后说："玉姨，批斗时你得随上他们的意思说，才好过关。"

方玉玲在佛钟台上经受那残酷折磨时，脑子里曾多次闪出过"死"字，可她又一次次固执顽强地换成"活"。她告诫自己：千万不能死去，得为心中的那个人苟且偷生活着。她听了燕荣的提醒后，场场挨斗全都扔掉自尊，违背事实，依了他们的意图。

自打那天在佛钟场看了批斗玉玲，耿铁锤再没参加那样的会。虽然经常有人来家里搜寻撵赶，他总装病不出。他不忍再看到玉玲所受的折磨了，也无法想象再要看到会发生什么。然而，他能躲开佛钟场那个地方，却躲不开聆听方玉玲随着铜锣声沿街喊叫的那些"台词"。他终于无力自抑又抽开了烟。

胜荣带着同学刚回村那阵子，他与柱国就抗日那段历程聊着聊着便不由得破戒喝开了酒。为此，他心下甚是奇怪：自己咋动摇了下定的决心呢？而烟是逼着玉玲办理了离婚手续，独自一人回到空荡荡冷清清的家里就想抽了；想归想，他还是没去捋动烟袋荷包。因为临离部队时，不仅医生说，老首长也握着他的手千叮咛万嘱咐："你一定要听医生的话把烟酒戒掉。我相信你能做到！"可他做不到了，真的做不到了。他虽然跟玉玲、小锤完全彻底断绝了关系，划清了界限，白布衫没了丁点儿污垢，但每当听到玉玲游街时喊出"我不配做革命军人的妻子，不够抗属的资格……"就像一根根钢针扎进他的心里。他这些日子总在自问：为啥玉玲和小锤走后，家就成了这个样子呢？

耿铁锤竭力要自己放下玉玲，多想队里的事：味叔被夺了权，自己作为支部副书记、大队长，就得一肩挑双担。不能因为胜荣他们喊叫"停工停产干革命"就不去打闹粮食。无论啥年月，人要没了粮吃是一件要命的大事！就眼前来说，要没这几年队里的积蓄，胜荣和他的同学们吃啥喝啥花啥？然而，耿铁锤的话已经没人听了。他忍不住又来找柱国谈心，柱国也赞同他的意见。

为不误农时，耿铁锤想与胜荣一道召集全体党员、干部开个会，统一统一思想，快抓生产。当他和柱国走进佛钟场，尚未踏上高房的台阶，佛钟架背后那堵大石墙刚刚贴出的大幅标语抓住了他的心："打倒窝藏在龙岩村的大内奸耿铁锤！"

他不由得一阵晕眩，木桩子似的呆立原地，似乎忘记了来这里的意图。

事实上，当下龙岩村的高房不但没了耿铁锤的立足之地，而且他被卷入两派吵闹争辩的旋涡之中了。以罗小六、耿铁旦为首的队伍，跟罗胜荣为首的学生们这时正在高房会议室针锋相对地辩论：耿铁锤到底是红色人物还是黑色人物。

一窝蜂难容两个王。罗小六本就为罗胜荣回村高傲自大瞧不起人而怀恨在心，他带着人马观测了一些日子，见罗胜荣对他的"玉姨"没有手软，便把突破口放在了耿铁锤身上。

耿铁锤被拉下马的当日就被押上了佛钟台。

在新的革委会主任罗小六、副主任耿铁旦的指挥下，又把耿味全、侯大瓦、方玉玲等集中于台下陪衬。罗小三因精神失常没有到场。

耿铁锤从未料到自己会以这样的身份出现在佛钟台。

"你爹、你哥和鬼子勾结那会儿，你跟着他们做了哪些祸国殃民的事……"逼问声一浪高过一浪。耿铁锤淡笑一声说："你们问的这些，龙岩村的社员没一个不知道。"

"人民当然知道。就是要你来低头认罪……"

耿铁锤见跟这些混账货说不出个山高水低，干脆闭口不言。端坐椅子上的罗小六见他充当哑巴，手一挥，两个外乡人一左一右拧住铁锤就动粗。……台下站着的方玉玲再也忍不住了，向台上质问："小六，这些事外头来的人不知情也就罢了。你是咱村人，怎能歪曲事实、颠倒黑白、冤枉好人呢？"台上的几个外路货听到这话发开了愣怔，"铁锤的父亲是个本本分分的铁匠。他老人家死在谷底的事，当时领导咱这里抗日的居老师已经弄清啦，是大汉奸王计小为拉拢耿铁砧稳坐贼船设下的圈套呀！小六，你不该……"在这样的会场上，大多数社员虽有抱不平之心，却没开口争辩之胆。方玉玲这么一说，使台下的社员纷纷开了口："是那么回事！老铁匠从不和鬼子来往，怎能说成汉奸……"方玉玲又说："耿铁砧当汉奸不假。为除掉这个汉奸，还是他的弟弟耿铁锤下的手。铁锤为革命连一奶同胞的亲哥哥都不放过，你们怎能说他是坏人？"社员们随着方玉玲的话再一次议论起来，令罗小六大张着嘴巴没话说。

鼻孔外露着两撮鼻毛的耿铁旦这时已经带人把铁锤反绑了起来，怒冲冲走下佛钟台，朝着方玉玲狠推一把吼斥道："睁大你的狗眼看一看这是谁的天下？这里哪有你这号人说话的权利！"挨斗时被打掉了门牙的白丽冷笑一声，走风露气说："被人家踢出门的烂货还要自作多情——活该！"方玉玲仍在解释："俺说的全是事实，没有半句假话。"

"呀哈，还要嘴硬不是？批斗耿铁锤你要不服，那你就上来回答问题。"铁旦鼓着脖颈一把将方玉玲扯上佛钟台，"既然耿铁锤没罪，为啥解放军要把他押出军营跟特务一块枪崩？"有关这件事，方玉玲没在铁锤口里得到确切的答案。但她相信铁锤的话——那是部队有意安排。而她也知道，这样的话语在这群人面前等于白说。

疾风识劲草。耿铁锤为玉玲在这般场合为自己据理力争被感动得很想一头撞死在佛钟架上。他原以为自己无情地抛弃了她，她会刀割水清憎恨一辈子，没想到……自己虽身经百战，却不及玉玲的胸怀。面对小六他们的质问，他本想沉默到底。可眼看着玉玲受苦，使他不得不开口："我在部队到底干了些啥，你们应该到民政局或者我所在的部队去调查了解。"铁旦见铁锤开了口，撇开方玉玲回头狠骂："远水不灭近火。咱村就有证人，何必去绕那么大的圈子！你要不是叛徒，部队咋会判你死刑？你杳无音信十多年又是因为什么？"耿铁锤认真地回答："我是军人，你问的这些是军队机密，怎能说给你听！"罗小六沙哑着嗓子吼叫："我看你是拿'机密'做幌子日弄人哩！大家说是不是？"

接着又是一串问题："你为啥要娶富农家的闺女做老婆？你为啥要自己的老婆收养小鬼子？你为啥要砍山卖木头搞投机倒把……"

耿铁锤面对这些无稽之谈，只能闭口不言，并以绝食相抗，后才被放回家。

四十二

柴祉的日记是多年深爱方玉玲一路踏出的脚印。

方玉玲感受最深的是梁同科带回的那个令人心碎的讯儿——玉玲的精神濒临崩溃之时，是柴老夫子"写字横平竖直，做人方方正正"训诫下的柴祉，潜含着强烈的爱意不露只言片语，鼓励玉玲等待"实讯儿"，使她坚定了活下去的决心，度过了那段不寻常的岁月。柴祉心底掩藏的这份巨大的深沉的独特的超越常人的情思，令方玉玲感激、倾心、动情。她翻看着柴祉的一篇篇日记，不住地落泪——因恐玉玲生疑，他偷偷把米面野菜放进场房，却不让她知晓；为防流窜汉奸落网前的猖狂，他手执棍棒背靠老松在后场不间断守夜，直到给大瓦打了一架，罗锅把羊栏迁来……柴祉在日记里写道："额头挨康家洼人一棒不算什么，豁出性命去保护所爱之人才算得上真爱……为心上人全身心付出，让她一辈子舒心幸福，才是自己真正的幸福……丢个民办教师的职业不值得一提，若能守在玉玲和小锤身边时刻呵护，就算天底下最好的工作丢掉一百次一千次也心甘情愿……人们常叫我光棍，其实我柴祉有女人，我的女人就是方玉玲。我为此生爱着这样一个心爱的女人而自豪。尽管她是别人的妻子，有时想说一句话都不敢出口，但我的心里早已将她当成了自己的人。哪怕只有在梦里才能与她相见，那就足够我幸福一生了……"方玉玲从字里行间感受到了柴祉爱自己是那样的真心实意，那样的无所不为，那样的凄苦艰辛。

侯大瓦因为那天帮着玉玲为铁锤说了几句公道话，再也无法像正常人一样行走了。他的左腿好似短了一截，走起路来不但放不平身子，而且右肩高跷左肩塌陷，整个身架扭成了平行四边形。

大瓦是个身受万般苦不肯收笑脸的人。当罗锅用接羊腿的法子为他搬正断腿，摽上夹板，尽管他疼得龇牙咧嘴咝咝吸气，仍然开玩笑说："这下可真成狗腿子啦！"

自打医疗室挨了秋良那一棒，大瓦见到玉玲总有些不自在。但又不知为什么，玉玲身上天生就有一种令他无论怎么努力都无法放下的魅力，哪怕和她说一句话或者为她做一件小事，都视为莫大荣幸。

老太太去世后那几天，玉玲正在"拔刺"。怕抓住辫子挨批斗的村人都小心谨慎，冷眼观望，生怕为富农家帮丧招致横祸。大瓦见玉锁连为母亲置办一口棺材的能力都没有，便把为安葬寄埋于别处的母亲备下的那副棺材板扛来，感动得玉锁两眼垂泪，折膝跪拜在大瓦面前连连磕头。大瓦为动员人手前来帮丧，便跑到侯林家央求："林叔，五味调料没有盐不行，吆喝众人离开权不行。如今你是咱东庄的大拿，方家咋说也是咱庄上的家户——路可以不走，人不能绝情。你难道愿意眼睁睁看着玉锁背起他妈往岭上驮？"大瓦一席话说动了侯林。于是，侯林出面召集庄上的劳力来到方家，帮助玉锁料理了丧事。

这些日子，义务扫大街是"五类"分子一早应干的第一件事。东庄的这几位要数大瓦起得早扫得多。倘若遇上后半夜有月亮，他打个盹儿就拉着拐腿提着扫帚出动了，恨不得玉玲姐弟到来之前扫他个精光。

情感这东西是世间的一道无解之题。方玉玲有时也为大瓦对自己的这种如痴似醉的倾慕所感动。她曾用心想过多次：大瓦明知自己无情于他，为啥还要这样子呢？

侯拉弟见身子刀削斧劈般瘦下来的铁锤真的拿了绝食的主意，心下甚是难过。她走出铁锤家的大门，回盼静得怕人的院落，抹一把泪水想：一个好端端的人家被那个小鬼子害成了这样——总不能看着铁锤活活饿死。于是她想到了方玉玲：虽说他们离了婚，玉玲若能来开导一番或许顶用。她的这个念头火星般迸出，随即就又摇开了头：玉玲是被铁锤逼着离的婚，就跟旧社会被休的女人一样……明知玉玲不会来，侯拉弟还是抱着不妨试试的想头朝东庄走去——哪怕跪下给玉玲磕几个响头，也得求她来解劝几句。侯拉弟刚走出佛钟场，见玉玲绳络子提着个砂锅迎面走来。

因为小锤，二人发生了几次不愉快，几乎把昔日的情分抛干丢尽了。方玉玲抱定一个主意：不能容忍任何人伤害小锤。而侯拉弟憎恨玉玲的恰恰是这一点。那天侯拉弟闻听小锤寻了短见，多年压在胸口的那扇磨盘才算掀去，同时也想和玉玲重归于好，可心头的隔阂终究难以抹平。

侯拉弟干咳一声，迎上前开口问道："正想找你说点儿事呢。大晌午的，你要到哪里去？"方玉玲收住脚步回道："铁锤被整得下不了炕啦，俺给他送点儿饭去。"

"他……"拉弟未语先哭，"俺刚才送去啦，可他一口都没吃，瞪着眼睛只瞅屋顶。"玉玲没再言语，绕开拉弟便走。拉弟本想随去，见玉玲对自己仍有成见，犹豫片刻，转头回了自家。

方玉玲提着绳络子走进这个熟悉的大门，没再抬头看门楣上那块军属牌子。

炕头躺着的耿铁锤在拉弟走后，又艰难地爬起来喝了几口酒。他已经没了活下去的心思，也知自己走到了生命的边缘，但心下老惦记玉玲：临死前能把心里话说给她听，也就没啥遗憾啦。可他明白玉玲是个要强人——碰到南山都不会往这个院子迈一步了。眼下自己又去不了东庄，这可怎么好呢？为能跟玉玲说几句知心话，方才铁锤有心要拉弟去东庄叫一叫玉玲，可话到嘴边又咽了回去——即便拉弟捏着鼻子往东庄去也白搭。这时，铁锤感觉喝下去的酒变成了烈火，把整个肚子燃成了火炉。他伸了伸苦涩干燥的舌头，连一口唾沫都没得咽，正想挪腿下地舀一瓢冷水"灭火"，只听房门吱呀一声开了，玉玲绳络子提着砂锅走了进来。他揉眼细看不是做梦，立时喘着粗气坐直身子，左手做贼般藏于身后，右手护住胸脯干咳了几声，张嘴想说什么，一时又不知咋开口。

方玉玲见原先光亮照人的各色家具盖了一层厚厚的尘灰，纷乱不堪的炕头像多日没人收拾，滚落地上的酒瓶散发的酒精味与旱烟味搅和在一起弥漫了整个屋子；又见铁锤脸色蜡黄，眼窝深陷，头发蓬乱，污垢满身，心头禁不住一阵难过，硬是抑制着没有流泪。她知道那伙人在铁锤身上下了狠手，便问："胸脯疼哩？"

"不疼。"铁锤把压着胸脯的手慌忙放下来，难为情地瞅了一眼玉玲右臂戴着的黑纱，脸上浮现出身临绝境无意求生的末日之笑。"你咋又这样子贪开了烟酒？"玉玲轻声埋怨一句，提着砂锅顺着过间门走进厨房，见火台堆放着一堆没有洗漱的碗筷，灶火也没了热气，像多日无人光顾的孤棚野舍。她挽起袖子洗了一个碗、一双筷子，从砂锅里舀了饭双手递到铁锤面前。铁锤见是自己喜欢吃的豆面拨尖儿，心头很是矛盾：本打算拿旱烟、白酒和冷水了结此生的，可眼前这热气腾腾香味扑鼻的饭又令人心动。玉玲笑问："觉见不合胃口？你快吃哇，俺去收拾收拾厨房。"铁锤无奈一笑，一个有主见男人的主见流星般瞬间消失了——伸出手接过碗筷，背负着纷乱的思绪吃起来。

耿铁锤看着玉玲戴起围腰走进厨房打炭生火收拾卫生，心就难受得要命。眼下村里的情形、家里的样子，他一刻都看不下去了，只求快快闭眼蹬腿——落个眼不见心不烦。他本想吃过饭就跟玉玲说了藏在心底的那些话，可玉玲忙完厨房的卫生，又忙活正屋，像离家多日刚刚归来的样子。收拾停当，又像过路客似的提起砂锅，打了声招呼匆匆走了。

不出铁锤所料，晚饭时分方玉玲又提来了饭。铁锤从炕上爬起来说："厨房有米有面，何必要从东庄提呢。"忙于盛饭的玉玲说："厨房的米面是你家的。"这话听得铁锤立时从咽喉涌上来一股酸痛，咳个不止。他把包了血痰的手帕藏在身后，不由得又悔恨起自己那段日子中邪作祟般所为来。他见玉玲又去打扫街院，便奇怪地想：为啥那段日子自己那样子发神经、做下遗憾终生的傻事呢？他把目光挪到那台玉玲心爱的缝纫机上就又闪出复婚的念头，但自嘲一笑摇了摇头。他太了解玉玲了，玉玲天生不是服软的人。虽说自己卧床难起时，她风尘仆仆从东庄跑来送饭，但要她复婚恐怕比登天还难。

　　方玉玲拍去身上的尘土走进屋里，跟铁锤寒暄了几句提锅便走。铁锤惨笑一声问："你，你明天还来送饭吗？"玉玲含笑回道："你说呢——只要你好好吃饭，快快把身子调养得钢巴硬邦起来，能下地做饭就好啦。"铁锤的心像利锥猛刺了一下。他明白，能吃上玉玲做的饭菜是沾了躺卧炕头的光了。他又说："这里有米有面。你要不在这里做，我就不吃啦。今生今世不吃啦。"玉玲说："你这是何苦呢！不吃能解决问题吗？"铁锤仍在惨笑："人不吃东西就死得快啦。只要一闭眼睛一蹬腿，也就没什么问题啦。"玉玲劝道："人活一世怎能没个跌跟头摔跤的时候。老话常说，好死不如赖活。你咋哩！这样子折腾自己？！"看着满眼都是话的铁锤应道，"好，好，好。俺总拗不过你。明儿个用你的米面做饭就是啦。"

　　这天上午，方玉玲本打算为铁锤做好午饭再回东庄，进屋却见柱国、铁旦也在。铁旦那斜三扯四极不谐调的嘴脸使得方玉玲很反感，径直走进厨房便添水坐锅忙活起来。

　　炕上半躺的耿铁锤比前几天精神了许多。他朝玉玲叫道："你过来。我要柱国和俺家铁旦来，是有几句话要说。你也来听听。"玉玲隔门回道："你们说你们的事，俺给你做好饭就走啦。"铁锤解释："我说的事跟你有关，你不能不听。"玉玲有些纳闷，端着面盆搁在正屋的桌子上，一边和面，一边来听。铁锤长叹一声说："铁旦是我的本家兄弟，当下也算村里的干部哇……"铁旦生气地反驳："你胡说！现在的革委会就是村里的领导班子。我这个副主任不是'也算'，而是堂堂正正的村干部。"

　　"对，对，是村干部。"铁锤点了点头，"柱国跟我的交情就不再说啦。"铁锤咳嗽几声，从衣兜掏出一张折叠得整整齐齐的纸，"我请你俩来做个证，在我这份遗嘱上签个名。"

　　"遗嘱？"铁旦转动着两眼问了一声。铁锤点头说："这几天我想好写的。"

正在和面的玉玲听了这话，心头有一种不祥的感觉，但没吭声。铁锤手帕捂嘴又咳了几声，吐上来一口带血的痰，正要掩藏却被细心的玉玲发现了："你咋咳血？是不是……"玉玲这时见他又是留遗嘱又是咳血，心下便不安起来。铁锤却不在意地笑了一声说："我的病自己清楚。我想在临死前了了心头的这桩心愿。"玉玲禁不住滚下泪来："俺一直当你是……有病咋不请医生看，还要这样子糟蹋身子？"铁锤没回玉玲的话："从内心说，我在离婚那天摁手印时……推倒的墙，泼地的水，没了更改，不说啦。"铁锤苦笑着看了玉玲一眼，又对柱国、铁旦说："玉玲自打跟了我，没过一天舒心日子。我这会儿当着你俩的面儿给玉玲赔个不是。"说着向方玉玲鞠了一躬。

"这个不是俺不用你赔。"玉玲含泪说，"你病了，就该去医院好好治病。"

铁锤展开纸按着自己的思路说："玉玲从那天带了她爹为抗日捐献的几乎全部家当跟了我，直到我逼着她离婚，真的……"椅子上一跃而起的耿铁旦怒骂："你都泥牛过河自身难保啦，还想管她！"铁锤淡然一笑说："按政策，夫妻在婚后共同创造的财产当属双方共有。离婚时玉玲啥都没要，就连那台她心爱的缝纫机我要她带走，她都没带。这个遗嘱的意思是：我死后，这份子家产由玉玲来接管。"玉玲正要开口拒绝，铁旦唰地夺过遗嘱撕了个粉碎，两撮鼻毛随着愤怒的呼吸不住地微动："耿铁锤，你这叛徒、内奸，死到临头，还要为'地富反坏右'创造复辟的条件！"手指狠戳一下铁锤的脑门，"你等着，我这就到办公室集合队伍，砸不烂你的狗头，决不收兵！"

方玉玲瞅一眼愤愤而去的铁旦，当着柱国的面说了自己为什么来给铁锤送饭或做饭，并表示决不要铁锤一针一线，接着又劝铁锤快去医院治病。冯柱国为铁锤的病情和心事吃惊不小。他要玉玲快给铁锤做饭，吃过饭就带铁锤往医院去。而铁锤轻笑一声说："老拐，你不要诈唬。你们要硬逼我，我就咬舌自尽啦。"这话令二人瞠目结舌。

铁锤自慰一笑跟柱国说："咱俩是一茬儿，你想想咱这茬人走了多少啦？我耿铁锤能活到今天，是老天爷赐给的福分。"说着又咳嗽起来。柱国的眼泪在眼眶里打着转；玉玲抹泪走进厨房忙去煮面。铁锤跟柱国小声说："我想见同科一面。你把他叫来，我有话要给他说。"柱国点头而去。

"你就听俺一句话哇。"玉玲端来热腾腾的面条递给铁锤劝道，"你不是常说，日子艰难时咬紧牙关挺一挺就能过得去吗？咋轮在自己头上就做不到啦。"铁锤接过碗筷笑了笑，没有吃的意思，似乎有难言之隐。玉玲解掉围腰催促："你快吃哇。俺这就回东庄。"铁锤一听这话放下了碗："你不在跟前，我连一口都咽不下去。"

　　"好好好！俺不走。你吃，你吃。"玉玲说着，又把饭递给铁锤。

　　铁锤真的吃起来，可没吃几口慌忙搁下碗，往炕沿外探了一下身子，哇哇吐了几口，呕吐物带着血丝涌出，使玉玲忧惧不安。玉玲端来温水让铁锤漱过口，拿毛巾擦去嘴上的污垢，便又劝他快去医院看病。铁锤微闭两眼定了一阵子说："玉玲，你，你去把大门关上。"玉玲不解地问："关大门做啥？"铁锤喘着气说："你听我的。闩上大门回来，我，我有话要说。"玉玲没听他的："说几句话干吗要闩大门呢？"铁锤苦笑一声："玉玲，隔墙有耳。算我求你啦。"玉玲闩上大门返了回来。

　　铁锤低声说："我知道咱家小锤没死。"玉玲一听这话身子不禁一颤，脸色骤变，心头狂跳，不知如何回话。铁锤笑着安慰："不要怕——这几天我躺在炕头想了好多。我这一生做了两件得意的事：一件是跟党干革命，一件是娶你做老婆。可我也做了两件瞎事：一是没有从内心接受小锤，二是快要走到人生的尽头却逼着你离了婚。这是我这一生的两大遗憾。"说到这里，眼睛滚动着少见的泪花。

　　方玉玲当下除了要他快快治病，没了别的话语。

　　铁锤只顺着自己的话题说："我从两点推测到咱家小锤活着：一个是在你身上看出来的；另一个是小锤既然寻短见，就没有必要从五米多高的高房窗户逃出去，再跳进郭家汇那个无人敢下去打捞的矿井。"玉玲正要插话，铁锤抬手一止说："如果我没猜错的话，咱家小锤应该就藏在岭上，而且是你出的法子——岭上确实是个藏人的好地方，又有罗舅照应，完全能活下去。可有一条你得切记：千万保密。除罗舅一人，再不能有第二个人知晓。只要熬过这阵子，应该就会好一些。"他停顿片刻继续说，"我这个不称职的爹，本想给咱家小锤留点儿东西，才写了那个遗嘱。没想到……"方玉玲像在聆听铁锤跟如此依恋的天地告别的遗言般难过。

　　铁锤宽慰："你不要哭。你一哭我就……我还想告诉你一个一直以来不想说出的秘密。人常说，吃五谷，生百病。其实我的这个病在部队就有啦。现在回想起来，还得好好感谢这个病呢。"他笑了笑，"真的，要没这个病，部队是不会批准我回来的。因为我所干的……不说啦，这个只能活着装在肚里，死了带进墓里。就算到了那边，阎王爷发狠要小鬼用大锯锯成两半，也不能讲出半个字来——真的是这个病送我回来的。我在部队要一直干下去的话，同科的回村，味叔、柱国的无知，可不知要你背多少年'叛徒家属'的黑锅呢。我知道这个'罪名'对你的摧残和迫害有多大。"说着正要去拍打玉玲的膀臂以示抚慰，手刚抬起又放了下来，"部队医院为确诊我这个病曾检查过三次。复员时，医生要我必须做到三条：不抽烟，不喝酒，不能过分劳累。我的老首长也……"说到这里神秘地一笑问："玉玲，你猜我一直唠叨的老首长是谁？"

"俺怎能猜见呢。"

"我的老首长就是咱们的居老师。"

"呀——"方玉玲瞪大眼睛惊叫了一声，"原来你和居老师一直在一搭工作？"铁锤自信地点了点头又说："我为实现自己在烈士坟前许下的诺言，怎能坐在家里享清福呢……他们斗我的手段并不高明，也不可怕；我只为在这紧要关头把你和咱家小锤推出家门后悔不及。前些日子又听到水书记身亡的噩耗，也就只剩拿烟酒铺垫上岭的路啦。"

玉玲劝道："你不能这样子想。你得打起精神活下去。"

铁锤没接玉玲的话茬儿："我现在就给你把话说透，咱家小锤就是我耿铁锤的亲儿子。我到了那边见了祖宗，也会把这话告诉他们的。我立遗嘱把这点儿家产留给咱家小锤，对小锤来说或许不算什么，但意义不同。因为这是他爹和他妈一砖一瓦共同垒垛起来的家园呀。"玉玲含泪又劝："你快快去医院看病要紧。小锤没更名没改姓，他还叫耿小锤。可这份家业小锤是断不能接受的。他也没有接管这个宅院的权利。你还看不出来吗？铁旦就为这点儿家产，才跟罗小六搅混在一起对你下狠手的。只要小锤能平安活下来，什么都会有的。你听俺一句话，快快去医院治病唯。"

铁锤又咳了几声，垂头沉思一会儿，摆出气量宽宏豁达大度的样子说："没有不得病的人，也没有不下雨的天。今儿个不早啦，要去咱明天去治病唯——你得随我去。要不然我死在家里都不会去的。"

玉玲只好含泪点头。

260

当天下午，正当耿铁旦带着两个人在铁锤家僻里啪啦"砸狗头"时，挂着双拐的革命残废军人梁同科来与耿铁锤谈话了……

四十三

冯柱国赶着队里的毛驴小平车拉了铁锤，由玉玲、柴祉相随，摇摇晃晃途经十字街进了佛钟场。铁锤抬起那颗很沉很沉的头环视罗汉柱、佛钟架——承载着龙岩人的灾难、屈辱、幸福和荣耀的这个地方，突然觉得人世间的爱与恨、情和仇都是些无法抓牢一闪即落的雨水。他把目光落到佛钟台上，见正在那里吃饭的罗小三衣衫褴褛，头如毡片，活脱脱一个沿街乞讨的叫花子，倒是那个药匣子还在肩上挎着。几个六七岁的孩娃围着小三尖声奶气地喊着顺口溜："罗小三，挎药匣；走平路，脚尖爬；日本鬼子遭蛇咬，汉奸小三去疗毒……"罗小三听到喊声，两眼惶恐地扫视一番，把碗呱嗒一下扣在自己头上，饭食流了满脸，自喝自训："不许动！低头认罪……"正说之间，碗从头顶滑落下来，啪嚓打了个粉碎。耿铁锤的思绪无意间又追怀抗战的岁月——那个药匣子当年送出去、传回来多少情报呀……

东岩盘如今宽畅了许多。耿铁锤坐着毛驴车走在这条碹涵洞采石拓展的盘岩路上，把目光投向谷底——欣慰地望着那一沟平展展的滩地，枯黄而又加了几处伤痕的脸上流露出些许微笑。

平车行至谷底，地里丛生的杂草像在挑逗性地对耿铁锤说："喂，你不是早就想灭掉我们吗？你看我们活得多自在！"铁锤有气无力地骂柱国："老拐，人勤地生宝，人懒地长草。你瞧地里的杂草快要吃人啦！"赶驴的柱国回过头来讪笑一声说："你是个开除党籍的病人，该死的杂草长得再可恶，也轮不着吃你。你安心治好病，咱俩再聊这码事哇。"

龙泉谷的大路上，一辆货车由东向西开去，扬起一股浓浓的尘土。耿铁锤看着远去的汽车有些兴奋地说："老拐，藤田又山就是在这里中了咱的埋伏挂彩死去的——可惜那狗日大野雄一逃跑啦。"说着咳嗽起来，且大口大口吐血。玉玲叫柱国停下车，抱扶着铁锤定了好一阵子才算定住。铁锤摆了摆头示意快走。手握荆条的柱国抽了下驴屁股，毛驴激灵颤动了一下，车子随着嘎嘚嘎嘚的驴蹄声摇晃着朝龙门口走去。

　　玉玲、柱国、柴祉一路无话，心下都在为铁锤的病情担忧。这时，大瓦拄着棍瘸着腿追来："你咋病成这样才吭声。你要早说，甭看咱大瓦成了大拐——跟老拐归为一路货色啦，咱就爬下驴也能把你驮进医院。"知道大瓦的腿伤还没痊愈的铁锤很受感动，苦笑一声问："今儿个没事啦？"大瓦嬉皮笑脸说："'老狐狸'和玉锁两口子感冒出不得门；呆子、玉玲请了假；你又是一个正在养伤的人。总共'五类'就少了'四类'，光我大拐跟小白梨唱开花调没啥意思，也就不登台啦。"说着又问，"听说昨天后晌铁旦那个驴日的赖熊，又带人去你家折腾啦……"

　　出了龙门口，耿铁锤看一眼左侧那片树林——擒捕哥哥铁砧的地方，眼泪禁不住流淌下来。他把目光挪向远方沉思良久后说："老拐，千万记住往后给你爹、春牛哥他们立个纪念碑。"柱国说："这件事咱们早就聊过多次。你甭操这份闲心，安心养你的病就是啦。"铁锤的头微微向米家寨方向摆了摆说："咱先去公社王秘书那里开个证明——我是复员军人，拿上证明去医院看病是有好多优惠的。"玉玲说："俺走时就凑借了些。不用开证明啦。"柱国、大瓦也说自己带着钱。柴祉说："我把我和俺家柴煦的积蓄全都拿来啦，咱先到医院看病，回头我们来为你补开证明。"铁锤喘着气说："还是我去哇。何况又绕不了几步。"说着用力欠屁股，要往车下跳。

　　大家说服不了他，只好掉转驴头往米家寨走去。

　　毛驴车赶进公社大院，柴祉说："你不用下车。我叫来王秘书看过你的情况开好证明，咱们好快快赶路。"铁锤却望一眼秘书室说："哪有求人家办事自个儿摆架子的。"说着大咳不止，又吐上来几口暗红色血块。玉玲扶住铁锤，劝他不要动身子。可他眉头双锁，两眼微睁，一条腿已经吃力地挪出车棚。柱国手拉牲口龙头，摆头要大家遂了他的意。玉玲、大瓦、柴祉一起上手搀扶铁锤下了车，手搭手把他抬进了秘书室。

　　王秘书在公社工作多年，跟铁锤、柱国是老相识。他看着铁锤脸上那青一块紫一块的伤痕和病恹恹的样子，猜不出为啥不去医院却来了公社。他站起身子，热情地询问来意。柱国正要开口，坐在条棂木椅上的铁锤却喘着气说："王秘书，我和玉玲的离婚手续是你给办的。我今儿个是来跟玉玲复婚的。恳求你再给办个复婚手续哇。"这话听愣了在场所有人。方玉玲怎么也想不到铁锤会说出这样的话来。她以为铁锤病糊涂了，抬手摸一把他的脑门问："你不是来开证明去医院看病的吗？咋又……"

"玉玲，原谅我没给你商量。"铁锤的脸上浮现出难为情，"我知道在家里要说出这话，你是不会答应，也不会随我来的。可，这是我今生今世唯一的，也是最后的一个心愿。如果，如果你不答应，我死在这里都不会去医院看病的。"方玉玲看着铁锤那真诚恳切的样子和充满期待的目光，眼里不由旋转起两团泪花。

王秘书征求方玉玲的意见："你愿意和老耿复婚吗？"

这句问话使方玉玲进退两难。就内心而言，她从来没有想过和铁锤复婚。离婚之后，她静下心来默默回忆流逝的岁月：她爱铁锤，铁锤也爱她；而他们的婚姻似乎像一辆无法自驭的马车行进在千沟万壑之间，只有风霜雨雪伴随的辛酸苦辣，却没有想要的光景。方玉玲把泪眼投向柴祉和大瓦；柴祉给艰难抉择中的玉玲点了点头，大瓦拄杖拉腿上前一步催促："你还等啥哩？玉玲！答应了铁锤的想头，咱好快往医院赶。"

方玉玲淌着眼泪轻声跟王秘书说："俺，俺愿意复婚。"

王秘书又说："复婚得有大队证明。"

铁锤正要解释，大瓦掏了掏自己的衣袋，小虎牙一露开了口："证明其实是开好了，在我兜里装着，怕是吃那袋熊烟给掏掉啦。"说着殷勤地央求，"王秘书，我们几个原先都是村干部。现如今柱国还是副大队长呢。你该能看得出，铁锤的病其实是心病，就跟得了相思病一样，说重不重，说轻不轻——跟心爱的女人复不了婚就会要他命的。求你先给他俩办了复婚手续，好送他去医院治病。回头我……不，不，不，回头叫拐队长把证明送来。"大瓦的一席话说得王秘书笑了，拿起笔为耿铁锤和方玉玲办理了复婚手续。

为让铁锤快快到县医院接受治疗，方玉玲违心地摁下了手印。

耿铁锤见此，如卸重负，身子油尽灯枯，再也努不出一丝气力鼓不起一缕激情了。他用尽生平之力在复婚证书上摁下手印，眼前一黑，头一栽，再没起来……

人吃地一生，地吃人一口。耿铁锤在满山红叶之际被埋上了岭。他无愧于先他一步上岭的诸位烈士，实现了解甲归田建设家园的誓言。虽说现今村人的生活并非他当初奋斗的目标——他还不该上岭，还能为父老做事，但他带着遗憾走了。

方玉玲以耿铁锤合法妻子的身份张罗安葬了铁锤，并又住回了他们共同创建的家园。这令其父曾经接管过这份家产的耿铁旦切齿痛恨，但又无可奈何。不过方玉玲是戴帽分子，仍在村干部的手心里捏着。不会因为她离开东庄来到大庄，免去义务扫街的差事。她的到来，使大庄的扫街人数由原来的两个变成了三个。

村人都知道铁锤跟玉玲离婚那天，柴祉跑到东庄求过婚。早在小学读书时就对柴祉有成见的罗小六，唯恐柴、方二人扫大街扫到一起，便把大庄的街道由南至北一分为三，中段指定耿味全负责，将柴、方分隔于南北两端。而迫切期盼柴祉快快娶走方玉玲的耿铁旦，对小六的这一安排甚为不满。他以抱不平的口气跟小六说："西庄光个白丽，为啥大庄仁人呢？"不容置疑地提出要耿味全去西庄帮白丽扫街。罗小六本不愿这样做，又怕失去耿铁旦这根膀臂，被罗胜荣杀个回马枪夺走阵地，只好委曲求全，曲意应承。

自打独剩柴、方二人扫大庄的街道，耿铁旦便用心跟踪窥视，只要发现他俩有一点点眉来眼去碰撞火花的举动，那就以伤风败俗有辱耿家门楣为由，撵方玉玲走人。然而，铁旦起早贪黑辛苦多日，还是没有抓到自己想要的东西，倒是常见没了娘的小鸿宇，清早就跟着他的伯父柴祉来到街上晨读——柴祉的扫帚扫到哪里，那童声童气的读书声就随到哪里。

耿铁旦不信棉花见火不燃。他以为，一对情投意合正值当年的孤男寡女经常在一起干一手活计，没有不生情动意的道理，磨到底总能等他个驴脚踪！

罗、耿当下虽然掌了龙岩村的权，但他们的处境并不乐观。尤其耿铁锤死后，村人对他们的仇视和愤恨随处可见；梁同科以革命残废军人的身份常常站出来指手画脚；加之外头拉来的外路货有的衣锦荣归，有的另起了炉灶，他俩不得不心存愤怨下抱成一团，相互利用。二人相比之下，似乎小六对铁旦忍让顺从的稍微多一些。而铁旦常常为附随于小六旗下窝火。他本想寻个茬儿"炮轰"罗小六——达到自立巅峰呼风唤雨的目的，但又迫于抵挡村人的公愤、对付罗胜荣的反扑而不敢内斗，生怕罗胜荣趁着两败俱伤钻了空子。

罗胜荣败走之后，小六本来能把"当权派"冯柱国和侯拉弟拉下马。可他不但没下手，反倒以稳大局、安民心为由保护着奉承着恭敬着柱国。他这样做其实只为一桩心事，那就是想把出落得如花似玉的燕荣追到手。而他也能感觉到在燕荣这个大说大笑的野妮子面前说啥都成，就是不能谈对象，一提这事便刮毸风下逆雨。

　　人是贱虫，越发得不到的东西总以为是最美好的，碰破脑袋也要乐此不疲地追求。为了燕荣，罗小六茶饭不思，魂牵梦萦。他知燕荣原先跟小锤走得近。可自打小锤死后，从未见过本村或邻村的后生跟她来往，她咋……罗小六心生疑窦：是不是她有了意中人？看来得下一番辛苦弄个明白。

　　经过一段日子的暗随，罗小六并未瞅见燕荣跟别的后生亲热，也没看到有人来追燕荣，倒是见她经常背筐提镰上岭挖野菜。岭上除了山物就是毒蛇，不会有人和她谈情说爱的。小六虽然这么想着，跟踪的脚步又延伸到了岭上。他惊奇地发现燕荣上岭不但都在中午的饭时，而且还带着不少干粮。常在岭上的人除了羊罗锅还会有谁呢？

　　山里的妮子爱钻山，钻进山里心就野。她要真的野了心，不定会没底到和羊罗锅……得弄个水落石出。个矮身瘦行动灵便的小六，在岭上的树林里窥见燕荣真的顺着羊群找到了罗锅，并把筐里的干粮递了去。这令小六不可思议：她这么个美丽动人的姑娘，咋会爱上丑陋不堪的羊罗锅呢？小六正在纳闷，只见罗锅叫来牧羊狗，把燕荣那些干粮装进一个筒袋形布兜里，然后把布兜扎到狗脖子的襻绳上，手一挥，狗窜离羊群飞奔而去。阴暗处躲藏的罗小六发了愣怔：大黑狗带着那包干粮要去哪里呢？他回到家躺上炕头，脑袋一个劲儿滚枕头却没滚出结果来。他本想去找和自己一口锅捞稠的铁旦解疑，又觉得这小子近来老闹别扭，不会为这事尽心，便仍做燕荣的尾巴破题。又辛苦了一段日子，小六摸索到燕荣每逢农历初六、十六、二十六总会给罗锅送一包干粮，但不知大黑狗又把干粮带到了哪里。

　　这天小六路经佛钟场，无意间瞟了一眼佛钟台，脑子里忽然闪出一个人：耿小锤没死，就在岭上藏着！

四十四

　　为抓回耿小锤，罗小六本想带人搜山，后又推翻了这个主意——蛇钻窟窿蛇知道。龙岩岭山大林密，又有好多幽深难测人不敢进入的岩洞，大张旗鼓搜山不仅抓不到他，反倒打草惊了蛇。小六用心盘思数日，终于想出了"随狗暗寻"的法子。

农历五月初六，罗小六穿了一双跑山路随脚的秋鞋，羊群尚未出圈他就隐藏在山头开始窥望了。一切都在意料之中：正午时分，燕荣背筐走来，罗锅又把装了干粮的布兜扎在大黑狗的攀绳上，甚通人性的黑狗似乎明白自己的使命，随着主人的手势离开羊群，朝着小六所藏的山头跑来。小六把狗让到自己前面，狠盯罗锅一眼，随狗而去。狗走山路很少顺行路径——随心在松林下的荆棘缝隙穿梭，害得小六汗流浃背气喘吁吁，无法跟上。小六见与狗的距离越拉越远，便掏出兜里为诱狗备下的窝窝头，学着罗锅的口气喊了声"黑虎"，大黑狗真的停下脚步转回了头。小六不失时机地抛出一小块窝窝，想一路喂狗，一路顺藤摸瓜。不料，大黑狗不但没有动心，反倒头一转腾空四蹄飞奔而去，不一阵就没了影。

"好狗日的！"罗小六骂了一声，一屁股坐在坡上直喘气。他看一眼被荆棘挂破的衣裤，抹一把头上的汗水，正寻思"燕荣怕是回村啦"，突然一条昂头吐芯的毒蛇蜿蜒而来，吓得小六激灵打了个冷战，后退几步转头跑下了山。

人不低头走不进矮屋，不拜下风请不来帮手。罗小六这样想着信步来到十字街北头找到了耿铁旦，赔着笑脸讨对策。铁旦一听耿小锤还活着，心下当即拿定了与小六联手除掉这个祸害的主意。他看着窗外火辣辣的阳光，手指在裈内搓着汗水浸润得有些痒痒的贴身老腻琢磨了一会儿说："这阵子长虫可恶，小鬼子在暗处，咱在明处……以我看，先得收拾了罗锅那条大黑狗,切断小鬼子的粮道再说。"

"那条狗罗锅调教得比人还灵，咋收拾？"小六见铁旦在这件事上跟自己站到了一个立场，便眨巴着眼珠子反问。铁旦很有把握地说："没有不吃肉的狗……"

太阳落山羊归圈。这日，罗锅赶着羊群刚从岭上回到羊圈，罗小六肩挎条筐，嘴里哼着流行歌曲悠闲地走来。大黑狗老远就竖起耳朵瞪大灼灼亮亮的眼睛机警地盯上了他；距离羊栏尚有二十步之遥，大黑狗严厉地汪汪了两声飞身而上，吓得小六一边奔逃一边大喊"锅叔"。正在土窑洞做饭的罗锅出门见是小六，便喝退黑虎跟小六打了声招呼。小六这才摆出一村之主的架子官官样样走来，装模作样地问询羊群的情况。

266

罗锅甚是反感这个狂妄自大的本家侄子。尤其他胡作非为无端整死龙岩人的主心骨耿铁锤，便愈加恨他。但，眼下他是村干部，只能憋着一肚子闷气敷衍问话，趁便又说了给自己派个小放羊的事。小六没接他的话茬儿，伸手从筐里拿出半斤大一块肉说："去公社开会半路上捡的，给咱队里的狗吃了哇。"说着，便扔到羊栏边静卧的大黑狗面前。罗锅心下生疑：杀牛贼哪来的菩萨心肠？他转头看去，见黑虎吱呼着鼻子闻了一阵，舌头奔拉出好长、嘴流口水躲到了一旁。

"黑虎，吃呀！"小六指了下那块肉喊叫。可大黑狗不但没吃，反倒狠抖一下皮毛上的沙土走开了。小六冲着大黑狗骂了声"你狗日吃白肚皮啦"，挎起条筐去了。

罗锅瞅了眼远去的小六，上前拿起肉来细瞧，见是一块鲜猪肉，上面散发的农药味，呛得他猛咳了几声。他隐约感觉这小子送肉害黑虎另有图谋。吃过晚饭，罗锅留黑虎看圈，进村给玉玲说了这事。自以为小锤的事密不透风的方玉玲当下就慌了神。她想了想问："舅舅，黑虎往岭上送干粮是不是被人察觉到啦？"罗锅摇着头瓮声瓮气说："不会的，不会的。燕荣一到，我总会操心四周，没见有人盯梢。"玉玲说："看来往后送吃的得格外小心，以防……"

为多设一条给小锤送干粮的路径，也为见一眼小锤，燕荣想要黑虎带自己去一趟小锤藏身的地方。罗锅却摇头反对，尤其怕她遇上长虫。因为小锤所在的那个岩洞在香炉台之上一里处。那一带不但坡陡林密，崖悬壁绝，而且香炉台以下毒蛇最多的二里坡面是必经之地，经常上山打猎挖药材的人在这个季节都极少涉足。

罗锅见燕荣含泪央求再三，还说了小锤传授她的防长虫防山物的法子，便又软下心来叮嘱了一番，唤来黑虎指画了几下；黑虎似乎懂得主人的意思，真的带着燕荣来到了小锤藏匿的岩洞。

这是小锤独处这山野之地两年第一次见到燕荣。他俩四目相对，虽有千言万语却一时无法开口。燕荣眼滚泪水打量了小锤一番，见他还是原样便笑道："听说人在洞里钻久了头发会变长变白，脸面不是蓝灰便是粉绿——妖魅鬼怪般可怕。你咋没变样呢？"小锤指着洞里摆置的木床、木椅、木凳子，以及各种木制兵器说："我在这里既当木匠又当石匠，没一日闲。洞口比刚来挖大了好多，还安了门窗口扇，都成冬暖夏凉的仙人洞啦……我这头发是自己用剪羊毛剪子剪的。你瞧我攒下多少野果！"说着从木架子上拿下来一串干了的山葡萄递给燕荣，"我在这里能活下去，三年五载，十年八年都没问题。岭上什么都有，就是，就是……"说到这里不由脸讪，"就是见不到你，见不到俺妈。"看一眼洞外又担心起来，"老舅也太冒失啦。有黑虎给我送吃的就行，你来做啥。香炉台以下那片坡面可是长虫的世界，在这个季节连大男人都不敢走……"燕荣坐在小锤用木棍和藤条编织的凳子上，一边吃着酸甜可口的葡萄干，一边笑道："你老舅是个人丑心善的人。他不信俺有走山路的本事，又教了几手防长虫的法子，跟你说的差不多。俺今儿个还真的遇到两条那东西，一捏手里的塑料瓶喷出一股子煤油，它就窜跑啦。"燕荣又不放心地说，"俺生怕你，生怕你睡着了，那长虫悄没声窜进洞来……"

小锤不以为然地笑了一声说："老舅为我选的这个地方好着呢。你瞧，这里既向阳又干燥。我往洞口又上了门窗，还按老舅的法子喷洒了六六粉（农药），甭说长虫啦，小虫儿都不敢来打搅。再说，香炉台以上这一片几乎没有那东西。"说着又显出兴奋的样子，"你猜我在这里遇见了哪位？"燕荣惊讶地问："哪位？不会是狐仙妹妹哇！"小锤笑道："我放羊那几年见过多次的那两只苍苍狼又在这里碰上啦。它们见我提水、收山果、练武功什么的，便善意地引着它们的小宝贝卧在远处看，像是老相识。有时我用弹弓、绳套儿弄到的野味便扔给它们，它们叼去吃的时候，显出和我很是友好的样子。人说狼是凶恶的东西，我看也有善良的一面。"

"真的！"燕荣听了甚是惊奇。

小锤说："去年冬天下了大雪，岭上的积雪很厚。天一放晴，我去打扫洞口和岩壁石路上的积雪时，你猜捡到啥啦？"小锤笑着卖关子，"竟然在路口外的坡面上捡到一条野猪腿。我想这不定是那两只苍苍狼送来的。我褪掉皮毛，切成片儿，串成串儿，撒上盐面，架火烧烤了个酥黄，看那个好吃！"说着，吧唧了几下嘴，"那时我就想到了你——你要和我一块吃，该有多好呀！"燕荣两眼含泪说："俺也觉见这里是世外桃源，可这毕竟不是人常待的地方呀。不知这样的日子啥时是个头儿。"

有人在乎便是温暖，有人心疼便是幸福。小锤为自己有人在乎、有人心疼，每时每刻都感到温暖和幸福。他对未来充满了希望："俺妈在信上说，时势不会永远这样，熬过这阵子就好啦。我相信这话，我一定能熬过去的！"

燕荣说："玉姨估摸小六他们可能察觉到了什么。所以，往后给你送干粮的日子不会有规律，也不能像以前那样子经常啦。"

小锤听到这话，脸上泛起了愁云。

从每年的初秋起，岭上成群结队的野猪便开始糟害邻山地里的庄稼，有时二亩大一块将要归场的玉荛或谷子一夜之间就会被荡平。耿铁锤在世时曾想过好多打野猪护秋的办法，虽也起了些作用，却无法根除。为减少野猪对农作物的损害，村里由耿铁旦带队组建了打猪护秋队，队员都是些会玩火铳的后生。

这天，罗小六与手提火铳的耿铁旦、罗星、白丑头相跟着来到岭上，和放羊的罗锅不期而遇。罗锅又跟小六提了给自己加派人手和称盐喂羊的事。小六没有搭理，而是扫视了一眼周围询问大黑狗哪去了。罗锅怕他们多心，便嘴含手指吹了声口哨——那边半坡上护羊的黑虎听到主人的叫声，兴奋地朝这边飞奔而来，忠实地站在主人面前，尾巴摇出一串儿山花。罗小六瞟了大黑狗一眼，扯开沙哑的嗓子大讲火铳打野猪的激励办法："打一头小猪奖励半天工，打一头大猪奖励一天工……"同时动员罗锅带上火铳，捎带着打猪挣工分。罗锅为当下的村干部往羊身上花个小钱比割肉还疼而恼火，也为他们的打猪言论不着边际而好笑。因为岭上的大野猪有些特别，它们的皮毛经常黏松脂、搓白草，绸缎般光滑，有时连猎枪都奈何不了，口径粗射程短的火铳很难如愿。

小六见罗锅的笑声含有轻蔑之意，便黑下脸来问："咋，你不信火铳能打死野猪？"罗锅吃力地仰起脸，重叠着深深的抬头纹直言："火铳能打住小猪，打不住大猪。"耿铁旦一手提着火铳，一手握着蓝烟微冒的艾辫子驳斥："我们龙岩人的火铳连鬼子都能消灭，咋打不死个野猪？！"说着给罗星、丑头使了个眼色，他仨以敏捷的身手砰砰砰射出三股火烟。黑虎应声倒地，眼望主人四蹄乱蹬，惨叫不止。罗锅一时心疼，抬手朝耿铁旦的脸啪地甩去一鞭。铁旦被抽得抱头卧地呀呀大叫；罗星、丑头见势不妙，野兔逃命般溜了。罗小六大声喝道："锅叔，你好大的胆子，竟敢打村干部！"罗锅看着心爱的黑虎瓮声瓮气哭喊："你们为啥，为啥要这样子坑害它？它咋招惹你们啦！"

"它是队里的狗，拿它试验火铳的威力有啥不可以？"小六双手叉腰大骂，"你等着，今后晌，不……不，一会儿就抓你到佛钟场批斗！"

果然，罗锅被罗星、丑头带来的五六个后生绑回村，押上了佛钟台……队里派曾经放过羊的方玉锁接管了羊群。

燕荣得知此事，匆匆来见玉姨。心急火燎的方玉玲似乎感觉到了小六们的用意，却又束手无策。她既像跟燕荣说，又像在安慰自己："岭上有野果，他不会饿着的。这时咱得千万沉住气，沉住气。不定他们在岭上已经摆好了套儿，等着咱去钻哩。在这个节骨眼，咱决不能往岭上走。"

时间过去了一个多月，龙岩岭的翠绿已经被寒霜杀尽，早晚人们出门大都筒着手缩着脖子御寒。老天要降一场大雪，岭上就成坐冬雪了——罗锅仍在高房的那个单间里关着不得自由。不知情的小锤再也耐不住劲儿了，望着羊群悄悄从岭上来到半山腰，谨慎地跟放羊的舅舅见了一面，由此得到了黑虎被害、老舅被关的信儿。玉锁为"小锤还活着"高兴不已，随之又想到他独居岭上的艰难，便说定时间和地点，要他来取些干粮。

次日，玉锁背过妻子，带了好多吃的赶着羊群来到岭上，等待小锤的到来。

舅甥二人的行踪，被罗耿安插在岭上的罗星、丑头弄了个一清二楚。就在小锤取干粮时，埋伏于羊群四周的十几个人一拥而出抓了小锤，五花大绑押回了村。

四十五

方玉玲伏在缝纫机上正做针线，快步进屋的柴祉没顾得上询问小锤是怎样活下来的，喘着气说："不好啦！小锤被他们绑回村啦。"玉玲一听这话，头一下胀了个没收拾，正没做理会处，燕荣惊恐失色跑来说："玉姨，快设法救小锤呀！"经历过七灾八难的方玉玲，似乎越来越有了冷静地应对灾难的智慧和胆识。她默然凝神思考了一阵后，问燕荣："你骑车子会不会带人？"燕荣不知问话何意："俺哥那个车子我早就学会骑啦，只是没带过人——你快去高房救小锤哇！玉姨。迟了怕就……"燕荣盈泪催促。

"这会儿姨要露面，俺娘儿俩都得被……"方玉玲走近燕荣，小声嘀咕了几句。燕荣知道玉姨做事有头绪，没再言语，拔腿而去。这时村里的大喇叭响了起来——村干部召集社员到佛钟场开会。

大伙来到佛钟场，见罗汉柱和佛钟架的立柱上贴满了"打倒"之类的彩色纸条标语。这些近两年没有看到的东西，令社员们有了几分新鲜感。细瞧纸条上写着的内容才弄清，那年跳进废矿井死去的耿小锤又被抓回来了。于是，人们便纷纷议论起这桩事来。

内心都想除掉小锤的罗、耿二人，见村人来得差不多了，便喊叫罗星把高房单间里关锁的耿小锤带下来。小六指着押上佛钟台的小锤刚说完开场白，一旁站立的耿铁旦突然间想到一个人：何不趁机抓来方玉玲！他靠近小六耳语了几句，一摆手带着丑头等人匆匆离去。

他们来到方玉玲的大门前，见门扇紧闭却没上锁，推门进院、进屋，空无一人。铁旦想：既然没锁门应该没走远。便指派人手分头寻找。几乎跑遍了半个大庄，还是没有见到方玉玲的影子。

"狗日的，她到哪里去啦？"铁旦骂了一句，带人疾步向东庄赶去。玉锁妻康巧凤见铁旦怒容满面地带人撞进门来，吓得从炕上爬起来，慌忙解释自己身子难受，不能去开会，要女儿方婷找队长请过假了。

耿铁旦看过上院下院的两处房子，恼悻悻喝令康巧凤赶紧去寻找方玉玲开会。巧凤看着铁旦他们远去的背影想：上头要村里以粮为纲，村干部咋……是不是时势又变啦？

耿铁旦回到佛钟场扫视了一番，仍没找见方玉玲。他习惯地把手伸进领口，搓着身上痒人的老腻盘思：今儿个把所有的招儿都给小鬼子使上，要他吼叫着去死，不怕方玉玲不出来说话。他拿定主意走上佛钟台，悄悄将此意告知小六。小六动了动矮瘦的身子，扯开沙哑的嗓门继续讲："社员同志们，万恶的日本鬼子留在我们村的这个小鬼子……"铁旦举拳高呼几声口号，紧接着便是一阵逼问。小锤垂立佛钟台，嘴巴像两扇紧闭的大门。罗、耿对视一眼，喊人往台上打玻璃瓶……

心慌气短虚汗涔涔的康巧凤，摇晃着病体来到这个出气都不敢张大嘴巴的佛钟场寻找大姑子，见台上挨斗的人是小锤，一时发开了愣怔：见鬼了？真的见鬼了！是不是自己要死啦？听说快到阴间的人才能真切地看清鬼魂。她揉眼细看，觉得不像幻觉，但又不敢打问小锤咋还活着。她躲在罗汉柱背后，两眼瞅着台上的阵势，心里猜出了村干部要全体社员停工开会的意图。她含泪默喊大姑子：姐呀姐，原来小锤还活着。你到哪里去啦？你要不来救小锤，小锤怕是熬不过今后晌。

来到佛钟场开会的白丽不住脚游走。

自打方玉玲丧母之日进了"五类"分子行列，白丽突然间对玉玲不怎么忌恨了。后来见玉玲被揪斗得连在母亲的灵堂前磕个头哭一声的机会都没有，收养的小锤也寻了短见，便对其有了怜悯之心。尤其铁锤挨斗时，玉玲不顾引火烧身，义正词严地为铁锤辩解；铁锤病重期间玉玲从东庄跑到大庄精心照顾，后又与临上黄泉路的铁锤复了婚，从中看到了他俩的真爱，也为自己以往那些过激言行感到羞愧。方才白丽一见到小锤，先是惊叫"他咋还活着？"，随之看出了小六他们的用心，知其今日不死则残，心下不由生发出一股子善心柔肠——在场上转悠了一大圈不见玉玲，便凑近大瓦抬手捂嘴豁牙漏气地说："讨吃鬼，快寻玉玲想法救他娃呀！不然怕是……"大瓦头上冒着细汗，拉着瘸腿挪动了几步说："她家和玉锁家我都去啦，没个人影。她再不来怕就赶不上趟儿啦。这可怎么好？"

柴祉见罗、耿带人一码一码往小锤身上加劲儿，便大步走上佛钟台说："下级服从上级，全党服从中央，是我党的组织原则。县社领导三令五申要求农村狠抓粮食生产。你们为啥不执行上级指示，还要抓人整人？"

"呀哈！戴帽分子跳出来教训开人啦。上级号召要文斗不要武斗指的是人民跟人民之间，不包括小鬼子。"罗小六说着抬手指了下小锤，"我们今儿个就是要当着大家伙的面，名正言顺地收拾这个窝藏在岭上的小鬼子了，你能怎么着！"柴祉一字一句地说："他如今是我们中华人民共和国的公民，是人民公社社员。你凭哪一条哪一款批斗他呢？"柴祉的愤慨之言异常洪亮，质问得罗小六大睁两眼说不出话来。耿铁旦冷笑一声上前说："他既不是人民，也不是社员，而是日本鬼子。上级没有号召我们对鬼子心慈手软！"小六口里立时又有了词，指着柴祉大骂："你这贩卖牛鬼蛇神的戴帽分子竟敢出来狡辩，这叫罪加一等！"大瓦拉着瘸腿走上台说："你们是不是村干部？为啥不执行县上的政策！呆子说得没错……"白丽也在台下说："上头号召队里以粮为纲啦，你们咋还要揪斗人呢？"……

方玉玲双膝跪在县革委会大楼门前，前胸和后背挂的纸箱板写着："请求领导快到龙岩村救人！"

白岩山牧场"改造"了两年，今年年初调回到实行"一元化领导"的县革委

272

任了办公室主任的赵启瑞，闻听有人在楼门前请命，撂开手头的一堆文件快步下楼，见是龙岩村的方玉玲，便询问缘由。玉玲眼含泪水简短地说了小锤躲逃的经过，又说了今日被抓回村的可怕，祈求领导快快去救人。赵启瑞要方玉玲进办公室稍等，可她抹一把泪水坚毅地说："领导要不答应俺的诉求，俺就跪死在这里！"赵启瑞没再言语，疾步上楼向去年年底到任的革委会蔡主任做了汇报。

蔡主任皱着眉头听罢，握拳狠砸一下桌子说："整人打人的闹剧决不允许在我们县重演！"随即言简意赅安排了几句，要赵启瑞赶赴龙岩村救人。

方玉玲向大门外自行车旁站立的燕荣摆了下手，便与赵启瑞一同上了一辆吉普车。戴维红这时也匆匆忙忙赶来钻进车里，把一张打印着公文盖有大红印章的纸递给了赵启瑞。赵启瑞浏览一眼，装进了衣兜。车缓缓驶出革委会大院。戴维红看着想要汽车长出来翅膀快快飞去的方玉玲安慰："方姨，甭急。赵主任一到，一定能解决问题。"

方玉玲本想问维红是搭乘便车回水库，还是回村办什么事，只因小锤的事揪心，没有开口问询。

吉普车快速驶出县城西门，向龙岩岭疾驰而去。戴维红为缓解车内的紧张气氛，便含笑给方姨讲了自己在大街上巧遇的姻缘——

跟翟敏情有独钟的戴维红尽职尽责管理白龙水库，使其经受住了六三年特大洪灾的考验，同时保住了下游滩面新造的几万亩良田。这一功绩，得到了县社领导和沿河百姓的交口称赞。但，维红在婚姻问题上死钻牛角尖儿，工作之余念念不忘翟敏。虽有好多人为他张罗对象——这个炫耀某某局长的姑娘长得漂亮，那个介绍某某厂长的女儿生得俊俏，可维红无动于衷，大有今生不娶之势。他的父亲戴明抱憾而去，母亲越发忧心如焚，成天把他的婚事挂在嘴边。而他除过回城办事顺便回家照看一眼，管一管家里的柴米油盐，脑子里几乎没有找对象的概念。为了这件事，他母亲到水利局找过局长，也求跟戴明一起工作过的县领导劝导。水少相书记曾把维红叫到面前做了半天思想工作，却白费了口舌。

就在维红的母亲一筹莫展之时，奇迹出现了——用维红的话说："回城办事，竟然在街上碰到了'翟敏'。"

那天，戴维红走出水利局，在菜店买了一包蔬菜正要回家，惊奇地发现翟敏满面春风和几个花枝招展的女学生从照相馆出来，说说笑笑朝中学方向走去。维红一时欢喜，快步追上前，却见翟敏像不认识自己的样子。维红拧一把提菜的胳膊，感觉不是做梦；又追上前细看，那女孩确实是翟敏。他虽不敢直问，但又不肯放弃，随于其后不舍不离，想知道她要去哪里。街上的行人见戴维红这样子下贱地看女生，有的骂他耍流氓，有的以为他是个身首收拾得勤谨的精神病人。他疾步随至中学大门被门卫拦在了门外。他放下手里的菜袋子，掏出工作证递上去。门卫见他是个国家工作人员，才放他进了大门。

戴维红急匆匆朝那几个远去的女生追去，竟然忘记了提菜。正要进宿舍的女生们回头问他："你找谁？"他指了指翟敏说："我找她。"那个他认作翟敏的女生扑闪着一双大眼睛上下打量了戴维红一番，用清脆好听的嗓音问道："我不认识你。你找我做啥？"维红听见她的话音也像翟敏，便毫不迟疑地说："我认识你，你是翟敏。"维红的话使眼前的"翟敏"红了脸，垂下了头。

原来这几个女生是即将高中毕业的舍友，她们方才到照相馆合影留念时被戴维红撞上的。这个长得极像翟敏的女生，正是翟敏姨妈的女儿。她虽然不认识戴维红，但听妈说过姨姐翟敏在白龙水库当民工时恋爱过一个副县长的儿子，二人感情很深，却被副县长拆散寻了短见。她还听妈说，她跟姨姐翟敏长得很像，也曾多次遇过不认识的人直呼她"翟敏"的。因此，一听这个五官端正，面色红润，行为举止文雅得体的人又把自己认成"翟敏"，便羞红满面，不知如何回话了。

生活中的某种机缘巧合，常令人感到像天意的安排。此后戴维红鼓足勇气尽心诚意地去追这个女孩，直到前不久美梦成真。婚后，戴维红又到米家寨把那位已是双目失明的翟敏的大妈——翟青和的大夫人接到自家，要妻子拿她当"大妈"伺候。维红妻虽与这位"大妈"没有什么关系，但从维红口中得知，这位大妈曾对姨姐翟敏尽过母爱，于是也就从内心接受了这个特殊的"大妈"。

今年春天，赵启瑞从人称"二牢房"的白岩山牧场调到县革委办公室任了主任，便建议县领导提拔戴维红当了副主任。

吉普车顺着东岩盘冲上壁顶，驶入佛钟场。车子里的方玉玲老远就望见了佛钟架立柱上绑着的那三个人，望见了铁链子上吊着的就像武馆的沙袋般被人拳打脚踢的小锤。

赵启瑞跳下车径直走上佛钟台厉声斥责："罗小六，谁给你整人打人的权力啦？"小六不但认识赵启瑞，也知其当下的职务，黑得怕人的脸立时泛了过来，指一下小锤说："赵主任，他就是窝藏在龙岩岭的小鬼子。"赵启瑞正色道："他如今是人民公社社员，受法律保护的中国公民！"罗小六瞥一眼躲藏到佛钟架立柱背后的耿铁旦，正想寻找话语辩解，只听赵启瑞严肃而认真地说："你身为大队主任，知不知道打人是犯法行为？如果不知的话，现在就跟我走——送你个地方学习几天！"罗小六害了怕，口里一个劲儿自责"错啦"，慌忙吆喝铁旦为柴祉等人松绑，并从铁链子上放下了小锤。

赵启瑞当场讲了党的以粮为纲全面发展的工作方针，又讲了近期全县正在开展的整顿组织纪律，促进粮食增收的工作要点。刚被松绑又听了赵主任激动人心的讲话的柴祉，像半夜里看到了太阳，一时感慨万端泪流满面振臂高呼："共产党万岁！毛主席万岁！"大瓦、白丽等也都随之高喊起来。

赵启瑞从衣兜掏出那张纸递给罗小六，要他看过后签名。罗小六看罢公文，抖动着手写下自己的姓名，复还纸、笔时连连说道："赵主任，县上的通知咱一定执行，一定执行！"

佛钟场的人们开始散去。白丽本想跟自家妹子的小姑子的男人赵启瑞搭讪几句，又觉得今儿个这场合不是拉亲戚扯关系的时候，便抬手捂着嘴巴没有吭声。

方玉玲仍然放心不下，轻声对将要起身回城的赵启瑞说："你们一走怕又……"赵启瑞回头看着刚和铁旦嘀咕了几句又疾步随来的罗小六，说："以后要走正道，干正事，如果再要发生类似事情……"只见罗小六瞅一眼耿铁旦，慌忙应承："请赵主任放心。"

戴维红正要上车，见身后随着的方玉玲仍然面含担忧，便小声说："方姨不用担心，赵主任已经有了很好的安排。"

次日上午，还是那辆吉普车，又把戴维红送到了龙岩村，随车还带着铺盖、脸盆等物。大队高房的那个单间，成了戴维红的办公室兼宿舍。饮食则是社员家吃派饭——他本人支付粮票和钱。

戴维红回村蹲点的信儿不到半天就传遍了龙岩村的三个庄子。第一个走上高房找维红反映问题的人便是侯拉弟。她强烈要求抓了勾引她家燕荣走邪路的耿小锤法办坐牢。

卷五　钟声撼太行

四十六

回村蹲点的戴维红，经刚刚恢复的龙岩公社党委会研究决定兼任了大队党支部书记。维红通过多方调查了解，提出了整顿秩序、恢复生产、壮大集体经济等工作思路。为发展养殖业，广积农家肥，实施"岭上多养羊，圈里多养猪"方略，指定罗锅为养羊组长，小锤成了独掌一群羊的掌倌，安排柴祉为猪场场长，瘸了腿的大瓦和手抖不止干活不利落的玉锁当了饲养员，被"砸烂"的养猪场重新办了起来。

为活跃社员的业余文化生活，戴维红把腰鼓队、秧歌队、跑炮队又组织起来，利用晚饭后的两三个小时排练。

打腰鼓、唱太行民歌是小锤和燕荣的拿手好戏。他俩晚上到高房排练节目，又把燕荣的妈妈侯拉弟的心牵了去——风传小锤在岭上躲藏全靠燕荣送吃食就丢尽了颜面。为挽回其所谓的颜面，拉弟先到玉玲的大门前扑风扫地骂了一场，回家又跟女儿破嘴贫舌闹了一顿，还跑上高房逼着戴维红法办小锤。伶俐乖巧的燕荣可怜妈妈几番遭遇的不幸，关起门来依偎在身边说："妈，给小锤送干粮不为别的，只是打小一搭儿长大，可怜他。"拉弟的气虽说消了一半，可对这话不敢全信。跟踪窥探多日，见女儿收工后从不去羊圈，小锤也不来找她，才把眉间的疙瘩展开。倒是罗小六常常屁颠屁颠地来追燕荣。侯拉弟是个喜欢关注集体事务的人，她见维红回村当支书仍然用小六做事，又觉着燕荣也到了谈婚论嫁的年龄，便竭力往一起撮合："这会儿有几分眉眼的妮子嫁人，都喊叫'一军二干三工人'。不管怎么说，小六也是个扛前喝后的村干部哩……"燕荣却说："妈，你要逼我嫁'土行孙'，我就离家出走！"侯拉弟听了这话只好妥协："小祖宗，你只要不跟小鬼子来往，自村邻村随你便，抓个猫虎小狗嫁了，你祖先也不管你。"见女儿心不在焉的样子又抹泪唠叨，"你爹死啦。你哥虽说在部队娶下老婆成了家，可远水解不了近渴。妈的后半辈子全指望你啦。你想让妈舒眉展眼活两天，就得听妈的……"

自打村里的年轻人凑班子练节目，侯拉弟便悄悄走上高房，站在会议室窗外偷偷看了几次，没见女儿跟小锤有过密之举，才把心放回肚里。

正月十五晚上，佛钟场的灯光与皓月交相辉映。村里和邻村前来观看节目的人蜂聚蚁集般拥挤。

当下龙岩村的演出已经没了三庄之分，也不再争高下夺彩头了。每当这时，人们总会怀念那尊被鬼子毁掉的大佛钟。

第一场是龙岩人的传统节目——腰鼓。报幕员冯燕荣上场道过开场白，瞥一眼观众前排站立的母亲，回归队列低声跟整装待发的小锤说："我肚子疼，你带队上场哇。"言罢匆匆而去。

救场如救火。在这紧要关头，小锤只好一个人带队上场。为使队形整齐好看，他临场发挥，把自己的位置挪于男女队之间，变换队列时力求一人顶两个身位。而懂得冯弘创出的这套腰鼓动作的人们，一眼就能看出端倪。这个节目将要结束，燕荣才回来报幕。接下来的一场场演出，几乎完全打乱了事先排定的顺序，有的演员刚下场就得手忙脚乱上场，所幸没出大的差错。

这台晚会除了腰鼓之外，小锤和燕荣一起主演的还有四场，而且这四个节目是演职人员公认的压轴戏，报幕的燕荣却全都跳了过去。小锤不知其由，也不便直问。

燕荣本想把自己和小锤同演的节目全部取消，可在排练时就观看过几次的戴维红走来夸赞："燕荣把压轴好戏放在后头，这个安排好！"这话听乱了燕荣的心，推翻了拿定的主意，迈步上场便报幕："各位观众朋友们，下一个节目是我们自编自演的歌伴舞——《岭上开荒》。"随即，伴舞的姑娘和小伙们手执彩扇，脚踏旋律，翩翩起舞，缓步入场。那婉转悠扬的太行民歌乐曲，男女青年情绵绵意切切的舞姿，把人们带入了姑娘小伙在谈情说爱的同时携手共建幸福家园的美妙境界。小锤头扎毛巾，肩扛镢头，手提羊鞭，从左侧登场唱道：

> 青青山呀绿绿水，
> 挥鞭赶羊出坡去。
> 羊儿吃草我开荒，
> 和我妹妹比高低。

歌声高亢激越，粗犷嘹亮，气贯全场，博得观众掌声雷动。
过门儿将止，燕荣肩扛镢头从右侧边唱边入场：

> 妹妹进了开荒队，
> 羊倌哥哥不服气。
> 携手开出海绵田，
> 颗颗红心为集体。

燕荣头扎双辫，眼闪秋波，功架优美，嗓音圆润，令人倾倒。场上起哄叫好打唿哨一片沸腾。

就在二人刚刚登场，放声高歌时，侯拉弟快步扑进场子中央，往地上啐一口唾沫大骂："好你个挨刀鬼，咋又和他到了一搭……"左手拽胳膊，右手拧耳朵擒住燕荣，"跟你祖先回家，回家！俺今儿个就当着老少爷们打开窗户说亮话，你个挨刀再敢和小鬼子来往，俺就跳壁死给你看！"燕荣被拉出场外，无奈地跟着母亲回了家。

这场演出就这样被搅黄了。

光阴荏苒，夏去秋来，秋风吹染得龙岩岭五彩斑斓。

岭上放羊的小锤，又来到了耿铁锤的坟前。他用放羊铲子整拍出一个方方正正的小祭台，上面供了山葡萄、板栗等各色各样野果，双膝跪地磕了三个头，便默默地看着坟头发呆。

自打小锤从佛钟架上获救，就又提起了羊鞭。他只要赶着羊群来到这里，总会给爹上供磕头。夏季岭上没果，他也会采些艳丽的野花献上；冬天大雪封山，他便摘些蹦开鳞片掉了松仁的松果包来，意在要坟里的爹烧着松羔儿取暖御寒。

爹临终前的那番话，妈含着泪水一字一句告诉了他。他牛儿反刍似的细细嚼着爹的话品出了深深的回味。他知道爹诚心实意接纳了自己，只可惜那段日子在岭上躲藏，没能见爹最后一面。他曾埋怨燕荣和老舅：俺爹病成了那样，咋不让狗带个条儿知会一声？

他有好多好多话想跟爹说，尤其燕荣妈拼命阻拦燕荣和自己交往这件事。燕荣常常含泪说："俺妈是个苦命人，也是个要强的人，说得出就能做得到。咱俩要结婚，她真的会跳壁寻短见的——你说这该咋办呢？"小锤每每听到这话，就愁得直挠头。

"爹，我放不下燕荣，燕荣也放不下我。可她妈……"小锤冲着坟头轻声说，"爹，你跟春牛大伯是莫逆之交，跟燕荣他爹是铁哥兄弟。你要在世，上门为我向燕荣她妈求个情，我俩的事准能成。可你们都……对了爹，你给燕荣她妈托个梦，叫她同意了俺俩的婚事哇。爹，求你啦，成全了我们哇……"淌着泪磕着头不住口祷告的小锤听到背后有脚步声，回头见是双手捧着一大把秋菊的燕荣，便擦去泪水起身搭讪："跟俺爹说几句悄悄话，被你给听见啦。"燕荣把山菊花供到祭台上，微笑着说："俺就知道你又来了这里。"小锤望一眼中天的太阳没话找话："你咋知道的？"燕荣指一下坡上吃草的羊群说："是它们告诉俺的——收工后就朝这里来啦。"说着又嫣然一笑，"不过你唠叨的那些话，俺一句都没听见。"小锤知道她故意这么说，挠了挠后脑勺笑道："心里憋闷，只想给俺爹说一说。如果俺爹真能听见，就一定会保佑咱俩走到一起的。"

"妄想！"这声突如其来的吼叫惊得二人打了个战。小锤顺声望去，见燕荣妈从不远处那棵老松背后走了过来，"耿铁锤是抗日英雄，就算活着，他也不会劝我把闺女嫁你这小鬼子的！"骂着来到近前，往燕荣的肩膀上狠扇了一巴掌，"这挨刀好没廉耻，非把你祖先气死！"燕荣见妈尾随自己来了这里，含泪看一眼小锤，低头而去。侯拉弟狠狠地瞅了小锤一眼，转身迈着生硬的脚步去了。

侯拉弟母女回家要途经方玉玲门前的那条街道。燕荣行至门口往院内望了一眼，回头看了看妈，没敢止步。侯拉弟瞥见玉玲正在院里挂晾刚洗的衣服，停住脚步凝思片刻，觉得有必要叫方玉玲猫蹄子够月——放下妄想，便怒冲冲走进了大门。

玉玲见拉弟来了，提起围腰擦了一把手，迎上前笑嘻嘻招呼屋里坐。拉弟却黑丧着脸，指着鼻子骂道："方玉玲，俺今儿个就把丑话晒在阳婆底，你家小锤要再敢勾引俺家闺女，我就告他诓骗拐带良家女孩，抓他坐大牢！"

早就想跟拉弟谈一谈这件事的方玉玲，不但没为这不堪入耳的言辞生气，反倒微笑着拉起拉弟的手说："哟哟哟，咋生这么大的气呢？今儿个好不容易来了俺家，得进屋坐一会儿，咱好聊几句小时候的悄悄话。"恼羞成怒的侯拉弟见玉玲这样热情，竟然没了主意，被玉玲拉拉扯扯拖进了屋里。

"还记得咱俩跟春牛、铁锤谈情说爱那阵子吗？"玉玲牵着拉弟的手坐在炕沿，开口便问了一句侯拉弟意想不到的话，"记得那回咱俩先上岭等他俩，我故意说：俺也喜欢春牛，这该咋办呢？你脱口回拦：总得有个先来后到哇，是俺先爱上春牛的！我摸一把你的脸大笑起来；你悟出失口，追着俺便打……"侯拉弟被岭上永留的美好记忆羞得两颊绯红，抬手狠捶一下玉玲的肩膀嗔骂："你都这把年纪啦，还要挖苦人……这会儿想起来，都臊得不敢抬头。"玉玲接着说："那天他俩相跟着刚到，你二话没说拉起春牛就走，好像怕俺抢了去似的……"二人说着说着，双手相拉四目相对发出爽朗的笑声。这是她俩久违的大笑，使路经门前的人想不出她们哪来这般欢喜。她们笑够之后，玉玲扯起围腰抹去眼泪，拉着拉弟说："爱是一桩儿理不清说不明又自私自利的事。你爱的人舍不得给我，我爱的人也怕你夺去。"拉弟抽回手推一把玉玲骂道："这挨刀好不识羞，今儿个咋尽提些脸红耳热的陈年老事呢！"玉玲说："拉弟呀，咱那会儿跟如今的年轻人一模一样，一旦相爱了就会爱得死去活来，难分难离。你看燕荣和小锤两个孩子……"拉弟没等玉玲说完，唰地变了脸："他俩跟咱不一样！小锤是鬼子的崽儿；俺家燕荣是抗日烈士冯弘的孙女，是打鬼子残了腿的游击队员冯柱国的闺女！"拉弟的语气震得窗纸颤声嗡嗡。

方玉玲力求改变拉弟仇敌般看待小锤的态度："以前俺也有些放心不下，一个是担心他长大后跟鬼子一样野蛮残暴，再一个怕他的父亲把他接了去。如今他都二十几岁的人啦，也没见有人来寻找；他呢，还是个善良厚道通情达理的孩子。他走到不知情的外人面前，跟咱这里的后生没啥两样。咱燕荣和他打小一搭儿长大……咱当娘的总不能狠下心来把一对相爱的孩子拆散哇。"

"你不拆俺拆！"侯拉弟的口气硬如钢铁，"只要俺还有半口气，就算松树落了叶、猫虎长出角来，他俩都不会走到一起的！"玉玲又抿嘴笑道："拉弟呀，咱是过来人，都尝过因情生爱的滋味，也经历过眼睁睁失去爱的痛苦。人生在世，爱一个人不容易，爱上了又被活生生拆散，比剜眼挖心剥皮抽筋还难受呀！拉弟。咱且撂转小锤，难道你忍心让燕荣失去这份真爱？换作你是她，能受得了这样的打击吗？"拉弟冷笑一声骂道："那挨刀爱错人啦！再痛苦再难受也活该！"玉玲又拉住拉弟的手说："不是当娘的夸赞自家娃，俺家小锤打小就知道操持家里的柴米油盐……如今成天在岭上放羊，还义务兼管着猪场的防疫，经常给猪打针灌药，不但维红常常夸奖，还受到过公社、县上领导的表扬。你咋就不能接受这个有责任有担当又深爱着燕荣的好后生呢？"

拉弟唰地抽回手，暴跳如雷："方玉玲，你就死了这份心哇！就算太阳从西边儿上来，俺家燕荣也不会嫁给小鬼子的！"

四十七

刚吃过早饭，冯燕荣手提镰刀走进山口，望着山坡的羊群找到小锤，说："今儿个我请假不上地啦——有点儿当紧事要悄悄给你说。"小锤叮咛了小放羊几句，便随燕荣而去。

燕荣也不言语，用镰刀拨拉着路上的蒿草不住脚走，使身后的小锤心乱如麻。二人走了好一阵子，来到这个亩把大的平台——香炉台，见嫩枝绿叶铺了满地，翘着漂亮尾巴的松鼠在树杈上轻快地蹿上蹿下，伶俐的鸟儿站在新翠的松树梢头亮着歌喉叽喳……这饱含生机旖旎诱人的春光拴住了燕荣的腿脚。她扔开镰刀，擦一把额头上的细汗说："咱就在这里说哇——今儿个一早俺哥来了电报，说是让俺妈准备一下，他这几天就要回来接我们啦。"

"你……你和你妈要去你哥当兵的那个地方啦？"小锤吃惊地问。燕荣手托身旁的松枝仰起头，抑制着快要流出的泪水说："其实俺哥早就在信上说他向上头打了报告，准备把符合随军条件的俺妈和我的户口迁去。只是没告诉你，怕你……"小锤迟疑片刻问："这么说，你要，你要跟着你哥进城里当市民啦？"

燕荣看着小锤点了点头："为咱俩的事，俺妈常常写信要俺哥想法。前些日子，俺妈进城给俺哥拍了个电报，不知说了些啥，看俺哥回电报的意思，好像俺妈说自己得了什么病，得去外头的大医院治疗。俺知道俺妈这是哄骗俺哥哩。"

小锤见燕荣要到城里去了，木在原地没了话说。燕荣强忍着将要涌出的泪水眺望岭下，三个庄子一览无余。良久，燕荣慢慢地转回头说："小锤，我不管走到哪里，心里头只装着你一个人。"小锤苦笑一声，还是呆立。燕荣强装镇定，上前拉住小锤的手说："你不是早就想和我站在岭上唱歌吗，今儿个咱放开嗓子唱他个够！"小锤摇着头木呆呆地说："不敢。你妈会来的。"燕荣含泪笑道："今儿个不会来——我把电报送回家，俺妈就高兴得不让我上地啦，要我准备这个准备那个地吩咐了一大堆活计。她到供销社买了些吃的，去米家寨俺姨家啦。"小锤挠着后脑勺口讷舌拙地问："咱唱啥哇？"燕荣噗嗤一笑，充满青春活力的大眼睛放射着灼灼光彩："由你。"小锤脸上流露出一丝苦涩的微笑："还是你说哇。"燕荣说："那咱就唱柴老师整理的《开花调》哇——就像百灵、布谷那样无拘无束地唱他个没收拾。"小锤有些担心："你没见书上说登高而呼远者则闻吗？这里离村虽远，风顺了也会飘回去的。"

"飘回去就让他们听呗。歌本来就是唱给人听的。"燕荣为小锤解除担忧，"这里离村远，村里人顶多能听到歌声，听不清歌词。心里想唱的歌还是唱出来痛快。俺妈那回搅了晚会，叫我难受了好些日子呢。"

小锤真的放开嗓子唱出了第一句，随之一人一句对唱起来：

> 樱桃好吃呀树难栽，
> 怀揣情爱呀妹妹呀口难开。
> 杨桃蔓开花白奶奶，
> 有了心思呀哥哥呀慢慢来。
> 韭菜开花呀一片白，

家穷呀妹妹呀不敢提亲来。

并头莲开花离不开，

心肝儿哥哥呀此去啥时来……

二人在香炉台忘情地歌唱，唱尽了人间千古情愁，唱出了世上风月世故，也听呆了岭上的走兽飞禽……唱着唱着，二人禁不住抱在一起大哭起来……

时隔两日，罗胜荣乘坐着部队的一辆吉普车回到龙岩村，接母亲和妹妹的同时，把她们的户口手续也一并办了去。

下午三点，那辆军绿色吉普车刚刚驶出佛钟场，岭上放羊的小锤才得到信儿气喘吁吁跑回村。他想再见燕荣一面，说几句话，哪怕一句——可晚了。他尾随车轮扬起的尘土拼命追赶至东岩口，眼睁睁看着那辆载着燕荣的车子顺盘而下，飞出龙门口，向县城、向远方去了。小锤站立壁顶，两眼含泪大喊了几声"燕荣"，应声哇哇的是山谷的回音。人生还有什么样的折磨要比心爱之人被天各一方更胜呢？小锤的魂儿好像随风飘了去，感觉整个世界烟消云散不复存在了。他一屁股坐在壁顶的一块台石上向车子驶去的方向木然呆望，一动不动。

天近黄昏，山风嗖嗖吹来，壁顶石缝间生长的小草被摇摆得弯来伏去，就快折断的样子。石头上呆坐神色黯然的小锤听到了他妈"小锤——小锤——"的呼唤声，可觉见很是遥远，宛如幻觉。他没回头，只望着壁下那条弯弯曲曲的将要被夜幕吞没的河谷出神。方玉玲伴随着急促的脚步声来到小锤面前，喘着气温和地说："娃，咱回家吃饭哇。妈给你做了……"小锤见妈面含无限母爱殷切地希望自己回家，抬手擦了把泪道子，恨不得像儿时受了同学欺负那样一头扑进妈的怀里大哭一场。他慢慢腾腾站起身子想说什么，嚅动了几下嘴唇终没出口。"俺娃饿啦……"方玉玲说着牵起小锤的手便走。小锤缓缓相随，犹如刚刚学步的孩娃。他被这份沉甸甸的却又别山隔水不能相守的爱弄得手脚迟钝，晕头转向。他回到家，送进嘴里的饭食嚼咽不下，只觉四肢酸软头重脚轻，一头栽倒在炕上紧闭双眼，默默经受钻心刺骨的相思之痛。方玉玲深知燕荣此去不可能再回来了，怕就怕深爱燕荣的小锤一时放不下、转不过，或抑郁成疾，或自寻短见。

小锤在西房炕头躺着不睁眼，不吭声，不吃饭，只流泪。方玉玲昼夜守候，不住口劝解，背过小锤便悄悄抹泪。她没为小锤请医生，知道这号病请医用药无益。这几天小锤只喝几口温开水，一看到饭菜便说心口堵，咽不下。方玉玲见小锤一天瘦似一天，心如锥扎，却又无计可施。她请来柴祉、大瓦、弟弟玉锁，以及时任龙岩公社党委副书记的戴维红，开导之言说了千万，仍无一丝半点儿好转。他们背地里都说："燕荣要能回来就好啦。"这话毋庸置疑——男女间相恋相爱又被相隔，也就酿成并喝下了一杯浸魂醉骨入心入肺的掺了砒霜的美酒，除了心上人走到面前终日陪伴，无药可解。

今日是小锤躺下的第七天。方玉玲见他脸面枯瘦，双目无神，眼里也不再流泪，唯知抱定已成泡影的爱情昏睡，只恨没个拉他背离情海回头上岸的办法。小锤动了动身子，轻轻喊了几声"燕荣"，又发出轻微的鼾声。炕沿上坐着愁楚万分的方玉玲拭泪探身摸一把小锤的头叫道："俺娃起来喝点儿水哇。"小锤听见妈仍在身边，便抬起沉重的眼皮，张了张干裂的嘴巴，有气无力地说："妈，孩儿不孝，叫您白白拉扯疼爱了一场。"言语之间流下两行泪来。方玉玲强忍着泪水，抓住小锤的手嗔怨："俺娃这话好糊气！起来，妈有几句话想跟你聊聊哩。"小锤睁开惺忪的眼睛摇摇晃晃坐起身子，只觉脑袋好大好沉支撑不住。他定了一会儿神，张嘴喝了几口妈递到嘴边的水，发着微弱的声音说："妈，我知道自己活不成啦。在这个世上，我没别的牵挂，就是，就是担心你……"小锤又淌下来一串泪水。

"你既然担心妈，就该打起精神活下去！"方玉玲说着抬高了嗓门，"妈知道俺娃喜欢燕荣。妈想问一问燕荣是不是喜欢俺娃？"小锤苦笑一声没有答话。"妈想，应该是也喜欢，而不是真喜欢。"方玉玲这话在小锤的脑海激起一阵波澜，不得不开口反驳："妈，你说错啦。"小锤两臂支撑着身子，鼻孔喘着粗气，"燕荣是真心的。我在岭上躲藏那两年多，她是咋帮咱的，妈你最是清楚。她临走的前两天……"小锤说到这里咽了口唾沫，眼神流露出一缕羞涩，"燕荣害怕她妈跳壁寻了短见，才随去的。"方玉玲微笑着说："燕荣真要喜欢俺娃就好说啦。"她令人折服地比喻，"老话常说，恋山的鸟儿——飞得再高再远也要归山。你不吃不喝折腾身子，过几天燕荣回来该咋办呢？"小锤一听这话瞪大眼睛询问："妈，燕荣还会回来吗？"方玉玲肯定地说："只要她真心实意爱俺娃，喜欢俺娃，就一准会回来的。"小锤垂下头用心想了想，说话忽然间有了劲儿："妈，真的？"方玉玲说："俺娃应该比妈更了解燕荣的心。"小锤又盘思一阵顿时精神大振，嗓门也高了许多："妈，燕荣说，她不管走到哪里，心里只装着……"小锤脸一红停顿片刻又犯开了愁，"可是，可是她哥把她的户口迁走啦。她如今当了市民啦。"方玉玲含笑说："只要燕荣深爱着俺娃，她哥从龙岩村能迁走她的户口，可迁不走她的心。"小锤感觉妈这话有道理，便面含喜色说："妈，这么说燕荣还是会回来的。"

方玉玲见小锤心头绾着的疙瘩松动了许多，心下甚是高兴。她为给小锤寻找事做分散其心力，度过可怕的"相思期"，郑重其事地说："对了，还有一件事俺娃得快快操办。"

"啥事呀？妈。"小锤端碗喝着水询问。方玉玲抿嘴一笑说："咱家的正房、西房都旧啦。现时有出息的后生娶媳妇，都要修盖高大宽绰的房子。咱家东房那块地盘原先就盖着出檐大房，把它盖起来给你娶老婆做新房，也是你爹临去时的心愿。如今你爹的老战友梁同科当了咱村的支书，妈跟他说一声，他会帮咱这个忙的。"说着，又摸一把小锤的头，"俺娃是咱家的顶梁柱，问人助工、采石砍木头这些事都得你来张罗。咱把东房漂漂亮亮盖起来，好给回来的燕荣一个惊喜。"方玉玲这番话使小锤精神倍增："妈，我都这么大啦，盖房子的事怎能叫你再操劳！"说着便往地下跳。可他体虚力弱，身不由己，一时挪腾不动。方玉玲说："等着，妈给你端饭去。"

时隔几日，小锤支撑着好似大病初愈的身子，信心满满操办开了盖房子的事。方玉玲悬着的心虽说放归了原位，却在背地里抹泪自语：小锤呀，妈不这样子哄你，怕你迈不过这个坎儿。

经过几个月的操持和劳作，既大又漂亮的出檐东房盖了起来。小锤看着房子得意地想：燕荣，你快回来哇！咱的新房是龙岩村一流的，你见了一定会满意。

此后小锤赶着羊群出坡，总在想象燕荣走上东岩盘的样子，看到新房时的惊叹……燕荣却音信全无。小锤暗自寻思：走了都这么些日子啦，咋连封信也不写呢？但他相信妈的话，同样也坚信燕荣对自己的真爱。

人往高处走，水往低处流。燕荣不是离山远去的鸟儿，她如今成了过着优越生活的城市居民了，怎么可能再回龙岩村和小锤结婚——当农民呢？这个心迹，方玉玲只能在肚子里翻腾。为给小锤问寻对象，方玉玲暗中托媒多方物色，也确实有几个玉玲中意的姑娘愿意跟小锤谈谈，可一心等待燕荣回还的小锤，任凭媒人怎么夸耀姑娘的美丽贤惠，都不抬头，不吱声。

按说，养猪场是肮脏邋遢的地方。尤其夏秋，蝇蚊成团，臭气熏天，令人不敢靠近。而勤于动脑动手的柴祉当了猪场的领班以来，钻研了几本有关养猪方面的书籍，除带着大瓦、玉锁天天打扫清洗圈舍外，经常喷洒灭虫除臭改善环境之类的药剂，使整洁的猪场成了全县同行的典范。

柴祉有晚睡早起的习惯。自打侄子鸿宇上学以来，柴祉天天陪伴其夜读晨诵，从不间断。因而午休——哪怕十几分钟，竟然成了他生活中的规律性嗜好。

侯大瓦吃过午饭，拉着瘸腿走到猪场大门的门房前，听见敞窗大睡的柴祉鼾声如雷，便退离窗下想捉弄他一番。思谋一阵，觉着该给这个身首整洁的书呆子来点儿脏东西才过瘾。他正要去猪圈那边取"货"，见一只大公鸡和几只母鸡啄食着墙根缝隙的小草走来，公鸡见了人没再往前走，身子往后一倾、屁股一撅，拉出一包稀屎，嘎嘎嘎叫着与母鸡原路返了去。大瓦咧嘴一笑，从柴垛里抽出一根细长的木棍，顶头黏了鸡屎轻步来到窗下，本想伸进去弄在其背心上，结果棍子一颤悠竟把那稀溜溜的东西滴在了柴祉的手心里。大瓦见柴祉熟睡不觉，又蹑手蹑脚离开窗台，采了几根尺把长的狗尾草扎于棍梢伸入窗里，毛茸茸的花絮穗头在柴祉脸上来回拂扫，痒得柴祉抬手便去抓挠，手心里的那东西一下子抹在脸上，扑鼻的恶臭恶心得差点反胃，乐得窗外的大瓦拍着巴掌哈哈哈大笑。柴祉见是大瓦干的恶作剧，喊了声"好你个侯大拐"，操起顶门杠便去追打。大瓦见柴祉真要动手，自知腿脚不灵便逃不脱，慌忙举手耸肩央求："呆子，算我大拐的不是。我改日请你喝酒，谁要不算话就是大闺女撒下哩！不，不，不，就今儿个，趁玉锁不在，咱俩今儿个喝他一壶。"柴祉本就不善于打斗，又知大瓦是个促狭鬼，便放下杠边洗脸边问："你咋专瞅玉锁不在喝酒呢？"大瓦没回话，窗台上拿了自行车钥匙，做了个鬼脸神秘兮兮去了。

大瓦骑着车子到米家寨供销社开的那个小饭店买下酒炒了菜回来，在存放饲料的库房那个两斗桌上摆放停当，便把刚喂罢猪的柴祉喊来。柴祉坐在凳子上笑一声慢腾腾说："破费啦——你咋这么小气，就算玉锁在又能喝你多少酒？"大瓦递给柴祉一双荆条折成的筷子，又递上盛了酒的茶缸，露出两个小虎牙笑道："咱躺倒一根谷秆，立起一根粟秸——光棍一条，弄顿酒喝能说是小菜一碟、猴毛一

286

撮，哪里在乎玉锁一个人呢。今儿个趁他不在，是有几句体己话想跟你单独聊哩。"柴祉不解地问："咱俩有啥体己话说呢？"

"来，干！"大瓦端起茶缸跟柴祉碰过，吸溜喝了一大口，吧唧着嘴感受着酒香，唧叹一声说，"人说酒是穿肠毒药，色是刮骨钢刀。可世上的人离开这两样还真的不行。呆子，我想问你爱见玉玲什么？"等了一会儿见柴祉没回话，脸色突变，头一歪骂道："我那可怜的妹子爱你爱得那么真切，你个驴日的杂种却……这么多年过去啦，我就是想不明白，你是吃错了药还是中了邪，咋的硬给我往一根桩子上缠！"柴祉也为小兰白爱自己一场感到心愧。他推一下镜框端起茶缸抿了一口酒，垂头陷入沉思。大瓦怒喝："呆子！没听见我问你话哩？宁交瞪眼侯，不理疙瘩头——我就是不晓得俺家小兰咋看上你这号十棒子擂不出一个响屁的东西来！"柴祉难为情地开了口："我跟小兰这件事，是我的错。多年来我的心和你一样难受。说到玉玲，咱俩既然在聊体己话，我说了你可不能变脸生气。"

"你说，你说。谁要变脸生气就是石头缝里蹦出来的！"大瓦夹菜喂进嘴里，边嚼边听。柴祉说："我知道米家寨的米杏儿是真心爱你的；咱的老同学白丽，也有心离了山金跟你过。这两个人你又不是不爱见，而且还……"柴祉笑了笑，"你咋就不选择其中的一个娶回家做老婆呢？"大瓦嬉笑一声说："你呆子不是外人，我也从不隐瞒自己干下的活计。不错，我是和她俩好过。只是不知为啥，心里头老想着玉玲。这大概就是人们常说的'宁吃鲜桃一个，不吃烂梨一筐'的意思哇。"眼瞅柴祉笑了笑，"咱还是直来直去说来得痛快：哪怕搂着杏儿、小白梨睡觉，心里惦记的也是玉玲。一直以来，男女间暗暗做的那点儿明明事害得咱滚油烧心——如果玉玲愿意给咱好一回，要咱跳下龙岩壁，咱也会毫不犹豫地去干。"大瓦说到兴头上，猛喝一口酒反问："我知道你呆子也爱玉玲。你能为玉玲做到这个吗？"柴祉笑了一声没有言语。大瓦又喝了几口，只觉脸上放火，眼睛飞花，身子也有些飘飘然："医疗室的那件瞎事，我不说你也知道。不是咱爱吹爱擂爱逞能，要没秋良那个傻小子搅和，那回咱就能……"大瓦很是惋惜的样子，"不过我侯大瓦拿三根肋骨做代价，还亲手摸了摸玉玲的奶子。莫看你呆子灌了一肚子墨水水，我敢肯定，直到现当儿，她的奶子长啥样你都没见过哇。"大瓦得意地一仰脖子灌下去一大口，"我承认铁锤跟玉玲离婚那天，是你呆子早我一步到的下院。我实在想知道，你到底爱见玉玲什么？"

各花入各眼。爱是一桩奇奥玄妙难以捉摸的事。心头对所爱之人的爱意只能深藏心底，万万没有和人吐露的道理。柴祉怀揣这个心思，自是不会跟嘴无把门顺口溜谎的大瓦说出心里话的。大瓦不住口询问，柴祉以笑敷衍。吃得满面红光嘴叉子流油的大瓦摇着头又说："玉玲长得确实好看——都四十几岁的人啦，身上那该凸的地方仍旧凸着，该凹的地方仍旧凹着……"大瓦沉浸在无限的遐想之中，吸溜一声喝干茶缸里的酒，又拧开瓶盖咕咚咕咚倒满，不由打了几声嗝儿，悔恨地说："呆子，我侯大瓦也掂量过自己有几斤几两。其实咱是猪八戒不成仙——事情都坏在这张嘴上。不过到如今，我都没死心。铁锤钻了岭上的土窑窑之后，是我侯大瓦第一个上的门。可我他妈干的那件瞎事，怕是伤透了玉玲的心……"自责几句后接着说，"我能猜得出，玉玲一直在你我之间晃悠。我成天怨恨龙岩岭邪门——蹦出你这个物件儿来。要没你呆子，玉玲早就跟了我啦。有时我很想抓把老鼠药毒死你个驴日的杂种！"大瓦双手捧起茶缸又灌了一大口——头醉心不醉，"呆子，你不要光听光笑。你他妈咋就不能快些寻个女人，堵死玉玲这岔子路成全了我！我真的想听听你到底喜欢玉玲什么？"

柴祉端酒跟大瓦碰了一下，抿了一口，借用书上的一些话说："世界上有许多事情找不到答案。尤其男人和女人之间的情感，真的很难说清。我对玉玲的好感不仅仅体现在她的外表上，而是一种内在的、抱进怀里始终不肯放下的东西。这东西不定就是人们所说的女人身上蕴藏的才情吧。"看了看嘴叼纸烟侧棱着耳朵静听的大瓦，"也就是说，女人的身架、手脚、眉眼、肌肤都是外在的东西，而她们身上独有的那种气质、韵致和才情，才是内在的本质的东西。这种东西往往会通过她们的举手投足表现出来，深深地烙在你的心里，使你生爱、生怜、神魂颠倒。"柴祉自卑地浅笑一声，"玉玲坚忍刚毅，宽厚质朴，有着上善若水的人文品格和大悲悯、大仁爱的情怀。我对玉玲其实是单相思。她身上固有的那种令人放不下的东西，值得我一辈子去追求。这个追求不为她是否爱我，也不求结果是什么，只为在人生最美好的年华遇见她而欣慰。需要的话，愿意为她的幸福付出一切。"

"哎呀呀——呆子，你说的这些，正是我心里能感觉到可又说不出来的东西。你真是个屁吹牛皮鼓——响当当的货色！"大瓦打着嗝儿竖起大拇指赞了几句，瞬间又换了一副嘴脸，头一歪咒骂："这么说，你狗日还在打玉玲的主意？"柴祉回道："心是那么想哩，可她又和铁锤复婚啦。"大瓦用藐视的目光瞟柴祉一眼，毫不客气地取笑："呆子呀呆子，倒亏你还是柴老夫子的孙儿呢，你真呆！难道你不知耿铁锤钻进岭上的土窟窿里啦？"

柴祉笑了笑，摇了摇头，端起茶缸猛喝了一口。

这顿酒喝得大瓦反了胃，呕吐进猪圈，竟然醉倒一头贪食的猪。

四十八

侯拉弟为儿子带着自己和女儿进城当了市民，抽掉桥板断了女儿跟小鬼子来往的路径格外高兴。她见胜荣当兵的这个城市是个城区面积并不大的地级市，地势倒很平坦，四周除了几个村庄全是大片大片的麦田。

人说当今的儿媳两腮没肉，舒坦没够——婆婆跑断腿掏尽心巴结服侍也落不下一声好。侯拉弟不在乎转业到化肥厂当妇联干部的儿媳唐霞的眉眼是横还是竖，整日里除过照看三岁的宝贝孙儿龙龙外，她只操持一桩事——燕荣是否给小锤写信。

这处唐霞单位分给的家属宿舍是个两居室瓦房。胜荣两口子住一室，侯拉弟和女儿、孙儿住一室。这使燕荣的一举一动几乎全在她妈妈的视线范围。经过一段日子的细心观察，侯拉弟见成天闷闷不乐的女儿除了做饭、擦地、洗衣服，便是偷偷抹泪。她知道"这挨刀"为谁流泪，也知道"这挨刀"擦亮的地板为啥还要再擦，扫过的院子为啥还要再扫。她昼夜监视女儿的同时，也想摆脱自己和女儿在儿媳门下蜷胳膊屈腿过日子的难受，背过唐霞便跟胜荣说："给咱家燕荣找个工作挣份工资才是长法。俺俩干大人总不能整日价白吃闲坐呀。"

胜荣随着年龄的增长成熟了许多。尤其跟唐霞谈恋爱那几年，因自家的条件与全家市民全家人挣工资的唐霞家门不当户不对受尽了周折，从而真正感受到了城与乡、穷与富之间的差别，身上那锋利的棱角被磨去好多——从提着礼盒第一次上唐家，高挑的个头矮下去的那半截至今都没长起来。前些日子接来妈和妹妹，老丈人出于礼节，到饭馆子订了一桌饭菜招待了一顿。这顿丰盛的酒席吃出的滋味是羞于启齿的低下——那两个前几年在妻子面前常常取笑自己"小排长"

的小姨子，看视妈和妹妹的眼神就像在观赏出土文物。事实上，妈和妹妹尽管穿了家里带来的最体面的衣服，妹妹和小姨子坐到一起，妹妹论身材论长相都在她们之上，但那古板俗气的穿戴，笨口拙舌的方言，不伦不类的应酬方式，无不含带山里人的那股子土腥味，着实跟人家坐不到一起，吃不在一锅。饭后，唐霞含着娇滴滴的酸笑悄悄反馈回的信儿是，两个小姨子"尊称"妹妹"俊土妞"。胜荣知道这个名儿有褒有贬，心下也想给妹妹和妈买几件城里人穿的衣裤，可难就难在，结婚以来一直把持着财权的唐霞近来总为米面油盐生闷气。胜荣也想给妹妹找份工作要她自食其力，可眼下市民就业是城里的一件非常难办的事；想求部队转业到地方当干部——部队、地方都有些人脉的老丈人走个后门，又觉得等唐霞的脸色多云转晴后一块上门央求效果会更好。胜荣思前想后苦笑一声说："妈，现在城里优先安置退伍军人和插队知青。咱家燕荣刚刚转了个户口，哪能当下就找上工作呢！"

燕荣几次特别的呕吐吓坏了侯拉弟："你……你个挨刀咋这样子吐呢？"燕荣瞥妈一眼，捋一下肚子讪讪地说："怕是，怕是吃凉啦。"说着又哇哇地吐起来。侯拉弟望一眼火辣辣的太阳，抓一把汗津津的斜襟单布衫，盯着呕吐的女儿问："这是夏天呀，怎能吃凉？你个挨刀夜来就呕了个没收拾，莫不是……"侯拉弟实在不愿这样猜测，但又不得不这样猜测。她大张着嘴巴、眼睛闪着惊惧的目光说不出后半句话来。燕荣没回话，擦过嘴巴快步拿来簸箕和笤帚，麻利地打扫呕吐物。

早上胜荣两口子上班一走，侯拉弟便把孙儿龙龙送进儿媳的屋子里，叫他玩耍心爱的塑料手枪，然后返回隔壁屋里黑下脸来问燕荣："你个挨刀是不是有啦？俺有几个月没见你来那个啦——谁的？"她见女儿一言不发，只垂头流泪，越发生了大气，顺手操起墙脚那把芦梢笤帚噼里啪啦便打："说！谁的……"床边侧坐的燕荣任凭笤帚在肩上背上施威，不躲不闪不吭声。

"你个挨刀今儿个不给你祖先说清这事，俺就饶不了你！"侯拉弟眼噙泪水手握笤帚越骂越气越打越狠，"怕死就有鬼。俺怕就怕你个挨刀和小鬼子来往……"这时，龙龙推门走了进来，见奶奶打姑妈，吓得哇地大哭起来。侯拉弟怕吓着孙儿，扔下笤帚忙去哄娃……

星期天，唐霞骑着自行车带着龙龙去了娘家。前几天给儿子说过悄悄话的侯拉弟走进儿子的屋里催促："你快叫上那挨刀走哇！"刚换上便服的胜荣随妈而来，跟床边坐着帮嫂子织毛衣的燕荣轻声说："走，听哥话，今儿个咱去医院把这事解决掉哇——为这，哥托朋友落人情不说，还给副院长送了一条'牡丹'烟呢。"

燕荣手不停织毛衣，不抬头，也不答话。脸皮紧绷的侯拉弟扑上前，一把夺出毛衣扔在床上骂道："你个挨刀聋啦还是哑啦，听不见你哥给你说话哩！"燕荣低垂着头，手指搭在一起不住地搓揉。胜荣拉开火气十足又要出手的妈妈，轻声跟燕荣说："哥为你转户口东跑西跳地费了好大劲儿，就想要你这辈子过上好日子哩。你这年龄正是寻工作找对象的时候，怎能……趁着肚子还不招眼，咱悄悄去医院做了啥事不误。"转头看一眼窗外又央求，"好俺的亲妹妹哩，你一个姑娘家，连对象都没有就怀了娃，成何体统？你不听哥的话快快做掉，可就把一生毁干净啦！"

"不，我不做掉。"燕荣眼含泪水开了口。

"好你个挨刀鬼，还想给小鬼子生娃不是？！"侯拉弟吼叫着上前便打，胜荣拦住说："妈，你小点儿声。家丑不可外扬——小心邻居听见。"又转回头耐心地开导，"燕荣，你一时冲动生下他（她）来，那可是个连户口都没有的'黑孩'。你要工作没工作，要进项没进项，带着他咋过日子？"胜荣见妹妹闭口不言，放下脸来用命令式的口气说，"走，哥给你做主，这个娃咱不能要，一定得做掉！"说着拉起燕荣的胳膊便走。燕荣使劲挣脱，硬倔倔说："不。我就要这个娃，就算讨吃要饭也要把他拉扯成人！"胜荣不禁火起，抬手啪的就是一记耳光，打得燕荣趔趔趄趄后退了几步。燕荣摸了把脸，一时发急，窜到床前握起剪子冲着自己的咽喉刺去；胜荣箭步上前，一把抓住了她的手腕。由于燕荣用力过猛，咽喉处那细嫩的皮肉被剪刀尖划破一道，立时流出血来。侯拉弟见此，浑身软瘫下来，一屁股坐在地上张开嘴巴便哭："老天爷呀，俺哪辈子做下亏心事啦……"

胜荣夺下妹妹手里的剪子细看脖颈，所幸划得不深，不碍大事；快步跑回自己屋里，取来止血药和纱布给妹妹敷药包扎。几个邻居以为出了啥事，匆匆跑来询问。生怕露丑的胜荣笑着圆场："我妹子不小心割了一下，吓得我妈哭了——没事，没事。"

燕荣的肚子一天大似一天，饭量也比刚来大了许多，使本就视其为累赘的唐霞越发不拿正眼看了。胜荣见妹妹穿的衣服扣不住纽扣遮不了肚子，便求妻子在箱底里翻出几件肥大的女式军装送给她穿。

胜荣晓得那天妹妹拿剪子自尽是真心，由此想起了大瓦常常挂在嘴边的那句思念妹子小兰的话，由衷悟出了大瓦悲哀凄凉的心情。于是，面对摊上大了肚子这等麻烦事的妹妹，胜荣只能摆出乐观的态度对待，无所谓的言辞宽慰，在说笑间给予温暖和关爱，杜绝那条没了妹妹后悔一辈子的路。

侯拉弟瞅见儿媳出了门，便快步来到这厢，透过玻璃窗格用极端嫌憎和怨恨的眼神盯了厨房洗碗的女儿一眼，小声跟儿子唠叨："荣儿，这可咋办呢？咱且不说她腆着个'拖油瓶'丢人现眼，闺女在娘家生娃坐月子可是大不吉利的事呀！"说着又抹开了眼泪。左右为难的胜荣苦笑一声说："妈，这些日子我一直给唐霞吹风——这号事咱得明事暗做，再性急也不能筛着锣上街吆喝。"侯拉弟瞥了眼又去扫院的女儿悄悄出主意："你看那挨刀的没理，几天都不敢放个响屁——你该找个医生买些打胎药，咱给那挨刀搅进饭里，打下来那个'麻烦'算啦。"胜荣耐心地说："妈，这件事你得多为咱家燕荣着想。她为了肚子里的娃连性命都豁出去啦，你怎能……咱得好好掂一掂哪头轻哪头重呀妈！"

还是胜荣的枕头风起了作用——唐霞在化肥厂为燕荣物色到一个名叫潘顺成的后生。唐霞和顺成单独谈了燕荣的情况，顺成没去过多地考虑她怀没怀孩子，只为她是个妈妈一直以来期盼自己找的市民姑娘。唐霞设法带着燕荣出了趟家门，要暗藏的顺成偷看了一眼。顺成见这姑娘个子高，长得俊，心下就喜欢上了。他虽然无法跟卧床难起时而糊涂时而明白的妈妈商量，但还是想听听可信之人的看法，于是便来到师傅、锅炉车间的主任温平家讨主意。温平听了他的来意皱了皱眉头没作声。倒是一旁聆听的温平妻觉得这桩婚事对顺成合适。

温平妻是紧挨化肥厂的城边村——孟村人。她为自己生在农村，不能像城里人那样上班挣钱、星期天逛街——成天跟土坷垃打交道伤透了心，所以非常赞同顺成妈要顺成找个城市户口的姑娘做老婆——祖祖辈辈子子孙孙过城里人的光景。

这个上班期间手握大铁锨往锅炉里添煤加炭烧锅炉的潘顺成也是从农村来的。他的父亲老潘维修管道不慎从两层楼高的钢架上掉下来，伤势过重离开了人世。厂里为照顾因公死亡职工子女，便给顺成转了城镇户口，招为正式职工。顺成大字不识几个，倒是身子长得敦实，干活肯卖力气，每月不但出满勤干满点，还争抢着上夜班——毕竟能多挣四毛钱夜班补助，比村里干一天农活都得钱多。于是，他踏实肯干的表现得到了工友们的一致称赞，连年被车间评为"标兵"职工。美中不足的是，他的那张面团子脸上镶嵌的眼睛一小一大，落了个"小大眼"的绰号。而温平主任只要在场，锅炉车间没人敢喊他这个名儿。

顺成的父亲老潘是温平当年的师傅。为帮顺成找对象，温平厂里厂外逢人便拉呱，还动员本车间的员工多方打听，四处介绍。可姑娘一听他家在农村，城里连个窝巢都没有，大都拨浪鼓似的摇头。纵然有个愿意见一见人的，也被他的那张脸和那个身材杜绝了路途画上了句号。每当顺成相亲归来，工友们总会关切地问："有戏没有？"顺成憨笑一声以实说实："没戏。"于是，化肥厂便流传着一句为顺成编的歇后语：小大眼相对象——没戏。

顺成的母亲农闲时好进城照探一眼顺成，同时也会给温平带些瓜桃李枣。她老人家每回见到老潘这个有出息的徒儿，自是少不得抹泪托付顺成的婚事。温平知道像顺成这样的条件，即便找个城镇姑娘，厂里在短时间之内轮不到给他分房子。为给顺成创造些优越条件，温平在孟村托亲戚朋友，用师傅拿命换来的那点儿钱为顺成买了个有三间房子的小宅院，把堂屋做了客厅，左右两间做了卧室，改造成一处城里流行的套居型住宅。院子的小街门右侧一溜盖了厨房、储藏室和卫生间。这处房子确实为顺成找对象增添了砝码，但温平无法长高顺成的个子，也无法改变顺成的脸蛋——姑娘一见人就"没戏"了。

虽然温平一心想把师傅当年对自己的栽培之恩回报在顺成身上，但顺成的对象问题还真的成了老大难。这件闹心事尚无着落，在村里劳动的顺成妈积劳成疾又患了半身不遂住进了医院。无奈，温平只好帮助顺成把就要出院但又无法自理的老人家安顿在为顺成娶媳妇备下的房子里，要顺成一边上班一边捎带侍候。本就难找对象的顺成，家里又多了个歪嘴斜眼口水外流卧床难起的妈妈，越发"没戏"了。

这天上午，锅炉工潘顺成穿着新衣提着糕点上门求婚走后，侯拉弟一家子坐在一起，儿媳唐霞简短地讲了顺成的情况，要婆婆、丈夫和小姑子拿主意。拉弟狠盯一眼女儿的罗锅肚先就开了口："都到这个地步了，哪里还有咱挑拣人家的份儿，跟了人家算啦！好活受罪是自找的。"胜荣为那天打了妹妹一巴掌后悔不及，也为妹妹一天天大起来的肚子发愁。他冲着妹妹含笑说："燕荣，刚才顺成也来啦，人你也见啦，虽说长得不怎么样，我看这人老实厚道。要不咱就跟了人家哇？"

山里人的性格本是由大山塑造的。然而，活泼开朗的燕荣自打随着母亲来到这个总感觉不是自己的天地的城市里，变得寡言少语，只剩下做家务打发时间。锅炉工潘顺成刚才进门，燕荣只看了一眼就再没抬头。她听了哥哥的问话暗自盘思：自己的肚子都这么大啦，娃一出生且不说别人叫"私娃"还是"黑孩"，最要紧的是没处上户口。孩子若没户口，将来既念不上书，又就不了业，寸步难行。这当儿除了闭上眼睛瞎子般叫人家引了去，还有什么办法呢？燕荣眼淌泪水说："哥，你看着办哇。"

胜荣请了一天假，穿上便服，拿了户口本，带着妹妹与顺成办理了结婚登记。燕荣在排队登记时，招来不少他人异样的眼神、笑声和嘈嘈声。二人拿到结婚证，胜荣便把妹妹径直送到了顺成家——总算燕荣有了主儿。

化肥厂锅炉车间的职工虽然成天手黑脸黑身子黑，跟煤黑子没啥两样，但他们位居"龙头车间"，锅炉停燃，全厂停工。因此，温平主任对属下的管理非常严格。和潘顺成一个班干活的工友得知顺成请假结婚，又听温主任说不备酒席不请客——婚事简办，便觉得不给多年找对象"没戏"的顺成捧捧场助助兴说不过去。尤其前几天他们看了顺成带到车间的那张结婚登记必备的夫妻半身合影照，见顺成的对象长得电影演员般漂亮，都想亲眼见识见识这朵鲜花咋给插到了牛粪上。于是，他们下午四点下了班，洗过澡，六七个人一块上街凑钱买了一条时髦的毛绒毯子，骑着自行车来到了顺成家。顺成又是递烟又是沏茶热诚接待，穿一身肥大军装的新媳妇则躲到东室为顺成妈收拾卫生去了。

病卧床上的老太太知道进屋打扫卫生的是儿子娶下的媳妇，心头甚是欢喜。她有好多话想跟儿媳说，却又力不从心。虽然她歪着嘴流着口水尽着力结结呀呀说了一大堆，燕荣还是居多没听懂。

顺成的工友抽着烟喝着茶说笑了一阵，便以"照一照你妈"为由来到东室，想再看视一番大了肚子的新媳妇。正为婆婆拖地的燕荣一时无法走开，无奈地承受着这群人投来的异样目光。

送工友走出大门的顺成，听见他们转过巷子那道急弯就大大咧咧嘻嘻哈哈说："怪不得温头儿要小大眼婚事简办，敢情小大眼捡下个紧要寻窝下蛋的鸡……"

顺成听了这话怏怏悻悻回到院里，太阳还老高就咣当一声带上了安有碰锁的独扇铁皮大门。

顺成今晚吃了燕荣做的山西小开条拉面心里很畅快。自打妈病倒在床上一年多，还真没吃过一顿这样爽口的现成饭呢；到东室喂妈，见她老人家也吃了好多——家里有老婆真好！

燕荣为有了这个安身立命之处——能自作主张多吃一碗饭稍稍松了口气。今晚她给婆婆和顺成做好饭端了去，自己钻在厨房放开肚子吃了三碗；临洗碗时，又喝了一碗锅汤。她晓得饭量突增是娃在长身子。她懂得母壮儿肥的道理，不肯叫娃在肚子里就忍饥挨饿。她洗了锅碗就开始打扫邋遢的厨房。顺成几番几次来催促不早了，可她还是把墙壁、火台、橱柜的陈污老垢清理洗刷到自己满意才作罢。

西室是燕荣和顺成的新房。

前几天温平妻帮着顺成买回的那张配了花花绿绿床上用品的双人床，把原先顺成睡的那张单人床挤到了东室。墙壁张贴的大红双"喜"字和窗户玻璃上那小巧精致的喜庆剪纸画，不难看出温平妻那双庄稼人手的灵秀和巧妙。

燕荣走进新房，没抬头去看抽着烟走动的顺成。她来到床前把一套被褥铺陈在床的中央，抱起另一套给顺成说了声"你睡哇——俺睡客厅沙发"便往外走。"哎哎哎，你咋……"顺成把烟头扔在地上，快步追来拙嘴笨腮地说，"这么大的床，你咋睡沙发呢？"燕荣说："这张床是你睡的地方。"顺成一听这话，伸手便抱住了燕荣怀里的被褥："我就要你睡床上。"顺成这时才比出妻子的个头原来比自己高一截，同时也嗅到一股女人身体散发的好闻气味。燕荣不慌不忙——像早有准备的样子说："顺成，你不能这样子逼我。我给你做饭洗衣，还有侍候你妈，这些我都会做好的。"顺成仍不撒手："我就要你睡床上。"燕荣见顺成紧抱着被褥不丢，便松开手说："顺成，我见你是个好心人，才给你结婚的。你要硬逼我，我就寻了短见死去——和肚子里的孩子一块死去！"这话听得顺成打了个冷战，一时没了主意。没有想到，见面以来一声不吭的燕荣，竟然是条桑木扁担——宁断不弯。顺成不敢硬来了，只好按师娘的叮咛"使软法"。可本就拙于言辞的他登时又想不出顶用的话来。他怀抱被褥跟随燕荣来到客厅憨笑着央求："听说男女结婚就得到一搭儿。"说着把被褥放回床上，手忙脚乱沏了一杯茶递给燕荣，"不管那伙狗日们说啥，我都会对你好的。真的会对你好的。"燕荣接过杯子放在茶几上，心里平静得像一泓秋水，淡然一笑说："你既然对我好，就该听我的。"

"我只想要你回床上睡——给你磕头也行。"顺成说着，上前一把抓住燕荣的小胳膊便往西室拉。燕荣抽不回手，生不得气，硬着来，又怕伤了肚子里的娃。她正要叫顺成坐下来慢慢谈，只听东室传来口舌不利落的喊叫声："顺儿——顺儿——又拉啦——"顺成松开手推门走进东室，一股臭烘烘的屎尿味扑面而来。他打开电灯，见母亲的手上、被子上、床框上，以及挨床的墙壁上全都抓弄抹擦上了那东西。回头瞅一眼随进来的燕荣，脸上流露着难看的神色埋怨："今晚的饭吃见香又吃多啦，吃多啦。"他正要下手清理，燕荣说："俺来哇。"她端来两盆温水，掀去婆婆的被子，用蘸了水的毛巾为她老人家清洗了身子，更换了衣裤和被褥，又把墙上、床框上的那东西擦洗了个一干二净。一旁站着的顺成被感动得快要流下泪来了，动情地搭讪："这个，我妈……"

"水紧火紧都没有屙紧尿紧。她也不愿意这样。这号病咱得估摸着时间搀扶她料理——你放心，我会当我妈来侍候你妈的。"燕荣收拾罢婆婆干下的活计，扫一眼那张闲置的单人床，从西室抱来被褥说："顺成，我就在这厢陪你妈睡哇，也好及时照料。"

四十九

今天中午小放羊回村给小锤挑饭，又空着手返回了岭上。

庄稼人有句口头禅叫作"谁披毛单谁赶羊"。小锤鞭下这一百五十多张嘴拖得他不敢擅离，一日三餐几乎都得守着羊群吃。可方玉玲近来常常要小锤回家吃饭——说是荞面烙饼得随烙随吃、莜面蒸条冷吃不好消化……每到饭点，方玉玲总守在小锤身边没话找话；实在无话可说，便论古说今，谈天说地，一声声亲昵如酥。小锤吃着喷香的饭菜不由得吧唧嘴的不雅"毛病"显出来，方玉玲也不再说了，只说"吃见好吃俺娃就多吃些"，脸上却浮现出难以掩饰的苦涩。

小锤见妈近来变换着花样尽吃些平时想吃而妈不舍得做的饭，就连今午性凉败火的菜拌苦荞面凉粉都不让提到坡上吃，心里不免有些纳闷。

"俺娃觉见妈做的哪样饭最好吃？"方玉玲心爱地看着小锤含笑询问。小锤嚼着可口的菜拌凉粉想了想噗地一笑说："妈，我觉见你做的'空心拌汤'最好吃。别人家甭说吃啦，连见都没有见过。去年冬天我在羊圈土窑里按你的做法打碎冰凌，裹上豆面，下进锅里，想给老舅解解馋，结果做成了一锅糊糊。"方玉玲看一眼窗外灼人的烈日，沉思片刻没有吱声。小锤见妈在用心琢磨，赶紧改口："妈，空心拌汤只有冬天有了冰凌才能做得来——我只是说一说。"同时催妈跟自己一块吃。方玉玲笑道："妈吃过啦。"

　　小锤记事以来，每顿饭妈总让爹和自己吃饱她才端碗动筷。想吃一顿好饭，只有盼来时头八节才有可能如愿。平日里一提晓嘴馋，妈总微笑着回绝："老话说，丰年当成歉年过，遇上歉年才不挨饿哩。咱既不能一顿吃光百顿喝汤，还得积攒着办大事呢。"小锤隐约觉见妈近来好像忘记了"办大事"。他疑惑妈"吃过啦"的话，便跑进厨房想看个明白。他见瓷盆里拌好的凉粉也就仅剩自己一碗了，铁锅里盖着的酸菜糊糊仍在冒热气，由此猜出近段日子的好饭妈没吃。小锤顺着过间门不解地问："妈，你咋光给我吃好饭呢？"见妈脸上挂着难藏难掩的悲愁，又问，"妈，你有啥心事哩？"方玉玲瞥一眼桌子上那台收音机说："没有——俺娃快吃。吃了妈好洗碗上地。"小锤知道爹留下的那台收音机，妈在茶余饭后常常打开听，却想不出妈的这种怪怪的样子跟收音机有啥关系。他把那碗菜拌凉粉摆在妈面前，返回厨房喝了一碗菜糊糊，提起门外撂着的羊鞭径直来到东庄，向舅舅打问妈的心事。玉锁听了问话有些心跳，那双习惯性颤抖的手越发端不住碗拿不稳筷子了。他放下碗筷想了一阵，摇了摇头说："没听说有啥事呀。难道又要……"小锤来到地处东庄与大庄之间的猪场，开口便向正要歇晌的柴老师打听因由。柴祉摘下近视镜往镜片上呼了一口热气，掏出手帕擦了擦又戴上，抬头看着小锤慢腾腾说："我想，你妈多半是在为你离她远去做准备。"小锤听见话里有话，迫切地问："柴老师，我怎么可能会离我妈远去呢？"挠着后脑勺想了想，又说，"我的心里是装着燕荣，可我不去找她。人常说，找到人找不到心。燕荣心里要有我，她就一定会回来的。"柴祉笑道："我想不会是因为这个。"指一下桌子上的报纸，"自打去年国庆前夕，我们的周总理与日本内阁总理大臣田中角荣签署了中日建交声明以来，有好多日兵弃儿或遗孤被他们的亲人认领了回去。你妈应该是在操持你回日本的事哩。"

"回日本？"小锤惊奇地问了一声，瞬间意识到妈可能是从收音机里听到了这些信儿，"我怎能扔下我妈……"只说出半句话就转身跑了。他回到大庄见自家大门上了锁，知道妈已经上了地，便慢慢悠悠朝岭上走去。

　　日沉山，羊归圈。小锤要小放羊看门守圈，自个儿回了家。他走进正屋，见妈脸盆端水微笑着从厨房走来："俺娃洗手吃饭哇。"小锤仔细打量，见妈像哭过的样子。正想跟妈聊几句，妈却走进厨房舀饭去了。

　　小锤洗过手，看着妈递来的芹菜豆角混炒后和成的豆面拌汤实在好吃，端碗便吃。他刚吃了一口，见拌汤蛋儿是空心，便惊叫一声问："妈，咱这里冬天才有冰凌——你啥时又想出做空心拌汤的新法啦？"木椅上坐着看小锤吃饭的方玉玲含笑说："没啥新法。俺娃吃见好，改日妈再给你做。"

　　小锤实在好奇："这是夏天呀妈，没冰凌你怎能做出这饭？"方玉玲说："今儿个后晌，妈请假进了趟城里，到食品公司的冷库找了几块冰凌……"小锤听了这话，心头一阵奇酸，泪水唰地滚落下来，咯噔一声双膝跪地说："妈，你为了给我做这顿饭……"小锤抱住妈妈大哭起来。方玉玲揽着小锤两眼盈泪，但还是不肯说出窝在心头的话。小锤边哭边说："妈，我求你不要这样啦，再也不要这样啦。妈，你放心，你一万个放心。尽管中日建交啦，我是不会走的，绝对不会离开你的。这个世上只有这里是我的家，也只有你是我的亲人！"方玉玲见小锤知道了这件事，便淌着泪第一次讲说了那天晚上接下小锤的整个经过："……你的亲娘虽然埋在了咱这里，可你的亲爹应该是回了日本。他是不会忘记太行山，也不会忘记龙岩岭的。收音机里说，中日建交后有好多好多日本孩子，被他们的父母或家人接回了日本。你爹也定然会来接俺娃回家的。"

　　"不，不！妈，我不走，我真的不走！我不要那个凶狠恶毒杀人放火的爹。我是喝着龙岩岭的水、吃着龙岩岭的粮长大的。要没你、要没龙岩岭，我早就不在人世啦。"小锤哽咽不止，"妈，羊羔儿还知跪乳谢恩哩，我一个大活人，怎能忘恩负义离你远去！"泪流满面的方玉玲搬着小锤的膀子推离自己说："俺娃都这么大啦，咋不懂事理呢？你爹也是人，他如果没有别的亲人的话，孤苦伶仃一个人在日本，那是多么的可怜！俺觉见你爹也是个怜惜娃的人，他求我收养你那会儿就能看出来。人心都是肉长的，你爹把你留在中国也是万不得已的呀。这些年他也一定日日夜夜在思念你。妈尝过大人想娃的苦楚——那可是人世间最挨不得疼不过的痛苦呀！妈不能那样自私。俺娃跟了妈这么多年，也算老天爷给了咱母子这段缘分。只要你爹来接你，妈就……"方玉玲再也说不下去了。

"妈，我不走，我死也不走！"小锤哭喊起来。方玉玲提起围腰擦了擦小锤脸上的泪水，含泪微笑着说："俺娃的糊虫儿又傍身啦。自古谁家父母不疼爱亲骨肉。妈这些日子已经想通啦，连你的衣物都准备好啦——还有那条包你的军毯子。妈不用县上、公社和大队干部上门做什么思想工作，只要你爹一到，妈就送俺娃走。"小锤听了这话越发悲伤万分，猛地站起来吼叫："我不走，我死也不走！他要硬逼我走，我就跳壁寻死，或者拿俺爹剁手指的那把斧头……"

柴鸿宇读书正赶上"学制缩短"的年代。小学五年，初、高中各两年，很快就把这个身子骨嫩弱的大男孩推到龙岩村的田野上了。

这个文雅白净的小后生一回村，他的伯父柴祉找队长为他谋到一份适合他干的活计——为小锤当小放羊。鸿宇提着羊鞭上岭放羊，背上总不离那个帆布书包。忙着吃草的羊儿散落满坡，他却坐在坡顶只顾看书。羊走十里饱，牛走十里倒。边走边吃的羊儿有时从背坡翻到了阳坡，沉迷于书中的鸿宇仍然待在原地纹丝不动。

小锤喜欢鸿宇这股子读书劲儿，学着老舅对自己的恩宠——夜里不用鸿宇守圈，要他回家坐在电灯下读书。鸿宇初听这话，一时被感动得红着脸流着泪不知说什么好。

一天晚上，柴祉来到羊圈跟小锤说，教育部出台了恢复高考政策，向队里请假要鸿宇坐下来复习很难办到，想求小锤多给鸿宇挤点儿时间。小锤应道："鸿宇把三顿饭给我送来就成。"

方玉玲总给打小没了娘的鸿宇做针线活，对其学业较为了解。她听说鸿宇想复习功课备战高考，便跟小锤说："鸿宇这娃是块念书的料。他上高中全校考试总排一二。"说着又吩咐，"妈成天上地，午饭往岭上送怕是赶不来。可你的早、晚两顿饭是在羊儿出坡前和回圈后吃的，妈替鸿宇给你送去。"

柴鸿宇挣着队里的工分，几乎专职专业坐在自家复习，对方玉玲母子甚为感激。他的伯父柴祉为他能很好地备考，常到县城的书店、中学、教研室为他购买、寻找复习资料。

1977年12月上旬，柴鸿宇参加了高考。两个月之后的一天下午，鸿宇收到了对外经贸大学的录取通知书，乐得蹦了几个高儿，拔腿跑到猪场双手把通知书递给了伯父。多年来心无旁骛培养侄子的柴祉一阵激动，眼含泪水带着鸿宇到供销社买了彩纸、供品和鞭炮，又叫了弟弟柴煦，一同到自家坟地虔诚而自信地向祖宗报了喜。

一天上午，一个天大的新闻在一顿饭工夫传遍了龙岩村的家家户户——罗小六、耿铁旦涉嫌佛钟场火铳打残打伤学生一案，被民警抓走了。

又过了些日子，公社来了两个干部，在佛钟场组织召开了社员大会，为方玉玲、侯大瓦、柴祉、白丽等人平反摘了帽子。同时恢复了耿味全、侯拉弟及已故的耿铁锤、冯柱国的党籍和名誉。由于梁同科三条腿触地，到公社或县里开会办事行动不便，主动提出辞职，耿味全再度担任了村支书。这天，小锤跑到爹的坟前放了鞭炮，又跑上香炉台引吭高歌，直唱至嗓干喉哑，太阳落山。他收住歌声含泪呼喊："燕荣——你在哪里？快回来哇……"他喊了一阵子，呆呆地望着远方的群山思忖：不管燕荣这会儿在哪里，她一定也在想我。

1981年初冬，一个新颖的句子飞进了太行山的村村落落——各大队开始搞"家庭联产承包责任制"。具体内容是把耕地、农具、牲畜等分解到户，以户经营。农村这次大爆炸式的改革急坏了深闭固拒的革命残废军人梁同科。他挂着双拐找到耿味全，直指其鼻尖破口大骂："你们这是搞复辟，搞倒退！"大多数社员则认为这样子干不是赖事，种粮种菜、种瓜种豆、出工收工有了自主权，再不用看着村干部的脸色干活了。

牛驴骡马按蹄腿包地亩倒也可行，而猪场的猪没办法分发，只好叫来食品公司的人不分大小肥瘦一锅子端了去。羊儿在庄稼人眼里是屙金尿银的活宝贝，地里少了羊粪就好比厨师烹饪没有油盐酱醋般寡淡无味。而在这种体制下，羊又无法成群喂养，只好东家一只西家两只牵了去。养羊不成群，一年拖煞人。有的人剃头图凉快，一刀子捅去，省了心香了嘴——双受益；有的人不忍杀生害命，又不愿劳神费力经管，便赶到集上卖掉换成了票子；也有的人上地牵着回家圈着，无奈地承受这一累赘。不肯下岭回村的罗锅，守着空羊圈拿了好长时间主意。临近次年初春，还是把自己的责任田转交给别人，又收罗户羊，重组羊群，干起了老本行，意欲叫小锤跟自己一同干。可小锤只想离开村子离开土地，进城做晨种暮收的活计。方玉玲听了小锤的想法笑道："鸟儿翅膀硬了飞出去见见世面也是好事。妈不做咕咕叫着为小鸡遮风挡雨的老母鸡，支持俺娃出去闯荡。"沉思一阵又说，"妈虽没做过生意，听人说买卖人赚的是分厘毫丝。意思是说，生意人交的是众人，求的是长远——得做到树品立德，薄利多销，留住回头客；不能有一锨挖口井的念头，更不能坑人骗人。这大概就是做生意的窍门哇。"小锤说："妈，能不能赚钱说不来，你儿子决不干坑蒙拐骗的事！"

小锤谢绝了老舅的差事，带着妈给凑的五百元本金，以自行车为运输工具，在龙泉谷附近村子收购了一些山药、萝卜等蔬菜，买了个盘秤，来到街面开阔人口密集的县城南街开了张。几天下来一算，利头比建筑工地当小工多两三倍。小锤暗自高兴：照这样干几年，就能积攒好些钱。燕荣回来一下子摆在她面前，准能把她惊呆。

然而，生意场上，并非天数多了，钱就能堆起来。

这天小锤刚摆开摊子，几个二十上下的戴墨镜后生前来买大葱。小锤按数称好，用自备的荆条扎了捆，笑脸相迎递去说："得啦！"可他们说今儿个没带钱，想打条赊账。小锤虽不认识他们，听口音是本地人，又为留住回头客，便收下欠条让他们去了。

时隔几日，又是这几个人，又拿了好多菜，仍是赊账。虽然小锤心里打圈儿，一时想起妈常说的那句话："人心都是肉长的，将心比心差不了多少。"便又赊给了他们。没过两日，这伙人又来了，买了菜仍没付钱。小锤耐着性子说了一大堆"小本生意，赊多了转腾不开"的话，意在要他们结清以前的欠账再赊。不料，歪胯溜肩举止荒疏的这几个人立时变了脸。其中一个一把夺走秤，嚓的一声折断秤杆扔在地上骂道："我看你小子不想在这里干啦！"小锤急红了眼："你们咋买了菜不给钱，还要折腾人？"另外几个跨步上前嚷道："原来你个乡巴佬还不知道啥叫折腾！"说着手脚并用乱踢乱扬——山药、萝卜滚了满街，心疼得小锤几乎要哭了："你们咋这么不讲理呢？咱找个说理的地方去。"他拉住一个想去派出所找民警，这人却一扭手腕抽回手来顺势就是一记耳光。小锤被打得两眼冒金星："你们咋还要打人？"

"打了！咋——不服？"骂着抡拳又朝小锤的面门打来。小锤后退一步闪身躲开，对方唰地又跟来一拳。忍无可忍的小锤左手一架右拳用力出击，一拳就把他打得滚在了街上，围观的路人无不拍手叫好。这人的同伙见此，有的掏出弹簧匕首，有的操起半截秤杆，呼唤着脏话围拢过来，大有将小锤生裂活撕之势。曾跟随大瓦学过大红拳、小红拳的小锤，藏匿岭上那两年多时间常常拿老松当木桩，捶打踢架，自是练就了一些拳脚功夫。他面对擦身而过的横拳飞掌，顺手操起坐摊的小板凳，上下舞动，左右翻飞……正打得昏天黑地，两个民警跑来，将这几个人连同小锤一并带回了派出所。

小锤一五一十说了打斗的缘由。民警经过核实，如数为他讨回了菜钱以及砸了摊位造成的损失。

小锤猜想这伙地痞可能会报复，但已经给工商、税务交了一个月的税费，不肯就此收摊；因怕妈担心，回家没敢提这事。小锤就这样提心吊胆地干了八九天，那几个小子真的又出现了。小锤虽然有所准备，心下着实有些害怕——毕竟人地两生，身单力薄。

可他们不但没有寻衅找事，反倒和颜悦色地说："大哥，你摊上的菜全都卖给我们哇。"说着又补充，"我们出现钱，不赊账。"小锤正挠头盘思，这几个人一起动手整菜装袋，要他过秤。小锤说："这菜还有几个老顾客要买哩。"

"你这大哥，哪有卖菜的怕人买呢！"说着，几张"大团结"票子亮了出来。小锤无奈，只好过秤收钱。他们把菜袋子绑在自行车上说："大哥，弟兄们中午为你订了一桌酒席，你得给个面子。"小锤不知他们葫芦里卖的什么药，岂敢赴这"鸿门宴"！还没想出脱身的法子就被推的推、拉的拉，诚诚心心热热火火拖了去。

这顿饭竟然令小锤品到了人生的风采——以拳师的身份为他们当武术教练。

此后小锤没再上街摆摊，倒是成了饭馆子、影剧院的常客。但他并没少赚钱，只是换了一种经营蔬菜的方式——由这几个弟兄帮着搭乘便车到外地进菜，回来再分送给沿街的菜店、饭店。这样子倒贩一趟，胜过街上坐摊一个月收入。他每月只干三四趟，剩下的时间教授这伙人拳脚功夫。但小锤没去考虑他们练武功要干什么。

五十

电影院一场群架之后的第十六天上午，参与打架的小锤、邱刚等人刚从看守所被放出，他们的弟兄便群星捧月般前呼后拥恭维着来到一家上好的酒店为他们"洗尘"。

小锤、邱刚上座，下面满满三桌子人一个个恭敬地为他俩敬酒。不一阵工夫就喝得小锤头晕目眩大言不惭："对付他们十来八个兔崽子，那咱真是老鹰抓小鸡——不费吹灰之力。咱曾只身一人在虎豹豺狼遍地窜的岭上待过两年多……"正说之间，雅间的门开了，席面上的人以不屑一顾的眼神瞟去，见是个衣着素雅得体、举止文静大方的中年女人。他们以为这人上错了门，小锤却喊了声"妈"离开座位迎了上去。

方玉玲理一把鬓发，眼含慈祥的目光，看着饮酒过量满脸通红的小锤淡然笑问："俺娃刚从里头出来？"小锤像做了错事的孩童般羞怯地低下了头。"人生在世没一个十全十美的。俺娃知错改过来就好。"

"妈，我……"小锤不自在起来，"那天我本不想掺和的，可那伙人太不讲理，硬说那个穿喇叭裤的大个子女孩脸上的冰糕酱是我们的人甩去的，把小乾乾打得头都开花啦。"

邱刚见这人是小锤的妈妈，赔着笑脸上前说："姨，锤哥说的一点儿都不假。我们本不想打架，是那伙'扁油'先动的手……"说着，一把拉过头上裹着白纱布的一个小后生要方玉玲看。方玉玲平静地说："他们无理，咱有派出所，有民警做主，何必要动手呢？"轻轻几句话说得在场的人不吭声了。她把目光转向小锤："咱摆摊卖菜也好，往菜店饭店批发菜也罢，都是正经营生，用心做就是啦，为啥成天起来团团伙伙地跟这些娃们舞刀弄棒称英雄呢！"小锤说："妈，我们没有称英雄。只是这些兄弟想学几路拳术，要我教一教。"

"是哩！姨。我们见锤哥的功夫好，想学几路拳脚强身健体……"邱刚他们一起为小锤开脱。经常帮着小锤卸车送菜的小乾乾上前说："姨，锤哥可是用心做生意哩。这条街的菜店饭店都喜欢他的菜。他也常常跟客户唠叨您的话……"

这个叫乾乾的小后生也就十五六岁，是个父母离异独身混世的可怜娃。他家本是好光景，就因为母亲爱唱爱跳，和一个同样爱唱爱跳的男人混熟混热混到了一起，被他父亲得知后，提了锨柄粗一根钢管便找那人算账，这笔账竟然把自己也算进了大牢。乾乾深知自家破败的缘由，尤其受不得同学嚼舌头，便离开学校与邱刚他们搅到了一起。由于乾乾家发生的这些事不乏其人，人们不禁质疑：当今为啥出了这么多疯子？都唱歌唱得妻离子散、跳舞跳得家破人亡了，咋硬往歌厅舞厅钻呢！

小锤被方玉玲领回家静坐沉思两天，便拿定了不再跟邱刚他们来往的主意，又进城做起了搭车贩菜生意。而跟以往不同的是，送到菜店饭店的蔬菜，不是压价压到赔钱的地步，便是只打欠条不给钱。小锤硬着头皮又贩了几趟，竟然把手里的钱全都变成了纸条儿。他再也迈不开步了，便上门软缠硬磨地讨账。可有几家不但不给钱，还说了一大堆蛮不讲理的混账话。无奈之下，小锤只好求邱刚帮忙。邱刚出面还真管用，如数收回外欠不说，原先的关系又拉了起来，贩菜生意顺当如初。小锤觉得离开邱刚这伙弟兄还真的做不成生意，便又混到了一起。

钱是诱人的东西，没一个人不喜爱它。小锤看着邱刚他们大把大把地从赌桌上收钱，手就有些痒痒，便拿了贩菜赚下的钱上场撞运气，可总是赢少输多。他用心琢磨了一番，悟出好多赌博的窍门便有了小赢。有时手气顺溜竟然歪打正着，张张上牌。从此小锤赌瘾大增，赌注渐长，赌胆也渐大，常常通宵达旦连轴转。

他多日没去拉菜了——辛辛苦苦倒腾一个月，还不及抠一张好牌得钱多。七十二行虽说都能赚票子，却没一行抵得赌博来钱痛快。于是他把整个身心给了赌场，只想以此绝断穷根，永远与凄风苦雨告别。他没时间回家——时间就是金钱。他在城里租了个城中村的农家小屋，饭自然是赌输赌赢都会到馆子里吃。他消瘦了许多，尤其在赌桌上熬磨一整夜，次日早晨便脸灰唇白，两眼红肿，走出赌房目视万物，全都变了颜色。他不顾这些，终日只期盼伸手就能摸到好牌。为防抓赌，他和赌友们不得不"打一枪"换一个地方。

这几日，他赢来的钱不但输了个精光，而且还借下了赌债。为求捞回本金扭亏为盈，他几乎在赌桌上发了疯。可事与愿违，赌债越垛越高，手气越干越背，犹如铁珠子掉进了没底泥潭——越捞摸陷得越深。

这天深夜，负责瞭哨的乾乾跑进赌房说："姨来啦。"邱刚瞪眼喝问："哪个姨？"乾乾看着小锤说："是锤哥妈——那个姨。"邱刚不耐烦地骂道："她是咋找到这里的？"小锤搓一把疲惫的面容刚站起身子，只见妈从门口走了进来。小锤有嘴不敢说话，有眼不敢看妈，走到妈面前讪讪地垂下了头。

方玉玲的脸色格外平静，凝神看着小锤说："村乡有句老话：耍钱不是赖孩，就是有点儿爱财。只是不能玩起这个来连家都不回。"

"妈——"小锤叫了一声，无奈地等待训斥。方玉玲歉意地向在场的人说了声"打扰你们啦"，然后跟小锤说："妈在城里城外整整找了你二十多天。"

"妈，我只想为家里挣好多好多钱，等燕荣回来要她……"小锤流下了眼泪。"为钱也不能一头扎到这张桌子上没个了呀——瞧俺娃这面色、衣裤。"方玉玲的话语温和得出人预料。无颜面对妈妈的小锤扫一眼赌友正要低头离去，邱刚箭步上前拦住了去路："慢！想走不难，你得先还上借款。"小锤怯生生看妈一眼，木桩子似的站立原地不动了。

方玉玲见小锤欠下了赌债，便问："拉下多少饥荒？"小锤不敢抬头。邱刚一摆手，一个专管出借赌资计算利息的人快步拿来账册念道："连本带利一万三千两百块。"邱刚瞟了眼方玉玲问小锤："锤哥，这个数没错哇？"管账的那人又拿来小锤打下的借据，迟疑片刻后递给了邱刚。

"我……"小锤只恨不能像小虫儿那样找个缝隙钻了去。方玉玲皱着眉头想了想说："这确实不是个小数。容俺七天把钱送来行不行？"邱刚奸猾地笑了一声说："七天之内你要不来呢？或者带来'公家'端了我们的老窝呢？"

"妈，咱没处弄那么多钱。我还是哪里跌倒哪里爬哇。"小锤狠咬一下牙，"大不了我这条贱命扔在这里！"说着滚下了悔恨的泪水。方玉玲淡笑一声，拍了拍小锤的膀臂说："俺娃不要糊气啦，欠债还钱天经地义。"转脸又对邱刚说，"俺家小锤白纸黑字打着条儿，我这当娘的怎能赖账！我说了七天期限，就算砸锅卖铁也要在七天之内把钱送来。只是有一条，我要说到前头：俺家小锤得离开这里，再不能踏进这道门槛半步。"小锤听了这话，咚的一声双膝跪地喊了声"妈——"，随后甩开两手左右开弓抽打自己的脸。乾乾晓得这地方入伙容易抽身难，冲着邱刚讨好一笑为小锤求情："刚哥，求您看在姨的面上……"邱刚转动了几下眼珠子笑骂："小毛猴，好像就你有人情味！"回头对小锤说："锤哥，姨既然这么说啦，咱就一言为定——七天头上交钱抽条。"

忙碌着为小锤筹款还赌债的方玉玲，只让小锤待在家里做两件事。而小锤看似在做，实则心不在焉——收音机的声响钻不进他的耳朵，报纸上的文字也跳不进他的眼帘。他只为妈如何凑那么多钱发愁。

第七天晚上，方玉玲回到家长长嘘了口气，从包里掏出那沓子借条递给了小锤。小锤惊奇而不安地问："妈，这……这钱你是从哪里弄来的？"方玉玲反问："你没在报上看到政府那些'搭台唱戏'的政策吗？"小锤说："政府要农民上台唱戏，是支持村人经营实体呀妈！"方玉玲微笑着说："俺娃在赌桌上总想揭一张好牌。妈今儿个送给俺娃两张一生能过上好日子的王牌：一张是不怕苦累埋头肯干，一张是节衣缩食勤俭持家。"她见小锤用心思考，便自信一笑接着说："妈立了个致富项目——俺娃一心想进城里干一番事业，那就跟妈开个裁缝铺子哇，不几年总能还上贷款，还愁燕荣回来没钱花？"小锤灰着脸说："妈，你为了我从信用社贷款，我……"方玉玲一脸平静："一共贷了两万。除过还人家的，剩下的满能租个裁缝铺门店，添置些锁边压烫的机具。"说着又为小锤鼓劲，"咱娘儿俩只要肯吃苦受累，贷下饥荒不愁还，存款也会有的。你瞧咱县村乡出了多少万元户！"

早晚两顿在家吃、中午铺子里啃窝窝头的方玉玲母子，在服装城租的那个小格子铺面开张营业以来，生意萧条冷清得使人心寒。小锤泄气地说："妈，照这样子下去，咱还得贴钱呢。"方玉玲笑道："谁都不肯抱着翡翠交给笨匠人雕琢。要让人家相信咱，总得有个从怀疑到信任的过程呀。"又过了一个多月仍没起色，小锤耐不住劲了："妈，咱不跟城里人打交道啦。你瞧他们看咱那眼神！"方玉玲宽慰："老天爷把咱安排在村乡，咱只能认命。不过那些万元户的光景，应该赶上了城里人。"这话不但没有解开小锤的心结，反倒令他想起当了市民且至今没个信儿的燕荣——戳溃了伤痛之河的堤坝："妈，咱村乡人不缺胳膊不少腿，咋就不能跟城里人一样活？为啥他们就该逞牛冒油摆阔气……"说着两臂掩面伏案呜咽起来，过往行人投来不解的目光。

正在这时，几个中年男人谈笑风生步入商场，似乎没有购物人的那种眼神。方玉玲见如今当了副县长的赵启瑞也在其中，便推一把小锤说："瞧，赵县长来啦。"小锤抬头一看，慌忙擦一把泪水，拘谨不安地坐在毫无事做的铺子里，随手拿起妈买的裁缝书装模作样翻看起来。赵启瑞老远就和方玉玲打招呼："嘿，了不得，方嫂子也开起裁缝铺子啦！"见小锤像哭过的样子便问，"咋这么大的后生了还哭鼻子呢？唉——男儿有泪不轻弹。这可不像话！"方玉玲见赵启瑞这样亲切直率，看一眼小锤抿嘴一笑说："不怕赵县长笑话。俺的铺子开张都两个多月啦，生意实在不跟心，连交公家的都挣不来，把俺家小锤愁得……"赵启瑞指一下人流如织的商场说："如今人们手头有了钱，你瞧这购布料买衣服的人有多少！这个商场都拥挤得快没个下脚缝儿啦——我们几个刚去新建的集贸市场工地看了一遭，要求限期完工。你们娘俩的生意咋就红火不起来呢？"方玉玲笑道："这会儿正给俺家小锤说哩，最头疼的是人们都不知俺有这手艺。"

"嫂子这话说到了点子上！"赵启瑞说着便跟身后的工商、城建等几位局长介绍，"你们恐怕不认识这位嫂子，她是解放战争期间为部队做过军装的龙岩岭缝纫厂的员工。"几位局长说了些"曾听说过"等话。赵启瑞又说："咱们为专业户'搭戏台'搞服务得转变作风，要设身处地了解他们的长处和难处。让他们既要登台唱戏，又得有观众欣赏。"停顿片刻，抬头看了看铺牌，"咱们一会儿回去商量一下，就在这字号牌子上作文章。"

时隔一周，工商局来人为方玉玲更换了铺牌。新的牌子上大书"龙岩岭裁缝部"六个字，下方还有一行小字："曾为解放军做过军装的军嫂方玉玲。"与此同时，服装城的另外十几家商户也都挂上了类似的牌子。

"公家"给挂的这块牌子还真管用，方玉玲的裁缝铺一下子火了起来。尤其她那精湛的缝纫技术、热情的服务态度深得顾客信赖。前来裁缝衣服的人络绎不绝，案头上编码堆放的布料令母子俩手不停干都做不过来。小锤跟着妈认真学，不到两个月就成了熟练工。方玉玲见顾客对衣裤的要求花样繁多，便参照裁缝书上的样式和方法边学边干。虽然累得腰酸背疼，心情却十分舒畅。

隔三岔五跑来看小锤的乾乾常说些挨打受气的事，说到伤心处便自叹命苦，抽泣不止。小锤为帮乾乾离开邱刚，求妈留乾乾在铺子里打下手。方玉玲见小锤有这个想法甚是高兴，要小锤收乾乾做了徒弟。这件事竟然带来了麻烦——邱刚见小锤挖走了自己的人，便以向乾乾讨要生活费为由，常来铺子寻事。小锤既怕给妈添乱，又怕影响生意，便在背地里和妈商量开了乾乾。方玉玲却说："这件拉乾乾出火坑的事本来做得挺好，你怎能半途而废呢？"

再也不想受邱刚打骂的乾乾认准了"一技傍身足以为生"这条路,扑下身子用心学裁缝手艺。因恐邱刚来铺面搅扰纠缠,他背着方姨母子常常跑到邱刚面前设法敷衍。

五十一

进驻集贸市场做生意的人多数是乡下的农民,他们亲切地称其为"自由市场"。方玉玲母子在自由市场租了三间房子,又购回一批电动式缝纫机、锁边机等机具,把"公家"送的那块牌子挂在铺门顶端重新开了张。

为扩大生产,方玉玲留小锤、乾乾和嫁到县城的侄女——玉锁的女儿方婷守铺经营,自己回村招聘人手。她走进白丽家,惊得白丽手捂嘴巴豁牙漏气说:"玉……玉玲,你咋稀罕来俺家啦?"方玉玲微笑着说:"想请你到裁缝铺子帮忙——进城挣钱。"

"请——我?"白丽早就听说玉玲母子的裁缝铺生意红火,却没想到玉玲会要自己当员工,一时被感动得眼闪泪花,自己以前伤害人的那些厉词恶语烤红了脸面。方玉玲先阐明铺子里的活计及员工工资,又说了招用几个做过军装的姐妹、带几个心灵手巧的姑娘的想法。白丽抹一把羞惭的泪水捂嘴摇头说:"俺连门牙都没啦,说话走风漏气的,咋敢进城里摆设!"方玉玲拉住白丽的手说:"人们常夸赞的那个陈牙医的诊所也在自由市场,跟咱的铺子是门对门。俺向他打听过,他说补几颗假牙跟自己的牙没大区别——补牙钱俺出。管保给你修补一口好看的牙齿。"

"真的!"白丽激动得不知说啥是好,"俺可沾你大光啦!玉玲。只是,只是那几年……"脸上出灰出火的白丽为"那几年"自己的言行愧悔万分。方玉玲笑呵呵说:"这都啥年月啦,你还提那些陈谷子烂芝麻做啥——铺子里的活计紧,你安顿一下家里就得快快进城上手。"

熟能生巧。经过一年多时间的历练,小锤对布料的识别、行情的把握真能称得上行家里手了。为减少环节,降低成本,给顾客提供便利,小锤经常带着乾乾到广州、上海等地批发布料。开了眼界的乾乾高兴得合不拢嘴。

腊月是裁缝铺子生意最火爆的时段。玉玲、白丽带着员工起早贪黑加班加点地赶做活计。补上门牙的白丽说话捂嘴的习惯性动作虽没彻底改掉，倒是高言朗笑明显多了。她亮着嗓子给姐妹和徒弟们鼓劲："咱就豁出十天十夜不吃不喝不睡觉，也得让人家穿上新衣过大年！"

腊月二十八，铺子关门放假。方玉玲的员工身上穿着时髦的新衣服，衣兜揣着一沓沓"大团结"，手里攥着铺子给分发的年货，喜气洋洋回到龙岩村，令村人无不眼馋心动。

方玉玲领着小锤先到信用社还上那笔贷款，然后掰着指头唠叨了一阵子，要小锤为罗锅、大瓦、柴祉、疯癫不堪的罗小三，以及几位孤寡老人送年货。小锤由乾乾帮着干完这些，便走进崭新而冷清的东房蹙眉呆坐。方玉玲进屋笑问："俺娃又在想心事哩？"小锤苦笑一声说："妈，按说燕荣该回来啦，她咋……一闲下来就由不得盘算。"接着又说起另外一件事来，"我给老舅、大瓦叔他们送年货时，见他们的光景……妈，可惜咱的裁缝铺用不着他们呀。"方玉玲收住笑容沉思良久后说："你老舅的天地在岭上，甭说叫他进城啦，让他回村他都会感觉在要他的命。至于你大瓦叔他们——妈该做饭啦，这件事咱改日再聊哇。"

除夕，小锤吃过早饭独自踏着一砖厚的积雪上了香炉台。他扯开嗓子唱了大半天曾与燕荣合唱和对唱的那些民歌，唱累了便坐在粗壮的松枝上望着远方发呆，直至太阳落山才回家。小锤一进门，见柴老师正给满脸血迹的乾乾敷药疗伤。妈埋怨："你整一天去哪儿啦？叫乾乾四处寻你……"小锤问乾乾受伤的原因，乾乾说是东岩盘滑倒碰伤的。小锤见他撒了谎，但没追问。小锤看着柴老师为乾乾包扎伤口的样子，一时想起被胜荣打破头的那件事，又想起罗三舅冒着大雪从狼窝沟背着自己回村的那个夜晚，心下竟不知如何报答他们的恩情。

小锤见妈做好了年夜饭，便招呼柴老师一块吃。柴祉为调谐气氛，边吃边谈起鸿宇正在攻读硕士，还想考博士的话："……他放假回来那阵子，你们正在城里忙乎。我让他去郭家汇跟他那可怜的姥姥过年去啦。"方玉玲接口说了一阵郭崔氏的不易，又赞叹鸿宇有出息。

吃罢饭，小锤回到西房放下脸来问乾乾："邱刚打的？"乾乾摇着头说："不是，不是。是我不小心……"小锤紧握拳头举过头顶，吓得乾乾闭眼耸肩缩成一团，却不知拳头砸到了哪里："你不要骗人了好不好！从你的伤势，我就能看出邱刚来过。你老实说，他又来找你做什么，咋下这样的毒手？"

"锤哥，我能遇上你、遇上姨是上辈子修来的福。我宁死也不能再听邱刚的话啦。"乾乾眼含泪水说，"我怕邱刚给你寻麻烦，把姨月月发的工资全都给了他——顶了他所说的欠他的生活费。前些日子，他又逼着我带你去赌博，说是有了新鲜玩意儿，还让我看了看。我见那东西是人们常说的'老虎机'，是吃人的东西。我吃着姨的饭，挣着姨的钱，过年都在这样暖心的家里过，怎能吃里爬外呢。"

"狗日的！"小锤刚骂出一声，见妈推门走了进来："乾乾，这回他来又想咋哩？"乾乾见此，再也不敢掩盖真相了，满眼诚恳地回道："姨，他们要我带锤哥再去赌。还说元宵前带不去，就，就卸我一根胳膊。"小锤发狠地说："你不要怕，有哥在，他来几个毁他几个！"

"又要惹事啦！"方玉玲骂了一声，回头安慰乾乾，"咱安心过咱的年。破了五，姨带你进城去见邱刚。"

正月初六，方玉玲带着乾乾进城没见到邱刚——因涉嫌聚众赌博、诈骗他人财物被捕了。邱刚以为是方玉玲母子"黑"了他，关进了高墙仍在刮"阴风"放"冷炮"，使人听了寒毛倒竖。

裁缝铺子在正月有好多忌剪日、忌针日、忌线日等停产歇业的忌讳。这些"禁令"可能源于制定礼教的先人，可怜妇女们腊月赶做针线过于劳累，让她们在正月多休息几天的缘故吧。

这天将做午饭时分，白丽竹篮里提着刚出锅的筋道颤悠的莜面蒸条来到玉玲家，说了几句小锤爱吃这个便话归正题："俺家喜娜今儿个来啦。俺本想带她过来的，可闺女大了脸皮薄，怕人说三道四。"

乔喜娜是嫁到康家洼的白丽妹妹的女儿、赵启瑞的内侄女，由白丽说情到裁缝铺子上班的。玉玲深知白丽的来意，便笑道："喜娜是个好闺女，论人样、论活计没的说。来铺子这半年多，俺也看出这娃对俺家小锤有心。俺私下里跟小锤说过几回，可小锤……"白丽笑着说："不急，不急。俺妹子喜欢你这人品，愿意跟你攀龙凤、做亲家。"说着话锋一转骂开了拉弟，"那拉弟什么德行！她母女就像一个模子里扣出来的，一样样货色。咱这算不得拉舌头拌不是：拉弟跟春牛谈对象那会儿爱得死去活来，还海誓山盟今生今世只爱春牛一个人。后来呢……"看一眼玉玲接着说，"她家妮子撩得小锤魂都丢啦，可拍拍屁股一走没了音讯。不定在外头嫁了人——娃也养下一大群啦。"白丽正想把赵启瑞的妻子、喜娜姑妈说过的话也端出来派上用场，见小锤从门外走了进来，便含笑打了声招呼去了。

方玉玲和小锤说了白丽的来意，小锤却说："妈，人家喜娜是个好姑娘，这我知道。可我的心里只有燕荣，好像觉见她明天或者后天就要回来啦。"

"想归想，可咱得实际些。燕荣走了都快十年啦，没有丁点信儿。"方玉玲拍着小锤的膀臂说，"人生在世，婚姻大事不能闹着玩儿！说一千道一万，咱不能在一棵树上吊下去。"说着从柜子里拿出一块适宜刺绣的布料递给小锤，"喜娜那双巧手绣出的花儿实在好看。你送去这块料子，要她趁咱没开铺门绣一绣——绣山绣水绣花绣鸟由着她。"小锤接过布料迟疑片刻，又放在了桌子上："妈，还是乾乾回来去哇。"小锤见妈的脸沉了下来，便调皮地一笑转移话题："妈，我给你说一件当紧事哇——我在柴老师家发现了一个天大的秘密。"小锤脸上流露着孩子般的天真，"昨夜我本想找柴老师聊天，进屋见他不在，就随手翻看了几页压到几本书下的一个日记本，你猜里头写的啥？"小锤这话使方玉玲不自在起来。"你猜呀！"小锤摇着妈的胳膊问。方玉玲心头狂跳慌忙应付："他写的啥，妈怎能猜见呢。"小锤拉起妈的手神秘地说："妈，柴老师一直在暗恋你。"

"你这娃说些啥浑话！"方玉玲抽手便往厨房去，"该做饭啦。你白姨给的……"小锤追上前拉住妈说："还早呢——其实前几年我就有过这个想头，也觉见柴老师是个合心的人，只是心里翻腾说不出口。看了柴老师的日记……"小锤看着满面通红的妈笑了笑接着说，"柴老师在日记里称你是龙岩岭的女神。妈，俺爹不在都这么多年啦，你该为自己想一想呀。这件事你只要点一下头，剩下的我来操办。"方玉玲从极端的心慌意乱中镇定下来，抬手理了理鬓发说："这当儿正是俺娃找对象成家立业的时候，你给妈说这些浑话，被人听见笑不掉大牙才怪哩！"

小锤只想促成这桩事，方玉玲却把话题撇到了一边："妈有些想法要和你商量。"接着便说了村里有好多妇女想进裁缝铺干活的话。小锤说："看样子活计不成问题，可铺子就那三间呀。"方玉玲说："咱的铺子已经有了些名气。尤其在赵县长的关照下承揽行业制服以来，一个订单就是成百上千套。妈这几天琢磨出一些道道来：城里由方婷、喜娜带着她们那几个同学坐铺，边接待顾客边干活；咱在村里再设个摊子专搞加工。这样子经营，既节省了住宿吃喝的费用，女工们

311

又守家在地——省得今儿个担心娃子，明儿个接济老公。无非咱在城与村之间来回搞些运输。"

"这个法子好！"小锤赞了一声，正要跟妈说把东房做成裁缝车间，只见大瓦一颠一颠拉着瘸腿走了进来："你娘俩开裁缝铺子可算干了个满堂彩！"说着把笑脸转向玉玲，"再加上小锤的对象有了着落，你的心该是就着冰糖吃麻花——又甜又香哇！"方玉玲看一眼小锤没接大瓦的话，指着椅子说："他叔坐哇。"大瓦没坐，从兜里掏出一把银圆说："戴帽子受气那么多年其实也不冤——柜底里找东西又碰见八块大洋。"簌啦啦放在桌子上，"听小白梨说，她妹子家的闺女愿意跟咱小锤——喜娜那妮子可是一表人才呀，配咱小锤再合适不过。我得了这个信儿，就赶紧回家拿来这几个玩意儿做贺礼，要他们一代代传下去，让后代娃们看个稀罕。"说着挪步坐到了椅子上。小锤见大瓦叔又说这件事，便走进厨房替妈备菜做饭去了。方玉玲目视小锤的背影笑道："他俩是般配。只是八字还没一撇。定了亲一准请你喝喜酒。"

"那是自然，那是自然。到了那一天，我要放开酒量喝他个痛快。"大瓦抹一把流逝的岁月刻在额头的那几条微细的皱纹，"人呀——吃一顿少一顿，过一天少一天。尤其像我这一个受罪全家哭、一个酒肉全家乐的人，给娃们送贺礼早送比迟送强——你听说没有？康家洼的康二在自家屋子里死了多日都没人知道。咱单人独户的，不定哪一天……"方玉玲打断他的话把子说："大正月的，说些啥胡话！你没冷没热活得好好的，咋哩这样子糟损自己！"大瓦仍然咧嘴侃大山："咱有自知之明，绝不像康二那样窝囊。咱村岭上有的是岩洞，咱提前找个朝阳眼宽的小洞预备着，感觉老天收咱时，自个儿钻进洞里，封了口，再喝些安眠药，迷迷糊糊就去啦。"方玉玲骂道："你才中年的人，咋就……"大瓦瞥一眼桌子上摆放的座钟，笑着自骂了一句"半疯子嘴"便起身出门。厨房的小锤以为妈会拒收大瓦叔的银圆，却听妈作为送行之言寒暄了几句，概没提银圆的事，心下便有些奇怪：妈今儿个咋……小锤想着，一不留神削山药皮的刀子削在了手指上，鲜血流了出来，忙进正屋喊叫："妈，我的手……"

侯大瓦为玉玲今日收下银圆甚是欢喜——这可是大闺女上轿头一回呀！他由此觉出了小锤的婚事在玉玲心中的分量。他想：看玉玲的样子对喜娜十分中意，像是拿定了娶喜娜做儿媳的主意。白丽姐妹也非常愿意和玉玲攀亲。虽说念着燕荣的小锤心里晃悠，可燕荣这么多年了没个影儿。只要把喜娜那样漂亮的姑娘推到小锤跟前，不怕他不神乱骨酥心发痒。再说，玉玲是个拿定主意想做的事没一件不成的人，小锤怎能拗得过她呢。找对象这号事不易拖拉，得看准火候下菜，快刀斩乱麻。自己若能把小锤和喜娜撮合到一起，那在玉玲面前可算大功一件。大瓦盘思着这档子事，拉着瘸腿走到佛钟场，见练拳的小后生还没散伙，抬头望一眼太阳，仍然没心回家做饭。上场抖搂几下吧，又知腿脚不灵便怕弄不体面。他看着场上那三个小后生单刀对双棍的对打套路，脑子里突然闪出个念头：下他个"连环套"，准能把小锤和喜娜套在一起。

　　大瓦瘸着腿来到白丽家，见白丽和喜娜正在厨房做饭，便径直进门，看着喜娜咧嘴笑道："真是女大十八变，越变越好看——刚才我去玉玲家，玉玲要我捎个话儿，想请你们娘俩今儿个黑夜去她家吃饭哩。"白丽一听这话，乐滋滋看了外甥女一眼。喜娜一阵窃喜，红着脸不自在地出了厨房回了正屋。大瓦瞅着喜娜的后身嬉笑一声说："要想娃子稠，细腰大屁股。小白梨，你瞧喜娜那屁股……"白丽狠捶大瓦一拳笑骂："这讨吃鬼没深没浅没大没小的，放些啥狗屁！"

　　"就是嘛！酒色财气四堵墙，人人都在里头藏。这么颤悠悠的大闺女走在谁面前、躺进谁怀里，能说……"大瓦跟白丽打诨调笑，来了几句污秽不堪的骚话之后又说，"你后响带喜娜去玉玲家早一点。我刚才给小锤……"话到嘴边顿觉不妥，生怕白丽吃醋那八块银圆便改了口，"我给小锤说这码事时，玉玲满口称好，小锤也羞得躲了厨房。我见有成，趁便提了句'该请你们吃饭'的话。玉玲当下就托我来知会一声。"

　　甚是高兴的白丽要大瓦坐下来一块吃饭，又考虑到喜娜头回去玉玲家不能空手，便说："该到供销社买些吃的。"大瓦点头赞同："那样最好。"

　　侯大瓦不信"置席容易请客难"。他在白丽家爽口舒心吃了个嘴香肚圆，回家骑了自行车，来到米家寨的饭馆子定了一桌菜——六冷六热，寓意"六六大顺"。他叼着纸烟念叨着"菜要香，葱蒜姜"的炒菜经，亲眼看着厨师烹炒调制停当，打了包。又顺便提了两瓶红葡萄酒，付过账，便骑着车子带着酒菜兴致勃勃往回返。

　　日寒天短。大瓦来到玉玲家已是半后响了。他向玉玲问了声"小锤哪去啦"，便成就感十足地说："我去小白梨家溜达，她说今后响要买点儿吃的，带上喜娜来你家串个亲走个戚。我想人家既然要来，就该像模像样地准备一桌子饭菜。怕你赶不上趟儿，就去米家寨饭馆子弄了几个现成的回来。"玉玲听了很受感动，当下便给大瓦拿钱，可大瓦说啥都不收。玉玲瞥一眼座钟，顾不得跟大瓦说钱的事了，赶紧手忙脚乱备主食。心灵手巧、眼尖腿勤的乾乾也匆匆忙忙随进厨房，择菜烧水打下手。

太阳离山顶还有几杆子高，白丽就手提糕点、脸挂喜色兴冲冲走在前头，外甥女乔喜娜按捺不住心头的喜悦随在身后，来到了方玉玲家。玉玲笑脸相迎，让座沏茶递苹果上上待承。大瓦为自己设下的"连环套"把这两家人套在一起甚为得意，帮着乾乾搬桌摆凳不停忙乎。

站在香炉台伴随着松涛声唱歌的小锤，直至天完全黑下来才眼含泪水回到家。他进屋一看来客和筵席便有些诧异。大瓦笑道："就等你啦，快坐哇——来来来，大家都坐。"小锤被弄蒙了，不知妈妈葫芦里卖的什么药。他转脸看妈，见妈身扎围腰笑呵呵说："你白姨和喜娜难得来咱家做客，快洗手吃饭哇。"小锤一时不知跟这娘俩说什么好，急匆匆走进厨房洗了一把带着泪痕的脸，在大瓦叔的催促下坐进了大家已经就位的席面。

方玉玲举起酒杯说："感谢白丽、喜娜你们娘俩在铺子里……"没等说完大瓦就接走了话茬儿："今黑夜这顿酒席，咱该先说小锤和喜娜的事——喜娜是个手巧嘴甜人见人爱的好妮子，小锤呢，也是个勤谨厚道肯干事业的好后生。人常说，男大当婚，女大当嫁。你俩到了一搭儿，那可真叫天生的一对、地配的一双。我侯大瓦今儿个给你俩当个媒人，咱把这杯酒喝了就成一家子啦。下来咱就开始置办家具，购买衣料，筹办婚礼，气气派派热热闹闹弄他个龙岩村第一家——来，干！"大瓦说着伸出胳膊举起了杯子，白丽迎上前砰的一声碰到了一起，继而碰响的是含笑举杯的乾乾。方玉玲听了这话，心头甚是高兴，捏着杯子靠了过去。喜娜端杯慢慢地往前伸，大瓦探一下身子又碰了个脆响。可凳子上坐着的小锤低眉垂眼凝视着面前的杯子一动不动。他万万没有料到，妈妈没给自己说一声就来这一手。事到如今他不能避而不言了，但又面对众人无法开口——这分明是订婚宴，岂能儿戏。只要喝下这杯酒，就得真心实意娶喜娜做老婆，今生今世就得对喜娜负责；同时也就背叛了燕荣，辜负了燕荣对自己的那份真情了。小锤这样想着，痛苦而艰难地叫了一声"妈——"，不自在地瞥一眼席面上的人，站起身子讷讷开口说了句"对不起"，匆匆离席，出门而去。

大瓦喊了声"小锤"，拉着瘸腿追出门外，小锤已经消失进了夜幕。大瓦回到屋里，转着圈踮着脚直呀呀。满面羞愤泪水盈眶的乔喜娜好恨方玉玲和姨妈。她抬手捂脸，转头出门，一溜烟去了。白丽见方玉玲给了自己和外甥女这么大的难堪，怒目圆睁朗声质问："方玉玲，你咋哩！摆这鸿门宴坑害俺娘儿俩？！"大瓦上前讪讪地解释："这不是玉玲的错，都怪我。我本想摆桌子酒菜……"

"呸——你个讨吃鬼！呸——你个不要脸的东西……"白丽狠劲咳出黏糊糊的痰盖脸呛鼻往大瓦脸上唾，"你个讨吃鬼跑到俺家咋嚼蛆来……"

方玉玲见大瓦在中间说了谎话，也理解大瓦的一片苦心，便不住口给白丽赔礼道歉："大瓦提来菜拿来酒，往一搭儿撮合两个孩子也是好意。只是俺家小锤的糊气劲一来，就不管别人的脸往哪里搁啦。这都是俺的不是……"

白丽见玉玲一个劲赔不是，又狠唾大瓦一口，走了。

乘兴而来，败兴而归的白丽刚走进自家大门，只听屋子里传出丈夫戴山金深沉的埋怨："尽来瞎事！尽来瞎事！……"白丽疾步进屋，见浑身上下湿淋淋的喜娜正在炕上躺着哭啼。细问山金才得知，喜娜回来径直走进厨房，一头栽进了水瓮。多亏山金在家——听到有人进了厨房却不见开灯，以为来了"三只手"，慌忙跑来看视，见喜娜……情急之下，山金搬倒水瓮将其拉出；倒了水不说，把个用了几辈子的瓮子触碰得有了裂缝。

次日一早，方玉玲早早吃过饭，拿了那块要喜娜绣花的布料来到白丽家，赔不是之言说了千万，直到白丽娘俩给了笑脸，才出门赶往米家寨。

这是方玉玲第四次来侯拉翠家打问她的妹妹拉弟的情形了。第一次得到的信儿："俺家拉弟娘俩到那里当了市民过哩挺好的。拉弟成天照看孙儿，燕荣正等着她哥给安排工作呢。"当玉玲要信封想看地址时，拉翠喃喃自语："信是俺家胜荣写的，用的是部队那种信封。"她翻箱倒柜大半天没找到，脸上挂着难为情说："怕是俺家孙儿拿去叠了飞机啦。"

此后方玉玲来的两次，拉翠都说没收到来信。

侯拉翠知道玉玲和自家妹妹交情深。她见玉玲又提着糕点进了门，便笑嘻嘻说："俺年前又收到俺家胜荣的信啦，说是他们都挺好的……俺家燕荣也成了家有了娃啦，她的男人是个跟她嫂子一搭儿上班的工人。"方玉玲听到这话，心头一阵奇酸，接口便问信在哪里。拉翠又是翻腾针线筐箩，又是掀揭毡底席底，还讪讪地笑着自责："老啦，老啦，脑子记不住事啦。这封信俺可是当回事放来着，咋又找不见了呢？"她拍了拍脑门想了一会儿，又寻找了一阵，还是没找见。

方玉玲临走再三叮嘱："姐，你一定得找到这封信，俺改日来拿。"

五十二

锅炉工潘顺成见燕荣腆着肚子住进东室日陪夜伴侍候妈妈以来，屋子里那呛鼻的屎尿臭没有了，取而代之的是燕荣叫自己买回的花露水的气味。同时，老人家那花白的头发秀着的谷穗般稠密的虮子也不见了，长时间躺卧好患的褥疮也没再复发。这令顺成心里涌出一股子既欣慰又不如意的滋味。

顺成妈为儿子娶下肌肤如玉、俊俏贤惠的市民女孩感到万分欢喜。她常常歪着嘴流着口水在顺成面前结结呀呀夸赞燕荣的好处，还指着燕荣的肚子要儿子多干家里的重活。她晓得，他们小两口在这个时候不到一室住是对的，也为当下的年轻人不等结婚就大了肚子而脸红。但又暗自高兴——俺要见孙子了。有时她也奇怪：自家儿子是个老实疙瘩，咋地过早就和人家干下这等惹人取笑的不光彩事呢？这话她只能在肚子里打转转。

自从踏进潘家这道门槛，燕荣既没笑容，也不哭泣，更不回嫂子家走动。尽管步行也就半小时路程，她还是不愿见到嫂子和妈妈。一天中午，燕荣突然感觉到了明显的胎动，心头就像拂过一阵爱的春风——温暖油然而生，但那无法抑制的一瞬喜悦，被今后难以想象的艰难困苦所淹没。

侯拉弟时时刻刻惦记着处下这件瞎事的女儿，也为燕荣嫁了个锅炉工小大眼而窝火。她嘴上虽然骂着"那挨刀跳黑井是自找的"，心下还是想要儿子去打听打听，毕竟燕荣是她身上掉下来的一块肉。胜荣知道妈的心意，也曾经历过妻子由怀胎到生产的过程，懂得孕期检查的必要，利用星期天带着燕荣到医院检查了几次，倒也正常。

正月十五是传统节日，可化肥厂不会因为过元宵节而放假停工。上下午四点班的潘顺成吃过燕荣端来的班前饭，便骑着自行车上班去了。燕荣习惯地用蘸了温水的毛巾给婆婆擦过身子，换上干净衣裤，便在厨房的洗盆里为婆婆洗衣服。她洗着洗着突然觉得肚子疼痛难忍，一时想起大夫说的预产期还有半个月，心下不禁慌里慌张琢磨：是提前啦？还是……不管怎么说，得先去医院。她忍着疼痛站起身子，迈着艰难的脚步走进东室，在床头拿了件外衣穿上，回头看了一眼卧床看她的婆婆，嚅动了几下嘴唇想说什么，终没出口。她双手抱肚出门，一步步朝医院走去。她是多么希望有人快快把自己送到医院呀！哥哥虽然说过到了预产期要顺成请几天假守候呢，可谁知这会儿就有了动静呢。她在孟村村前这条坑洼不平的公路上忍受着剧痛约莫走出一里，只觉肚子疼得不能抬腿迈步了。她虽知距离化肥厂不远了，可感觉单靠自己的能力实难走去。她猫着腰一手抱肚，一手举过头顶摇摆着呼叫过往的车辆，可都像没听到没看见似的呼啸而过，眷顾她的只有车轮扬起的尘土。她紧咬牙关慢慢又挪动了十几步，不由裆下流出一股湿乎乎的东西——肚子越发疼痛起来，腿脚连一步都难移难迈了。她急了眼，像走丢的孩娃找不到了妈妈找不到了家似的张开嘴巴大哭起来。哭了一阵子，她望一眼快要落下去的太阳，深知哭破嗓子也哭不来帮自己的人，便下定了快快拦车的决心。她往公路中间挪了几步，向过往的车辆摇手哭喊："师傅——救命呀——救命……"终于，一个开着敞篷小四轮拖拉机的灰头土脸的师傅停下车呼问："你咋啦？"燕荣哭着鼻子说："大哥，我要生啦，走不到医院啦，快救救我哇！"

开四轮的后生见她果然凸着个肚子，没说二话就把她搀扶进拖斗，麻利地跳上驾驶座，手把方向盘脚踏油门加足马力——排气管随着突突突突的声响冒着黑烟，车轮碾压碰击着不平的路面咣咣当当朝医院驶去。

医院在市中心，满眼红绿灯的十字街是拖拉机的必经之路。污面后生没去管他红灯还是绿灯，脚踏加速踏板见缝便钻见空就过，险些跟一辆小汽车撞到一起。交通警察见这个开四轮的横冲直撞无法无天，便骑着摩托闪亮警灯开响警笛追去，不一阵就把四轮拦下了。污面后生没等警察问话先就拼命喊叫："我拉着个紧要生娃的孕妇——半路上捡的！"警察一听这话，摆了下手说："随我来！"摩托车在拖拉机前面闪灯鸣笛开道，一路畅通无阻地带进了医院。

急诊室的大夫经过诊断，当即把孕妇送进了分娩室。产床上痛苦万分的冯燕

317

荣眼淌泪水，头冒大汗，不管不顾地扯开嗓子高喊："小锤——小锤——快来呀小锤……"

　　锅炉工潘顺成下班回家已是半夜一点了。他用钥匙打开独扇铁皮大门的碰锁，进院支好自行车，走进客厅开了灯，见茶几上经常备水的那个保温茶杯空着；去厨房一看，火台没有扣着饭，地上的洗衣盆堆着一大堆洗下半茬儿的衣裤。顺成的火气呼地升腾起来：这个紧要寻窝下蛋的东西咋连口饭也不给做啦！他噔噔噔迈着生气的脚步折返客厅，见以往的夜晚像防贼般顶闩的东室房门虚掩着，心下便有些奇怪：今儿个咋没上门呢？他推门进屋，打开灯，单人床上没人。正要问妈，妈却用那根能动的胳膊指画着结结巴巴说："她的肚子……肚子疼，怕是要生娃啦……"让儿子快快去路上或医院寻找。顺成没听这话，先到厨房做了饭端来喂妈。可妈恼着脸摇着头就是不吃，要他快去跟寻燕荣。顺成无奈，只好骑车往医院赶去。

　　他来到医院找见燕荣的病房，见大夫和护士刚把生完孩子的燕荣安顿停当。大夫见他是产妇的男人，生气地骂道："你就是小锤吧？世上哪有你这号不负责任的男人！妻子在产床上一声声喊叫你的名字，期盼你来到面前给予安慰，你却……要不是半路碰上好心人，两条命可就……"潘顺成就像狗戴了嘴罩般一声不吭，脸上也无惭愧之色。他转动着一小一大两个眼珠子朝燕荣看去，见她头发蓬乱，面色疲惫，仰躺床上静默无声。顺成心头由不得翻腾"小锤"这个名字：这人不定就是弄大她肚子的那个人，也就是要她"寻窝下蛋"的那个人。顺成想着想着，怒火不由蹿上天灵盖，连一句话都没说转头去了。同室的产妇和陪侍家属向燕荣投来不解的目光。燕荣仅剩闭上眼睛默默流泪了。

　　潘顺成骑着自行车在回家的路上盘思：这下她蛋也下啦，肚也瘪啦，把孩子一送人，拍拍屁股就要走啦。若没几个月来侍候妈的那点儿好处，娶她虽没花分文彩礼，可几乎落了个竹篮打水一场空。潘顺成越盘算越心冷，越思量越来气，当下便有了主意：不去管她住院住到啥时，也不去管她医药费花销了多少，这些本该是弄大她肚子的那个叫小锤的人管的！这个理走到天边都能说得通。

　　孕妇顺产，母婴平安，一般在医院住三至五天就能出院。可燕荣住院已经一周了，不见顺成来接。那天晚上，燕荣生下娃躺回病床，在顺成那张面团子脸上看到的只有一个"冷"字。她没料到顺成会冷到扔垃圾般扔她母子在医院不搭不理。

接下来该往哪里去呢？嫂子家万万回不得，且不说嫂子那股子黑脸摔门的嫌弃劲，妈的那一关就过不去。再往好处想，即便顺成让回家，坐月子期间该咋办呢？要坐不好月子落下毛病，小宝贝可就越没活路啦。她不禁又流下泪来。可泪水不值钱，付不了医药费，也租不来回家的车子。

每当护士从婴儿室抱来小宝贝要燕荣喂奶，燕荣就为自己和孩子死里逃生活下来而倍感幸运。同时也从心底里感激开四轮的后生和追赶四轮的警察这两个好心人。她看着怀里吃奶的娃想：宝贝呀宝贝，要不是护士天天撵咱付医药费走人，咱娘俩就在这医院住到满月，妈再带俺娃去寻找活路。

护士又来催促结账出院了，可燕荣手无分文。自打跟了顺成，她见顺成把钱看作除过他妈之外的"亲二妈"——米面油盐全由他买，针头线脑也不例外。每月开了工资，从不给燕荣一分零花钱。燕荣既不出门也不花钱，更不向顺成开口、伸手，也不为收水费的老太太几次上门，自己手头拿不出两块钱而难看、生气。在燕荣看来，能有这样一个遮风挡雨、有吃有喝，又能给出生的娃上户口的家已是万幸，还敢奢求什么呢！可眼下……燕荣每每想到这里，泪似断线的珠子般往下滚落，心里不住地念叨：小锤呀小锤，你可知道俺娘俩险些死在半路上吗？你可知道俺娘俩在这里受的啥洋罪吗？你跟人结婚没有？我好想好想你呀……心如刀割、泪水泉涌的燕荣，实在不知这条滚滚奔流的命运之河将把自己和娃漂往哪里。

今日是燕荣住进医院的第十天，护士长很是生气地来到她的病床前，问过她丈夫的姓名、单位、上班时间，便乘了一辆医院的车子，直奔化肥厂锅炉车间找到了满面乌黑的潘顺成，并以不容分辩的口气要他赶紧到医院支付医药费带人回家，否则便找化肥厂厂长解决问题。护士长走后，同班的工友见温头不在，借机要笑顺成："小大眼伙计，干劲好大呀！咋娶下老婆没过百天就当爹啦……"顺成一时无话可说，但他听了这伙黑嘴乌鸦你一言我一语的调笑，越发觉见不出这份冤枉钱是对的。他想：钱是硬头家伙，天上掉不下来。我潘顺成要出了本该由弄大她肚子的那人出的这份钱，那就等于被人耍了个绿头乌龟，又吃下人家拉在头上的屎尿啦。

顺成今日的下班时间是下午四点。他虽然害怕护士长去厂部惊动厂长，但也不会因为这事打了半工少挣工资。

夫妻不和怨媒人。顺成下班之后，便到厂部的妇联会寻找唐霞，想弄清那个叫小锤的人住在哪里。结果唐霞的办公室铁将军把了门。顺成骑着车子来到唐霞家，见家里只有母老虎似的丈母娘和那个小男孩。侯拉弟见这个实在顶眼的锅炉工小大眼女婿来了，正要黑下脸来问"那挨刀"咋没来，可顺成连话都没敢说一句，像老鼠碰上了猫似的转身去了。

满以为理充话足无可辩驳的潘顺成，来到军营找见胜荣开口便问："小锤是谁，他住在哪里？"胜荣见顺成那本就不谐调的眉眼越发歪三扯四的不周正了，猜想妹妹可能说漏了嘴，或者是说梦话被他听到了，便笑一声说："我没听过这个名儿。你问这干啥？"顺成擦一把汗说："你妹子生娃啦。大夫说她生娃时一个劲儿喊叫这个人。"看一眼胜荣，然后把目光挪向一边，"都生下十天啦，这会儿还在医院。"胜荣以为生产不正常，慌忙问询："为啥还在医院？"顺成摸一把面团子脸说："我想找到小锤出医药费。"胜荣听出了锅炉工潘顺成的来意，瞪眼质问："你是拿不出这几个钱，还是……"顺成眨着一小一大两只眼睛说："谁弄大你妹子的肚子，就该谁来出这钱。"胜荣一时火起，上前一把抓住顺成的衣领喝问："你这是说些什么混账话？！"顺成害了怕："这这这，你不要动手，不要动手……"胜荣松开手冷静地想了想，心平气和地说："我是见你小子为人厚道，才叫我妹妹跟你的。你们是合法夫妻，你怎能这样子说话呢？"说着又问，"生了个啥娃？"这话可把潘顺成问蒙了。直到现在，他都不知燕荣生下个男孩还是女孩。他摸一把脸摇了摇头。胜荣瞬间悟出了什么，怒目圆睁正要发作，为了妹妹又压下了火气。他指头点着顺成的脑门说："难道你没见我妹妹是怎样侍候你妈的？你怎能做出这样短见的事来！这笔账且给你小子记着。你赶紧给我回家拿钱，快快办理手续要燕荣出院，明天务必给娃上了户口。"停顿片刻接着说，"还有，从今儿个晚上起，你得贤惠些请个邻居大嫂侍候月子。你小子若敢耍滑使歪慢待我妹妹，我就新账旧账一起算！"

潘顺成找到胜荣不但没有问出弄大燕荣肚子的那个人住在哪里，反倒加了雇人侍候月子的开销。顺成没应承也没拒绝，他把将要打出的呵欠忍住，转头便走。胜荣放心不下，请了假骑了自行车随顺成而去。

燕荣见哥哥来了医院，禁不住捂嘴抽泣，声音不大，泪滴很大……顺成拿来钱办妥出院手续已是晚饭之后了。胜荣用医院的电话叫来一辆自己单位的军车，把妹妹母子送回了家。胜荣所没料到的是，潘顺成在回家取钱的路上还拐了个弯儿——去了一趟师傅家。温平妻不但指教顺成这钱该出，而且主动承担了侍候月子的活计。

燕荣称呼人勤手巧又仁义的温平妻孟姐。她见孩子哇哇直哭，便含泪询问："孟姐，娃咋这样子哭呢？"孟姐养育大两个孩子，自是积累了一些经验。她仔细观察了一番，又问了几句，便跟西室抽闷烟的顺成说："快去买来一个奶瓶子、一袋奶粉。"顺成虽为花这份冤枉钱心疼，但又碍于师娘的话不能回绝，只好憋着气买了回来。此后，孟姐要燕荣吃了些催奶药，又开导她宽宽心心欢欢喜喜地多吃多喝就能给娃多流奶。后来奶水真的渐渐多了起来，娃只补贴了三袋奶粉，就用不着顺成出冤枉钱了。

侯拉弟本不想打照这个"挨刀鬼"的，却被儿子的几句话改变了主意，由儿子陪着来了潘家。她进门一看，床上卧的小东西活脱脱跟方玉玲场房里的那个自己几使手段没有弄死的小鬼子一模一样，立时想起白丽挖苦玉玲的那句"给鬼子下蛋、养娃育劣种"的话来，又想起自己在佛钟场面对村人发下的那个诅咒——这挨刀可真真切切为烧死她爷爷、杀死她外公、害死她外婆和舅舅、打残她老子的仇人——日本鬼子养下娃啦；这可真的把她祖先的这盘脸剔干丢净啦。这要传回龙岩村，可不知要笑煞多少人哩！侯拉弟再也看不下去了，黑丧着脸扫一眼那边床上躺着的歪嘴婆，"呸"地往地下唾了一口，扭脚翻身走了。

可能是孙儿降生，家里添丁加口喜气冲撞的缘故，顺成妈近来明白的时候多糊涂的时候少了。她见初次登门的亲家母没说一句贴心话就生着大气去了，心下暗自嘀咕：你家闺女结婚没百天就生下娃，不能单怪俺家顺成，也得怨你家闺女没有拿捏住呀！她这样想着，又盘思近来弄不清的另一件事：儿媳为潘家生下了宝贝孙儿，这本来是件天大的喜事，可顺成下班回家为啥很少来月房呢？即便过来，咋老是绷着个脸不跟他媳妇说话，也不去床边戏逗娃呢？为这，她本想训斥儿子一顿，又当着替自己侍候儿媳月子的温平妻不便开口。

娃过了满月，温平妻叮咛了燕荣一番就走了。燕荣感觉春寒料峭，便往身上加了几件衣服，又黯然挑起了全部家务。好在奶水旺，娃很少哭闹，光景又恢复了正常。与以往不同的是，锅炉工潘顺成突然对燕荣热火了起来——回到家又是做饭又是洗碗的，争抢着干家务，开了工资如数交给燕荣掌管，抽出空来便带着燕荣上街买穿戴，还往娃身上添置了好些用品——给人一种甜过头的感觉。燕荣虽然奇怪顺成的变化，但她秋湖般平静的心里没被激起一丝水花。她接过顺成的工资，总把存放到银行多少，婆婆买药花了多少，家里鸡零狗碎开销了多少，一笔一笔记在本子上。

　　顺成对燕荣的殷勤，其实来源于那天到师傅家答谢师娘时，师傅和师娘的一番劝导。温平说："帮着侍候几天月子给啥钱哩。只要你们两口子……"温平妻伺候月子这段日子看出了门道。出于为顺成着想，她趁便说了好多心里话："燕荣是个打着灯笼难寻的好女人。想要收住女人的心，你得敬她，感化她，对她好——诚心实意把她当成内当家，娃也得当成自家娃对待……"

　　树老根多，人老心多。顺成对燕荣和娃的态度转变，抹掉了她老人家心头的疑团。她见儿子常来看娃逗娃，还拿好听话讨好老婆，几次要燕荣抱着娃过西室住，便产生了另一种担忧：他俩要到了一搭儿有了肚子断了奶，孙儿咋活？她想到这一层，趁着儿子去上班，便咧开歪嘴流着口水笑了笑，结结巴巴跟燕荣说："娃没奶吃活不了。你可得拿捏着点儿哩。"她见儿媳真的拿得稳捏得牢，夜夜与儿子各室各床睡觉，才放下心来。

　　直到娃三岁，端着塑料碗一小勺一小勺地吃开了饭，仍在吮吸他妈妈的奶水。她老人家看着这个扔开笤帚提尿盆——满地折腾的孙儿，又听儿媳"小香——给奶奶送去这个苹果"的喊声，娃的小手手真的把苹果递到了自己手里，脸上便洋溢着无限的甜蜜和幸福的笑容。她只是想不通儿媳为啥还守着自己住？也弄不清顺成为啥对他的媳妇和儿子不怎么亲近？为倒透这口嚼，她老人家竭力拿顺成小时候的样子跟眼前的孙儿比较，觉见娃虽长得白白净净浓眉大眼的，跟他妈妈一样讨人喜欢，却找不出一丁点顺成的味儿。于是她怀疑这娃不是潘家的种，不定是燕荣被人弄大肚子才跟了顺成接茬儿收场的。她想到这里，不由得对儿媳产生了憎恨和厌恶。转念又想，自家儿子能娶到这样的媳妇不容易，燕荣能给顺成生几个娃，照样是个红红火火的家庭。她本想跟儿媳把话说透，只是这些日子，顺成按媳妇的意思给请来个老中医，又是针灸，又是推拿，又是喝中药的，实在事多，燕荣也按老中医的指点定时给按摩，便把这事撂到了一边。

　　鞋子舒不舒服，脚知道。顺成想尽了法子，还是在燕荣面前迈不出想要的那一步。他近来见母亲施针用药，外加燕荣的按摩，身体有了好转——说话比以前顺溜了许多，心下便生发出一点点欣幸之感，脸上却无法呈露心情舒畅的笑容。今天顺成下班回来走进东室看妈，见小香在地上玩耍，燕荣正按照步骤满头大汗地给妈捏、推、提、揉穴位经络，一时竟不知该感激还是愤恨这个对家庭仁至义尽却又算不得妻子的女人。顺成上班时，也曾咒骂那几个同班的黑嘴乌鸦："你们尽放狗屁！俺儿子都三四岁啦，没见俺老婆飞到了哪里。"那几个人见温主任去了厂部开会，仍然在耍笑他："小大眼伙计，你咋不害臊！那个娃咋成你的儿子啦？你这叫借孩做满月虚体面。有本事，要你那漂亮老婆给你生出个小小大眼来叫我们瞧瞧！"又说，"人家是生过娃的女人，是块长庄稼的好地。要么是你小子的物件不中用，要么是种子不合格，或者是人家铁下心来不让你挨。要不要哥教你几招……"顺成想着这些，看着为妈按摩得舒舒服服的燕荣，心头不知是甜还是酸。他正要给妈言语一声去厨房吃饭，只见妈摇了摇手要燕荣停下按摩，自个儿支撑、外加燕荣搀扶坐了起来，靠在被垛上说："顺儿，老话说，久病床前无孝子。可俺燕荣比妈的亲闺女还孝顺哩。你给妈跪下发个誓，今生今世不怠慢燕荣——跪下！"顺成不知妈这唱的是哪一出，只好双膝跪地，聆听妈没完没了的夸奖："燕荣为妈的这个病……"顺成盘思：妈含泪说出这番话来不易。燕荣的这份子孝敬心，是自己这个当儿子的都比不得的。他抬头瞥一眼燕荣，脑子里突然闪出上小学时的那位严肃而漂亮的女老师，又想起陪着燕荣上街买东西的那种感觉——她就像个才情万千的公主，而自己却像个随她身后不敢露头的下人……她老人家的这番叨叨，犹如往本就在燕荣面前局促不安自卑落寞的顺成头上，又降了一道不能越雷池一步的圣旨。

对燕荣只有敬畏之心的顺成，纯粹没弄懂母亲的用意。这便害得想要他们夫妻共枕同衾生儿度种的老人家，只好跟儿媳直言了："燕荣呀，你咋不去西室住呢？"燕荣含笑回道："你好好配合治疗。等你的病好了我就去。"她知这话是借口，便垂下头用心思谋要儿媳住西室的法子……

锅炉工潘顺成收走燕荣手里的所有存单和零花钱，是他的母亲去世之后刚过周年的事。夺回"财权"的顺成，既不购米买面，也不秤盐打油，更不操持瓜果蔬菜，把燕荣的一次次提醒和催促当成耳旁风。燕荣见储藏室仅剩些米面了，又知整日上班的顺成和已经上了小学的小香饭里不能没有鲜菜，只好到菜市场那臭味扑鼻苍蝇成群的烂菜堆里捡拾能吃的菜叶子。

眼看着储存的那点儿米面也快吃完了，燕荣又向顺成开了口，可顺成仍然背着耳朵铁着心——不理不睬。燕荣无奈，在菜市场捡拾菜叶时，便向一位卖菜的大嫂问用不用帮工。那位大嫂尚没答话，一旁批发菜的一个绝非心怀善念的八字胡男人接茬儿便说："我前几天见你捡菜叶就有心雇你了。钱好说，你来给咱干哇！"燕荣扫一眼那人，抱起菜叶子垂头去了。

好在门里门外的活计，燕荣都能拿得起放得下。她找到一份孟村村前大棚里种菜的工作——这家老两口见她很会干农活，甚是满意，每天收工总要她拿些上市不值钱的菜带回家吃。虽说燕荣成天钻在弥漫着牛马粪气味的大棚里，手不停干活也挣不了多少钱，但足够维持家里的米面油盐缠耗。按说，视钱如同"亲二妈"的锅炉工潘顺成，几乎成了个靠老婆"吃软饭"的男人——该高兴才是。可他不但没有高兴起来，反倒在馆子里喝了酒回家常常与盘碗为仇。有时小香喊着爸爸到他跟前问问题，他却不是狠捏便是狠拧，疼得娃见神见鬼地哭叫；要不然就是零点下班回家，在客厅吃过饭，把空碗嚓的一声摔在东室那扇紧闭的木门上打个粉碎。

燕荣和顺成动手，是顺成那天中午又到馆子里花钱买醉引起的。他红着脸，头重脚轻摇晃着身子，带着浓浓的酒味走进自家客厅，端起保温杯正想拿水润一润被烈酒烧得口干舌燥的嘴，却又感觉杯子里的水烫得不能入口，顿时冒起一股无名之火，朝着刚走出东室要去上学的小香泼去。小香本能地一躲，脖子替脸挨了水泼。小香被烫得哇一声大哭起来。正要送儿子出门的燕荣见此，扑上前一把将顺成推倒在地："你咋这么缺德！"从未见过老婆生气动手的顺成，立时想起了工友们那句"掏到的钱买到的妻，认我打来认我欺"的话。他从地上爬起来，口里骂着"狗日的"便出手教训，拳头还没打出去，脸颊就挨了脚踢——眼前一黑又摔倒了。

燕荣打祖父编创的那套腰鼓练就的"踢脚单点"，竟然点在了潘顺成的脸上。她转身去看儿子，脖子上鼓起一片水泡。她顾不得再和伤害她娃的顺成算账了，拉起小香出了门，骑着顺成的自行车带着小香往医院赶去……

五十三

方玉玲酸着心沉思数日，还是不知如何跟小锤讲米家寨得到的燕荣"成了家有了娃"的这个信儿。她怕小锤一时受不得、想不开出岔子。然而，要不点破这个现实，小锤会傻乎乎一直等下去的。方玉玲思来想去，还是觉得不能贸然出口，得借股顺风瞅个机会开言才妥当。

方玉玲虽然无时无刻不在思虑这件心酸的事，手头仍然有板有眼地经管裁缝生意。

小锤本想利用东房做裁缝车间，方玉玲却不肯占用为小锤结婚准备的新房。耿昧全听了玉玲的求助之言说："租用高房会议室不是长法。你给妇女们找到不出村就能挣钱的活计，村集体理当好好支持你才是。村里给你找块地盘，你投资盖个车间得啦！"于是，方玉玲在后场东侧那块空地上，要柴祉带人盖开了服装厂的厂房。

裁缝是个有规律的加工性行当。方玉玲把车间暂且安顿在高房会议室，跟大瓦说定工资，要他夜间看门，白天套起自家的毛驴小平车进城送成衣；返回时再把方婷、喜娜她们在铺面接下的活计拉回村，交给负责车间事宜的白丽。大瓦对这份差事甚觉合心。村人以羡慕的口吻和大瓦开玩笑："好个侯大拐，挎着板子放着鞭炮到下院求婚虽没成，总算求下一份好营生。"大瓦咧嘴笑道："这年月有奶便是娘。只要撅起屁股有人打，就甭愁兜里没票子。"

按以往的惯例，小锤、乾乾去南方进布料，总是人回来了货还没到。接单提货的事都由小锤来办。可这次他俩到广州购布料，货都提了一周了不见人回来。这令方玉玲心神不宁。

整日忙碌于县城铺子、高房会议室、服装厂基建工地之间的方玉玲，今天又来到工地心不在焉地看了一阵，瞧一眼西斜的太阳，皱着眉头跟柴祉说："小锤他们咋还不回来呢？"高房卸罢货拉着瘸腿走来的大瓦插嘴说："今儿个铺子那边也没小锤的信儿。方婷的男人用公家的电话打通了广州，那边说耿小锤早就付了账发了货走啦。"柴祉看一眼愁眉不展的玉玲，推一下镜框仍然坚持自己的看法：

"不用担心。"只是没把小锤有可能去寻找燕荣的话说出口。大瓦歪一眼柴祉骂道："人都为这事滚油烧心,你呆子不凉不火地还在唱呀儿呔。你不去我去!甭看我侯大拐……"方玉玲虽然承认柴祉的推测有一定道理,但还是想要柴祉前去寻找。他仨正为去与不去争论不休,只见大庄与东庄之间新开的那条通往后场的车道驶来一辆两轮摩托,来至近前才看清,后座上戴着头盔的二人正是小锤和乾乾。

小锤下车,还给人家头盔、付了租车钱,转头叫了声"妈",风风火火上前把肩上挎的黑色人造革旅行包递去,似乎连听妈一句问话的时间都没有,冲着正干木匠活计的秋生喊道:"快,跟我上岭!"随即扛起工地上撂的榔头和钎棍匆匆往岭上去了。方玉玲目送小锤笑骂:"这个傻小子忙乎啥哩?"

晚饭时分,他们背回来两块岭上刚揭的页岩石板。小锤神秘一笑,跟妈把他和乾乾在广州逛大街时如何走进"石材交易会"展厅,如何认识了上海一家建筑公司的经理,又如何到上海考察了解市场,又如何到山东莱州订购切割机械等经过说了一遍。方玉玲觉得这桩生意可行,夸奖小锤会抓商机。小锤却笑道:"妈,这是瞎猫碰上了死老鼠——他们叫这种石板'蘑菇石',需求量可大啦。江经理的工地是有工期限制的。明儿个我就得把这两块石头的照片寄出,还得把买切割机的钱凑够汇走——干这活计不用厂房,搭个雨布棚子就成。"方玉玲说:"货要得再急,也不能鲁莽行事。明儿个一早,你把石板搁在你大瓦叔的车上捎进城,省得照相师傅跑冤枉路。寄走照片后,你到工商局打问一下营业执照的事。办不下证来,一切都是白忙乎。"

小锤的切割机刚刚安装调试完毕,江经理就汇来了合同定金。小锤兴奋地说:"妈,我算过卖蘑菇石的账,江经理虽说压了价,要比裁缝铺的利润高得多。"小锤见妈乐融融的样子,又说,"其实我早就没心干裁缝的活计啦,总觉得那是女人干的营生。我一个大男人,成天当妇女队长实不甘心。这下就好啦……"

方玉玲见小锤像半路拾起金元宝般高兴,便笑着说:"用心挣钱是好事,可俺娃也得用心考虑婚姻大事呀。"小锤满不在乎地说:"妈,等我把钱挣得多多的,我就想法子去寻找燕荣,接她回来。"方玉玲看着小锤的表情试探:"俺娃咋这么憨直呢?听说,听说燕荣在那里好像成了家有了娃啦。"小锤摇头否定:"不可能,不可能呀妈。有时我也盘算,燕荣走了这么久啦,咋不给我写个信呢?可总感觉她像是遇上什么麻烦事啦。依我看,她会和她妈闹别扭,也会和她哥发脾气,还有可能和她嫂子吵嘴嚷打，唯独不会找对象嫁人的。"方玉玲见小锤揣着这样的心思，便不敢再往细说了，只是笑问："假如——妈打个比方，假如燕荣真的成了家有了娃，咱该咋办呢？"小锤摸着后脑勺，想了想说："妈，我觉见燕荣好像明天或者后天就回来啦。"

小锤的石材加工厂随着一车车成品石的运出，货款也大笔大笔地汇了来，呈现出生意兴隆财源滚滚的势头，招惹得长了钻钱眼脑袋的人眼红心动手发痒。就在小锤开张后不到半年，山洪县刮了一阵追热风——又办起十多个同样的厂子。

勤于下乡搞调研的赵启瑞无意间发现县域境内的几条河流变成了粉红色，心下便有些奇怪。防汛期间，他到白龙水库检查防汛工作，乘车途经龙门口，望见龙岩岭流淌下来的水也是粉红色，回到办公室便责成水利局等部门调查原因。一周之后，一份翔实的调查报告递到了他的手里：河道污染的原因是耿小锤等开办的石材加工厂所致。赵启瑞当即与有关领导沟通，并提出了"取缔挖山采石，保护自然环境"的意见。

这个没过一岁就停办的企业令小锤好不痛心。他随着开厂子赚大钱欲望的膨胀，只想抱定锯石厂不丢，三番五次求妈找当年跟爹交情很深的赵副县长说情，放自己一马。方玉玲却说："赵县长不让咱干，总有人家的道理。咱怎能……"小锤耷拉着脸说："反正我不回缝纫厂当妇女队长啦。"母子俩正说之间，头发已是黑白混杂的耿味全进门说："没得想啦，没得想啦。小锤给后生们寻下揭石板挣钱的活计挺好的，可县上……为能再干，我去公社找到维红，要他帮咱求个情——他小子位再高架再大，不敢在咱面前要品。可他说：好俺的爷爷哩，锯石厂开了不几天就把岭上挖腾得伤痕累累啦，你咋还想再干呢？"话说之间，方婷坐了月子以来，一直张罗铺面生意的乔喜娜走了进来，脸上含着无奈的神色看了小锤一眼，跟方玉玲说："姨，锯石场的事没希望啦。俺姑父在这件事上六亲不认。"

原来，乔喜娜得知小锤的锯石场是姑父下令关停的，便几次跑到姑妈家，央求姑妈求姑父网开一面。对"公事"从来不闻不问的姑妈，看在自家侄女喜欢小锤的份上，想帮侄女在玉玲母子面前做一件露脸的事，便向丈夫开了口。不料，不但没有遂愿，反倒被"教育"了一顿。

大千世界，芸芸众生，无不企盼美梦成真。锯石厂被强行关闭，无情地破灭了小锤的发财梦。方玉玲见小锤整日窝在家里，两颗凝滞的眼珠子只知呆望窗外，连新开的服装厂都不蹚个脚印，便想再给小锤找点儿事做。

还是铁锤留下的那台收音机又帮了方玉玲的忙。她得到消息后，四处打探了一番，又思谋了几日，便坐下来笑着跟小锤说："老人们常说，砂锅溢了，迷糊头脑了——没收拾。俺娃的糊气劲儿一来就……妈近来打听到一个信儿：国家扶持养殖业，给办理贴息贷款。也就是国家给咱垫钱，要咱发展产业。"透过窗户玻璃指了指岭上，"养羊的行当你熟悉，咱岭上的草场养他几十群都不成问题。再一个，你爹当大队长建起的猪场都空栏了几年啦，咱给队里出些承包费养猪，应该也是个不错的赚钱项目……"小锤越听越心动——他不能没事做，一旦闲下来总想往香炉台跑。尤其那天听了妈说的"燕荣真的成了家有了娃咱该咋办"的话，使他心里由不得颠来倒去地翻腾"该咋办"。

方玉玲接着说："听你味爷爷说，公社干部动员周边村的人承包白龙水库搞水产养殖。俺娃敢不敢养鱼？"

"妈，有你撑腰，我啥都敢干！"小锤似乎又看到了赚钱的去处，说话的声调也高了许多，"俺维红哥是水校毕业生，他应该懂得养鱼技术……"小锤越说越起劲，"妈，干脆我就干养殖哇！老舅掌管羊群，柴老师管理猪场，我舅舅去白龙水库养鱼。缝纫厂有乾乾跑外，喜娜守铺面，白姨张罗车间。妈，你就给咱坐镇指挥得啦！不用几年，咱就是个响当当的专业大户。"

近午时分，小锤手里拿着一张图纸走进正屋说："妈，可惜俺爹没赶上这个时代。他要活着，可不知会高兴成啥样子哩！"小锤见妈像在思考什么，但没询问，只说自己的意思，"俺爹是抗日战争和解放战争的战斗英雄，又为村人的温饱立过大功。瞧这几年壁下那滩地打了多少粮食，家家落了个仓满囤溢。俺爹却没过上一天好日子。"小锤把图纸铺在桌子上给妈看，"我觉着咱家如今的光景好啦，在俺爹坟前供上多少好吃的东西也白搭。我想尽点儿孝心——像模像样地给俺爹修个坟墓。这是方婷的男人给画的。"小锤以为，妈听了这个想法一定高兴。可方玉玲看着图纸，脑子里又闪出多年前深藏心底的那个"带着小锤活出个人样来"的心愿。她若有所思地说："这个不是你爹的想头。"小锤正要问妈爹的想头是什么，甚有主见的方玉玲说："你爹为了那个誓言，扔下铁饭碗回村当农民……他虽走啦，可他回村的想头没有称了心如了意。他想办的事虽没跟咱说过，咱也能猜出来。"笑一声，询问静听的小锤，"你想想看，假如你爹这当儿还活着，他会拿钱做啥？"小锤没料到妈的道道这么多。他挠着后脑勺说："咱虽没听到俺爹在牺牲的战友坟前说了些啥，我想，不外乎让村里人过上好光景。事实上这几年咱办企业、搞养殖就让大家伙挣了不少钱啦，也为家家户户提供农家肥收了个大囤冒尖小囤流啦，逢年过节咱还给困难户送钱送粮。邻村人都眼热咱龙岩村，有的还想迁到咱村落户呢。"

方玉玲微笑着说："眼下，咱除了好好操持各个摊子的事情外，有两桩大事俺娃得用心做：一件是全村人的事，一件是自己的事。"小锤接口说："自己的事是对象吧？妈，无论怎么说，我都放不下燕荣。那年你说的那句话，我一直记在心里。燕荣要是爱我，她就一准会回来的。妈，咱退一步说，就算你听到的那个信儿是真的——燕荣当了市民，就山芋越冬变心啦，那我也要……"小锤调皮一笑，"也要步柴老师的后尘，一辈子等她。"方玉玲正要沉脸训斥，小锤孩子般伸一下舌头，做了个滑稽的掌嘴动作说："妈，咱且不说自己的事——先说村人的事哇。你指向哪里，儿子就打到哪里！"

母子俩正说之间，柴祉走了进来。小锤以为柴老师要谈猪场的事，可他语无伦次地说："这个……玉玲，有几句话我想，我想单独跟你说。"方玉玲知道小锤曾看过柴祉的日记，方才小锤还要步他的后尘，不觉红了脸："有啥事哩，值得这样子神神秘秘。"小锤晓得柴老师爱妈，便寻了个借口说："俺舅那里还有一笔买卖等我去拍板呢——省城有家大酒店想订购咱的鱼。我这就去水库跟客户谈合同。"言罢去了。

柴祉目送小锤出门，转身面向玉玲，心头不免为这个命途多舛的女人难过。他推一下镜框，小声言语了几句，匆匆而去。

已是子夜时分了，方玉玲仍然亮着灯在椅子上呆坐沉思——柴祉那几句话挖走了她的心。

柴祉告诉玉玲，一个六十多岁穿戴讲究的陌生男人，在后场的场房前转悠了大半天，还用极不流利的话语向人询问这个房子的主人哪里去了？她收养的那个男孩现在干什么？

后场场房的"主人"也只有方玉玲。虽然玉锁两口子曾在那里住过，但他们没有收养过孩子。

穿戴不一般、讲话不流利的陌生人，除了曾来过并知道这件事的日本人再没别人。来了，这可是真的来了，小锤的生父来寻找小锤——要接他娃回日本了。方玉玲这样想着。

从中日建交那年起，方玉玲就一直挂虑这件事。为躲过心头砍这难挨的一刀，她曾毫不自爱地想：等自己死去，小锤再回日本，也就没有那种撕心裂肺牵肠挂肚的难受啦。可这一天竟然这么快就来了——她突然间又想到了死。而那个"死"字犹如漆黑的夜晚瞬间迸发的一粒火星，一闪即逝。是的，她经受和承载的爱与恨、情与愁、苦难与不幸，太多太多了，再也经不起折磨了。

也许是驻华日本人在调查了解情况？或者是小锤的生父托人打听信儿……方玉玲尽力朝另一端猜测，力求粉碎那个痛苦难支的现实。尽管她在反复否定自己的设想，最后还是没有跳出令人揪心的圈子——后场打问小锤下落的外来人，肯定是跟小锤有关的日本人。

静谧越来越深。善于冥想的方玉玲这一夜无节制地追忆远年的往事，回溯自己的人生历程，但她想不通为什么这一生要经历这么多磨难：父亲被鬼子杀害，母亲被自己气死，女儿被恶狼吃掉，"叛变"的铁锤好不容易光彩归来却又……一场又一场灾祸的临头，一个又一个亲人的离去，已经把她娇弱的身子压得疲惫不堪伤痕累累了，如今小锤也要回日本了，这个家没了温暖，没了关爱——冷冰冰的这个家，只剩自己孤零零一个人，咋活呢？虽然小锤曾说过不走，可他父亲漂洋过海来接亲生儿子要回家了，自己怎能……方玉玲想不下去了，再也想不下去了……屋子里除了冰凉的灯光，就剩伤心的泪水了。她走出屋子，朝岭上埋铁锤的地方望去，山风送来的只有清冷、漆黑和孤凄。她仰望星空，想向老天要个解释。可空中那群小星星除了顽童眼睛般眨动，从不开口回话。

次日早晨，方玉玲打开电视，见省台的早间新闻播报：日本友好人士访华团将赴太行山访问。她瞪大眼睛，想从镜头里寻找小锤的生父，可电视画面一闪而过。

上午，戴维红从公社专程前来安排，说是日本友人要来访问，县里计划带他们看几处抗日教育基地，龙岩村算一个点。同时还要来宾顺路参观服装厂和养殖项目。要方玉玲母子有所准备。

难道小锤的生父就在日本访华团里？他是不是借这个机会来寻找他娃的？方玉玲的心提到了嗓子眼。她淌着泪水又为小锤准备开了衣物……

日本友人来到山洪县，先到南河村观看了侵华日军屠村旧址，几位见证老人讲说了屠村情形。车队返至县城，叫他们观览了当年日本宪兵关押百姓、拘禁抗日人士的留置场（如今的抗战陈列馆）和城西那片坑杀中国军民的西河滩，然后来到了龙岩村的佛钟场。耿味全、梁同科讲说了日军几次在这里残害百姓、屠杀游击队员的惨绝人寰的野蛮暴行，以及龙岩人不屈不挠的抗敌精神。

按照县里的行程安排，看罢这个记录日军侵华及中国军民抗击侵略者的见证地——佛钟场，便参观致富大户方玉玲的猪场、羊群和服装厂。可日本访华团的一位六十多岁灰白头发的老头走到他们的团长面前嘀咕了几句，然后二人来到省外事办的陪同人员和赵启瑞副县长面前说了他们的意思。赵启瑞说："方才还见他们母子来着。"说着环顾四周，见方玉玲在不远处站立，便喊叫："方嫂子，带你家小锤过来！"这声呐喊把方玉玲的魂儿都喊丢了。她只觉腿脚微颤，心跳加速，但又不得不硬装高兴与小锤一同上前。

赵启瑞落落大方地向来宾介绍："这位就是当年的抗日军嫂，如今的养殖、服装加工大户——方玉玲。这位是她的儿子耿小锤。"日本那个老头上前几步认真打量了小锤一番，又仔细地看了看方玉玲，点头便说："哟西！大大的，是的。"言罢，进前一步，双脚并拢，恭恭敬敬地给方玉玲鞠了一躬。

方玉玲以为这人是小锤的父亲，可又觉得不像亲手递给自己娃的那个人。这时，日本访华团的团长给随行的翻译说了几句什么，翻译当即译了过来："那天奥村君趁大伙休息开小差，原来就为到这里寻找这家母子的。"奥村欣慰地点了点头，又让翻译译了几句对方玉玲的感激之言，然后提议去一趟后场。赵启瑞做了个"请"的手势，要耿味全带路。而奥村好似长辈溺爱孩娃般拉起小锤的手走在前头甘当向导。随在其后的方玉玲看着这人对小锤的热乎劲，心下酸溜溜思忖：这个叫奥村的人是不是到后场——托养小锤的地方，说出当时的情形要带小锤走了？方玉玲此时欲哭而无泪，痛苦而无声。她腿脚迟钝地走着盘思：再给俺娃做一顿啥好饭吃呢？

奥村走到后场的场房门前，用日语给在场的人讲说了一阵，让翻译把话译给大家听。

　　小锤的生父叫石井裕平。这位访华团成员奥村一和是当年石井手下的士兵。1945年9月2日，日本宣布无条件投降。侵华日军撤退时，刚生下小锤一个月的石井妻——在日军医务所当护士的青山又惠，本就身体虚弱，又奶着孩子，加之随队没明没夜撤逃，路经太行山而死。她临死前抓着丈夫的手，要丈夫答应给孩子找个有奶水的中国妈妈，并说这是她这辈子求丈夫办的最后一件事。石井找了一处向阳的土洼地埋了妻子，然后抱着孩子一边带队撤退，一边在沿途村庄为孩子寻找奶娘。他和部下一共进了六个村子，最后在龙岩村后场的这个房子里才为孩子找到"有奶水的中国妈妈"。奥村一和目睹了石井裕平亲手把孩子递给方玉玲的全过程。

　　石井裕平是日本广岛人。当他回到本土，见家中的父母、两个弟弟以及好多广岛人，被美国人从天上扔下来的原子弹化成了灰，眼含泪水写下一封言辞恳切的告日本民众公开信刊登在报上。大意是说：是战争夺取了爱妻青山又惠的生命，是战争把自己的亲骨肉遗弃在中国，是战争失去了自己的父母和两个弟弟，是战争葬送了美丽的广岛，是战争毁灭了整个日本。他要日本人民子孙万代爱好和平，反对战争。

　　他无法从家破国亡的惨痛中走出，本欲切腹自尽了断此生，却又想起嫁到冈山的妹妹。为求死前见妹妹一面，他满含悲伤来到冈山，见妹妹全家倒也安好。经妹妹淌泪苦劝，才唤起他活下去的信心。此后他便落脚冈山干起老本行木雕工艺。买卖做大后，收罗了奥村一和等侵华回国的几个战友，又娶妻生育了两个女儿。不幸的是，他的左腿因残留的弹片作怪，几度手术没能保住，无奈截肢，装了一截假腿。

　　奥村一和讲到这里，从衣兜掏出个小巧玲珑的木雕工艺品，双手递给小锤说："这是你父亲离开太行山的撤退途中雕刻的。他小时候就心灵手巧，读大学学的是雕塑艺术，却被那场可恶的战争拉到了战场上。那时他常给我们开玩笑说，假如不被征召入伍，他会成为一名雕塑家的。现在他终于实现了梦想，而且雕塑公司办得非常成功。多年来，这个玩意儿一直在他办公桌上的一个玻璃盒子里珍藏，寄托着对你和你妈妈的无限思念。"

　　小锤接过木雕细看，生父把这块自己叫不来名的木料，精雕细镂得栩栩如生：

一个身穿和服的美丽女子，怀里抱着个可爱的小男孩。女子脸上流露着和颜悦色的神情，衣袖处清秀地刻着"青山又惠"。小男孩的鸡巴都清晰可见，光屁股上刻着"石井万幸"。奥村对小锤说："我此次来中国，石井君几番叮嘱，要我到太行山上的龙岩岭找一找你。哪怕你……也要得个实讯。"奥村没说"死去"二字，"前几天我来这里打听到你们母子的情况，激动得几夜没睡好觉，再三请求团长带全团人来一趟龙岩岭。"说着面向自己的团队介绍，"大家看到了吧，这就是善良的中国妈妈养大的我们石井君的儿子！"说到这里，他有些激动，嗓门也提高了许多，"我奥村一和现在宣布一个决定：此次回日本，我要做一件惊天动地的事。这件事虽说现在还不便公开，可它一定能震惊全世界！"

小锤双手捧着生父的"作品"瞥妈一眼，转头礼貌地叫了奥村一声"叔叔"，询问："您还记不记得埋我母亲的地方啦？"奥村知道小锤不懂日语，便用当年学的几句汉语凑合："撤退的是逃……逃跑的。你的娘的死了，埋在太行山的，这里的以西的地方的。"他摇了摇头，指一下身旁站立的方玉玲，大声责备小锤："你的中国的妈妈的大大的好。你的不能良心的坏了！"说着，看一眼翻译笑了笑，上前站于方玉玲和小锤之间，左右手分别抓起他娘俩的手说："我的这几天的向翻译学的一句，大家的和我同喊。"说着举臂高呼："中国妈妈万岁！中国妈妈万岁……"日本友好访华团的全体团员跟着大喊起来。喊声冲出后场，回荡在龙岩岭上空，随风飘向远方。

方玉玲抑制不住内心的激动，热泪夺眶而出。

时隔半年，方玉玲在电视里看到一则新闻：就侵华日军所犯罪行，一个曾参与过侵华战争的日本老兵，叫奥村一和的，将日本政府告上了法庭。

五十四

方玉玲感觉，自己害怕的事快要发生了。

日本访华团走后不多日，小锤就收到了来自日本的第一封信，所书一色钢笔汉字。小锤看罢信说："妈，这信是我姑妈的小女儿中谷美兴写的。她一定学过汉语。你瞧这字写得多漂亮！"

尔后，书信往返不断。方玉玲在信中了解到小锤的生父在日本有个实力很强的雕塑企业，产品不但在本国占有一定市场，而且远销欧美。小锤怕妈多心，来信尚未拆封必先拿给妈看。方玉玲却复还小锤笑道："你爹来的信，还是俺娃看才是。"小锤每当拆封，总开着玩笑说："咱看一看'石爹'来信说些啥。"

小锤的生父尽管在来信中从未提及要小锤回日本的事，可他几番追问小锤为啥找不到对象，并提出要在日本给小锤介绍。小锤无奈，只好把深爱燕荣的心里话毫无保留地写在信上寄去。这令石井裕平更加恼火。他要外甥女美兴把自己的话译成汉字，自个儿照译文抄写后寄来。信上严厉喝斥小锤："你既然这样爱燕荣，为什么她走了这么多年了不去寻找？！"字里行间无不流露对小锤处理婚姻问题的不满。

山高皇帝远。小锤念过生父的来信只是一笑了之。方玉玲借此拿出了米家寨取来的那封信。小锤见燕荣真的"成了家有了娃"，捧信的双手好似难负其重般颤抖不止。他目不转睛地盯着书信呆了好一阵子，突然像恼怒而不肯饶人的样子说："妈，我得去见燕荣。我要问她为什么……"方玉玲苦笑一声说："俺娃好孩子气。燕荣如今是有家有口有男人有娃的人，就算你见到她又能怎么样呢？"看着小锤停顿片刻，套用柴祉日记里的话劝解，"你既然爱燕荣，就该尊重燕荣的选择，为她的美满光景送上发自内心的祝福。"

小锤没再吭声，把信撂到桌子上低垂着头出了门。方玉玲生怕小锤经受不住这个打击，匆匆追出门外说："等一等，妈还有几句话哩。人生在世，谁都很难做到没弯没坎心想事成！"见小锤停下了脚步却没回头，走上前用硬朗朗的口气说，"俺娃是男子汉大丈夫，在这件事上，得有股子拿得起放得下的气量。绝不能因为这点儿小事，耽搁了手头的大事！"

按照妈的指点，小锤在前些日子已经为各家各户铺设了管道，把岭上半山腰修筑的那个蓄水池蓄积的泉水引回村入了户，让村人吃上了自来水。紧接着，他又在佛钟场西侧破土动工，为孩子们修开了新校园。正当小锤陶醉在一片赞美声中——腰杆硬实笔直、脸面发光放彩之时，罗胜荣写给他姨妈侯拉翠的书信，给了小锤迎头一棒。

小锤在妈的提醒下，从家里确实来到了工匠们正在忙碌的校园工地。人们对小锤这个既有实力又肯往大家伙身上花钱的老板，自是少不了恭敬奉承。而他此时就连最简单的回应——吭一声笑一面都做不到了。他在工地转悠了一圈，似乎什么都没听到没看见。那封信里的那句话就像一把带刺的荆条在狠狠地抽击着他的心。他望一眼曾经吊过自己的佛钟架，忽然闪出一个能改变现状的念头：那封信或许是假的。他离开工地走下东岩盘，不知不觉出了龙门口来到了米家寨。当他要去寻找燕荣的姨妈侯拉翠追问究竟时，又无奈地停下了脚步。他知道妈不会骗自己，燕荣的姨妈也犯不着骗自己。何况信上那偏宽偏宽的笔体，确确实实出自胜荣之手。在祠堂念书那会儿，贺老师经常叫胜荣换写挂在室外墙壁的那块黑板。因羡慕人家那手好字，自己还模仿着练习过一段日子。

小锤在米家寨村口呆立了好一阵，最后还是供销社的那个如今承包给个人经营的饭馆子把他的腿脚招引了去。他一杯一杯喝着闷酒，连殷勤的掌柜亲自端来的拿手好菜，他都没尝出是什么滋味。他从上午喝到半后晌，直至眼皮发困脖颈发软——一头扎到餐桌上睡去……

初冬的一天上午，方玉玲带着多日以来沉默寡言的小锤，正在高房办公室与耿味全、梁同科等村干部商讨整修佛钟场的事，柴祉猴急火燎地带着县畜牧、防疫等部门的七八个身穿防护服的人走进了办公室，惊得在场的人一时说不出话来。畜牧兽医中心的申主任开门见山讲了白岩山一带口蹄疫蔓延的情形，明确告知方玉玲母子，经疫情监测，他们的猪羊已经确认被传染。接着又简短地介绍了这种畜疫的可怕："不但呼吸和粪便传染，而且水源、刮风都会传染；不但偶蹄类牲畜属易感动物，而且婴幼儿、体弱者、密切接触人群也有可能被传染。因此得迅速果断采取措施，进行封锁、消毒、隔离、扑杀。"

疫情的突降犹如晴天霹雳，震愕了方玉玲母子。那三千多头猪、五千多只羊可不是一点钱粮和心血喂养起来的呀！

恢复乡政府之后的第一任龙岩乡乡长戴维红也赶来了……

在龙岩岭小河北岸山口前的那片空地上，县里调来的五台挖掘机昼夜不停挖出二十多个三米深的长方形大土坑；铲车停靠在坑边，做好了回填准备。

……最后一个土坑，赶进去的最后一拨羊儿没有填满。铲车手按程序先壅塞了缓坡，然后便不停地还填坑边堆积的暄土。羊儿在坑里咩咩地叫着，拼命地躲逃壅来的土，腿脚慢的就被无情地埋了进去。

坑底已经没几只露面的羊了。两眼含泪的小锤跟戴维红等人站立坑边看着，看着。突然一只母羊背驮羔儿匆匆往回填形成的慢坡奔去，可没有逃出多远就溜落了羔儿。那母羊回过头来，嘴咬羔儿的耳朵倒蹬四蹄往坡上拉扯，不停地拉扯。放羊多年从未见过这一幕的小锤跃身跳下坑里，扑上前把这两只羊抱进了怀里。也就在这时，大铲已经到了他的头顶，惊得坑边的人无不突呼乍叫。幸亏铲车手手脚灵敏——大铲将要拍下去的一刹那停住了，却也惊出一身冷汗。铲车手倒回车，放下大铲，钻出驾驶室好一顿臭骂。小锤双手抱着这对母子哭喊着求申主任留下它们。耿味全猫爪子抓心般难受，不住口帮着小锤求情。泪水盈眶的戴维红跟申主任说："好悬呀！要不咱找一处能严密隔离的地方，让小锤养起这两只羊哇？"

负责此项工作的申主任虽为没有灭绝疫点感到遗憾，但见耿小锤拼下命来要留这两只羊，便与身旁的几个人商议了一番隔离、消毒、测抗体、打疫苗等措施，手下留了情。

除夕夜，方玉玲做好年夜饭，便要乾乾进山口喊叫小锤他们回家吃。不一会儿，乾乾独自跑来说："姨，锤哥守着那两只羊寸步不离，罗老舅也就不回来啦。他们要我跟往常一样把饭送去。"方玉玲无奈，只好把炒好的菜、煮好的饺子分装进饭盒，用尼龙丝网兜提着，与乾乾一块往山口羊圈处的土窑洞走去。

其实，经过乡畜牧兽医站的工作人员几次测查，留下的这对羊母子在小锤两个多月的精心喂养下大羊肥胖健壮，羔儿也长大了好多——早已远离劫难。雪上加霜的小锤却没从阴晦中走出。

"妈，人说世间的行善作恶，老天爷看得清记得牢——种善得善，种恶得恶。可我觉见老天爷也不公道。"愁眉苦脸的小锤借着烛光看着炕桌上摆好的年夜饭没有端碗动筷的意思，"咱有了活计要村人共同挣钱，赚下钱又往大家都沾光的工程上花，猪羊粪全给村人上进地里……咋就没积下一点儿德呢？"小锤含着伤心的泪水发了一阵子牢骚，只没说出自以为深爱着自己的燕荣，进了城当了市民咋就变了心嫁了人的话。方玉玲微笑着说："俺娃的糊虫一傍身，总往牛角尖里钻。咱丢了猪羊损失是不小，可你是上过初中的人，又学过畜牧兽医知识，咋尽说些糊气话呢？这是白岩山那边的猪羊出了毛病连累了咱的。"方玉玲见小锤耷拉着脸没有心情吃饭，便从兜里掏出一封信说："俺娃不要愁。老话常说，不肯流汗的人攀不上山顶。摔了跤爬不起来的人是窝囊废。俺娃该打起精神用好自己的关系——去日本闹腾个项目转产。"

"去日本？"小锤接过信奇怪地问。方玉玲说："俺娃还记不记得奥村那天看到咱街旁堆放的柴垛子说的话啦？"小锤摇了摇头。方玉玲眼里闪着慈祥的目光说："妈记得真切。奥村那天从后场往村前返时指着柴垛子说，这些东西在你们看来只能烧火，要是到了石井君手里，就能变成大把大把的票子。"小锤沉思片刻问："妈，你想用咱岭上的木材搞木雕？"方玉玲点了点头。小锤却为难地摇着头说："我不去。我既不会说日本话，石爹他们说话我也听不懂——有嘴有耳朵不顶用。再说日本那么大，就算有地址也找不见老头子住在哪里呀。"方玉玲抿嘴笑道："俺娃咋就不能动一动脑筋利用咱身边的人帮忙呢？"小锤越发糊涂了："咱身边……"

"鸿宇不是去日本东京大学攻读博士了吗？"方玉玲胸有成竹地说，"有一天妈抱柴烧炕，突然想起了奥村的那句话，就叫你柴老师给鸿宇写了封信。鸿宇按地址找到了你爹，说了咱的想法。你爹答应为咱培训技术人才，提供机具设备，还要收购咱的产品呢。"

"真的！"小锤豁然开朗，随手从信封抽出信来看了一遍，又犯开了愁："妈，咱的猪羊没啦，辛苦和钱粮全都打了水漂，建学校的材料费、人工费，至今没给人家付清，单靠服装厂的收入甭说还贷款啦，外欠的窟窿都得好几年才能补上。咱手头连去日本的盘缠都拿不出来，咋转产？"方玉玲理一把鬓发说："穷家富路。出门手头不能没钱，新办厂子也得要一笔钱才成。这些妈都想到啦。你维红哥说，扑杀咱的猪羊，政府要给咱一些补偿；咱再去银行贷点儿款，应该就能转过这个弯儿。眼下该操持的是谁去日本学技术。"

小锤听了这话，心里似乎有了底，挠着后脑勺说："木雕嘛，一定跟木匠活计有关，就让秋生跟我一块去哇。"方玉玲笑问："还有呢？"小锤说："乾乾心灵手巧，可他得帮你打理服装厂的营生。"方玉玲催促："饭菜都冷啦，咱边吃边聊。"小锤把筷子递给妈和老舅，手里握筷仍在盘思人选。方玉玲说："前几天妈托人买回一本这类书来翻了翻，木雕可不是简单的木匠活计。从构图、选料、刮刻，到精雕、打磨、抛光等等，是一整套复杂的工序。因此说，你得带去有这方面能力和专长的人才能学得来。"小锤慢慢嚼着饺子想了好一阵，还是想不出谁有这方面的专长。方玉玲说："咱手头没有金刚钻，咋揽人家的瓷器活儿。

妈为你想到俩人：有写画功底的你的柴老师算一个。他给喜娜往布上画的'龙岩岭秋景图'，经喜娜绣出来看那个漂亮，几乎给龙岩岭一模一样！另一个是文化馆上班的咱方婷的男人黄榛。他是省艺校绘画专业毕业的，听说他学过雕塑。"

"还是妈想得周全！"小锤脸上有了笑容，"老舅、乾乾，咱们快吃。吃过饭我就去找柴老师说这事。"

燕荣看着儿子脖子上那片开水烫伤的疤痕，觉得有必要和顺成坐下来好好谈一谈。这天中午，她把刚出锅的一大碗热气腾腾的面条递到顺成手里，坐在客厅的沙发上看着顺成吃罢，便一本正经地说："小香姓了潘，也就成了你潘家顶立门户传接香火的人啦，你该爱娃、疼娃、呵护娃、对娃好才是，咋忍心捏他拧他开水泼他呢？"

锅炉工潘顺成虽然不知丈夫跟妻子之间应当怎样相处、如何交往、平等到什么地步，但他觉见娶回家的这个女人既像恩人又像路人。平心而论，这些年燕荣给了他整洁干净的家庭环境、扛风御寒的衣裤鞋袜、喷香可口的饭食菜肴，却没有给他朝思暮想、人人都说本该得到而他绞尽脑汁无法得到的东西。自打燕荣腆着肚子走进门来，扑下身子精心服侍他的妈妈，其形象在他的心目中就像手艺精湛的工匠在一砖一石建造佛塔般一天天一层层高大起来；而那天飞到脸颊上的那一脚，又令他联想到了十字坡开黑店的母夜叉孙二娘的可恶。

今日，顺成见燕荣这样子说话，心下也为自己酒后失控开水烫伤小香后悔不已，但心头的内疚实在不知怎样吐露，只好闷在嘴里发酵。他摸一把那天挨了脚踢的脸努着劲儿说："你原本就没打算和我好好过。"燕荣说："你这话说得好没道理。我见到你的第一面就觉得你是个厚道人，也就拿定了和你过一辈子的主意。你咋出口就这样子伤人呢？"

"你，你……你。"顺成涨红了脸，憋粗了脖颈，却说不出心里想说的话来。他起身推了下西室的房门，吞吞吐吐问："你……你咋不到这厢住呢？"燕荣平静地说："咱俩领证那天，我就说过，我这辈子给你做饭洗衣，还有侍候你妈。你掏良心说，我哪一条没做到？这不，这么多日子了，你不买粮不买菜，我到大棚里干活挣钱，也没叫你少吃一顿饭。我的辛苦，你咋就看不到呢？"顺成干瞪两眼没话可说了，他心下暗想：看来那伙黑嘴乌鸦教的"米面夫妻"，断了"米面"

总管用的招儿还是不灵。可自己扭断肠子也扭不出一个好点子来，这可咋办呢？要不想办法，娶回家的老婆可真的是咽下秤砣铁了心——只给当个做饭洗衣的女人啦。他正想之间，只见燕荣的哥哥胜荣走了进来。燕荣见哥的脸色难看，便迎上前问："哥，有啥事哩？"

"妈的检查结果出来啦，胃上……得动手术。"

燕荣一听这话，禁不住泪水小溪般涌流，拉起小香到院外悄悄叮咛了几句，要娃提前往学校去，自己随着哥哥去了医院。

自打燕荣生下小香，侯拉弟的心就缩成了一块解不开的疙瘩，好像龙岩村的男女老少都在唾骂她不害脸臊，死于鬼子刀枪下的亲人也在阴府诅咒她教女无方。她整日窝憋进既无颜面对世人，又无颜面对故人的困惑之中滚不出，挣不脱。由于睡不安稳，食不下咽，身子一天天消瘦下来。转业到本市工会上班的儿子胜荣虽然带她去了几趟医院，也用了好些药，可她的心病难医。

侯拉弟做了手术后，身边越发不能离人了。胜荣要妹妹白天、自个儿晚上，轮流在医院侍候——毕竟胜荣是个吃公家饭的人，白天得按时到单位上班。燕荣既得给顺成、小香做饭，又得给不想吃医院饭菜的妈妈从家里提饭，步行实在赶不来，便向哥哥讨要了嫂子那辆撂在一边早已不骑的旧自行车，省下了走路的时间。

燕荣见出了院仍不能自理的妈妈一看到小香就闭眼转头，便要放学后不敢独自回家的小香来这里打尖时，或站在院外，或钻进厨房。倒是龙龙喜欢小香，总和小香一块踢足球、打篮球。龙龙心下甚是奇怪：好天气倒也罢了，明明下着雨，姑妈和小香为啥非要淋雨回他们家吃住呢？这里锅灶米面蔬菜都现成，为啥姑妈要从她们家给奶奶提饭呢？

这天，满头大汗的龙龙和小香踢罢足球回来，龙龙进屋倒了两杯水，本想递给不愿进屋的小香一杯喝，小香却惶恐地看着杯子大叫一声嗖地蹦出了大门外，惊得龙龙险些把杯子掉在地上。

燕荣整天侍候母亲，大棚打工的活计只能辞去。没了分文进项的她眼看着又没米下锅了，可顺成仍然硬着心"吃软饭"。燕荣眼含泪水又掏了掏没有分文的衣兜，垂下头想了好一阵子，还是不知该怎么办。她看着小香脖子上那片紫红色伤痕，突然想起在医院见到的那几个卖血换钱的人，便骑着车子送小香到了学校，自己朝医院而去……

五十五

小锤一行到日本走了两个多月，归来时，搞木雕所用的成套机具已经托运来了。在耿味全的帮忙下，小锤很快拿到了营业执照。他一边借用祠堂场地开张雕刻，一边在后场西侧那块原先加工石材的空地上挖基坑、筑基础、起墙体，建木雕厂房。

小锤含笑讲了此去日本的所见所闻："妈，没想到，真没想到，我的那个石爹是个很倔很倔的老头子。他也会说几句咱的话。他管我叫'万幸'。他看到我戴的这个玉菩萨坠子，双手合十念了几声佛，捧在手里瞧了好一阵子后说，他抱着我送你那会儿见你戴着这尊菩萨，就感觉你是个有一颗菩萨心肠的人，一定能把我抚养成人。"小锤心爱地摸了摸去日本时妈给戴在脖子上的玉观音，"我俩谈到生意，倔老头子说公司之间是公事，父子之间是私事，必须得做到公私分明。就私事，他生气地骂我咋不成家！骂着骂着就手捂胸脯喘开了气。我听美兴说，石爹心脏不好，又有高血压毛病，经常吃药，因此我没敢作声。"小锤看了看妈的表情，接着说，"说到公事，他说，搞木雕的原材料主要是木材。他不懂咱这里的体制，要我把龙岩岭的整座山买下来，有计划地种植和砍伐。他还谈了好多生财之路。他说中国人爱下象棋，棋具的需求量应该很大，若把这个系列产品做好，就是一桩了不起的买卖。"方玉玲甚是赞成人家这思路。小锤继续说："倔老头子很抠门。他把机具的购买、托运，连同员工培训的费用清清楚楚列出清单，要我签字。说是没现钱，就从往后的货款中抵扣。"轻轻笑了一声，"他原先说咱的产品他包销，见了面，他又说只让咱做一两个系列产品，而且跟上海那个江经理的合作方法一模一样，先派技术员来验过咱的第一批货，才和咱签订收购合同。还说，往后的产品如有不合格的，不但要退货，还要咱无条件包赔他的运输损失。"

方玉玲听了很受启发，连连啧嘴："你爹做生意地道！你得好好向人家学哩。"

"那倔老头子走进公司办公室的样子很凶，就连给他当助理的美兴都有章有法，规规矩矩。对了，妈，美兴爱上鸿宇啦。"小锤微笑着说，"真的爱上啦。话又说回来，鸿宇那小子现当儿可不是放羊时的鸿宇了，西装革履，实在帅气。看样子像是柴老师去信要鸿宇到冈山找石爹时，他们有了心思的。当然他俩说话实在是便当，一会儿说咱的话，一会儿又说日本话——不让我和柴老师、秋生、黄榛听到的，他们就叽里哇啦地说，弄得俺几个大睁着两眼傻看。"小锤又笑了笑，"美兴开车带我去见姑妈时问我：你是我的表哥，你得负责任地告诉我，鸿宇在中国有没有女朋友？我逗她，即便有也没你漂亮。她还问我：你们那里的新娘子穿的衣服、坐的轿子，是不是跟电影和电视剧里的一样？你们那里的山咋个美法，鸿宇一提晓起来就放不下？我说，你要见到喜娜绣的'龙岩岭秋景图'，总会大吃一惊的。"小锤看一眼妈手里那块喜娜刺绣的绣花布，"妈，我这次去日本把它带去就好啦……美兴还要我学日语，说是将来做生意好沟通。"

方玉玲说："咱是该多学东西。咱也该请人家来传授传授经营公司的好经验好做法。"说着又问，"你爹没说来咱这里走走看看？"小锤回道："说是想来。可倔老头子的想法有时跟咱这里的人差不多，他对我找老婆养娃的事很在乎。他说，他很想再来太行山看一看，尤其想当面感谢你对我的抚养之恩。他还说，他把我送你的那一刻，默默许过一个诺言，可没说是啥。"方玉玲对小锤的婚事成了嘴上难以愈合的裂——开口便疼。她展开手里那块绣花布看着，便又唠叨起小锤的婚事来……

其实小锤没把日本之行所经之事全盘托出。那天他们父子单独谈话，只有美兴在场翻译。老头子的主要意图，是要小锤回日本继承石井家族的产业。当他含泪说出年事已高，身边无子，期盼父子团圆的那番话来，着实令小锤动了心。但小锤处于两难：这边是白发苍苍泪流满面的老父亲，那边是含辛茹苦抚育自己成人的养母。他既不能拒绝生父的要求，也不忍弃下养母来过安逸日子。他只跟父亲说自己的企业还在困境中，向村人承诺的几件事还没干成。

每一次沉甸甸的收获，都将或多或少弥补一些生活中失去的珍贵东西。方玉玲母子苦心经营的木雕厂所雕刻的佛像系列产品深得石井裕平赞誉，不但全部收购了去，还为国家创了外汇。

然而好景不长。正当木雕生意做得风生水起之时，日本连续发来两封电报，要小锤暂停发货。这使小锤又挠开了后脑勺："妈，石爹咋不让发货啦？这个倔老头子是不是在要手段生赖法呢？"方玉玲一听这话，便沉下脸来骂道："说些什么话！俺娃都这么大的人啦，咋就不知'可怜天下父母心'的意思呢！天下没一个做父母的不把心放在娃身上。你怎能……"看一眼手头的绣花布又说，"俺娃要是不愿意直问，就给鸿宇发个电报，要鸿宇向美兴侧面打探打探根由。"

日本那边不让发货的根由还没弄清，方玉玲就晕倒在服装厂车间——住进了县医院。她跟小锤说："这是妈没明没夜劳神费心地看手头这块绣花布看累病倒的。"

自打木雕生意干出眉目步入正常，小锤便开始张罗整修佛钟场——了结妈的这桩心愿。黄榛从省城请的设计师一到村，就把正在医院侍候妈的小锤拴住了——只好把妈托靠给掌管铺面生意的喜娜照护。小锤和村干部陪伴着设计师整整在佛钟场磨蹭了两天。那人兴致勃勃地看着佛钟架、罗汉柱赞叹不已，就像个考古专家似的讲说着这种建筑风格的朝代及大致年限，不厌其烦地叮嘱一定要保护好这些文物。说到抗日纪念碑和纪念馆的设计时，他又像个给在场的人们一字一句地讲授建筑设计课的老师般口若悬河、滔滔不绝。小锤心下虽说惦记住院的妈，但又清楚整修佛钟场这件事在妈心头的分量，自己又是工程的出资人，只好耐着性子"听课"。就在设计师来到龙岩村的第二天上午，小锤收到了美兴的来信。他本想拿着信晚饭前赶到医院，一边陪侍妈，一边跟妈商议对策。可那个明天就要回省城下笔绘图的设计师，在高房办公室就纪念碑的造型、纪念馆的结构说个不停，要大家选择方案，拍板确定。直到子夜时分才把方案敲定下来。

次日凌晨，小锤来到医院，轻手轻脚把病房门推开一道缝隙，望见病床上的妈仍然熟睡；白日在铺子和医院两头忙活、晚上又来陪妈的喜娜屁股坐着小马扎，头枕窝蜷于床边的双臂发着轻微的鼾声。小锤怕惊动她们休息，便又轻轻地把门合上。喜娜醒来，抬头看方姨，见其盯着自己微笑。喜娜搓了搓倦容十足的脸，走到窗前拉开窗帘说："姨，天明啦，我回铺子给您做饭去。"其实方玉玲刚才看到了小锤，只是闭眼装睡。她见喜娜提着饭盒要走，便眨了眨眼故意说给门外的小锤听："喜娜呀，姨又累了你一夜。"喜娜会意一笑，没作声。方玉玲又说："俺家小锤其实心很细，会体贴人。别人为他做的桩桩件件，他都记在心上，就是有那么一股子钻牛角尖的糊气劲儿。不过只要一过去，就又人眉人眼啦。你瞧他给村里办事多诚心！"

乔喜娜一开门，跟正要进门的小锤撞了个满怀。小锤慌忙退步，歉意地说："又叫你熬了一夜。"

"没啥。我这就做饭去。一会儿连你的也就提来啦。"喜娜说着去了。

　　小锤问询过妈的情况，见妈头晕的毛病减轻了许多，心下甚是高兴。他从衣兜掏出信来说："妈，美兴在信上说，市场虽然有些波动，但没啥大问题。她猜测石爹不让发货，可能跟家里不顺心的事有关。"方玉玲问："家里——你跟你爹有啥不顺心的事呢？"小锤讪讪地说："倔老头子听说燕荣成了家，就一直催我找对象结婚。我想多半是因为这件事。"方玉玲摸了摸床头放的那块绣花布说："这件事在你看来好像是一件小事，可在大人眼里就是压在心头的一座山呀！俺娃咋就不为大人想一想呢？"小锤看一眼绣花布说："妈，我这不是正在考虑跟喜娜结婚的事吗！倔老头子就性急得……"方玉玲听了这话，心头一阵欢喜，脸上却丝毫没有表现出来。她理一把头发说："俺娃心里既然有了数，就该去信和你爹说清。"

　　日本那边不让发货的电报，也叫木雕厂的管理层和干活的工人忧心如焚。黄榛为小锤引回技术后，虽然又回文化馆上了班，但在节假日、星期天还是会来帮忙的。他跟负责木雕生产加工的柴祉说："自个儿没有主动权的活计不能久守。我们得放开思路，多寻几条出路才好。"柴祉钦敬黄榛的才魄学识，对此主张非常赞同，经与方玉玲母子商量，便广泛收购太行崖柏搞根雕，并将文化艺术融入其中，力求做到每一件产品造型精美，匠心独运，什么"大鹏展翅""双龙合璧""灵根包石"等等。这些集收藏观赏于一体的奇美之作一上市，深得国内外爱好收藏和装饰人士的好评，价格一路攀升。于是，太行山攀悬崖挖崖柏的人越来越多。以此脱了贫的有，发了财的有，掉下悬崖摔伤摔死的也有。善于随风撑船的人看到这个行当能赚大钱，便购置机具也做开了崖柏加工生意。

　　小锤依照设计师绘制的图纸，请工匠在佛钟架背后、大石墙前面雕刻耸立起一尊高大的书有"抗日英烈永垂不朽"的纪念碑。碑的背面有日寇血腥屠杀百姓，以及龙岩人英勇抗敌的历史记录。推倒大石墙，盖起一幢基高两米、房敞五间的出檐古式露明柱北房，门楣上大书"龙岩岭抗日纪念馆"，门口左右两侧挂有"太行浩气传千古，英雄风范励后人"的红底流金木刻对联。室内陈列着冯弘、罗春牛等抗日烈士的照片、画像，以及龙岩岭游击队打击日寇时使用的武器、实物。墙上悬挂着龙岩人为抗战支前作出牺牲的解说词版面，方太文送女儿的那份沉甸甸的"陪嫁"也书入其中。

佛钟台上的佛钟架不能空着。为补上那尊龙岩人引以自豪的大钟，小锤与戴维红、黄榛跑了一趟外地——村人只知正在铸钟，却不知什么样子。

小锤的这些义举，村民看在眼里记在心上。恰逢是年村委会换届选举，村民一致投票推选小锤担任龙岩村村委会主任。在就职大会上，大家向小锤提议：大钟吊装那天举行个撞钟仪式。

小锤的父亲石井裕平收到小锤的书信，得知小锤找到了对象，正在筹办婚礼，便从日本发来电报说，不但要带着全家人参加小锤的婚礼，而且还要带一笔钱，给养育小锤的这方热土献一份爱心——要小锤来确定并完成这个项目。

时隔不几天，石井又来信说，他此次来中国还有一件大事要办，那就是参加外甥女美兴和鸿宇的婚礼，要小锤把这两桩婚典安排在一起举行，并让小锤帮助鸿宇家筹办好婚庆事宜。

其实柴家早已收到了鸿宇的书信，为鸿宇和美兴准备好了婚庆之事。柴祉、柴煦兄弟俩把翻盖一新的房子进行了一番装饰。院子里原先铺砌的高低不一坑洼不平的红石板全都挖掉，换上了一色耐火砖。满头银发的郭崔氏从郭家汇赶来，戴着老花镜，拧着小脚，含泪替离世的女儿素萍张罗外孙的婚事。她老人家严格按老辈人传下来的风俗办事——为新人缝衣絮被剪裁纳绣的女人，全要一色生育过儿女、没有离异经历的"双人"。方玉玲遵照其意，从服装厂挑选出弟媳巧凤等几个符合"条件"的人，来到柴家由老太太指派调用。虽然她老人家一会儿瞧瞧这个，一会儿说说那个，总指挥般发号施令，但她自己的手指从不触碰新人的东西，抽出空来也会瞅几眼鸿宇寄回的新婚相册，心爱地看着那个漂亮的日本姑娘，自言自语："俺闺女家可真的飞来金凤凰啦。"言罢，又目视女儿的遗像落泪。

方玉玲按照确定的日子指派人手紧锣密鼓地准备婚庆之事，生怕出现半点儿疏漏。前来帮忙的村人熙熙攘攘出出进进，脸上都浮现着欣喜之色。方玉玲拿出大瓦给的八块银圆，分送给柴家四块。自留的四块交给为小锤、喜娜筹办婚礼的方婷，要方婷把银圆分缠进两个"富贵没头"的线球里……

小锤经与戴维红商量，决定把倔老头子捐献的钱，为自己曾经就读的龙岩乡中学盖一幢教学楼。乡政府聘请专业人士拿出了总体设计和投资预算。小锤写信向父亲做了汇报。石井裕平对此非常满意，来信夸奖小锤有选择项目的眼光，并要小锤把捐资和婚礼仪式安排在同一天进行。

五十六

　　初秋的龙岩岭秋实累累，空气中饱含着成熟庄稼的微香气息。今天不仅龙岩村的家家户户扶老携幼齐聚于佛钟场，还有邻村和县城专程开车前来看热闹的人们。大家摩肩擦背站在这里，最想看到的就是带着全家人既给中学捐钱盖大楼，又要参加他儿子婚礼的那个"老日鬼"，同时还想看一看嫁给龙岩村后生的那个据说是长得非常漂亮的日本姑娘。

　　今天的佛钟场总括了为大铁钟揭幕、日本友人捐资、两对新人举行婚典三个内容。龙岩乡联校的校长为答谢给学校捐资盖大楼的石井先生，要龙岩小学的孩子们排练了几个节目，计划在捐款和婚典仪式结束后给大家演出，烘托喜庆气氛。

　　佛钟场东侧的两根罗汉柱之间搭起一个举行婚典仪式的简易台子，背景布上那大红双喜两侧飞舞着龙凤呈祥图案，正上方书有两对新人的美术体名字。"天长地久、幸福一生"之类的吉祥之言塞满了背景布的角角落落。佛钟台上摆放了几行桌椅，作为演出节目时的嘉宾观礼台。已经吊装而起的大铁钟披挂着一块硕大的红绸子，给整个佛钟场增添了喜庆和神秘色彩。

　　令人没有想到的是现任山洪县县长的赵启瑞也兴致勃勃地走进了佛钟场。戴维红知其来意，迎上前说："按原定的时间，石井先生应该是前天到达北京，昨天来村住下，今儿个参加两个仪式的。可都这时啦还没个人影儿。"赵启瑞笑着说："可能路上有磕绊，咱们等等哇。"

　　方玉玲上前跟赵启瑞县长打过招呼，从衣兜掏出红布包着的结婚证，与县城赶回村贺喜的白运德说："一会儿你给孩子们做个证婚人哇——现今举行婚礼时兴这个。在台子上念一念结婚证就成。"柴祉也凑过来说："鸿宇他们的结婚证等他们一会儿回来，我就要来给你。"白运德却面朝赵启瑞微笑着建言："难得赵县长参加这样的活动。证婚人要赵县长来当最合适不过。"方玉玲甚是赞同运德的提议，当即含笑恳求："是哩，是哩，专请不如一遇。赵县长肯给这个面子，那就是孩子们前世修来的福呀！"

345

赵启瑞没有推辞，伸手接过结婚证，展开看着上面的照片笑道："你们瞧，咱小锤和喜娜还挺般配哩！"说着望了一眼婚典台，"一会儿我家的那口子也要来啦。我呢，是专程前来感谢为孩子们建教学楼捐资的石井先生的——上台念一念结婚证、当一当证婚人是捎办。俺家那口子今天可是方嫂子的主宾——送她侄女出嫁的大戚人呀！"说着爽朗地笑起来。

　　一辆车头扎着大红花、挡风玻璃右侧贴着剪纸双喜的红色小轿车开进了佛钟场。大家见去康家洼接新娘的车子如期而至，都把目光聚集了过来。只见先下车的小锤打开副驾位车门，按着新娘不踏"生土"的婚俗，双手抱起身穿艳丽婚纱的乔喜娜，含笑抱到了铺有红地毯的婚典台上。场上顿时响起一片掌声和呼叫声。紧随其后的是车里钻出的送亲人——喜娜的姑妈，和迎亲人——小锤的表妹方婷。这二人今天承担着"妹子娶，一辈喜；姑妈送，福谷洞"的重任。

　　乔喜娜由姑妈和方婷左右陪伴着侧坐在婚典台的椅子上，看着眼前的一切，脸上洋溢着难以掩饰的喜悦。

　　当下的佛钟场真可谓万事俱备只欠东风了。小锤见曾在佛钟架上救过自己性命的恩人、当下的一县之长、妻姑父赵启瑞也来了，便匆匆上前解释："日本来的电报说是他们昨天到村，今儿个办捐款和婚庆的事。不知咋的，天都这个时辰啦没个面儿。"赵启瑞很有耐心地分析："咱县的运煤通道，也是北京来车的必经之路，很可能是路上堵车啦，咱们等一等哇。"

　　白运德想要赵启瑞县长且到高房办公室休息，赵启瑞却望了望佛钟台、婚典台及整个场子说："难得有这么几件喜事凑到一天办。咱们就在这里说一说笑一笑畅快。"

　　心下一直在考虑揭幕撞钟时间不能过午的耿味全，抬头看了看太阳小声跟戴维红说："天都快十一点啦，谁知小锤他爹啥时才到呢。要不咱先撞钟哇？"维红瞥一眼佛钟架说："对，咱先揭幕撞钟，然后要孩子们演节目。这样子等石井先生，领导和大家伙少无聊。"

　　耿味全按其意上前便邀请赵启瑞县长为大钟揭幕。赵启瑞一摆手说："咱们一起来揭哇。"于是，戴维红、白运德等随着赵启瑞缓步走上佛钟台，共同伸手把钟上披挂的红绸子拉了下来，露出了铁钟的本来面目。只见这尊铁青色大钟下垂八耳，将钟身分作八格，左四格的钟面铸有 188 个"祖国"一词，其上烘托"繁荣富强"四个大字；右四格的钟面铸有 188 个"人民"一词，其上映衬"幸福安康"四个大字。钟面的文字合起来便是：祖国繁荣富强，人民幸福安康。

紧接着村委会主任耿小锤手提崭新的柄上扎有红绸子的崖柏木锤，虔心撞钟十八声。悠扬的钟声撼山震岳传向远方。随之佛钟场彩花四起，锣鼓喧天，鞭炮和铳声齐鸣。耿味全将赵启瑞等请到观礼台的椅子上坐下，同时把默默为村人做事又不肯露面的方玉玲死拉硬拽拖到了台上……他们看着孩子们的腰鼓表演，一个劲儿鼓掌。

梁同科手拄双杖挪离椅子，凑近赵县长嘀咕了几句。满心欢喜的赵启瑞笑着说："同科这话倒叫我想起来一件事：我在龙岩公社工作时，见过小锤打腰鼓。记得那回好像还有一个叫……名字叫不来啦，可我知道那是柱国的女儿。那姑娘和小锤领队，打得实在精彩。"说着便转头问小锤，"柱国那个会打腰鼓的姑娘叫什么来着？"赵启瑞不经意的一句问话戳破了小锤的伤迹。他咽了口唾沫，强压着涌上喉咙的悲酸讪笑一声回道："她叫燕荣。"

"那姑娘嫁到哪里啦？要在本村，就叫她上场和你打几下子腰鼓，让大家伙开开眼界。"赵启瑞这话使小锤鱼胶黏唇般张不开口，发不出声，就要流泪了。方玉玲将一下有些花白的头发说："赵县长，那个女孩嫁到了大城市，十多年没有回来过啦。"赵启瑞把头转向小锤又要问什么，小锤慌忙转移话题："赵县长，我的腰鼓套路还是俺妈教的。俺妈当年在县上领队表演，夺过彩头披过红呢！"赵启瑞微笑着说："方嫂子，等孩子们演罢这一场，你和小锤给咱上场露一手，让大家伙饱饱眼福。"耿味全听了这话匆匆走下观礼台，小声跟负责报幕的年轻女教师叨叨了几句。

龙岩人曾在这佛钟场不知目睹过多少血雨腥风，也不知亲历过多少惊心动魄……几乎把一生心血倾注小锤身上的方玉玲，就为收养小锤，这个古老而闭塞的山村——记载着龙岩岭历史的佛钟场，不知给过她多少苦难和屈辱。而今，开心、快乐、幸福和荣耀一起拥来，使她禁不住热泪奔流。当报幕女教师微笑着说出"请方阿姨等上场表演腰鼓"时，方玉玲瞥一眼婚典台上面含喜色静坐观看的喜娜，抹去泪水开颜欢笑道："今儿个高兴，俺上场给大家伙打几下腰鼓丢丢丑哇。腿脚怕是笨得打不来啦——领导和大伙不要笑话。"说着便吆喝台上的白运德、侯林一同上场，拉起小锤的手走下了观礼台。

方玉玲母子一入场，台上台下顿时响起雷鸣般的掌声。眼含泪水的方玉玲一边从孩子们手里接过腰鼓往身上绑扎，一边又喊叫大瓦、柴祉、白丽等会打鼓的人来凑热闹。罗小三挎着药匣子疯疯癫癫跑进场内，指指画画也要打鼓。小锤早就跟妈说定，再去日本要带三舅找最好的精神病医院为他治疗。只因厂里、村里和家里的事缠着脱不开身，至今没能如愿。

组织演出的报幕女教师怕疯子搅了场，慌忙喊叫维持秩序的民兵驱赶罗小三。方玉玲却走上前叫了声"三哥"，取下他肩上的药匣子放到一边，为他整了整衣衫便拉他步入中央；小锤拿来腰鼓帮他挎绑捆扎停当，又把鼓槌递到他手里。罗小三咧开嘴巴笑了几声，没等大家站好队形就迫不及待地挥动鼓槌敲打起来，惹得观众一阵大笑。

小锤领队，其余人分作两行排列。由于他们都上了年岁，又穿原身衣裳，与孩子们那整齐划一的装束形成明显反差。赵启瑞县长带头鼓掌，场外立时掌声一片。报幕女教师借此气氛不失时机地对着话筒用清脆的嗓音喊道："预备——开始！"随着口令，鼓声、音乐声、吼叫声顿起：咚咚嗨，咚咚嗨，咚嗨咚嗨咚咚嗨……

人老不能比当年。场上这群鼓手、小锤还能按原套路打得来，而方玉玲、白运德、柴祉等毕竟年已六旬，加之多年没挨腰鼓，无论如何用心，手脚都不听使唤。大瓦瘸着腿，含着永不丢弃的笑容，抖动起无法扭正的身架拼命舞打，还是跟不上领队人的步伐和鼓点……尤其马步倒翻、回旋急转等高难度动作，大都扑通扑通滚倒在地，场内场外笑成了一汪开锅湖水。小锤回头搀起妈和白姨说："打不来就不要硬打啦。"方玉玲说："节令不等人，岁数不饶人。一点儿都不假。不行啦，真的舞挽不动啦。这是赵县长叫咱们出洋相。快让娃们演哇！"满怀激情的白丽朗声大笑说："虽然咱的手脚赶不上趟儿啦，可咱心口上挂钥匙——开心！"

观众今日总想要小锤这个核心人物显露一番。于是有人喊道："耿主任会唱太行民歌。赵县长——让咱们耿主任唱一段儿哇！"小锤就怕有人叫自己唱歌。他指了指喉咙，正要说嗓子疼不能唱，可赵启瑞先就开了口："这个嘛——方才维红跟我说过。今儿个是小锤的新婚之日，又是石井先生为孩子们捐资盖教学楼的日子，小锤自然要亮一嗓子让大伙乐个痛快的！"报幕女教师听了这话，拿了个话筒递给小锤，又把手中的话筒抬至胸前微笑着说："下面请耿主任演唱太行民歌——大家欢迎！"一阵掌声之后，小锤无奈地向前走了几步，抬起话筒说："时长不唱啦，这几天又嗓子疼，不唱吧又怕扫了大伙的兴头。我就凑合着给大家唱几句《开花调》哇。"

报幕女教师向管控调音设备的男教师挥了下手，喇叭顿时响起了《开花调》的过门。小锤随之唱起来：

　　　　日头爷开花呀照当头，
　　　　山顶顶情缘呀埋心头。
　　　　星宿开花呀眨眼眼瞅，
　　　　不见妹妹呀心窝窝愁。
　　　　衣裳开花呀穷酸酸户，
　　　　庄稼汉想妹妹苦泪流……

小锤唱着唱着禁不住流下泪来。方玉玲晓得儿子心里的苦楚，立于侧面随着音乐的节奏挥动双手为小锤打拍助力，可又无法抑制心头的凄酸，泪珠不住地滚落。就在小锤艰难地唱完这几句，等来过门接着要唱时，只听佛钟场东南角的入口处——围观的人群背后，优雅动听的女声接过茬儿唱起来：

　　　　山石板开花有了年头，
　　　　睡梦中与哥哥岭上游。

东南角的观众听到身后的歌声一哄而散让开路口，见接声歌唱的是一个约莫三十岁的女子，手里还拉着个十来岁的男孩。她慢步走进佛钟场中央，上了年岁的村人一眼就能认出她是跟随她妈离去多年的冯燕荣。报幕女教师不认识她，但能听得出她很会唱这首民歌，也知《开花调》最适宜男女对唱，上前把手中的话筒递给了她。

小锤和燕荣在这般场合相见，四目相对泪如泉涌，但音乐节拍不等人。小锤听到过门将至，便接过茬儿又唱。随之，二人你一句我一句对唱起来：

炕沿边开花呀光溜溜，
想妹妹想得哥抱枕头。
山洼洼开花呀清泉流，
不及俺想哥那泪水稠……

二人把这首民歌唱完，泪眼相望僵在场上，一动也不动了。不知情的观众瞪大两眼看稀奇，而知情的村人为这对天各一方的恋人在这样的场合相遇，想破脑袋都想不出是喜还是悲。方玉玲含泪近前，嚅动了几下嘴却吱不出声来。

冯燕荣其实在三天前就带着儿子回到米家寨姨妈家了。她听姨妈说，玉玲曾多次来米家寨打听她母女的情形；又听姨妈说，小锤要跟赵县长的内侄女乔喜娜结婚了……于是，燕荣抹着辛酸的泪水打消了回龙岩村的念头。可她这三天三夜被往事牵缠得无法合眼。

燕荣为让小锤断了念想——不能因为爱小锤而耽搁小锤，便把几回写好的书信含泪撕碎扔进火里……每当她梦见小锤站立香炉台眼淌泪水喊叫她的名字，醒来便彻夜难眠；而亏欠顺成的那笔情债，又令她不知如何偿还。她在侍候病危的妈妈时，见妈临近人生的最后几天——都神志不清了仍在不住口喊叫"春牛"。她由此悟出：原来人要爱上一个人竟然会爱到这地步——快要走到人生的尽头都念念不忘。这使她彻底放下了心头的纠结，毫不犹豫地坚定了离婚的决心。令她没有料到的是妈妈去世刚"满七"，她找到孟姐说了实心话，竟然得到孟姐的同情和支持，顺利地跟顺成办理了离婚手续。次日，便向哥哥借了车费盘缠带着小香赶了回来……本来拿定主意不回龙岩村的她，今日却不由自主地带着儿子回来了。

小香上前拉了拉妈妈的衣角，用一口好听的外地话提醒："妈妈，大家都在看你们呢。"呆立不动，不知如何跟小锤开口的燕荣被儿子唤醒，拭泪拉起儿子的手指着小锤说："小香，这就是你的亲爸爸。快叫爸爸！"

"我爸爸？"小香用异样的目光盯着小锤不解地问。燕荣点头说："对，咱在回来的车上妈给你说的那个亲爸爸——就是他。"

"爸爸好！"小香羞答答叫了一声，唰地把脸藏进了妈的怀里。这一声叫得小锤慌了神，瞥一眼身穿婚纱脚踏"生土"从婚典台走来的喜娜，讪讪地垂下了头。

燕荣又拉着儿子转身面朝方玉玲，认真地看着这位打心眼里敬重的玉姨指给儿子："娃，这就是你奶奶——妈妈跟你说的那位龙岩岭最最了不起的奶奶。"男孩扑闪着招人喜欢的大眼睛，冲着方玉玲大声叫道："奶——奶——好！"

方玉玲瞬间悟出了什么，轻轻"哎——"了一声，本想把娃搂在怀里亲个够，又看了一眼身旁站立的喜娜，脸上流露出慌乱的神色。

正在这时，只听嘀嘀嘀几声汽车喇叭声，佛钟场的入口处驶来一辆悬挂着北京牌照的出租车。车一停稳，柴鸿宇独自一人从车里钻出，火烧火燎来到方玉玲面前说："姨，石井先生今儿个来不成啦。他在北京刚下飞机就病倒在了机场——正在医院抢救哩。"

"三晋百部长篇小说文库"书目

经典作品

- 李家庄的变迁·三里湾 　　　　　　　　赵树理
- 太行风云 　　　　　　　　　　　　　　刘　江
- 汾水长流 　　　　　　　　　　　　　　胡　正
- 草岚风雨 　　　　　　　　　　　　　　冈　夫
- 新　星 　　　　　　　　　　　　　　　柯云路
- 游　戏 　　　　　　　　　　　　　　　成　一
- 黑　雪 　　　　　　　　　　　　　　　哲　夫
- 世界正年轻 　　　　　　　　　　　　　高　岸
- 玉龙村记事 　　　　　　　　　　　　　马　烽
- 草　青 　　　　　　　　　　　　　　　吕　新

- 吕梁英雄传 　　　　　　　　　　　　　马　烽　西　戎
- 跋涉者 　　　　　　　　　　　　　　　焦祖尧
- 神主牌楼 　　　　　　　　　　　　　　张石山
- 咸阳宫（上、下卷） 　　　　　　　　　林　鹏
- 生死门 　　　　　　　　　　　　　　　晋原平
- 送　葬 　　　　　　　　　　　　　　　王西兰
- 白银谷（上、中、下卷） 　　　　　　　成　一
- 北　腔 　　　　　　　　　　　　　　　毛守仁
- 巅峰对决 　　　　　　　　　　　　　　钟道新　钟小骏
- 母系氏家 　　　　　　　　　　　　　　李骏虎
- 阮郎归 　　　　　　　　　　　　　　　吕　新
- 裸　地 　　　　　　　　　　　　　　　葛水平
- 甘家洼风景 　　　　　　　　　　　　　王保忠
- 大清河帅 　　　　　　　　　　　　　　王　华　王卓彦

353

原创作品

· 一嘴泥土	浦　歌
· 鲛　人	唐　晋
· 江山无恙	信应亮
· 复调婚姻	王旭东
· 西望长安	冯　浩
· 舜　瞳	刘志兆
· 万里石塘	晓　夜　树　梁

北岳风中国原创长篇小说系列

· 中国劳工	张行健
· 中国丈夫	李晋瑞
· 肥田粉	白占全
· 柳暗花明	刘山人
· 天上有太阳	杜　斌
· 玉　香	曹向荣
· 乡野里的粉桃花	舒　讯
· 一个人的哈达图	阿　连
· 回头峰	孟繁信
· 阁老梦	常捍江
· 梦见红柳	雪　浪
· 羊凹岭	袁省梅
· 米粮歌	加根深
· 龙岩岭	石　瑛

（注：作品前加"·"标记的为已出版作品）